김욱동

미국 뉴욕주립대학교에서 박사 학위를 받았으며 현재 서강대학교
인문대학 명예교수로 재직 중이다. 환경문학, 번역학, 수사학,
문학비평 등 다양한 분야에서 꾸준히 연구해 온 인문학자다.
주요 저서로는『《우라키》와 한국 근대문학』,『한국문학의 영문학
수용: 1925~1954』,『번역가의 길』,『궁핍한 시대의 한국문학:
세계문학을 향한 열망』,『비평의 변증법: 김환태·김동석·김기림의
문학비평』,『이양하: 그의 삶과 문학』,『환경인문학과 인류의
미래』,『세계문학이란 무엇인가』,『외국문학연구회와《해외문학》』,
『아메리카로 떠난 조선의 지식인들』,『눈솔 정인섭 평전』,『하퍼
리의 삶과 문학』,『미국의 단편소설 작가들』외 다수가 있다.

최재서 연구

천재와
반역

김욱동

민음사

이 책을 쓰는 동안 내 뇌리에 끊임없이 맴돈 것은 "거인의 어깨 위에 서 있는 난쟁이"라는 서양 격언 한 토막이었다. 12세기 프랑스 수도승 샤르트르의 베르나르가 처음 사용했다는 이 격언은 고대인을 거인에, 동시대인을 거인의 두 어깨 위에 올라탄 난쟁이에 빗댄다. 현대인이 고대인보다 더 많은 것을 알고 있는 이유는 고대인보다 통찰력이 더 뛰어나다거나 지적 능력이 더 훌륭하기 때문이 아니라 어디까지나 고대인이 이룩한 지식을 토대로 삼고 있기 때문이라는 것이다. 이 신선한 시각적 이미지는 그 뒤 많은 유럽 지식인의 상상력에 깊은 흔적을 남긴다. 그러나 나는 이 책을 쓰면서 베르나르의 격언에 자주 의심을 품곤 했다. 20세기 전반기 '궁핍한' 일제 강점기를 살면서 활약한 최재서가 거인처럼 느껴지는 반면, 그의 어깨 위에 올라타 있는 나는 오히려 왜소한 난쟁이 같은 생각이 들었기 때문이다.

'석경우(石耕牛)'라는 최재서의 아호에 걸맞게 돌밭을 가는 우직한 황소처럼 근면하고 성실한 학자의 모습, 동서고금의 책을 두루 섭렵한 엄청난 독서량, 문학에 대한 깊은 애정과 이해와 통찰, 문학에 대한 청교도적 결벽성과 엄격성, 신선한 수사법 구사와 명징한 문체, 문학 작품을 읽고 해석하는 외과의의 메스 같은 날카로운 분석력, 그러면서도 닉닉한 비평적 안목에 나는 절로 고개가 숙여지곤 했다. 최재서는 문학이란 궁극적으로 "체험의 조직화이며 감정의 질서화이며 가치의 실현"이라고 굳게 믿었고, 쉰일곱 나이에 때 이르게 사망할 때까지 그러한 믿음의 끈을 놓지 않았다. 그는 꿀벌은 꿀을 만들고 누에는 비단실을 토하고 시인은 시를 창작한다는 T. S. 엘리엇의 말을 자주 입에 올렸다. 비평가로서 최재서는 평생 꿀벌과 누에처럼 부지런하게 책을 읽고 글을 쓰는 일로 시간을 보냈다. 여러모로 그는 한국 현대 문학사에서 보기 드문 문학 비평가임이 틀림없다.

최재서는 언젠가 한국 근대 문학에서 "시에는 지용(芝溶), 문장에는 태준(泰俊)"이라고 말한 적이 있다. 그의 말에 나는 '비평에는 재서(載瑞)'라는 한 구절을 덧붙여 '시에는 지용, 소설에는 태준, 그리고 비평에는 재서'라고 말하고 싶다. 실제로 신문학의 창시자라고 할 이광수(李光洙)와 김동인(金東仁)을 제외하면 한국 근현대 문학에서 시인으로는 정지용, 소설가로는 이태준, 그리고 비평가로는 최재서를 최고의 문인으로 꼽을 수 있다. 이 세 사람은 한국 근현대 문학의 집을 굳건히 떠받들고 있는 세 기둥이다. 이렇듯 적어도 나에게 문학 이론가로, 문학 비평가로, 영문학자로, 번역가로 최재서가 차지하는 몫은 흔히 생각하는 것보다 훨씬 더 크다.

그러나 나는 이 책에서 최재서의 업적이 아무리 뛰어나도 '성인전'을 쓰려고 하지는 않았다. 그는 한국 문학사에서 업적이 뛰어난 만큼 친일 행위에서 볼 수 있듯이 과오와 실수도 적지 않았다. 나는 그의 행적에서 좋은 점은 좋은 대로, 나쁜 점은 나쁜 대로 객관적으로 기술하고 평가하려고 애썼다. 물론 객관적 기술과 평가라는 것도 궁극적으로 나 자신의 세계관과 문학관에 굴절되지 않을 수 없을 것이다. 다만 영문학과 한국 문학의 경계에서 작업해 온 인문학도로서 나는 최재서의 삶과 문학 세계를 좀 더 체계적으로 다루고 싶었다.

　　돌이켜 보면 반세기 가까운 나이 차이가 나면서도 최재서와 나는 서로 닮은 점이 적지 않다는 데 새삼 놀란다. 영문학을 전공했다는 점에서도 그러하고, 전공 분야 못지않게 한국 문학에 깊은 관심을 기울였다는 점에서도 그러하다. 나는 평소 학문 연구란 높은 봉우리에 오르는 등반이라고 생각해 왔다. 최재서에게나 나에게나 영문학은 한낱 학문의 베이스캠프에 지나지 않았다. 등반에 필요한 장비를 모두 베이스캠프에 갖다 놓고 세계 문학이라는 정상을 향하여 매진했다. 한마디로 영문학을 궁극적 목표로 생각하지 않고 좁게는 한국 문학, 넓게는 세계 문학을 연구하는 발판으로 삼았다.

　　또한 문학의 이론이나 비평 이론에 관심을 두었다는 점에서도 나는 최재서와 닮았다. 그가 『문학 원론』을 출간했다면 나는 한글 세대 독자를 위해 쉽게 풀어 쓴 『문학이란 무엇인가』를 출간했다. 영문학과 한국 문학을 중심으로 비평 활동을 하면서 틈틈이 영국과 미국의 문학 작품을 번역했다는 점에서도 그와 나 사이에는 공통점이 있다. 더구나 최재서가 축역한 『주홍 글자』나 『아메리카의 비극』 같은 대표적인 미국 문학 작품은 내가 다시 완역해 출간한 작품이기도 하다. 나도 최재서처럼 단편 소설 같은 장르론에도 관심을 기울였다. 어찌 되었든 우연치고는 참으로 큰 우연이라고 아니 할 수 없다. 다만 차이가 있다면 그가 낭만주의에 기반을 두고 신고전주의적인 주지주의 문학에 관심을 두었다면 나는 모더니즘과 포스트모더니즘 문학 쪽에 좀 더 초점을 맞추었을 뿐이다.

최재서의 왕성한 활동에도 그에 관한 연구는 아직 미진하다. 김윤식과 김흥규 두 교수의 선구적 작업을 제외하면 이런저런 이유로 최재서에 관한 연구는 지금껏 한 걸음도 앞으로 내딛지 못한 것 같다. 그동안 몇몇 박사 학위 논문이 나왔지만 아쉽게도 기존 연구의 동어 반복이라는 느낌을 떨칠 수 없었다. 최재서 연구는 지금까지도 아프리카 오지처럼 여전히 상당 부분 미개척지로 남아 있다. 그래서 나는 오래전부터 이 미개척지를 탐험할 계획을 세웠지만 이 일 저 일에 치여 좀처럼 실행에 옮길 수 없었다. 일제 강점기에 일본 도쿄에서 외국 문학을 전공하던 조선인 유학생들이 조직한 외국문학연구회와 그 기관지 《해외문학》, 역시 일제 강점기에 도쿄의 조선인 유학생들이 조직한 재일본동경유학생학우회와 그 기관지 《학지광(學之光)》, 태평양 건너 미국에서 유학하던 조선인 학생들이 조직한 북미조선학생총회와 그 기관지 《우라키》, 그리고 최근 들어 가장 핵심적인 문학 담론으로 떠오른 세계 문학에 관한 단행본 저서를 마무리 짓고 나서야 이제 겨우 몸과 마음을 추스르고 최재서 연구에 손을 댈 수 있었다.

앞에서도 언급했듯이 문학 연구는 높은 산 정상에 오르는 것에 빗댈 수 있다. 산에 오르는 데는 이미 사람들이 밟고 지나간 오솔길을 택할 수도 있고, 힘들지만 새로운 길을 만들어 가며 걸을 수도 있다. 최재서의 삶과 그의 문학을 연구하는 데 나는 김흥규 교수와 김윤식 교수가 미리 닦아 놓은 길을 걷기보다는 새로운 길을 개척하며 정상에 오르려고 노력했다. 여러 갈래의 길이 정상에서 한데 만나는 지점에 최재서 연구의 종착지가 있을 것이기 때문이다. 이 책이 앞으로 후학들이 정상에 오르는 데 조금이나마 안내자의 구실을 할 수 있기를 바랄 뿐이다.

이 책을 쓰면서 나는 문학가로서의 최재서뿐 아니라 일제 강점기와 해방 후 한 인간으로서 그가 겪은 고뇌와 절망에도 초점을 맞추었다. 이 책을 쓰는 동안 나를 사로잡은 강렬한 이미지는 1934년 그가 경성제국대학 외국문학부(영어·영문학 전공) 강사직에서 해임되었을 때 보여 준 모습이다. 식민지 조선의 학생이 경성제대 외국문학부의 강사로 발탁된다는 것은 일간 신문에 기사가 날 정도로 여간 힘든 일이 아니었다. 그러나 임명된 지 1년 만에 그는 조선인이라는 이유로 해임되고 말았다. 그를 무척 아끼던 사토 기요시(佐藤淸) 교수도 다른 학과 교수들이 항의하는 데는 어찌할 도리가 없었다. 당시 최재서가 좌절과 울분을 술로 달래며 밤늦게 집에 돌아와 식구들에게 이제 자기에게는 "조국도 아버지도 돈도 없다!"라고 울부짖던 모습이 눈앞에 자주 어른거렸다. 그토록 자신감에 차 있고 도도하던 그가 한꺼번에 무너지는 모습에서는 차라리 인간적인 면모를 엿볼 수 있다. 그때 그의 나이 겨우 스물여섯 살에 불과한 식민지 청년 지식인이었다. 이 책에서 나는 그의 문학적 성과 못지않게 자존심 강하면서도 나약한 인간 최재서의 모습을 드러내는 데도 관심을 기울였다.

이 책을 집필하면서 여러 사람, 여러 기관에게서 크고 작은 도움을 받았다. 서강대학교 로욜라도서관과, 필요한 자료를 부탁할 때마다 기꺼이 구해 준 울산과학기술원(UNIST) 학술정보원에 감사를 드린다. 사료의 대부분은 일제 상섬기에 나온 것들이라 이미 절판된 상태에 있는데도 두 도서관은 전국 도서관을 샅샅이 뒤져 구해 주었다. 또한 경성제2고등보통학교(현 경복중고등학교 전신) 시절 최재서의 학적부를 구해 준 서울대학교 명예 교수이자 전 한국학중앙연구원 이사장인 임현진 교수와 경복고등학교 이경률 교장에게 고마움을 표한다. 외삼촌 최재서와 관련한 개인적인 질문에 흔쾌히 답해 주신 고위공 교수께도 고마움을 표한다. 요즈음 스마트폰과 태블릿 PC 같은 디지털 기기에 정신이 팔려 좀처럼 책을 가까이하지 않는다. 그래서 출판사에서는 책이 팔리지 않는다고 아우성이다. 그런데도 이 책의 출간을 선뜻 허락해 주신 민음사의 박상준 사장님, 이 책이 햇빛을 보기까지 여러모로 수고해 주신 남선영 선생님에게도 깊은 감사를 드린다.

2024년 봄 해운대에서

김욱동

차례

이 궁핍한 시대에 시인은 무엇을 위해 사는 것일까?
시인들은 성스러운 한밤에 이 나라에서 저 나라로 나아가는 바쿠스의 성스러운
사제와 같다고 그대는 말하는구나.

— 프리드리히 횔덜린

낭만적 개성을 고전적인 형식 속에 통제할 때에 완전한 예술품이 얻어진다.
그런 점에서 나는 19세기 문학에서 괴테를 숭배하고, 20세기 문학에서 지드를
사랑한다.

— 최재서

1

태일원의 귀공자

　예로부터 황해도 해주는 경치가 빼어나고 인심이 좋아 살기 좋은 곳으로 유명하다. 고려를 창건한 왕건이 북쪽으로는 수양산이 병풍처럼 둘러져 있고 남쪽으로는 서해 바다가 치맛자락처럼 시원스럽게 펼쳐져 있는 이곳을 지나가다가 '해주'라고 이름을 지었다고 전해진다. 해주야말로 풍수지리의 기본인 배산임수(背山臨水)를 자랑하는 전형적인 도시라고 할 만하다. 특히 해주는 황해도에서 구월산 다음으로 가장 높은 수양산 기슭에 자리 잡고 있다. 해주의 진산으로 그 위용을 자랑하는 수양산은 가장 먼저 햇빛을 받는다고 해서 그러한 이름으로 불렸고, 남쪽 기슭에는 문묘와 청성묘 등의 유서 깊은 사적들이 많다.

　석경우(石耕牛) 최재서(崔載瑞, 1907~1964)가 태어나 자란 곳이 바로 수양산 자락에 위치한 해주다. 그는 해주 최씨의 후손이라는 사실에 평생 큰 자부심을 느끼고 살았다. 1950년대 말 연세대학교에 재직하던 시절의 일화 한 토막은 이 점을 뒷받침한다. 어느 날 최재서는 철학과의 최재희(崔載喜), 가정학과의 최이순(崔以順)과 함께 당시 주요 교통수단이었던 합승차를 타고 퇴근하려는 중이었다. 합승차가 막 출발하려는 순간 철학과의 김형석(金亨錫) 교수가 급히 합승차에 올라타면서 네 사람이 함께 퇴근한 적이 있다. 그때 김형석이 "죽은 최씨 한 명이 산 김씨 세 명을 당해 낸다는데, 오늘 최씨가 세 명씩이나 탔으니……"라고 웃으며 농담을 건넸다. 그러자 최재서는 최씨처럼 "푸스한 인종"도 없다고 반박하면서도 뒷날 "최씨가 대체로 강인한 의지력을 가졌다 함은 나의 친척들을 돌아보아도 수긍되는 바이다."라고 밝혔다. 또 그는 "동지섣달에 벌거니 벗겨 놓아도 최씨는 30리는 달아난다."라는 말이 있다고 전하기도 했다. 그러면서 최재서는 "이러한 강인한 의지력이 최치원(崔致遠), 최충(崔沖) 두 분을 우리나라 유학의 조종으로 만들었던 것이 아닌가?"라고 스스로에게 묻는다.[1] 물론 최치원은 해주 최씨의 시조가 아니라 경주 최씨의 시조다.

태일원의 귀공자

최재서는 1907년(융희 원년) 2월 13일 황해도 해주군 해주면 동영정(東榮町)에서 아버지 최경태(崔景台)와 어머니 임봉우(林鳳雨) 사이의

---

1) 최재서, 「과수원」, 『인상과 사색』(서울: 연세대학교 출판부, 1977), 53쪽. 이 책은 연세대학교 출판부에서 총서로 발행하던 '대학 문고 13'으로 출간되었다. 앞으로 이 책에서의 인용은 본문 안에 '인'이라는 약자와 함께 쪽수를 직접 적기로 한다.

외아들로 태어났다. 1907년이라면 일본 제국주의가 을사늑약을 맺어 대한제국의 외교권을 박탈한 지 2년이 지나고 한일 병합 조약으로 주권을 빼앗기 3년 전이다. 최재서는 세계 정세가 이렇게 숨 가쁘게 돌아가면서 대한제국의 운명이 백척간두에 놓인 바로 그 격변기에 태어났다. 그런데 흥미롭게도 한국 문학사에서 1907~1908년은 유난히 굵직한 문학가들이 많이 태어난 해이기도 하다. 가령 시인 신석정(辛夕汀), 수필가 김소운(金素雲), 소설가 이효석(李孝石), 문학 비평가 김문집(金文輯) 등이 1907년에 태어났다. 1908년에는 시인 유치환(柳致環), 소설가 김유정(金裕貞), 이무영(李無影), 김정한(金廷漢), 문학 비평가 겸 시인 김기림(金起林), 백철(白鐵), 임화(林和) 등이 태어났다.

최재서와 관련하여 잘못 알려진 것이 한두 가지가 아니지만 그의 생년월일도 그중 하나다. 지금까지 그의 생년월일이 '1908년 2월 11일'로 알려져 왔지만 사실과 다르다. 이는 문덕수(文德守)가 편찬한 『세계문예대사전』(성문각, 1975) 하권에 따른 것이고, 그 뒤 이 오류가 확대 재생산되었다. 한국학중앙연구원의 『한민족문화대백과사전』에도 그렇게 잘못 표기되어 있다. 심지어 최재서의 제자로 연세대학교 영문학과에서 학부와 대학원을 졸업한 뒤 대구 계명대학교 교수로 재직한 김활(金活)도 스승의 생년월일을 '1908년 2월 11일'로 잘못 기록할 정도다.[2] 최재서와 학문적으로 가장 가깝게 지낸 김활은 어느

---

2) 김활, 「최재서 비평의 인식론적 배경」, 『모더니즘 문학론과 질서』(서울: 한신문화사, 1993), 65쪽. 문덕수나 김활은 1938년 조선일보 편집부가 간행한 『현대 조선 문학 평론집』에 기록된 내용을 그대로 따른 것 같다. 이 책에 최재서의 「쎈티멘탈론」이 수록되었는데 약력난에 "明治 41年 2月 11日 生"으로 기록되어 있다.

누구보다도 스승의 개인 이력을 잘 알고 있었을 터였다.

그러나 경성제2고등보통학교(지금의 경복중고등학교) 학적부에는 "明治 40年 2月 13日"로 기재되어 있다. 또한 1964년 11월 그의 장례식에서 매제 고병려(高秉呂)가 읽은 '약력 보고'에도 생년월일이 경성제2고보 학적부와 동일하다. 이 밖에 최재서가 1907년에 태어났음을 입증하는 중요한 자료가 또 하나 있다. 최재서는 1960년 5월부터 이듬해 9월까지 연세대학교에서 발행하는 대학 신문 《연희춘추》에 48회에 걸쳐 단상이나 에세이라고 할 일련의 글을 연재했다. 그가 사망한 뒤 1971년 대학 신문에 실린 글을 한데 묶어 『인상과 사색』을 출간하면서 최기준(崔起俊)이 「발문」을 썼는데 여기에도 최재서의 출생 연도를 '1907년'으로 표기했다. 이 연재를 처음 기획한 사람이 바로 이 신문의 주간 최기준이었고, 글의 내용을 교열한 사람은 최재서의 제자로 뒷날 연세대학교 영문학과 교수로 재직한 이봉국(李鳳國)이었다. 두 사람은 최재서의 생년월일을 누구보다 정확하게 알고 있었을 것이다. 그렇다면 최재서의 생년월일은 이제 '1908년 2월 11일'이 아닌 '1907년 2월 13일'로 바로잡아야 한다.

최재서의 아버지 이름도 어떤 자료에는 '최경태'가 아니라 '최경연'으로 기록되어 있어 혼란을 빚는다. 앞서 언급한 경성제2고보 학적부에는 '최경태'로 기입되어 있다. 2000년을 전후하여 홍익대학교 재단 문제가 한때 큰 사회 문제로 떠오른 적이 있다. 그때 명예훼손 혐의로 기소된 대학 설립자 유족회 대표가 서부지방검찰청의 공소장에 대한 반박문을 발표했다. 그런데 이 반박문에는 "이도영(李道榮) 씨의 두 번째 부인인 고 최애경(崔愛卿) 씨 (……) 역시 일제 시대 1941년 일본여대 가정학과를 졸업한 것으로 기록되어 있습니다."라고 적혀 있다. 그러면서 유족회 대표는 최애경이 "해주 최씨 최경연의 딸이며, 최재서의 여동생"이라고 덧붙여 놓았다.[3]

최재서는 1남 4녀 5남매 중 셋째였다. 위로는 누나 옥경(玉卿)과 국경(國卿)이 있었고, 아래로는 누이동생 보경(寶卿)과 애경이 있어 두 딸과 두 딸 사이 한중간에 태어났다. 첫딸 최옥경은 일찍 사망했고, 나머지 딸들은 뒷날 아들 못지않게 사회적으로 크게 성공했다. 일본 유학을 한 최국경은 서울여자고등학교 교장과 도립여자중학교 교장을 거쳐 수도여자고등학교 교장을 지냈다. 언니에 이어 일본의 쓰다 에이가쿠주쿠(津田英學塾)를 졸업한 보경은 기독교여자청년회(YWCA)와 한국기독교세계봉사회(KCWC)에서 일했다. 역시 일본에 유학하여 니혼(日本)여자대학을 졸업한 막냇동생 최애경은 방금 언급했듯이 홍익대학을 인수하여 종합 대학으로 발전시킨 이도영의 아내로 학교법인 홍익학원의 이사장을 지냈다.

최재서는 비록 한 치 앞을 내다볼 수 없는 격동의 시대에 태어났지만 비교적 유복한 가정 환경에서 어린 시절을 보내며 자랐다. 이무렵 그의 아버지는 해주에 자신의 이름을 따서 지은 '태일원(台一園)'이라는 과수원을 경영했다. 경성제2고등보통학교의 학적부에는 그의 아버지 직업이 '농업'으로 기재되어 있는데 과수업도 농업의 일부이기 때문일 것이다. 토지가 기름지고 기후가 온화해 예로부터 해주는

---

3) https://m.cafe.daum.net/hongik1947/A4Lu/31. 공소장에 반박문을 쓴 사람은 1946년 홍익학원을 설립한 이흥수(李興秀)의 아들 이용석이다.

황주와 더불어 사과를 비롯한 배, 포도, 복숭아 등 과일 생산지로 유명한 곳이다.

최재서가 '석경우', '석경(石耕)', '석경생(石耕生)' 등을 아호로 삼고, '학수리(鶴首里)'와 '상수시(尙壽施)'를 필명으로 삼은 것도 수양산이나 그 인근 집안에서 경영하던 과수원과 무관하지 않다. '석전경우(石田耕牛)'는 자갈밭을 가는 소라는 뜻으로 흔히 인내심 강하고 부지런한 황해도 사람들의 성격을 이르는 말이다. 그러고 보니 '석경우'라는 그의 아호는 우직할 만큼 근면하고 성실한 학자의 모습에 썩 잘 어울린다. 뒷날 1944년 최재서는 '이시다 고조(石田耕造)' 또는 '이시다 고진(石田耕人)'으로 창씨를 개명하면서도 '돌밭에서 밭을 갈다'라는 의미의 '석전경' 세 글자만은 빼놓지 않았다. 한편 '석경'이라는 말에는 서양에서 말하는 자기 계발이나 문화 또는 교양을 뜻하는 영어 '컬처(culture)'와도 맞닿아 있다. 이 영어는 '갈다', '경작하다', '재배하다', '가꾸다' 등을 뜻하는 라틴어 'colere'에 뿌리를 둔다. 땅을 갈면 농사가 되지만 마음과 정신을 갈면 곧 자기 계발이나 교양이 된다.

최재서가 네 살 되던 해, 그의 부모는 행정 구역으로는 해주 시내에 속하지만 시내에서는 꽤 멀리 떨어진 북쪽 수양산 자락 '해주군 해주면 북행정 72번지'로 이사를 갔다. 경성제2고보 학적부에 기재된 주소가 바로 그곳이다. 젊은 시절 온갖 고생을 무릅쓰고 상업에 크게 성공하여 재산을 많이 모은 그의 아버지 최경태는 여생을 편하게 지낼 생각으로 이곳에 과수원을 마련했다. 최재서가 "여드레 갈이 땅"이니 "아흐레 갈이 과수원"이니 하고 말하는 것을 보면 과수원치고는 무척 넓었던 것 같다. 뒷날 성인이 되어 최재서는 가을에 서울 길거리를 걷다가 우연히 사과나 배 같은 과일을 파는 것을 보면 그의 마음은 "쏜살처럼 고향 해주로" 달려가곤 했다고 말한다. 아직 찬 바람이 부는 2월 전정가위를 들고 나무에 매달려 살다시피 하던 그의 아버지가 "해에 그슬린 검은 얼굴로" 아이들 앞에 나타날 때면 최재서는 어린 나이에도 그에게 "무한한 신뢰와 존경"을 느꼈다고 회고한다.

태일원 과수원은 수양산 용수봉 기슭 양지바른 곳에 자리 잡고 있었다. 햇볕이 잘 들어 '양지골'로도 부르던 이곳에 최재서의 아버지는 대지 3만여 평의 드넓은 과수원을 소유했다. 사과와 배를 주로 생산하고 곁들여 포도를 재배했다. 한겨울이 끝나 가는 2월이 되면 작은사랑에 사는 일꾼 10여 명이 과수에 가지치기를 하고 퇴비를 주고 살충제를 살포하는 등 일손이 바빠지기 시작했다. 여름철이 되면 더욱 일이 많아져 과수원에는 무려 100여 명의 남녀 일꾼들이 동원되어 잡초를 제거하고 열매를 고르고 과일에 종이 봉지를 씌웠다고 하니 과수원의 규모가 얼마나 큰지 쉽게 미루어 볼 수 있다. 수확하는 가을이 다가오면 일손은 훨씬 더 많이 필요했다. 이 정도 규모라면 해주에서도 아마 몇 손가락 안에 드는 무척 큰 과수원이었을 것이다.

태일원은 최재서의 집안 식구들에게 젖과 꿀이 흐르는 풍요로운 땅이었고, 소중한 삶의 터전이었으며, 도회 문명의 손길이 아직 뻗치지 않은 아름다운 대자연이기도 했다. 과수원 앞쪽에는 용수봉 계곡에서 흐르는 맑은 물이 시내를 이루고, 뒤쪽으로는 소나무 숲이 병풍처럼 바람을 막아 주었다. 최재서의 동생 최보경은 토머스 칼라일이 『의상 철학』(1836)에서 "자연은 하느님의 옷"이라고 한 말을 자주 인용하면서 어린 시절을 보낸 과수원과 그 안에 있던 살림집의 모습을 이렇게 회고한다.

　대지 3만여 평의 이 과수원은 이 동산 기슭을 중심으로 경사를 이
루고, 중앙에 50칸의 안채, 별채, 큰사랑, 작은사랑, 행랑채, 헛간이
자리 잡고 있었다. 아카시아 나무로 3면 울타리를 치고, 앞뜰 건너
경사지에 30여 그루의 겹벚꽃 나무가 있었으니, 봄이 되면 배, 사
과, 수밀도, 살구꽃과 더불어 백화난만(百花爛漫)의 꽃동산을 이룬
다. 정문까지 이르는 100m 길이의 넓은 길 양쪽에도 백일홍, 코스
모스, 채송화가 늦가을까지 피어 보는 이의 눈을 즐겁게 했다.[4]

　뒷날 어른이 된 최보경은 "동구 밖 과수원 길/ 아카시아 꽃이 활
짝 폈네/ 하이얀 꽃 이파리 눈송이처럼 날리네."로 시작하는, 박화목
(朴和穆)이 지은 시에 김공선(金公善)이 곡을 붙인 동요 「과수원 길」을
들을 때면 태일원의 향수에 젖곤 했다고 회고한다. 새봄에 온갖 꽃이
만발할 때면 보경보다 세 살 위인 오빠 재서도 어쩌면 같은 심정이었
을 것이다. 이렇듯 태일원 과수원은 행복한 유년과 소년소녀 시절을
보낸 최씨 집안 자녀들에게 지상낙원과 같은 곳이었다. 당시 태일원
과수원은 마을 사람들에게 '과포집'으로 통했다.

　최재서의 아버지는 과수원 일에도 열성적이었지만 자녀 교육에

---

4) 최보경, 고순자 편, 『나는 이렇게 살았습니다: 한 여자가 걸은 현대사의 뒤안길』
(서울: 현대문화출판, 2011), 30쪽. 고순자는 이 책의 저자 최보경과 고병려의 딸이
다. 와세다대학 영문학과를 졸업한 고병려는 연세대학교 교수로 평생 성경의 개역과
주석에 헌신한 신학자요 영문학자였다. 고순자는 어머니가 사망한 뒤 그녀의 원고를
정리해 이 책을 출간했다. 최재서와 고순자의 관계는 여동생의 딸로 생질 사이다.

도 여간 열성적이지 않았다. 이렇게 자녀 교육에 무척 공을 들인 것을 보면 그의 가문은 아마 향리 집안이었을 것으로 추측된다.[5] 최재서는 다섯 살부터 아홉 살까지 해주 서당에 다니며 한학을 공부했다. 이 무렵 서당이 흔히 그러하듯이 그는 한학과 함께 붓글씨도 배웠다. 이때 일을 회상하면서 최재서는 "내가 붓대의 중간을 잡으면, 선친이 그 꼭대기를 잡으시고, 운필의 요령을 설명하시며 동시에 붓을 움직이어, 나의 손이 저절로 따라가도록 하는 광경"을 잊지 못한다. 아들의 붓글씨 솜씨에 고무되어 그의 아버지는 어느 날 그에게 '날 비(飛)'와 '용 용(龍)' 두 글자를 쓰도록 했고, 그는 몇 번이나 시도하다가 실패하자 그만 엉엉 울면서 어머니에게 달려갔다.

이렇듯 붓글씨는 중학교 2학년 때까지 최재서를 가장 괴롭히는 과목이었다. 다른 과목에서는 누구보다도 뛰어났지만 붓글씨만은 도무지 자신이 없었다. 그러나 그는 "모필에 대한 염증은 나의 성격과 관련되는 문제이지, 결코 선친의 그릇된 교육 방침의 탓은 아니다. 독자여, 나의 아버지의 방법을 원시적이라 비웃지 말라."(인: 108~109)라고 아버지를 두둔하고 나선다. 그만큼 그는 자기에게 붓글씨를 가르치려고 애쓰던 아버지를 몹시 존경했다.

---

5) 현재 남한에 남아 있는 자료가 없어 최재서 집안의 출신을 정확히 알 수 없지만 향리 집단을 연구해 온 동아대학교 사학과 명예 교수 이훈상(李勛相)은 여러 정황으로 미루어 향리 집안일 가능성이 높다고 지적한다.(이 책의 저자 김욱동과의 2020년 6월 5일 자 이메일) 시대적 변화에 적극적으로 적응해 나간 향리 집단은 한편으로는 근대적 교육에 적극 동참하고, 다른 한편으로는 새롭게 대두하는 상업적 농업에 관심을 기울이면서 사회 변동기에 지주로 성장해 나갔다. 이훈상, 『조선 후기의 향리』(서울: 일조각, 1990) 참고.

최재서 집안과는 떼려야 뗄 수 없는 태일원 과수원은 어린 시절에는 말할 것도 없고 어른이 된 최재서에게도 낙원과 같은 곳이었다. 누구에게나 고향은 낙원과 같은 곳으로 마음속 깊이 아련한 향수로 남아 있게 마련이지만 특히 최재서에게 태일원은 더더욱 각별했다. 그래서 그는 뒷날 해주 고향의 과수원을 생각할 때면 가슴이 터질 듯이 숨이 막힌다고 밝혔다.

　　훈훈한 봄바람에 풍겨 오는 신선한 퇴비 냄새, 어디서 들려오는지도 알 수 없는 일꾼들의 나른한 수심가 소리, 밤에도 집안에서 가만히 잘 수 없으리만큼 천지가 환해지는 듯한 능금꽃, 단풍 든 감나무 위에 앉아 있는 까마귀, 겨울밤 헐벗은 가지 끝에 매달려 있는 차디찬 별, 문을 열면 과일 냄새가 코를 찌르며 가슴에 달려들어, 숨이 가빠, 저절로 눈을 감게 되는 지하 저장고. 이 추억들이 머릿속에 떠오를 때에 나는 숨이 끊어질 것처럼 가슴이 조인다. 나는 이 이미지들을 아마도 무덤 속에까지 가지고 갈 것이다.(인: 53)

　　최재서는 어린 시절의 과수원 이미지를 무덤까지 가져갈 정도로 가슴 벅차다고 말하지만, 위 인용문을 읽고 있는 독자도 시각·청각·후각 등 온갖 감각적 이미지에 그만 정신이 아찔할 정도다. 봄에서 겨울로 이어지는 계절의 순환과 그 속에서 펼쳐지는 과수원은 아직 파괴되지 않은 순수한 자연의 모습 그대로 풍요와 다산의 '어머니 대지'를 떠올리게 한다. 한편 "겨울밤 헐벗은 가지 끝에 매달려 있는 차디찬 별"이라는 구절에서는 인간에 적의를 품거나 적어도 무관심한 것 같은 자연의 모습을 느낄 수 있다. 한마디로 위 인용문을 읽노라면 다의적인 산문시 한 편을 읽는 것 같다.

그런데 이 과수원은 최재서에게 단순히 어린 시절의 향수를 불러일으키는 시적 이미지에 그치지 않고 더 나아가 삶의 의미를 깨닫게 해 주는 교육장의 구실도 했다. 과수원은 해주 시내에서 멀리 떨어진 외진 곳이어서 그는 "견디기 어려운 고독"을 느끼곤 했다. 그러나 외롭다고 친구들을 찾아가 그들과 함께 어울리는 것은 자존심 강한 그로서는 "고독에 굴복하는 일"로 생각되었다. 그래서 소년 최재서는 혼자 고독을 견디고 극복하는 방법을 터득했으며, 뒷날 그의 성격으로 발전한 "고고(孤高)를 사랑하는 마음"은 바로 이 과수원이 그에게 물려준 소중한 정신적 유산이었다. 최재서가 영국 작가 존 골즈워디의 작품 「사과나무」를 좋아한 것은 이 작가가 이 작품에서 다루는 청춘과 꿈과 낭만이 소년 시절의 추억과 맞닿아 있기 때문이다.

최재서는 요한 볼프강 폰 괴테가 희곡 작품 『토르콰토 타소』(1790)에서 한 작중 인물의 입을 빌려 한 말을 평생 좌우명처럼 마음속에 되새기며 살았다. 최재서의 글을 읽다 보면 괴테의 다음 구절을 민요 가락의 후렴처럼 자주 만나게 된다.

개성은 고독 속에서 길러지고,

성격은 세파 속에서 이루어진다.[6]

---

6) 최재서, 「현대 비평에서의 개성의 문제」, 『최재서 평론집』(서울: 청운출판사, 1961), 50쪽. 앞으로 이 책에서의 인용은 본문 안에 '평'이라는 약자와 함께 쪽수를 직접 적기로 한다. 한편 최재서는 「현대 비평의 성격」에서 "재능은 고독 속에서 양성

최재서가 말하는 '개성'은 독일어 원문과 영어 번역문에는 'Talent'로 되어 있다. 물론 개성과 재능은 서로 밀접하게 관련되어 있지만 굳이 '개성'으로 번역한 것이 조금 의외다. 그런데 이 구절을 꼼꼼히 생각해 볼수록 최재서의 개성이나 성격을 엿볼 수 있는 단서가 된다. 태일원 과수원 시절부터 경성제2고보를 거쳐 경성제국대학 예과와 본과와 대학원 과정, 그리고 졸업 후 사회에 나와서도 그는 거의 친구가 없이 외톨이로 지내다시피 했다. 물론 최재서처럼 독서를 많이 하고 학문에 전념하려면 남들처럼 사교할 수 없을 것이다. 평소 그를 알고 지내던 사람들은 하나같이 그가 성격이 괴팍하고 남과 좀처럼 어울리지 못했다고 입을 모은다. 다시 말해 그의 개성이나 재능은 고독 속에서 길러졌는지는 몰라도 적어도 그의 성격은 거센 세파 속에서 제대로 형성되었다고 보기는 어렵다. 한편으로는 자존심 강하고 다른 한편으로 섬세하고 유약한 만큼 최재서는 쉽게 상처받기 일쑤였다.

아직도 유교 사상에 젖어 남아를 선호하던 무렵 딸 넷에 외아들로 태어난 최재서가 집안에서 얼마나 온갖 귀여움과 사랑을 독차지하며 자랐을지는 짐작하고도 남는다. 특히 그는 할머니와 어머니로부터 지극한 정성을 받으며 유년 시절을 보냈다. 가을이 되면 할머니와 어머니는 과수원의 감나무에서 감을 따 건시를 만들어 광에 저장해 두곤 했다. 그러나 경성에서 공부하는 아들이 겨울 방학이 되어 고향에 돌아올 때까지는 식구 중 누구도 건시에 손댈 수 없었다. 그야말

되고/ 성격은 세류(世流) 속에서 형성된다."(10쪽)라고 말한다.

로 최재서는 최씨 가문을 이을 소중한 기둥으로 온갖 편애를 받으며 자랐다. 그래서 그의 여동생 최보경은 자서전『나는 이렇게 살았습니다』에서 오빠의 출생과 성장을 기억하며 그를 '태일원의 귀공자'라고 부른다.

어머님의 말씀에 오빠의 태몽은 '움터 나오는 매화나무'였다고 몇 번이고 나에게 일러 주셨다. 이른 봄의 따스한 햇볕과 요동을 시작한 땅의 기를 받아 매화는 움트기 시작하고 꽃을 피우게 된다. 과연 오빠는 수양산의 정기와 위로 할머니를 위시하여 아버지와 어머니의 지극하신 사랑을 받는 태일원 유일의 귀공자였다. 5남매 중의 외아들! 흔히 해주에서 네 번째라고 말들을 했던 아버지의 부(富)와 타고난 그의 다재다능한 소질과 두뇌, 오빠에게는 막힐 것이 하나도 없었다.[7]

한겨울 땅에서 움터 나오는 매화는 사내아이 태몽치고는 조금 이색적이다. 민간 신앙에서 사내아이와 관련한 꿈의 형상은 흔히 해와 벼락과 같은 천체나 기상과 관련된 것이거나 황룡이나 호랑이 같은 산짐승과 관련된 것이 많다. 어쩌다 식물이 등장하기도 하지만 홍고추나 인삼, 옥수수처럼 남근을 상징하는 것들이 대부분이다. 물론 사내아이의 매화 태몽이 전혀 없는 것은 아니다. 봄소식을 가장 빠르게 전하는 전령사라고 할 매화, 그중에서도 특히 한겨울에 피는 설중

---

7) 최보경, 『나는 이렇게 살았습니다』, 194쪽.

매는 조선 시대에 선비의 상징이었다. 실제로 과거에 급제하거나 학문에서 큰 업적을 쌓은 인물 중에는 매화 태몽과 관련해 태어난 사람들이 적지 않았다. 그러므로 최재서의 어머니가 매화 꿈을 꾸고 최재서를 낳았다는 것은 앞으로 그가 펼치게 될 삶을 생각할 때 자못 상징적이다.

위에 인용한 최보경의 말 중에서 특별히 눈여겨봐야 할 대목은 "아버지의 부와 타고난 그의 다재다능한 소질과 두뇌"라는 구절이다. 아버지 최경태가 해주에서 '넷째 가는' 부자였다면 아마 상당한 재산가였을 것이다. 과수원의 작은사랑에 살면서 과수원 일과 부엌일을 거들어 주던 김 씨 내외에 대하여 보경이 "어느 늦가을 아버지가 평산 농토를 타작하러 가셨다가 데리고 오신 부부"[8]라고 말하는 것을 보면 평산 평야에 토지를 소유하고 있어 소작인들을 두어 농사를 지었던 것 같다. 앞에서 언급한 것처럼 최재서의 집안을 향리 집단으로 간주하는 근거 중 하나도 교육열이 높은 데다 토지 소유에 관심이 많았기 때문이다.

뒷날 나이 50대 중반 가까이 되어 최재서는 연세대학교에서 상여금으로 받은 돈으로 서울 남산 근처 적산가옥의 서재 창문과 창살에 새로 흰 페인트칠을 한 적이 있다. 페인트칠 작업을 하는 사람들을 바라보며 그는 문득 어린 시절 소작인들이 회칠을 해 주던 해주 고향집을 이렇게 회고한다.

---

8) 앞의 책, 78쪽. 최보경에 따르면 김 씨는 이왕가(李王家)의 내시로 있다가 평산으로 낙향하여 살고 있었다. 어린 보경이 어쩌다 김 씨 부부가 기거하던 작은사랑에 나가면 김 씨는 벽에 걸린 이은(李垠) 왕세자 사진 앞에서 울먹이고 있었다고 한다.

눈을 감으면 오향(고향)집 흰 벽들이 아득한 의식 위에 선명하게 떠오른다. 매해 늦은 여름이 다 될 무렵이면, 촌에서 소작인들이 떼를 지어 와서, 집안 구석구석에 매달린 거미줄을 떨고, 집 비에 흰 물을 적셔 벽돌을 말짱하게 칠해 주는 것이었다. 그들의 노동은 무료 봉사였지만, 주인 측에서도 특별히 음식을 장만하여 그들을 접대했다. 회칠하는 날은 어린 내가 일 년 중에서 손꼽아 기다리는 날들 중의 하나였다.(인: 168)

최재서의 집안이 시골에 소작인을 여러 명 거느렸다면 그의 사회적 신분은 소지주로 보아도 크게 틀리지 않을 것 같다. 일본에서 활동하는 한국계 학자 윤수안(尹秀安)은 최재서의 관념론적 특성과 민중 의식과 관련하여 2011년 교토대학교에 박사 학위 논문으로 제출한 뒤 단행본으로 출간한 저서 『'제국 일본'과 영어·영문학』에서 "넓은 집에서 자란 지주 계급 출신으로, 사념(思念)으로서밖에 민중을 이해할 수 없었다."9)라고 말한다. 3만여 평에 이르는 과수원에 딸린 집이었으니 최재서가 "넓은 집"에서 자란 것은 맞다. 또 해마다 늦가을이면 소작인들이 "떼를 지어" 집에 왔다고 말하는 것을 보면 부재지주인 것도 맞다. 그러나 여러 정황으로 미루어 보면 그의 집안은 대지주는 아니었던 것 같다.

더구나 최재서가 경성제국대학 예과에 다닐 무렵부터 아버지의

---

9) 윤수안, 윤수안·고영진 옮김, 『'제국 일본'과 영어·영문학』(서울: 소명출판, 2014), 231쪽.

경제 사정이 이런저런 이유로 악화되기 시작하면서 그의 집안은 소지주 신분에서 점차 몰락했다. 장사로 큰돈을 모아 과수원을 구입하기 전까지만 해도 그의 아버지는 무척 가난했고, 빈곤과 싸우면서 돈을 모으느라 건강을 해친 나머지 평생 심한 소화불량증에 시달리며 살았다. 1929년 그의 아버지가 폐렴으로 갑자기 사망한 뒤부터 최재서 집안은 경제적으로 적잖이 곤란을 겪었다.

최보경이 "아버지의 부와 타고난 그의 다재다능한 소질과 두뇌, 오빠에게는 막힐 것이 하나도 없었다."라고 말하듯이 최재서는 다재다능한 소질과 두뇌를 가지고 태어났다. 그렇다면 아버지의 재산은 아들의 타고난 재능에 그야말로 날개를 달아 준 셈이다. 다만 해주는 최재서가 날개를 활짝 펴고 높이 날기에는 너무 비좁은 공간이었다. 뒷날 최재서는 이상(李箱)의 「날개」를 분석하는 글에서 "넓은 세계에서 좁고 컴컴한 방밖에는 그의 있을 곳이 없다. 그러나 그 방도 그의 세계는 아니다. 그러면 그의 영혼의 고향은 어디메냐? 그것은 옛날 그의 날개가 날아 보았다는 세계 — 시의 세계일 것이다."(평: 322)라고 말한다. 여기에서 최재서가 "박제가 되어 버린 천재"인 주인공 "나"가 살고 있는 경성의 유곽보다는 오히려 해주의 과수원 집을 두고 하는 말처럼 들린다.

해주에서 경성으로

시대를 앞선 천재 작가 이상처럼 최재서에게도 영혼의 고향은 좁게는 문학과 예술의 세계, 더 넓게는 서구 문화의 세계였다. 수양산 자락의 과수원과 해주는 그가 세계정신을 호흡하기에는 너무 비좁았을지도 모른다. 그래서 그는 해주에서 서당을 거쳐 1921년(다이쇼 10) 3월 해주공립보통학교 5학년 과정을 마친 뒤 영혼의 고향을 찾아 해주를 떠나 경성으로 갔다. 경성제2고보 '입학 전 학력'난에는 다음과 같이 기록되어 있다.

大正 5年 4月 海州公立普通學校 第1學年 入學

大正 9年 3月 同校 卒業

大正 9年 4月 同校 第5學年 入學

同 10年 3月 遊修學

일제 강점기의 초등 교육은 조선인과 일본인을 분리하여 차별적으로 이루어졌다. 일본인에 대한 초등 교육은 의무 교육으로 일본과 동일한 학제로 구성되어 있어 6년제 소학교에서 이루어졌다. 그러나 조선인에 대한 초등 교육은 최재서의 학적부에서도 볼 수 있듯이 3~4년제로 되어 있다가 1922년 공포된 조선교육령에 따라 1~2년 연장하여 5~6년제로 운영했다. 더구나 조선인의 보통학교는 의무 교육이 아니었으므로 학교 운영 기금의 일종인 사친회비를 학부모가 납부해야 했다.

해주에서 보통학교 5년 과정을 마친 최재서는 1921년 처음 문을 연 경성제2고등보통학교에 1회 학생으로 입학했다. 학적부에는 그의 입학 날짜가 "大正 10年 5月 2日"로 기재되어 있다. 1921년에 설립된

이 학교는 이름 그대로 1899년 설립된 경성제1고등보통학교(오늘날의 경기중고등학교)에 이어 경성에서는 두 번째로 설립되었다. 1909년 설립된 평양고등보통학교(평양제2중학교), 1916년 설립된 대구고등보통학교(오늘날의 경북중고등학교)에 이어 일제 강점기 한국의 관립 고등보통학교로는 네 번째로 설립된 학교였다. 그러나 시간이 점차 지나면서 경성제2고보는 경성제국대학 예과에 입학하는 학생 수가 평양고보를 앞질러 전국에서 '넘버 2' 고등보통학교로 부상했다.

그렇다면 최재서가 학교 역사로 보나 수준으로 보나 좀 더 나은 평양고보를 두고 굳이 신생 학교인 경성제2고보를 택한 이유가 어디 있을까? 그가 꿈을 펼치기에는 아무래도 평양보다는 경성이 더 낫다고 판단했는지 모른다. 거리로 보면 해주에서 경성이 평양보다 조금 더 가깝다. 물론 이 무렵 해주에서 경성으로 가는 교통은 좋은 편이

1921년 개교한 경성제2고등보통학교로 경복중고등학교의 전신.

경성제2고보 시절 최재서의 학적부.

아니어서, 버스로 사리원까지 가서 사리원에서 다시 기차를 타고 경성에 가야 했다. 최재서가 경성으로 유학을 간 것은 부모의 권유에 따른 것일 수도 있다. 예로부터 말이 태어나면 제주도로 보내고 사람이 태어나면 서울로 보내라고 하지 않았던가.

이렇게 해주에서 '태일원의 귀공자'로 온갖 귀여움과 관심을 받으며 자란 최재서는 경성에 처음 도착해 적응하기가 쉽지 않았다. 겨우 열네 살밖에 안 된 소년이 부모를 떠나 혼자 낯선 대도시에서 지내기란 녹록지 않았다. 더구나 '한양 깍쟁이'라는 말도 있듯이 그에게 경성 사람들은 까다롭고 인색하며 자기 이익만 밝히는 것처럼 보였다.

처음으로 서울 와서 제일 기이하게 들리는 말은 '깍쟁이'였다. 또

제일 무서운 존재도 깍쟁이였다. 깍쟁이 앞에만 가면 자기기만적인 모든 감정이 위축되는 것을 느꼈다. 체력에 있어서나 기타 무슨 점에 있어서나 그들을 두려워할 아모런 이유도 없지만 여하튼 그들에 아지 못할 정기(精氣)에 늘 위압을 느껴 왔었다. 이것이 결국 그들의 지력(智力)에 대한 '열성 콤푸렉스'임을 깨다른 것은 퍽 후의 일이였다.[10]

나이 어린 최재서가 경성에서 느낀 첫인상은 동료 학생들을 비롯한 경성 사람들이 '깍쟁이'라는 사실이다. 최재서는 후에 이러한 특징이 경성 사람들의 지적 열등감에서 비롯한 것이라는 사실을 깨달았다. 최재서는 경성 사람들이 어떠한 점에서 지적 열등감을 느끼는지에 대해서는 자세히 말하지 않는다. 아마 지방에서 온 사람들도 경성 사람 못지않게 탁월한 지적 능력의 소유자라는 사실에서 비롯하는 불안한 심리 때문일 것이다.

한편 위 인용문에서 최재서가 "체력에 있어서나 기타 무슨 점에 있어서나 그들을 두려워할 아모런 이유도 없지만"이라고 말하는 점도 눈여겨볼 필요가 있다. 그의 말대로 최재서는 남달리 신체가 건장했다. 뒷날 가장 친하게 지낸 몇 안 되는 문인 중 한 사람인 이원조(李源朝)는 최재서가 '6척 장신'이었다고 말한 적이 있다. 물론 '6척'이라면 줄잡아 180센티미터가 되지만 이 말은 보통 사람보다 키가 크다는

---

10) 최재서, 「비평가와 깍쟁이」, 『문학과 지성』(경성: 인문사, 1938), 289~290쪽. 앞으로 이 책에서의 인용은 본문 안에 '문'이라는 약자와 함께 쪽수를 직접 적기로 한다.

뜻일 뿐 정확한 수치를 가리키는 것은 아닐 것이다. 어찌 되었든 최재서는 중학교 시절부터 키가 무척 컸다. 이왕 체격 이야기가 나왔으니 말이지만 최재서는 정지용(鄭芝溶)이 작품에서 구사하는 '언어의 마술'을 언급하면서 "정 씨는 기리보다 옆이 더 자란 사람이다. 이러한 채격(체격)의 소유자는 의례히 그의 性格이 '안차게' 마련이다. 그의 詩는 역시 매섭게 안차다."(평: 307)라고 평한다. 키가 큰 최재서와는 달리 정지용은 키가 작고 조금 땅딸막한 체구였다.

　　최재서의 경성제2고보 학적부에는 흥미로운 사실이 몇 가지 적혀 있다. 당시 그의 주소지는 "京城府 黃金町 2丁目 192"로 되어 있다. '황금정 2정목'은 오늘날의 을지로 2가에 해당하는 곳으로 청계천을 경계로 남쪽 지역이다. 당시 경성은 청계천을 경계선으로 일본인 거주 지역인 남촌(미나미무라)과 조선인 거주 지역인 북촌(기타무라)으로 나뉘어 있었다. 전우용의 지적대로 청계천은 단순히 지리적 경계선에 그치지 않고 "식민지 지배자와 피지배자의 간격을 표상하는 동시에 부자와 빈자를 각각 상징하는" 지표였다.[11] 1911년에는 동양척식주식회사가, 1922년에는 경성주식현물취인시장이, 1928년에는 경성전기회사 사옥이 황금정에 들어선 것만 보아도 잘 알 수 있다.

　　경성제2고보 학적부에 최재서의 '정보증인'은 그의 아버지 최경태로 기재되어 있지만, 그의 '부보증인'은 학생 부친의 '우인 장상욱(張常郁)'으로 기재되어 있다. 장상욱은 직업이 '下宿屋'으로 기재되어 있

---

11) 全遇容, 「植民地都市イメージと文化現象 ― 1920年代の京城」, 『日韓歴史共同研究報告書: 第3分科篇』 上巻(東京: 日韓歴史共同研究委員会, 2005), 215쪽.

는 것으로 보아 아마 하숙집을 경영하고 있던 사람인 것 같다. 장상욱이 실제로 최재서의 부친과 친구 사이였는지, 아니면 하숙집 주인을 편의에서 그냥 '우인'으로 기재했는지 지금으로는 확인할 수 없다. 그러나 경성제국대학 본과에 입학할 당시 최재서의 보호자가 어머니 임봉우로 기재되어 있는 것으로 보아 이즈음 식구들이 해주에서 경성으로 이주해 왔음을 알 수 있다. 그의 아버지가 한두 해 전에 사망한 데다 태일원 과수원이 다른 사람에게 넘어갔으니 어머니를 비롯한 식구들이 해주에 굳이 계속 남아 있어야 할 이유가 없었을 것이다.

그런데 학적부에서 한 가지 놀라운 사실은 '결혼 기재' 난에 최재서의 상태가 "旣婚(年月日 未詳)"으로 적혀 있다는 점이다. 이때 최재서의 나이 겨우 만 14세, 한국의 전통 계산법으로는 15세밖에 되지 않아 결혼하기에는 아직 빠르다고 생각할지 모른다. 그러나 당시에는 조혼 풍습이 남아 있는 데다 외아들이어서 그의 부모가 고향에서 일찍 결혼시킨 것으로 추정해 볼 수 있다. 그가 결혼한 해와 날짜를 '미상'으로 남겨 두었다는 것은 어쩌면 민며느리 제도 비슷하게 정혼자를 미리 정해 놓았기 때문인지도 모른다.

만약 최재서가 경성에 유학 오기 전에 결혼했다면 그는 아마 겨울철에 했을 것이다. 경성제국대학 예과 재학 중인 조선인 학생들의 단체 문우회가 쇼와 2년에 발간한 《문우(文友)》 5호에 최재서가 기고한 흥미로운 글이 한 편 실려 있다. 「만필 뒤밧귄 색시」에서 그는 "식골(海州 지방)서는 대개 결혼이 동지달에 거행되는 풍습이 잇다. 이것은 소위 택일에서 오는 결과이다. 그래서 동지달 눈보래가 쓸쓸한 촌락을 습격할 째에 결혼의 꼿은 이 집 저 집에 핀다. 오날은 뒤ㅅ집 아가

씨 내일은 안집 짜님……"12)이라고 말한다. 그렇다면 최재서는 겨울철에 해주에서 결혼했을 가능성이 크다.

한편 '가족 기재'난에는 "祖母, 父母, 姉 1人, 妻, 妹 2, 下男 7, 下女 2"로 적혀 있다. 할아버지는 일찍 사망하여 할머니만 생존해 있었고, 부모에 아내, 누나 하나에 누이동생 2명으로 기재되어 있다. "姉 1人"은 큰누나 옥경이 사망하여 국경만이 누나 1인으로 기재되어 있고, "妹 2"는 누이동생 보경과 애경을 가리킨다. 과수원과 집안일에 일손이 많이 필요했던지 남자 하인 7명에 여자 하인 2명도 함께 기재되어 있다.

한편 '훈육의 특이 사항'난에는 최재서가 혼자 생각에 잠기는 버릇이 있고 소설류의 책을 탐닉하며 취향이 같은 친구들과 《문예회람》 잡지를 발행한다고 하여 학교 측에서 허락했다고 적혀 있다. '성격'난에는 따지기 좋아하고 성미가 급하고 다른 학생들과 잘 어울리지 못하는 경향이 있다고 적혀 있다. 그의 장점으로는 "공부를 열심히 하고, 노력을 많이 하고, 책을 많이 읽는다."라고 되어 있는 반면, 단점으로는 "지나치게 자기주장을 내세운다."라고 적혀 있다. 또한 그의 취미로는 문학 서적을 즐겨 읽는 것으로 기재되어 있다. 뒷날 최재서가 보여 준 행동이나 대인 관계, 취향 등에 비추어 보면 담임 교사들은 그의 성격을 비교적 정확하게 판단한 것 같다.

이 무렵 일본 문학에 심취한 최재서는 아리시마 다케오(有島武郎)의 작품을 즐겨 읽었다. 아리시마는 나쓰메 소세키(夏目漱石)와 함께

---

12) 최재서, 「만필 뒤밧귄 색시」, 《문우》 5호(1927. 11), 62쪽.

반자연주의 입장에 서서 인도주의와 이상주의 문학을 주창했던 시라카바파(白樺派)의 대표적인 작가다. 특히 아리시마는 메이지 유신 이후 삿포로를 개척하던 시기에 소작인들에게 토지를 무상으로 돌려줄 만큼 진보주의자였다. 1903년 미국의 해버퍼드대학과 하버드대학교에 유학하면서 신앙에 동요가 일어난 그는 헨리크 입센과 레프 톨스토이 등의 문학을 탐독하고 표트르 크로폿킨의 무정부주의에 심취했다. 아리시마는 1906년 귀국하여 모교 도호쿠(東北)제국대학교 농과대학(오늘날의 홋카이도대학)의 영어 강사로 근무하면서 1910년에 잡지 《시라카바》를 창간해 문학 활동을 시작했다. 『카인의 후예』(1917)를 비롯하여 『미로』(1917), 입센의 작품에서 영향을 받은 『클래라의 출가』(1917), 『어떤 여인』(1919) 등이 그의 대표작으로 꼽힌다. 아리시마는 소설가뿐 아니라 문학 평론가로도 일본 문단에 신선한 바람을 불러일으켰다.

또한 아리시마는 당시 일본뿐 아니라 식민지 조선에서도 큰 인기를 끌었다. 그의 인도주의적이고 계몽주의적인 사상은 이광수를 비롯해 박계주(朴啓周)와 황순원(黃順元) 같은 작가들에게도 적잖이 영향을 끼쳤다.[13] 이 밖에도 김동인과 염상섭(廉想涉)의 작품에서도 아리시마의 그림자가 자주 어른거린다. 그러나 아리시마는 이들 작가들과는 달리 어린 최재서에게는 긍정적 영향보다는 오히려 부정적 영향을 끼쳤다. 뒷날 일본 제국의 국군주의에 협력하는 최재서는 국민

---

13) 아리시마 다케오가 일제 강점기 한국 작가들에 끼친 영향에 대해서는 김욱동, 『세계 문학이란 무엇인가』(서울: 소명출판, 2020), 96~98쪽 참고.

문학과 관련하여 이렇게 회고한다.

> 나는 중학생 시대에 아리시마 다케오 씨의 어떤 글에서 '조선에는
> 국가가 없기 때문에 위대한 문학이 나오지 않을 것이다.'라고 한 말
> 을 읽은 적이 있었다. 그런데 그 말은 생각이 견고하지 못한 나를
> 때로 절망에 내몬 적도 있어서, 지금까지 머릿속에 들러붙어 있다.
> 또 최근 하야시 후사오(林房雄) 씨가 전향 작가를 논하는 자리에서
> '조선의 작가는 전향해도 돌아갈 조국이 없다.'고 말한 것이 많은
> 파문을 일으키고 있는 것 같다.[14)

하야시의 말은 한참 뒤의 일이니 접어 두고라도 아리시마의 말
은 당시 중학생 최재서에게 크나큰 충격을 주었다. 오죽하면 20년 가
까운 세월이 지난 뒤에도 강박 관념처럼 그의 머릿속에 여전히 달라
붙어 있을까. 이렇듯 중학교 시절 최재서는 아리시마의 작품을 비롯
한 일본 문학에 심취한 반면 조선 문학에 절망을 느꼈다. 그가 뒷날
친일 문학에 발을 깊이 들여놓은 것도 아마 아리시마의 말이 한몫했
을 것이다. 그러나 당시 조선 문학에 절망을 느꼈을망정 최재서는 식
민지 종주국 일본 못지않게 식민지 조선에서도 얼마든지 위대한 문
학 작품이 나올 수 있다는 기대와 희망을 결코 저버리지 않았다.

---

14) 최재서, 「조선 문학의 현 단계」, 노상래 옮김, 『전환기의 조선 문학』(경산: 영남대
학교 출판부, 2006), 74~75쪽. 앞으로 이 책에서 인용은 '전'이라는 약자와 함께 쪽
수를 본문 안에 직접 적기로 한다. 하야시는 처음에는 소설가와 비평가로 프롤레타
리아 문학 활동을 하다가 뒷날 고바야시 히데오(小林秀雄) 등과 함께 《분가쿠카이
(文學界)》를 창간하면서 점차 낭만주의적 민족주의로 전향했다.

한편 경성제2고보 학적부 '졸업 후의 지망'난에 "高等學校 農科 志望"이라고 기재된 것을 보면 최재서는 1학년부터 3학년까지만 해도 대학에서 문학을 전공할 뜻이 별로 없었던 것 같다. 외아들인 그는 그 무렵 농과를 전공하여 집안에서 경영하는 과수원을 물려받아 가업을 이을 생각을 하고 있었는지 모른다. 그러나 4학년 때 기재 난에는 "大學 豫科(文科)"로 적혀 있고, 5학년 기재 난에는 좀 더 구체적으로 "成大 豫科(文科)"로 명시되어 있다. 이처럼 졸업반 때 이르러야 비로소 그는 경성제국대학 법문학부 문과에 입학할 계획을 분명히 했다.

경성제2고보 시절 최재서는 다른 학과목도 마찬가지였지만 특히 영어 과목을 잘했다. 3학년 때 한번은 영어 교사가 "하늘의 무지개를 볼 때마다/ 내 마음은 뛰노니"로 시작하는 윌리엄 워즈워스의 유명한 작품 「무지개」를 읽어 주면서 조선어로 번역하고 해석까지 해준 일이 있었다. 그런데 후반부 "Or let me die!/ The Child is father of the Man."에 이르러 교사는 학생들에게 이렇게 번역해 주었다.

불연(不然)이면 죽어도 가야(可也)라!
어린이는 어른의 아버지.(인: 39)

영시를 그렇게 번역해 놓으니 영시가 아니라 마치 한시를 읽는 느낌이 든다. 어찌 되었든 이 구절에 대해 교사는 학생들에게 어린아이가 자라면 어른이 되어 아이를 낳는데 그 아이도 자라서 다시 어른이 되니 어린이를 결국 '어른의 아버지'라고 한 것이라고 설명해 주었다. 교사의 해설을 들은 최재서는 적잖이 실망했다. 몇십 년이 지난 뒤 그는 "나는 이 설명이 덜됐다고 생각했다. 나는 그 시간부터 그 선생은 엉터리라 단정했다."(인: 40)라고 회고한다.

최재서는 경성제국대학 법문학부를 거쳐 대학원에 가서 워즈워스의 작품을 좀 더 체계적으로 연구하던 중 허레이쇼 넬슨 제독의 사망 소식을 듣고 쓴 「행복한 전사(戰士)」라는 작품을 읽고 나서야 비로소 워스워스가 왜 "어린이는 어른의 아버지"라고 노래했는지 깨달았다. 즉 소년기에 받은 영감을 죽을 때까지 삶의 원리를 삼는 어른이야말로 행복한 사람이라는 것이다. 이 일화에서도 엿볼 수 있듯이 최재서는 일찍부터 영어 실력은 물론이고 문학적 감수성과 예술적 재능, 지적 호기심이 무척 뛰어났다.

1926년 최재서는 5년제 경성제2고보를 졸업하고 곧바로 그해 4월 경성제국대학 예과 문과에 수석으로 입학했다. 앞에서도 언급했듯이 당시 일본 제국주의자들은 일본의 학제와 식민지 조선의 학제를 서로 달리하여 보통 교육은 물론 고등 교육에도 차별을 두었다. 일본에서는 중학교 4년을 마치고 고등학교 3년 과정을 졸업하면 대학에 입학할 수 있는 자격을 주었다. 그러나 식민지 조선에서는 고등보통학교 과정이 5년밖에 되지 않아 대학에 곧바로 입학할 수 없었다. 그래서 경성제국대학을 설립하려고 계획을 세우던 일본 정부에서는 서둘러 1924년에 청량리에 2년제 예과를 만들었다. 예과에는 A반과 B반이 있어 전자에는 법과에 진학할 학생들을 받았고, 후자에는 문과에 진학할 학생들을 받았다. 그래서 최재서는 예과 B반에 진학했다.

초대 예과부장 오다 쇼고(小田省吾)는 일본의 교육 정책자들과는 달리 일본인 학생들과 조선인 학생들을 구분 짓지 않으려고 애썼다. 가령 경성제대 예과 1회 입학생인 유진오(兪鎭午)에 따르면 오다 부장은 전자를 '일본어 상용 학생'으로, 후자를 '조선어 상용 학생'으로 언어 사용에 따라 구분 지었을 뿐 민족이나 국적에 따라 구분 짓지 않았다.[15] 이렇게 식민지 종주국 학생과 피식민지 학생을 구분 짓지 않으려고 했다는 점에서 오다는 참다운 교육자였다고 할 수 있다.

이 무렵 경성제대 예과와 본과에 입학하는 조선인 학생들은 식민지 조선에서 최고 엘리트로 대접받았다. 일본 학생들도 어려워한다는 일본 고전 문학 과목을 합격해야만 들어갈 수 있을 정도로 입학시험부터가 무척 까다로웠다. 사정이 이러하다 보니 어려운 관문을 뚫

청량리에 있던 경성제국대학 예과 건물. 1926년 4월 최재서는 이 학교에 수석으로 입학했다.

---

15) 유진오, 「편편야화(片片夜話)」, 《동아일보》(1974. 3. 20). 유진오, 『구름 위의 만상』(서울: 일조각, 1966), 223쪽.

경성제국대학 시절의 유진오. 최재서는 법문학부
문과에서, 유진오는 법문학부 법과에서 두각을
나타냈다.

고 입학한 경성제대 학생들의 긍지도 대단했다. 예과 학생들이 검은
망토를 걸치고 흰 테 두 줄에 느티나무 세 잎이 그려진 모표를 붙인
교모를 쓰고 경성 시내에 나가면 조선인들은 물론 일본 상인들도 하
던 일을 멈추고 바라볼 정도였다.

　　최재서는 1928년 3월 예과를 수료한 뒤 같은 해 4월 경성제국
대학 법문학부에 입학했다. 당시 제국대학에서는 필수 과목인 일본
어, 영어, 수학 외에 문과는 일본 역사를, 이과는 자연과학을 선택 과
목으로 택하여 시험을 치르고 신체검사에 합격해야 입학을 허가했
다. 초창기 경성제대는 법학부와 문학부를 한데 묶어 법문학부로 운

영했다. 당시 제국대학 중에서 문학부가 따로 독립되어 있는 곳은 도쿄제국대학과 교토제국대학 두 곳뿐이었다. 나머지 제국대학들은 모두 이 두 학부를 합해 법문학부로 운영했다. 경성제국대학 법문학부에는 ① 법학과, ② 철학과, ③ 사학과, ④ 문학과의 4학과가 설치되어 있었다. 문학과에는 다시 ① 국어·국문학(일본어·일본 문학) 전공, ② 조선어·조선 문학 전공, ③ 중국어·중국 문학 전공, ④ 외국어·외국 문학 전공으로 나뉘었다. 경성제대가 설립된 1926년은 오직 조선어·조선 문학 전공 2강좌만 설치되어 있다가 이듬해 식민지 종주국의 언어와 문학을 다루는 일본어·일본 문학 전공과 외국어·외국 문학 전공을 각각 2강좌씩 열었다. 여기에서 외국어·외국 문학 전공이란 다름 아닌 영어·영문학을 말한다. 영어·영문학 외의 다른 외국어나 외국 문학은 아예 설치되어 있지 않았기 때문이다. 예를 들어 문학과에 입학한 조윤제(趙潤濟)는 조선어·조선 문학 전공, 김태준(金台俊)은 중국어·중국 문학, 최재서는 영어·영문학 전공에 소속되어 있었다.

이렇게 영어·영문학 전공을 국어·국문학(일본어·일본 문학)과 같은 비중으로 동일하게 취급한 것을 보면 당시 일본 제국주의 정부가 영어와 영문학을 매우 중요하게 생각했음을 짐작할 수 있다. 그렇다면 왜 일본 통치자들은 식민지 조선에서 영어를 그토록 중요하게 생각했을까? 당시 식민지 조선에서 대표적인 기독교계 고등 교육 기관인 경성의 연희전문학교와 이화여자전문학교, 그리고 평양의 숭실전문학교에서 영어에 큰 비중을 두었기 때문이다.

대한제국 시절 선교사로 조선을 찾았던 헨리 아펜젤러는 "조선에서는 영어 공부열이 대단히 높다. 영어에 대한 지식이 조금만 있어도 더 높은 지위를 얻을 수 있는 건 예나 지금이나 마찬가지다. 조선 사람에게 왜 영어를 공부하느냐고 물으면 예외 없이 '출세하기 위해서'라고 대답한다."[16]라고 일기에 적었다. 조선의 일간 신문에서도 학생들에게 영어의 중요성을 강조하는 기사를 많이 실었다. 예를 들어 《동아일보》에서는 새 학기를 맞아 학생들에게 서구 문물을 호흡하려면 영어 학습이 무엇보나노 중요하나고 밝히면서 "영어는 현대의 세계적 용어가 되얏는지라, 상업과 정치와 과학에 차(此)를 미해(未解)하면 이는 상식의 결핍을 표시하는 관(觀)이 유(有)할 쑨 아니라, 쏘한 열방(列邦)의 문명을 종합하야 일대 문화을〔를〕 기성(期成)함에 장해됨이 불소(不少)하니……."[17]라고 지적한다. 이렇듯 영어를 모르고서는 서양 문화를 제대로 받아들일 수 없다는 것이 이 무렵 지식인 사회의 분위기였다. 뒷날 최재서와 친분을 맺은 신익희(申翼熙)는 일찍이 고향인 경기도 광주에서 서울로 올라오면서 이렇게 적었다.

> 서울로 올라온 나는 두 가지로 공부할 길을 생각했다. 하나는 법관 양성소에 다녀 법률을 배워 무지한 민중이 법망에 걸려서 고생하는 것을 구제하여 보려는 것이요, 다른 하나는 영어 학교에 들어가서 영어를 배워 서구의 진보한 문화를 흡수하려는 것이었다.[18]

16) 헨리 아펜젤러, 노종해 옮김, 『자유와 빛을 주소서: 아펜젤러의 일기』(서울: 대한기독교서회, 1988), 66~67쪽.

17) 「학기시감(學期時感) 졸업자와 입학자」,《동아일보》(1921. 3. 23).

18) 신익희, 『나의 자서전』(서울: 출판사 미상, 1953), 51쪽.

신익희는 법학을 공부하기에 앞서 영어를 먼저 배워야겠다고 생각했다. 그래서 영어를 배우려고 그가 들어간 학교가 바로 한성외국어학교였다. 이처럼 그에게도 영어는 진보한 서구 문물을 받아들이기 위한 필수적 수단이었다. 신익희는 좀 더 서구 문물을 직접 받아들이려고 마침내 일본으로 유학을 떠나 와세다대학에서 정치경제학을 전공했다.

더구나 이 무렵 조선의 지식인들 중에는 서구 문물을 받아들이되 일본을 통해 '간접'적으로 받아들이지 말고 서양에서 '직접' 수입해야 한다고 생각한 사람들이 적지 않았다. 그들은 일본을 통해 소개된 서구 문물은 어디까지나 '일본화된 서구 문물'이요 '불완전한 모방'에 지나지 않으므로 서구에서 직접 들여온 문물과는 차이가 날 수밖에 없다고 판단했다. 이렇게 서구 문물을 직접 교역 방식으로 수입하기 위해서는 무엇보다도 영어가 필수적인 도구가 되어야 할 것이다. 이러한 상황에서 일본 제국주의 통치자들은 조선 젊은이들의 이러한 지적 갈구를 해소하기 위해서라도 경성제국대학에서 영어와 영문학에 관심을 둘 수밖에 없었다. 이 점과 관련해 윤수안은 "단순히 '서구적 문명'을 배워서는 안 된다고 억압하는 것만으로는 '조선 지식인 청년의 감정을 완화'할 수 없었다. 따라서 경성제국대학도 또한 영어·영문학 강좌를 설치하여 기독교계 학교를 견제하고, 또한 구미에 유학하는 조선인을 체제 내에 유인하려고 했던 것이다."[19]라고 지적한다.

---

19) 윤수안, 앞의 책, 172쪽.

영어는 식민지 조선뿐 아니라 제국 일본에서도 중요했다. 제국 일본의 이토 히로부미(伊藤博文) 내각은 1886년 제국대학령을 발표해 도쿄대학을 도쿄제국대학으로 개편하면서 "국가의 필요에 응하는 학술과 기예를 교육하고 또한 그 본질을 꿰뚫는 곳"이라고 못 박았다. 이렇게 학술과 기예를 교육하려면 무엇보다 외국어 교육이 필수 불가결할 것이다. 도쿄제국대학은 문과대학에 영문학을 비롯해 독일 문학과와 프랑스 문학과를 순차적으로 설치하면서 원어민으로 교수진을 구성했다. 그래서 영문학과는 고이즈미 야쿠모(小泉八雲)라는 일본 이름으로 더욱 잘 알려진 라프카디오 헌과 제임스 딕슨 등이 교수로 채용되었다.

경성제국대학 법문학부

경성제국대학 법문학부에는 영어·영문학 전공 강좌에서 공부하는 조선인 학생들이 의외로 많았다. 1929년도에서 1941년도까지의 법문학부 졸업생 수는 일본인 학생이 129명으로 60퍼센트를 차지하고, 조선인 학생이 67명으로 40퍼센트를 차지했다. 문학부 전체에서 조선인이 차지하는 비중이 34퍼센트에 지나지 않는 반면, 영어·영문학을 전공하는 조선인 학생은 49퍼센트나 되었다.[20] 당시 조선인 학생들은 이처럼 영어·영문학 강좌에 큰 관심을 기울였다.

영어·영문학 전공 1회 입학생은 채관석(蔡管錫), 이종수(李鍾洙),

---

20) 앞의 책, 173쪽.

이재학(李在鶴), 노영창(盧泳昌), 박충집(朴忠集) 등 모두 5명이었다. 채관석은 대학을 졸업하고 경성제1고등보통학교 영어 교사로 부임하여 10여 년 근무한 뒤 서울대학교 사범대학 학장을 거쳐 고려대학교 영문학과 교수를 지냈다. 이광수와 주요한(朱耀翰)과 가깝게 지낸 이종수는 흥사단의 기관지《동광(東光)》의 편집 일을 맡다가《조선일보》기자로 근무했고 해방 후에는 서울대학교 사범대학 교수로 재직했다. 일본에 건너가 작가가 되려고 한 이재학은 작가로서의 뜻을 이루지 못하고 귀국해 해방 후에는 정치가로 변신했다. 강원도 홍천에서 자유당 국회의원에 당선되어 자유당 중진으로 활약했고, 자유당 말기에는 이기붕(李起鵬)의 측근으로 국회 부의장을 지냈다. 소설가 박종화(朴鍾和)의 매부인 노영창은 경성제대 영어·영문학 연구실 초대 조수(오늘날의 조교)로 근무하다가 일본 천리교에서 경영하는 덴리대학 외국어 교수로 근무했다. 그리고 박충집은 서울대학교 문리대학에서 영문학 교수로 재직했다.

　　여기에서 이광수와 경성제국대학의 관계를 짚고 넘어가는 것이 좋을 것 같다. 조용만(趙容萬)은 "춘원이 26년 경성제국대학 문학과의 선과생(選科生)으로 입학해 잠시 다닌 일이 있었다."라고 밝혔다. 선과생이란 다른 학교에서 수학한 것을 인정받아 무시험 전형으로 입학한 학생을 말한다. 1926년 당시 외국 문학 전공자로는 이광수가, 철학 전공자로는 현준혁(玄俊赫)과 김용하(金容河)가 선과생으로 입학했다. 조용만에 따르면 영어·영문학 전공 주임 교수 사토 기요시가 춘원에게 "당신은 조선 문단의 중견이란 말을 들었는데, 어째서 여기 들어왔소?"라고 물었다. 그러자 춘원은 "나는 와세다대학 철학과를 중퇴했는데, 문학 강의를 듣고 싶어서 들어온 것이오."라고 대답했다. 그래서 그는 사토 교수의 영시 강의를 들었지만 얼마 안 가서 척추 카리에스가 재발되는 바람에 수강을 포기하고 말았다.[21]

뒷날 최종고(崔鍾庫)는 서울대학교 학적부에서 이광수의 학적 기록을 찾아내어 조용만의 주장을 뒷받침했다. 이광수는 1910년 일본 메이지(明治)학원을 졸업하고 귀국한 뒤 1915년 다시 일본에 건너가 와세다대학 철학과에 편입했다가 중퇴했다. 기미년 3·1운동에 앞서 도쿄 유학생들의 2·8독립선언서를 작성했다는 이유로 대학을 그만둬야 했던 이광수는 중국 상하이로 망명하여 임시 정부에서 독립신문

1926년 이광수는 선과생으로 경성제국대학 문과에 잠시 적을 두었다.

21) 조용만, 「낙산문학회의 부활」, 『30년대의 문화예술인들: 격동기의 문화계 비화』 (서울: 범양사 출판부, 1988), 48~49쪽.

사 사장 등을 지냈다. 그가 경성제대에 입학한 것은 중국에서 귀국해 《동아일보》 편집국장에 취임하기 직전인 1926년으로 당시 그의 나이 34세였다. 이광수는 일본 유학 시절 얻은 폐결핵 때문에 1926년 9월부터 1928년 3월까지 네 차례 휴학했고, 결국 1930년 1월 경성제대 학칙에 따라 제적되었다.[22]

경성제대의 영어·영문학 전공 2회 조선인 입학생은 이효석, 김용환(金龍煥), 김영준(金榮俊) 3명밖에 되지 않았다. 김용환은 해방 후 서울대학교 사범대학 교수를 지냈고, 김영준은 졸업 후 곧 사망했다. 경성제1고보를 졸업한 이효석은 경성제대 예과 A반 법과에 입학했다가 학부에 올라갈 때는 B반 문과로 진학했다. 문학에 타고난 재능이 있는 그는 고보 5학년 때 벌써 《매일신보》의 신춘문예에 응모한 시 작품이 선외가작(選外佳作)으로 뽑혔고 대학 2학년 때 《조선지광(朝鮮之光)》에 단편 소설 「도시와 유령」을 발표하면서 정식 데뷔할 만큼 문학적 재능이 뛰어났다.

경성제대 영어·영문학 전공 3회 조선인 학생은 1회와 마찬가지로 모두 5명이었다. 최재서를 비롯해 이혜구(李惠求), 현영섭(玄永燮), 조규선(曺圭善), 정준모(鄭駿謨)가 바로 그들이다. 일제 강점기부터 방송국에 근무하던 이혜구는 뒷날 국악으로 전공을 바꾸어 한국 전통 음악 연구의 선구자가 되었다. 현영섭은 경성제1고보 시절에는 이효석과 같은 반이었지만 예과에는 1년 늦게 들어왔다. 현영섭은 영시에

22) 「서울대 전신 경성제대 '1번 학생' 누군가 보니」, 《중앙일보》(2012. 2. 29); https://www.joongang.co.kr/article/7492694&home.

대한 이해가 뛰어나서 영국인 교수 레지널드 블라이스에게서 천재라는 칭찬을 들었다. 정준모는 일제 강점기에 중앙불교전문학교에서 교편을 잡았고 해방 후에는 동국대학교 영문학과 교수로 근무하다가 한국 전쟁 때 납북되었다. 소설가 지망생이었던 조규선은 만주 간도의 동명여자학교 영어 교사로 근무하다가 일찍 사망했다.

경성제대 문과 영어·영문학 전공 4회 조선인 입학생은 2회와 마찬가지로 앞에 언급한 조용만, 조익준(趙益俊), 전봉빈(田鳳彬) 등 모두세 명이었다. 그러나 전봉빈이 법학과로 전과해 영어·영문과에는 두 사람만 남았다. 전봉빈은 해방 후 국회 전문위원으로 근무하다가 한국 전쟁 때 납북되었다. 최재서와 마찬가지로 해주 출신인 조익준은 경성제대를 졸업한 뒤 함흥의 성흥농업학교에서 교편을 잡았다. 조익준은 고려대학교에서 오랫동안 재직한 영어학자 조성식(趙成植) 교수의 부친으로 당시로서는 보기 드물게 아버지와 아들이 경성제대 동문이었다.

경성제2고보와 경성제대 예과 시절부터 영어를 잘하기로 유명한 최재서는 학부 시절 여러 면에서 두각을 나타냈다. 졸업 후에는 식민지 시대 조선 문단의 비평계를 대표하는 문학 비평가로, 해방 후에는 문학 연구가와 윌리엄 셰익스피어 연구에 전념한 영문학자로 활약했다. 그렇다면 최재서는 경성제국대학 법문학부 중에서 하필이면 왜 문학부, 그중에서도 영어·영문학 전공을 택했을까? 어렸을 적부터 문학을 좋아한 데다 문학이라는 수단을 빌려 식민지 조국에 조금이라도 문화적으로 보탬이 되고 싶었기 때문일 것이다. 만약 그가 출세에 관심이 있었다면 아마 유진오처럼 법학과를 전공했을지 모른다. 이렇듯 최재서가 영어·영문학을 택한 이유는 다른 조선인 학생들과 비교해 좀 더 적극적이고 분명했다.

가령 최재서보다 1년 늦게 경성제대 법문학부에 입학한 조용만은 "법과를 하려면 총독부 관리를 목표로 할 수밖에 없는데, 나는 식민지 관리가 되고 싶지 않았고, 집에서도 그것을 좋아하지 않았다. (……) 영문과를 졸업한댔자 중학교 영어 교사밖에 할 것이 없지만, 관리보다는 나을 것이라는 생각이 들었고, 조용히 책이나 읽으면서 지내리라는 소극적인 은둔 생활이 일본 치하의 선비의 생활 태도일 것 같이 생각되었다."23)라고 밝힌 적이 있다.

조용만이 집안에서도 그가 일본 관리가 되는 것을 좋아하지 않았다고 말하는 것은 그가 독립운동가 후손이기 때문이다. 조선 말기에는 개화파 정치인이었고 일제 강점기에는 기미년 독립만세운동에 참여한 독립운동가요 서화가인 위창(葦滄) 오세창(吳世昌)이 바로 그의 외종조부다. 그래서인지 외종조부에 대한 조용만의 칭찬이 이만저만이 아니다. 조용만은 "위창 오세창은 33인 중의 한 사람으로 정치가 속에 넣는 것이 보통이지만 언론인으로, 서예가로, 또는 저술가로 문화인 쪽의 비중이 더 크다."24)라고 밝힌다. 1932년 경성제대를 졸업한 조용만은 그가 기대했던 대로 세브란스 의학전문학교에서 영어 전임강사로 근무하다가 해방 후에 고려대학교 교수로 재직했다.

조용만보다 1년 늦게 경성제대 법문학부에 입학한 홍봉진(洪鳳珍)

---

23) 조용만, 「나의 영문학 편력기」, 《피닉스》 13집(고려대학교 영문학회, 1969), 431~432쪽.
24) 조용만, 『30년대의 문화예술인들』, 312쪽.

도 입학 동기가 조용만처럼 소극적이었다. 홍봉진은 "법과로 진출하는 것인데 세파에 놀아나서 법과로 내가 성공한다면, 잘 되었자 일제의 고관이 되어서 주구(走狗) 노릇을 해야 할 것이다. 남은 감옥살이도 하는데 세속의 공명심 하나쯤이야 포기하지 못하겠느냐."[25]라고 말했다. 1936년 경성제대를 졸업한 홍봉진은 경성여자상업학교와 보성중학교 교사를 지내다가 해방 후 국민대학교 교수를 거쳐 4대 국회의원에 선출되었다.

재학 시절 최재서가 받은 교육을 좀 더 쉽게 알기 위해서는 이 무렵 일본 제국대학의 설립 배경과 교육 제도를 살펴볼 필요가 있다. 일본 제국주의는 앞에서 밝혔듯이 제국대학령에 따라 일본 다섯 지역에 제국대학을 설치한 뒤 식민지 세 곳에도 제국대학을 설립했다. 경성제국대학과 타이완의 타이베이제국대학 그리고 만주의 건국제국대학이 바로 그것이다. 일제는 중국 대륙 연구를 목표로 경성제국대학을 설립했다. 물론 일본 통치자들은 경성제대 설립을 동양학 연구라는 그럴듯한 이름으로 포장했다. 또한 일제가 경성제국대학을 설립한 데는 식민지 조선의 민간인들이 민립 대학을 설립하려고 하자 그것을 막으려는 의도도 깔려 있었다. 어찌 되었든 1924년 일본 제국은 여섯 번째 제국대학으로 경성제국대학을 설립했다. 경성제대는 해양 연구를 목적으로 설립한 타이완의 제국대학이나 만주를 좀 더 체계적으로 지배하기 위한 목적으로 설립한 건국제국대학과는 성격이 조금 달랐다.

---

25) 홍봉진, 『양촌일지(陽村日誌)』(서울: 일심사, 1986), 97~98쪽.

일본의 비교교육학자 우마코시 도루(馬越徹)에 따르면 경성제국대학은 일본 본국의 제국대학을 모델로 삼아 '일본형 식민지 대학'을 이식하려고 했다.[26] 이렇게 식민지의 제국대학들은 하나같이 일본 제국주의가 식민지 통치와 지배를 더욱 공고히 다지기 위한 수단에 지나지 않았다. 경성제대는 비록 일본의 도쿄나 교토의 제국대학과 비교할 수는 없어도 식민지 세 제국대학 중에서는 학문적으로 가장 뛰어나다는 평가를 받았다. 다른 제국대학들과 비교하여 강좌를 가장 많이 개설했고 도서관에 무려 65만 권이라는 장서를 소장했다는 사실은 이 점을 뒷받침한다.

이 무렵 일본의 제국대학들이 모두 그랬듯이 경성제국대학도 독일식 또는 유럽의 교육 제도를 그대로 따랐다. 총장은 핫토리 우노키치(服部宇之吉)에 이어 도쿄제국대학에서 법학을 전공한 국제사법학의 권위자인 야마다 사부로(山田三良)가 부임했고, 법문학부 학부장에는 도쿄제국대학에서 문학 박사 학위를 받은 하야미 히로시(速水滉)가 임명되었다. 문학부의 경우 전공이 제1강좌, 제2강좌, 제3강좌 하는 식으로 강좌제로 운영되어 한 강좌에 ① 교수, ② 조교수, ③ 조수, ④ 강사, ⑤ 사무원이 각각 한 명으로 연구실 하나를 운영했다. 영어·영문학 전공에서는 앞에 언급한 영문학자요 시인인 사토 기요시가 1926년 설립 때부터 1945년 1월 은퇴할 때까지 주임 교수직을 맡았다. 그 밑에 조교수로는 데라이 구니오(寺井邦男), 나카지마 후미오(中島

---

26) 馬越徹, 『韓國近代大學の設立と展望』(名古屋: 名古屋大學出版會, 1995); 윤수안, 『'제국일본'과 영어·영문학』, 162~163쪽 참고.

文雄), 요시무라 사다키치(吉村定吉)가 영문학과 영어학을 담당했다. 데라이는 1933년에, 나카지마는 1936년에 각각 교수로 승진했다.

경성제국대학 설립 당시부터 영문학과에서 가장 핵심적 역할을 한 사토 기요시 교수에 대해 좀 더 살펴볼 필요가 있다. 1906년 도쿄제국대학 영문학과에 입학한 사토는 영국에 유학한 뒤 소설가로 활약하던 나쓰메 소세키에게서 영문학 강의를 들었다. 1910년 대학을 졸업한 뒤 사토는 사립 도쿄가쿠인(현 關東學院大學), 사립 고베(神戶) 간세이가쿠인(현 關西學院大學)을 거쳐 도쿄여자고등사범학교 교수로 근무했다. 이 무렵 사토는 『사랑과 음악』(1919)과 『바다의 시집』(1923) 같은 시집을 자비로 출간하는 한편, 너새니얼 호손의 『주홍 글자』(이와나미 문고, 1917) 같은 영문학 작품을 번역하고, 『애란 문학 연구』(젠큐샤, 1922)와 『키츠의 예술』(젠큐샤, 1924) 같은 연구서를 출간했다. 한마디로 사토는 이 무렵 시인과 번역가, 영문학자로 왕성하게 활동했다.

1923년(다이쇼 12) 9월 간토 대지진이 일어난 직후 사토 기요시는 경성제대 창설위원회 위원장이요 이 대학의 초대 총장을 맡게 될 핫토리 우노키치 교수로부터 상의할 일이 있으니 만나자는 편지 한 통을 받았다. 편지에 적힌 주소로 찾아가니 핫토리는 사토에게 경성에 여섯 번째로 제국대학이 창설되는데 그를 외국 문학 강좌 주임 교수로 추천했으니 하루빨리 영국으로 유학을 떠날 준비를 하라는 것이었다. 이 무렵 제국대학을 운영하는 행정가들은 교수 요원에게 2년 정도 유럽을 비롯한 외국에서 유학하는 기회를 주었다. 또한 외국 문학 전공 교수들에게는 현지에서 외국인 교수를 섭외해 일본에 초빙할 수 있는 권한을 주기도 했다. 해외 유학은 비록 충분한 생활비를 제공받지는 못했어도 이 무렵 젊은 학자들이 서구와 직접 만나 견문을 넓힐 수 있는 더할 나위 없이 좋은 기회였다.

사토 기요시는 간세이가쿠인에 근무하던 1917년 이미 2년 동안 영국에 유학했다. 그런데 1924년 또다시 경성제국대학 예과 교수 자격으로 1년 6개월 동안 영국과 프랑스에 유학할 수 있는 기회를 얻었다. 사토는 뒷날 "나는 항상 내 생애에 가장 큰 혜택을 준 두 개의 학교가 있다는 것을 기억하고 있다. 하나는 간세이학원이고, 더 하나는 경성제국대학이다. (……) 경성제국대학 총장 고(故) 핫토리 우노키치 박사에게 내 깊은 감사의 뜻을 영원히 바칠 수 있도록 기도한다."[27]라고 밝힌다. 사토가 이 두 학교에 감사하는 것은 만약 이 두 학교가 없었더라면 그는 영국 유학은 꿈도 꾸지 못했을 것이기 때문이다.

핫토리 교수에게서 몇 달간 유학을 준비할 시간을 얻은 사토 기요시는 이듬해 8월 고베에서 기선을 타고 영국 유학길에 올랐다. 첫 번째 유학에서는 전공 분야인 영문학 공부에 전념했다면, 두 번째 유학에서는 영국과 프랑스를 여행하면서 좀 더 자유롭게 유럽 문명에 관한 견문을 넓히는 데 주력했다. 경성제대에서 국어·국문학(일어·일문학) 주임 교수를 맡은 다카키 이치노스케(高木市之助)의 말대로 당시 교수 요원에게 해외 유학은 "단지 슬슬 놀면서 돌아다니는 사이에 무엇인가 문학이 알아지는 그런 것"[28]이었다. 특히 문학 교수에게는 전

---

27) 佐藤淸, 「回想記: 文學的自傳の一面」, 『佐藤淸全集 3: 散文·譯詩』(東京: 詩聲社, 1964), 162쪽; 윤수안, 앞의 책, 190쪽에서 재인용.

28) 高木市之助, 『國文學 50年』(東京: 岩波新書, 1967), 122쪽; 김윤식, 『최재서의 《국민문학》과 사토 기요시 교수』(서울: 역락, 2009), 64쪽에서 재인용. 다카키는 영국에 유

공 분야의 문화권에 살면서 직접 식견을 넓히는 것만큼 더 좋은 경험도 없을지 모른다. 제국대학 설계자들이나 기획자들은 바로 이 점에 착안했던 것이다.

사토 기요시는 영국 유학을 마치고 귀국하자마자 즉시 1926년 4월 경성제국대학 교수로 부임했다. 사토는 귀국할 때 영국인 교수를 초빙해 영어 회화를 비롯한 과목을 가르치도록 하려고 했다. 당시 제국대학의 외국 문학 전공에서는 일본인 교수와 함께 원어민을 교수로 채용하는 것을 원칙으로 삼았기 때문이다. 당시 중등학교의 경우이기는 하지만 조선인 학생들은 일본인 영어 교사들의 발음이 나쁘다며 그들을 배척하는 일이 가끔 있었다. 가령 1920년 5월 경성의 보성고등보통학교 학생들은 일본인 교사 다나카 류사쿠(田中龍勝)의 영어 발음이 나쁘다는 이유로 영어 교사를 교체해 줄 것을 요구하며 동맹 휴교를 벌였다.[29] 사정이 이러하니 제국대학에서는 원어민 교수를 유치하지 않을 수 없었을 것이다.

경성제국대학에 초빙된 영국인 교수는 레지널드 블라이스였다. 한국 학계에서는 그의 이름이 잘못 표기되거나 그의 존재가 잘 알려져 있지 않다. 1889년 영국 에식스주에서 태어난 블라이스는 1차 세계

학하여 런던에 체류할 때 사토 기요시와 같은 하숙에 머물며 사토에게서 도움을 받았다고 회고했다.
29) 「보성교의 불상사」, 《동아일보》(1920. 5. 12). 시위가 벌어지자 정대현(鄭大鉉) 교장은 "원래 어학 발음 같은 건 그 나라 사람이 아니면 진정한 발음을 할 수 없는 것이 당연한 이치다. 일본 사람이 가르치든 한국 사람이 가르치든 영미 사람들처럼 발음할 수는 없다."라고 학생들을 설득했다. 그는 계속해 "게다가 다나카 선생님은 일본 제국대 영문과를 졸업한, 영문에 대하여 상당한 소양을 갖추고 있는 분"이라며 학생들에게 학교로 돌아오라고 촉구했다.

대전 중 양심적 병역 거부자와 평화주의자로 징집영장을 거부해 2년 동안 감옥살이를 했다. 전쟁이 끝난 뒤에는 런던대학교에 입학해 영문학을 전공하고 1923년에 졸업했다. 그런데 블라이스를 경성제국대학에 정식으로 초빙한 사람은 사토 기요시가 아니라 후지이 아키오(藤井秋夫)였다. 도쿄제국대학에서 영문학을 전공한 후지이는 경성제국대학 창설 멤버 중 한 사람으로 일본 문부성으로부터 영국인 강사를 초빙할 수 있는 권한을 부여받았다. 그래서 그는 런던에 유학하던 중 블라이스를 원어민 교수로 초빙했고, 평소 동양 문화에 관심이 많던 블라이스는 그의 초빙을 기꺼이 받아들였다.

1925년 경성에 도착한 블라이스 부부는 경성제국대학 예과와 법문학부의 조교수가 되어 영문학사, 영작문, 영어 회화, 라틴어 등을 가르쳤다. 이때 그의 아내 애나 블라이스는 경기도립상업학교에서 영어를 가르쳤고, 그때 영어를 잘하는 한 학생을 특별히 귀여워해서 집에 데려다 같이 살면서 그를 양자로 입양하다시피 했다. 뒷날 블라이스와 이혼한 애나는 영국에 돌아갈 때 그 학생을 데리고 가 런던대학교에서 공부시켜 훌륭한 학자로 만들었다. 그가 다름 아닌 유명한 영문학자 이인수(李仁秀)로 고려대학교 교수로 있으면서 미소공동위원회 때 한민당 수석 통역을 맡기도 하고 서울에서 발행하던 영자 신문 《서울 타임스》의 주필을 맡기도 했다.

한편 일본인 여성과 재혼한 블라이스는 1940년 식민지 조선을 떠나 일본으로 건너간 뒤 뒷날 가쿠슈인(學習院)대학의 영문학 교수로 부임하여 아키히토(明仁) 왕세자에게 영어를 가르쳤다. 한편 블라이스는 서구 사회에 선불교와 하이쿠를 널리 알리는 데도 크게 이바지했

경성제국대학 예과와 본과에서 영문학과 영어를 가르친 영국인 교수 레지널드 블라이스.

다. 그런가 하면 1950년 그는 영친왕 이은(李垠)과 함께 영어로『한국어 첫걸음(A First Book of Korean)』이라는 한국어 입문서를 집필해 호쿠세이도(北星堂) 출판사에서 출간하기도 했다.

　여기에서 한 가지 눈여겨볼 것은 블라이스가 비록 한국과 일본 문화를 좋아했지만 어디까지나 비판적으로 수용하려고 했다는 점이다. 경성제대 재학 시절 유진오는 언젠가 청량리에 살고 있던 블라이스 교수를 찾아가 대화를 나눈 일이 있다. 유진오는 시원치도 않은 영어로 일본인과 일본 문화를 한참 신이 나게 매도했다. 그러자 블라이스는 "일본의 모든 문화는 전부 'half-boiled(半熟)'니까."라고 짤막하게 대꾸했다. 두말할 나위 없이 일본은 서양의 근대 문명을 어설프게 받아들였다는 뜻이다. 이 말을 들은 유진오는 한층 더 신이 나서 "그렇지요. 그렇고말고요!"라고 맞장구쳤다. 그러자 블라이스 교수는 "그렇다면, 유 군, 'half-boiled'를 또 'half-boiled'한 것, 즉 'one-fourth-boiled(四分之一熟)'한 것이 조선 문화 아닌가?"라고 반문했다. 이 물음을 듣고 난 유진오는 대답할 말이 없어 물끄러미 블라이스 교수를 쳐다보자 그의 얼굴에는 "의미를 알 수 없는 미소"가 떠올랐다고 회고한다.[30]

앞에서 잠깐 경성제대 영어·영문학 연구실에 소속된 일본인 교수들을 언급했지만, 문학 담당 교수보다 오히려 영어학 담당 교수가 더 많았다. 사토 기요시는 주로 영문학을 가르쳤지만 나카지마 후미오는 주로 영어학을, 데라이 구니오는 영어학과 함께 영국 소설을 가르쳤다. 이 밖에도 영어·영문학 연구실에서는 가이노 요시시게(戒能義重)가 경성제대 예과 교수이면서 본과에서 강사 자격으로 강의했고, 모모세 하지메(百瀨甫)도 영어 과목을 담당했다. 일본인 교수 말고도 영어학을 담당한 교수 중에는 영국인 리브지 하워스도 있었다. 본디 영국 시인이자 비평가인 에드먼드 블런던이 부임하도록 되어 있다가 갑자기 취소하는 바람에 대신 부임해 온 사람이 하워스였다.

당시 경성제국대학의 '외국 문학 연구실', 좀 더 정확히 말해서 '영어·영문학 연구실'은 일본 정부로부터 비교적 풍부한 재정적 후원을 받았다. 일본의 영어영문학회의 기관지 《영문학 연구》에 수록된 영문학 관계 신간 서적을 모조리 구입했을 뿐 아니라 대영박물관 중앙홀 독서실에 비치된 일반 도서 목록과 거의 같은 수준을 유지했다. 물론 여기에는 영국 유학 중 대영박물관의 대영도서관에 무척 큰 감

---

30) 유진오, 『구름 위의 만상』, 223쪽. 유진오는 'Blyth'를 'Blythe'로 잘못 표기한다.

동을 받은 사토 기요시의 영향력이 크게 작용했다.

> 진정한 연구자를 위해, 거의 완벽에 가까운 시설을 갖추고, 빈부귀
> 천을 초월하여, 어떤 종류의 사람들에 대해서도, 완전히 공평하게,
> 문호를 개방하고, 그 이용에 맡기고 있는 거대 도서관의 존재는, 그
> 나라의 문화를 끌어올리는 데 공헌하는 바가 많다는 것은 말할 필
> 요도 없다. 이것을 무상으로 이용하도록 허용된 다른 나라 학생들
> 을 통해, 다른 나라의 문화를 끌어올리는 데 공헌하는 바가 많다는
> 것도 인정하지 않을 수 없다. (……) 돌아가는 것을 잊을 뿐만 아니
> 라, 거기에 살지 않는다는 것을 잊고 싶게 만드는 쾌적한 도서관을
> 소유한 영국 국민은 행복하다고 생각한다.[31]

사토 기요시는 영국 제국주의를 날카롭게 비판하면서도 '제국주
의의 심장'이라고 할 대영도서관에는 이렇게 찬사를 아끼지 않았다.
그는 대영도서관을 보면서 제국주의의 힘이 단순히 무력에서 나오는
것이 아니라 문화의 힘에서 나온다는 사실을 깊이 깨달았기 때문이
다. 그래서 사토는 경성제대의 영어·영문학 연구실은 말할 것도 없고
중앙도서관에도 필요한 장서를 될수록 모두 갖추도록 요청했다. 앞에
서 지적했듯이 경성제대 도서관에는 다른 제국대학에서는 보기 드물
게 65만 권의 장서를 갖추고 있었다. 그런가 하면 사토는 연구실에서

---

31) 佐藤淸, 「外國の圖書館生活」, 『佐藤淸全集 3: 散文·譯詩』, 190쪽; 윤수안, 앞의 책,
185~186쪽에서 재인용.

《경성제대 영문학회보》라는 학술 잡지를 펴낼 만큼 학문적 열정도 높았다. 이러한 일련의 작업은 그로부터 백년 가까운 세월이 지난 오늘날에도 좀처럼 이루기 힘든 일이다.

사토 기요시가 대영도서관에 깊은 감명을 받은 것은 자유로운 학술 연구가 곧 자유주의 사상을 낳는 온실이라고 생각했기 때문이다. 평소 맨발로 걷는 것을 좋아하던 사토는 영국 유학 중 맨발로 걸어 다닌 적이 있었다. 그 모습을 본 한 영국 노인이 그에게 일본이 아직 문명이 절반밖에는 발달하지 않은 모양이라고 조롱 섞인 말투로 말했다. 그러자 이 말을 들은 사토는 오히려 문명이 절반밖에 발달한 것이 얼마나 인간적인지 모른다고 생각했다. 그러면서도 사토는 "양심의 자유, 사상의 자유, 학술 연구의 자유를 얻을 수 없는 나라는 맨발로 걸을 수 있는 정도의 것으로 보상이 되어질 리 만무하다. (……) 이 나라의 사람들이 이미 엄청난 자유를 즐기면서, 게다가 또한 완전한 자유를 획득하려고 대담한 운동을 시작하는 것을 생각하면 부러워서 나의 숨통이 끊어질 정도였다."[32]라고 고백한다.

맨발로 걸어 다닐 수 있는 조국 제국 일본이 인간적일지는 모르지만 온갖 자유를 만끽하며 살아가는 영국과 비교하면 아무것도 아니라는 사토 기요시의 고백에는 묵시적으로나마 나라 안으로는 국민의 자유를 억압하고 나라 밖으로는 조선 같은 약소국가를 침략하는 일본 제국주의에 대한 불만이 담겨 있다. 그렇다면 그에게 영문학 연

---

32) 佐藤淸, 「沙翁聖地をたづねて」, 《六合雜誌》 39권 4호(1919); 『佐藤淸全集 3』, 170쪽; 윤수안, 앞의 책, 186쪽에서 재인용.

구는 단순히 당시 세계 문명을 선도하던 국가의 문학을 연구한다는 것 이상의 깊은 의미가 있었다. 영문학 연구는 곧 국수주의에 점점 무디어 가는 지식인의 비판적 사고나 비판 정신을 날카롭게 벼르기 위한 숫돌 같은 역할을 했다.

사토 기요시는 영어·영문학 연구실의 최고 책임자로서 경성제국 대학 설립 당시부터 1945년 1월 은퇴할 때까지 이 연구실을 굳건히 지켰다. 뒷날 그는 "나는 소화 20년(1945) 3월 15일 적화(敵火)에 타오르는 길가를 달려서 귀국했거니와, 그해 8월 15일에는 그처럼 정비된 풍부한 (경성)제대 도서관과 함께 나의 아끼던 연구실도 잃게 되고 만 것이다."[33]라고 회고했다. 여기에서 '적화'란 두말할 나위 없이 태평양 전쟁이 막바지에 접어들면서 미군 공습과 그에 따른 화재를 말한다. 이 무렵 미군의 공습이 얼마나 심각했는지, 또 사토가 얼마나 다급하게 경성을 빠져나가 도망치듯이 귀국했는지 알 수 있다. 일본 제국주의가 패망하기 1년 전부터 미군의 공습에 당황한 조선 총독부는 경성 일부 지역에 소개(疏開)를 실시했다.

귀국하기 두 달 전 사토 기요시는 제자 최재서가 주재하던 《국민문학》에 기고한 글 「빙창(氷窓)에 기대어」에서 성에 낀 창가에 서서 "조선의 이십 년, 나는 매일 유구한 벽공(碧空)을 바라보며 살았다. 나는 지금 아득히 돌아가는 무사시노(武藏野)의 하늘을 바라본다. 무수히 변화하는 색깔을 본다. 그리하여 어지럽게 날고 있는 적(敵)의

---

33) 佐藤淸, 「京城帝大文科の傳統とその學風」, 『佐藤淸全集 3』, 258~259쪽; 김윤식, 앞의 책, 234~235쪽에서 재인용.

비행기를 바라본다. 나는 어서 가지 않으면 안 된다."[34]라고 당시 다급한 심정을 털어놓는다. 무사히 귀국한 사토는 전쟁이 끝난 뒤 도요(東洋)대학과 아오야마(青山)학원 대학에서 교수를 지내다가 은퇴했다.

그렇다면 이렇게 경성제대 영어·영문학과를 이끈 사토 기요시 교수는 과연 어떤 인물이었을까? 그의 수제자요 애제자라고 할 최재서는 사토가 술을 마시거나 담배를 피우지 않았을뿐더러 "매우 엄격하고 자기반성적인" 인물이었다고 회고한다. 물론 한때 담배를 많이 피운 사토는 담배를 피울 수 없는 전차를 아예 타지 않을 정도였다. 그러나 어떤 심적 변화를 일으켜 담배를 끊은 뒤부터는 전혀 담배를 피우지 않았다. 한편 조용만은 "사토 선생은 성질이 너무 엄격하므로 학생들이 무서워 가깝게 왕래하기를 꺼렸지만, 그러나 선생 자신이 시를 쓰는 시인이었던 만큼 열렬한 정의감에 불타 있는 존경할 만한 분이었다."(전: 182)[35]라고 회고한다. 한편 경성에서 활동하며 1926년 경성시화회(京城詩話會)를 조직한 일본인 시인 우치노 겐지(內野健兒)는 그를 "학자와 작가의 양면을 겸비하고 있는 탁월한 인물"[36]로 평가한다. 그런가 하면 오카모토 하마요시(岡本濱吉)는 경성제국대학 교수들을 평하는 글에서 이렇게 그의 장점과 단점을 지적한다.

---

34) 사토 기요시, 「빙창에 기대어」, 《국민문학》, 1945. 2; 김윤식, 앞의 책, 230쪽에서 재인용.

35) 조용만, 『30년대의 문화예술인들』, 24~25쪽에서 재인용.

36) 佐藤淸, 「記念會記」, 《亞細亞詩脈》 창간호 1926. 11; 『佐藤淸全集 3』, 98쪽; 윤수안, 앞의 책, 190쪽에서 재인용.

정상인이 아니다, 과격한 사내다, 에고이스트다, 비사회적이다, 비협동적이다, 역시 조금도 학생을 돌보아 주지 않는다, 영어에 서툴다, 등등 이런저런 소문이 들리는 사람이 영문과 주임 교수 사토 씨다. 한마디로 하면 그는 자유인(l'homme libre)이다. 내성적이고 약한 사람이지만 그것을 극복하여 강한 개성을 가진 사람이다. 씨는 기타하라 하쿠슈(北原白秋)나 호리구지 다이가구(掘口大學)와는 전혀 다르다. 최근의 다카무라 고타로(高村光太郞) 같은 경향을 지닌 현실주의다. 씨는 철저한 모랄리스트이다. 그 반동으로 키츠를 좋아한다. (······) 씨는 「개성 멸각론 시비」라는 논문에서 개성을 무시하는 어떤 주의도 반대한다. (······) 아마도 씨는 이치카와 산키(市河三喜) 박사나 사이토 다케시(齋藤勇) 박사보다는 영문이나 지식이 뒤질지 모른다. 그러나 문학은 안다. 이 점에서 보면 영문과에는 적임자이다.[37]

위 인용문에서 오카모토가 기타하라 하쿠슈와 호리구치 다이가쿠를 언급하는 점을 눈여겨봐야 한다. 와세다대학 영문과를 중퇴한 기타하라는 일본 시단에서 탐미주의와 상징주의 문학 운동을 이끈 시인이다. 정지용이 교토의 도시샤대학에서 영문학을 전공할 때 기타하라가 주재하는 잡지 《긴다이후케이(近代風景)》에 작품을 기고하면서 시인으로서의 첫발을 내딛었음은 잘 알려진 사실이다. 호리구치도 다이쇼 시대 예술파 운동을 일으킨 대표적인 시인 중 한 사람이다.

---

37) 오카모토의 이 글은 본디 「城大教授評判記」라는 제목으로 《朝鮮及満州》(1937. 3), 78쪽에 실려 있다. 정근식 외, 『식민 권력과 근대 지식: 경성제국대학 연구』(서울: 서울대학교 출판문화원, 2011)에도 수록되어 있다. 김윤식, 앞의 책, 235쪽에서 재인용.

사토 기요시는 이렇게 상징주의와 '예술을 위한 예술'을 부르짖는 탐미주의와는 일정한 거리를 두었다. 이 점과 관련하여 그는 "이른바 일본에 있어서의 상징주의 운동이란 것에서 아무런 영향도 안 받았음을 차라리 고맙게 여기고 있는 바이다. 따라서 일본의 상징주의 운동 외에 시란 없다고 하는 편벽된 견해로 뭉친 사람들 쪽에서 보면 나의 존재 같은 것은 벌레 같은 것에 지나지 않으리라."[38]라고 자조적으로 말했다. 한편 다카무라 고타로는 천상을 향하여 고개를 쳐들고 있는 기타하라와 호리구치와는 달리 질퍽한 대지 위에 두 발을 굳게 딛고 작품을 쓴 시인이다. 전쟁을 옹호했다는 비판을 받은 다카무라는 지극히 현실주의적 시인이었다.

사토 기요시에 대한 오카모토의 평가는 경성제국대학에서 20여 년 동안 보여 준 사토의 활동을 보면 대체로 정확한 것 같다. 사토는 영문학자이기에 앞서 시인이었다. 동료 교수 다카키 이치노스케도 사토에 대해 "경성에 가서도 교수회 같은 데서도 당당히 대하는 시인 기질의 사내, 아니 저명한 시인이거니와"[39]라고 말했다. 동료 교수들의 일반적 평가에 따르면 사토는 영문학자라기보다는 시인이나 일반적 의미의 문인에 가까웠다. 오카모토가 사토를 두고 이치카와 산키 박사나 사이토 다케시 박사보다는 영문이나 지식이 뒤질지 모르지만 문학은 잘 안다고 잘라 말하는 까닭이 바로 여기에 있다.

이치카와 산키는 일본인으로서는 최초로 도쿄제국대학 영문과

---

38) 佐藤淸,「回想記」,『佐藤淸全集 3』, 162쪽; 김윤식, 앞의 책, 72쪽에서 재인용.

39) 高木市之助,『國文學 50年』, 140쪽; 김윤식, 앞의 책, 65쪽에서 재인용.

교수가 된 사람으로 일본 영어학의 초석을 세웠다. 이치카와와 마찬가지로 도쿄제국대학 영문과를 졸업한 사이토 이사무도 프로테스탄트 신앙을 바탕으로 일본에서 영문학 연구의 기초를 탄탄히 다지는 데 이바지했다. 그러나 오카모토가 보기에 사토는 이치카나 사이토한테서는 쉽게 찾아볼 수 없는 그만의 특성이 있었다. 이치카와와 사이토가 전공 분야를 천착한 학자라면 사토는 보편성을 지향한 문학가였다. 질 들뢰즈의 용어를 빌려 말하자면 전자의 두 사람은 '정착민' 학자에 가깝고 후자는 '유목민' 학자에 가깝다. 그런데 식민지 조선에 새로 설립한 제국대학에는 이치카와나 사이토 같은 정착민 학자보다는 오히려 사토 같은 유목민 학자가 안성맞춤이라는 것이다.

경성제국대학과 최재서

경성제국대학 법문학부는 오늘날과 같이 학점제가 아니라 학과제로 운영되고 있어 3년 동안 24과목을 이수하고 시험에 통과하면 졸업할 수 있었다. 그러나 법과와는 달리 문과는 좀 더 까다로워서 24과목을 통과하는 것에 덧붙여 전공 과목과 관련한 학위 논문을 제출해 통과해야 했다. 이 논문의 비중은 과목 이수 못지않게 컸다. 그래서 1, 2학년 때 과목을 모두 마치고 3학년에 올라가면 학과 과목을 적게 수강하는 대신 논문을 쓰는 데 온힘을 쏟아야 했다. 경성제대에 재학 중 최재서가 수강한 과목을 학년별로 정리하면 다음과 같다.

1학년(쇼와 4년, 1929): 불어(전기), 미학 개론, 언어학 개론, 문학 개론, 영문학 강의, 철학 개론, 영어, 나전어, 영문학사, 영문학 강독, 심리학 개론, 영문학 특수 강의, 교육 행정

2학년(쇼와 5년, 1930): 불어(후기), 경제학사, 영문학 연습, 영문학 강독, 국문학 연습, 영문학 연습, 영길리(英吉利) 문학 특수 강의

3학년(쇼와 6년, 1931): 영길리 문학 강독 급(及) 연습, 교육학 개론, 경제사, 졸업 논문 「The Development of Shelley's Poetic Mind(셸리의 시정신의 발전)」[40]

수강 강의 목록에서 볼 수 있듯이 최재서는 경성제대 재학 시절 영문학을 전공하면서도 인접 학문을 두루 공부하려고 애썼다. 영어, 영문학 강독, 영문학사, 영문학 특수 강의, 영문학 연습, 영문학 강독 및 연습 같은 전공 과목 외에 문학 개론, 미학 개론, 철학 개론, 심리학 개론, 언어학 개론 같은 인접 학문 과목을 폭넓게 수강했다. 이 밖에도 교육 행정과 경제사를 수강한 것도 눈에 띈다.

최재서는 영문학 중에서도 주로 19세기 영문학에 관심을 기울였다. 이 무렵에는 일본 본국의 제국대학처럼 경성제국대학에서도 상상력을 중시하는 낭만주의 문학이 대세를 이루고 있었기 때문이다. 그래서 그는 윌리엄 워즈워스, 존 키츠, 퍼시 비시 셸리, 조지 바이런, 윌리엄 블레이크 같은 낭만주의 시인들을 주로 공부했다. 영어·영문학 전공 주임 교수 사토 기요시의 전공 분야가 다름 아닌 낭만

---

40) 김윤식, 『한국 근대문학사상 연구 1: 도남과 최재서』(서울: 일지사, 1984), 216쪽.

주의였다. 앞에서 언급한 다카키 이치노스케는 영국 유학 시절 런던에서 가깝게 지내던 사토에게 일본의 마쓰오 바쇼(松尾芭蕉)에 버금가는 영국의 위대한 서정 시인이 누구냐고 물어본 적이 있다. 그러자 사토는 곧바로 윌리엄 워즈워스라고 대답했다. 이 말을 듣고 다카키는 워즈워스가 평생 살면서 작품을 쓴 그래스미어호 지역을 방문하기도 했다.

이처럼 최재서는 사토 기요시 교수한테서 영국 낭만주의의 세례를 한차례 강하게 받았다. 특히 이 당시 제국대학은 하나같이 독일식 대학 제도에 따라 강좌 중심으로 교육이 이루어지고 있어 주임 교수의 전공은 학생들에게 절대적인 영향을 끼칠 수밖에 없었다. 물론 뒷날 최재서는 점차 낭만주의 문학의 젖을 떼고 신고전주의 또는 주지주의 문학으로 이유식을 했다. 적어도 이 점에서 최재서의 문학적 변모는 일찍이 괴테가 '질풍노도'의 낭만주의를 거쳐 이탈리아 여행 이후 점차 고전주의로 이행한 것과 비슷하다.

그러나 최재서도 괴테처럼 마치 첫사랑을 잊지 못하듯이 평생 낭만주의를 완전히 잊을 수 없었다. 최재서에게 낭만주의는 젊은 시절 한때 탐닉하던 일시적 현상이 아니라 그의 삶과 문학을 지배하는 중요한 가치였다. 이 점과 관련하여 김활은 "낭만주의 시론에서 배운 종합적 구성 능력으로서의 창조적 상상력의 이론과 유기적 시관(詩觀)은 그의 평생을 지배하는 이론이었다."[41]라고 지적한다. 최재서는

---

41) 김활, 「최재서 비평의 인식론적 배경」,《동서인문학》 24호(1992, 계명대학교 인문과학연구소), 66쪽.

영국 낭만주의 시인 퍼시 비시 셸리.
최재서의 졸업 논문은 「셸리의 시정신의 발전」이었다.

1940년대에 들어와서도 자신의 행동을 합리화하거나 어떤 이론적 논리가 필요할 때면 다시 낭만주의로 거슬러 올라가 문학적 자양분을 얻곤 했다.

　어떤 의미에서 낭만주의와 고전주의는 겉으로 보이는 것처럼 뚜렷이 구분 지을 수 없는 것일지 모른다. 대부분의 예술가들에게 이 두 개념은 상존한다고 볼 수도 있다. 예술가들은 젊은 시절에는 낭만주의적 요소를 비교적 강하게 드러내는 반면, 점차 나이가 들면서는 고전주의적 요소를 강하게 드러난다. 그것은 마치 젊은 시절 지배하던 감성이 점차 이성에 자리를 내어주는 것과 같다. 김기림은 "고전주의와 로맨티시즘은 단순히 문예 사조상의 반대 개념일 뿐이 아니라 예술가의 마음속에서도 이 두 가지의 정신은 끊임없는 투쟁을 계속하고 있다."[42]라고 지적했다. 그러면서 그는 한발 더 나아가 대척 관계에 있는 이 개념이 서로 접근하여 교차할 때 비로소 위대한 예술이 탄생된다고 주장한다. 그런가 하면 김기림은 고전주의를 골격에, 낭만주의를 근육과 혈액에 빗대기도 한다. 문학이라는 육체가 유지되려면 골격과 근육과 혈액이 서로 유기적 관계를 맺고 있어야 할 것이다.

　　최재서가 이렇게 낭만주의에 매료되면서 깊은 관심을 기울인 것은 사토 기요시 교수의 영향 때문만은 아니었다. 최재서는 어린 시절 태일원 과수원에서 자라면서 자연 친화적 삶의 방식을 받아들였다. 그래서 그는 아마 어느 문학 사조나 전통보다도 낭만주의에 끌렸을 것이다. 그에게 자연은 곧 자애로운 어머니의 품속과 같았다. 최재서가 경영하던 출판사 인문사(人文社)에서 발행한 『해외서정시집』 서문에서 최재서는 낭만주의 문학관에 대하여 이렇게 밝힌다.

　　영원히 생명 있는 것은 예술이고 그중에서 가장 방순(芳醇)한 것은 시이고 그중에서도 부절(不絶)히 청신(淸新)한 것은 19세기 낭만시이다. 낭만 시인의 어느 한 항(頁)을 들처 보아도 거기엔 생명의 비약이 있고 인간성의 해방이 있고 예술의 향기가 새롭다. 우리는 훤조(喧噪)와 진애(塵埃) 속에서도 어머니와 자연으로 도라가는 우리 자신을 발견한다.

---

42) 김기림, 「고전주의와 낭만주의」, 김학동·김세환 공편, 『김기림 전집 2: 시론』(서울: 심설당, 1988), 163쪽.

그뿐만은 아니다. 교양으로서 보드래도 문학이 그 전통적 수단인 이상 19세기 낭만시가 그 관문이 아니 될 수 없다. 학교 교과서에 대표적인 낭만시가 무수히 채용되어 있음은 말치 않으래도 다감한 일(一) 시기를 순미(純美)하고 성결(聖潔)한 시적 교양에서 보낸다는 것은 그 사람 자체를 위하야 더없이 축복된 일이다.[43]

낭만주의에 대한 최재서의 태도가 위 인용문처럼 분명하게 나타나 있는 곳도 없다. 그는 낭만주의의 특징을 ① 생명의 비약, ② 인간성의 해방, ③ 예술의 향기의 세 가지에서 찾는다. 그가 낭만주의를 단순히 음풍농월(吟風弄月)의 문학으로 보지 않는다는 것을 잘 알 수 있다. 항목 ①에서는 앙리 베르그송 철학의 핵심 개념인 '엘랑 비탈 (élan vital)'이 떠오른다. 그러고 보니 최재서가 영향을 받은 T. E. 흄이 베르그송의 생철학에서 큰 영향을 받았다는 것은 결코 우연한 일이 아니다. 1930년대 말 일본 제국주의가 전쟁을 향해 치닫고 있었다는 사실을 염두에 둘 때 항목 ②는 30년 가까이 일제의 식민지로 전락한 조선의 현실과 맞닿아 있다. 영국의 낭만주의 시인들이 일찍이 프랑스 대혁명에 열광했다는 점에서 낭만주의는 자연에 대한 경외심 외에 인간 해방에도 깊은 관심을 보였다. 1791년 윌리엄 워즈워스가 혁명기의 프랑스를 방문하고 공화파 운동에 매료되었다는 것은 잘 알려진 사실이다. 또한 그는 영국과 프랑스의 전쟁에서 프랑스가 승리하기를 은근히 바랄 정도였다. 항목 ③은 낭만주의 시가 "훤조와 진애"로

---

43) 최재서, 「서」, 최재서 편, 『해외서정시집』(경성: 인문사, 1938), 1쪽.

가득 찬 일상 세계로부터 잠시나마 벗어날 수 있는 도피처와 위로의 역할을 할 수 있다는 점을 지적한다. 세계 문학사를 통틀어 낭만주의만큼 현실 도피적인 문예 사조나 전통도 아마 찾아보기 힘들 것이다.

최재서는 경성제2고보 시절처럼 경성제국대학 재학 중에도 일본인과 조선인 학생을 통틀어 여러모로 두각을 나타냈다. 《경성제대 영문학회회보》를 보면 그의 활약이 어떠했는지 쉽게 미루어 보고도 남는다. 이 잡지는 15호까지 발행했는데 그중 최재서가 무려 절반이 넘는 8편을 기고했다. 조선인 학생 중에서는 영문과 1회 졸업생 채관석을 비롯해 이종수, 현영남, 조용만, 홍봉진, 이호근 등이 각각 논문을 한 편씩 기고했을 뿐이다. 경성제대 예과에서 펴내는 잡지 《청량(淸凉)》, 예과 문우회에서 펴낸 잡지 《문우》, 경성제대 법문학부 출신 졸업생과 재학생이 편집하여 펴내던 《신흥(新興)》에도 논문과 '만필' 같은 글을 발표했다.

최재서는 1931년 3월 경성제국대학 법무학부 영어영문학 전공 3회로 졸업했다. 그가 제출한 졸업 논문은 「셸리의 시정신의 발전」으로 영국 낭만주의 시인 퍼시 비시 셸리의 시정신을 다루는 글이었다. 이해 4월 그는 곧바로 경성제국대학 대학원에 입학해 이번에는 개별 시인에서 좀 더 시야를 넓혀 "시정신의 낭만적 양식(Romantic Type of the Poetic Mind)"이라는 주제를 연구해 1934년에 졸업했다. 그러나 이 주제는 대학원 재학 중 그가 집중적으로 연구한 중심 분야일 뿐 석사 학위로 제출한 논문은 아니었다. 김윤식(金允植)은 최재서가 경성제대 대학원 석사 학위 졸업 논문으로 「17세기부터 18세기까지의 영문학의 비평에 있어서의 상상설(想像說)의 발견」을 제출했다고 주장하지만

이는 실제 사실과는 다른 것으로 판명되었다. 한편 김흥규(金興圭)는 경성제대 학적부에 "일신상의 사유에 의하여 휴학"으로 기재된 것으로 보아 최재서가 정식으로 석사 학위를 받지는 못한 것 같다고 주장하지만 이 또한 받아들이기 어렵다.[44] 뒷날 최재서가 이력서에 '경성제국대학 대학원 졸업'이라고 일관되게 표기하는 것을 보면 일시 휴학했다가 복학하여 졸업한 것 같다. 1931년 3월 경성제대 법문학부를 졸업하자마자 곧바로 대학원에 입학해 1934년까지 3년 동안 대학원에서 수학한 것을 보면 잠시 휴학했음이 분명하다. 사토 기요시 교수가 그를 강사로 임명하기 위해서라도 석사 학위는 필수적이었을 것이다.

또한 최재서가 영국 런던대학교에 유학하여 영문학을 수료했다는 것도 실제 사실과는 다르다. 최재서는 경성제대 대학원 과정을 마친 직후나 강사를 그만둔 뒤에 영국에 건너가 런던대학교에서 영문학을 공부할 시간적 여유가 없었다. 학부 졸업과 대학원 졸업, 강사 등 모든 일이 순차적으로 이루어졌기 때문이다. 1959년 11월에 쓴 글에서 최재서가 "나는 태평양도 대서양도 건너 보지 못했다. 항해의 경험이라고는 옛날 소위 관부 연락선을 타고, 조선 해협을 건너 본 일 뿐이다."(인: 60)라고 말한 점에 주목해야 한다. 그가 현해탄을 건넌 것은 1935년, 1937년, 1938년 서너 차례 일본에서 열린 영어영문학회에서 논문을 발표하거나 잡지 《가이조(改造)》를 발행하던 출판사를 방문하기 위해서였다. 어떻게 하여 최재서가 런던대학교에서 수학했다는 기록이 지

---

44) 김윤식, 「최재서론」, 《현대 문학》(1966. 3), 284쪽; 김흥규, 『문학과 역사적 인간』(서울: 창작과비평사, 1980), 277쪽 각주 6번.

금까지 그의 일부 이력에 남아 있는지 수수께끼가 아닐 수 없다. 이 또한 문덕수가 편찬한 『세계문예대사전』에 잘못 기재된 것에서 비롯한 것 같다. 그것이 아니라면 레지널드 블라이스 교수의 아내 애나가 영국에 데리고 가 교육시킨 이인수와 착각하여 생긴 착오일지도 모른다.

대학원을 수료하자마자 평소 최재서의 학문적 열정과 능력을 높이 평가하던 주임 교수 사토 기요시는 1933년 4월 야마모토 도모미치(山本智道)의 후임으로 최재서를 조선인 졸업생으로서는 처음으로 법문학부 영문학 강좌의 강사직에 임명했다. 최재서는 사토 교수뿐 아니라 레지널드 블라이스와 후지이 아키오 교수한테서도 영문학 지식이 뛰어나다고 평가를 받고 있던 터라 주임 교수가 그를 강사로 임명하는 데는 별다른 무리가 없었다. 물론 최재서가 가르친 과목은 법문학부 영어·영문학 전공 과목이 아니라 비문학 전공의 일반 영어였다.

그러나 최재서가 경성제국대학에서 맡은 과목과는 관계없이 조선인 졸업생이 경성제대의 강사에 임명된다는 것은 당시로서는 여간 보기 드문 일이 아니어서 1933년 4월 30일 자《조선일보》에 강사 임명에 관한 기사가 실릴 정도였다. 그러나 다른 학과의 일본인 교수들의 반대에 부딪혀 최재서는 결국 1년 만에 강사직에서 해임되었다. 그가 재직한 기간은 정확히 1933년 5월 1일에서 1934년 3월 31일까지였다. 그 뒤 곧바로 그는 경성법학전문학교에서 1934년 9월 1일부터 1936년 3월 31일까지 1년 반 남짓 영어 담당 강사를 역임했다.

최재서가 경성법전을 그만둔 것은 그의 비사교적인 성격과 무관하지 않은 것 같다. 앞에서 언급한 김활은 최재서가 "같은 연구실을 칸막이로 구분해서 쓰고 있었던 일본인 교수와의 심리 갈등도 견디

기 힘들고 해서 교편생활을 그만두고……."[45)라고 밝힌 적이 있다. 김
활의 주장이 사실이라면 여기에서도 최재서의 성격 일단을 엿볼 수
있다. 최재서가 사토 기요시 교수의 수제자였다면 김활은 최재서의
수제자였다. 그래서 최재서는 어느 제자보다도 김활에게 이런저런 심
정을 털어놓았을 것이다. 김활은 한국 전쟁이 끝난 뒤 그동안 스승
이 발표한 글들을 찾아 모으고 일본어로 쓴 논문을 한국어로 번역해
『최재서 평론집』이 발간되도록 도운 장본인이었다. 이 평론집 발간에
기여한 제자에 대해 최재서는 이 책의 서문에서 "김 군은 과거 6년
동안 나의 밑에서 영문학을 전공한 호학지사(好學之士)다. 그는 선배의
흩어진 글들을 모아서 한 권의 책을 엮는 일을 그의 문학 수업의 일
부로 생각하는 모양이었다."(평: 쪽수 없음)라고 밝힌다.

경성법학전문학교는 해방 후 경성대학 법문학부 법학계열에 흡
수되어 대학 기관으로 승격되었다가 다시 서울대학교 법과대학으로
발전했다. 최재서는 경성법전에 이어 보성전문학교에서도 강의했다.
고려대학교 교내 단체인 일제잔재청산위원회에서 그를 '고려대 100년
속의 일제 잔재 1차 인물' 10인 명단에 올린 것은 그가 보성전문에서
강의를 한 적이 있기 때문이다.

어찌 되었든 최재서는 경성제대 강사에서 해직되고 나서 감당하
기 어려운 좌절을 겪었다. 그가 조선인으로서 강사직에 자부심을 느
꼈던 것만큼 해직에서 오는 실망도 무척 컸다. 이 일로 그가 얼마나

---

45) 김활, 앞의 글, 65쪽. 김활은 이 글에서 최재서가 경성법학전문학교 교수를 역임
했다고 밝히지만 최재서는 당시 교수가 아닌 강사의 신분이었다.

경성제국대학 의학부에서 바라본 법문학부 전경.

큰 좌절을 겪고 분노를 느꼈는지는 그의 여동생 최보경의 회고를 보면 잘 알 수 있다.

　대학에서 영문학을 지도하던 사토 기요시 교수가 그의 실력을 인정하여 경성제대(현 서울대) 영문과 교수에 임명했으나, "조선인을 기용했다." 하여 타 교수들의 반대로 법전(法專)으로 자리를 옮겨야 했던 그 시절의 그의 좌절과 울분. 그 격분을 술로 달래며, 밤늦게 귀가하여 울부짖던 그의 피를 토하는 절규! "I have no country, no father, and no money……." 식민지가 아닌 지금의 조국의 품에 안겨졌더라면 그의 소질은 순조롭고 바르게 꽃피고 열매를 거두었을 것을…….[46]

46) 최보경, 앞의 책, 194~195쪽.

최보경의 진술은 대체로 맞지만 잘못된 부분도 있다. 예를 들어 사토 교수는 최재서를 영문과 '교수'로 임명한 것이 아니라 영문과 '강사'로 임명했을 뿐이다. 물론 미국식 학제에 따른다면 이 무렵 '강사'는 '전임 강사'나 '조교수'라고 불러도 크게 틀리지 않을 것이다. 그런데 최보경의 말 중에서 좀 더 눈여겨볼 것은 경성제대의 강사 자리를 박탈당한 뒤 최재서가 울분과 절망을 술로 달래고 밤늦게 집에 돌아와 피를 토하며 "I have no country, no father, and no money……."라고 절규했다는 대목이다. 일제의 식민지 통치를 받던 시대 식민지 조선의 지식인에게 조국이 없다는 것은 소금이 짜다고 말하는 것처럼 새삼 언급할 필요조차 없다. 「가치의 세계와 생동의 세계」라는 글에서 최재서는 대학을 졸업하고 30여 년이 지난 뒤 식민지 조선의 젊은 지식인으로서 겪었던 좌절과 절망을 이렇게 되짚어 본다.

> 대학을 나온 뒤에 나를 가장 괴롭힌 것은 사회가 불공평하다는 것이었다. 대학에서는 늘 우수한 성적으로 다른 학생들을 리이드했었지만, 졸업장을 받는 순간에 저울대는 단연코 기우러져 나는 땅바닥에 떨어지고, 다른 학생들은 하늘로 올라가 춤을 추고 있었다. 여기서 다른 학생들이란 일본인 학생들을 의미한다.(인: 102)

최재서는 사토 기요시를 비롯한 일본인 교수들한테서 총애를 받았지만 늘 식민지 지식인이라는 족쇄가 그의 발목을 붙잡았다. 일단 학교를 벗어나면 성적이 우수한가 그러하지 못한가 하는 잣대가 아니라, 식민지 종주국 주민인가 식민지 주민인가 하는 잣대로 판가름 나기 때문이다. 그가 납득할 수 없는 이유로 강사직에서 쫓겨난 일만큼 그가 '조국이 없다'는 사실을 그처럼 절실하게 느낀 적도 없었다. 그래서 최재서는 30여 년의 경험을 통해 '가치의 세계'와 '행동의 세계'가 서로 다르다는 사실을 깨닫고 다분히 염세주의적이고 체념적인 인생관을 받아들였다. 그가 조선을 대표하는 뛰어난 시인으로 칭찬해 마지않는 정지용은 이보다 몇 해 앞서 1926년 「카페 프란스」에서 이렇게 노래한 적이 있다.

> 나는 자작(子爵)의 아들도 아모것도 아니란다.
> 남달리 손이 히여서 슬프구나!
>
> 나는 나라도 집도 없단다.
> 대리석(大理石) 테이블에 닷는 내뺨이 슬프구나!"[47]

정지용은 시적 화자의 입을 빌려 "나는 나라도 집도 없단다."라고 자조 섞인 말투로 노래한다. 정지용이 카페에서 조국을 잃은 울분을 표현하듯이 최재서도 겨우 술의 힘을 빌려 집안 식구들에게 "피를 토하는 절규"를 표출할 수 있었을 뿐이다. 내성적이고 성격이 과묵한 데다 남달리 자존심이 강한 만큼 최재서는 마음속에 울분을 간직한 채 혼자서 삭일 수밖에 없었다. 그래서 술의 힘을 빌려 마음속에 품

---

47) 권영민 편, 『정지용 전집 1: 시』(서울: 민음사, 2016), 123쪽.

고 있던 생각을 털어놓거나 울분을 터뜨릴 때가 더러 있었다. 언젠가 한번은 술에 기대어 평소 친하게 지내던 일본인 교수에게 울분을 털어놓은 적이 있다. 경성제국대학의 국어·국문학 주임 교수 다카기 이치노스케는 "최 군이 어느 정월 휴가에 맥주병을 두세 병 들고는 대단한 기세로 밤중에 집을 쳐들어와 '선생들이 아무리 겁주어도 우리들 조선인의 혼을 빼앗을 순 없다.'라는 대단한 말을 하고 건들건들 나가는 것이었다. 그가 술버릇이 나빴다고 하면 그만이겠으나 나로서는 그렇게 생각되지는 않았다."[48]라고 회고한다.

술에 취해 집에 돌아온 날 밤 최재서가 자기에게 '아버지가 없다'고 말하는 것은 경성제대 2학년 재학 중이던 1929년 5월 아버지 최경태가 급성 폐렴에 걸려 갑자기 사망했기 때문이다. 그가 급성 폐렴에 걸린 것은 그의 사업 실패와 무관하지 않은 것 같다. 사망하기 몇 해 전부터 그는 경제적으로 큰 어려움을 겪고 있었다. 요즈음 같으면 쉽게 치료할 수 있을 터이지만 이 무렵 지방 도시에서 급성 폐렴을 치료하기란 여간 어렵지 않았다. 최보경에 따르면 당시 급성 폐렴 특효약이라 해 보았자 '도리아농'이라는 약밖에 없었고, 집에서 산소 흡입과 수증기 흡입으로 처치하는 것이 고작이었다. 큰딸 국경은 도쿄에, 외아들 재서는 경성에 유학 중이어서 해주 집에는 어머니와 해주 공립고등여자학교에 다니던 보경과 어린 동생 애경밖에는 없었다. 이러한 상황에서 최재서의 아버지는 발병한 지 2주 만에 사망했다.

---

48) 다카기 이치노스케, 박상현·김채현 옮김, 『일본 국문학의 탄생: 다카기 이치노스케의 자서전』(서울: 이담북스, 2016), 105쪽. 이 책은 본디 高木市之助, 『國文學50年』(東京: 岩波出版, 1967)을 번역한 것이다.

뒷날 최재서는 넷째 아들 강(剛)을 폐렴에 따른 패혈증으로 일찍 세상을 떠나보내며 "아가는 좋아하는 기차를 타고, 훌륭한 조부(祖父)가 있는 이상한 나라에 가고 말았다."[49]라고 밝힌다. 이렇게 최재서는 아들의 죽음을 통해 상징적으로 아버지와 다시 한번 만나게 된다. 한편 최재서와 함께 살던 그의 어머니는 팔순이 넘어 1959년 11월 사망했다. "항상 나를 덮어 주시고 가리워 주시던 어머님, 이제 가셨으니 다시 나의 머리를 덮어 줄 아무것도 없다. (……) 이제는 하늘과 대면해야 할 때다. 하늘과의 대면이 나에게 무엇을 가져오려는가?"(인: 77)라고 그는 부모를 잃은 애절한 심정을 밝혔다. 그는 『영문학사 3: 셰익스피어』 첫머리에서도 "이 변변치 못한 저술을 어머님 영전에 바치나이다. 불효 자식 재서."라고 적었다.

그렇다면 최재서가 술에 취해 집에 들어와 그에게는 '돈도 없다'고 절규하는 까닭이 어디 있을까? 앞에서 이미 언급했듯이 그의 집안은 해주에서 네 번째 가는 부자였지만 과수원이 팔리기 전에도 자식들을 일본과 경성에 유학 보내는 일이 그렇게 녹록하지 않았을 것이다. 보경은 "남존여비 사상이 짙었던 그 시절에 4남매(1남 3녀)를 골고루 대학 유학까지 보내 주신 아버지 어머니께 진심으로 감사한다."[50]라고 밝혔다. 재력도 재력이지만 아버지 최경태는 교육열이 남달라서 딸

---

49) 최재서, 「아가야 평안하거라」, 《국민문학》 창간호(1942. 1); 김윤식, 『최재서의 《국민문학》과 사토 기요시 교수』, 146쪽에서 재인용.

50) 최보경, 『나는 이렇게 살았습니다』, 36쪽. 형제가 5남매(1남 4녀)인데도 최보경이 '4남매(1남 3녀)'라고 말하는 것은 큰언니 국경이 일찍 사망했기 때문이다. '태일원' 과수원을 회상하는 글에서 최재서는 "이 글을 읽어 줄 수 없는 맏누님이여, 당신의 영혼에 안강이 있기를!"(인: 52)이라고 기원한다.

셋을 모두 일본에 유학을 보냈다. 이렇게 자식들을 아들딸 가리지 않고 '골고루' 일본과 경성으로 유학을 보내다 보니 재정적으로 힘들 수밖에 없었을 것이다.

태일원 과수원을 도맡아 운영하던 아버지가 갑자기 사망하자 최재서의 집안은 재정적으로 적잖이 곤경에 빠졌다. 보경이 "아버지의 급서는 태일원의 종말을 가져오게 되었다."[51]라고 잘라 말하는 까닭이 바로 여기에 있다. 최재서가 "나에겐 돈도 없다."라고 절규한 때는 아버지가 사망한 지 몇 해가 지난 때라 경제적 어려움은 아마 더더욱 클 수밖에 없었을 것이다.

더구나 아버지의 사망은 단순히 과수원의 소유주가 없어진 것 이상의 큰 의미를 내포한다. 아버지가 갑자기 사망한 뒤 태일원 과수원은 해주에서 조기잡이로 큰돈을 벌었다는 어떤 사람에 넘어가고 말았다. 생활 수단을 뛰어넘어 상징적 의미가 무척 큰 과수원이 팔렸다는 것은 최재서를 비롯한 식구들에게 경제적 심리적으로 엄청난 충격을 안겨 주었다. 뒷날 최재서는 과수원을 추억하는 글에서 안톤 체호프의 「벚꽃 동산」(1904)을 언급한다. 이 작품에서 러시아 귀족 집안은 신흥 자본가에게 벚꽃 동산을 팔고, 자본가는 동산을 구입하자마자 벚나무를 모두 베어 버린다. 체호프는 벚나무 동산의 파괴에서 제정 러시아 귀족의 몰락을 상징적으로 그린다. 이 희곡을 두고 최재서는 이 작품에 면면히 흐르는 염세주의 때문에 자기에게 '체질적으로 맞는 작품'이라고 말하면서 "류보브(라네프스카야 류보비 안드레예브나)처럼

---

51) 앞의 책, 34쪽.

〔나는〕몰락의 비애와 인생의 아이러니를 맛보았다. '과포집'은 영원히 사라진 나의 소년 시절의 꿈이다."(인: 54)라고 밝힌다.

1940년 초 최재서는 「현대소설 연구」라는 일련의 논문을 집필하면서 토마스 만의 『부덴브로크가의 사람들』(1901)을 다룬 적이 있다. 최재서는 독일 북부 도시 뤼베크의 곡물 도매상 부덴브로크 집안의 4대에 길진 영광과 몰락의 역사를 다룬 이 작품을 '가족사 연대기 소설'의 관점에서 읽는다. 그런데 이 독일 집안의 몰락과 관련하여 최재서는 "가세가 이전과 같지 못한 데다가 집안의 기둥이었던 웃어른까지 돌아가서 본가를 방매한다는 것을 겪어 본 사람이라면 그것이 얼마나 절실한 비애인지를 알 수 있으리라. 더욱이 어렸을 때부터 남달리 애착을 가져서 그 집에 수없는 추억이 얽혀 있을 뿐만 아니라, 인생의 풍랑을 만날 때마다 이 집을 항구처럼 찾아서 달려오던 토니에게 그것은 사실 참을 수 없는 일이었다."(평: 251)라고 말한다. 그런데 이 말에서는 비단 부덴브로크 가문의 몰락을 바라보는 토니의 절망감뿐 아니라 아버지의 갑작스러운 사망과 태일원의 몰락을 바라보는 최재서 자신의 심경을 읽을 수 있다. 그러고 보니 최재서가 체호프의 「벚꽃 동산」과 함께 토마스 만의 이 작품을 왜 그토록 좋아했는지 알 만하다.

한편 최재서의 여동생 최보경은 와세다대학 영문과 출신 고병려와 결혼해 3남매를 두었다. 일제 강점기 주민 소개 정책에 따라 고병려는 고향인 평안북도 신의주로 이주하여 신의주동중학교에서 교편을 잡고 있던 중 해방을 맞았다. 그러나 김일성대학 교수로 차출될 위기에 놓이자 그는 가족을 이끌고 해주로 내려가 해주동중학교에서 교편을 잡았다. 북한에 소련군이 진주하고 공산 정권이 들어서자 고병려는 마침내 가족을 이끌고 사선을 넘어 남한으로 넘어왔다. 해주에 머물던 어느 날 보경은 태어나서 20여 년 자라 온 정든 태일원을 찾아갔다.

> 멀리 바라본 수양산맥 용수봉은 유구한 옛 모습 그대로이다. 돌문에서 보이는 안채, 사랑채, 별채, 행랑채, 헛간이 갖추어진 대가였던 그 모습은 퇴락하여, 초라하고 처량하게까지 느껴졌다. 꿈에도 잊지 못한 아버지의 과수원, 뒷동산에서 꿩이 울고, 꾀꼬리가 지저귀고, 뻐꾸기의 구슬픈 울음소리가 들렸다. 이곳은 봄이면 산나물을 찾아 쏘다니던, 더없이 낭만적이고 행복했던 내 마음의 고향인 과수원이 아니었던가![52]

최보경이 바라보는 태일원의 모습은 이제 더 이상 아름다운 낙원의 모습이 아니라 누추하기 그지없는 실낙원의 모습이었다. 더구나 무일푼의 길손으로 잠시 들러 먼발치에서 바라보는 과수원의 퇴락한 모습은 더더욱 가슴 아팠을 것이다. 사람이 사는지 버려졌는지 알 수 없이 퇴락한 과수원의 모습은 체호프의 벚꽃 동산처럼 어떤 의미에서는 최씨 집안의 몰락한 모습을 상징적으로 보여 주었다.

경성제국대학 시절 최재서의 활약은 비단 학문에만 그치지 않고 학업 외의 활동에서도 눈이 부셨다. 그는 바이올린 연주, 스케이트 타

---

52) 앞의 책, 77~78쪽.

최재서의 누이동생 최보경과 그녀의 남편 고병려 교수.

기, 웅변 등 못하는 것이 거의 없을 정도로 취미 생활도 무척 다양했다. 또한 최재서는 경성제대에 재학 중 웅변대회에 참가해 메달을 탔고, 윌리엄 셰익스피어의 『햄릿』을 무대에 올릴 때 직접 연출을 맡기도 했다. 특히 최재서는 고전 음악을 좋아했다. 최양희의 회고에 따르면 그는 서재에서 늘 고전 음악을 틀어 놓고 연구했고, 그 덕분에 자식들도 늘 고전 음악을 들으면서 자랐다. 한국 전쟁 중 대구에서 피난 생활을 할 때 그는 셰익스피어 작품과 베토벤의 음악이 큰 위로

가 되었다고 고백한 적이 있다. 그래서인지는 몰라도 최재서는 글을 쓸 때 음악 용어를 들어 설명하거나 음악과 관련한 비유를 즐겨 구사한다.

앞에서 언급한 경성제대 영국인 교수 레지널드 블라이스는 모든 현악기를 다룰 줄 아는 음악광이었다. 경성제국대학 재직 시절 그는 음악으로도 최재서와 자주 어울려 악기를 연주했을 것이다. 피아니스트인 블라이스의 아내 애나는 당시 최고급 피아노였던 스타인웨이 피아노를 조선에 최초로 가지고 온 서양인이었다. 가정 파탄이 일어나 영국에 돌아갈 때 그녀는 피아노를 배재학교에 팔았다. 블라이스의 딸 하루미가 소장하고 있는 사진 중에는 첼로를 들고 있는 블라이스가 바이올린을 들고 있는 조선인 학생 세 명과 함께 찍은 사진이 있다. 그중에는 최재서로 보이는 학생이 바이올린을 들고 오른쪽에 서 있다.

가난한 선비 최재서

최재서는 앞에서 밝혔듯이 경성제2고등보통학교에 입학하기 전이미 고향 해주에서 이태원과 결혼했다. 그의 아내가 같은 고향 출신인 것으로 보아 집안에서 정혼한 중매결혼인 듯하다. 이 무렵 대부분의 집안이 그러했듯이 최재서도 자식을 많이 두어 6남매를 낳았다. 어쩌면 외아들로 태어나 남자 형제 없이 외롭게 자랐기에 자식을 많이 낳고 싶었을지도 모른다. 식구가 많다 보니 자식 중 한둘은 해주의 외갓집에서 유년 시절을 보내야 했다. 1932년에 태어난 딸 양희는 어린 시절을 이렇게 회고한다.

나는 우리 집안 6남매 중 넷째이다. 어렸을 때는 황해도 해주에 있는 외갓집에서 자랐다. 내가 태어났을 때 부모님은 거의 한 해 거리로 탄생하는 사식들에 시달려 시쳤을 것이다. 4, 5살이 되어서야 저음으로 외갓집에서 서울에 있는 집으로 살러 왔는데, 코스모스와 다알리아꽃들이 만발한 정원의 등나무꽃이 주렁주렁 매달린 툇마루에서 애기를 안고 계신 어머니와 2층 서재에서 책을 읽고 계신 아버지를 만난 것이 아버지에 대한 첫 기억이다.[53]

최양희가 서너 살이 되어서야 해주에서 올라와서 산 서울 집은 남산 기슭에 위치한 적산 가옥이었다. 최재서는 이 집을 남산 계곡에 자리 잡은 집이라고 하여 '남계숙(南溪塾)'이라고 불렀다. 그의 저서 머리말 끝에 자주 등장하는 남계숙은 바로 그 집을 일컫는다. 남산 약수터 밑에 있어 그렇게 불렀는지, 아니면 수양산 남쪽 골짜기에서 해주 과수원 앞으로 흐르는 맑은 개울을 생각하여 그렇게 불렀는지는 알 수 없다. 남산 기슭에 이사 오기 전 1930년대 최재서는 성북정 102번지에서 살았다. 당시 성북동에는 만해(萬海) 한용운(韓龍雲)의 심우장을 비롯해 이태준의 수연산방, 조지훈(趙芝薰)의 침우당, 화가 김

---

53) 최양희, 「다재다능한 태일원의 귀공자: 나의 아버지 최재서」, 《대산문화》 2014년 봄호. http://www.daesan.or.kr/webzine.html?ho63.

환기(金煥基)의 수향산방, 전형필(全鎣弼)의 보화각 등이 자리 잡고 있었다.

　그런데 1963년 출간한 『셰익스피어 예술론』의 머리말 끝에 '남계숙'이 아닌, 감나무 두 그루가 서 있다는 뜻의 '쌍시숙(雙柿塾)'이라는 이름이 등장한다. 조용만이 아침에 학교 버스를 타고 계동 앞을 지날 때면 최재서가 손을 들어 인사하던 모습을 기억하는 것을 보면 이 무렵 남산을 떠나 계동이나 그 근처로 이사해 '쌍시숙'이라는 이름을 붙였던 것 같다. 어찌 되었든 '쌍시숙'은 해주 고향의 과수원집과 관련이 있다. 태일원을 회고하는 글에서 최재서는 "단풍 든 감나무 위에 앉아 있는 까마귀"를 언급하는 것을 보면 고향집을 그리워하면서 새로 붙인 이름인지도 모른다. 그 이름이 '남계숙'이든 '쌍시숙'이든 그의 집은 해주의 과수원을 축소하여 옮겨 놓은 것으로 볼 수 있다. 해주의 태일원처럼 이 집에 꽃밭을 가꾸고 등나무를 심은 것으로 보아 최재서와 그의 아내는 고향 과수원의 향수를 잊지 못한 것 같다. 최양희의 다음 말은 이 점을 더욱 뒷받침한다.

　우리들이 자란 집 중 제일 기억에 남는 집은 남산(南山) 밑에 있던 집이었다. 집 앞은 동산이어서(남산이 여기서 끝났다.) 봄이면 진달래와 개나리꽃이 동산을 감쌌다. 그 동산 밑엔 맑은 시냇물이 흐르고 있었다. 방학 때 해주 외갓집에서 즐기던 옥수같이 맑고 깊은 광석천(廣石川) 계곡 같지는 않았지만, 부모님도 아마 그 풍경을 연상하고 거기에 사는 것을 즐기시는 것 같았다. 뜰에는 하늘을 쏟듯이 큰, 한 쌍의 살구나무가 이른 봄이면 만발한 꽃으로 하늘을 가렸다. 아버지는 이 집을 남계숙(南溪塾)이라고 이름 지었다. 방이 많았는데 방의 벽마다 있던 책장에 영문학 서적이 꽉꽉 차 있어, 우리 형제는 늘 영어 공부하는 일을 먹고 자는 것같이 보통사로 생각했다. 날이 흐름에 따라 책이 차차 늘어서 뒤뜰에 있는 별채를 도서관으로 하고 한때는 사서관이 도서를 정리했던 일이 기억난다.[54]

위 인용문에서 특히 눈에 띄는 대목은 최양희가 부모님을 묘사하는 마지막 부분이다. 어머니가 툇마루에서 신생아를 안고 있고 아버지는 2층 서재에서 늘 책을 읽으며 연구하고 있는 모습이 어린 딸의 기억에 깊이 아로새겨 있다. 실제로 산책할 때를 제외하고는 손에 책을 잡고 있지 않거나 원고지에 글을 쓰지 않는 최재서의 모습은 좀처럼 상상하기 어렵다. 당시 최재서만큼 부지런하게 연구에 몰두하는 학구적인 학자도 없었다.

최재서는 앞에서 언급했듯이 5남 1녀 6남매를 낳았다. 큰아들 창, 차남 낙, 3남 달, 4남 승언, 5남 강, 딸 양희가 바로 그들이다. 막내 아들 최강은 세 살 때 감기가 폐렴으로 발전해 패혈증으로 사망했다. 정지용이 어린 나이에 세상을 떠난 아들의 죽음을 슬퍼하는 「유리창」을 썼다면, 최재서 역시 세 살 나이로 죽은 아들을 애도하는 「아가야 평안하거라」라는 글을 썼다. 최재서의 아버지도 아들도 모두 폐렴으로 사망한 것을 보면 폐렴은 이 무렵 치유하기 무척 힘든 무서운 질병이었음이 틀림없다.

---

54) 위의 글.

1960년대 초에 찍은 최재서의 가족사진. 뒷줄 왼쪽부터 차남 낙, 3남 달, 4남 승언, 딸 양희, 어머니 이태원, 양희의 딸 김미경, 최재서.

　　아버지의 지적 유산을 물려받은 최재서의 자식들은 그동안 세계 무대에서 크게 활약하여 주목을 받아 왔다. 1933년 서울에서 태어난 큰아들 최창은 아버지의 모교인 경복고등학교에 재학 중 한국 전쟁을 만나 제주도로 피난을 갔다. 그런데 그곳에서 빨치산 혐의를 받고 국군으로부터 곤욕을 치른 뒤 미군 부대에서 통역사로 일하다가 1955년 미국에 건너갔다. 미시간대학교에서 수학을 전공한 그는 유대계 러시아 이민자 출신 집안에서 태어난 여성과 결혼하여 딸 수전을 낳았지만 딸이 아홉 살 되던 해 이혼했다. 이혼 후 그는 부산 출신의 한국 여성과 재혼했고, 1999년 딸과 함께 부산을 방문했다. 창은 인디애나대학교 사우스벤드 캠퍼스에서 수학과 교수로 재직했다.

　최재서의 4남 최승언은 큰형 창과는 달리 아버지를 따라 외국 문학을 전공했다. 1945년 서울에서 태어난 최승언은 서울대학교 불문과에서 학사와 석사 학위를 받고 1969년 박사 과정을 밟기 위해 프랑스로 건너가 툴루즈대학교에서 3년 동안 프랑스 문학을 전공했다. 그런데 박사 학위 논문을 쓰던 어느 날 그는 갑자기 논문을 중단한 채 다시 학부 학생으로 입학하여 프랑스어 공부를 시작했다. 박사 학위 논문을 쓰기에는 자신의 프랑스어 실력이 너무 부족하다고 판단했기 때문이다. 웬만한 사람 같으면 어떻게든 하루빨리 박사 학위를 받으려고 했을 것이다. 이 무렵 박사 학위만 받으면 순탄한 대학 교수의 길이 활짝 열려 있었는데도 그는 그 길을 마다하고 스스로 밑바닥부터 다시 공부를 시작했다.

　뒷날 최승언은 한 한국 신문사와의 인터뷰에서 "박사 과정에 있으면서도 교수의 강의를 듣고 노트 필기도 제대로 하지 못하는 실력으로 논문을 쓰고 불문학을 공부한다는 사실이 창피하고 프랑스 문화를 이해하지 못한다는 자괴심 때문에 대학교 학부 생활을 다시 하게 됐다."라고 털어놓았다. 프랑스에 도착한 지 10년 만인 1979년에 최승언은 마침내 박사 학위를 받았다. 그러고 나서 1981년 서울대 불문과 조교수로 부임했다가 다시 1982년 프랑스에 이주하여 파리7 대학의 한국학과 학과장으로 근무하던 중 암으로 세상을 떠났다. 그는 현대 언어학의 기틀을 마련했다고 평가받는 페르디낭 드 소쉬르의 명저 『일반언어학 강의』(1916)를 한국어로 번역해 출판하기도 했다.

최승언이 프랑스에 뿌리를 내렸다면 그의 누나 최양희는 오스트레일리아에 뿌리를 내렸다. 1932년에 태어난 최양희는 '양희 최-월'이라는 이름으로 오스트레일리아국립대학교 도서관에서 근무하다가 뒷날 한국학 교수로 재직하면서 그동안 한국 문학과 한국 문화를 널리 알리는 데 크게 이바지했다. 특히 그녀는 1985년 혜경궁(惠慶宮) 홍씨(洪氏)의 『한중록(閑中錄)』을 영어로 번역해 관심을 받았다. 그 뒤 최양희는 연암(燕巖) 박지원(朴趾源)의 『열하일기(熱河日記)』를 영어로 번역해 대산문학상(번역 부문)을 받기도 했다.

　　여기에서 잠깐 언급하고 지나가야 할 것은 지금 미국에서 한국계 미국 작가로 활약하고 있는 수전 최다. '최인자(崔仁子)'라는 한국 이름의 수전은 최재서의 큰아들 최창의 딸이고 최재서의 손녀다.

최재서의 가족. 왼쪽부터 낙, 양희, 이태원, 최재서, 승언, 달, 전 사위 김형만.

1999년 한국을 방문했을 때 수전 최와 아버지 최창.

1969년 인디애나주 사우스벤드에서 태어난 수전은 예일대학교에서 문학 학사 학위를 받은 뒤 코넬대학교에서 예술 전문 석사(MFA) 학위를 받았다. 그녀는 1998년 장편 소설『외국인 학생』을 출간해 소설가로서 화려하게 데뷔했다. 이 작품은 제목 그대로 한 '외국인 학생'이 전쟁의 악몽에서 벗어나려고 미국으로 건너가 온갖 고생을 하며 자리를 잡아 가는 과정을 다룬 소설이다. 이 작품은 두말할 나위 없이 아버지 최창을 모델로 한 작품이다. 수전은『미국 여자』(2003)에 이어『요주의 인물』(2008)과『나의 교육』(2013)을 출간하여 미국뿐 아니라 국내에서도 큰 화제를 모았다. 수전은『신뢰 연습』(2019)으로 2019년 미국 최고 권위의 문학상이라고 할 '전미 도서상'을 받았다. 지금 수전은 존스홉스킨스대학교에서 창작을 강의하면서 할아버지 최재서를 소재로 한 장편 소설을 집필하고 있다.

문학 비평가 최재서

최재서는 짧은 57년의 생애에도 영문학자로, 문학 이론가로, 실천 비평가로, 작가로, 번역가로, 또는 출판사를 운영하고 잡지를 발간한 편집인과 출판인으로 왕성하게 활동했다. 보통 사람 같았으면 아마 70~80 평생, 아니 90 평생에야 이룩할 업적을 남겼다. 그렇다면 그가 이렇게 지칠 줄 모르고 왕성하게 활동할 수 있었던 요인은 어디에 있었을까? 첫째, 그의 누이동생 최보경과 그의 딸 최양희의 지적대로 최재서는 '다재다능한' 인물이었다. 그런데 이러한 능력은 어느 분야보다도 문학 연구와 비평 활동에서 가장 찬란한 빛을 내뿜었다. 그에게는 남달리 문학에 대한 뛰어난 감수성과 뜨거운 열정, 그리고 타고난 지적 능력이 있었기 때문이다.

둘째, 최재서는 경성제국대학 법문학부 외국어·문학(영어·영문학) 전공이라는 '문화 자본'을 소유하고 있었다. 김윤식은 『최재서의《국민문학》과 사토 기요시 교수』에서 "부르디외의 논법으로 하면 경성제대 법문학부는《국민문학》의 문화 자본인 것이다."라고 말한다. 또한 그는 "국어(일본어)로 창작하기야말로《국민문학》지가 짊어진 사명이었다. 참으로 다행히도 시 쪽에서는 영문학과 주임 교수이자 은사인 사토 기요시의 상당하고도 높은 수준의 문화 자본(부르디외의 용어)이

포진해 있었다."라고 지적한다. 그런가 하면 김윤식은 《국민문학》지는 경성제대라는 최고의 문화 자본을 등에 업음으로써 비로소 가능했다."라고 밝히기도 한다.[55]

그러나 더 정확히 말하면 경성제대 법문학부가 《국민문학》의 문화 자본이라기보다는 최재서의 문화 자본에 해당한다. 피에르 부르디외는 계급석 배경이 만들어 낸 숭·상류층의 문화적 취향을 가리키기 위해 '문화 자본'이라는 용어를 처음 사용했다. 그는 사회가 분화하고 문화가 발달하면서 문화적 취향도 얼마든지 현금, 유가 증권, 토지, 건물, 공장이나 기계를 비롯한 생산 설비 같은 자본 못지않은 역할을 한다고 보았다.

부르디외가 말하는 문화 자본 또는 학력 자본으로 굳게 무장한 최재서는 경성제국대학 예과 조선인 학생들이 조직한 '문우회'에서 발간한 《문우》 5호(1927. 11)에 「만필 뒤밧귄 색시」를 기고했다. 이듬해에는 역시 경성제대 예과 학생들이 일본어로 발행하던 잡지 《청량》 5호(1928. 4)에 「예이츠의 신비와 현실(イエイツの神秘と現實)」을 발표했다. 그리고 학술지 《신흥(新興)》 5호(1931. 7)에 영국 비평가 A. C. 브래들리를 소개하는 「미숙한 문학」을 발표하는 것을 시작으로 본격적으로 비평가로서의 첫발을 내딛었다.

1929년 7월에 창간된 《신흥》은 경성제대 법문학부 1회 졸업생들이 주축이 되어 발간한 학술 잡지로 발행인 겸 편집인은 이화여자전문학교 교수로 근무하던 철학과 졸업생 배상하(裵相河)를 비롯하

---

55) 김윤식, 『최재서의 《국민문학》과 사토 기요시 교수』, 27, 47, 52쪽.

여 유진오, 이강국(李康國), 장후영(張厚永), 서재원(徐裁元) 등이 돌아가며 맡았다. 이 잡지의 편집자는 창간호 「편집 후기」에서 "과거의, 우리의 모든 운동에 있어서 누구나 통절히 느끼던 것은, 우리에게 확호한 이론-과학적 근거로부터 우러나오는, 운동의 지표의 결함이었다. 《신흥》은 모든 곤란을 극복해 가며, 조선의 운동의, 이러한 방면에 기여함이 있으려 한다."[56]라고 천명한다. 이러한 목표에 걸맞게 이 잡지에는 고유섭(高裕燮), 이희승(李熙昇), 김태준 같은 뒷날 한국 학계에서 괄목할 만한 업적을 남긴 쟁쟁한 필자들이 글을 기고했다. 학술 논문을 주로 실었지만 단편 소설과 시, 번역에도 관심을 기울였다.

학술 잡지다운 잡지가 거의 없던 시절 《신흥》은 제호 그대로 식민지 조선 지식인들에게 그야말로 싱그러운 새바람을 불어넣었다. 뿐만 아니라 식민지 엘리트 지식인으로서 조선의 지식 사회를 선도하겠다는 포부와 자부심을 드러냈다. 그러므로 최재서가 이 잡지에 처음 글을 기고했다는 것은 여러모로 상징적 의미가 크다. 경성제국대학 졸업 논문과 1930년 경성제대의 영문학회에 발표한 논문 「장편시의 난점」에 바탕을 둔 「미숙한 문학」은 그가 비평가로 데뷔하는 첫 번째 글이기 때문이다. 특히 최재서가 곧 한국 문단에서 탁월한 문학 비평가로 주목을 받게 되는 이유 중 하나는 이 잡지의 목표 그대로 "확호한 이론-과학적 근거"에 바탕을 두고 논지를 전개했기 때문이다. 이 글에서 그는 장편 시가 창작적으로 여러 문제점을 안고 있다는 영국 비평가 A. C. 브래들리와 래설스 애버크롬비를 소개하면서

---

56) 「편집 후기」, 《신흥》(1929. 7).

낭만주의 시의 한계를 지적한다.

더구나 「미숙한 문학」은 앞으로 최재서가 비평가로서 활약하면서 겪게 될 문학관의 변모 과정을 살피는 데도 중요하다. 이 글에서 그는 낭만주의를 "미숙한 문학"으로 평가하면서 그것에 대한 불만을 토로한다. 최재서는 "나는 과거의 미숙한 문학의 예로 낭만 시대(특히 19세기 초 4반기) 영길리(英吉利)의 장편 시를 들고저 한다."라고 분명히 말한다. 그는 낭만주의 장편 시 중에서도 퍼시 비시 셸리의 「회교도의 반역」(이슬람의 반란, 1818)과 「프로메테우스 사슬 풀다」(속박에서 풀려난 프로메테우스, 1820) 같은 장편 시를 구체적인 실례로 들면서 셸리가 이 작품에서 창작 의도에 걸맞게 여러 요소를 통합하는 데 실패했다고 지적한다. 최재서는 "셸리가 아무리 열렬한 열정을 가지고 있다 해도, 혁명 이론과 민중 선동의 방법을 모르는 이상엔 도저히 완전한 혁명 선동 시는 쓸 수 없다."라고 결론짓는다.[57] 다시 말해 셸리를 비롯한 낭만주의 시인들에게는 왕성한 상상력에 기반을 둔 창작 정신은 뛰어났지만 그것을 통합적으로 구성할 비평 정신이나 학식이 부족했다는 것이다.

그런데 최재서는 낭만주의 시인들의 이러한 결점이 셸리 한 사람에게 그치지 않고 윌리엄 워즈워스 같은 낭만주의를 대표하는 다른 시인들에게서도 마찬가지로 찾아볼 수 있다고 주장한다. 워즈워스와 관련해 최재서는 "그가 영감의 순간을 떠날 때 그는 역설로 뛰어 올라가거나, 그렇지 않으면 설교로 기어 내려간다."[58]라고 지적한

---

57) 최재서 「미숙한 문학」, 《신흥》 5호(1931. 7); 김윤식, 『한국 근대문학사상 연구 1』, 363, 364쪽에서 재인용.
58) 김윤식, 앞의 책, 230쪽에서 재인용.

다. 그러면서 최재서는 역설도 설교도 훌륭한 시가 될 수 없다고 잘라 말한다. 이 점에서 그는 비평 정신에 기반을 두고 창작한 괴테야말로 가장 위대한 시인 중 한 사람이라고 높이 평가한다.

최재서는 《신흥》에 발표한 「미숙한 문학」에 이어 1933년 4월과 5월 두 차례에 걸쳐 《조선일보》에 「구미 현대 문단 총관」과 「영문학의 현상」을 기고했다. 그 이듬해 그는 《문학》 3호에 「굶주린 존슨 박사」, 《조선급 (及) 만주》에 「시인 대 행위인」, 《조선일보》에 「비평과 과학」과 「현대 주지주의 문학 이론의 건설」, 「문학 발견 시대」 등을 잇달아 발표하면서 문학 비평가로서 입지를 더욱 굳히며 큰 주목을 받았다. 1964년 9월부터 그는 《현대문학》에 「문학 연구 방법론 서설」을 연재하다가 5회로 그치고 사망하고 말았다. 최재서가 사망할 때까지 발표한 문학 평론은 『문학과 지성』(1938), 『전환기의 조선 문학』(일본어, 1943), 『최재서 평론집』(1961)에 거의 대부분 수록되어 있다.

최재서는 학문 연구나 비평 활동을 식민지 조선에 국한하지 않고 식민지 종주국 일본과 미국에까지 넓혔다. 1935년 《에이분가쿠켄큐(英文學研究)》(15권 1호)에 「John Dennis의 시론 연구」라는 논문을 발표했다. 17세기 중엽에서 18세기 초엽에 걸쳐 비평가와 극작가로 활약한 데니스는 1930년대에는 물론 지금도 국내 한국 학계에는 별로 알려져 있지 않은 문인이다. 식민지 조선의 젊은 지식인이 이 권위 있는 잡지에 글을 발표한 것은 획기적인 일이어서 일본과 조선에서 큰 화제가 되었다. 이때 그의 나이 겨우 26세인 청년 학자였다. 1935년 가을 최재서는 사토 기요시와 함께 일본영어영문학회가 개최하는 7회 학회에 참가해 「현대 비평에 있어서의 개성의 문제(現代批評に於ける個性

の問題)」를 발표하고 그 기관지 《에이분가쿠켄큐》(16권 2호, 1936. 4)에 이 논문을 실었다. 또한 1939년 최재서는 역시 사토 교수와 함께 일본 영문학회 10회 학회에 참석해 「현대 비평의 성격(現代批評の性格)」을 발표하고 이 논문을 같은 학회지(19권 2호, 1939. 4)에 실었다. 이 무렵 조선인으로 일본의 영어영문학을 대표하는 학회에서 두 차례나 발표하고 논문을 싣는다는 것은 보기 드문 일이었다. 이보다 조금 앞서 1933년 4월 도쿄제국대학에서 영문학을 전공한 이양하(李敭河)가 조선인으로서는 최초로 《에이분가쿠켄큐》(13권 2호)에 「월터 페이터와 인본주의(ウォルタ_・ペイタ_と人本主義)」라는 논문을 발표해 큰 주목을 받았을 뿐이다.

최재서는 일본 학회지뿐 아니라 일본에서 발행하던 잡지에도 논문을 기고했다. 예를 들어 1934년 12월 교토제국대학 철학과에서 펴내는 잡지 《시소(思想)》에 그는 「T. E. 흄의 비평적 사상(T.E.ヒュ_ムの批評的思想)」을 발표했다. 그리고 일본의 종합 잡지 《가이조(改造)》에도 진출하여 「영국 평단의 동향(英國評壇の動向)」(1936. 3), 「헉슬리의 풍자 소설(ハクスリ_の諷刺小說)」(1937. 2), 「비평과 모럴의 관계(批評とモラルの關係)」(1938. 8) 같은 논문을 잇달아 발표해 학계와 문학계의 관심을 끌었다. 첫 번째 논문과 관련해 이 잡지의 편집인은 「편집 후기」에서 "신진의 영문학자 최 씨는, 대단한 필력을 가지고, 영국 평단의 동향을 논평했다. 침체된 우리 평단에 좋은 시사가 될 것이다."[59]라고 평가했다. 이

---

59) 「편집 후기」, 《시소》(1936. 3); 윤수안, 앞의 책, 207쪽에서 재인용. 최재서는 《가이조》에 논문을 기고하는 것에 그치지 않고 이 잡지의 편집인들과 개인적으로도 교분을 쌓았다. 가령 중일 전쟁이 일어난 1937년 7월 일본을 방문한 그는 편집인들 두

렁듯 1930년대에 걸쳐 식민지 종주국 일본과 식민지 조선에서 최재
서만큼 문학 이론과 비평 분야에서 눈부시게 활약한 조선인을 찾아
보기 어렵다. 그런가 하면 1938년 9월 그는 《미타분가쿠(三田文學)》에
도 글을 기고했다.

　1920년대 말엽 이하윤(異河潤)은 식민지 종주국 일본과는 달리
식민지 조선에 아직 문학 비평가다운 비평가가 없다는 사실을 무척
애석하게 생각했다. 1929년 12월 한 해의 문예계를 총관하면서 그는
"아직까지 우리 조선 문학자들의 연구가 부족한 탓인지는 몰라도 문
예 이론의 체계를 세운 이가 없는 듯하며 따라서 비평가로서의 충분
한 소질을 가진 이도 비교적 적다고 볼 수 있는 것이다."[60]라고 지적
한다. 그러나 1930년대에 접어들면서 이하윤의 우려와는 달리 최재
서가 곧 이 분야에서 두각을 나타냈다.

인문사의 설립과 《인문평론》

　1937년 6월 최재서는 일본 출판계를 돌아보려고, 그의 표현을
빌리자면 "출판계의 새로운 지식을 구하려고" 유난히 무더운 여름
날씨를 무릅쓰고 현해탄을 건너 도쿄에 갔다. 이 무렵 대학 강사직

서 명과 함께 신주쿠로 차를 마시러 가기도 했다. 최재서, 「사변 당초와 나」, 《인문평
론》(1940. 7).
60) 이하윤, 「경오문예계 총관」, 서울대학교 사범대학 국어과 · 동문회 편, 『이하윤
선집 2: 평론 · 수필』(서울: 한샘, 1982), 32쪽.

을 그만둔 그는 출판사를 설립할 계획을 세우고 있었다. 이번 도일은 1935년 사토 기요시 교수와 함께 일본영어영문학회 주최 7회 학회에서 논문을 발표하러 간 지 2년 만의 일이었다. 이번 도쿄 방문은 경성제국대학 스승과 함께 일본 학회에 논문을 발표하러 간 것과는 큰 차이가 난다. 앞의 방문이 장래를 촉망받는 소장 학자로서의 방문이었다면, 이번은 출판 경영인으로서의 연수 차원의 방문이었기 때문이다.

일본을 방문한 최재서는 6월 16일 호세이대학 영문학회 초청으로 강연회에 참석했다. 이날 강연회에는 도쿄제국대학 영문과를 졸업한 뒤 이 대학에서 근무하던 나하라 히로사부로(名原廣三郎) 교수가 「A. 헉슬리와 부정의 문학」이라는 주제로 강연했다. 2년 전《조선일보》에 「올더스 헉슬리론」을 기고한 최재서로서는 나하라의 강의에 관심이 있었을 것이다. 더구나 나하라는 사토 기요시와 함께 도쿄제국대학 시절 나쓰메 소세키의 제자일뿐더러 모리타 소헤이(森田草平) 교수 밑에서 그토록 난해하다는 제임스 조이스의 『율리시스』(1922)를 번역해 관심을 끌고 있었다. 한편 이날 강연회에는 다쓰노구치 나오타로(龍口直太郎)가 역시 최재서의 관심 분야라고 할 「신로만주의의 방향」이라는 주제로 강연하기도 했다.

그날 호세이대학의 강연회는 이러한 학구적 관심 말고도 최재서에게는 개인적으로도 큰 의미가 있었다. 그의 친구 이원조가 니혼대학 전문부 예술과를 다닌 뒤 곧바로 호세이대학 불문학과를 졸업했기 때문이다. 강연회가 끝난 뒤 근처 '하쿠쥬지도(白十字堂)'라는 제과점을 겸한 커피숍에서 마련된 회식 자리에서 최재서는 일본의 영문학자들과 어울렸다. 이튿날 최재서는 이원조에게 엽서를 보냈는데 이해 여름 도쿄에서 보낸 엽서가 무려 9장이나 되었고, 이 편지는 1937년 7월과 8월《조선일보》에 「무사시노(武藏野) 통신」과 「도쿄 통신」이라는 제목으로 실렸다. 경성역을 출발할 때 최재서를 전송해 준 사람도 이원조였다. 이원조는 그에게 아무리 영문학자라도 앙드레 지드의 『배덕자(背德者)』 정도는 읽어 두라고 권고했다. 그래서 최재서는 경성을 떠나기 전 혼마치의 마루젠(丸善) 서점에서 구입한 가와구치 아쓰시(川口篤) 번역본을 영등포역을 지날 무렵 꺼내 읽기 시작했다.

여기에서 잠깐 최재서와 조선일보 학예부 기자 이원조와의 친분 관계를 살펴보는 것이 좋을 것 같다. 최재서보다 2년 늦게 경상북도 안동에서 태어난 그는 이육사(李陸史)의 친동생으로 처음에는 시인과 소설가로 데뷔했지만 주로 문학 평론가로 활약했다. 이원조는《조선일보》의 기자로 활동하면서 최재서와 친분을 쌓았고 그에게 크고 작은 도움을 주었다. 가령 최재서가 이태준의 「꽃나무는 심어 놓고」와 박화성(朴花城)의 「한귀(旱鬼)」를《가이조》에 실으려고 일본어로 번역할 때 이원조가 번역에 도움을 주었다. 또 최재서가 1938년 첫 문학 평론집 『문학과 지성』을 출간할 때 서문을 써 주었다.

더구나 이원조는 최재서에게 지나치다 싶을 만큼《조선일보》문화면 지면을 할애해 주었다. 이원조의 도움이 없었다면 최재서는 이 신문에 그렇게 많은 글을 실을 수 없었을 것이다. 이원조는 카프 진영에 참여하지는 않았지만 프롤레타리아 문학 노선을 걸으며 부르주아 문학을 비판했다. 일제가 내선일체와 황국 신민화 정책을 강화하자 1942년 이후 광복까지 아예 절필하고 친일 문학과 거리를 두었다. 광

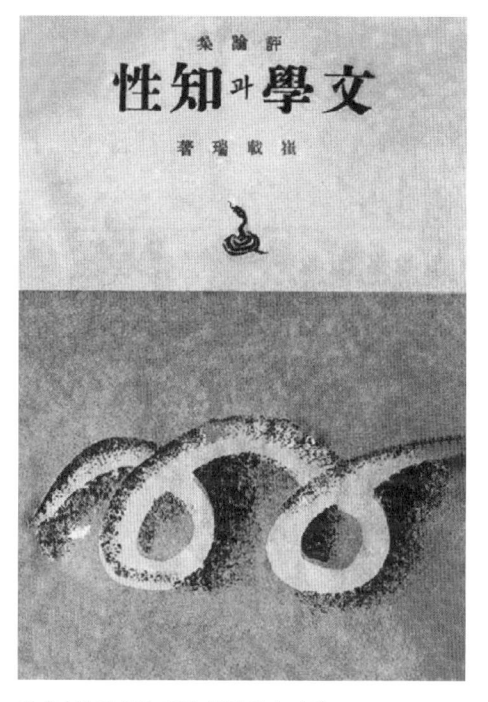

최재서의 첫 문학 평론집 『문학과 지성』.

복 이후 임화와 함께 '조선문학건설본부'를 설립하고, 이어서 '조선문학가동맹'에 가담하기도 했다. 이원조는 그 후 월북해 조선공산당 기관지였던 《해방일보》와 일간지 《현대일보》의 창간에 관여했다. 그러나 한국 전쟁 이후 남조선로동당 숙청 사건에 휘말려 임화 등과 함께 교도소에 갇힌 뒤 1955년 옥사한 것으로 알려져 있다.

그렇다면 최재서와 이원조는 출신 지역이나 정치적 성향이 다른데도 그토록 가까운 이유가 어디에 있었을까? 과연 어디에서 두 사람의 접점을 찾을 수 있을까? 무엇보다 먼저 두 사람 모두 외국 문학을 전공했다는 공통점이 있다. 이원조는 서유럽 문학이 밥을 먹는 것보다도 더 좋다고 말할 정도로 불문학을 비롯한 서유럽 문학에 심취해 있었다.[61] 영문학에 심취해 있는 것으로 말하자면 최재서도 이원조의 불문학 사랑 못지않았다. 최재서는 영문학을 전공했으면서도 불문학에 은근히 매력을 느끼고 있었다. 서유럽 문학을 전공하면서 교양과 균형 감각을 획득한 두 사람은 비평 분야에서 활약하면서 서로 동질감을 느꼈을지도 모른다.

더구나 최재서는 사회주의 리얼리즘을 반대했으나 문학의 심미적 기능 못지않게 사회적 기능을 중시했다. 그가 낭만주의 문학에서 점차 멀어지고 주지주의 문학을 택한 것도 이와 무관하지 않다. 한편 이원조는 적어도 1930년대에는 문학의 사회적 기능에 무게를 신되 지나치게 정치화하는 것에 경계의 고삐를 늦추지 않았다. 그는 호세이대학에 앙드레 지드에 관한 글을 졸업 논문으로 제출할 만큼 이 프랑스 작가에 매료되어 있었다. 1935년 6월 지드는 프랑스 파리에서 열린 행동적인 지식인의 문학 행사라고 할 '문화옹호 국제작가대회'를 이끌며 반파시즘 인민전선에 앞장섰다. 이 대회에는 프랑스에서는 지드를 비롯한 앙리 바르뷔스, 로맹 롤랑, 루이 아라공, 독일에서는 히틀러의 독일과는 다르다는 의미에서 '다른 독일'의 대표로 하인리히 만, 미국에서는 싱클레어 루이스, 소련에서는 보리스 파스테르나크 등 좌우 양쪽의 문인들이 참여했다. 그들은 인간성의 해방, 문

---

61) 최재서는 도쿄의 한 서점의 외국 문학 코너에서 최근 일본어로 번역된 다양한 서양 문학 작품을 열거하면서 이원조에게 "자아 어떻습니까? 이만하면 아무리 구라파 문학이 밥보다 조타는 형이라도 아마 실증이 날 것입니다."라고 밝힌다.

화의 옹호, 표현의 자유를 주장하면서 파시즘에 맞서는 휴머니즘 문학을 부르짖었다.[62]

그런가 하면 최재서와 이원조는 문학가가 사회 현실을 올바로 인식하고 비판하고 변혁하는 데 일조해야 한다고 생각했다. 두 사람은 지식인으로서 작가가 견지해야 할 태도나 모럴을 중시했다. 이 두 비평가의 글 속에서 '시성', '교양', '모럴'이라는 용어를 자수 만나게 되는 것은 바로 그 때문이다. 두 사람 모두 가혹한 식민지 시대 '모럴리티만 있고 모럴이 없는' 역사적 전환기에 활약하는 지성인으로 무엇보다도 투철한 비평 정신을 강조했다.

1937년 여름 도쿄를 방문하는 동안 최재서는 여러 출판인과 잡지 편집자를 만나고 산세이도(三省堂), 후잔보(富山房), 도쿄도(東京堂) 같은 시내 유명 서점 여러 곳을 찾아가 출판 현황을 점검했다. 출판사의 연간 서적 발행 부수에서 서점의 책 진열과 업무에 이르기까지 그는 샅샅이 살폈다. 최재서는 이원조에게 보낸 엽서에서 "이름난 소매장(小賣場)에 가면 도서관(圖書館)의 서사(書肆) 모양으로 종교, 철학서부터 취미 오락에 이르기까지 수십 항목에 분류하야 놓은 신간서(新刊書)가 무려 수만 권 포문(砲門)같이 사벽을 무장하고 저를 압박합니다.

---

62) 1935년 10월 정인섭이 《동아일보》에 기고한 글에서 파리의 국제작가회의 성과를 비교적 자세히 소개하면서 세계 문단의 동향을 '신자유주의 운동'으로 집약했다. 한편 사회주의 운동가 김두용(金斗鎔)은 정인섭의 주장을 반박하면서 국제작가회의의 성과를 다른 관점에서 이해하려고 했다. 정인섭, 「세계 문단의 당면 동의」,《동아일보》(1935. 10. 12~15); 정인섭, 『세계 문학 산고』(서울: 동국문화사, 1960); 김두용, 「문학의 조직상 문제: 정인섭 씨의 「세계 문단 당면 동의」는 정당한가?」,《조선중앙일보》(1935. 11. 26~29).

나는 어안이 벙벙하야 그만 손도 못 내밀고 잡지 진열장(陳列欌)으로 발을 옮깁니다."[63]라고 감동하여 말한다.

최재서가 잡지 진열장으로 발길을 돌린 것은 출판사를 설립해 단행본을 출간하는 것 못지않게 문예 잡지를 출간할 계획을 세우고 있었기 때문이다. 그런데 아무리 조그마한 잡지라 해도 당시 식민지 조선의 경제 사정을 고려하면 선뜻 간행하기란 결코 쉽지 않았다. 최재서는 이원조에게 보낸 엽서에서 "비록 조그만한 문예 잡지라도 이것을 뜻있게 길러 내랴면 자본과 기술과 예술적 양심의 3박자가 들어맞아야 성공리라고 생각합니다."[64]라고 밝힌다. 아무 실무 경험이 없는 최재서에게 이 세 가지 조건을 모두 갖춘다는 것은 큰 도전이었을 것이다. 엎친 데 덮친 격으로 그가 도쿄에 머무는 동안 중일전쟁에 불을 당긴 루거우차오(盧溝橋) 사건이 발생하면서 출판사 설립과 잡지 창간에 점점 어두운 그림자가 드리워졌다. 도쿄로 자신을 찾아온 김기림과 함께 잠시 하코네 온천에서 여행하는 동안 최재서는 라디오에서 일본이 중국과 충돌했다는 소식을 처음 들었다.

전쟁 소식을 듣고 도쿄로 급히 돌아온 최재서는 일본에서 하려던 일을 서둘러 진행했다. 그가 벤치마킹하는 출판사와 잡지는 분게이슌주(文藝春秋)가 경영하는 《분가쿠카이(文學界)》였다. 당시 이 잡지는 분게이슌주의 자본을 바탕으로 동인 편집 형식으로 간행되고 있었다. 동인들은 지식 주순이 상당하여 그가 말하는 '예술적 양심'에

63) 최재서, 「무사시노 통신 3」, 《조선일보》(1937. 7. 6).
64) 최재서, 「도쿄 통신 1」, 《조선일보》(1937. 8. 3).

서도 벗어나지 않았다. 그래서 최재서는 분쿄구(文京區)의 고이시카와 (小石川) 인쇄소 방에서 두 주쯤 편집부 사람들을 만나 잡지 출간과 관련한 여러 실무를 익히는 한편, 잡지《가이조》편집부 사람들을 만나 조언을 들었다. 두 번째와 세 번째 조건은 어느 정도 해결된 셈이다. 첫 번째 조건인 자본은 광산업자 석진익(石鎭翼)이 부담하기로 되어 있었다. 이 섬과 관련하여 장분석(張紋碩)은 최재서뿐 아니라 임화나 이태준이 관여하는 출판사에도 하나같이 광산업자들이 자본을 출자한다고 밝힌다.

> 하지만 지금까지 중일 전쟁기의 출판 시장에 관한 전반적인 윤곽은 드러나 있지만, 각 출판사의 자본이 출자되는 근거와 과정에 대해서는 아직 규명되지 못한 채이다. 가령 이 시기 학예사와 인문사, 문장사 모두 광산 자본의 문화계 유입이라는 문제와 연관되어 있다. 문장사에 투자된 김연만의 자금과 인문사에 투자된 석진익의 자금 모두 광산 자본과 관련이 있으며, 학예사의 사주 최남주는 광산으로 치부를 한 사람이었다. 이원조가 관여한 대동출판사는 대동광업, 대동광산조합, 대동농촌사, 대동학원 등과 함께 '대동 사업체'를 구성하고 있었다.[65]

위 인용문에서 장문석이 언급하는 광산업자 중에서 김연만(金

---

65) 최재서의 일본 방문에 대해서는 장문석, 「출판 기획자 최재서와 인문사의 탄생」, 《근대서지》11호(2015), 600~601쪽 참고.

練萬)은 비교적 잘 알려져 있다. 경상북도 김천 출신인 그는 아버지가 우피(牛皮) 무역을 하여 돈을 많이 번 집안의 아들이었다. 휘문고등보통학교(오늘날의 휘문중고등학교)에 진학한 김연만은 1924년 동맹 휴학 주모자로 퇴학당한 이태준이 일본으로 유학 갈 수 있도록 도와주었다. 1938년 메이지대학을 졸업한 김연만은 이태준과 함께 '구인회'에서 활동하던 박태원(朴泰遠)의 소설 『소설가 구보 씨의 일일』을 발행했지만 군인의 태도를 야유하는 내용이 들어 있다고 하여 출판법에 따라 삭제 처분을 당했다. 조선원피판매주식회사 대주주로 활동하던 김연만은 이태준이 문학지 발행을 권유하자 이를 받아들여 《문장(文章)》을 발간하기도 했다.

또한 학예사 설립자인 최남주(崔南周)도 조선 문인들에게 비교적 잘 알려져 있었다. 경성 보성고등보통학교(오늘날의 보성중고등학교)를 졸업하고 1930년 도쿄의 니혼대학 문예과를 졸업한 그는 광산을 니혼제련회사에 매각하면서 엄청난 차액을 얻었고, 이 대금의 일부로 다시 남광광업을 차렸다. 최남주는 경기도 고양의 동광산, 함경남도 단천의 철광산 개발에도 착수했다. 영화에 관심을 둔 그는 조선영화주식회사를 설립해 이광수의 소설을 원작으로 만든 「무정」, 「수선화」 등의 영화를 제작해 관심을 모았다.

더구나 최남주는 1939년 경성부 경운정에 출판사 학예사를 설립해 조선의 고전을 발간하는 데 주력했다. 『원본 춘향전』을 비롯해 김천택(金天澤)의 『청구영언(靑丘永言)』, 임화의 『조선 민요집』, 김재철(金在喆)의 『조선 연극사』, 김태준의 『조선 소설사』 등의 단행본과 함께 문고판을 발간해 명성을 얻었다. 최남주는 사장으로 있었을 뿐 학예사의 실제 업무는 임화와 김태준이 맡았고, 편집과 관련한 일은 사장의 친척인 최옥희(崔玉姬)가 맡았다.

그러나 인문사 설립에 자금을 출자한 석진익에 대해서는 광산업에 종사했다는 사실 말고는 별로 알려진 것이 없다. 가족 살림에도 비교적 관심이 없던 최재서가 어떻게 광산업자를 알게 되었는지 지금으로서는 수수께끼다. 다만 출판사 설립에도 어떤 식으로든지 이원조가 도움을 주지 않았을지 짐작할 따름이다. 이원조가 관여한 대동출판사도 대동광업과 깊이 연관되어 있기 때문이다. 당시 창문인쇄주식회사나 한성도서주식회사 같은 굵직한 인쇄소가 있는데도《인문평론(人文評論)》의 인쇄를 대동출판사에 맡겼다는 점도 이원조와의 관련성을 뒷받침한다.

김활은 최재서가 해주 과수원을 판매한 대금의 일부를 인문사 설립 자금으로 사용했을 것으로 추정한다. 장문석은 김활의 추측을 근거로 "인문사는 최재서가 과수원을 매매한 대금과 광산업자 석진익의 투자에 기반했다."[66]라고 말한다. 그러나 최재서의 아버지가 폐렴으로 갑자기 사망한 것은 1929년 5월이다. 사망하기 전 빚에 시달린 것으로 보아 태일원 과수원도 상당 부분 저당 잡혔을 것이다. 앞에서 언급했듯이 과수원은 조기잡이 어부에게 헐값에 팔렸을 것이고, 경제적으로 쪼들린 것을 보면 과수원 외에 나머지 부동산이 있었을 가능성은 크지 않다. 더구나 최재서가 인문사를 설립할 무렵이

66) 장문석, 「식민지 출판과 양반: 1930년대 신조선사의 고문헌 출판 활동과 전통 지식의 식민지 공공성」,《민족 문학사연구》, 55권(2014), 각주 8, 357쪽; 김활, 「최재서 비평의 인식론적 배경」, 65쪽.

면 그의 아버지가 사망한 지도 10년 가까운 세월이 흘렀다. 태평양 전쟁 중 성장한 최재서의 딸 최양희는 당시 늘 배고픔에 시달렸다고 회고할 정도로 최재서는 당시 경제적으로 큰 어려움을 겪었다.

어찌 되었든 최재서는 50일 가까운 일본 체류를 끝내고 서둘러 귀국해 인문사 설립에 박차를 가했다. 1938년 12월 그는 마침내 합자회사 인문사를 설립해 대표로 취임했다. 1937년 12월 크리스마스날 《동아일보》 '동서남북'난에는 다음과 같은 기사가 실려 있다.

> 평론가 최재서 씨는 몇몇 동지와 같이 도서출판사인 '인문사(人文社)'를 창립했다고 한다. 당분간 도서 출판을 하다가 기회를 보아서 월간까지 발간하리라는데 주소는 부내(府內) 광화문통에 잇는 광화문 삘딍 이층이며 전화는 광화문 2643라고 한다.[67]

이 기사에서 언급하는 '몇몇 동지'가 누구인지 최재서가 밝히지 않아 잘 알 수 없지만 여러 정황으로 미루어 인문사에서 발간한 『조선작품연감』과 그 부록인 『조선문예연감』 편찬에 참여한 이원조, 임화, 백철, 김남천(金南天), 안회남(安懷南) 등일 것이다. 최재서는 김활에게 임화가 시를 가지고 인문사 사무실로 찾아온 일이 인상 깊었다고 술회한 적도 있다. 또한 이 기사에서 언급하는 곧 발간할 예정이라는 월간 잡지는 두말할 나위 없이 T. S. 엘리엇이 주재한 《크라이테리언》

---

67) 《동아일보》(1937. 12. 25). 정확한 주소는 '경성 광화문통 210'번지로 오늘날 종로구 세종로에 해당한다. 당시 이 광화문 빌딩에는 '우메노야(梅野屋)'라는 유명한 일본식 식당이 있었다.

과 일본의《분가쿠카이》를 염두에 두고 창간한《인문평론》을 말한다. 출판사 사무실은 처음에는 광화문통에 두었지만 나중에는 경성제국 대학 근처 낙산으로 옮긴 것 같다. 1938년 9월에 쓴 일기에 최재서는 오전에 일찍 대학 연구실에 들러 몇 시간 외국 잡지를 읽다가 점심 때 출판사에 출근했다고 적었다. 그가 말하는 대학 연구실이란 경성 세내 영문학 선공 연구실을 말한다. 비록 경성제대를 떠났어도 그의 정신적 고향은 여전히 이 대학이었음을 알 수 있다.

그러나 최재서가 인문사를 창설하고《인문평론》을 발간한 것은 아카데미즘에서 점차 저널리즘으로 이행한 것으로 보아도 크게 틀리지 않다.『문학과 지성』의 서문에서 이원조는 최재서가 "문학과 지성을 가지고 아카데미의 굿게 닫친 문을 열어 광막한 저나리즘의 들판으로 거러나온 흔적을 역력히 볼 수 있을 것이다."[68]라고 지적한다. 이원조는 최재서의 변신을 아카데미즘에서 저널리즘의 전환으로 간주했지만 최재서 자신은 아카데미즘에서 문단으로 전환한 것이라고 생각했다. 최재서는『문학과 지성』의 「자서(自序)」에서 "나는 좀체로 깨일 줄을 모르는 아카데미의 꿈을 깨치고 문단에 나왔든 것입니다." (문: 6)라고 분명히 밝혔다. 이렇게 말한 것이 1938년이고 5년 전에 문단에 나왔다고 했으니 그는 1933년쯤부터 본격적으로 문단에 뛰어든 셈이다. 저널리즘이든 문단이든 최재서는 끝내 '아카데미의 땟물'을 아주 벗지는 못했다.

《인문평론》을 주재하는 동안 있었던 일화 한 토막은 최재서 성

---

68) 이원조, 「서(序)」, 최재서,『문학과 지성』, 3쪽.

격의 한 면을 잘 보여 준다. 최재서와 김문집은 비평가로서의 태도가 사뭇 달랐다. 비평가로서의 태도뿐 아니라 성격도 달랐다. 특히 다혈 적인 데다 트집 잡기 좋아하는 김문집은 기회 있을 때마다 최재서를 비판해 왔다. 그런데도 최재서는 그를 도와주려고 애썼다. 한번은 김 문집이 《인문평론》에 원고를 보냈지만 최재서는 무슨 사정인지 원고를 실어 주지 않았다. 이때 원고 때문에 일어난 사건을 홍효민(洪曉民) 은 이렇게 전한다.

> 김문집의 원고가 몇 달씩 묵으니 김문집은 최재서를 찾아다니며 졸 랐다. 그러나 그대로 최재서는 생각하는 바가 있어서 그랬던지 싣 지 않았다. 그것을 분개한 김문집은 수건에다 돌을 싸서 최재서가 다방에 앉아 신문 보고 있는 틈을 타서 뒤통수를 때리었다. (……) 이것은 우리 문단이 있은 이래 최고의 추태이었던 것이다. 김문집은 이 일로 인하여 드디어 이 땅에서 있기가 거북했던지 표연히 일본 으로 건너가서 적적무문(寂寂無聞)이다.[69]

가히 인격 장애자라고 할 김문집과 비교하여 최재서는 과묵한 원칙주의자였다. 평소 김문집을 도와주려고 하던 최재서가 그의 원 고를 싣지 않은 것은 단순히 원고가 폭주한 탓으로 돌릴 수만은 없 을 것 같다. 홍효민도 지적하듯이 최재서는 나름대로 "생각하는 바가 있어서" 원고를 싣지 않았을 뿐이다. 결국 최재서는 김문집을 상대로

---

69) 홍효민, 「문단 측면사」, 《현대 문학》 통권 50호(1959. 2), 273쪽.

소송을 제기했고, 김문집은 조선문인협회 간사직을 그만두고 도망치 듯이 일본으로 건너갔다.

최재서가 '아카데미의 땟물'을 완전히 벗지 못한 것은 해방 뒤 다시 아카데미즘으로 돌아갔다는 사실에서도 확인할 수 있다. 최재서는 미군 정기인 1946년 개교한 동아대학교에서 1947년 4월부터 1948년 3월 까지 잠깐 재직했고, 1949년 9월부터는 연세대학교에 재직해 1960년 9월까지 근무했다.[70] 연세대학교에서는 주로 문학 개론, 영문학사, 영국문예비평사 등 강의를 담당했다. 1957년과 1960년에 각각 출판한 『문학 원론』과 『영문학사』는 당시 강의록을 토대로 쓴 것이다. 연세대 학교를 그만둔 뒤 그는 1년 동안 동국대학교 대학원장을 거쳐 한양 대학교에 재직 중 사망했다.

인문사에서 출간한 최초의 책은 경성제국대학에서 국어국문학 전공 2회 졸업생 이희승이 엮은 『역대조선문학정화(歷代朝鮮文學精華)』 상권이다. 두 달 뒤 최재서가 엮은 『해외서정시집』과 최재서의 평론집 『문학과 지성』을 잇달아 간행했다. 특히 그의 첫 비평집 『문학과 지 성』은 당시 척박한 조선 문단의 비평계에 신선한 충격이었다. 이원조 의 말을 빌리면 "백화요란(白花燎爛)한 지성의 화원에 피어 있는 떨기 떨기의 꽃송이가 아니라 도리혀 언제 부러올찌 모르는 폭풍우 앞에 서 지성의 화원을 직히는 원정(園丁)의 비장한 독백(獨白)"[71]과 같았다.

---

70) 이는 그의 자필 이력서에 따른 것이며, 연세대학교 백년사 편찬위원회 편, 『연세 대학교 백년사: 1885~1985』(서울: 연세대학교 출판부, 1985)에 따르면 최재서의 연 세대 재직 기간은 '1947년 9월 1일~1961년 3월 19일'로 기록되어 있다.
71) 앞의 글, 3쪽.

최재서는 한 해 전 일본에 머물며 출판업자들에게서 배운 3박자, 즉 ① 자본 ② 기술 ③ 예술적 양심 말고도 경영 노하우를 배운 듯하다. 책이 나오자마자 그는 자신의 인맥을 총동원해 홍보와 판촉에 나섰다. 장문석이 최재서를 '발행인'이나 '편집인'보다도 아예 '출판 기획자'라고 규정짓는 것도 무리가 아니다. 인문사에서 책이 나오자마자 일간 신문에 신간 안내가 기사로 나왔고, 일간 신문에 유명 인사들이 쓴 호의적인 서평이 쏟아져 나왔다. 여러 정황으로 미루어 이 모든 것은 최재서가 '기획한' 것임이 틀림없다. 신문사 안에서는 이원조 같은 학예 담당 기자가 협력했고, 신문사 밖에서는 최재서의 경성제국대학 선후배들과 문단 동료들이 도와주었다.

가령 이희승의 경성제대 1년 선배인 조윤제(趙潤濟)가 《동아일보》에 후배가 엮은 책의 서평을 실었다. 이 서평에서 조윤제는 "감히 강호독서가 제현에 일독을 천(薦)한다."느니 "근세 조선 문학의 한 축도가 될 것을 생각하고 (……) 일반 독서계에 천하야 감히 부끄러워함이 없음을 기뻐한다."느니 하고 아낌없는 찬사를 보냈다. 이극로(李克魯)는 《조선일보》에 쓴 서평에서 "문화인으로서 모어 문학(母語文學)에 상식을 가져야 할 것은 긴 말을 할 필요도 없다. 이제 조선 문학 연구의 지도자는 곧 이 문학 정화(文學精華)가 될 것이다."라고 역시 찬사를 아끼지 않았다.[72]

한편 『해외서정시집』에 대한 서평도 호의적이었다. 가령 임화는

---

72) 조윤제, 「이희승 편 『조선문학정화』」, 《동아일보》(1938. 5. 6); 이극로, 《조선일보》(1938. 5).

《조선일보》에 기고한 서평에서 "이 책이 '서정시집'이라고 제(題)하고 서문에도 있는 만큼 주로 19세기 낭만시를 집대성했는데 현대 조선문학과의 밀접한 교류를 형성하려는 시대적 의의가 있다."[73]라고 평한다. 정인섭(鄭寅燮)은 《동아일보》에 기고한 서평에서 이 시집에 실린 작품이 "최고 권위의 전문 번역가"가 번역한 것임을 밝히면서 "조선 출판계로서는 이 이상 더 조흔 해외서정시집을 꾸밀 수 없다."라고 격찬한다. 그러면서 정인섭은 계속 "제2기에서 보든바 어학적인 충직으로 나오는바 미적 요소의 상실은 만히 수정되어 그들이 오늘날 창작계에도 세련을 갖이게 된 만큼 가히 애송하기 자연스러운 호흡을 보는 데 커다란 '리즘'의 진보를 볼 수 잇다."라고 평한다.[74] 정인섭의 찬사는 이 시집 번역에 외국문학연구회 회원들이 다수 참여했다는 것도 아마 한몫했을 것이다. 또한 그의 이러한 긍정적인 평가는 《해외문학》 창간호에 실린 번역이 축자적 번역으로 만족스럽지 못하다는 양주동(梁柱東)의 비판을 의식한 것으로 볼 수도 있다.[75]

　　최재서의 평론집 『문학과 지성』에 대한 홍보는 훨씬 더 적극적으로 이루어졌다. 그는 유진오와 김남천을 내세워 《동아일보》와 《조선일보》에 각각 서평을 쓰게 했다. 유진오는 최재서의 평론집이 출간되면서 그동안 '교양의 부족'과 '비판적 정신의 결여'에서 벗어나지 못

---

73) 임화, 《조선일보》(1938).

74) 정인섭, 「뿍레뷰 『해외서정시집』」, 《조선일보》(1938. 6. 8).

75) 양주동과 외국문학연구회 회원들과의 일련의 번역 논쟁에 대해서는 김욱동, 『오역의 문화』(서울: 소명출판, 2014), 28~79쪽; 김욱동, 『외국문학연구회와 《해외문학》』(서울: 소명출판, 2020), 255~306쪽 참고.

하던 조선 비평계의 한계가 깨졌다고 지적한다. 김남천도 유진오에 뒤질세라 최재서의 평론집은 조선 문단에서 비평 정신이 죽지 않고 아직도 건재함을 입증하는 것이라고 밝힌다. 최재서가 상아탑에서 저널리즘의 지상으로 내려온 것과 관련하여 김남천은 "현대의 투철한 지성(知性)이 아카데미즘에 반기를 들고 저널리즘 위에 자기신장(自己伸張)을 꾀하려는 데는 상당한 근거가 있다. 아카데미즘이 민중과의 교섭을 상실하고 점차로 진리 유린과 학문 봉쇄의 성보(城堡)로 변신해 버린 때문이다."라고 말한다. 그러면서 그는 최재서의 행보야말로 "발랄한, 생기 있는 현대적 지성의 내적 본능이 걸어가는 하나의 자기행정(自己行程)이다."라고 평가한다.[76] 『문학과 지성』에 대한 이러한 찬사와 더불어 일간 신문에는 이 책의 출간을 축하하는 출판 기념회가 열린다는 기사도 실렸다.

최재서 씨의 평론집 『문학과 지성』이 출판되엇으므로 문단 30여 명의 발기로 출판 기념회를 열기로 햇다는바 시일과 장소는 다음과 같다고 한다.
1. 시일 7월 17일(일) 오후 2시
1. 장소 성북정 109번지 이씨가(李氏家) 별장(葡萄園 越便)
1. 회비 1원 50전(당일 지참)[77]

---

76) 김남천, 「비평 정신은 건재: 『최재서 평론집』 독후감」, 《조선일보》(1938. 7. 12). 이러한 최재서의 변신을 두고 조용만도 그의 장례식에서 읽은 조사에서 "상아탑으로부터 가두의 저널리즘으로 나온 대담한 전향"이라고 지적한다. 조용만, 「희(噫)! 최재서 형」, 《동아일보》(1964. 11. 17).
77) 「동서남북」, 《동아일보》(1938. 7. 16).

『문학과 지성』이 출간된 것이 6월 20일인데 출판 기념회가 열린 날은 출간일로부터 한 달도 채 되지 않은 7월 17일이다. 성북정 109번지 소재 '이씨가 별장 포도원 월편'이라는 장소가 야외인지 실내인지 조금 애매하다. 그러나 7월 19일 자 《동아일보》에 실린 출판 기념회 사진을 보면 음식점임이 밝혀진다. 사진에는 길고 널찍한 식탁을 중심으로 사람들이 앉아 있고 최재서가 자리에서 일어나 인사말을 하는 모습이 찍혀 있다.

　출판인으로서 최재서의 야심적 기획은 '전작 장편 소설'을 간행하는 데서도 볼 수 있다. 1930년대 후반 임화의 본격 소설론을 비롯해 백철의 종합 문학론과 최재서의 가족사 연대기 소설론이 조선 문단을 풍미했다. 더구나 김남천은 '로만 개조론'을 들고 나와 조선의 장편 소설이 어떤 식으로든지 변신을 꾀해야 한다고 주장했다. 이러한 문단 상황에서 최재서는 이 문제를 타개할 방법을 모색하고 있던 터였다. '전작'이란 일본어로는 '가키오로시(書き下ろし)', 영어로는 '오리지널'에 비교적 가까운 용어다. 일간 신문이나 잡지에 연재한 것을 단행본으로 묶어 내는 것이 아니라 아예 처음부터 단행본 출간을 염두에 두고 새로 쓴 작품을 말한다. 최재서는 그동안 일간 신문에 연재되어 온 장편 소설은 통속 소설에게 자리를 내어주고 순수 예술 소설은 인문사에서 출간하는 전작 소설이 차지해야 한다고 판단했다. 그렇다면 인문사가 기획한 '전작 장편 소설 총서'는 김남천의 로만 개조론을 실천에 옮긴 것으로 볼 수 있다. 일제가 식민지 통치를 점점 강화해 가던 무렵 최재서의 기획은 침체된 조선 문단에 새로운 돌파구를 마련해 줄 수도 있는 야심찬 의도요 위대한 실험이었다. 그렇다면

최재서 자신은 아카데미즘에서 점점 저널리즘으로 나아가고 있는 반면, 그의 문학관은 점점 저널리즘에서 순수 문예 쪽으로 가까워지고 있었던 셈이다.

물론 최재서의 이 기획 역시 주요 일간 신문 지면을 통해 미리 발표되었다. 《동아일보》 기사에 따르면 1차로 김남천의 작품이 출간될 예정으로 김남천은 집필에 전념하려고 며칠 안으로 양덕산사(陽德山寺)로 떠났다. 평안남도 양덕군 양덕의 양덕온천이라면 최재서에게도 "그의 머리에서 영구히 사라지지 않는 아름다운 인상"을 남긴 곳이다. 그것은 학생 시절 어느 가을날 그가 양덕온천의 어떤 우물터에서 본 처녀의 모습이다. 몇십 년이 지난 뒷날 최재서는 "산에서 내려다보이는 처녀는 빨간 치마에 노랑 저고리를 입고, 물동이를 머리에 얹고 리드미컬하게 걸어가고 있었다."(인: 15)라고 회고한다. 이 강렬한 이미지가 떠오를 때마다 그는 조선 시대의 진사 도기를 떠올린다. 그는 이 둘에서 소박하면서도 아름다운 그 무엇을 느끼기 때문이다.[78] 인문사에서는 아서원(雅敍園)에서 김남천의 송별연을 열었다. 아서원이라면 낙랑파라나 낙원 카페와 함께 이 무렵 신문사 학예란 담당 기자들과 문인들, 화가들이 자주 들르던 장소였다. '전작 장편 소설 총서'의 1권으로 김남천의 『대하(大河)』가 출간된 데 이어 2권으로는 이효석의 『화분(花粉)』이 《조광(朝光)》에 연재된 후 출간되어 나왔다.[79]

---

78) 양덕온천은 인문사에서 출간한 김남천의 『사랑의 수족관』(1940)에도 등장한다. 그는 이곳을 깊은 산골짜기에 소나무가 무성하고 맑은 냇물이 흰 바위틈을 흘러내리는 송이버섯의 산지로 묘사한다.

79) 『대하』는 1부만 인문사에서 단행본으로 간행되고 그 속편이 발표되지 않았으므

총서 3권으로는 유진오의 『민요』가 출간되기로 예고되었지만 여러 사정으로 막상 출간되지는 못했다.

　그런데 여기에서 한 가지 주목해 볼 것은 인문사가 순수 소설 말고도 통속 소설도 출간했다는 점이다. 김말봉(金末峰)의 『찔레꽃』은 이러한 경우를 보여 주는 좋은 예다. 이 작품은 1937년 3월부터 그해 10월까지 《조선일보》에 연재되어 대중으로부터 큰 관심을 받았다. 백철은 《동아일보》에 기고한 서평에서 "통속 소설가로서 김 씨의 문재(文才)가 비범함을 자증(自證)하는 대표적인 성공작이다. 표현은 대담하고 문장은 화려하고 내용은 분방하야 영롱하기 끝이 없다."라고 평한다. 이렇게 김말봉과 『찔레꽃』을 통속 소설로 성공한 작품으로 평가하는 것은 임화도 마찬가지였다. 그녀를 "현재의 가장 순수한 통속 작가"로 자리매김하는 임화는 "현대 조선 소설의 깊은 고민이나 작가들의 심혈을 다한 오뇌(懊惱) 같은 것은 하나도 돌아볼 가치가 있는 것은 아니었다."라고 전제하면서도 독특한 방식으로 "현대 소설의 깊은 모순인 성격과 환경의 불일치를 통일했다."라고 지적한다.[80]

　이렇게 인문사가 순수 소설과 함께 통속 소설을 발간했다면 문

로 엄밀한 의미에서 미완성 작품이다. 광복 후 1946년 7월부터 10월까지 《신문예(新文藝)》에 '동맥(動脈)'이라는 제목으로 속편의 일부가 발표되었지만 끝내 작품으로 완결되지 못했다.

80) 백철, 「찔레꽃」, 《동아일보》(1938. 11. 29); 백철, 『조선 신문학 사조사』(서울: 백양당, 1949), 334쪽; 백철, 『한국 신문학 발달사』(서울: 박영사, 1975), 526~529쪽; 임화, 「통속소설론」, 《동아일보》, 1938. 11. 17~27; 임화, 『임화 문학 예술 전집 3: 문학의 논리』(서울: 소명출판, 2009), 310~312쪽.

학서와 함께 일반 교양서나 실용서 또는 오락서를 출간하기도 했다. 가령 이상은(李相殷)이 편저한 『속수(速修) 지나어(支那語) 회화』와 신정언(申鼎言)이 펴낸 『신정언 명야담집(名野談集)』 등은 그러한 경우를 보여 주는 좋은 예로 꼽을 만하다. 물론 이들 단행본에 대해 최재서는 문학 관련 저서와는 달리 일간 신문의 짧은 시간 소개와 광고, 자사 출판물의 광고를 제외하고는 홍보하지 않았다. 어찌 되었든 아카데미즘과 저널리즘 사이에서 조화와 균형을 꾀하려 한 최재서는 인문사를 전문 출판사라기보다는 종합 출판사로 키워 나가려 했다. 이 점과 관련해 장문석은 "인문사는 동시대 문학의 창작과 비평적 실천 및 아카데미즘의 연구가 저널리즘의 감각과 출판 자본, 그리고 광고라는 기획과 만나 새로운 문학적 실천을 상상하고 현실화하는 '장치'였다."[81]라고 평가한다.

최재서는 인문사에서 간행한 책들이 비교적 잘 팔리자 계획대로 1939년 10월 《인문평론》을 창간했다. 1941년 4월 폐간될 때까지 그는 편집인 겸 발행인을 맡아 출판인으로서의 위치를 더욱 굳게 다졌다. 최재서는 사망 직전 이 잡지의 창간을 회고하며 이렇게 말했다.

내가 《인문평론》을 주간하던 1930년대는 문단에서 프로 문학 퇴조기였다. 유능한 문학가들이 나날이 가중하는 사상 통제 밑에서 허덕이고 있었다. 이들의 창작심(創作心)과 비평 정신(批評精神)을 해방시키자는 것이 《인문평론》을 시작한 동기였다. 한편 구라파에서는

---

81) 장문석, 「출판 기획자 최재서와 인문사의 탄생」, 599~560쪽.

점점 노골화해 가는 독재주의에 대한 지성인들의 반발과 항의가 활발했었다. 그들의 정신은 어디까지나 합리적이며 민주적이었다. 이 주지주의(主知主義)를 표방하는 데는 이런 고려도 포함되어 있었다. 다만 그런 표방이 어느 정도로 실현되었는지는 후세 사가(史家)의 판단에 맡길 수밖에 없다.[82]

25여 년 전에 일어난 일을 회고하는 위 인용문은 좀 더 찬찬히 따져 보지 않으면 그 본뜻을 놓치기 쉽다. 최재서가 《인문평론》을 창간하고 주재한 것은 1939년 10월이다. 그러나 조선 문단에서 흔히 '카프(KAPF)'로 일컫는 조선프롤레타리아예술가동맹은 영화 「지하촌」 사건으로 1931년 1차 검거가 실시되었고, 1934년 신건설사 사건으로 2차 검거를 거치면서 극심한 탄압을 받고 와해되기 시작했다. 지속적인 일제의 탄압과 조직 내부의 갈등에 따른 조직원들의 전향이 계기가 되어 1935년 5월 카프는 마침내 공식적으로 해체를 선언하기에 이르렀다. 1934년 프로 문학의 지도적 이론가였던 박영희(朴英熙)가 "얻은 것은 이데올로기요, 잃은 것은 예술이었다."라고 자기비판했던 것처럼, 당시 프로 문학은 대부분 지나치게 도식적이고 목적 지향적 성격 때문에 내부 분열이 일어났다. 그러므로 최재서의 주장과는 달리 1939년에 이르면 카프 문학은 이미 퇴조기를 지난 지 몇 해가 지났다.

더구나 《인문평론》을 창간한 이유가 당시 문학가들의 "창작심과

82) 최재서, 「슬픔의 문학과 기쁨의 문학」, 《문학춘추》(1964. 6).

비평 정신을 해방시키자는 것"이었다는 최재서의 주장도 이 무렵 그의 여러 행위에 비추어 보면 진정성을 의심받기에 충분하다. 그는 창간 권두언에서 문학자들도 건설 사업에 협력해야 한다고 주장함으로써 일본의 침략 전쟁을 긍정하고 합리화하려는 마각을 드러내기 시작했기 때문이다. 특히 최재서는 1941년 2월호에 「전환기의 문화 이론」을 발표하고, 곧이어 같은 해 4월호에는 「문학 정신의 전환」을 발표하여 국민 문학에 복무하는 문학 정신의 '국민적 전환'을 강조했다. 그런데 그가 말하는 '국민적 전환'이란 두말할 나위 없이 조선의 문학과 문화의 황민화를 뜻하는 것이었다. 또한 《인문평론》은 당시 조선 문단에 서구 문학 비평 이론을 도입해 새로운 비평 방법론을 제시한 것은 큰 업적으로 꼽을 만하지만, 《국민문학》이 태어나는 데 산파 역할을 한 것 또한 부정할 수 없다.

그러나 위 인용문에서 "그들의 정신은 어디까지나 합리적이며 민주적이었다."라는 최재서의 말은 좀 더 주목해 볼 필요가 있다. 1939년 9월 아돌프 히틀러의 나치 독일군이 폴란드의 서쪽 국경을 침공하고, 곧이어 소련군이 폴란드의 동쪽 국경을 침공하면서 2차 세계대전에 불을 붙였다. 그러나 일본 제국이 중화민국을 침략한 1937년 7월이나 나치 독일군이 프라하에 진주한 1939년 3월을 세계대전의 개전일로 보기도 한다. 그 시기야 어찌 되었든 2차 세계대전이 일어나면서 유럽에서는 독재주의가 점차 노골화해 갔고, 그에 대한 지성인들의 반발과 항의도 만만치 않았다. 최재서는 전체주의에 맞서는 유럽 지성인들의 정신이 어디까지나 합리적이며 민주적 사상에 뿌리를 두고 있다고 밝힌다. 그러면서 이렇게 합리적이고 민주적인 태도를 그는 '주지주의'로 파악했던 것이다.

1940년대에 들어오면서 일본의 대동아 공영권 건설과 동양 신 질서의 확립에 앞장선 최재서는 이러한 합리주의와 민주주의에 기반을 둔 주지주의를 거부했다. 그는 합리주의가 적대 국가인 영국과 미국의 세계 제패를 변호하는 사상적 무기로 변질되었다고 주장했다. 시금 동아시아에서 일어나고 있는 신질서를 제대로 이해하지 못하는 것은 그동안 합리주의에 눈이 멀었기 때문이라고 판단했다. 이렇게 합리주의를 배척한다는 것은 곧 주지주의를 배척하는 것과 크게 다르지 않다.

이렇듯 《인문평론》이 《국민문학》의 전초 기지로 일본 제국주의의 군국주의에 협력한 것은 부정할 수 없는 사실이다. 그는 《인문평론》을 매개로 좁게는 내선일체, 좀 더 넓게는 대동아 공영권 건설에 직간접으로 이바지했다. 그것은 시국과 전쟁에 관한 기사를 많이 실었다는 점에서도 엿볼 수 있다. 그러나 이 잡지의 공적을 모두 부정하는 것도 바람직하지 않다. '인문평론'이라는 제호에 걸맞게 이 잡지는 문학과 인문학의 영혼이라고 할 비판 정신을 제고했으며, 서구의 문학 작품을 번역하여 소개함으로써 시민적 교양을 함양하려고도 했다. 이렇듯 이 잡지가 식민지 조선의 문단과 지식계에 끼친 영향을 결코 적지 않다.

비평가와 영문학자로서 최재서는 남의 작품을 읽고 해석하고 비평하는 작업에 그치지 않고 한 발 더 나아가 직접 단편 소설 같은 문학 작품을 일본어로 창작하기도 했다. 물론 비평도 넓은 의미에서는 창작으로 볼 수 있지만, 시나 소설과는 여러모로 차이가 있을 수밖에 없다. 최재서의 창작 활동은 잠시 비평을 그만둔 뒤에야 비로소 이루어졌다. 특히 그의 창작 활동은 모국어를 버리고 식민지 통치자들이 '국어'라고 부르는 일본어를 사용하기 시작한 것과 맞물려 있다. 물론 그의 주요 활동은 문학 평론과 영문학 연구에 있었고 창작과 번역은 부수적인 활동에 지나지 않았다.

일본 제국주의가 군국주의의 고삐를 더욱 조이면서 최재서에게 정신적 충격을 준 것은 그가 '대지진'이라고 부르는 두 역사적 사건, 즉 1931년의 만주 사변과 1937년의 중일 전쟁이었다. 그는 이 두 차례 대지진으로 누구보다도 가장 심한 충격을 받은 것은 문화 생활자였다고 밝혔다. 그런데 이러한 문화 생활자 중에서도 최재서만큼 심각한 충격을 받은 사람도 없었다. 특히 중일 전쟁 이후 그가 일제의 군국주의 정책에 적극 협조하기 시작하기 시작하면서 문학관에도 큰 변화가 일어났다. 그가 비평 못지않게 단편 소설 같은 창작에 손을 댄 것도 이러한 변화의 한 축이었다.

최재서는 《인문평론》을 창간한 지 2년 뒤 이태준이 주간하던 《문장》을 흡수하여 1941년 11월부터 《국민문학》을 창간하면서 본격적인 친일 행위의 길을 걸었다. 《문장》이 시에 중점을 두었고 《인문평론》이 비평에 중점을 둔 잡지인 만큼 이 두 잡지의 통합은 문학 장르의 관점에서 보면 바람직해 보였다. 그러나 《국민문학》은 이제 식민지 조선에 남아 있는 유일한 문예지였지만 조선 총독부의 어용 잡지와 다름없었다. 그는 이 잡지가 내선일체와 황국화의 '작은 지렛대' 역할을 하지 않으면 안 되었다고 고백했다. 실제로 그는 '국민 문학'이라는 이름으로 조선 문학을 일본 문학의 일부로 만드는 데 '작은 지렛대'가 아니라 아예 포클레인 같은 역할을 했다.

최재서에게 국민 문학이란 바로 한 국가의 국민 의식을 함양하는 문학을 말한다. 그에 따르면 자신이 한낱 개인이 아니라 어디까지나 한 국가에 속한 국민이라는 의식, 자기 한 사람으로서는 아무런 의미도 가치도 없는 존재로서 오직 국가에 의해서만 의미와 가치를 부여 받을 수 있다는 자각에서 국민 의식은 출발한다. 여기에서 국가란 두말할 나위 없이 일본 세국주의를 가리킨다. 1930년대 초엽부터 일제는 동양에서 신질서를 확립하고 대동아 공영권을 건설하려고 매진했다. 일본 통치자들은 이러한 과정에서 정치와 경제는 물론 문학과 문화마저도 국가의 이상과 목표에 종속시키려고 했다.

이렇듯 최재서는 이 신생 잡지《국민문학》의 편집인 겸 발행인으로서 활약하면서 친일 대열에 본격적으로 합류했다. 1930년대 말부터 해방 때까지 이루어진 그의 행동은 강압에 따른 소극적인 친일이라기보다는 어디까지나 자발적으로 이루어진 적극적 친일이었다. 이 문제는 별도의 장에서 좀 더 자세히 다룰 것이므로 다만 여기에서 잠깐 언급하고 넘어갈 것은, 해방 후 최재서가 문학 평론가나 문학 이론가로서의 활동을 모두 접고 오직 영문학 연구에만 몰두했다는 점이다. 1946년 2월과 3월《국민문학》에 일본어로 발표한 소설「민족의 결혼」과 역시 같은 잡지에 두 차례에 걸쳐 가진 좌담회를 끝으로 그는 지금까지의 문예 활동과 결별한 채 긴 침묵과 칩거에 들어갔다.

무려 10년이 지난 1955년 이르러서야 최재서는 몸과 마음을 추스르고《새벽》과《사상계》같은 잡지에 다시 글을 발표하기 시작했다. 단행본 저서로는 일본어로 간행한 『전환기의 조선 문학』을 끝으로 그는 영문학과 문학 일반에 관심을 기울였다. 부정적으로 본다면 최재서는 친일 행위라는 비난의 화살을 피하기 위해 대학 강의와 영문학 연구라는 상아탑에서 도피처를 찾으려고 했다. 물론 이 기간 동안 그가 이룩한 업적도 해방 이전에 쌓은 업적 못지않게 괄목할 만하다. 그는 『문학 원론』(춘조사, 1957)을 비롯해 『영문학사』3권(동아출판사, 1959~1960), 동국대학교 대학원에 박사 학위 논문으로 제출한 『셰익스피어 예술론』(을유문화사, 1963), 이 책을 보완해 미국에서 영문으로 간행한 『삶의 질서로서의 셰익스피어 예술(Shakespeare's Art as Order of Life)』(Vantage Press, 1965) 등을 잇달아 출간함으로써 문학 연구가로서의 역량을 한껏 과시했다.

최재서의 영문학 연구 중에서도 영문학사와 셰익스피어 연구는 특히 주목할 만하다. 엄밀히 따지고 보면 최재서가 영문학사에 매달린 것은 단순히 해방 이전의 친일 행위로부터 도피하기 위한 수단만은 아니었다. 최재서의 영문학사 연구는 거시적 관점에서 영문학의 지형학, 그의 표현을 빌리면 해도를 작성하려는 시도였다. 해도는 흔히 작성자보다는 동료 해양 탐험가들이나 후세 해양 탐험가들을 위한 경우가 많다. 최재서도 앞으로 영문학을 전공할 후학을 위해 세 권에 이르는 방대한 영문학사를 집필했을 것이다.

이 무렵 최재서가 셰익스피어 연구에 몰두한 것도 이와 무관하지 않다. 당시 그를 사로잡은 것은 '질서'의 개념이었다. 일본 제국주의 패망과 그에 따른 해방 이후의 혼란한 정세와 한국 전쟁을 겪으면서 그는 무엇보다 질서의 필요성을 절감했다. 『문학 원론』 서문에서 그는 "해방 후 자유의 단맛을 알았지만, 또 질서의 귀중함을 깨달았다. 나날이 어지러워만 가는 혼란한 환경 속에서 나는 질서를 그리워하는 마음이 간절했다. 그럴 적마다 나는 문학 속에 침잠했다."[83]라고 고백한다. 그래서 그는 질서라는 렌즈를 통해 셰익스피어의 작품을 조명했다. 영문학자로서의 최재서의 활약도 별도의 장에서 자세하게 다룰 것이다.

해방 후의 최재서

해방 후 최재서는 앞에서 언급했듯이 1년 동안 부산의 동아대학교 영문과 교수로 근무했다. 1946년 석당(石堂) 정재환(鄭在煥)은 '동좌문도(同坐聞道)'의 기치를 내걸고 영남 지역 최초의 사립 대학인 동아대학교를 설립하면서 전국의 유명한 교수들을 초빙했다. 철학에는 초대 문교부 장관을 지낸 안호상(安浩相)을, 법학에는 이항녕(李恒寧), 장경학(張庚鶴), 배철세(裵鐵世), 문홍주(文鴻柱)를, 국문학에는 최현배(崔鉉培), 서정주(徐廷柱), 유치환(柳致煥), 이은상(李殷相), 허웅(許雄) 등 쟁쟁한 교수들을 교단에 세웠다. 이때 최재서도 한효동(韓孝東)과 함께 영문학 교수로 참여했다.

최재서는 해방 후 문단 활동을 접고 출판 사업을 떠나 연희전문학교에서 강의하기 시작했다. 이 점과 관련해 그의 제자 김활은 "해방후 최 교수는 평단을 떠나 대학으로 돌아왔다. 친일 시비로 소연한

---

83) 최재서, 「서문」, 『문학 원론』(서울: 춘조사, 1957), 1쪽. 앞으로 이 책에서 인용은 '원'이라는 약자와 쪽수와 함께 본문 안에 직접 적기로 한다.

세상 물정을 멀리 들으면서 그는 연세대학교에 자리를 잡았다. 침묵을 지키면서 영문학 연구에 몰두했다."[84]라고 밝힌다. 최재서는 1949년 9월 정식으로 연희전문학교 영문학 교수로 부임하여 1960년 9월까지 봉직했으니 만 11년 연세대에서 근무한 셈이다.

1957년 연희전문학교는 세브란스의학전문학교와 통합하면서 연세대학교로 이름을 고쳤다. 연희전문학교 영문학과에는 와세다대학 영문학과를 졸업한 정인섭과 도쿄제국대학 영문학과와 대학원을 졸업한 이양하 등이 교수로 있었다. 그러나 1939년부터 이 학교에 근무하던 이양하는 1945년 경성대학 교수로 자리를 옮겼고, 그보다 5년 먼저 연희전문학교에 근무한 정인섭도 1946년 3월에 그만두었다. 그래서 최재서가 그들의 자리를 대신 맡은 것 같다. 두 해 전 1947년 9월에는 누이동생 최보경의 남편 고병려가 신태환(申泰煥)의 소개로 연세대학교 신학대학 교수로 임명되었다가 신학과에서 영문학과로 자리를 옮겨 학과장을 맡았다. 그러니까 최재서는 그의 매제와 같은 대학 같은 학과에서 근무한 셈이다. 최재서는 학과장과 대학원 주임 교수를 맡으면서 일본의 여러 대학 영문학과 교과 과정에 의존해 개편하려고 여러모로 노력했다.

최재서가 연세대학교에서 강의를 시작한 데는 그의 매제 고병려와 이 무렵 총장 백낙준(白樂濬)의 힘이 큰 듯하다. 당시 백낙준은 유능한 교수들을 연세대학교 교수로 영입하려 애썼기 때문이다. 가령 그는 동국대학교에 근무하던 국문학자 양주동에게 명예 문학 박사

---

84) 김활, 「최재서 비평의 인식론적 배경」, 67쪽.

학위를 수여한 뒤 그를 연세대학교 교수로 영입했다. 4·19 학생 혁명을 전후해 연세대학교 교수들이 교내 농성과 데모를 벌여 교수들이 총장과 이사장 사퇴를 부르짖으면서 학교가 엄청난 시련을 겪었다. 김동길(金東吉)의 회고에 따르면 양주동은 설립자 언더우드 동상 앞에서 우연히 만난 그에게 "백낙준 총장이 안 계시니 학교에 있고 싶지 않아요."[85]라고 말했다. 실제로 1961년 양주동은 연세대학교를 떠나 동국대학교로 다시 돌아갔다. 그러나 그는 연세대학교에 재직한 3년 동안 학생들에게 가장 인기 있는 교수 중 하나로 꼽혔다.

백낙준 총장은 뒷날 양주동을 연세대학교에 영입한 것처럼 최재서도 영입했을 가능성이 크다. 최재서가 연세대학교를 떠난 것도 양주동과 비슷한 이유 때문인 것 같다. 앞에서 언급한 그의 매제 고병려는 최재서의 장례식에 읽은 약력 보고서에서 "그 후 개인적인 사정에 의함보다도 사회적인 격동의 와중에서 연세대학교를 떠나 동국대학교 대학원장으로 전임(轉任)하시어 1년간 재임 중에 오래전부터 착수 중에 계시던 '셰익스피어 연구'가 드디어 완성을 보게 되어 학위 논문으로 제출한 것이 심사위원회의 통과를 보아 동 대학교로부터 문학 박사 학위를 수득하셨습니다."[86]라고 밝혔다. 최재서가 연세대학교를 떠난 것이 '자의적 사정'에 따른 것이 아니라면 무엇 때문일까? 고병려가 '사회적 격동의 와중에서'라고 얼버무리고 넘어가는 것은 아마 4·19 학생혁명과 그에 따른 학내 소요 문제일 수도 있고, 그

---

85) 김동길, 「인물 에세이 100년의 사람들 5: 양주동」, 《조선일보》(2017. 12. 16).
86) 최보경, 『나는 이렇게 살았습니다』, 197~198쪽.

의 친일 행위와 관련한 문제일 수도 있다. 그러나 후자의 문제보다는 전자의 문제일 가능성이 크다.

　4·19 학생혁명이 일어나고 사회가 극도로 혼란해진 가운데 대학에서도 학원 민주화 바람이 거세게 불어닥쳤다. 연세대학교도 예외가 아니어서 이사회에서 해임된 장덕순(張德順), 박두진(朴斗鎭), 장경학 세 교수에 대한 해임 처분이 부당하다고 항의하여 학생들은 동맹휴학에 돌입했다. 한편 교수들도 교수 3인 해임의 철회와 이사장 퇴진, 이사회 개편 등을 주장하며 농성 투쟁에 들어갔다. 그러자 교수들의 농성 사태에 항의해 당시 부총장 최현배(崔鉉培)를 비롯해 김하태(金夏泰), 홍이섭(洪以燮), 이봉국(李鳳國), 조우현(趙宇鉉), 최재서, 김동길 7명의 교수가 다음과 같은 성명서를 발표한 뒤 학교 당국에 사표를 던졌다.

　　이에 ① 폭력 앞에 교권이 설 수 없으며, ② 사제의 의를 파괴한 학원에 머무를 수 없으며, ③ 이러한 질서 없는 학원에서 이 사회를 수호하여 나아갈 배움의 연찬이 존재할 수 없다는 데서 좌기 교수 일동은 자연히 연세학원을 떠나기로 결심하고 이에 성명한다.
　　한국의 전 지식인은 이성으로써 판단하여 주시기를 바라마지 않는다.

　　4293년 9월 23일
　　연세대학교 문과 대학 교수
　　최현배, 최재서, 홍이섭, 김하태, 조우현, 이봉국, 김동길[87]

---

87) 「연대 7교수 사직」, 《부산일보》(1960. 9. 24). 최재서의 영문학과 제자인 김동길

연세대학교 측에 사퇴서를 제출한 7명의 교수들은 학생들을 가르쳐야 하는 교수가 정치적으로 변모해 농성 사태를 벌여서는 안 된다고 판단했다. 특히 영문학과에서는 젊은 교수들과 원로 교수들 사이에 갈등이 심했다. 가령 영문학과의 젊은 교수 최익환(崔益煥)은 고병려를 비롯한 원로 교수들에게 폭언과 폭행을 가했다. 평소 우직한 성격에 사존심이 상한 죄재서로서는 이러한 교수 사회의 '하극상'을 보고 참기 어려웠을 것이다.

물론 최재서는 불의에 항거하여 '벌 떼처럼' 일어난 4·19 혁명을 '훌륭한 혁명'으로 평가했다. 그가 학생 혁명에 크게 고무되었다는 것은 1960년 4월 그로서는 보기 드물게 「분노의 세대」라는 시 한 편을 지은 사실에서도 엿볼 수 있다.

성난 어린 사자 4천
울타리를 뛰어넘어
아현(阿峴)마루까지 단숨이었다.
마라손 평야를 휩쓸던
스팔타의 청년들이 그러했으랴?
        (······)
동에서 서에서, 남에서 북에서

이 스승과 함께 7인 교수에 참여한 것은 미국에서 석사 학위를 받고 귀국해 곧바로 전임 강사로 재직하고 있었기 때문이다. 김동길은 백낙준 총장의 배려에 힘입어 연세대학교 교수가 되었다고 회고한 적이 있다. http://www.busan.com/view/busan/view.php?code19600924000092.

회리바람처럼 밀려드는 학도대(學徒隊) 또 학도대
사악은 먼지처럼 날아가고
불의는 가랑닢처럼 타 버렸다.
앗시리아 군대를 하루밤에 멸망시킨
천사군의 이적이 그러했으랴?
그들 앞에서 구구하게
결과를 논하지 말라.

      (……)

누가 현대를 가리켜
혼미(昏迷)의 세대(로오스트 제나레이슌)라 하더뇨?
비평가여, 와서 보고 고치라,
그대의 정의(定義)를, 그리고 역사에 기록하라
"60년대 한국에 분노의 세대가 살고 있었다."(인: 127~129)

첫째 연에서 최재서는 불의에 맞서 "성난 어린 사자"처럼 들고일어난 학생들을 혈기 왕성한 고대 그리스 시대의 스파르타 청년에 빗댄다. 한편 둘째 연에서는 『구약 성서』「열왕기 하」 19장에서 하느님이 보낸 천사가 20만 가까운 아시리아 병사를 무찌른 것에 견준다. 그러면서 최재서는 현대의 젊은이를 '혼미의 세대', 즉 '길 잃은 세대'로 부르는 것은 잘못된 것으로 유럽의 젊은이들에게는 몰라도 적어도 한국의 젊은이들한테는 어울리지 않는다고 지적한다. 불의에 맞서 일어난 한국의 젊은 학생들은 차라리 '분노의 세대'라고 불러야 마땅하다는 것이다. 그러나 최재서는 학생 혁명 이후 대학 안팎에서 일어난 크고 작은 교수들의 시위와 그에 따른 교수 사이의 갈등에 대해서는 적잖이 실망했다.

> 혁명 세력이 없이 혁명의 구호만이 떠돌고 있는 것이 요새 우리 사회의 형편인데, 그런 기현상이 가장 농후한 곳이 학원인 듯싶다. 데모에 잠가 못 했던 교수들이 마치 제자의 정신을 계승이나 하려는 것처럼 4·19 혁명 정신을 설교한다. 그러나 교수는 아무리 설교해 보아도 혁명의 영웅이 될 수는 없다. 역사는 한 페이지 넘어갔다.
>
> 현대 사회에서 가장 큰 공포와 불안의 압박감을 주는 것은 전쟁과 혁명이다. (……) 학원에서 혁명 정신을 부르짖고 평화를 애호하는 교수들은 반동분자라 규정하고, 기회만 있으면 질서를 깨치는 일은 학원 안에 말할 수 없이 불안한 공기를 조성하고 있다.(인: 173)

위 인용문을 찬찬히 읽어 보면 이 무렵 최재서는 대학 안에서 일어난 몇몇 교수의 정치적 행보에 불안감과 불만을 느낀 것이 분명하다. 최재서는 학생 혁명에 직접 참가하지는 않았지만 학생들은 다시 학교에 돌아와 학업에 전념하는 마당에 일부 교수들이 정치 행위에 침묵하는 교수들을 '반동분자'로 몰아세우는 행동에 크게 실망한 듯하다.

연세대학교를 떠난 이유야 어찌 되었든 최재서는 이 학교에 재직하는 동안 양주동처럼 학생들에게 큰 인기를 끌었다. 이 무렵 최재서의 강의를 소개하면서 여동생 최보경은 "그의 언변 또한 대단해서,

연세대 강의에는 강당에서 마이크가 필요할 만큼 초만원이었다고 들었다."[88]라고 밝힌다. 연희대학 시절 영문학을 전공한 김동길은 최보경의 말을 뒷받침한다.

최재서 교수님께서는 저희들에게 영문학을 강의하셨는데, 얼마나 공부를 많이 하셨는지, 셰익스피어나 밀턴뿐 아니라 현대 영문학까지도 종횡무진 강의할 수 있으셨고 평론의 대가이기도 하셨는데, 사모님(최보경)께서 일본에 가셔서 쓰다영학숙에 다니신 것도 그런 오라버니의 영향이었고, 특히 그 오라버니가 톨스토이에 심취하여 한때 톨스토이 비슷한 모습을 하고 다녀서 사모님도 톨스토이를 흠모하신 적이 있다고 나에게 말씀하신 적이 있었습니다.[89]

미국의 영문학 교수들은 학생들에게 '베어울프부터 버지니아 울프까지(Beowulf to Virginia Woolf)'라는 말을 자주 입에 올린다. 영문학을 공부하되 특정 시대나 특정 작가의 문학에만 치우치지 말고 초기 영문학부터 현대 영문학에 이르기까지 폭넓게 공부하라는 말을 '울프'라는 말에 운을 맞추어 만들어 낸 표현이다. 최재서는 한국 학자로서는 보기 드물게 영문학을 폭넓게 연구하려고 노력해 온 한 사람이다. 더구나 김동길의 지적대로 영문학뿐 아니라 레프 톨스토이 같은

88) 최보경, 『나는 이렇게 살았습니다』, 94쪽.
89) 김동길, 「내 마음속엔 노래가 있다」, 최보경, 『나는 이렇게 살았습니다』, 240~241쪽. 경성제국대학 예과 시절 최재서는 학우회 문예부 잡지 《청량》 3호에 일본어로 「톨스토이 사생관(トルストイ死生觀)」이라는 긴 논문을 기고했다.

러시아 문학과 한국 문학의 평론에도 깊은 관심을 기울인 것을 볼 때 최재서가 궁극적으로 지향하는 문학은 영문학이 아니라 세계 문학이었다. 이렇게 세계 문학을 지향하려면 무엇보다도 성실성과 각고의 노력이 뒷받침되어야 할 것이다.

연세대학교에 재직 중 최재서는 영문학과 한국 문학을 폭넓게 섭렵할 뿐 아니라 강의 중 자신의 실수나 잘못을 학생들에게 솔직히 인정하는 양심적인 교수이기도 했다. 1954년 신학과에서 영문학과로 전과한 최승규(崔承圭)는 「영문학부와 대학원의 추억」이라는 글에서 최재서의 강의를 이렇게 회고한다.

> 1957년 대학원 영문과에는 김태성(金泰星), 최익환 동문들과 나 세 사람이 합격했다. 최재서 교수님은 첫 학기에는 Coleridge의 *Biographia Literaria*를 강의하셨는데 최익환 동문은 최 교수님의 오역을 지적했다가 야단을 맞기도 했지만 교수님이 "자네가 맞네." 하고 인정하신 기억도 난다. 강의 시간에는 최 교수님의 딸인 최양희와 조동현 동문도 같이 청강을 했다.[90]

---

90) 연세대학교 영어영문학과 동창회 편, 『우리들의 60년: 1946~2006』(서울: 연세대학교 영어영문학과동창회, 2007). 뒷날 미국에 유학한 최승규는 노스캐롤라이나 대학교(채플힐)와 미시간 대학교에서 영문학을 연구한 뒤 독일 하이델베르크 대학교에 유학하여 이탈리아 아시시의 성(聖) 프란체스코 성당의 벽화 연구로 미술사 마기스터 아테리움(석사 학위)을 받고, 중국 산둥(山東)대학교에서 고고 미술사를 연구하고, 다시 미국 피츠버그 대학교에서 한대(漢代) 중국 화상석 연구로 미술사 박사 학위를 받았다.

1950년대 강의 시간에 학생이 잘못을 지적해도 최재서처럼 쉽게 인정하면서 학생의 주장을 받아들이는 교수는 찾아보기 드물었다. 그런데도 최재서는 교수로서의 권위보다는 학문의 엄밀성과 학자적 양심을 받아들이려고 노력했다. 이 점에서 그는 학자의 전범이라고 할 만하다. 최재서의 둘째 딸 최양희가 아버지의 영문학 강의를 청강했다는 것도 흥미롭다. 이 무렵 같은 학교 같은 학과에 근무하던 오화섭(吳華燮) 교수의 딸 오혜령(吳蕙齡)도 아버지의 셰익스피어 강의를 청강하곤 했다. 최양희나 오혜령이나 아버지의 강의를 청강한 것은 그들을 아버지보다는 학자로 생각했기 때문이다.

더구나 최재서는 제자들에게 자신이 아끼는 책을 빌려 주는 등 학문적으로 격려를 아끼지 않았다. 두 번째 학기에 최재서의 워즈워스 세미나를 듣던 최승규는 그에게 워즈워스의 반자전적 시집 『서곡』(1799, 1850)에 관해 논문을 쓰겠다고 말했다. 그러자 참고 서적이 연세대학교 도서관에 없다는 사실을 잘 알고 있던 최재서는 서울대학교 도서관에서 논문에 도움이 될 만한 책들을 빌려다주기도 했다. 또한 최승규는 최재서의 심부름으로 한번은 동숭동 자택으로 이양하 교수에게 책을 갖다준 적이 있다. 이 무렵 예일대학교에서 새뮤얼 마틴 교수와 함께 한영사전을 편찬하던 이양하는 이화여자대학교 영문학과 교수 장영숙(張永淑)과 결혼하고 갓 귀국한 때라 행복한 신혼 생활을 하고 있었다. 최승규는 한국 전쟁 전에는 정지용과 이양하가 서로 경쟁적으로 장영숙을 좋아했다는 일화를 전하기도 한다. 최승규는 동숭동 집을 방문했을 때 여전히 미모를 자랑하던 장영숙이 W. H. 오든의 시집을 읽고 있는 모습을 보고 큰 감동을 받았

다고 밝혔다.[91]

학자로서 최재서가 보여 준 성실성은 한국 전쟁의 와중에도 학생들에게 강의를 한 것에서도 엿볼 수 있다. 피난 가지 못하고 9·28 서울 수복 후까지 서울에 머물러 있던 그는 학생들에게 강의하기 시작했다. 강의실에 나타난 학생은 김동길과 이근섭(李勤燮) 두 사람뿐이었다. 그러자 최재서는 남산 기슭의 자택으로 와서 강의를 받으라고 했다. 서울의 분위기가 점점 불안해지자 남산 집에서 하는 강의마저 두서너 번으로 끝나고 말았다. 김동길의 회고에 따르면 그때 최재서는 《타임》지를 뒤적이면서 중공군이 곧 밀려올 모양이라며 매우 걱정스러운 표정을 지었다.

연세대학교에 재직하는 동안 최재서는 영문학과 동료 교수들과 대학원 학생들을 중심으로 영문학 연구를 활성화하려고 '영어·문학회'를 결성하기도 했다. 그는 이 모임을 만들면서 아마 경성제국대학 시절 사토 기요시 교수를 중심으로 이루어진 '경성제대 영어·영문학회'를 염두에 두었을 것이다. 학술 발표도 발표지만 특히 학술지를 발간해 논문 집필을 유도하기 위한 목적이 더 컸다. 그래서 최재서는 1958년 'Essays in English Studies' 총서를 기획해 1권으로《작가와 작품》을 간행했다. 150쪽 분량의 창간호에는 최재서를 비롯해, 고병려, 이혜구, 배동호, 이근섭, 송석중, 이봉국의 논문이 실려 있다. 뒷날 국악 연구로 전공을 바꾸어 그 분야의 권위자가 되었지만 이혜구

---

91) 이 일화에 대해서는 김욱동, 『이양하: 그의 삶과 문학』(서울: 삼인출판, 2022), 98~99쪽 참고.

는 당시 연세대학교 영문학과에서 강의했다. 이 총서에 기고한 나머지 필자들은 대학원 학생들로 뒷날 영문학과 언어학 분야에서 교수로 활약했다. 한국에서 학과 단위에서 학술지 성격의 간행물을 발간한 것은 아마《작가와 작품》이 처음일 것이다.

그러나 좀 더 규모가 큰 차원에서는 정인섭이 최재서보다 26년이나 앞섰다. 당시 영문학 못지않게 영어학과 영어 교수법에 관심이 많던 정인섭은 오늘날의 '한국영어영문학회'의 모태라 할 '조선영문학회'를 조직하고 그 기관지로《영어문학》이라는 잡지를 처음 출간했다.[92] 정인섭이 주도한 학회지는 영어 교육 쪽에 초점을 맞춘 반면, 최재서가 주도한 학회지는 문학이나 어학의 주제 쪽에 초점을 맞춘 것이 조금 다를 뿐이다. 그러므로 최재서의 작업은 정인섭의 작업을 이어받은 것으로 볼 수 있다.

한편 최재서는 대학 강의에 철저하지 못할 때도 더러 있었던 것 같다. 1953년 8월 정부가 임시 수도 부산에서 서울로 환도하면서 서울대학교는 동숭동 캠퍼스에서 다시 강의를 열기 시작했다. 이때 영문학과 학과장을 맡고 있던 권중휘(權重輝)는 최재서에게 시론과 영국문학 비평사 과목 두 강의를 맡겼다. 이 과목을 맡기로 한 이양하 교수가 한영사전 편찬 작업으로 갑자기 예일대학교에 가게 되었기 때문

---

92) 김욱동,『눈솔 정인섭 평전』(서울: 이숲, 2020), 174~179쪽. 한국영어영문학회는 1954년 10월에 창립되었다. 한성도서주식회사가 발행한《영어문학》창간호 제호는 당시 연희전문의 학감인 유억겸이 붓글씨로 쓰고, 영어는 그 무렵 연희전문 부교장 호러스 H. 언더우드가 영어 필기체로 'English Literature at Home and Abroad'라고 썼다. 영어 제호를 보면 이 잡지가 영문학 연구를 단순히 조선에 국한하지 않고 국제적 차원에서도 취급하려 했다는 사실을 알 수 있다.

이다. 그런데 최재서는 개강하던 첫 시간에 미국 비평가 조얼 스핀간의 『르네상스 시대 문학 비평사』(1899, 1908) 한 권을 들고 학생들에게 나타나 책을 소개한 뒤 학기가 끝날 때까지 두 번 다시 나타나지 않았다. 말하자면 개강이 곧 종강이 된 셈이었다.

학기말 시험이 다가오자 권중휘는 당시 졸업반이던 학생 김용권(金容權)을 시켜 언세대학교 언구실로 최재서를 찾아가 시험 문제라도 받아 오도록 했다. 학교로 찾아간 김용권에게 최재서는 감기에 걸려 몸 상태가 좋지 않을뿐더러 서울대학교의 강사료가 너무 적다는 불평을 늘어놓았다. 그러면서 최재서는 김용권에게 자주 들르는 명동 근처 다방을 일러 주며 그곳에서 만나자고 약속했다. 일기에 "오늘도 4시에 차를 마시러 나가다. 때만 되면 잊지 않고 부르는 커피의 매력이여!"[93]라고 적을 만큼 평소 커피를 무척 좋아했다. 그러나 김용권이 약속한 시간에 다방에 가서 아무리 기다려도 최재서는 나타나지 않았다. 이러한 약속이 두 차례나 무산되자 결국 최재서가 맡은 두 강의는 폐강으로 처리되고 말았다.

김용권이 권중휘에게 최재서가 언급한 강사료 문제를 전하자 권중휘는 불쾌한 표정을 지으며 "그 사람 여전하군!"이라는 반응을 보였다. 이 말은 최재서가 예나 지금이나 금전 문제에서 별로 달라지지 않았다는 뜻이다. 이 무렵 생활에 쪼들리던 최재서로서는 동료들로부터 금전적으로 인색하다는 평을 자주 들었다. 이 일화는 최재서의 경제관과 성격의 일단을 여실히 보여 준다. 아무리 건강 상태가 좋지

---

93) 최재서 「일기일절」, 《동아일보》(1938. 9. 10).

않고 강사료가 적다고 해도 그의 행동은 교수로서 무책임하다고 할 수밖에 없을 것이다. 그동안 그가 보여 준 학자적 성실성에 비추어 보면 그의 태도는 좀처럼 이해가 가지 않는다.

그런데 뒷날 서강대학교 영문과 교수로 재직한 김용권은 몇 해 뒤 최재서를 다시 만났다. 1960년 최재서는 박사 학위를 받기 위해 동국대학교에 「셰익스피어 예술론」이라는 논문을 제출해 통과되었다. 그는 이 논문을 이번에는 미국에서 출간할 계획을 세우고 영어로 옮겼다. 이때 영문을 감수해 줄 영어 원어민을 찾던 중 당시 갓 개교한 서강대학교에 미국인 예수회 신부들이 영문학과 교수로 있다는 사실을 알고 최재서는 김용권에게 연락해 의사를 타진했다. 김용권이 존 데일리와 존 번브록 신부에게 이 사실을 전하자 두 신부는 기꺼이 도와주겠다고 했다. 그래서 최재서는 명동 근처 '호수' 그릴에서 서강대학교 세 교수와 함께 만나 저녁 식사를 하며 논문 교열 문제를 상의했다.[94]

그런데 이 무렵 최재서의 박사 학위 논문 제출을 두고 학계에서는 가십거리가 되었다. 당시 그는 동국대학교의 대학원 원장직을 맡고 있었기 때문이다. 자신이 원장을 맡고 있으면서 해당 대학원에 학위 논문을 제출한다는 것은 일반적인 상식이나 관행에는 벗어나지 않을 수 없다. 그런데도 최재서는 주위의 시선에 조금도 아랑곳하지 않고 논문을 제출하고 통과해 박사 학위를 받았다. 동국대학교에서 2년

---

94) 김용권과 김욱동의 전화 인터뷰, 2020년 5월 14, 18일. 이 무렵 최재서는 남산 집에서 비교적 가까운 명동 다방에 자주 들러 음악을 들으며 휴식을 취하곤 했다.

남짓 근무한 뒤 최재서가 1961년 한양대학교로 자리를 옮긴 것도 아마 이와 무관하지 않은 것 같다.

이렇게 최재서는 서울 소재 사립 대학교에서 근무하는 동안 비록 물질적으로는 궁핍할망정 학자로서의 직분을 잃지 않고 의연하게 처신했다. 그는 언제나 연구하는 모습으로 동료들이나 후학들에게 모범을 보이려고 노력했다. 그의 딸 최양희는 아버지가 늘 서재에서 언구에 몰두하는 모습을 이렇게 회고한다.

아버지는 여름이면 풀 먹여 반듯하게 다린 흰 모시 바지저고리를 입고 서재에서 책에 둘러싸여 계셨고, 겨울이면 입은 옷이 솜 든 바지저고리와 마고자로 바뀐다는 것을 제외하고는 똑같은 모습으로, 대학에 강의를 나가지 않는 한 항상 똑같은 자리에 앉아 연구하고 글을 쓰셨다. 어머니는 2시간마다 차 쟁반에 주전자와 찻잔을 담아, 긴 낭하를 부엌에서부터 아버지의 서재로 동동거리며 나르셨다. 아버지는 새벽에 일찍 일어나 뒷산(우리는 남산 밑에 살았다.)에 산보하고 약수를 드시고 오셨는데 산보 중에 항상 그날의 강의 준비를 하셨다고 들었다.[95]

최양희는 아버지가 키 크고 몸이 늘씬하여 양복을 입으면 썩 잘 어울렸다고 말한 적이 있다. 그런데도 최재서는 집에 있을 때는

---

95) 최양희, 「다재다능한 태일원의 귀공자: 나의 아버지 최재서」, 《대산문화》(2014년 봄호).

최재서는 집에서 연구할 때는 사시사철 한복을 즐겨 입었다.

늘 한복만 입었다. 사시사철 한복을 입은 그의 모습은 누가 보아도 전형적인 선비의 모습이다. 그는 실제 행동뿐 아니라 겉모습에서부터 선비로서의 모습을 갖추었다. 규장각 검서관(檢書官)을 지낸 이덕무(李德懋)는 일찍이 선비에 대하여 "갓이 비록 낡았더라도 그것을 바르게 정제하려 해야 하고 옷이 비록 거칠더라도 그것을 모두 갖추려 해야 한다."라고 말했다. 그만큼 조선 시대 의관 정제를 모든 일의 근본으로 삼았고, 그것이 곧 한 사람의 인품을 드러내는 바탕이라 여겼다.

　아버지에 대한 최양희의 회고는 실제 사실과 조금도 다르지 않은 듯하다. 집에서 최재서의 모습은 20세기의 학자라기보다는 조선 시대의 유학자나 선비의 모습에 가까웠다. 1960년 최재서는 「행복의

조건」이라는 글에서 자신이 얼마나 행복한 사람인지 이렇게 밝힌 적
이 있다.

나는 행복하다.

나는 헌신적인 아내와, 비교적 건강하고 총명한 아들들과, 충실한
하녀에 눌러싸여 있다. 내가 집에서 독서하고 집필하고 혹은 쉬는
동안, 이들의 시선은 항상 나의 요구를 살피기 위하여, 나의 서재
를 감돌고 있는 모양이다. 부르면 곧, 어떤 때는 부르지 않아도 때
맞추어 나의 정신을 각성시키고, 혹은 피로를 회복시키고, 혹은 기
분을 전환시켜 주는 자드레한 무건들 —— 새벽의 커피와 오후의 홍
차와 저녁때의 중국차와 가벼운 과자 등이 책상 곁으로 운반된
다.(인: 161)

최재서가 왜 "나는 행복하다."라고 말하는지 알 만하다. 모든 행
성이 태양 주위를 맴돌 듯이 그의 식구들은 말할 것도 없고 그의 집
에서 일하는 가정부마저 '그의 요구를 살피기 위하여' 그의 주위를 늘
맴돌다시피 했다. 말하자면 식구들과 가정부는 오직 그를 위해 존재
하는 것 같았다. 최재서는 이러한 생활에 행복을 느꼈을지 모르지만
그의 식구들, 특히 그의 아내는 늘 긴장 상태에서 살아가야 했을 것이
다. 그의 아내는 음식과 차와 간식을 준비하는 일로 그치지 않았다.
서재를 마주 보고 있는 정원에 사시사철 화초를 재배해 늘 늦가을까
지 온갖 꽃들이 피어 있도록 했다. 최재서는 "화초를 좋아하는 아내
는……"이라고 말하지만 누구보다 남편을 위한 배려임은 두말할 나위

가 없다. 심지어 최재서는 "주인의 마음씨를 알아선지 남산의 새들은 허물없이 이곳에 출입하는 모양이다."라고 밝히기도 했다. 이처럼 그는 자기중심적 생각에서 벗어나지 못했다.

더구나 최재서가 가정부, 아니 가사 도우미를 '하녀'라고 부르는 것을 보면 아직도 봉건 시대에 살고 있지 않나 하는 느낌마저 든다. 이는 태일원 과수원 시절 '귀공자' 대접을 받던 습관에서 아직 벗어나지 못했다는 증거일지도 모른다. 「보고」라는 글에서도 그는 남산 집에서 일하는 가정부를 '하녀'라고 부른다. 1950년대 말이라면 아마 '식모'나 '식모 아이'라는 표현을 널리 사용했을 것이다. 여동생 최보경은 오빠를 두고 '태일원의 귀공자'라고 불렀지만 위의 인용문을 읽다 보면 그는 '남산의 선비'로 불러도 크게 무리가 되지 않을 것이다.

그런데 문제는 가정주부가 이 모든 일을 혼자서 맡아야 한다는 데 있다. 최재서가 즐겨 입는 한복을 준비하는 것은 그의 아내 몫이었다. 더구나 아내는 여섯이나 되는 아이들을 돌보면서 부엌에서 차를 끓여 두 시간마다 일본식 주택의 긴 복도를 따라 2층 서재로 '동동거리며' 날랐다고 하니 그 수고가 어떠했을지는 쉽게 미루어 볼 수 있다. 또한 그의 아내는 아이들이 떠들지 않도록 단속해야 했다. 최양희는 "우리 형제들은 아버지가 집에 계실 때는 항상 소곤소곤 이야기를 해야 했고 소리 내 웃고 우는 일은 아주 흥분하지 않은 한 하지 않았다. 그 대신 아버지가 집에 계시지 않을 땐 크게 소리 지르면서 웃고 다투며 요란했다. 지금 생각해 보면 어린아이들이 부자연스러운 환경에서 자라, 그 울분이 아버지 계시지 않을 때 터져 나왔을 것이다."96)라고 밝힌 적이 있다. 자식들은 식사 때가 아니고서는 아버지와 함께 앉아 이런저런 이야기를 나누는 일이 좀처럼 없었다. 최재서는 꽤 유머러스하게 식구들을 웃기려고 했지만 평소 너무 근엄한 탓에 아이들은 아버지를 무척 어려워했다.

최재서는 안톤 체호프의 『귀여운 여인』에 관한 글에서 "사랑이란 남에게 헌신하고 남에게 봉사하는 생활이다."라고 말한 적이 있다. 그러나 최재서가 집안에서 군림하는 모습을 보면 이 말이 공허하게 들린다. 그에게 헌신하고 봉사하는 것은 그의 식구들이다. 그가 아내를 비롯한 식구들에게 헌신하고 봉사하는 모습은 좀처럼 찾아볼 수 없다. 최재서가 '노서아의 이뿐이'라고 부르는 체호프 작품의 주인공과 관련하여 그는 "올렝카처럼 하루도 사랑하지 않고서는 살 수 없는 여성이라면 나는 그를 우리의 이뿐이라고 부른다. 조선의 이뿐이를 그리려는 작가는 없는가?"(인: 31)라고 묻는다. 최재서는 현실 세계가 아니라 오직 상상의 허구 세계에서만 그러한 인물을 찾으려 했을 뿐이다.

최재서의 이러한 태도는 문학의 목적과 기능과 효용에 관한 글에서도 엿볼 수 있다. 가령 그는 퍼시 비시 셸리의 「시의 옹호」에서 한 단락을 인용하면서 사랑의 의미를 언급한다. 최재서는 이 낭만주의 시인에게 시·상상·공감은 예술의 삼위일체인데 여기에 사랑이라는 한 가지 요소를 더 끌어들여 예술에 영감을 부여했다고 지적한다.

96) 앞의 글.

도덕의 일대 비결은 사랑이다. 사랑이란 다시 말하면 우리 자신의 성질을 탈출해서 우리 자신의 것이 아닌 사상·행동·인물 속에 존재하는 아름다운 것과 동화(同化)하는 일이다. (……) 그는 자기 자신을 상대방과 또 다수(多數)한 다른 사람들의 처지에다 두고 보아야 한다. 동족(同族)의 고통과 쾌락이 그 자신의 것이 되어야만 한다.(원: 62)

여기에서 셸리는 낭만주의 예술 철학을 언급하지만 최재서가 방금 앞에서 언급하는 '사랑'에 대해 말하는 것으로 읽어도 크게 무리가 없다. 사랑은 도덕의 핵심적인 비결일 뿐 아니라 삶의 비결이기도 하다. 최재서는 자신이 행복하다고만 느낄 뿐 식구들의 처지를 생각하며 그 사랑을 그들에게 베풀지는 않은 것 같다. 그는 가족의 '고통과 쾌락'을 자신의 것으로 생각하지 않았다. 그의 사랑은 아쉽게도 관념에만 머물러 있었을 뿐 실천으로까지는 나아가지 못했다.

이렇게 대학에서 강의하는 시간 말고는 주로 서재에만 파묻혀 살다시피 했으니 살림살이가 어려울 수밖에 없었다. 해주 태일원 과수원에서 자랄 때는 내로라하는 부자였지만 아버지가 사망한 뒤 집안이 어려워진 데다 태평양 전쟁과 한국 전쟁을 거치면서 점차 경제적으로 힘들었다. 그는 얼마 안 되는 교수의 박봉으로 적지 않은 식구를 먹여 살려야 했다. 이 무렵 교수들 대부분은 다른 학교에 시간 강사로 출강해 살림살이에 보태는 것이 보통이었다. 그러나 최재서는 모처럼 큰 기대를 하고 나간 서울대학교를 제외하고는 좀처럼 다른 대학에 시간 강사를 나가지 않았다. 양희는 배고파 굶주리고 발에 걸칠 마땅한 신발도 없으며 수업료조차 제때에 낼 수 없을 만큼 경제적으로 어려웠다고 회고한다.

생활환경을 아름답게 하시느라고 노력하신 데 비해서, 경제적으로 넉넉하게 살지는 않았던 것 같다. 태평양 전쟁(2차 대전) 중에 자라고, 6·25 동란 등 2차례의 큰 난을 겪느라고 항상 배고프던 생각에 지금도 음식을 필요 이상 중요시한다. 학교에서 월사금을 제때 내지 않는다고 야단맞고 집에 와서 빨리 내 달라고 조르던 일, 또 늘 맛있는 음식을 먹고 싶었던 일, 여학교에 입학했을 때 구두를 사지 못해, 고모들이 신다가 시집갈 때 버리고 간 뾰족구두의 뒤꿈치를 잘라 신고 학교에 갔다 다른 아이들이 잔인하게 놀리던 일들이 기억에서 사라지지 않는다.[97]

최양희가 말하는 "생활환경을 아름답게 하시느라고 [아버지가] 노력하신" 일이란 과연 무엇일까? 최재서가 아내와 함께 가끔 화단에 꽃을 심고 등나무를 가꾼 일을 두고 말하는 것 같다. 그것이 아니라면 아마 선비처럼 사시사철 한복을 곱게 차려입고 서재에 앉아 고전음악을 들으며 연구에 몰두하는 일인지도 모른다. 최재서의 집안 식구들은 지적, 정신적으로 풍요롭게 살았는지는 몰라도 경제적으로는 궁핍하게 살았다고 할 수밖에 없다. 그는 「한가의 가치」라는 글에서 "포켓 속에 천 환짜리 지폐 한 장만 들어 있으면 부자가 된 것 같아

---

97) 앞의 글.

서 저절로 배가 나온다. 이것은 나로서 퍽 편리한 경제사상이지만, 그러나 오랜 수련의 결과로 얻어진 사실이다."(인: 63)라고 말한다. 그러면서 그는 오히려 너무 바빠서 한가한 시간을 가지지 못할 때 '참으로 가난하다'고 느낀다고 밝힌다. 그 한가함이란 '가치 생산의 원천'이기 때문이라는 것이다.

그런가 하면 최재서는 이른바 '빈곤의 철학'을 주창하기도 한다. 이 점과 관련해 그는 "가난해지면 추해지는 사람이 있고, 그와 반대로 인격이 더욱 빛나는 사람이 있다. 그것은 교양의 차이다. 우리의 조상들은 가난한 가운데서도 인격의 빛을 잃지 않는 방법을 연구하여 그것을 처세도(處世道)라 불렀다. 처세도는 여러 모로 우리의 생활을 아름답게 꾸미어, 가난 자체를 철학화(哲學化)했다."(인: 15)라고 밝힌다. 최재서는 두말할 나위 없이 가난해질수록 인격이 더욱 빛을 내뿜는 부류에 속한다. 그러나 교수 박봉으로 살림살이를 꾸려 나가고 여섯 아이를 키워야 하는 그의 아내는 천 환짜리 지폐 한 장으로는 좀처럼 행복을 느낄 수 없을뿐더러 그 돈으로 살림살이를 하자니 한숨을 지을 때가 적지 않았을 것이다.

태평양 전쟁은 접어 두고라도 한국 전쟁은 다른 집안과 마찬가지로 최재서 집안에도 크나큰 시련을 안겨 주었다. 최양희는 "적어도 우리들에게는 이러한 낭만적 환경에서의 생활이 1950년 6월 25일, 하루아침에 끝이 났다."[98]라고 밝힌다. 동족상잔의 비극은 자식들에게 낭만적 삶에 종지부를 찍게 했다면, 그들의 아버지에게는 학자로

---

98) 앞의 글.

서의 삶에 종지부를 찍게 했다. 북한군이 서울에 들어온 지 얼마 안 되어 최재서는 북한군에 납치되었다. 남산의 이층집 높은 처마에 숨어 있던 둘째 아들 낙도 한밤중에 북한군에 발각되어 어디론가 끌려 갔다. 그때 최양희는 어린 두 동생과 어찌할 바를 몰라 하는 어머니와 함께 공포에 떨며 집에 있었다.

　그런데 며칠 뒤 갑자기 최재서가 대문을 열고 집에 들어왔다. 이 순간 최양희는 "처음에는 혼을 만나는 것같이 가슴이 싸늘했다. 어떻게 석방이 되셨는지를 물을 경황도 없었고 물어보아야 대답도 안 하셨을 것이다."[99]라고 회고한다. 식구들이 허둥지둥 생활필수품을 챙겨 누상동에 살던 최재서의 누이 집에 피신 가려고 하는데, 잡혀갔던 아들 낙이 현관문을 열고 불쑥 들어왔다. 북쪽으로 끌려가던 도중 미군의 폭격을 맞아 사람들이 흩어지는 바람에 도망쳐 나왔다는 것이다. 최양희는 이때 남산에서 누상동으로 피신하던 가족의 모습을 이렇게 기억한다.

　허둥지둥 오빠에게 여자 옷을 입히고 머리에 스카프를 씌워 온 집 안이 같이 서대문 밖 누상동 고모 댁으로 떠났다. 서울 거리에는 사람이 거의 없었다. 곱슬머리에 키는 껑충하게 크고, 절망에 찬 굽은 등에 쌀 보따리를 짊어진 아버지의 모습이 잊혀지지 않는다. 너무 목이 말라서 어떤 골목을 지나다 한 집 대문을 두드리니 한 여인이 창문을 열고 내다보기에, 물을 좀 얻어먹을 수 있는가, 하니

---

99) 앞의 글.

다행히 물 한 사발을 내밀고 문을 꽉 닫아 버렸다. 시민들이 모두 겁에 질려 있었다.[100]

키가 커서 구부정한 등에 쌀부대를 짊어지고 텅 빈 서울 거리를 걸어가는 최재서의 모습에서는 이제 근엄한 학자의 모습은 눈을 씻고 찾으려고 해도 찾아볼 수 없다. 최재서의 별명은 '우울한 명태'였다. 시인 모윤숙(毛允淑)이 붙여 준 별명으로 그가 늘 얼굴에 우울한 표정을 짓고 있는 데다 몸이 마르고 키가 컸기 때문이다. 연세대학교에서 재직 중에는 여학생들은 그를 너새니얼 호손의 『주홍 글자』에 등장하는 주인공에 빗대어 '딤스데일 목사'라고 불렀다. 이 두 별명에 관련해 최재서는 "나는 비록 몸이 말랐지만, 명태처럼 속이 없는 빈껍데기는 아니며, 『주홍 글씨』를 읽은 특별히 상상적인 여학생들이 나를 딤스데일 목사로 보았을는지 모르나 나는 뉴잉글랜드의 신비한 목사처럼 과거에 무슨 죄악적인 비밀을 갖지 않는다."(인: 70)라고 불쾌감을 드러냈다.

위 인용문에서 최양희가 묘사하는 최재서의 모습은 근엄한 학자가 아니라 영락없이 겁에 질려 도망가는 한 촌부의 모습이다. 누상동 집에서 그들은 인천 상륙 작전으로 밤낮을 가리지 않고 폭격하는 미군 비행기의 소음에 시달려야 했다. 최재서는 집이 계곡에 있어 산에서 내리는 물이 흘러 들어오지 않도록 크고 튼튼하게 돌 벽으로 쌓은 집 뒤 지하수로에 숨어 지냈다. 독실한 기독교 신자였던 최재서의 누이는 밤새도록 큰 소리로 성경을 읽으며 기도했다. 심지어 최재서

---

100) 앞의 글.

는 북한군 병사가 미군의 폭탄에 맞아 피를 토하며 수로로 떨어지는 모습을 보기도 했다. 이때 최재서의 막내아들 승언의 나이 겨우 다섯 살이었다.

그 뒤 최재서의 예상대로 중공군이 한국 전쟁에 개입하자 유엔군과 국군은 다시 후퇴했고, 이때 그의 가족은 남쪽으로 피난을 떠났다. 최재서는 소중한 책들을 버리고 살 수 없다고 하여 출판사에서 책들과 그를 데리고 먼저 떠났다. 그런데 놀랍게도 최재서는 한국 전쟁이 일어나기 전에 예상이라도 하듯이 학생들에게 이렇게 말한 적이 있다.

> 만약 우리에게 불행한 일이 있어 피난을 가게 된다면 나는 『콘사이스 옥스포오드 영어사전』과 『셰익스피어 전집』만을 가지고 떠나겠다고. 과연 1950년 크리스마스날 아침에 나는 그 두 권 책을 보따리에 싸 가지고 친구의 짚차에 편승해서 남하했다. 피난지 대구에서 나는 『햄릿』과 『맥베스』와 『리아 왕』을 다시 읽었다. 아무 주석도 없이 작은 영어사전만을 의지로 읽으니까 자연 골똘하게 생각할 수밖에 없었다. 그런 가운데서 나는 이 작품들에서 이전에 맛볼 수 없었던 말할 수 없는 기쁨과 위안을 발견했고, 그래서 신산한 가운데서도 산 보람과 또 살고 싶은 의욕을 느꼈다. 문학은 체험의 조직화이며 감정의 질서화이며 가치의 실현이라는 이론이 추호의 틀림도 없는 진리임을 깨달았다.(원: 1)

최재서가 평소 셰익스피어를 얼마나 좋아했는지 알 수 있다. 그는 영국 낭만주의 시대 문학에만 전념한 것으로 흔히 알려 있지만 영문학의 다른 분야도 게을리하지 않았다. 그는 일찍이 겪어 보지 못한 피난 생활을 하면서도 셰익스피어 작품에서 큰 위로를 받았다. 이무렵 만약 셰익스피어가 없었더라면 최재서는 아마 신산스러운 피난 생활을 견뎌 내지 못했을지 모른다.

더구나 당시 최재서가 깨달았다는 위 인용문에서 마지막 구절 "문학은 체험의 조직화이며 감정의 질서화이며 가치의 실현"이라는 그의 신념은 뿌리가 꽤나 깊다. 경성제국대학 예과 시절부터 그가 평생 받아들인 문학관이었다. 그의 결혼과 관련하여 앞에서 잠깐 언급한 「만필 뒤밧귄 색시」에서 최재서는 일찍이 "문학이 사실적이고 낭만적임을 불론(不論)하고 거긔 명일(明日)의 세계를 구설(構設)하엿다 함은 사실이다. (……) 문학의 가치 — 적어도 그중의 한아는 — 이 행복도래에 대한 옥좌건설(玉座建設)이다."[101]라고 밝힌다. '태일원의 귀공자' 최재서는 그 어느 때보다도 대구 피난 시절 삶의 고통을 절감했고 이러한 고통을 문학 작품을 읽으며 달랬던 것이다.

최재서가 먼저 서울을 떠나고 난 뒤 최양희는 곧 어머니와 어린 두 동생을 데리고 눈보라 몰아치는 1950년 크리스마스이브에 서울역에서 지붕 없는 부산행 화물차를 타고 피난을 떠났다. 작은아들 낙은 국군에 자원입대했으며, 큰아들 창은 늘 혼자서 도망 다니기 바쁘다가 마침내 미국 부대에서 통역 일을 했다. 최재서와 그의 가족은 대구에서 힘겹게 피난 생활을 했다.

---

101) 최재서, 「만필 뒤밧귄 색시」, 66쪽.

한국 전쟁을 겪으며 최재서가 가장 안타깝게 생각한 것은 틈틈이 모아 온 소중한 책들을 잃어버렸다는 점이다. 그는 『최재서 평론집』 서문에서 "나 자신이 갖고 있던 자료는 전란 중에 모두 잃어버렸지만……"이라고 밝힌다. 그런데 흥미로운 것은 김용권이 한국 전쟁 중 임시 수도 부산에서 최재서가 그렇게 아끼던 책 한 권을 입수했다는 점이다. 서울대학교 부산 임시 캠퍼스에 나니던 김용권은 어느 날 같은 과의 진철수(秦哲洙)로부터 F. O. 매티슨의 『T. S. 엘리엇의 성취』(1935)라는 책을 한 권 받았다. 진철수는 헌책방에서 우연히 이 책을 발견하고 자신보다는 학구파인 김용권에게 더 잘 어울릴 것 같다면서 그에게 건네주었다.

　　매티슨의 이 책은 엘리엇에 관한 단행본 저서로 당시 가장 권위 있는 책 중의 하나였다. 그런데 김용권은 그 책을 소유하고 있던 사람이 다름 아닌 최재서였다는 사실을 알고 적잖이 놀랐다. 책에는 "1935년 도쿄에서 구입"이라는 글귀가 적혀 있는 데다 책 여백에는 꼼꼼한 글씨로 쓴 메모가 적혀 있었다.[102] 이 책이 어떻게 해서 남산 남계숙의 서재를 떠나 피난지 부산의 헌책방에 와 있게 되었는지 지금으로서는 알 수 없다. 아무리 피난 생활이 어려워도 책을 무척 애호하기로 유명한 최재서가 아끼던 책을 헌책방에 내다 팔 리는 없을 것이다. 그는 수집하여 소장한 책들은 남산 집에 별채를 마련해 서재 겸 도서관에 보관할 정도였다. 당시 교수 사회에서 누구의 책이든 일단 그의 손에 들어가면 두 번 다시 나오는 법이 없다는 농담이 공공

---

102) 김용권과 김욱동의 전화 인터뷰, 2020년 5월 14, 18일.

연하게 오갈 정도였다.

　연세대학교를 떠난 직후 최재서는 잠시 외국어대학에서 근무한 적도 있다. 그러다가 동국대학교를 그만둔 뒤 1963년 4월부터 사망한 1964년까지 그는 한양대학교 영문학과 교수를 지냈다. 그런데 이즈음 서울대학교 영문과 교수로 있던 이양하가 1963년 2월 갑자기 사망하자 최재서는 선배 교수에 대한 애도보다는 서울대학교로 자리를 옮기려고 여러 방면으로 '운동'했다는 소문이 동료 교수들과 후배 교수들 사이에서 나돌았다. 그들 중 몇 사람은 이 문제로 최재서의 인격을 문제 삼기도 했다. 해방 후 경성제국대학이 국립 서울대학교로 개편될 때도 그는 이 학교에 가려고 노력했지만 결국 이양하와 권중휘 교수에 밀려 뜻을 이룰 수 없었다. 이렇듯 경성제국대학 강사에서 해직될 때 보인 반응에서도 엿볼 수 있듯이 최재서는 경성제대 교수에 대한 애정과 미련을 끝내 버리지 못했다. 어쩌면 그는 이번 기회에 30여 전에 '잃어버린' 명예를 회복하려는 계기로 삼으려고 했는지도 모른다.

　최재서가 일찍 세상을 떠난 이유는 고병려의 말대로 평소 앓아온 위장 질환이 갑자기 악화되었기 때문이다. 최재서는 오랫동안 그가 '체증'이라고 부르는 위장병에 시달렸다. 그의 체증은 그의 아버지에게서 물려받은 유전적 질병일 수도 있고, 몸을 돌보지 않고 학문에 정진한 탓일 수도 있다. 운동이라고 해 보았자 아침에 일찍 일어나 남산 약수터에 산책하고 학교에 출근해서는 점심 식사를 한 뒤 반 시간 정도 학교 뒷산을 산책하는 것이 고작이었다. 남산 집 서재에서 독서와 집필에 몰두하다 몸이 피로하면 그는 돗자리에 누워 하늘을 쳐다보며 잠시 쉬곤 했다. 1950년대 말부터 최재서는 방대한 분량의 『영문학사』를 집필하고 있었고, 1959년 여름 방학 동안에는 셰익스피어에 매달려 있었다. 그는 "40일 동안 셰익스피어의 작품과 참고서 이외에 단 한 권의 책도 읽지 않았고, 셰익스피어에 관한 이외에 단 한 줄의 글도 쓰지 않았다."(인: 43)라고 밝힌다. 그러면서 그는 "새벽에 일어나 남산 공원을 — 아아, 잠에서 깨어나는 그 숲! — 한 바퀴 돌고, 돌아와 냉수마찰을 하고는 또 셰익스피어였다. 그럼에도 불구하고 일은 절반도 못 갔다."(인: 43)라고 한탄했다.

그래서 최재서는 아내가 정성 들여 차려 주는 음식에 숟가락도 대지 않고 상을 물리는 때도 있었다. 일어나자마자 아침 일찍 남산에 올라가는 것도, 연세대학교에 출근해 정오부터 15분 동안 점심을 먹고 반시간 동안 학교 뒷산을 한 바퀴 산책하는 것도 소화를 돕기 위한 행동이었다. 그는 뒷산 산책을 셰익스피어의 희극 「좋으실 대로(As You Like It)」에 빗대어 "As You Hike It.", 즉 '발길 가는 대로'라고 농담했다. 그가 앓고 있는 체증과 관련하여 최재서는 토머스 칼라일도 체증으로 무척 고생했다고 밝히면서 이 체증 때문에 이 스코틀랜드 문인이 내면을 성찰하는 생활을 습관화하여 정신세계를 더욱 풍요롭게 했다고 스스로 위로했다.

이렇듯 최재서는 학생 시절부터 책과 가까이하면서 좀처럼 몸을 돌보지 않았다. 그는 늘 시간에 쫓기며 살다시피 했기 때문이다.《연세춘추》에 기고한 「나무」라는 글에는 교수로서 살아 온 그의 일상이 적혀 있다. 그는 아침 7시 55분 퇴계로에서 통근 차를 타고 8시 50분 신촌 학교에 내릴 때까지 한 시간쯤 '맑은 정신으로' 책을 읽곤 했다.

그는 차 안에서 줄곧 책만 읽기 때문에 동료 교수들에게 인사하지도 않았고 그들로부터 인사를 받지도 않았다. 그러면서 최재서는 "동료 교수 여러분, 무례한 인간이라고 노하지 마시기를! 나는 시간이 촉박한 사람입니다."(인: 12)라고 말한다. 「행복의 조건」이라는 글에서도 그는 "나의 생활에는 단 한 시간의 헛된 시간도 없으려니와 단 한 조각의 무의미한 체험도 없어야 한다는 것이 나의 신조이다. 이것이 나에게 행복을 보증해 주는 조건인지도 모른다."(인: 163)라고 밝힌다. 이렇게 조금의 시간도 낭비하지 않고 몸을 혹사시켰으니 건강을 해친 것은 당연할 것이다.

이렇게 한 순간순간 의미 있는 삶을 영위하려 한 최재서는 사망하기 몇 해 전 자신의 삶을 돌아보며 평생 '평범한 시민'이 되려고 노력했다고 밝혔다. 이 점과 관련해 그는 "내가 말하는 평범한 시민이란, 집안에서는 충실한 남편이며 신뢰할 만한 아버지, 집 밖에서는 나라의 법률과 사회의 질서를 존중하는 온량한 시민, 학교에서는 양심적인 교사를 의미한다."라고 덧붙인다. 그러나 최재서는 이러한 사회적 책무에 그치지 않고 한 발 더 나아가 한 개인으로서의 역할도 강조한다. 그는 "사회인으로서의 성격 밑에 나의 개성을 의식한다. (이것은 나만이 그런 것을 의식한다는 의미는 결코 아니다.) 그 개성은 고독하며 자의식이며, 또 가끔 반란적이며, 따라서 반사회적이다."(인: 70)라고 말한다.

태생적으로 비사교적인 성격인 데다 자의식과 자긍심이 무척 강한 최재서가 고독하고 자의적으로 살았다는 것은 선뜻 이해가 간다. 그것은 그가 최씨 집안의 딸부잣집 외아들로 태어난 '태일원의 귀공

1960년대 초엽의 최재서.

자'로 자랐다는 사실에서도 알 수 있다. 그러나 그가 '반란적'이고 '반
사회적'이었다는 대목은 선뜻 수긍이 가지 않는다. 누구보다도 내선
일체와 황국 신민화 정책에 앞장선 친일 행위를 제외하고는 그가 어
떠한 일에서 반란을 꾀하고 반사회적 행동을 한 경우를 찾아볼 수
없기 때문이다.

　　최재서는 사회적 존재로서의 인간과 개성을 지닌 개별적 인간
의 합일이 인간의 가장 이상적인 형태로 보았다. 문학과 관련해 그는
"낭만적 개성을 고전적인 형식 속에 통제할 때에 완전한 예술품이 얻
어진다."(인: 71)라고 말한다. 그가 19세기 문학에서는 괴테를 숭배하고

20세기 문학에서는 앙드레 지드를 사랑한다고 밝히는 까닭이 바로 여기에 있다. 이렇게 이질적인 성향의 창조적 결합은 문학에 그치지 않고 학문의 영역에서도 찾아볼 수 있다면서 그는 구체적인 실례로 영국의 철학자 프랜시스 허버트 브래들리, 스코틀랜드의 문학 연구가와 수필가 윌리엄 패튼 커, 영국의 문학 비평가 아서 퀼러-쿠치 같은 사람들을 꼽았다. 그렇다면 최재서가 평생 추구해 온 이상적 삶이란 궁극적으로 이성과 감성, 낭만과 논리, 사회와 개인의 창조적 조화와 균형이라고 할 수 있다. 실제로 이러한 태도는 그가 문학 이론을 소개하고 문학 평론 활동을 전개하면서 중요한 역할을 했다.

최재서는 영문학과 서양 문학을 종횡무진으로 꿰뚫고 더 나아가 한국 문학에도 깊은 관심을 기울이기 위해서는 남모를 시간과 노력을 바쳐야 했을 것이다. 이렇게 지나치게 학문과 글쓰기에 심혈을 기울인 나머지 그는 과로에 시달리고 건강을 해칠 수밖에 없었다. 그래서 그는 사망하기 1년여 전부터 건강이 나빠졌고 9월에는 병원에 입원과 퇴원을 되풀이할 정도로 악화되었다.

1964년 11월 6일 오전 1시 최재서는 10년 넘게 앓아 온 위장 질환이 갑자기 악화되어 국립중앙의료원(메디컬센터)에 입원했고, 끝내 회복하지 못한 채 57세의 나이로 사망했다. 57세라면 요즈음 기준으로 보면 장년으로 한창 왕성하게 연구에 전념할 시기다. 그토록 심혈을 기울이던 셰익스피어 전집을 혼자 완역해 출간할 야심찬 계획을 끝내 이루지 못하고 저세상으로 떠나고 말았다. 이렇게 한창 일할 나이에 일찍 세상을 떠났다는 것이 한국 영문학계와 문학계에 크나큰 손실이 아닐 수 없었다. 사망하기 몇 해 전 그는 기독교 신앙에 귀의한 것으로 알려져 있다.

최재서가 사망하자 영국의 셰익스피어 학자 뮤리얼 C. 브래드브룩은 주한영국대사관을 통해 "본인은 최재서 교수의 친지들에게 나의 깊은 동정을 보내며 이 성실한 셰익스피어 학자를 잃은 손실에 대해 애도를 금치 못한다."라는 조사를 보냈다.103) 브래드브룩은 바로 넷 달 전 4월 서울에서 열린 '셰익스피어 탄생 400주년 기념식 및 강연회'에 참가하려고 방한했다. 국립극장에서 열린 이 대회에서 최재서는 「셰익스피어의 현대 의식」이라는 제목으로, 권중휘 교수는 「윌럼 셰익스피어에 관하여」라는 제목으로 각각 강연했다.

50여 평생 자신의 삶에 대한 최재서의 고백은 뜻밖에도 수필 형식으로 가볍게 쓴 『인상과 사색』이 아니라 가장 학구적인 저서라 할 『문학 원론』에서 엿볼 수 있다. 윌리엄 셰익스피어의 『맥베스』를 자세히 분석하는 9장 「비극적 체험」에서 최재서는 아리스토텔레스의 『시학』을 언급하다가 갑자기 이렇게 털어놓는다.

밑도 끝도 없는 소위 무두무미(無頭無尾)한 우리의 일상생활은 단일한 행동도 아니요, 완전한 행동도 아니다. 오늘도 어제 같고, 내일도 오늘 같아서 별반 흥취도 자각도 없이 그야말로 엄벙덤벙하는 동안에 어느덧 인생 50고개에 올라서, 그간 한 일이 많은 것 같지만 돌아다보면 아무 일도 없다. 우리는 인생의 허무와 무가치를 느낀다. 그럴 때에 우리는 좀 더 충실한, 좀 더 가치 있는 생을 체험하고 싶

---

103) 「최재서 교수 서거에 영(英) 학자 조사 보내」,《동아일보》(1964. 11. 21).

은 욕구가 간절하다. 우리가 비극을 찾는 것은 대대 이러한 심정에 서다.(원: 199)

'프로이트적 실수' 또는 '프로이트적 실언'이라고 할 위 인용문에서 최재서는 '우리'라는 1인칭 복수형을 사용하지만 실제로는 그 자신을 가리키는 말로 읽어도 크게 틀리지 않다. 그가 "엄벙덤벙하는 동안에 어느덧 인생 50고개에 올라서"라고 말하는 것은 이 책을 출간한 해가 바로 1957년이기 때문이다. 물론 이 책의 내용은 연세대학교에서 강의할 때 그가 작성한 강의 노트에 상당 부분 이미 들어 있다. 그러나 강의 노트를 정리해 단행본으로 출간한 해가 공자가 '지천명(知天命)'이라고 부른 쉰 살에 접어든 무렵이었다. 그래서 감회가 남달랐던지 최재서는 고대 그리스 비극의 플롯을 언급하다가 갑자기 자신의 삶을 회고하기에 이르렀다. 주위에 눈을 돌리지 않고 그동안 숨 가쁘게 달려온 삶이건만 그는 이제 "인생의 허무와 무가치"를 느끼지 않을 수 없었던 것이다.

최재서는 1941년 11월 넷째 아들 강이 폐렴으로 사망했을 때 아버지로서 느끼는 비통한 심경을 《국민문학》에 「아기야 평안하거라」라는 글로 표현했다는 사실은 이미 앞에서 밝혔다. 그런데 이 글에서 한 가지 눈여겨봐야 할 것은 아들의 때 이른 죽음으로 그는 '영혼의 세계'에 처음 눈떴다는 점이다. 말하자면 아들의 죽음은 그에게 영혼이 '개안(開眼)'하는 계기를 가져다주었다.

그러나 강아, 나는 네가 전혀 죽었다고 여기지 않는다. 너는 우리들이 모르는 세계에 가서 평안히 잠들고 있음에 틀림없다. 그래서 네게 가까이 말하기로〔도〕 몸에 닿기도 할 수 없다고 해서 그게 무엇인가. 그것이야말로 네가 가장 확실히 존재한다고 할 증거이랴. 이미 상처 입기도 쓰러지기도 할 수 없는 확호한 세계에 존재하는 증거가 아니고 무엇이랴. 너는 항시 나와 함께 있다. 나는 그것을 믿는다.

나는 너에 의해 영혼의 세계에 눈을 떴다. 너는 죽음으로써 이 귀한 가르침을 내게 준 것이다.

아가야 평안히 신의 가슴에 잠자거라.[104]

그동안 최재서의 글을 읽던 독자들은 때 이른 그의 죽음을 두고 이와 똑같은 심경을 느꼈을지도 모른다. 그가 남긴 크고 작은 글이야말로 그가 여전히 독자와 함께 "가장 확실히 존재한다고 할 증거"다. 최재서가 남긴 크고 작은 글들은 이제 "상처 입기도 쓰러지기도 할 수 없는 확호한 세계에 존재하는" 증거가 아니고 무엇이겠는가? 그가 아들의 죽음을 목도하면서 '영혼의 눈'을 뜬 것처럼 그의 글을 읽으며 마찬가지로 '영혼의 눈'을 뜨는 독자들이 적지 않을 것이다. 더구나 그의 아들 강처럼 최재서도 죽음으로써 비로소 독자들에게 "이 귀한 가르침"을 주었다.

최재서에게 해공 신익희의 죽음은 넷째 아들 강의 죽음과는 또 다른 의미가 있었다. 1956년 5월 신익희는 김성수(金成洙), 조병옥(趙炳

---

104) 최재서, 「아가야 평안하거라」; 김윤식, 『최재서의 《국민문학》과 사토 기요시 교수』, 148쪽에서 재인용.

玉), 윤보선(尹潽善), 장면(張勉), 박순천(朴順天) 등과 함께 호헌동지회와 민주당 창당에도 참여하는 등 야권 지도자로 활약하다가 3대 대통령 선거에 출마해 전국을 누비며 선거 유세를 다니던 중 열차에서 갑자기 사망했다. 국가에서는 그의 업적을 기려 국장으로 장례식을 치렀고, 최재서는 을지로에 서서 그의 장의 행렬을 지켜보며 애도를 표했다.

오늘은 고(故) 신익희(申翼熙) 씨 국장(國葬) 날이다. 좀 일찍 강의를 끝내고 시내로 들어왔다. 종로에서 버스를 내리고 다동 뒷골목 길을 걸어가는 동안 별로 행인을 못 보았다. 그들은 행렬을 맞이하리 각기 적당한 장소로 출동한 모양이었다. 나는 을지로 큰길거리에서 시민들과 함께 배장(拜葬)했다. 만사(輓詞)의 기폭이 숲같이 늘어서 오고 장송곡이 흘러가는 가운데서 나는 무념무상(無念無想)이었다. 다만 숭엄한 기분이었다. 그러자 행렬이 지나가, 길가에 섰던 시민들이 와아 흩어지고 자동차 경적 소리가 들리고 하자, 나는 갑자기 고인이 우리들 사이에 남기고 간 커다란 공허를 느끼어 말할 수 없이 쓸쓸했다. 나는 그때에 비로소 고인이 내 서재에서 술잔을 드시며 서책과 학문을 논하시던 모습을 그려 보고 눈앞이 캄캄해짐을 느꼈다.(원: 227)

위 인용문에서 무엇보다도 눈길을 끄는 것은 맨 마지막 문장이다. 신익희가 살아 있을 적에 최재서의 서재에서 술을 마시며 그와 서책과 학문을 논했다는 것이 자못 의외다. 64세의 신익희가 열다섯 살이나 아래인 최재서를 집으로 찾아가 그의 서재에서 함께 술을 마시며 대화를 나눈 것을 보면 두 사람은 각별한 사이인 것 같다. 신익희는 독립 운동에 헌신적이었던 반면, 최재서는 친일 운동에 앞장섰기 때문에 두 사람이 어떻게 서로 알게 되었는지 궁금하다. 시민 일백만 명이 운집하여 신익희의 장의 행렬을 지켜보았다는 것은 그만큼 그에 대한 국민의 기대가 컸다는 것을 뒷받침한다. 최재서도 그를 회상하며 '눈앞이 캄캄해짐'을 느꼈다고 말하는 것은 정치가로서 신익희를 높이 평가했나는 뜻이나.

최재서가 갑자기 신익희의 장례식 장면을 떠올리는 것은 셰익스피어의 『맥베스』 2막 2장의 노크 장면을 설명하면서다. "운동은 반동으로써 가장 잘 설명되고 측정되고 이해된다."라는 토머스 드퀸시의 말을 인용하면서 그는 이 원리를 설명하는 구체적인 실례로 자신의 일기에서 한 대목을 옮겨 온다. 그러면서 죽음은 공허를 의미하며, 이러한 공허는 생동의 관점에서 가장 잘 이해할 수 있다고 지적한다. 최재서는 "집안 어른의 작고(作故)를 당해 본 사람이면 지금 말하는 이치를 잘 이해할 것이다. 사망에서 매장까지 당고자(當故者)는 정신없이 얼떨떨해서 슬픈 줄도 모른다. 그러자〔그러나〕장사(葬事)를 치르고 집에 돌아와 고인이 거처하던 방, 고인이 주야로 어루만지던 가구 등을 볼 때에 우리는 진정으로 슬픔을 알게 되고……".(원: 227)라고 밝힌다. 최재서는 이 글을 쓰면서 1929년 5월 폐렴으로 갑작스럽게 사망한 아버지와 1959년 11월 80세로 사망한 어머니를 염두에 둔 듯하다.

최재서의 장례식에서 그의 매제 고병려가 약력 보고를 하고 경성제국대학 1년 후배인 조용만이 조사를 낭독했다. 평생 선배를 지켜보아 온 조용만은 경성제대 시절부터 수재로 명성을 떨친 최재서가 강사를 거쳐 인문사를 설립하기까지의 과정을 간략하게 밝힌다.

대학이 나보다 1년 위인 최형은 학생 때부터 수재로 이름을 날렸고 졸업하자 곧 모교 강사에 취임하더니 다시 법학전문학교 교수가 되어 화려한 길을 걷기 시작했다. 그러다가 무엇을 느꼈는지 교직을 내버리고 나와서 광화문 네거리 서남 모퉁이에 있는 광화문 빌딩에다가 '인문사'라는 간판을 내걸고 출판 사업을 하기 시작했다. 상아탑으로부터 가두의 저널리즘으로 나온 대담한 전향이었다.[105]

최재서가 법학전문학교 교수가 되었다는 것은 경성제국대학 강사직에서 쫓겨나다시피 한 뒤 경성법학전문학과 보성전문학교에서 강사를 지낸 것을 두고 하는 말이다. 조용만은 최재서가 교직을 박차고 나온 이유는 잘 모른다고 말한다. 조용만의 말대로 최재서가 도대체 왜 상아탑에서 '가두의 저널리즘'으로 내려왔는지 정확히 아는 사람은 아마 없을 것이다. 다만 영문학 연구에 자부심을 느끼던 최재서는 법학을 가르치는 전문대학에서 전공 과목도 아닌 일반 영어를 가르치는 것을 탐탁지 않게 생각했을 수도 있다. 더구나 일본 제국주의가 전쟁에 돌입하면서 식민주의의 고삐를 더욱 바짝 조이던 1930년대 중엽 이후 그는 학문의 상아탑 속에 머물러 있는 것이 일종의 도피 행위에 지나지 않는다고 생각했는지도 모른다.

최재서에게 출판 사업은 좀 더 민중 속으로 들어가 그들과 함께 호흡하려는 열망의 표현이었다. 그는 「소설과 산문」에서 최근 들어 산문 정신이 문단에서 크게 문제가 되는 데는 그럴 만한 까닭이 있

---

105) 조용만, 「희! 최재서 형」, 《동아일보》(1964. 11. 17).

다고 지적한다. 그러면서 그는 산문 정신에 대해 "예술적 자아가 고갈에 빠지려 할 때에 언제나 민중 속으로 뛰어 들어가서 거기서 새로운 활력을 찾아내려는 정신이다. 그것은 현실을 거부하지 않는 정신이요 민중을 숭배하는 정신이다. 현재에 있어 어느 모로 보나 위기에 서 있는 작가가 모든 지적 자긍을 버리고 민중 속에 용해한다는 것은 불가피한 일이나."(평: 387)라고 말한 적이 있다. 그렇다면 최재서의 행위는 시정신에서 산문 정신으로 이행한 것으로 보아도 크게 틀리지 않다.

조용만은 조사에서 동료들이나 지인들에게 비교적 잘 알려진 최재서의 별난 성격을 지적하기도 했다. 비록 성격에서 모난 데가 있어 다른 사람들한테서 오해를 받기도 했지만 실제로는 선량할뿐더러 정의감 넘치는 사람이었다고 밝혔다. 더구나 학구열에서는 그를 따라갈 사람이 없었다고 말하기도 한다.

모든 우수한 재질을 가진 사람이 그렇듯이 최형은 너무나 그 언행이 자신만만이어서, 때로는 뜻 아니한 남의 오해를 살 때가 있었다. 그러나 그의 본심은 몹시 선량인즉 몹시 선량하고 정의감이 굳센 사람이었다. 더욱이 거의 불면불휴(不眠不休)의 연구열(研究熱)은 참으로 놀라운 바가 있어서, 의사가 몇 번이고 휴양을 권고했음에도 불구하고 그는 자기의 몸에 대해서도 자신을 가졌었던지 그냥 독서와 집필을 계속하여 갔다. 오늘날 그가 이렇게 갑자기 별세한 것은 그런 무리를 거듭한 까닭이었는지도 모른다.
그의 과거의 업적도 찬란했지만 앞으로의 활동이 더 기대되어 있었는데 이제 모든 것이 허사가 되었으니 우리나라 영문학계와 평단을 위하여 매우 섭섭한 일이다. 삼가 최형의 명복을 빈다.[106]

최재서의 성격에 관한 이러한 평가는 직장 동료로서 친척으로 그를 가까이서 지켜본 고병려도 조용만과 크게 다르지 않다. 매형의 장례식 때 읽은 약력 보고에서 고병려는 "선생은 세상에 계시는 동안에 자신의 학문적 주장에 대하여 몹시 까다로우셨던 것과 마찬가지로 세상에서 그의 몸 둘 곳의 고려에 대하여서는 항상 진실하게 생각하며 번뇌하고, 또 이것이 문제가 될 때에는 떳떳이 싸워 나가시곤 하셨다."라고 지적했다. 그는 계속해 "이 일이 일면으로는 선생의 건강을 점점 해치는 원인이 되었던 동시에 일면에서는 사회의 오해를 많이 산 이유도 된 줄로 압니다."라고 밝혔다.[107] 그는 최재서의 친일을 비롯한 여러 행위를 에둘러 말하면서도 그가 건강을 잃고 이른 나이에 사망에 이르게 된 까닭을 정확히 지적했다.

일본 제국주의의 식민지 지배를 받던 암울한 시대에 최재서가 이렇게 문학 이론가와 비평가를 비롯하여 영문학자, 번역가, 잡지 발행인 및 편집인, 심지어 창작가로서 폭넓게 활약했다는 것이 여간 놀랍지 않다. 어떤 의미에서는 이렇게 프리드리히 횔덜린이 말하는 '궁핍한 시대', 최재서의 말을 빌리자면 '간난(艱難)한 시대'를 산 지식인이었기 때문에 오히려 더욱 자의식을 느끼며 왕성하게 활약할 수 있

---

106) 위의 글.
107) 최보경, 『나는 이렇게 살았습니다』, 198~199쪽.

었는지도 모른다. 좁게는 문학, 더 넓게는 문화란 풍요로운 여유가 낳는 산물이기도 하지만 마치 더러운 분비물에서 아름다운 진주를 만들어 내는 것처럼 고통과 역경과 시련의 산물이기도 하다. 아프리카 속담에 "빨리 가려면 혼자 가고 멀리 가려면 함께 가라."라는 말이 있다. 최재서는 평소 동행자 없이 혼자서 걷는 것을 몹시 좋아했다. 그래서인지 그는 다른 동료들에 앞서 많은 업적을 쌓았을 뿐 아니라 혼자 서둘러 가족들과 동료 곁을 훌쩍 떠나갔던 것이다.

2

최재서와 사토 기요시

　예로부터 유교 가치관을 받아들이는 동양 문화권에서는 '군사부일체(君師父一體)'라고 하여 임금과 스승과 아버지를 한 몸으로 동일하게 보았다. 이렇듯 스승에 대한 존중은 예를 중시하는 유교 사회의 소중한 덕목이요 중요한 가치였다. 훌륭한 스승을 모신다는 것은 삶의 길을 밝힐 수 있는 등불을 얻은 것과 같았고, 좋은 제자를 얻는다는 것은 뜻과 꿈을 물려줄 상속자를 얻는 것과 같았다. 더구나 젊은 시절에 만난 스승은 뒷날까지도 깊은 각인을 남기게 마련이다. 물론 사회 변화와 이해타산에 따른 인간관계 등으로 최근 들어 이러한 사제 사이의 거리가 점점 멀어지고 있지만 사제 관계는 여전히 돈독할 수밖에 없다.

　경성제국대학 법문학부에서 영문학을 전공한 최재서와 같은 학부 영어·영문학 주임 교수 사토 기요시도 그러한 만남 중 하나로 기록될 만하다. 사토를 두고 최재서가 "나를 오늘날 있게 한 은사 사토 기요시 선생님"이라고 일컫는 것을 보면 그가 얼마나 스승을 존경했는지 쉽게 미루어 볼 수 있다.[1] 최재서가 일본인 학자 사토를 처음 만난 것은 1926년, 그의 나이 열아홉 살 때로 경성제대 예과를 막 졸업하고 대학 본과에 입학한 직후였다. 1885년 일본 센다이(仙台)에서 태어나 도쿄제국대학에서 영문학을 전공한 사토 기요시는 두 번째 영국 유학을 마치고 막 귀국하여 식민지 조선에 문을 연 경성세국내학 법문학부 영어·영문학 전공 주임 교수로 부임했다. 이때 그의 나이 마흔한 살로 비록 식민지에 설립한 제국대학이라고는 하지만 최초의 주임 교수로서 한편으로는 두려움이 앞섰지만 다른 한편으로는 설렘과 기대에 잔뜩 부풀어 있었다.

사토 기요시 교수는 남달리 최재서를 아끼고 사랑했고, 최재서도 사토 교수의 가르침에 충실히 따랐다. 두 사람의 관계는 단순히 스승과 제자라는 학문적 차원을 뛰어넘어 개인적 차원에서도 중요했다. 비록 식민 지배 국가의 국민과 피식민지 국가의 주민이라는 점에서 신분은 달라도 최재서와 사토의 관계는 어쩌면 영문학에서는 에즈라 파운드와 T. S. 엘리엇, 한국 문학에서는 김억(金億)과 김소월(金素月)의 관계에 빗댈 수 있을지도 모른다.

---

1) 이 말은 최재서가 어빙 배빗의 『루소와 낭만주의』(1919)를 일본어로 번역해 출간하면서 쓴 머리말에 나온다. 최재서, 『ルーソーと浪漫主義 (上)』(東京: 改造文庫, 1939), 6쪽.

최재서는 「취미론」에서 취미와 이론의 괴리를 현대 비평의 가장
큰 불행으로 간주했다. 그는 취미라는 영어 taste가 본디 '접촉'을 뜻
하는 라틴어 동사 'tangere'에서 유래한다고 밝히면서 단순히 접촉하
는 동작뿐 아니라 그러한 동작에서 비롯하는 감각을 의미한다고 지
적했다. 최재서는 이 어휘가 구개의 접촉과 그 감각, 즉 미각을 의미
하다가 점차 의미가 분화하여 마침내 "미각에서도 특히 식별적 정신
작용이 중요시되어 오늘에 와선 예술 일반에 대한 음미 내지 식별 작
용 전체에 적용되게 되었다."(문: 224~225)라고 말한다. 최재서와 사토
기요시의 관계도 어떤 의미에서는 학문적 교감보다는 미각에서 출발
했다. 사토는 그의 시 「상추(チサ)」에서 이렇게 노래했다.

한 포기 상추,

잘 씻은 한 포기 상추,

기름을 조금 치고,

가는 소금을 뿌리고,

따뜻하게, 내 손수 지은 밥을 싸서 먹는다.

석양을 향해

떨어지는 아카시아를 향해,

혼자서 먹는 상추,

최재서가 가르쳐 주어

올해도 먹는 맛 좋은 상추,

그런데 이것도

(길고 긴 세월이 지난 뒤)

올해까지 오고 말았지만,

그 맛에는 털끝만큼의 푸념도 없다.[2]

사토 기요시는 결혼해 1남 2녀를 두었지만 무슨 까닭에서인지 가족을 일본에 남겨 둔 채 경성에서 혼자 살았다. 그는 광화문 근처 조선인 집에서 하숙하고 있었다. 위 작품에서 사토가 "따뜻하게, 내 손수 지은 밥을 싸서 먹는다."라든지 "혼자서 먹는 상추"라든지 하고 노래하는 까닭이다. 이렇게 새로 지은 따끈한 밥과 함께 먹는 상추쌈은 다름 아닌 그의 제자 최재서가 어느 해 여름 가르쳐 준 식사 방식이었다.

한편 사토 기요시의 시 「기슈의 사과(黃州のりんごあ)」에서 시적 화자는 "혀 위의 가련함과 두려움, 혀 위의 카타르시스"라는 구절로 시작해 "세계를 여행한 끝에, 이렇게 맛있는 것이 여기에 있을 줄이야!"라고 끝맺는다. 아마 사토는 최재서가 고향 해주에서 가져다준 사과를 먹으면서 시적 영감을 얻어 이 작품을 지었을 것이다. 예로부터 해

---

2) 佐藤淸, 「チサ」, 《국민문학》(1944. 8); 김윤식, 『최재서의 《국민문학》과 사토 기요시 교수』, 203쪽에서 재인용. 이 시와 관련하여 김윤식은 사토가 최재서에게서 배운 조선적 감각이 시 「상추」에 나타나는데, 이 작품에서 사상과 이데올로기는 후경으로 밀려나고 감각이 전경에 나타난다고 지적한다. 그는 이때부터 최재서의 경성제국대학의 영어·영문학 강좌라는 문화 자본은 파탄했다고 주장한다. 그러나 이 시를 쓸 무렵 사토가 일본 국군주의에 동조하면서 그의 '사상과 이데올로기'는 후경이 아니라 오히려 전경으로 이동한다. 더구나 사토가 이 작품을 쓴 것과 최재서의 친일 행보와는 이렇다 할 관련이 없다.

주 사과는 황주 사과와 더불어 품질이 우수하고 맛이 새콤달콤한 것으로 유명하다. 최재서의 아버지가 해주에서 과수원 '태일원'을 경영하고 있었다는 것은 앞 장에서 자세히 밝혔다. 최재서가 사토에게 상추 먹는 법을 가르쳐 주었듯이 그는 스승에게 고향 해주 사과를 선물로 주었을 것이다. 최재서는 사토 교수를 회고하는 글에서 "선생에게는 식도락의 일면이 있다."라고 밝혔다. 그러면서 사토는 조선호텔과 명월관밖에 모르는 일본인 대학 교수는 아니어서 미미구진(美味求眞)을 통하여 조선을 음미하려고 했다."(전: 182~183)라고 지적한다.

이렇게 최재서가 원초적 감각이라고 할 미각을 통해 사토 기요시를 조선 문화에 안내했다면, 사토는 일본과 영국에서 심혈을 기울여 갈고 닦은 학문과 문학을 통해 제자 최재서를 새로운 세계로 안내했다. 기요시가 경성제국대학에 재학 중인 조선인 학생 중에서도 유독 최재서에 주목한 것은 그의 문학에 대한 뜨거운 열정과 남다른 지적 호기심, 그리고 탁월한 지적 능력 때문이었다. 최재서의 그러한 재능은 일찍이 경성제2고등보통학교 시절부터 경성제국대학 예과를 거쳐 마침내 본과와 대학원에서도 찬란한 빛을 내뿜었다.

사토 기요시가 최재서를 수제자나 애제자로 아꼈다는 것은 경성제대 설립 당시부터 국어·국문학(일본어·일문학) 주임 교수로 재직한 다카기 이치노스케의 회고담에서도 엿볼 수 있다. 다카기는 경성제대 동료 교수를 회고하는 글에서 "최재서라는 학생이 있었는데 영문학 전공의 이 사내를 사토 기요시 군(그는 영문학 교수로 내가 체영(滯英) 중 같은 하숙에 있어 매우 신세를 졌거니와 경성에 와서도 교우회에서 큰소리치는 시인 기질의, 아니 사실 유명한 시인이었거니와)은 썩 귀여워했다. 졸업 후엔 강사가 되기도 하여 내게도 자주 놀러 왔다."[3]라고 밝힌다.

사토 기요시가 최재서를 '썩 귀여워했다'는 다카키 교수의 말은 개인적 친분 못지않게 학문적 관심과 배려를 뜻하는 말로 받아들여도 무방할 듯하다. 또 최재서가 사토 교수뿐 아니라 일본어·문학과 전공 교수인 다카키를 자주 찾아갔다는 것은 그만큼 그의 학문적 관심이 영문학에 그치지 않고 일본 문학에도 있었음을 뜻한다. 경성제국대학을 졸업한 뒤 최재서가 발표한 글을 읽다 보면 그의 관심이 영문학 한 분야가 아닌 세계 문학으로 넓게 뻗어 있었다는 데 새삼 놀라게 된다.

영문학의 숲과 바다

영문학에 대한 사토 기요시의 태도나 그의 문학관을 이해하는 데 더할 나위 없이 좋은 출발점은 그의 「영문학이라는 것」이라는 글이다. 이 글에서 그는 영문학은 무척 넓은 숲과 매우 깊은 바다와 같아 외국인 학자로서는 자칫 길을 잃기 쉽다고 경고한다. 사토는 자신 같은 일본인이 영문학을 통달하기 어려운 것은 언어와 문화가 서로 다르기 때문이라고 판단한다. 그러나 그는 다행스럽게도 미로 같은 숲과 드넓은 바다에서도 빠져나올 수 있는 길이 전혀 없지는 않다고 밝힌다.

---

3) 高木市之助, 『國文學 50年』(東京: 岩波新書, 1967), 140쪽. 이 책은 박상현과 김채현의 번역으로 『일본 국문학의 탄생: 다카기 이치노스케의 자서전』(서울: 이담북스, 2016)로 출간되었다.

"갈대꽃 숲에서 하늘을 엿본다."라는 속담이 있듯 우리들은 아무리 노력해도 영문학이라는 것은 너무 큰 숲이고 바다여서 좀처럼 빠져 나갈 수 없다. 또한 나라를 정복하기보다도 한 국어를 정복함이 한층 곤란하다고 말해진다. 한 국어를 정복할 수는 있으리라. 한 나라의 문학, 영문학과 같은 문학을 정복하려는 것은 도저히 불가능한 일이리라. 그러나 그토록 크고 넓은 숲이지만 전혀 밟을 수 없을 정도인가 하면 반드시 그렇지만은 않다. 거기에는 길이 열려 있다. 그렇게도 크고 깊고 넓고 큰 바다이지만 항로가 붙어 있는 것이다. 깊이도 측정되어 있다.[4]

사토 기요시가 영문학의 숲과 바다에서 길을 잃지 않고 빠져나올 수 있었던 비결은 영문학 전체에 관심을 기울이는 대신 어느 특정 분야에 초점을 맞추는 데 있었다. 한꺼번에 두 마리 토끼를 쫓는 대신 오직 한 마리 토끼를 쫓는 것이 현명하고, 우물을 파되 오직 한 우물을 파는 것이 현명하다는 논리다. 그는 요즈음 유행하는 말로 '선택과 집중'을 학문 연구의 방법으로 삼았다. 사토는 자신의 영문학이 다른 학자들의 영문학과는 달라서 "갈대 구멍보다 작은 구멍으로 엿본 영문학"이라고 잘라 말하면서 그다지 "신용할 만한 것"이 못 된다고 솔직하게 밝힌다. 또한 그는 자신의 영문학을 "두려운 영문학", "미움 받는 영문학"이라고 말하기도 한다. 이는 자신이 추구해 온 영문학을 겸손하게 낮추어 말하는 듯하지만 실제로는 그렇지만도 않

---

4) 사토 기요시, 「영문학이라는 것」; 김윤식, 앞의 책, 177쪽에서 재인용.

다. 오히려 그는 자신이 추구해 온 영문학 연구 방법을 은근히 두둔하면서 모든 것을 꿰뚫어 보는 듯한 영문학 연구 방법이야말로 위험천만하기 그지없다고 비판한다.

> 아마도 유럽 문학을 보는 자는 거기서 '動'과 '反動'의 조류를 놓치고는 나갈 수 없다. 그래서 영문학에 있어서도 '동'과 '반동'은 강하게 파동 치며 움직이고 있는 것이다. 우리들은 그 '반동'만을 취해서 이것이야말로 진짜 영문학이라 말하는 것은 오류며, 그 '동'을 취해 진짜 영문학이라 하는 것도 오류인 것이다. '동'은 '반동'과 합쳐 봐야 하며 '반동'은 '동'과 아울러 보아야 하는 것이다.[5]

여기에서 사토 기요시가 말하는 '동'과 '반동'이란 인류 문명사의 넓은 관점에서 보면 아널드 토인비가 말하는 '도전'과 '응전'으로 보아도 크게 틀리지 않다. 사토는 끊임없이 되풀이되는 '동'과 '반동' 중에서 어느 하나를 선택해 취할 따름이라고 말한다. '동'을 취하는 방식이 옳다면 '반동'을 취하는 방식도 옳다는 논리다. 어차피 이 두 가지를 모두 취하지 못할 바에야 차라리 그중 하나를 선택해 철저히 연구하는 쪽이 훨씬 더 바람직하다는 것이 그의 판단이다. 그렇다면 사토가 취한 방식은 과연 어떠한 것일까? 그는 '베어울프에서 버지니아 울프'에 이르는, 드넓은 숲과 깊은 바다 같은 영문학 분야 중에서도 존 밀턴에서 시작해 18세기 고전주의 문학을 거쳐 19세기에 이르는 근

---

5) 앞의 책, 178쪽.

대 영문학에 초점을 맞추었다. 사토는 그가 선호하는 영문학의 범위를 D. H. 로런스 같은 소설가와 스티븐 스펜더 같은 시인으로 좀 더 넓히기도 했다. 특히 영국 낭만주의야말로 그가 "갈대 구멍보다 작은 구멍으로 엿본 영문학"이다. 이렇듯 그는 평생 낭만주의 문학에 지칠 줄 모르는 관심을 보이면서 이 분야를 집중적으로 연구했다.

그러나 사토 기요시는 영문학의 특정 분야에 관심을 기울이면서도 다른 인접 분야에도 게을리하지 않았다. 그가 출간한 저서와 번역서를 보면 그의 관심이 무척 넓다는 데 새삼 놀라게 된다. 다음은 일본의 위키백과(フリ_百科事典) 『ウィキペディア(*Wikipedia*)』에 따른 그의 저서와 역서 목록이다.

저서

『西灘より』, 警醒社書店, 1914

『愛と音楽』, 六合雑誌社, 1919

『青海歌集』(編), 青海短歌會, 1922

『愛蘭文學研究(*A Study of Irish Literature*)』, 東京帝國大學英文學會 編, 研究社, 1922

『海乃詩集』(大正12年版), 上田書店, 1923

『詩集 雲に鳥』, 柴田書店, 1929

『英詩の精髓』, 研究社, 1930

『文學汎論』, 四條書房, 1931

『新文學評論』, 東北書院, 1933

『ワ_ヅワ_ス 研究社英米文學評伝叢書』, 研究社出版, 1934

『T·S エリオット詩・研究』, 研究社, 1937

『エフ·トムスン 研究社英米文學評伝叢書』, 研究社出版, 1937

『折蘆集』, 作品社(作品文庫), 1938

『碧靈集』, 人文社, 1942

『シェリー』(世界文學はんどぶっく), 世界評論社, 1949

『キーツ研究 特に詩作の心埋に関聯して』, 北星堂書店, 1953

『史詩聖德太子』, 創造發行所, 1953

『おもとみち 詩集』, 書肆ユリイカ 1960

『佐藤清遺稿詩集』, 詩聲社, 1961

『佐藤清全集』全3巻, 詩聲社, 1963〜1964

번역서

エヴエレット,『青年の倫理』, 内外出版協會, 1911

エドワ―ド·ジヤドソン,『東洋伝道の開拓者 ジヤドソン伝』, 教文館, 1913

ナタネ―ル·ホ―ソン,『緋文字』, 日本基督教興文協會, 1917

―――――,『緋文字』, 岩波文庫, 1929

―――――,『緋文字』, 改譯, 岩波文庫, 1929

―――――,『緋文字』, 改譯, 岩波文庫, 1940

―――――,『緋文字』, 改譯, 岩波文庫, 1955

エ·エ―チ·ストロング,『自然詩人 ウオ―ズワス』, 福音書店(宗教と文芸叢書),

　　1920

―――――,『万有神教詩人ゲ―テ』, 福音書店(宗教と文芸叢書), 1920

―――――,『叙事詩人 ホ―マ』, 福音書店(宗教と文芸叢書), 1920

_____, 『羅馬の詩人 ヴァ_ジル』, 福音書店(宗教と文芸叢書), 1920

_____, 『敬虔詩人 テニソン』, 福音書店(宗教と文芸叢書), 1920

_____, 『樂天詩人 ブラウニング』, 福音書店(宗教と文芸叢書), 1920

ウィリアム・モリス, 『藝術論』, 日進堂(近世文化叢書), 1922

_____, 『宗教改革の詩人 ミルトン』, 福音書館(宗教と文芸叢書), 1923

_____, 『ダンテと「神曲」』, 福音書館(宗教と文芸叢書), 1923

_____, 『シェ_クスピア及び彼の普遍性』, 福音書館(宗教と文芸叢書), 1923

_____, 『詩人としてのエマスン』, 福音書館(宗教と文芸叢書), 1923

『優しき少年 ホ_ソン短篇集』, 岩波文庫, 1934

『ワ_ヅワ_ス詩抄』, 新月社(英米名著叢書), 1948

ホ_ソン, 『トワイス・ト_ルドテ_詩ルズ』, 泰文堂, 1950

『キ_ツ書簡集』, 岩波文庫, 1952

『シェリ_詩集』, アポロン社, 1962[6]

　사토 기요시가 영문학의 특정 분야에 한정해 미시적으로 학문을 연구하려는 태도는 제자 최재서에게도 거의 그대로 전수되었다. 최재서는 「문학의 해도(海圖)를 그리며」라는 글에서 휴머니즘을 언급하면서 '체념의 미덕'과 '선택의 원리'를 말한다. 젊은 시절에는 다방면의 책을 읽는 것이 자연스럽고 필요하지만, 문학 연구자는 모든 시

_____

6) https://ja.wikipedia.org 〉wiki 〉佐藤淸(英文學者). 사토 기요시의 저서 목록 중 『愛蘭文學硏究』가 누락되어 있어 이 책의 저자(김욱동)가 추가했다.

대 모든 작가의 작품을 읽으려는 희망을 포기해야 한다고 지적한다. 그러면서 그는 "한 인간이 모든 작가를 연구한다는 것이 과연 가능한가?"(인: 84)라는 수사적 질문을 던진 뒤 20세기 현대 문학을 포기하고 고전주의 문학에 집중하겠다고 밝힌다. 최재서는 사토처럼 한 인간이, 그것도 동양의 외국 문학도가 외국 문학의 모든 작가를 연구한다는 것은 한계가 있을 수밖에 없을 뿐 아니라 어떤 점에서는 의미가 없다는 사실을 깨닫고 있었다.

이렇듯 최재서는 나이가 들면서 점차 모든 분야의 지식을 두루 갖추어야 한다는 것이 '지적 허영'에 지나지 않는다고 생각했다. 1959년 12월 최재서는 "내가 20세기 문학을 포기한 것은 그것이 불가능하다고 생각했기 때문이다. 내가 영국을 중심으로 구라파 나라들의 현대 문학을 추구한 것은 대학원 시절에 시작해서 해방 전까지 계속했으니까, 전후 20년 걸쳤다. 그렇지만 나는 오늘, 이 매력 있는 대상을 나의 연구 분야에서 제외했다."(인: 85)라고 밝힌다. 그러면서 최재서는 삶의 저울 한쪽 접시에는 자기의 나이와 건강을 올려놓고, 다른 쪽 접시에는 앞으로 해야 할 일을 올려놓고 균형을 맞추려고 했다고 말한다. 그가 20세기 현대 문학을 포기할 수밖에 없는 이유는 천칭의 균형을 맞추기 위해서였다. 최재서는 의욕적으로 방대한 영문학사 세 권을 집필하면서도 문학 연구를 해도를 작성하는 일에 빗대기도 한다.

아나톨 프랑스는 문학 연구를 "걸작의 밀림 속에 방황하는 일"이라 정의했지만, 현대 문학의 연구는 "지향 없는 바다에서 표랑하는 일" 이라 정의할 수 있을 것이다. 나는 현대 문학에서 피로와 동시에 허무감을 느끼고, 고전의 세계로 돌아왔다.

고전의 세계로 돌아와서 내가 먼저 결심한 일은 문학의 해도를 그려 보는 일이었다. 배를 안전하게 목적지까지 인도할 수 있는 해도를 그려 보는 일이었다. 나의 영문학사는 그런 의욕에서 시작되었다.(인: 85)

여기에서 아나톨 프랑스가 말하는 "걸작의 밀림"이나 "지향 없는 바다"는 사토 기요시가 말하는 "너무 큰 숲과 바다"와 크게 다르지 않다. 사토 기요시와 최재서는 영문학의 밀림이나 대양에서 길을 잃고 헤매기보다는 차라리 비교적 안전하게 빠져나올 수 있는 곳에서 작업하는 것이 현명하고 생각했다. 무모하게 도전했다가는 허무감과 절망감만을 느낀 채 낙담하고 좌절할 것이 뻔하기 때문이다. 이처럼 최재서는 여러모로 스승 사토 기요시와 닮아 있음을 알 수 있다.

식민지 조선과 아일랜드

사토 기요시는 자유주의를 핵심 이념으로 삼는 낭만주의 문학이야말로 "영문학의 정신이며 정수"로 간주했다. 그래서 그는 이 시기 문학을 베이스캠프로 삼고 그 이전과 이후의 영문학으로 관심 분야를 조금씩 확대해 나가면서 영문학의 정상에 올라가려고 노력했다. 사토의 비유를 빌려 표현한다면 그는 전체 숲보다는 개별적 나무에 무게를 두었다. 또 물리학의 용어를 빌려 표현하자면 그는 낭만주의 시대를 중심으로 삼아 관심 분야를 점차 원심적으로 확대해 나갔다고 볼 수 있다. 특히 일본인 영문학자로서 사토는 이 시기의 영문학에서 일본 문학에서는 좀처럼 찾아볼 수 없는 소중한 요소를 발견했다. 그것은 다름 아닌 낭만주의 문학의 핵심적인 개념이라 할 상상력이었다. 화석처럼 굳어진 일본 문학에 새로운 활력을 불어넣을 수 있는 것은 다름 아닌 상상력이라고 생각했다. 그래서 그는 입맛에 맞는 음식만 섭취하면 영양 불균형에 빠지듯이 일본 문학도 종래의 전통에만 안주하지 말고 "칼슘 같은 이 무서운 영문학"을 받아들여야 한다고 주장했다.

사토 기요시가 첫 번째 영국에 유학할 때는 1차 세계대전이 막바지에 접어들 무렵이었다. 그는 주로 런던에 머물면서 「체영 통신(滯英通信)」을 비롯해 영국 생활을 소재로 삼아 쓴 일련의 글을 도쿄 기독청년회(YMCA)에서 발행하던 종합 잡지 《리쿠고잣시(六合雜誌)》에 기고했다. 그중에서도 「전시 중의 애란의 반란과 애란 시인의 무리」라는 글은 주목해 볼 만하다. 사토는 일본 학자 중에서도 대영제국의 아일랜드 식민지 통치를 가장 이른 시기에 주목한 영문학자 중 한 사람이었다. 심지어 그는 '대영 제국'이라는 명칭 그 자체로 이미 아일랜드의 존재를 부정하는 것이라는 신페인당의 이론가 아서 그리피스의 말을 인용할 정도로 아일랜드에 깊은 관심을 기울였다. 일본의 정책 담당자들에게 사토의 이 발언은 자칫 일본 제국주의에 대한 비판으로 읽힐 수도 있었다.

아니나 다를까 사토의 「전시 중의 애란의 반란과 애란 시인의 무리」는 당국의 검열에 걸려서 이 글을 게재한 잡지가 일시 발행 정지

경성제대 법문학부 외국 문학(영문학) 주임 교수 사토 기요시.
최재서는 그의 수제자이자 애제자였다.

처분을 받았다. 그런데 이 글은 그의 문학관과 그 변모 과정을 이해하는 데 중요한 단서가 된다. 전시 중에 일어난 애란의 반란이란 1916년 4월 부활절에 아일랜드 전역에서 일어난 민중 봉기를 말한다. 아일랜드에서는 그동안 크고 작은 봉기가 있었지만 아일랜드 공화주의 형제단, 아일랜드 시민군, 아일랜드 의용군이 주축이 되어 일으킨 부활절 봉기야말로 영국으로부터 독립을 쟁취하기 위한 가장 큰 무력 독립운동이었다. 이 사건은 아일랜드 독립운동사에서 1798년의 '청년아일랜드협회'의 항쟁 이후 가장 중요한 항쟁으로 평가받는다. 반란군들은 기습 작전을 전개하여 더블린의 주요 거점을 점령하고 영국에서 독립하여 '아일랜드 공화국'의 임시 정부를 선포했다. 이 사건으로

英文學研究　別冊第一

愛蘭文學研究

佐藤　清著

A STUDY OF IRISH LITERATURE
BY KIYOSHI SATO

東京帝國大學英文學會編

東京・研究社

사토 기요시의 저서 『애란 문학 연구』의 표지.
아일랜드 문학과 영국 낭만주의는 최재서에게 영향을 끼쳤다.

인해 시위 주동자 13명이 영국 정부에 의해 처형되었으며 이후 무장 투쟁 전통의 공화주의를 아일랜드 정치의 전면에 부각시키는 데 결정적인 역할을 했다.

　사토 기요시가 이 글에서 '애란 시인의 무리'라고 언급하는 것은 부활절 반란 때 아일랜드 시인들이 칼과 총 대신 펜과 붓으로 영국 제국주의자들에 맞섰기 때문이다. 그러한 문인 중에서도 윌리엄 버틀러 예이츠는 「1916년의 부활절」이라는 작품에서 이 무력 투쟁이 '무시무시한 아름다움'을 탄생시켰다고 노래한다. 예이츠는 이 작품의 마지막 부분에서 "너무도 오랜 희생은 가슴속에 돌을 박는다."라고 노래하기도 한다. 사토 기요시는 「전시 중의 애란의 반란과 애란 시인의 무리」에서 오랫동안 영국 제국주의의 통치와 지배를 받아 온 아일랜드의 비애에 주목했다.

그러나 예이츠의 관심은 아일랜드에 그치지 않고 식민지 조선 같은 동아시아의 약소국가로 이어졌다. 일본 정부가 이 글을 검열해 잡지 발행을 일시 정지시킨 것은 바로 그 때문이었다. 사토는 경성제국대학에 부임하기 3년 전 이미 『애란 문학 연구』라는 저서를 출간했다. 이 책의 서문에서 그는 "애란 문학에 커다란 관심을 가지기 시작한 것은, 4~5년 Yeats를 조금 연구할 생각으로, 그의 시를 정리하고 읽기 시작했을 때부터다. 그사이에 나는 나에게 완전히 미지의 세계인 켈트 민족의 고뇌와 동경을 알게 되었다."[7]라고 고백한다. 그런데 여기에서 '켈트 민족'은 식민지 조선의 민족으로 읽어도 크게 무리가 되지 않는다.

두 번째 영국 유학 중 사토 기요시는 1925년 창설된 '아일랜드 자유국'을 방문했다. 그러나 이때 그가 느낀 감정은 몇 해 전보다 훨

---

7) 佐藤淸, 「序」, 『愛蘭文學硏究』(東京: 硏究社, 1923); 윤수안, 『'제국 일본'과 영어·영문학』, 182쪽에서 재인용. 이하윤은 경성제1고등보통학교 재학 시절 당시 혼마치(本町)로 부르던 진고개(泥峴) 서점에서 사토 기요시의 『애란문예부흥』을 구입한 경험을 회고한다. 그는 "진고개 원정에서 구리야가와 하쿠손(厨川白村)의 『英詩選釋』, 『近代戀愛觀』 그리고 사토 기요시의 『愛蘭文藝復興』 등을 노획한 것은 지금 생각해 보아도 당시의 환경과 연령에 비하여 현명한 결과를 재래(齎來)한 셈이 된다."라고 밝힌다. 이하윤, 「문단과 교단에서」, 서울대학교 사범대학 국어과·동창회 편, 『이하윤 선집 2: 평론·수필』(서울: 한샘, 1982), 154쪽. 이하윤은 여기에서 『愛蘭文學硏究』를 『愛蘭文藝復興』로 잘못 기억하고 있다.

아일랜드 시인 윌리엄 버틀러 예이츠.
사토 기요시와 최재서는 영국 제국주의의 지배를 받은 아일랜드
문학에 주목했다.

씬 더 강렬했다. 사토는 "이 켈트 민족이 과연 어느 날 평화로운 생활
을 하게 될까. 아니, 세계 민족이 언젠가 자유, 평화, 평등의 생활을 영
위할 것인가를 생각하며 민족, 나아가 인류 전체의 운명의 위기를 깊
이 생각하지 않을 수 없었다."[8]라고 밝힌다. 이렇듯 사토는 일본 제국

---

8) 佐藤淸, 「アイルランド紀行」, 佐藤淸, 『佐藤淸全集 3』; 윤수안, 앞의 책, 187쪽에서 재
인용. 윤수안에 따르면 사토는 이 기행문을 집필 당시에는 발표하지 않았다가 가나
표기법만 수정하여 전집에 처음 수록했다.

의 신민이면서도 당시 제국주의의 지배를 받았거나 지금도 여전히 지배를 받고 있는 약소국가의 '고뇌와 동경'을 누구보다도 이해하고 동정했다.

그렇다면 사토 기요시는 왜 아일랜드와 예이츠에 그토록 깊은 관심을 기울였을까? 영문학자라면 아일랜드보다는 오히려 식민지 종주국 영국에 더 관심을 기울여야 하지 않을까? 이 물음에 대한 답은 재일 한국인 학자 윤수안의 지적대로 사토가 『애란 문학 연구』의 참고 문헌에 올린 어니스트 A. 보이드의 『아일랜드 문예부흥』(1916)에서 찾아야 한다. 이 책에서 보이드는 "많은 사람들에게 예이츠는 아일랜드 문예부흥과 동의어며, 예이츠는 아일랜드 문예부흥의 시작이며 끝이라고 믿어지고 있다."[9]라고 지적한다. 이렇듯 아일랜드 문예부흥과 영국 제국주의에 대한 반항 운동과는 떼려야 뗄 수 없을 만큼 서로 깊이 연관되어 있다. 그 범위를 좀 더 넓혀 보면 아일랜드 문예부흥은 찰스 스튜어트 파넬이나 존 레드먼드가 주창한 아일랜드 자치안과 아서 그리피스가 창립한 신페인당의 독립운동과도 깊이 연관되어 있었다.

이렇듯 사토 기요시가 오랫동안 영국의 지배를 받아 온 아일랜드와 그 문학에 깊은 관심을 기울였다는 사실에서 그의 정치의식을 엿볼 수 있다. 그는 아일랜드의 정치적·경제적 현실과 식민지 조선의 현실을 동일시하거나 비슷한 상황으로 인식했다. 일본 제국주의의 대

---

9) 윤수안은 이 책의 저자 'Ernest A. Boyd'에서 'Boyd'를 'Body'로 잘못 표기한다. 윤수안의 실수가 아니라 이 출판사 편집자의 실수일지도 모른다.

류 침략과 태평양 전쟁을 준비하면서 전시 시국으로 치닫던 1930년대 말엽 이전까지만 해도 사토는 일본 식민주의를 회의적이고 비판적 시각으로 바라보았다. 적어도 심정적으로나 관념적으로 그는 정복자 일본의 편에 서기보다는 오히려 피정복자 식민지 조선의 편에 서려고 애썼다. 물론 1930년대 말엽부터 사토는 지금까지의 태도를 바꾸어 1939년 조선문인협회(朝鮮文人協會) 회원, 1942년 일본문학보국회(日本文學保國會) 회원, 1943년 조선문인보국회(朝鮮文人保國會) 회원과 이사로 활약했을 뿐 아니라, 조선 총독부의 기관지와 다름없는《국민문학》에도 깊숙이 관여하는 등 일제의 내선일체와 황국 신민화 정책을 적극 옹호하고 나섰다.

일본 정부의 일방적 강요에 따른 것이든, 아니면 민족주의 감정에 따라 자발적으로 참여한 행위든 1930년대에 말부터 사토 기요시가 보인 일련의 행위는 1920년대에 그가 보여 준 행위와는 사뭇 다르다. 사토는 조선에 관한 시집 『벽령집(碧靈集)』(1943)에서도 여전히 국수주의적인 면모를 드러낸다. 사노 마사토(佐野正人)는 사토가 이 시집에서 조선의 풍토에 대한 애착과 애정을 보였으며, 조선을 자신의 '고향'으로 인식하기에 이르렀다고 지적한다. 그러나 사토가 조선의 자연과 풍물에 적잖이 관심을 기울인 것은 맞지만 실질적으로 억압받던 조선인의 편에 서서 고통에 동참하거나 그것을 대변하는 데까지는 이르지 못했다.[10] 이상과 현실의 괴리에서 사토 기요시가 느끼

---

10) 佐野正人,「佐藤淸·植民地的な主體として植民地·京城帝大·英文學」,『'飜譯'の圈域文化·植民地·アイデンテイテイ』(筑波大學文化批評硏究會, 2004); 윤수안, 앞의 책, 160~161쪽 참고. 1943년 2월《국민문학》에서 마련한 좌담회에서 사토 기요시는 『벽

는 좌절과 고민은 1926년 경성에 처음 도착했을 때 경성에서 활약하던 동료 시인들이 마련한 모임에서 그가 언급한 말에서도 엿볼 수 있다.

조선에 와서의 감상을 말씀드린다면 왠지 물건이 둘로 보입니다. 초점이 맞지 않는다. 내지에 있으면 하나로 보이는 것이 두 개로 보인다. 그것을 하나로 보려고 하는 것은 매우 힘에 겹다. 내지에 있는 것보다 어렵습니다. 그러나 그것을 관철한다면 고통의 예술이 태어나는 것이라고 생각한다. (……) 내지에 있는 사람은 고통이 부족하다. 조선에 있는 사람은 주위가 괴로워하지 않을 수 없는 상황에 놓여 있다. 그것을 괴로워하면서 꿰뚫어 나가는 것이 자신들의 행복이 아닐까 생각합니다.[11]

사토 기요시는 식민지 종주국 일본에서 바라보던 식민지 조선과 막상 식민지에 도착한 후 현지에서 보는 조선의 모습이 서로 다르게 느껴지는 것을 물체가 겹쳐 보이거나 두 개로 보이는 복시(複視) 현상에 빗대어 말했다. 두말할 나위 없이 하나는 지배자와 정복자의 시선이고, 다른 하나는 피지배자와 피정복자의 시선이다. 이러한 복시 현

령집』을 읽은 조선인 독자를 언급하며 "그 사람이 말하기를, 조선의 자연은 노래하고 있으나 조선 사람에 대해서는 한마디도 말하고 있지 않다는 거예요."라고 말한다. 윤수안, 앞의 책, 196쪽에서 재인용.
11) 佐藤淸, 「記念會記」, 《亞細亞詩脈》 창간호(1926. 11); 『佐藤淸全集 3』, 98쪽; 윤수안, 앞의 책, 190~191쪽에서 재인용.

상은 경어체를 사용하다가 갑자기 평서체를 사용하는 등 그가 구사하는 어법에서도 엿볼 수 있다. 아일랜드 문예부흥을 염두에 둔 듯 사토는 억압받는 식민지 조선인들이 시련을 극복하고 이겨 내면 '고통의 예술'을 탄생시킬 것이라고 밝힌다. 그러나 그것은 한낱 좀처럼 이룰 수 없는 소망을 언급한 것이거나, 어떤 의미에서는 식민지 종주국 신민으로서 느끼는 죄책감에 면쇠부를 주기 위한 언급인 듯 들리기도 한다.

위 인용문과 관련해 윤수안은 사토의 「경성의 비」와 「무제」라는 두 작품을 언급한다. 앞의 작품은 사토가 경성에 도착한 직후에 지은 것이고, 뒤의 작품은 2~3년이 지난 뒤에 지은 것이다. 그러나 두 작품 모두에서 제국 일본의 지식인으로서 사토가 느끼던 울분과 절망이 짙게 배어 있다.

미루나무 가지 끝이 휘어, 휘어져 땅을 쓰는 듯한 비다.

비스듬히 기운 지붕 지붕의 물보라에 날개 젖은 까마귀가 날아가 버리는 비다.

이미 북한산의 들쑥날쑥도 물보라에 숨겨지고,

총독부의 흰 벽 따위 어디에서도 보이지 않고,

비는 한인의 저주보다 심하고, 하염없이, 오고 있었다.

뱀처럼 목을 처드는 정복자의 검은 의식에,

얼굴을 외면하고 유리창 너머로 미쳐 날리는 비를 응시했다.

　　　　(……)

뇌신경을 깨부수는 듯한 공포 앞에,

고개를 숙여서 생각에 잠겨도, 몇 명에게 잘못을 빌어야 좋을까.

비야, 언제까지 내리려 하는가? 나는 울고 싶어졌다.[12]

이 작품에서 사토가 경성에 "한인의 저주보다" 더 사납게 내리는 비에서 일본 제국주의 광기("미쳐 날리는")를 읽어 내는 것은 그다지 어렵지 않다. 건물 지붕 위의 물보라에 날개가 젖은 채 어디론가 날아가 버리는 까마귀는 식민지 조선의 비참한 모습이다. "뱀처럼 목을 쳐드는 정복자의 검은 의식에" 시적 화자 '나'는 얼굴을 애써 외면한 채 유리창 너머로 비를 응시하면서 울고 싶을 뿐이다. 복시 현상을 겪는 사토처럼, 이 작품의 시적 화자도 사나운 비에 가려 식민지 통치자(총독부)와 피지배자(북한산)를 제대로 구별해 내지 못한 채 궁극적으로 하나가 된다. 한편 「경성의 비」에서 시적 화자는 울고 싶지만, 「무제」에서는 이보다 한 발 더 나아가 식민지 조선에서 아예 도망치고 싶은 유혹에 사로잡힌다.

아아, 이 지옥의 소리에서 떨어져,

멀고 먼 여행을 떠나고 싶다.

조용한 생각과 사랑의 속삭임으로서,

다다를 곳 없는 먼 여행을 떠나고 싶다.

이 차가운 사슬을 찢어,

---

12) 佐藤淸, 「京城の雨」, 《森林》(1927. 1); 『佐藤淸全集 2: 詩』, 212~213쪽; 윤수안, 앞의 책, 191~192쪽에서 재인용.

이 무거운 사슬을 찢어,

사랑하는 사람아, 아아 그냥 두 사람,

다다를 곳 없는 먼 여행을 떠나고 싶다.[13]

이 작품에서는 "한인의 저주"가 마침내 "지옥의 소리"로 바뀐다. 위에 인용하지는 않았지만 마지막 두 행에 이르러 시적 화자는 "아아, 망한 나라의 수도에 살고 있는 한,/ 이 이상한 고민을 어떻게 하지."라고 절망감을 토로한다. "사랑하는 사람아, 아아 그냥 두 사람"에서 두 사람이란 과연 누구를 가리키는 것일까? 현실적 자아인 '나'와 그가 추구하는 이상적 자아를 가리키는 것으로 보아 크게 틀리지 않을 것 같다.

사토 기요시의 제국주의 비판은 시에 그치지 않고 산문 작품에서도 엿볼 수 있다. 가령 그는 「고뇌와 표현」이라는 글에서도 일본 제국주의를 날카롭게 비판한다. 다만 그는 문학적 상상력의 산물인 시와는 달리 산문에서는 어조를 조금 누그릴 수밖에 없었다. 사토는 일본의 제국주의나 식민지 정책을 비판하되 복화술자처럼 우회적이고 완곡하게 표현했다.

근대 예술가가 일개의 인간으로서 경험하고 상상하는 인간 고뇌의 모습은 더없이 복잡하다. 종교, 교육, 정치, 신문, 과학, 철학 등의 평

---

13) 佐藤淸, 「無題」, 《愛誦》(1929. 6); 『佐藤淸全集 2: 詩』, 214쪽; 윤수안, 앞의 책, 193쪽에서 재인용. 윤수안이 생략한 두 행은 "북한산의 기분 나쁜 모습은 비에 가려져./ 총독부 벽 따위란, 어느새 뵈지 않고."다. 그가 왜 이 두 행을 생략했는지 알 수 없다.

화로운 삶에서 전쟁, 국제 관계, 탐험 등의 광대한 범위에 이르기까지 인간 생활의 영상(양상)은 광대하고 복잡하다. 그리고 이 문화인으로서의 인간 생활을 기초로 하는 동물적 본능 생활은 대낮에는 완전히 은폐되고 있지만, 예술가는 (……) 이 은폐의 비밀도 찾지 않으면 안 된다. 심지어 더욱이 그는 이것을 표현하기 위해서 예술가로서의 고뇌를 맛보지 않으면 안 된다. (……) 위대한 오늘날의 예술가는 예술가의 고뇌를 해방함으로써, 위대한 가치를 수립하지 않으면 안 된다.[14]

그는 인간 생활의 모습이 너무 광대하고 복잡해 표층적으로 드러난 것만 가지고서는 파악할 수 없다고 말한다. 사토가 여기에서 말하는 "동물적 본능 생활"이란 과연 무엇일까? 일제의 식민주의를 에둘러 언급하는 것으로 해석할 수 있다. 그만큼 이 문제는 매우 민감해서 영문학자이자 시인인 사토조차 드러내 놓고 말하기 어려웠을 것이다.

이 무렵 찰스 다윈의 진화론을 사회 현상에 적용한 허버트 스펜서의 사회진화론은 사회와 사회, 민족과 민족, 문화와 문화, 국가와 국가 사이의 우열을 주장하거나 서구 열강의 제국주의적 침략을 정당화하는 데 이용되기 일쑤였다. 물론 스펜서 자신은 서구 제국주의적 열강이 약소국가를 침략해 식민지로 삼는 것에는 반대했다. 사토

---

14) 佐藤淸, 「苦惱と表現」, 《文學評論》 6권 6호 (1931); 『佐藤淸全集 3』, 25쪽; 윤수안, 앞의 책, 180~181쪽에서 재인용.

도 위대한 예술가라면 열강이 아무리 그럴듯한 구실로 식민지 지배를 정당화하더라도 그것을 날카롭게 비판해야 한다고 생각했다. 식민지 지배나 통치는 문명인이라면 할 수 없는 "동물적 본능"에 따른 행동이기 때문이다. 사토가 "예술가의 고뇌"를 느끼는 것은 그렇게 드러내 놓고 식민주의나 제국주의를 비판할 수 없기 때문이다.

비록 관념적으로나마 아일랜드의 비극을 바라보는 사토 기요시의 태도를 누구보다 먼저 알아차린 식민지 조선의 학생이 최재서였다. 최재서가 1927년 경성제국대학 예과에서 발행하던 잡지 《청량》에 처음 발표한 글이 다름 아닌 윌리엄 버틀러 예이츠에 관한 것이었다. 1939년 2월 그는 《동아일보》에도 세 차례에 걸쳐 예이츠의 삶과 예술에 관한 글을 발표했다. 이해에 예이츠가 사망했기 때문에 이 신문사에서는 아일랜드 문인으로서 처음 노벨 문학상을 받고 아일랜드 문예 부흥 운동에 불을 지핀 예이츠를 기념하기 위해 특집을 마련하면서 최재서에게 원고를 부탁했다. 이 무렵 식민지 조선에서는 아일랜드와 예이츠 같은 문인에 무척 관심이 많았다. 식민지 조선과 아일랜드는 역사적으로나 민족 정서로나 서로 닮은 점이 많았기 때문이다.

그러나 식민지 통치자들의 생각과는 달리 경성제국대학에 재학 중인 조선인 유학생을 포함한 식민지 지식인들은 조선과 아일랜드와 관계를 전혀 다른 관점에서 바라보았다. 즉 그들은 조선이 오랫동안 영국의 지배를 받아 온 아일랜드와 비슷하다는 점, 1916년 부활절 봉기에서 볼 수 있듯이 식민지 조선도 일본 제국주의의 굴레에서 벗어나 자주독립을 성취할 수 있다는 점, 그리고 칼과 총의 힘으로 그렇게 할 수 없으니 펜과 붓의 힘으로 할 수 있다는 가능성을 발견했다. 최재서가 사토 교수한테서 영감을 얻어 아일랜드 문학과 문예 부흥, 특히 예이츠에 깊은 관심을 보인 것은 바로 그 때문이다. 그러나 1930년대 말엽 일본 제국주의에 적극 협력하면서 아일랜드 문학에 대한 최재서의 태도도 전과는 사뭇 달라졌다. 「조선 문학의 현 단계」에서 그는 조선 문학은 일본 문학에 속한 하부 문학으로서 이제 두 문학의 관계는 아일랜드 문학과 영국 문학의 관계가 아니라 오히려 스코틀랜드 문학과 영국 문학의 관계로 보아야 한다고 주장하기에 이르렀다.

최재서의 경성제국대학 일 년 선배인 이효석도 예이츠를 비롯한 아일랜드의 문학에 깊은 관심을 기울였다. 경성제1고등보통학교 시절부터 문학에 관심을 보인 이효석은 20대 전후하여 최재서 못지않게 예이츠한테서 문학적 영감을 받았다.

나는 20 전후에는 무풍대를 가는 배로소이다. 조출한 범선 아름다운 꿈 가득히 싣고 고요하고 안온한 바다를 무심히 저어 가는 흥금이 거뿐하고 동안(童顔)은 혈색 좋게 상기되었소이다. 예이츠에 심취하여 그의 탐구자의 인물에다 내 자신을 비기기를 즐겨하였소이다. (……) 그러나 예이츠의 인물과 같이 그것을 기어코 찾아내고야 말겠소이다. 파도 심하고 배 부서지고 옷이 찢겨졌다 할지라도. 이제 무풍대 시대를 생각하며 흔들리는 나침반을 조심스럽게 응시하고 있소이다.[15]

---

15) 이효석, 「무풍대 — 오오 이팔청춘 — 문인의 20시대 회상」, 『이효석 전집 6』(서울: 창미사, 1983), 269쪽.

20대 전후의 청년 이효석한테서는 예이츠 작품의 탐구자처럼 꿈과 낭만을 찾아 떠나는 모험가의 모습이 떠오른다. 그러나 이러한 꿈과 낭만에 가려 자칫 그가 무풍대를 항해하는 모험자일 뿐이라고 생각하는 것은 잘못이다. 그는 낭만적인 모험가라기보다 오히려 일본 제국주의의 폭풍우를 헤쳐 나가겠다는 결의에 찬 식민지 청년 지식인이있다. 이렇게 세국주의의 폭풍우를 헤져 나가기 위한 방책으로 이효석은 예이츠를 떠나 좀 더 민중에 맞닿아 있는 아일랜드의 희곡 작품에 깊은 관심을 기울이기 시작했다. 그러므로 졸업 논문의 주제로 그가 아일랜드의 대표적인 극작가 존 밀링턴 싱을 택한 것은 우연한 일이 아니다. 아일랜드 연극 운동을 19세기 영국 극작계의 "가장 위대하고 의미심장한 업적"으로 평가하는 이효석은 앞으로 예이츠보다는 싱이 세계적으로 인정받을 작가로 내다보았다.

> 1885년 5월 예이츠의 충고와 격려로 싱그가〔싱이〕파리를 떠나 "그들의 한 사람과 같이 그곳에 살고 아직 표현되지 못한 그들의 생활을 표현하기 위하여" 아란도(島)로 건너갔을 때에 비로소 이 천재는 그의 바른 도정의 첫걸음을 떼놓은 것이었다. 아란도 케리 위크로 콘네마라 등 개척되지 않은 이 원야(原野)에서 소박한 농민과 밀접히 접촉함으로써 시인은 그의 예술의 풍부한 영감을 발견하였던 것이다.[16]

---

16) 이효석, 「존 밀링턴 싱그의 극 연구」, 《대중공론》(1930. 3);『이효석 전집 6』, 203~204쪽. 이효석은 '싱(Synge)'의 이름을 일본식 표기에 따라 '싱그'로 표기했다. 이렇게 표기한 것은 김기림도 마찬가지였다.

이효석의 말대로 독일을 거쳐 프랑스 파리에 머물던 싱은 예이 츠를 만났고, 선배 시인은 그에게 유럽 대륙에서 학업을 계속하는 대 신 아란섬으로 가서 그곳 사람들의 삶에서 문학의 소재를 찾아 작품 을 창작함으로써 아일랜드 문예 부흥을 일으키는 데 온 힘을 쏟도록 격려했다. 그래서 싱은 곧바로 파리를 떠나 아란섬에서 지내며 섬사 람들 생활을 관찰하고 그들의 말을 배우며 그들로부터 받은 인상을 『아란섬』(1907)에 기록하는 한편, 섬사람들의 이야기를 바탕으로 단막 극「골짜기의 그림자에서」(1903), 「바다로 간 기사들」(1904), 첫 번째 3 막극『성자들의 샘』(1905)을 발표했다. 싱의 작품 중 가장 널리 알려진 대표작『서쪽 나라에서 온 멋쟁이』(1907)도 아일랜드 서부 해안을 여 행하면서 얻은 경험이 그 바탕이 되었다.

그러고 보니 몇몇 일본 지식인이 왜 경성제국대학을 의혹의 눈 길로 바라보았는지 알 만하다. 유진오는 어느 날 조선 총독부의 기 관지《경성일보》사장 미타라이 다쓰오(御手洗辰雄)를 만났을 때 그가 하는 말을 듣고 적잖이 놀랐다. 이 일본인은 유진오에게 "경성대학에 다 법문학부를 둔 것은 사이토(齋藤) 문화 정치의 실패다. 경성대학 법 문학부는 사이토 문화 정치가 낳은 기형아요 사생아다."라고 말했다. 이 일본인 신문사 사장에 따르면 조선인 학생들에게 의학·이학·공 학 같은 자연과학이나 교육을 가르치는 것은 식민 통치에 유리하지 만 법학·문학·철학 같은 이론 중심의 학과를 도입한 것은 경성제국 대학의 큰 패착이었다는 것이다.[17] 최재서와 이효석이 영국 식민지

17) 유진오, 『미래로 향한 창』(서울: 일조각, 1978), 299쪽. 유진오가 언급하는 '미다

아일랜드의 문학에 큰 관심을 두었던 사실을 생각해 볼 때 미타라이 다쓰오의 지적은 어느 정도 수긍이 간다. 미타라이는 뒷날 조선인의 내선일체와 황국 신민화 정책에 앞장선 인물이다.

최재서나 이효석에 조금 앞서 아일랜드 문예 부흥과 예이츠에 관심을 기울인 조선인 지식인은 와세다대학에서 영문학을 전공하던 눈솔 정인섭이있다. 내학 시절 조선과 아일랜드의 운녕이 아주 비슷하다고 판단한 정인섭은 아일랜드 문예 부흥에 버금가는 '조선의 문예부흥'을 염두에 두고 예이츠를 비롯한 아일랜드 문인에 깊은 관심을 기울였다. 정인섭의 관심은 최재서나 이효석보다 좀 더 실천적이었다.

> 방학이 되면 고향으로 돌아와 전설, 민화 등을 수집하는 게 나의 취미였다. 그것은 켈트 민족 특유의 신화·전설을 주제로 삼아 에이레의 문예 부흥에 크게 공헌한 예이츠의 영향을 받았기 때문이었다. 나도 예이츠처럼 우리나라의 신화나 전설 민화 등을 문학으로 승화시켜 우리의 문예 부흥을 꿈꾸고 있었던 것이었다.[18]

라지'는 '미타라이 다쓰오'를 잘못 기억한 이름 같다.

18) 정인섭, 「외길 한평생」, 『이렇게 살다가』(서울: 가리온출판사, 1982), 144쪽. 그는 「조선민속학회」, 『버릴 수 없는 꽃다발』(서울: 이화문화사, 1968), 250쪽에서도 이와 비슷한 내용으로 말한다. 일본에서 예이츠 연구는 와세다대학을 중심으로 히나쓰 고노스케(日夏耿之助)가 깊은 관심을 기울였고, 정인섭은 히나쓰 교수에게서 영향을 받았다. 김욱동, 『눈솔 정인섭 평전』(서울: 이숲, 2020), 132, 213~214쪽; 김욱동, 『외국문학연구회와 《해외문학》』(서울: 소명출판, 2020), 516쪽; Wook-Dong Kim, *Global Perspectives on Korean Literature*(London: Palgrave Macmillan, 2019), pp. 255~260; Wook-Dong Kim, "William Butler Yeats's Encounters with Korea", *ANQ* 35: 3(2022), DOI: 10.1080/0895769X.2022.2105291 참고.

정인섭은 이렇게 수집한 조선의 민담과 설화, 신화 등을 한데 묶어 1927년 일본어로 『온도루야와(溫突夜話)』(일본서원)를 출간했고, 이책은 발간된 지 몇 달 만에 3쇄를 찍을 만큼 일본에서 큰 인기를 끌었다. 1936년 그는 더블린 근교로 직접 예이츠를 방문하기도 했다. 정인섭과 함께 '외국문학연구회'에 창립 회원으로 참여한 김명엽(金明燁, 필명 石香)도 《해외문학》 창간호에 기고한 글에서 예이츠와 싱을 구체적인 실례로 들면서 아일랜드 문예 부흥에 관심을 기울였다.[19] 일본에서 유학하던 정인섭과 김명엽은 경성제국대학에서 영문학을 전공하던 최재서나 이효석과 마찬가지로 조선의 민족해방 운동의 일환으로 아일랜드 문학에 관심을 기울였던 것이다.

문학의 자기 목적성

최재서가 사토 기요시 교수한테 받은 두 번째 문학적 세례는 문학에서 자기 목적성을 중시한다는 점에서 엿볼 수 있다. 사토는 평소문학이란 정치를 비롯한 다른 영역에 양도할 수 없는 문학만의 독특한 기능이나 임무가 있다고 생각했다. 물론 사토의 이러한 문학관은낭만주의 문학에서 물려받은 소중한 유산이었다. 그의 이러한 태도가 가장 잘 드러나는 곳은 1940년 《우타요(詩洋)》에 발표한 「요즘 생각한 것」이라는 글이다.

---

19) 김석향, 「최근 영시단의 추세」, 《해외문학》 창간호 (1917. 1), 145~516쪽.

중국의 시론가 이몽양(李夢陽)은 시로써 교화의 수단으로 삼는다는 생각이 있었던 모양이나 그는 시로써 교화의 직접적 수단으로 삼은 것이 아니고 도덕의 이치를 시에 의해 말하고자 한 것도 아니다. "몽양은 격조를 무겁게 여기면서도 풍취를 버리지 않았고, 도의를 숭상했지만 시에 의해 이치를 설명함을 배척했다." 몽양의 부음서(缶音序)에 이런 구가 있나. "무릇 시란 比興 작잡하며 사물에 가탁함으로써 신변하는 것이다. 말하기 어렵고 측량할 수 없게 묘하며 감촉 돌발하여 情과 생각에 유동한다. (……) 또 시 얘기(詩話)를 지어 사람에게 가르쳤기에 사람들은 시를 모른다. 시는 무엇이겠는가. 일찍이 이치는 아니다. 만약 전혀 이치의 말을 하고자 한다면 뭣 때문에 글을 지으랴. 또 시를 짓겠는가."라고. 참으로 오늘에 있어 음미할 명언이라고 하지 않을 수 없다. 현 시단(現詩壇), 시를 아는 자 과연 몇 사람 있을까, 라고 나는 묻고자 한다.[20]

이몽양은 15세기 말엽에서 16세기 초엽에 걸쳐 문장가로 이름을 떨친 명나라 문인이다. 시론가로서 그는 "문장은 진한 시대의 것을, 시는 성당의 것을 모방하자.(文必秦漢 詩必盛唐)"라고 주장한 것으로 유명하다. 사토 기요시는 이 명나라 시인이 시를 빌려 교화로 삼았다는 주장에 쐐기를 박는다. 물론 예로부터 중국에서는 문학의 공리적 기능을 중시해 온 것이 사실이다. 공자는 일찍이 "삼백 편의 시를 한마

---

20) 사토 기요시, 「요즘 생각한 것」, 《詩洋》(1940); 김윤식, 앞의 책, 223~224쪽에서 재인용.

디로 말하면 거짓된 것이 없다.(詩三百 一言以蔽之 曰思無邪.)"라고 말하지 않았던가. 이렇게 중국에서는 '사무사(思無邪)'니 '문이재도(文以載道)'니 하여 문학을 도를 싣는 그릇으로 보아 왔다. 그러나 사토는 이몽양의 시론을 섣불리 시를 교화의 수단으로 삼았다고 해석해서는 안 된다고 밝힌다.

위 글은 시인 사토 기요시의 시론일뿐더러 영문학 전공자 사토 기요시의 문학적 선언이기도 하다. 그는 이몽양의 입을 빌려 "시는 무엇이겠는가. 일찍이 이치는 아니다. 만약 전혀 이치의 말을 하고자 한다면 뭣 때문에 글을 지으랴. 또 시를 짓겠는가."라고 수사적 질문을 던진다. 다시 말해서 사토는 문학이란 그 자체로 목적을 지니고 있을 뿐 어떤 정치적·사회적 메시지나 윤리·도덕 같은 교훈을 전달하는 수단으로 사용할 수 없다고 못 박아 말한다. 문학의 자기 목적성을 중시하는 사토의 이러한 문학관은 「빙창(氷窓)에 기대어」라는 글에서도 엿볼 수 있다.

시란 다릿힘(角力)과 같아서 혼자서 하는 것이다. 그 성적은 일목요연해서 참된 감식가를 속일 수 없다. 시인은 자력으로 선다. 그러기에 실력 있는 자는 최후에 이긴다. 진실로 시를 사랑하고 시를 생명으로 하는 이는 자기에 대한 비평을 오히려 환영하고 각고하여 자기 예술의 대성을 기한다. 그렇지 않은 자는 시인이 아니다.[21]

---

21) 사토 기요시, 「두셋의 느낌」, 《詩洋》(1935); 김윤식, 앞의 책, 225~226쪽에서 재인용.

첫 문장의 '角力'을 김윤식은 '다릿힘'으로 옮겼지만 일본 전통 격투기이자 무도인 스모(相撲)로 볼 수도 있다. 어찌 되었든 사토 기요시가 여기에서 말하려고 하는 바는 분명하다. 상상력이 빚어낸 찬란한 우주라고 할 문학은 문학 외적인 것에 의존하지 않고 홀로 설 수 있다는 것이다. 이러한 태도는 "시인은 자력으로 선다."라는 말에서 단적으로 드러난다. 혼자 힘으로 버틸 수 있는 스모 선수가 최후의 승리자가 되듯이 오직 문학의 힘으로만 설 수 있는 문학이 진정한 문학이다. 자기 작품에 대한 비평을 오히려 겸허하게 받아들이면서 더 훌륭한 작품을 탄생시키려고 노력하는 문학가야말로 참다운 예술가다. 사토는 그렇게 노력하지 못하는 사람은 아예 시인이 아니라고 잘라 말한다.

이렇게 문학의 자기 목적성을 부르짖는 사토 기요시는 「크래시시즘에서 로맨티시즘에」라는 글에서 "나는 존슨도 엘리엇도 메타피지칼도 철저히 싫어한다."[22]라고 지적한다. 여기에서 존슨은 영국 신고전주의를 대표하는 비평가 새뮤얼 존슨을 말하고, 엘리엇은 모더니즘의 대부로 흔히 일컫는 T. S. 엘리엇을 말하며, 메타피지컬은 존 던을 비롯한 17세기 형이상학파 시인들을 말한다. 좁게는 시, 넓게는 소설, 더 넓게는 문학에서 자기 목적성을 주장한 사람들은 주로 낭만주의 시인들이나 모더니즘 계열의 시인들이었다. 앞에서 언급한 예이츠나 에즈라 파운드, 그 뒤를 이어 엘리엇이 빅토리아 시대의 공리주의

---

22) 사토 기요시, 「크래시시즘에서 로맨티시즘에」, 『佐藤淸全集 3』, 274쪽; 김윤식, 앞의 책, 184쪽에서 재인용.

적 문학관에 벗어나 문학 작품 자체에서 존재 이유를 찾으려고 노력했다.

그런데 사토가 던과 존슨은 몰라도 엘리엇을 철저하게 싫어한다고 말하는 것이 조금 의외다. 엘리엇은 문학 비평집 『성스러운 숲』(1920)의 서문에서 "우리가 시를 고려할 때는 반드시 그것을 일차적으로 시로 간주해야 하지 다른 어떤 것으로 고려해서는 안 된다."라고 잘라 말한다. 그러면서 그는 계속 시란 "도덕의 교화도 아니요, 정치의 방향도 아니며, 이제는 더 종교나 그와 등가적인 어떤 것도 아니다. 시는 어떤 의미에서 그 자체의 생명을 지닌다."[23]라고 밝힌다. 엘리엇의 이러한 문학관은 그가 고전주의자로 자처한 뒤에도 크게 달라지지 않는다. 가령 1922년 그가 주관하던 잡지 《크라이테리언》 창간호에서도 문학 서평가나 비평가의 임무는 문학의 독자성을 유지하는 것이라고 지적한다. 엘리엇은 "문학의 독자성과 초연성을 유지하는 동시에 문학이 문학과 대조되는 어떤 것으로서의 '삶'과 맺는 관계가 아니라, 문학과 함께 삶을 구성하는 모든 다른 활동과 맺는 관계를 보여 주는 것이 문학 리뷰의 기능이다."[24]라고 밝힌다.

뒷날 엘리엇은 "문학적으로는 고전주의자, 정치적으로는 왕당파, 종교적으로는 영국 국교도로" 자처했다. 그는 자신을 고전주의자라고 못 박아 말하지만 그의 시 작품과 비평에서는 고전주의보다는 낭만

---

23) T. S. Eliot, "Preface", *The Sacred Wood: Essays on Poetry and Criticism* (London: Methuen, 1920), p. viii.

24) David Newton-De Molina, ed. *The Literary Criticism of T. S. Eliot: New Essays* (London: Bloomsbury, 2013), p. 21.

주의의 경향을 훨씬 더 많이 찾아볼 수 있다. 한편 소설 분야에서는 영문학에 심리적 리얼리즘 전통을 세운 헨리 제임스를 시작으로 조지프 콘래드, 제임스 조이스, 버지니아 울프 같은 모더니즘 계열 작가들이 문학의 독자성에 힘을 실었다.

이렇듯 최재서는 사토 기요시와 엘리엇에게서 문학의 자기 목적성을 배웠나. 그는 난순히 그것을 습득한 것에 그치지 않고 한 걸음 더 나아가 자신의 문학관으로 삼았다. 최재서는 "나는 독서에서 주로 지식을 구하지 않고 인상을 구한다. 그것은 내가 전공하는 부문이 문학이기 때문이다."(인: 11)라고 밝힌다. 여기에서 그가 말하는 '지식'이란 어떤 뚜렷한 목적을 지닌 가치나 메시지를 말하고, '인상'이란 이미지나 문학적 표현을 말한다. 문학에서 내용 못지않게 형식, 즉 그릇에 담긴 내용물 못지않게 그릇 자체에 무게를 둔다는 말이다.

최재서의 이러한 문학관을 가장 뚜렷이 엿볼 수 있는 글은 "문단 위기의 타개책으로서"라는 부제를 붙인 「풍자 문학론」이다. 1935년 7월 《조선일보》에 기고한 이 글에서 그는 1930년대 조선 문단이 침체에 침체를 거듭해 오다가 마침내 위기를 맞았다고 진단하면서 해결책의 하나로 풍자 문학을 제시한다. 조선 문단이 파산 상태를 맞아 막다른 골목에 다다른 지금 최재서가 대안으로 제시하는 풍자 문학이란 이데올로기의 굴레를 과감하게 벗어던지고 문학의 본래의 기능을 되찾으려는 문학을 말한다. 최재서는 조선 문단이 이렇게 위기를 맞이한 것이 문학의 공리성에 지나치게 무게를 두었기 때문이라고 진단한다.

우리는 과거의 문학에 있어서 정치 사상의 지위를 너무도 과대시한 허물이 있다. 물론 정치가 우리의 사회생활에 있어 기초적 중요성을 가지고 있음은 말할 것도 없다. 그러나 정치가 우리 생활의 전부는 아니다. 더욱이 문학에 있어 정치의 가치를 절대시하는 기풍은 흔히 그 사회의 문학을 진퇴양난의 함정으로 몰아드리는 수가 많다. 즉 그 사회의 정치가 실질적으로 정지하거나 혹은 위기에 설 때, 그때까지 그에게 추종하여 오든 문학은 별안간 방향 전환할 기지도 이성도 발견하지 못하는 법이다. 따라서 문학 세계는 일반적 세계의 갈등이 풀려나오기를 기다리며 수수방관할 수밖에 없이 된다. 이것은 누가 보든지 문학의 명예도 아니고 사명도 아니다. 사회가 핍박하드래도, 아니 핍박하면 할수록 문학은 문학 독백의 사명과 활동이 있어야 할 것이고, 또 그 같은 실례를 우리는 많이 본다.(평: 186~187)

최재서는 위 인용문 첫머리에서 그동안 조선 문단을 풍미하던 문학의 주류, 즉 그가 말하는 국민주의 문학과 사회주의 문학 사이의 첨예한 사상적 대립을 지적한다. 전자는 이광수·김동인·염상섭 같은 작가가 대표하는 민족주의 문학을 말하고, 후자는 김기진·박영희·이기영 같은 작가가 대표하는 조선프롤레타리아예술가동맹(KAPF) 계열의 계급주의 문학을 말한다. 최재서는 그중에서도 특히 계급 없는 사회 건설의 기치를 높이 내걸고 출범한 사회주의 문학이 정치사상을 지나치게 과장한다고 비판한다. 그는 정치가 인간의 삶에 직접 또는 간접 영향을 끼치는 것은 부정할 수 없는 사실이지만, 그렇다고 문학은 본질에서 정치 이념이나 도덕·윤리 관념을 전달하거나 선전하는 도구는 아니라고 못 박아 말한다. 최재서는 사회가 각박할수록 작가는 오히려 더 문학의 독자성을 지키는 데 힘써야 한다고 지적한다.

문학의 자기 목적성에 무게를 싣는 최재서의 태도는 「비평과 과학」에서 좀 더 뚜렷이 엿볼 수 있다. 그는 현대와 같이 혼돈과 분열이 극심한 시대 시인의 역할이 작지 않다고 지적한다. 혼돈을 질서로, 불화를 조화로, 분열을 통일로 이끌어야 할 임무를 맡고 있는 사람이 다름 아닌 시인이라고 밝힌다. 그러면서 최재서는 "시는 수신 교과서나 선전 문서는 아니다. 시는 세계에 대한 시인의 진정한 태도로부터 발신되는 전달이 독자에 통하여 그곳에 필연 불가피적 태도를 구성하는 한 과정이다."(평: 83)라고 잘라 말한다. 두말할 나위 없이 여기에서 '시인'이란 문학가 일반, 시란 문학 일반을 가리키는 제유적 표현이다. 특히 문학의 자기 목적성과 관련해 정치 이데올로기를 문학의 전면에 내세우는 사회주의 리얼리즘에 대한 최재서의 비판이 여간 날카롭지 않다.

최재서의 이러한 문학관은 계급주의를 부르짖던 프로 문학 계열의 문학가의 관점에서 보면 지극히 부르주아적이고 퇴행적이다. 그러나 그는 문학에서 정치 이데올로기 자체를 부정하는 것이 아니라 어디까지나 문학 본연의 가치를 지나치게 훼손하는 정치 지향성을 경계할 따름이다. 최재서는 비평의 임무 중 하나는 문학이 나아가야 할 길을 올바로 제시하는 데 있다고 밝힌다. 그는 1920년대 말엽부터 1930년대 초엽에 걸쳐 조선 문단을 휩쓴 사회주의 문학과 민족주의 문학, 즉 프로 문학과 국민 문학 사이 어디에선가에서 타협점을 찾으려고 한다. 최재서가 점차 낭만주의에 벗어나 주지주의 문학으로 이행한 것도 이렇게 첨예하게 대척 관계에 있던 두 문학 사이에서 타협점을 찾으려는 태도와 무관하지 않다.

최재서의 이러한 문학관은 일본 제국주의에 협조하며 노골적으로 친일 행위를 시작하던 1930년대 말과 1940년대 초까지 지속되었다. 1940년 8월 《인문평론》 권두언에서 필자는 이렇게 문학과 정치·외교는 서로 다를 수밖에 없다고 천명한다. 필자의 이름을 밝히지는 않았지만 이 권두언은 발행인이요 편집인인 최재서가 쓴 것임이 틀림없다. 어쩌면 그는 이렇게 익명성에 숨어 문학의 자기 목적성을 말하려 했는지도 모른다.

> 문학은 정치와 외교와는 자연히 다르지 않을 수 없다. 오늘 영불(英佛)이 구라파 주인공 석(席)에서 물러선다고 해서 당장에 그 문학예술이 가치를 잃는 것도 아닌 동시에 독이(獨伊)가 별안간에 세계적인 문학을 창조해 내는 것도 아니다. (……) 요는 무엇이 가치 있는 문학이며 또 세계 문학의 왕좌에 올라설 운명을 가진 문학이냐를 통찰하야 그것을 우리의 문화재로 흡수하는 동시에, 어데까지나 우리의 입장을 견지하면서 우리 자신이 세계의 문화적 발전에 기여할 것이다.[25]

최재서가 이 글을 쓴 시기는 1940년 6월 독일군이 파리를 함락한 직후다. 일본 제국주의가 그 어느 때보다도 동아시아 식민지 통치에 고삐를 바짝 조이던 무렵이다. 웬만큼 배짱 있지 않고는 섣불리

---

25) 권두언 「구라파 신질서와 동양 신질서」, 《인문평론》(1940. 8), 4쪽.

할 수 없는 발언이다. 독일이나 이탈리아처럼 군사적으로 강한 국가라고 반드시 문학도 훌륭하다는 법은 없다는 언급은 일본 문학에 빗대어 조선 문학을 말하는 것 같다. 그러고 보니 "우리의 문화재"니 "우리의 입장"이니 하는 구절에서도 '우리'라는 인칭 대명사가 과연 누구를 가리키는지도 애매하다. 일본 제국주의보다는 식민지 조선을 가리키는 것으로 보는 쪽이 옳을 듯하다.

문학의 자기 목적성이나 독자적 기능과 임무를 직접 드러내 놓고 이러한 주장을 펼 수 없을 때면 최재서는 서구 작가들이나 이론가들의 입을 빌려 복화술자처럼 간접적으로 말하기도 했다. "1934년도의 영국 평단 회고"라는 부제를 붙인 「사회적 비평의 대두」에서 최재서는 뉴욕에서 발행하는 문예 잡지 《북맨》에 발표된 외국 작가들의 설문 조사를 바탕으로 자신의 견해를 피력한다. 잡지 편집자는 작가 18명에게 세 가지 질문을 던진다. 세 번째 질문은 예술가가 예술과 사회 현상의 관계를 어떻게 규정지어야 할 것인가 하는 문제였다. 최재서는 이 질문에 대한 자신의 답변으로 에른스트 롤렐의 「현대 작가와 유럽의 장래」에서 "현대 작가의 임무는 역사책의 아름다운 ○○를 파괴하고, 그 대신에 불유쾌한 진리를 선언함이다. 진리에 대한 意思와 勇氣가 없이는 우리는 결코 세계의 모든 문제를 해결함에 이르지 못할 것이다."[26]라는 한 단락을 인용한다.

일제 강점기 조선 총독부의 검열 제도에 따라 식민지 조선에서

---

26) 최재서, 「社會的批評の擡頭: 1930年度の英國評壇回顧」, 《동아일보》(1935. 1. 30~2. 2).

발간된 신문이나 잡지에 실린 글에는 자구나 문장을 삭제하거나 'ㅇ
ㅇ'나 '××' 같은 복자(伏字)로 채워 넣은 곳이 적지 않다. 검열에 삭제
된 부분 중 어떤 것은 쉽게 미루어 볼 수 있지만 또 어떤 것들은 상
형 문자 같아서 좀처럼 헤아릴 수 없는 것들도 더러 있다. 위 인용문
에서 "역사책의 아름다운 ㅇㅇ"에서 삭제된 낱말은 아마 '허위'나 '위
선'일 것이다. 글의 맥락으로 미루어 보아 '진리'에 반대되는 말을 삭
제했을 것이기 때문이다. 최재서는 롤렐의 입을 빌려 현대 작가의 임
무란 정치권력이 강요하는 '허위'나 '위선'을 파괴하는 대신 진리를 전
달하는 것이라고 밝힌다. 실제로 '아름다운 거짓말(beautiful lies)'은 리얼
리즘 이론가들이 낭만주의, 특히 러시아 혁명 이후 소비에트에서 공
식적인 문학 노선을 채택한 사회주의 리얼리즘이나 혁명적 낭만주의
를 조롱하기 위해 즐겨 사용하던 표현이었다. 그러나 막심 고리키 같
은 사회주의 리얼리스트들에게 '불쾌한 진리'보다는 오히려 '아름다
운 거짓말'이 사회주의 건설에 훨씬 더 도움이 되었다.

　이렇게 복화술자로 자신의 견해를 피력하는 것은 언론의 자유가
위협받는 상황에서 최재서가 택한 비평 전략이었다. 일본 제국주의
가 점점 군국주의를 향해 치달으면서 언론 통제가 더욱 심해지자 그
는 공개적으로 언론의 자유를 부르짖는 대신 영국 작가 E. M. 포스
터의 입을 빌려 언론 자유의 중요성을 간접적으로 역설했다. 그러나
최재서의 이러한 전략이 조선 총독부의 검열을 비켜 갈 리가 없었다.
그의 복화술적 전략을 알아차린 조선 총독부에서는 「풍자 문학론」을
출판물 금지 요항에 따라 1938년 평론집 『문학과 지성』에 수록할 수
없도록 했다. 그러면서 그 이유로 "신흥 문학의 준비 공작으로서 조선

작가는 현대의 사회 제도 내지 내면적 불합리를 측면으로부터 가장 효과적으로 폭로 전술에 의하여 풍자 문학을 수립하지 않으면 안 된다고 장래의 조선 문학이 취할 방향을 아주 노골적으로 제창해서는 곤란하다."[27]라고 지적한다. 최재서는 뒷날 조선이 일제로부터 해방되고 나서야 비로소 『최재서 평론집』에 이 글을 수록할 수 있었다. 흥미롭게도 최재서는 일본 제국주의의 내선일체와 조선의 황국 신민화 정책에 협조하기 시작하던 1938년까지도 문학의 자기 목적성에 대한 기대와 미련의 끈을 여전히 놓지 않고 있었던 것이다.

문학 연구와 창작

사토 기요시는 최재서에게 문학 연구와 창작을 따로 떼어 생각할 수 없다는 사실을 일깨워 주었다. 비유적으로 말하자면 문학 연구와 창작은 인간의 육체와 의복처럼 분리할 수 있는 것이 아니라, 차라리 육체와 영혼처럼 분리할 수 없는 것이다. 사토의 이러한 태도는 지금도 크게 다르지 않지만 당시로서는 혁명적인 생각이었다. 일본에서는 영문학도 간가쿠(漢學)나 난가쿠(蘭學)를 공부하듯이 그렇게 공부해야 한다고 생각했다. 그래서 그들은 영문학 연구를 이러한 학문 연구에 빗대어 '에이가쿠(英學)'라고 불렀다. 특히 동아시아에서는 20

---

27) 「出版物禁止要項 ─ 安寧禁止(出版法に依るもの) ─ 『文學と知性』」, 《朝鮮出版警察月報》第117號(1938. 5. 7); 국사편찬위원회 홈페이지 한국사 데이터베이스, 2010. 5. 13); 윤수안, 앞의 책, 220쪽에서 재인용.

세기 중엽까지만 하여도 학자와 창작가, 연구자와 예술가 사이에는 각각의 분야가 엄격히 구분되어 있어 쉽게 넘나들 수 없었다.

이처럼 일본에서 학문과 창작을 같은 차원에서 보는 것은 마치 다른 종족 사이의 결혼처럼 배척받기 일쑤였다. 또한 복잡한 작업 과정의 분업처럼 학문과 창작은 서로 엄격히 구분되어 있었다. 일본 본국의 제국대학을 모델로 삼아 설립한 경성제국대학은 이 무렵 세계 문명의 중심지라고 할 영국과 미국의 문학을 연구하여 서구 문물을 받아들여 일본과 조선을 근대화하는 한편, 식민지 조선에서의 통치 기반을 더욱 공고히 하려고 했다. 이러한 상황에서 제국대학의 영문학과에서 창작에 관심을 기울인다는 것은 자칫 이단적으로 배척받을 수도 있었다.

그런데도 사토 기요시는 문학 연구가라면 마땅히 문학 창작에도 관심을 기울일 뿐 아니라 실제로 창작에 참여해야 한다고 생각했다. 영문학을 비롯한 외국 문학 연구를 객관적인 학문의 대상이라기보다는 오히려 시나 소설 또는 희곡 같은 문학 창작을 위한 실천적 학문으로 보았다. 1945년(쇼와 20) 1월 25일 경성제국대학 법문학부 회의실에서는 그의 정년 퇴임을 기념하는 모임이 열렸다. 이 자리에서 사토는 「경성제대 문과의 전통과 그 학풍」이라는 고별 강연을 했다. 그런데 이 강연에는 그가 지난 몇십 년 동안 추구해 온 학문에 대한 태도를 엿볼 수 있다.

나는 대학의 외국 문학이라는 것은, 예술 학교나 음악 학교와 같은 곳이 아니면 안 된다고 생각하고 있는데, 문학 창작과 비평 방면에 일하는 사람들을 위해서도 준비를 시키지 않으면 안 된다고 생각하고 있으며, 항시 그런 마음가짐을 가지고 일해 왔습니다. 외국 문학을 위한 외국 문학이 아니라 자국 문학을 위한 외국 문학이라는 생각으로 일해 왔습니다.[28]

여기에서 사토 기요시가 외국 문학 연구를 예술 학교나 음악 학교와 같은 차원에서 파악한다는 점을 눈여겨보아야 한다. 두말할 나위 없이 예술 학교나 음악 학교에서는 이론 못지않게, 아니 이론보다 훨씬 더 중요하게 대접받는 것이 실기다. 이러한 특수 학교에서는 실기가 일차적으로 중요하고 이론은 부수적 비중을 차지하게 마련이다. 실제로 일반 음악 대학이나 미술 대학에서는 주로 이론이나 예술사를 가르치지만 흔히 'Art Institute'나 'Music Institute'로 일컫는 교육 기관에서는 실기에 초점을 맞춘다.

사토 기요시는 외국 문학 연구도 미술이나 음악 전문 학교와 크게 다르지 않아서 단순히 영문학 연구를 위한 것만으로써는 미흡하다고 생각했다. 미술 학교 출신이라면 마땅히 그림을 잘 그려야 하고, 음악 학교 출신이라면 마땅히 음악을 작곡하거나 연주할 수 있어야 하는 것과 같은 이치다. 사토는 이와 마찬가지로 영문학 연구자라면 마땅히 시, 소설, 희곡 같은 문학 작품을 창작하거나 그러한 작품을

---

28) 佐藤淸, 「京城帝大文科の傳統と學風」, 『佐藤淸全集 3』, 258쪽; 윤수안, 앞의 책, 180쪽에서 재인용. 사토 기요시는 이 강연의 원고를 당시에는 발표하지 않고 이 강연에 다른 내용을 추가하여 1959년 일본의 겐큐샤에서 1898년부터 발행해 오던 영미 문학 전문 잡지 《에이고세이넨(英語靑年)》에 「경성제대 문과의 전통과 그 학풍」이라는 제목으로 기고했다가 뒷날 전집을 출간할 때 수록했다.

평가하는 비평가가 되어야 한다고 판단했다.

　사토 기요시는 도쿄제국대학에서 영문학을 전공할 때부터 영문학 연구 못지않게 시 창작에 깊은 관심을 기울였다. 대학 시절 그가 영문학자요 소설가인 나쓰메 소세키에게서 영문학을 배웠다는 것은 이미 앞 장에서 언급했다. 그의 스승처럼 문학이란 실천이라고 평소 생각해 온 사토는 "미술 학교나 음악 학교 선생이 그림을 그린다든가 작곡을 하지 못하면 곤란해지는 것처럼 문학을 강의하는 사람이 하이쿠 하나 짓지 못하고 노래 한 수 읊지 못하고 시 한 편 짓지 못하면 곤란하다는 생각 때문입니다."[29]라고 밝힌다. 자국인이 영문학을 전공하는 것이 아니고 일본인이나 조선인 같은 외국인이 영문학을 전공하는 경우라면 더더욱 그러할 것이다.

　최재서는 학문 연구 못지않게 창작을 중시하는 사토 기요시의 이러한 태도를 자못 긍정적으로 평가했다. 최재서는 1942년 12월 《국민문학》에 「시인으로서의 사토 기요시 선생」이라는 글을 발표했다. 그는 사토를 어떤 호칭보다도 '선생님'이라고 부르는 것이 자연스럽다고 먼저 운을 뗀 뒤 영문학자로서뿐 아니라 시인으로서 사토를 존경해 마지않는다고 밝힌다.

　선생은 일본 문학을 위해 영문학을 연구하고 있다고 자주 말하면서, 학생들에게도 그것을 권하셨다. (제자들 중에 실제 문학 활동에 몰두하

---

29) 위의 글, 259쪽; 김윤식, 앞의 책, 233쪽에서 재인용. 윤수안과 고영진이 '예술 학교'로 번역한 것을 김윤식은 '미술 학교'로 번역한 것이 흥미롭다.

는 자가 나오는 것을 선생은 가장 기뻐하셨다.) 그러나 학생들 중에는 어찌 그럴 수가 있을까, 개중에는 그것을 선생의 자기변명쯤으로 여기는 친구도 있는 듯했다. 그러나 그것은 선생의 학자적 일면만 보고, 시인적 일면을 보지 못한 자의 말로써, 가까이서 선생의 생활이나 작품을 접해 본 사람은 그것이 조금도 꾸며낸 말이 아님을 알 것이다. 이런 사실에 대해 선생이 아주 최근에《국민문학》주최의 '국민 문학 강좌'에서 행하신 「일본 시가의 전통과 현대시」를 들은 자는 수긍할 것이리라.(전: 177~178)

　　최재서는 사토 기요시 교수에게 시를 창작하는 것이란 단순히 '여기적(餘技的)'이라거나 '부업적(副業的)'인 일이 아니었다고 분명히 밝힌다. 최재서는 "작품이 과소(寡少)하다고 하지만 시작(詩作)이야말로 선생이 생명을 쏟아부은 일생을 건 일이었다."(전: 177)라고 지적한다. 그러면서 그는 영문학을 통한 일본 문학의 발전을 "학설이나 논의로서 서술했을 뿐 아니라 실제로 시작을 통해 그것을 보였다는 곳에 선생의 지울 수 없는 공적이 있다."(전: 178)라고 주장한다.

　　사토 기요시의 가르침에 따라 실제로 문단에서 활동한 일본인 제자들로는 최재서의 경성제대 선후배로《국민문학》에서 활약한 스기모토 나가오(杉本長夫)와 데라모토 기이치(寺本喜一) 등이 있다. 이 두 일본인은 경성에서 시 전문지《조선시단(朝鮮詩壇)》을 간행하고 『조선 시인 선집』을 펴낼 만큼 식민지 조선에서 활발하게 문학 활동을 했다. 영문학 전공의 한국인 제자로는 최재서를 비롯해 이효석과 조용만, 김동석(金東錫), 임학수(林學洙), 법학을 전공한 유진오 등이 창작에 깊은 관심을 기울였다.

방금 앞에서 인용한 「경성제대 문과의 전통과 그 학풍」에서 사토 기요시가 말하는 "문학적 창작이나 비평 방면에 활동하는 사람들을 위해서도"라는 구절을 좀 더 꼼꼼히 따져 볼 필요가 있다. 언뜻 보면 그는 문학 창작과 비평을 서로 엄격히 구분 짓는 것 같다. 이 점에서도 사토는 T. S. 엘리엇의 주장을 거의 그대로 받아들이다시피 한다. 잘 알려진 바와 같이 엘리엇은 '창조적 비평'이란 결코 존재하지 않는다고 단호하게 주장했다. 그는 잘 알려진 논문 「비평의 기능」에서 창작과 비평이 다른 점은 전자가 자기 목적적(autotelic)인 반면 후자는 그러하지 않다는 데 있다고 지적했다. 이 점과 관련하여 엘리엇은 "창조적 작품, 즉 예술 작품은 자기 목적적인 특징을 지닌다. 그리고 비평은 그 정의에서 그 자체 외의 다른 어떤 것에 관한 것이다. 그러므로 우리는 비평을 창조와 융합하듯이 창조를 비평과 융합해서는 안 된다."[30]라고 밝힌다. 더구나 문학 비평가를 혼돈과 무질서의 시대에 전통적 가치를 수호하는 인물로 간주하는 엘리엇은 문학 비평이 반드시 맡아야 할 가장 중요한 기능과 임무 두 가지로 '예술 작품에 대한 설명'과 '취향의 교정'을 들었다.

엘리엇보다 앞서 낭만주의 시인들도 창작과 비평을 엄밀히 구분 지으려고 했다. 예를 들어 윌리엄 워즈워스는 창조적 행위와 비평적 행위를 엄격히 구별해 후자는 전자보다 훨씬 열등하다고 주장했다.

---

30) T. S. Eliot, "The Function of Criticism", *Selected Prose of T. S. Eliot*, ed. Frank Kermode(New York: Harcourt Brace Jovanovich, 1975), pp. 73~74.

그에 따르면 창작 행위는 일차적이고 중심적인 위치를 차지하는 반면, 비평 행위는 어디까지나 이차적이고 부수적 위치를 차지할 뿐이다. 비평에 대한 이러한 편견은 워즈워스 한 사람에게만 그치지 않고 낭만주의 시인 거의 대부분에게서도 마찬가지로 엿볼 수 있다.

그러나 낭만주의자들과 엘리엇이 그러하듯이 창작과 비평을 그렇게 변별직으로 구분 지을 수 있을까? 창작과 비병을 엄밀히 구별 짓는 일은 겉으로 보이는 것처럼 그렇게 단순하지 않다. 비평은 창작처럼 홀로 설 수 없고 반드시 작품이 선행되어야 가능하다는 논리도 이렇다 할 설득력이 없다. 문학 비평은 작품 분석과 평가 말고도 문학 이론 같은 분야도 중요하기 때문이다. 문학적 상상력의 잣대로 창작과 비평을 구분 지으려는 몇몇 학자가 있지만 이 또한 받아들이기 어렵다. 비평 활동도 창작 못지않게 문학적 상상력이 요구되기 때문이다.

형식주의와 미국에서 발전한 신비평의 아성이 무너진 뒤 문학과 비평 사이의 계급 조직적 질서에 대한 심각한 도전이 일어나기 시작한 것은 바로 그 때문이다. 비평은 이제 더 이상 창작을 섬기는 비천한 하녀가 아니라 오히려 그 자체로서 고유한 존재 이유를 지니고 있는 독창적인 창작과 다름없다. 이 점에서 본다면 비평은 이제 부차적인 위치에서 벗어나 명실공히 '제2의 창작' 또는 '창조적 비평'으로서의 위치를 굳건히 확립했다.

그러나 좀 더 따져 보면 사토 기요시는 엘리엇처럼 문학 비평을 문학 창작과 완전히 구분 지으려고 하지 않았다. "문학적 창작이나 비평 방면에 활동하는 사람들을 위해서도"라는 구절에서 '도'라는 조사에 무게가 실려 있다. 사토는 경성제국대학에서 영문학을 전공하는 학생들에게 문학 창작가가 되도록 훈련할 뿐 아니라 더 나아가 문학 비평가가 되도록 훈련했다는 뜻이다. 사토는 이렇듯 문학 비평도 넓은 의미에서 문학 창작의 한 분야로 간주했다.

　적어도 이 점에서 사토 기요시는 빅토리아 시대의 영국 문학에서 적잖이 영향을 받은 것 같다. 창조적 비평을 가장 체계적으로 처음 주창한 이론가는 빅토리아 시대의 영국 비평가이며 시인인 매슈 아널드였다. 이제는 고전이 되다시피 한 그의 논문 「현대 비평의 기능」에서 아널드는 창조적 비평의 가능성을 활짝 열어 놓는다. 이 논문은 워즈워스의 이론에 대한 비판을 그 출발점으로 삼는다. 앞에서 언급했듯이 워즈워스는 창조적 행위와 비평적 행위를 서로 엄격히 구별하면서 후자보다는 전자에 손을 들어 주었다. 아널드는 자유로운 창조적 행위가 인간의 가장 고귀한 기능이라는 점, 적어도 창조적 행위가 비평적 행위보다 우위를 차지한다는 점에서는 워즈워스와 생각이 같다. 다만 아널드는 워즈워스가 비평적 행위에서 창조성을 완전히 배제시킨 점에 이의를 제기한다. 인간의 창조성이란 단순히 문학 작품을 창작하는 데서만 발휘되지 않는다는 것이 아널드의 기본 입장이다.

　　인간은 위대한 문학 작품이나 예술 작품을 창작하는 것 말고도 얼마든지 다른 방법으로 자유로운 창조적 활동을 수행한다고 느낄 수 있다. 만약 그렇지 않다면 오직 극소수를 제외한 나머지 인간은 모두 진정한 행복으로부터 완전히 차단되게 될 것이다. 사람들은 선행을 함으로써 창조성을 발휘할 수 있고, 학문을 통해서도 그것을

발휘할 수 있다. 그들은 또한 비평 행위를 통해서도 창조성을 발휘할 수도 있다.[31]

아널드는 인간의 창조성을 단순히 시나 소설, 또는 희곡 작품을 창작하는 데 국한시키는 것은 옳지 않고 바람직하지도 않다고 생각했다. 학문 연구와 문학 창작 사이 중간에 위치한다고 할 문학 비평은 창조성 없이는 충분히 그 힘을 발휘할 수 없다는 아널드의 주장은 지극히 타당하다. 아널드는 또 다른 점에서 워즈워스와는 주장이 엇갈린다. 워즈워스는 창작가가 시나 산문에 구현한 창작 행위는 아무리 어리석고 우스꽝스럽고 별 볼 일 없다 해도 비평 행위보다 우위를 차지한다고 주장했다. 그에 따르면 그릇되거나 악의에 찬 비평은 그것을 읽는 사람들의 정신에 막대한 해독을 끼치는 반면, 모든 창작은 아무리 보잘것없는 작품이라 해도 독자들에게 전혀 해독을 끼치지 않는다. 그러나 이러한 워즈워스의 주장에 맞서 아널드는 "빈약하고 파편적이며 부적절한" 창작보다는 오히려 "진솔하고 소박하며 신축성 있는" 비평이 훨씬 더 훌륭하다고 주장했다.

최재서는 문학이 궁극적으로 '인생의 비평'이라는 아널드의 주장과 관련해 비평의 창조성을 주목했다. 최재서는 "얼른 생각하면 문학의 창조와 문학의 비평은 전연 배치(背馳) 또는 상극(相剋)하는 두 정신 활동 같지만, 그것은 피상적인 관찰에 지나지 않는다."라고 지적한

31) Matthew Arnold, "The Function of Criticism at the Present Time", *Critical Theory Since Plato* (New York: Harcourt Brace Jovanovich, 1971), p. 584.

다. 그러면서 비평에 대해 그는 "창작과는 순서가 반대지만, 체험을 통해서 가치를 탐구하고 실현하는 점에서는 동일하다. 문학의 창작과 비평이 동일한 성격의 정신 활동이라 함을 알 수 있다."라고 역설한 다.(원: 253~254)

더욱이 아널드는 문학가가 문학 작품을 창작하는 데 발휘하는 창조성이란 어느 시대에나 어떤 조건에서나 늘 존재하지 않는다고 지적했다. 그에 따르면 창조적 활동이 왕성한 시대가 있는가 하면, 반대로 비평적 활동이 오히려 왕성한 시대가 있게 마련이다. 그래서 아널드는 문학의 시대를 '집중의 시대'와 '팽창의 시대'의 두 유형으로 크게 구분 짓는다. 팽창의 시대에는 창조적 활동이 가장 활발하게 나타나는 반면, 집중의 시대에는 비평적 활동이 활발하게 나타난다. 특히 아널드는 창조적 행위에 앞서 반드시 비평적 행위가 선행되어야 한다고 주장했다. '집중의 시대'에는 창조적 행위의 밑거름이 되는 여러 관념이 숙성되는 시기라고 할 수 있다. 좋은 포도주를 만들기 위해서는 그 원료가 되는 포도를 충분히 숙성시키고 발효시킬 시간이 필요하듯이, 훌륭한 작품을 창작하기 위해서도 '팽창의 시대'가 오기를 기다려야 한다는 것이다.

장구한 문학사에서 보면 창작을 위한 시대와 비평을 위한 시대, 팽창의 시대와 수축의 시대가 교차적으로 있어 왔다는 아널드의 주장은 흥미롭게도 최재서한테서도 엿볼 수 있다. 문학의 자기 목적성과 관련해 앞에서 언급한 「풍자 문학론」에서 그는 비평이 활동하기에 적합한 시기가 있는가 하면, 이와는 반대로 창작이 활동하기에 적합한 시기가 있다고 지적한다. 최재서는 1930년대 중반을 두고 "현대는 문학 비평이 활동할 가장 적절한 시기의 하나라고 생각된다. 그리고 현재에 있어서 비평의 임무는 문학이 나아갈 방향을 지시하고 아울러 창작 지대를 방어함이라는 것을 우리는 아무리 주장한대도 지나치지 않을 것이다."(평: 186)라고 밝힌다. 이런저런 이유로 창작이 위기를 맞고 있는 시기에는 비평이 나서서 제 역할을 해야 할 차례라는 것이다.

그런데 여기에서 더욱 흥미로운 것은 최재서와 아널드의 공통점이 그들이 활동하던 당대를 과도기나 전환기로 파악한다는 점이다. 「그랑 샤르퇴즈에서 보낸 스탠자」라는 작품에서 아널드는 전환기적 시대를 이렇게 노래한다.

한 세계는 이미 죽고
다른 세계는 아직 태어나기에는 무력한
두 세계 사이에서 방황하나니
아직 내 머리를 둘 곳이 없어
이렇게 나는 지상에서 쓸쓸히 기다리네[32]

적어도 팽창의 시대(창작의 시대)가 오기에 앞서 집중의 시대(비평의 시대)가 먼저 와야 한다고 생각하는 점에서 최재서는 아널드와 아주 비슷하다. 비슷한 것이 아니라 어떤 의미에서 최재서는 이 영국 비평

---

32) Matthew Arnold, *The Poems of Matthew Arnold, 1849~1867*(Oxford: Oxford University Press, 1909), pp. 456~457.

가의 말을 거의 그대로 되풀이하다시피 한다. 경성제국대학을 졸업하자마자 《신흥》에 발표한 「미숙한 문학」을 보면 더더욱 그러한 생각이 든다. 이 글에서 최재서는 "(아널드)에 의하면, 비평적 정신은 자유로운 창작에 대한 준비가 된다. 사회적으로 보면 비평 시대가 충분히 성숙한 이후에 비로소 창작 시대가 온다. 그 이유는 —— 창작력이 취급할 소재는 사상이다. 그리고 문학이 관계하는 모든 부문에 관한 최상의 사상은 그 시대에 유행하고 있는 사상이다."[33]라고 지적한다. 이 무렵 최재서가 아널드를 비롯한 영국 비평가들에게서 얼마나 큰 영향을 받고 있었는지 쉽게 알 수 있다.

이 무렵 최재서는 '과도기'니 '전환기'니 하는 용어를 부쩍 자주 사용했다. 그는 1934년 아예 일본어로 『전환기의 조선 문학』이라는 저서를 출간하기도 했다. 그는 "현대는 말할 것도 없이 과도기이다. 전통을 그대로 수용할 수도 없고 또 그렇다고 실질적으로 거부할 수도 없는 곤란한 시대이다. 이때에 인간 예지(人間叡智)가 할 수 있는 최고의 일은 전통의 비평이 아닐가 한다."(평: 190)라고 언급한다. 앞에서 잠깐 언급했듯이 최재서는 「풍자 문학론」에서는 이보다 한 발 더 나아가 현대야말로 문학 비평이 활동할 가장 적절한 시기 중 하나라고 지적한다. 그러면서 그는 풍자란 바로 이러한 과도기의 산물에 지나지 않는다고 주장한다.

사토 기요시의 수제자라고 할 최재서는 스승에게서 영문학 연구

---

33) 최재서, 「미숙한 문학」, 《신흥》(1930); 김윤식, 『한국 근대문학사상 연구 1』, 367쪽에서 재인용.

가 단순히 영문학 연구 그 자체에 그쳐서는 안 된다는 소중한 교훈을 배웠다. 그래서 최재서는 대학을 졸업한 뒤 앞으로 자신이 영문학자뿐 아니라 비평가로서 나아가야 할 방향을 조심스럽게 탐색했다. 감성적이고 창조적이라기보다는 논리적이고 분석적인 성향이 강한 그는 문학 비평을 그의 중심 분야로 삼고 그것을 끊임없이 갈고 닦았다.

최재서가 이렇게 문학 비평을 창작의 일부로 간수했다는 것은 그가 '비평 문학'이라는 용어를 즐겨 사용한다는 점에서도 엿볼 수 있다. 그냥 '비평'이니 '평론'이니 하고 언급해도 될 것을 그는 굳이 '비평 문학'이니 '평론 문학'이니 하고 애써 '문학'이라는 말을 덧붙인다. 또한 그는 「현대 지성에 관하여」에서 "문학은 (따라서 비평은) '국민이냐? 계급이냐?' 하는 협박장을 받았다."(평: 144)라고 자칫 도전적으로 들릴 문장으로 시작한다. 여기에서도 그는 '문학'과 '비평'을 같은 차원에서 취급한다는 사실을 알 수 있다. 그만큼 최재서는 비평과 평론을 문학의 일부로 간주하려고 애썼다. 실제로 그는 창작과 비평이 겉으로 보이는 것처럼 그렇게 변별적으로 다르지 않다고 지적한다.

얼른 생각하면 문학의 창조와 문학의 비평은 전연(全然) 배치 또는 상극하는 두 정신 활동 같지만, 그것은 피상적인 관찰에 지나지 않는다. 창작 과정은 이미 여러 번 설명한 바와 같이 체험의 요소들이 종합하고 조직화하는 과정이다. 좀 더 구체적으로 말하면 새로운 지각이 낡은 체험을 종합하여 의미를 획득하는 한편, 낡은 체험이 새로운 표상 ─ 소위 표현의 옷 ─ 을 입어 새 생명을 가지고 활동하게 되는 과정이다.(원: 253~254)

최재서는 문학을 인간의 육체에 빗대고 창작과 비평을 육체를 덮고 있는 서로 다른 옷에 빗댄다. 창작의 옷이 주관적이고 정서적인 옷감으로 만든 것이라면 비평의 옷은 객관적이고 논리적인 옷감으로 만든 것이다. 그의 이러한 주장은 매슈 아널드의 주장과 여러모로 일맥상통한다. 아널드는 일찍이 문학 비평을 "지식의 모든 분야에서 대상을 있는 그대로 보려는 사심 없는 노력"이라고 규정지었다. 그렇다면 문학 창작과 문학 비평은 따로 떼어 생각할 수 없을 만큼 서로 밀접하게 관련되어 있게 마련이다.

자국 문학을 위한 외국 문학

최재서가 사토 기요시에게서 물려받은 또 다른 중요한 유산은 영문학을 전공하되 단순히 영문학 연구에 그치지 않고 자국 문학과의 유기적 연관성에도 깊은 관심을 기울였다는 점이다. 사토는 앞에서 언급한 경성제국대학 정년퇴직 고별식에서 한 연설에서 자국인이 아닌 외국인이 영문학을 전공하는 목적에 대해 언급했다. 그는 영문학을 비롯한 외국 문학 연구가 단순히 외국 문학을 위한 연구가 되어서는 안 된다고 역설했다. 이 점과 관련하여 사토는 일본과 경성에서 영문학을 연구하는 동안 '외국 문학을 위한 외국 문학'이 아니라 어디까지나 '자국 문학을 위한 외국 문학'의 관점에서 연구해 왔다고 밝혔다.

이렇게 하여 저는 외국 문학을 위한 외국 문학이라는 생각보다는 자기 나라 문학을 위한 외국 문학이라는 생각으로 해 왔습니다. 한 걸음 나아가 저는 자기 나라 문학의 비평 또는 역사까지도 쓰고 싶었던 것입니다. 특히 제가 소년 시절부터 키워 온 메이지(明治) 문학, 메이지의 새로운 시가(詩歌)에 관심을 갖고 있은 까닭에 그 방면에도 손을 뻗칠까 마음먹고 있습니다.[34]

위 인용문에서도 볼 수 있듯이 동아시아에 위치한 섬나라 일본에서 태어나 자란 사토 기요시는 지구 반대쪽에 있는 영국의 문학을 전공한다는 사실에 적잖이 자의식을 느꼈다. 이 무렵 영국은 '대영 제국'으로 일컬을 만큼 세계열강 중의 열강이었다. 대영 제국은 15세기 유럽인들이 해양을 발판 삼아 유럽 밖으로 진출한 대항해 시대 이후 1931년 영국 연방이 성립할 때까지 많은 나라를 영국에 복속시키거나 식민지로 삼았다. 1921년을 기준으로 영국은 전 세계 인구의 4분의 1에 해당하는 4억 5800만 명이 넘는 인구에 지구 육지 면적의 4분의 1에 해당하는 영토를 차지했다. 그러므로 영국은 세계에서 가장 넓은 식민지를 차지할 뿐 아니라 세계 역사에서 가장 큰 영토를 가진 국가가 되었다. 19세기 말부터 20세기 초에 걸쳐 대영 제국이 "해가 지지 않는 나라"라고 불린 까닭이 바로 여기에 있다.

예로부터 예술의 목적과 임무를 두고 예술가들은 '예술을 위한

---

34) 사토 기요시, 「경성제대 문과의 전통과 학풍」; 김윤식, 『최재서의 《국민문학》과 사토 기요시 교수』, 233쪽에서 재인용.

문학'인가, 아니면 '삶을 위한 문학'인가 하는 질문을 자주 던져 왔다. 자국민이 아닌 외국인으로 외국 문학을 전공하는 사람들도 이와 비슷한 질문을 자주 던지게 마련이다. 외국 문학을 위한 외국 문학을 연구할 것인가, 아니면 자국 문학을 위한 외국 문학을 연구할 것인가? 영문학을 처음 전공할 때부터 사토 기요시는 자국 문학을 위한 영문학을 연구하겠다고 다짐했다. 그렇다면 그는 왜 외국 문학 연구란 반드시 자국 문학을 위한 연구가 되어야 한다고 생각했을까? 아마 세 가지 이유가 작용한 듯하다.

첫째, 사토 기요시는 일본 제국주의의 교육 정책이 국학 중심으로 바뀔 무렵 대학에서 영문학을 전공했다. 1880년대에 들어와 일본은 서양 학문을 받아들이던 관행을 지양하고 되도록 국학 중심 교육으로 방향을 전환했다. 다시 말해서 당시 일본은 국가주의의 교육 정책으로 방향을 선회했다. 도쿄제국대학 영문학과 교수로 있던 아일랜드계 영국 학자 겸 소설가 라프카디오 헌을 그만두게 하고 대신 나쓰메 소세키를 그 자리에 앉힌 것도 그러한 방침의 일환이었다. '고이즈미 야쿠모(小泉八雲)'라는 일본 이름을 사용한 헌은 일본인으로 귀화한 데다 "일본인보다 더 일본을 사랑한 일본인"이라고 할 만큼 일본의 문학과 문화에 심취해 있었다. 그러나 "국가의 수요(須要)에 응하는" 새로운 제국대학 교육령의 관점에서 보면 제국대학 교수로서는 자격 미달이었다. 이러한 과정에서 교수가 된 나쓰메는 헌이 세워 놓은 보편적인 영문학 연구를 밀어내고 그 자리에 국학 중심의 영문학의 전통을 세웠다. 사토는 아마 이러한 나쓰메의 영향을 받았을 것이다.

둘째, 사토 기요시는 외국 문학을 위한 외국 문학은 일본인인 자기에게는 별 의미가 없다고 생각했는지 모른다. 영국인이 연구하는 영문학과 일본인이 하는 영문학은 어쩔 수 없이 다를 수밖에 없다고 판단했다. 언어가 다르면 문화가 다르고, 문화가 다르면 그 산물이라고 할 문학도 다르다. 다시 말해 사토는 영문학을 오직 수단으로 간주했을 뿐 목적으로 간주하지 않았다. 외국 문학은 자국 문학이라는 높은 곳에 오르기 위한 사다리와 같은 것이다. 사토는 영분학을 사다리로 삼아 일본 문학의 좀 더 높은 고지에 올라가고 싶었다. 그는 영문학에서 배운 지식을 바탕으로 어렸을 적부터 생각해 왔던 메이지 시대의 문학, 특히 메이지 시가를 연구하고 싶었다. 이 점과 관련해 최재서는 이렇게 말한다.

> 나는 앞에서 영문학자로서의 사토 선생을 논할 생각은 아니라고 말해 두었지만, 이렇게 되면 아무래도 중요한 점만은 지적하지 않을 수 없다. 선생이 영문학에서 배운 문학론과 함께 창작상의 신조로 삼은 것은 이매지네이션이었다. 이것은 말할 것도 없이 영국 문학이라기보다는 유럽 문학 전체의 본질로 사토 선생의 독창적인 것도 어떤 것도 아니다. 그러나 이 요소가 일본 문학에서 가장 부족한 요소다. 따라서 새로운 일본 문학은 이 요소를 풍부하게 끌어들이지 않으면 안 된다고 한 점은 선생의 탁견이라 생각한다.(전: 178)

이렇듯 최재서는 사토 기요시가 전통적인 일본 문학에 없던 요소를 서양 문학에서 '수입'해 받아들이려 했다는 점을 높이 평가한다. 낭만주의의 집을 떠받들고 있는 기둥은 바로 상상력이고, 사토는 일본 문학에 이 상상력을 수혈함으로써 자국의 문학을 좀 더 건강하게 유지하려고 했다. 만약 사토가 단순히 상상력을 연구하는 것에 그쳤더라면 아마 추수주의자로 그치고 말았을지도 모른다. 그가 영문학자로서 빛을 내뿜을 수 있었던 것은 바로 상상력의 개념을 일본 문학과 연관시키려고 했기 때문이다.

셋째, 사토 기요시가 「영문학이라는 것」이라는 글에서 밝히듯이 그가 지금까지 해 온 영문학이란 기껏 "갈대 구멍보다 작은 구멍으로 엿본 영문학"에 지나지 않는다. 다른 비유를 빌려 말하자면 그의 영문학은 우물 안에 갇힌 개구리가 바라본 하늘과 같다. 언어와 문화가 전혀 다른 인종에 속하는 연구가로서 영문학을 영국인이나 미국인처럼 연구한다는 것은 어찌 보면 처음부터 불가능한 일이며, 어떤 의미에서는 이렇다 할 의미가 없을지도 모른다.

주임 교수 사토 기요시 밑에서 경성제국대학 법문학부에서 영문학을 가르친 영국인 레지널드 블라이스를 한 예로 들어 보자. 영국인 학자 중에서도 유독 동아시아 문학과 문화에 관심이 많던 그는 세계에서 가장 짧은 운문시라는 하이쿠에 매료되었다. 그러나 아무리 일본 전통 시가에 관심이 깊다고 해도 영국인으로 '5·5·5/5·7·5'조의 음절을 기본 리듬으로 삼고 계절을 나타내는 어휘인 기고(季語)에다 구의 매듭을 짓는 키레지(切れ字)를 주축으로 하는 하이쿠를 어떻게 제대로 이해할 수 있을까? 그가 17세기 후반 에도(江戸) 막부 전기에 활약한 마쓰오 바쇼의 감칠맛 나는 하이쿠를 얼마나 정확하게 받아들일 수 있을까? 또한 요사 부손(與謝無村)의 하이쿠와 고바야시 잇사(小林一茶)의 하이쿠의 미묘한 차이를 구별해 낼 수 있을까? 사토가 영문학에 느낀 감정도 아마 블라이스가 하이쿠에 느낀 감정과 비슷할지 모른다.

최재서는 사토 기요시 교수처럼 외국 문학 연구란 그 자체로서만으로는 별다른 의미가 없고 반드시 자국 문학과 유기적인 관련을 맺을 때 비로소 의미가 있다고 생각했다. 그런데 외국 문학 연구를 자국 문학과 유기적으로 관련시키는 방법은 여러 가지가 있을 것이다. 첫째, 영문학의 전통이나 사조 또는 이론을 소개함으로써 자국 문학에 영향을 끼칠 수 있다. 둘째, 영문학을 연구하면서 갈고 닦은 지식과 연구 방법론을 자국 문학 작품에 적용하여 기존 학자들이나 비평가들이 놓치고 미처 읽어 내지 못한 의미를 새롭게 읽어 낼 수 있다. 최재서는 몇몇 한계에도 이 두 가지 모두에서 당시 비평가로서는 보기 드물게 괄목할 만한 업적을 쌓았다.

최재서는 한국 문단에 서구 문예 전통이나 사조, 특히 영국의 낭만주의와 주지주의 문학을 폭넓게 그리고 체계적으로 소개했다. 물론 그보다 앞서 또는 그와 거의 같은 시기에 서구 문예 전통이나 사조를 소개한 문인들이 전혀 없었던 것은 아니다. 그러나 아마추어적이라고 할 다른 문인들과는 달리 최재서는 더 체계적이고 이론적으로 소개했다. 이 무렵 외국 이론을 소개하는 문인들은 영어를 비롯한 유럽 언어를 해독할 능력이 부족하거나 해독할 수 있더라도 행간을 읽어 내는 문해력까지는 이르지 못했다. 그러다 보니 그들은 일본어 번역본에 의존할 수밖에 없었고, 서투른 일본어 번역마저도 서둘러 옮기다 보니 어설픈 이론이 적지 않았다.

그러나 최재서는 20대 말이나 30대 초의 지식인 실력이라고는 믿기 어려울 정도로 영어 문해력이 무척 뛰어났다. 이 무렵 그가 읽은 외국 작품이나 외국의 문학 이론서도 열거할 수 없을 만큼 엄청나다. 물론 그는 원서 대부분을 원문으로 직접 읽었지만 당시 일본어로 번역되어 나온 문헌에 의존하기도 했다. 더구나 최재서는 외국 학자나 비평가의 주장이나 이론을 그대로 받아들이지 않고 엄격한 비판적 안목에 비추어 필요한 것은 받아들이고 불필요한 것이나 틀린 것은 과감하게 배척했다. 말하자면 그는 외국 이론을 수용하되 어디까지나 비판적으로 수용하려고 했다. 어떤 글에서는 내로라하는 외국 이론가들이나 학자들의 주장을 조금 지나치다 싶을 만큼 반박하거나 깎아내리는 때도 더러 있다.

최재서가 관심을 기울인 문학 비평 분야는 스펙트럼이 무척 넓다. 가령 새뮤얼 콜리지와 윌리엄 워즈워스 같은 영국 낭만주의 시인들의 상상력 시론을 비롯해 17세기 말에서 18세기 초에 걸쳐 활약한 조지프 애디슨과 리처드 스틸, 감정을 자극하여 인간의 마음을 움직인다는 점에서 희곡을 종교와 같은 차원에 올려놓은 존 데니스, 18세기 후반 영국 문학을 주도한 인물로 흔히 '존슨 박사'로 일컫는 새뮤얼 존슨에 관한 글을 발표해 관심을 끌었다. 최재서가 관심을 둔 20세기 이론가들로는 반인문주의자 T. E. 흄과 그의 친구 허버트 리드, I. A. 리처즈, 시인과 극작가뿐 아니라 문학 비평가로 이름을 떨친 T. S. 엘리엇, 시인과 비평가로 활약한 스티븐 스펜더, 에즈라 파운드의 친구로 영국의 유일한 전위 미술이라고 할 보티시즘을 이끈 윈덤 루이스, 불가지론자 올더스 헉슬리, 헉슬리의 친구 D. H. 로런스, 소설 문법을 바꾸어 놓은 모더니즘의 기수 제임스 조이스 등 열 손가락이 모자라 하나하나 꼽을 수 없을 정도다. 이 밖에도 최재서는 이마누엘 칸트, 요한 볼프강 폰 괴테, 토마스 만 같은 독일 철학자나 작가, 이폴리트 텐, 장자크 루소나 빅토르 위고, 앙드레 지드 같은 프랑스 문인들이나 학자들의 이론까지 폭넓게 섭렵했다.

더구나 조선 문단의 전환기에 활약한 최재서는 문단에 이론적 방향을 제시했다. 그가 본격적으로 활동한 1930년대 초엽 조선 문단은 민족주의 문학과 카프 계열의 사회주의 문학이 양대 산맥을 이루고 있었다. 비평이나 이론으로 좁혀 보면 한쪽에는 임화와 김남천을 중심으로 한 사회주의 비평이, 다른 쪽에는 김환태와 김문집을 중심으로 한 주관주의, 인상주의 또는 심미주의 비평이 자리 잡고 있었다. 그런데 최재서는 김기림과 함께 극단적이라고 할 이 두 비평을 될수록 지양하고 합리성과 이성에 기반을 둔 근대 서구 문단의 주지주의를 적극 수용했다. 최재서는 사회주의 비평에 대해서는 문학의 내재적 가치를, 민족주의 인상주의 비평에 대해서는 객관적인 태도를 주문했다.

여기에서 한 가지 눈여겨볼 것은 1930년대 말엽 최재서가 일제의 군국주의에 협조하면서 자국 문학을 위한 외국 문학 연구는 이제 '국민 문학'으로 크게 변질되었다는 점이다. 그러고 보니 1941년 그가 "우리 자신을 뒤돌아본다면, 우리들은 전통의 집을 떠나 오랜 동안 타인의 집 앞에서 길을 잃고 헤매고 있다."(전: 19)라고 한 말이 새로운 의미로 다가온다. 태평양 전쟁이 종말을 향해 치닫고 있는 당시 최재서에게는 자국 문학이니 외국 문학이니 하는 것은 이제 의미가 없고 오직 일제의 군국주의에 복무하는 국민 문학만이 존재 이유가 있었을 뿐이다.

　외국 문학도로 자국 문학에 관심을 기울여야 한다는 사토 기요시의 태도는 최재서뿐 아니라 경성제국대학의 다른 제자들에게서도 찾아볼 수 있다. 가령 김동석은 그러한 제자 중 한 사람이다. 그는 「나의 영문학관」이라는 글에서 "나는 애시 당초부터 조선 문학을 위해서 영문학을 했지 영문학을 위해서 영문학을 한 것은 아니다."라고 잘라 말한다. 그러면서 김동석은 계속하여 "최재서는 싱가포르가 함락했을 때 영문학을 버린다고 성명했지만 나는 그런 사대주의자가 아니다."라고 밝히면서 그와는 일정한 거리를 두려고 했다.35)

세계 문학과 비교 문학

　사토 기요시가 최재서에게 물려준 마지막 소중한 유산은 세계 문학의 가치와 함께 문학 연구에서 비교 문학의 중요성을 역설한 데서 찾을 수 있다. 20세기의 해가 서산마루에 뉘엿뉘엿 걸쳐 있던 1990년대부터 미국과 서구를 중심으로 '세계 문학'이 핵심적인 문학 담론으로 부상하기 시작했다. 세계화와 정보 통신 기술의 눈부신 발달에 힘입어 문학은 민족주의의 좁은 울타리를 벗어나 점차 지구촌 곳곳으로 확산되었다. 그런데 놀랍게도 사토는 '세계 문학'이라는 용어를 사용하지는 않았지만 일찍이 그 개념에 가까운 문학 담론을 주

---

35) 김동석, 「나의 영문학관」, 『예술과 생활』(서울: 박문출판사, 1947), 217쪽.

창했다. 경성제국대학 영문과 주임 교수로 부임한 지 2년 후 도쿄 겐큐샤(硏究社)에서 발행하는 '겐큐샤 영문학 총서'에 새뮤얼 콜리지 편을 편집하면서 쓴 서문에서 그는 외국 문학 연구의 목적이 자국 문학의 부족한 부분을 보충하는 데 있다고 밝힌다.

> 외국 문학 연구는 이종이양(異種異樣)한 것을 맞아, 자신의 부속한 부분을 보충하는 것을 주목적으로 한다. (……) 나는, 과거의 일본 문학과 유럽 문학을 비교하여, 그 정신의 상이(相異), 표현의 치밀함과 거칠음에 첫째와 둘째의 순위를 매기는 우(愚)를 배우고자 하는 것은 아니지만, 오늘 세계 사상의 본류에 편승하여, 세계 정신과 함께 움직이는 것이어야 위대한 것을 창조할 수 있을 것이라고 생각한다. (……) 오늘날 우리가 존중해야 할 정신은 자부의 정신이 결코 아니다. 오히려 각자에게 용서 없는 비판을 하지 않으면 안 된다. 외국 문학은 이제 남의 일이 아닌 것이다. 모든 인간에게 귀중한 유산(遺産)인 것이다.[36]

사토 기요시는 여기에서 영문학 연구란 단순히 특정 문화권의 문학을 연구하는 것에 그치지 않고 이보다 한 발 더 나아가 세계 정신을 호흡하는 것이어야 한다고 지적했다. 그는 이러한 세계 정신을 바탕으로 자국의 정신을 비판하는 안목을 길러야 한다고 주장했다.

---

36) 佐藤淸, 「はしがき」, *Principles of Criticism from Biographia Literaria by Samuel Taylor Coleridge*: With Introduction and Notes by Kiyoshi Sato(東京: 硏究士出版, 1928); 윤수안, 앞의 책, 179쪽에서 재인용.

이렇듯 사토는 자국 문학에 대한 지나친 우월감이나 자긍심을 지양하고 좀 더 넓은 안목으로 다른 문화권의 문학을 포용적으로 받아들일 것을 권했다. 자국 문학은 외국 문학과 상호 배타적인 관계가 아니라 오히려 상호 보완적인 관계를 맺고 있기 때문이다. 외국 문학 연구는 자국 문학의 부족한 부분을 보충하는 역할을 하고, 자국 문학은 자국 문학대로 외국 문학의 지평을 넓히고 수준을 끌어올리는 데 이바지할 수 있다. 외국 문학은 이제 단순히 남의 나라 문학이 아니라 "모든 인간에게 귀중한 유산"이라는 지적은 세계 문학의 관점에서 보면 탁견이라고 아니할 수 없다.

한편 사토 기요시는 최재서에게 외국 문학 연구란 궁극적으로 자국 문학을 위한 연구라는 사실 못지않게 비교 문학적 연구의 안목을 길러 주었다. 물론 이러한 깨우침은 지금까지 논의한 문제와 비교해 볼 때 좀 더 묵시적이고 소극적으로 이루어졌다. 사토는 앞에서 언급한 「경성제대 문과의 전통과 학풍」에서 그동안 자기가 전공해 온 영문학 연구 분야를 이렇게 밝힌다.

영문학, 그것을 다루는 방법에 대해서는 저는 영문학의 가장 왕성한 시대, 곧 Shakespeare-Milton 시대와 18세기에서 19세기에 걸쳐 크게 떨친 Romantic Movement에 집중해 왔습니다. 한편으로는 직접 텍스트에 의거하여, 다시 말해 '연습'에 의한 작품의 문학 정신을 파악하고자 했습니다. 다른 한편으로는, 문학 비평의 역사를, 희랍 시대에서 현대에 이르기까지 이어지는 것으로 보아 비평의 원리와 방법을 발견하고자 했습니다. 이러한 연구에 있어서는, 항시 일본 문학, 동양 문학과의 비교를 하고, 그 비교를 통해 자기를 비판하고 반성할 수 있게끔 애썼습니다.[37]

사토 기요시는 르네상스 시대에서 시작해 18세기의 신고전주의 시대를 거쳐 마침내 19세기 낭만주의 문학 운동에 초점을 맞추어 영문학을 연구해 왔다고 밝힌다. 르네상스에서 19세기라면 사실상 영문학의 거의 대부분을 포함하는 분야라고 할 수 있다. 제프리 초서를 비롯한 중세 영문학과 19세기 후반의 빅토리아 시대에서 20세기에 이르는 최근 영문학이 제외되어 있을 뿐이다.

위 인용문에서 좀 더 눈여겨보아야 할 대목은 후반부다. 사토 기요시는 그대 그리스 시대에서 현대에 이르기까지의 문학 비평의 역사와 함께 비평의 원리와 방법을 찾아내려고 했다고 밝힌다. 그러면서 그는 언제나 영문학이나 서양 문학을 일본 문학이나 동양 문학과 비교하고 그러한 비교를 통해 일본 문학을 비판하고 반성해 왔다고 말한다. 이렇듯 사토는 영문학을 비롯한 서양 문학을 연구하되 늘 일본 문학과 동양 문학과의 비교문학적 관점에서 연구해 왔다. 몇십 년 전 서양 문학 이론가들과 학자들을 중심으로 모든 문학 연구란 반드시 비교 문학적 연구가 바탕이 되어야 한다는 목소리가 점차 높아졌다. 20세기 말엽부터 세계 문학이 새로운 담론으로 각광받으면서 비교 문학은 한편으로는 목표와 사명을 재검토하고 다른 한편으로는 이론

---

37) 사토 기요시, 「경성제대 문과의 전통과 학풍」, 『최재서의《국민문학》과 사토 기요시 교수』, 233쪽. 이 글은 김윤식, 『한국 근대문학사상 연구 1: 도남과 최재서』, 403~406쪽에도 수록되어 있다.

을 좀 더 정교하게 다듬었다.

사토 기요시가 말하는 비교 문학은 범위가 무척 넓다. 그의 비교 문학은 프랑스 학자들이 주로 말하는 비교 문학과 미국 학자들이 흔히 말하는 비교 문학을 두루 포함하기 때문이다. 잘 알려진 것처럼 프랑스에서 비교 문학 연구는 특정 문학 작품이 다른 문화권의 작품에서 받은 영향과 수용 또는 다른 문화권의 작품에 끼친 영향 등에 초점을 맞춘다. 이를 달리 말하면 프랑스의 비교 문학은 공시적 측면보다 통시적 측면에 무게를 둔다. 한편 미국에서 비교 문학은 영향과 수용보다도 문학 이론에 역점을 둔다. 그래서 미국 대학에서 작품 분석이나 평가는 주로 영문학과 쪽에서 맡고, 이론은 비교 문학과 쪽에서 맡는다.

사토 기요시의 영향을 받은 최재서는 문학 이론이 아직 백화쟁명 시대를 맞기 전에 활약했으면서도 나름대로 서구 이론에 깊은 관심을 기울였다. 이 무렵 조선에서 활약한 문학 연구가나 학자 또는 문학 평론가 중에서 최재서처럼 일관되게 문학 이론에 관심을 둔 사람을 찾아보기 쉽지 않다. 낭만주의를 비롯해 리얼리즘, 모더니즘, 휴머니즘, 센티멘털리즘(감상주의), 쉬르레알리슴(초현실주의), 정신 분석 이론, 현대 주지주의, 풍자 문학론, 자유주의 문학론, 교양 문학론 등 그가 다루지 않은 '주의'와 '이즘'이 거의 없다시피 하다. 최재서가 보인 비평 이론에 관한 관심은 《조선일보》를 비롯한 일간 신문과 잡지에 연재한 「문학 이론의 건설」, 「조선 문학과 비평의 임무」, 「비평과 과학」, 「현대와 비평 정신」 같은 글에서 뚜렷이 볼 수 있다.

한편 최재서는 이러한 이론을 바탕으로 외국 문학과 조선 문학을 비교해 분석하기도 했다. 아직 완결되지 않은 작품이라 부분적이기는 하지만 김남천의 『대하(大河)』(1939)를 독일 작가 토마스 만의 『부덴브로크가의 사람들』(1901)이나 영국 작가 존 골즈워디의 『포사이트가(家) 이야기』(1922)에서 볼 수 있는 유럽의 '가족사 연대기 소설' 장르의 관점에서 논의한다. 최재서는 김남천의 「장날」과 「이리」 같은 작품을 앙드레 말로의 『왕도로 가는 길』(1930)이나 『인간의 조건』(1933) 같은 작품과 연관시킨다. 또한 최재서는 박태원이 『천변풍경(川邊風景)』에서 "고독과 회의와 절망을 소년의 생활을 통하여 잘 표현한다."(평: 317)라고 말한 점에서 영국 작가 찰스 디킨스의 소설과 닮았다고 밝힌다. 그런가 하면 최재서는 이상의 실험 소설에서 서유럽에서 흔히 볼 수 있는 초현실주의의 특징을 발견하기도 한다.

　　최재서는 일제 강점기에 활약한 시인 중에서 정지용과 함께 김기림을 가장 높게 평가했다. 김기림은 「기상도」(1936)에 관해 "한 시인의 정신과 생리에 다가드는 엄청난 세계사의 진동(震動)을 한 편의 시(詩) 속에 놓치지 않고 담아 보고 싶었다."라고 밝혔다. 최재서는 400여 행에 이르는 이 작품을 17세기 영국 시단을 풍미한 형이상학파 시와 비교한다.

　　김 씨의 시적 감각은 우리에게 메타피지칼파 시인의 작품을 연상시킨다. 사실상 씨의 시는 현대 유롭 주지파(主知派) 시인들의 감화를 많이 받은 듯싶다. 그러나 메타피지칼 시의 본질을 "사상의 정열적 파악"이라고 정의한다면 씨의 시가 엄밀한 의미의 메타피지칼 시가 되기엔 배후에 사상적 요소가 희박한 듯싶다. 대상을 지적(知的)으

로 파악하려는 노력은 보이면서도 고의로 혹은 무의식적으로 사상
을 기피하려는 경향이 있다.(평: 401)

최재서는 김기림이 『기상도』를 쓰면서 형이상학파 시인뿐 아니
라 현대 유럽의 주지주의 시인들에게서 영향을 받았다고 지적한다.
여기에서 최재서가 말하는 유럽의 주지주의 시인들이란 T. S. 엘리엇,
T. E. 흄, I. A. 리처즈 같은 시인이나 비평가를 말한다. 실제로 김기림
의 작품 곳곳에서 볼 수 있는 기지·해학·풍자·반어 등의 수법은 지
금까지 한국 시인들에게서는 좀처럼 찾아볼 수 없는 형식이다. 그런
데도 최재서가 20세기를 뛰어넘어 17세기 존 던을 비롯한 형이상학
파 작품에서 김기림의 영향을 찾는 것이 무척 놀랍다.[38] 만약 좀 더
오래 살았더라면 최재서는 외국 문학 작품과 한국 문학 작품을 좀
더 체계적으로 비교하고 분석하여 비교 문학 분야에서도 큰 업적을
남겼을 것이다.

최재서와 사토 기요시의 차이

최재서는 사토 기요시에게서 소중한 문학적 유산을 물려받으면
서도 몇몇 문제에서는 스승과는 적잖이 차이를 보인다. 가령 앞으로

---

38) 김기림이 영문학 작품에서 받은 영향이나 상호 텍스트적 관계에 대해서는 김욱
동, 『한국 문학의 영문학 수용』(서울: 서강대학교 출판부, 2023), 172~244쪽 참고.

별도의 장에서 친일 행위와 관련해 자세히 다루겠지만 모국어의 사용과 관련한 문제에서 두 사람은 의견이 엇갈린다. 사토는 작가에게 모국어가 얼마나 중요한지 강조한 반면, 최재서는 모국어 중요성을 인식하면서도 1930년대 말부터는 모국어를 버리고 일본어를 사용해 글을 썼다. 물론 식민지 종주국 국민인 사토에게는 모국어를 버리고 외국어를 사용해야 할 아무런 의무나 강압이 없었다. 물론 영국에 유학할 당시 그는 영어로 글을 써서 영국에서 발표하기도 했다. 물론 영국 잡지에 기고하므로 일본어를 사용할 수 없었기 때문이다. 조선을 그토록 좋아했으면서도 사토는 조선어로는 한 작품도 쓰지 않았다.

모국어와 외국어에 대한 사토의 태도는 식민지 조선에 살면서 쓴 시 작품에서도 엿볼 수 있다. 그는 광화문 뒤쪽 적선동 골목에 있는 목욕탕 2층에 있는 집에서 하숙하고 있었다. 그런데 사토는 하숙집에서 자주 듣는 조선인의 일본어가 어딘지 모르게 일본인의 일본어와는 다르다는 것을 느꼈다. 조선인의 일본어가 얼마나 훌륭하냐 하는 것은 여기에서 크게 문제가 되지 않는다. 다만 문제는 조선인이 사용하는 일본어가 어딘지 모르게 이질적으로 느껴진다는 데 있다. 이렇게 조선인이 사용하는 일본어의 이질감을 노래한 작품이 1931년에 쓴 「밤거리」와 「어느 여름의 오후」다.

일본어가 녹슨 못이 되어
한 걸음마다 귀에 내리꽂힌다.
녹이 슨 못이 연속해서 베어 상처를 내고 있다.

(……)

녹슨 금속의 둔한 덩어리가 되어

일본어가 야만인의 화살처럼 귀를 스쳐 온다.[39]

이 작품의 시적 화자는 시인 사토로 보아도 크게 틀리지 않다. 그런데 화자는 조선인이 사용하는 일본어가 "녹슨 못"이 되어 화자가 한 걸음 한 걸음 발을 걸을 때마다 그의 "귀에 내리꽂힌다"고 말한다. "녹슨 못" 하면 떠오르는 것이 파상풍이다. 파상풍이 아니더라도 녹슨 못에 찔리면 상처 부위에 세균이 감염되어 염증을 일으키게 마련이다. 녹슨 못이 계속 살갗에 상처를 낸다는 것은 여간 심각한 일이 아니다. 더구나 녹슨 못에 찔리는 것을 "내리꽂힌다"고 말하는 것은 비수에 빗대는 표현이다. 아니나 다를까 마지막 부분에서 화자는 "녹슨 못"이 아니라 "금속의 둔한 덩어리"가 되어 "야만인의 화살처럼" 그의 귀를 스친다고 말한다. 이 작품에 '밤거리'라는 제목을 붙인 것으로 보아 시적 화자는 지금 밤거리를 지나면서 조선인들이 사용하는 일본어에서 이질감, 심지어 적대감이나 적의를 느낀다.

사토 기요시는 "녹슨 못"이나 "야만인의 화살"의 이미지를 「어느 여름의 오후」에서도 그대로 되풀이한다. 시적 화자가 조선인의 일본어에서 적대감을 느끼는 것은 한밤중뿐 아니라 한낮 오후도 마찬가지다.

녹슨 일본어의 화살이 내리꽂히며

---

39) 佐藤淸, 「夜の歌」, 《ポエチカ》(1931. 9); 『佐藤淸全集』, 51쪽; 윤수안, 앞의 책, 194쪽에서 재인용.

뇌수가 하늘거리는 잎에 구원을 청하고 있다

둔한 금속성 신음 소리에 찔린

청동 잎이 흐슬부슬 잡어 떼어진다.[40]

앞 작품에서는 "일본어"와 "야만인의 화살"을 직유로 표현하지만 이 작품에서는 "녹슨 일본어의 화살"이라는 은유로 표현하는 것이 흥미롭다. 그것도 일본어가 "화살처럼 귀를 스치는" 정도가 아니라 아예 "일본어의 화살이 내리 꽂"힌다고 노래한다. 이렇게 녹슨 일본어의 화살이 화자에게 내리꽂히자 그의 뇌수는 푸른 잎에 구원을 청하고 그러한 청을 받는 청동색의 나뭇잎은 그만 땅에 떨어진다.

이렇게 사토 기요시는 모국어(일본어)와 외국어(조선어) 사이에는 넘을 수 없는 장벽이 가로놓여 있다는 사실을 깊이 깨달았다. 조선인이 일본어를 사용하는 것은 자발적 행위라기보다는 일본 제국주의의 강요에 따른 행위라는 사실을 누구보다 잘 알고 있는 그였다. 물론 일제는 식민지 초기부터 조선인들에게 직간접으로 조선어 대신 일본어를 사용할 것을 강요했지만, 이른바 '문화 통치기'가 끝나는 1931년부터는 노골적으로 조선 민족 말살 정책을 펼치기 시작했다. "훌륭한 병사를 배출하기 위해 국어(일본어) 생활을 실행합시다."라는 선전 포스터를 배포하는 등 1930년대 대륙 침략을 본격화한 일본은 조선어 말살을 실시했다. 일제는 조선 민족을 침략 전쟁에 동원하기 위해서

---

40) 佐藤淸, 「或る夏の午後」, 《日本詩論》(1931. 11); 『佐藤淸全集 2』, 51~52쪽; 윤수안, 앞의 책, 194쪽에서 재인용.

는 무엇보다도 먼저 한국인을 일본인으로 동화시킬 필요가 있었기 때문이다. 그 일환으로 '내선일체'라는 깃발을 내걸고 조선인을 일본 천황에게 충성하는 백성으로 동화시키려는 '황국 신민화 정책'을 적극적으로 추진했다. 그래서 일제는 조선인들에게 조선의 글과 말을 쓰지도 배우지도 못하게 하는 한편, 일본어를 생활화하도록 강요했다.

조선어와 일본어는 본질적으로 다르다고 주장하는 점에서 사토 기요시의 언어관은 같은 경성제국대학에서 조선어·문학 전공 주임 교수를 맡은 오쿠라 신페이(小倉進平)의 언어관과 비슷하다. 조선어의 방언과 향가 연구에 선구적인 업적을 남긴 오쿠라는 조선어와 일본어는 계통이 전혀 다르다고 주장했다. 한편 일본어『히로쓰린(廣辭林)』을 편찬한 가나자와 쇼자부로(金澤庄三郎)는 오쿠라와는 달리 일본어와 조선어가 같은 계통에 속한다는 '한일 양국어 동계론(同系論)'을 발표해 관심을 끌었다. 도쿄제국대학 졸업 후 도쿄 고등사범학교 교수로 근무하면서 겐큐샤의 '영문학 총서'의 주간을 맡고 그 출판사에서 간행하는『신영일대사전(新英日大辭典)』등을 편찬한 오카쿠라 요시자부로(岡倉由三郎)도 조선인이 배워야 할 언어는 다름 아닌 일본어라고 주장했다. 물론 사토의 이러한 언어관은 그가 황민화와 내선일체에 적극 협력하고부터는 크게 달라지면서 가나자와와 오카쿠라의 편에 섰다.

그러나 최재서는 사토 기요시처럼 모국어와 외국어를 변별적으로 구분 짓지 않았다. 물론 모국어와 외국어에 대한 최재서의 태도는 때로 일관성이 없었다. 그러나 영문학자와 비평가로 활약하던 1930년대 말과 1940년대 초까지만 해도 그는 모국어의 중요성을 역설했다. 그가 예이츠와 아일랜드 문예 부흥에 깊은 관심을 기울였다는 점은 이미 앞장에서 자세히 언급했다. 1939년 예이츠 사망 소식을 듣고 《동아일보》에 기고한 「예이츠의 생애와 예술」에서 최재서는 예이츠가 오랫동안 영국의 통치를 받아 왔으면서도 아일랜드의 전통 문화를 회복하고 지키려고 노력한 점을 높이 평가한다. 최재서가 영문학에서 스코틀랜드 문학의 위상과 아일랜드 분학의 위상이 크게 다르다고 지적한 것은 바로 그 때문이다. 전자는 처음부터 영문학의 일부로 그것에 예속되어 있지만 후자는 영국 문학에 대한 저항과 그것으로부터의 이탈을 출발점으로 삼았다는 것이다.

이와 같은 맥락에서 최재서는 조선의 문학과 문화가 꽃피우기 위해서는 전통 문화, 그중에서도 조선의 모국어를 발굴하고 전승해야 한다고 지적했다. 조선어가 굳건한 토대가 되지 않고서는 조선 문학의 건설은 사상누각과 같기 때문이다. 그러나 최재서는 드러내 놓고 모국어의 중요성을 역설할 수 없다는 사실을 깨닫고 이번에도 특유의 복화술적 전략을 구사했다. 즉 그는 방골 대학 철학 교수 H. D. 루이스가 웨일스어의 사용이 웨일스 문화에 얼마나 중요한지 지적하는 글을 번역하여 《인문평론》에 실었다.

웨일스어의 가치와 존속과 위엄에 간한 문제이다. 언어란 법정이나 사무관청이나 지방관청과 같이 민중의 실제 문제가 처리되는 세계에서 제외될 때 민중에 관하얀 그 의의(意義)를 감(減)하는 법이다. (······) 언어가 국민의 일상어, 즉 그 국민이 나날이 학교나 시장이나 가정에서 사유(思惟)하고 감각(感覺)하는 언어가 되지 않을 때엔 그

문화는 사멸의 운명에 빠진 것이다. 문화의 근본적 조건은 그 다양성이다. (……) 우리들의 국민적 혹은 지방적 혹은 직업적 전통에 있어서, 특이하고 독특한 것을 조장하다는 것은 민주주의적 사회의 특별한 임무가 된다.[41]

  루이스가 이렇게 웨일스어의 중요성을 강조하듯이 최재서는 묵시적으로나마 조선어의 중요성을 역설했다. 자국의 모국어를 일상생활에서 사용하지 않을 때 그 문화는 죽은 것과 다름없기 때문이다. 물론 여기에서 루이스는 일상어와 문화의 관계에 국한해 말하지만 그것은 곧 일상어와 문학의 관계를 말하는 것으로도 보아도 크게 틀리지 않다. 최재서는 모국어의 가치를 인식하고 개발에 힘쓰는 것이야말로 민주주의 사회가 맡은 특별한 임무라는 루이스의 지적에 아마 수긍할 것이다. 최재서가 루이스의 글을 굳이 번역해 그가 주간하던 잡지에 게재했다는 것은 이 무렵 황민 식민화 정책이 점차 강화되면서 그 어느 때보다 모국어의 생존 위기를 첨예하게 느꼈기 때문일 것이다.
  그러나 최재서의 모국어와 일본어를 동일시하려는 언어관은 일본 제국주의가 종말을 향해 치닫기 시작한 1930년대 말부터 더욱 첨예하게 드러나기 시작했다. 그에게 국어(일본어) 사용은 자의에 따른 것이라기보다는 오히려 타의에 따른 것으로 보는 쪽이 옳을지도 모른다. 1937년 7월 시작된 중일 전쟁 이후 일제가 식민지 조선을 억압하는 고삐를 점점 더 조이면서 조선어 말살 정책을 사용했고, 최재서

41) 최재서, 「문화와 국민 생활」, 《인문평론》(1940. 6).

는 이 정책에 어떤 식으로든지 반응하지 않을 수 없었을 것이다.

특히 언어를 매체로 삼는 작가나 비평가에게 이 문제는 심각할 수밖에 없었다. 1939년 7월 한효(韓曉)는《경성일보》에 기고한 「국문 문학 문제」에서 "예술가의 양심에서" 조선 작가라면 마땅히 조선어로 작품을 써야 한다고 주장한다. 이에 맞서 김용제(金龍濟)는 역시《경성일보》에 기고한 「문학의 진실과 보편성」에서 국어(일본어)가 조선어보다 우수하여 이미 문화어로서의 위치를 차지하고 있는 마당에 조선어보다는 일본어를 사용해야 한다고 반론을 폈다. 활시위처럼 팽팽하게 맞서는 이 두 태도 중에서 최재서는 한효보다는 김용제의 주장을 설득력 있는 것으로 받아들였다.《국민문학》1943년 2월호에 「시단(詩壇)의 근본 문제」라는 좌담회가 실려 있다. 이 좌담회에는 사토 기요시, 데라모토 기이치, 스기모토 나가오 같은 경성제국대학과 관련한 일본인들과 최재서, 김용제, 조우식(趙宇植), 김종한(金鍾漢)이 참석했다. 이 자리에서 최재서는 "조선 문학은 일본의 국민 문학의 일익으로서 국어로 쓰고, 그러나 그것은 여전히 조선 문학이다."[42]라고 주장한다.

최재서가 처음 발표한 작품이 일어로 쓴 글이라는 것은 이 점과 관련해 시사하는 바가 자못 크다. 그는 일찍이 1927년 경성제국대학 예과에서 펴내던 잡지《청량》창간호와 3호에 「예이츠 연구」와 「톨스토이 사생관」을 일본어로 기고했다. 그로부터 2년 뒤 그는 경성제대 영문학 연구실에서 펴내는 잡지《영문학회보》창간호에도 일본어로

_____

42) 「시단의 근본 문제」, 《국민문학》(1943. 2), 13쪽.

최재서가 발행인 겸 편집인으로 활약한
잡지《인문평론》.

일본 군국주의의 도구로 이용된 잡지
《국민문학》.

「유령」을 발표했다. 그 뒤에도 그는 이 회보에 기고하는 글은 모두 일
본어를 사용했다. 그러나 최재서가 일본어를 국어로 본격적으로 받
아들인 것은 1942년 봄에 이르러서였다. 1941년 11월 조선 총독부는
일제 강점기 말의 민족 수난기에 최후의 보루 역할을 하던《인문평
론》과《문장》을 폐간시키고 두 잡지를 통합해 최재서를 발행인과 편
집인으로 내세워《국민문학》을 탄생시켰다. 처음에는 1년 4회는 일본
어로, 8회는 조선어로 발행할 계획이었다. 조선어 발간이 일본어 발간
보다 두 배 많은 셈이었다. 그러나 이 계획은 물거품으로 돌아가고 조
선어 발간은 2회에 그치고 1942년 5월호부터는 아예 일본어로만 발
행하기 시작했다. 이와 관련해 최재서로서는 어떤 식으로든 해명하지
않을 수 없었다.

용어의 문제가 해결되어 본지로서는 최대의 문제가 해결된 것이다. 조선어는 최근 조선의 문화인에 있어서는 문화의 유산이라기보다는 차라리 고민(苦悶)의 종자(種子)였다. 이 고민의 종자를 깨뜨리지 않는 한 우리들의 문화적 창조력은 정신의 수인(囚人)이 될 수밖에 없다. 이러한 고민을 잊고 잠 못 이루는 밤, 문득 떠올라 다시 읽어 본 것이 블레이크의 시였다. 나음 날 아침 나는 국어 잡지에로의 조치를 결의했다.[43]

위 인용문에서 키워드는 다름 아닌 "고민의 종자"다. 조선어는 황민화를 부르짖던 최재서로서는 반드시 깨뜨려야 할 씨앗이 아닐 수 없었다. 그는 이 고민의 씨앗을 깨뜨려 싹이 트게 하지 않고서는 조선의 문화적 창조력이란 한낱 "정신의 수인"에 지나지 않는다고 말한다. 그렇다면 조선어를 버리고 일제의 국어인 일본어를 사용하게 되면 정신의 자유인이 되는 것일까? 이 문제로 고심하면서 잠을 이루지 못하던 그는 마침내 윌리엄 블레이크의 「고대 음유시인의 목소리」라는 시 한 편을 읽고 난 뒤에야 비로소 논리적 근거와 위안을 얻는다. 최재서가 언급하는 시는 『순수와 경험의 노래』(1794)에 실려 있는 「고대 음유시인의 목소리」였다.

오라 즐거운 청춘이여,
보라, 밝아 오는 새벽,

---

43) 최재서, 「편집 후기」, 《국민문학》(1942. 5~6).

진리의 모습인 광명의 아들을.

의혹은 맑아진다 ─ 이성의 구름도,

어두운 논의도, 영리한 듯한 야유도 모조리.

우매함은 끝없는 미로인가

뿌리는 헝클어진 길을 덮어

거기에 넘어질 사람은 시간 문제인 것을!

그들은 밤에 기대어 죽은 자의 뼈에 구르고

세상에 근심을 그려 두고 모른 체하며

인도되어야 할 몸이 사람들을 이끌어 감을……[44]

　

최재서가 직접 원문을 읽었는지 아니면 일본어건 한국어건 번역문을 읽었는지는 지금으로서는 확인할 수 없지만 위에 인용한 번역은 좋은 번역이라고 할 수 없다. 앞으로 별도의 장에서 그의 번역 수준을 다루겠지만 이 시 번역에서도 이곳저곳에서 졸역이나 오역이 엿보인다. 어찌 되었든 최재서가 "고민의 종자"를 깨뜨리는 데 영감을 받았다는 구절은 아마 이 작품의 전반부일 것이다. 이 작품의 시적 화자처럼 최재서 자신도 조선어냐 일본어냐 하는 언어 사용을 둘러싼 고민 끝에 마침내 의구심의 안개가 말끔히 걷히는 것을 느낀다. 블레이크가 "이성의 구름"이니 "어두운 논의"니 하고 말하는 것은 합리주의와 그 도구라고 할 이성을 불신하기 때문이다.

44) 최재서, 「태양을 우러러」, 《국민문학》(1942. 5~6). 최재서는 이 글을 이듬해 출간한 평론집 『轉換期の朝鮮文學』에 수록했다. 김윤식, 『최재서의 《국민문학》과 사토 기요시 교수』, 123쪽에서 재인용.

최재서도 블레이크처럼 사상적 무기로 변질된 합리주의에 의혹의 눈길을 보낸다. 지금 최재서에게는 이성이나 합리성의 잣대로 조선어를 선택할 것이냐, 아니면 일본어를 선택할 것이냐 하는 것을 두고 망설일 때가 아니다. 최재서는 이 작품을 두고 "이성의 악몽에 쫓겨 밤중 이리 구르고 저리 구르던 자가 새벽에 찬연한 아침의 밝음을 우러러보며 마음의 어두운 구름이 한꺼번에 불식되는 상쾌함이 잘 나타난 명시이다."[45]라고 고백한다. 그에게 이성은 이제 무지와 몽매의 어둠을 밝히는 빛이 아니라 그의 달콤한 꿈을 방해하는 악몽일 뿐이다. 최재서는 이 시의 번역을 '태양을 우러러'라는 제목으로 고쳐 《국민문학》 권두언의 일부로 실었다.

그러나 사토 기요시와 최재서의 가장 큰 차이점은 낭만주의와 신고전주의에 대한 태도에서 찾을 수 있다. 사토는 영문학자나 시인으로서 사망할 때까지 낭만주의의 끈을 놓지 않았다. 그에게 낭만주의는 알파와 오메가였다. 그의 영문학 연구는 낭만주의에서 시작해 낭만주의에서 끝을 맺었다고 해도 크게 틀리지 않다. 동아시아 학자를 통틀어 사토처럼 낭만주의에 철저하게 매력을 느낀 사람도 찾아보기 드물 것이다.

한편 최재서는 경성제국대학 예과와 본과 시절에는 스승 사토 기요시처럼 낭만주의에 큰 매력을 느꼈다. 독일식 대학 제도를 따른 이 무렵 주임 교수의 역할이 절대적이었다는 사실을 염두에 두면 경성제대 초기 최재서가 낭만주의의 영향을 크게 받았다는 것은 이상

---

45) 앞의 글.

할 것이 없다. 이효석과 조용만 같은 최재서의 선배들이나 후배들도 낭만주의에 경도되어 있었다. 그러나 최재서는 낭만주의에서 벗어나 점차 신고전주의 또는 주지주의 쪽으로 옮겨 왔다. 그 시점은 그가 경성제국대학 학부와 대학원을 졸업할 무렵이다. 물론 앞장에서 지적했듯이 낭만주의는 첫사랑처럼 최재서의 문학 세계에서 영원히 잊힌 것은 아니었다.

특히 최재서는 낭만주의에서 핵심적인 개념이라고 할 시인의 개성 문제에서 사토와는 다른 견해를 피력했다. 최재서는 그의 스승과는 달리 문학에서 개성이 중요하다고 생각하지 않았다. 낭만주의 세계관을 철저하게 따르는 사토는 문학 작품에서 시인의 개성을 중요하게 생각했다. 경성제국대학 교수들을 평하는 글에서 오카모토 하마요시(岡本濱吉)는 "(사토) 씨는 「개성 멸각론 시비」라는 논문에서 개성을 무시하는 어떤 주의도 반대한다."[46]라고 분명히 밝혔다고 말한다. '개성 멸각론'이란 T. S. 엘리엇이 처음 제기한 'impersonality theory'를 말하는 것으로 한국에서는 흔히 '몰개성 이론' 또는 '비개성 이론'이라고 번역해 사용한다. 그러니까 오카모토의 지적처럼 사토는 시의 몰개성이나 비개성 이론을 두고 이론가들이 벌이는 찬반 문제를 다루는 논문에서 낭만주의 시인들의 이론에 손을 들어 주었다. 단순히 손을 들어 주는 정도를 넘어 아예 개성을 무시하는 어떤 주의, 어떤 주장에도 단연코 반대한다고 못 박아 말했다.

---

46) 岡本濱吉, 「城大教授評判記」, 《朝鮮及満州》(1937. 3), 78쪽; 김윤식, 앞의 책, 235쪽에서 재인용.

낭만주의에 맞서 신고전주의를 주창한 T. S. 엘리엇.

    몰개성 이론과 관련하여 최재서는 사토 기요시와는 달리 낭만주
의자들보다는 오히려 고전주의자라고 할 엘리엇에게 손을 들어주었
다. 엘리엇은 1917년 발표한 「전통과 개인의 재능」에서 "시는 감정의
해방이 아니라 감정으로부터의 도피요, 개성의 표현이 아니라 개성으
로부터의 도피다."[47]라고 주장한다. 엘리엇의 이 말은 시를 "자연스러
운 정서의 발로"로 파악하는 윌리엄 워즈워스의 이론과는 크게 어긋
난다. 엘리엇은 이어 1919년 발표한 「햄릿과 그의 문제들」에서 '객관

47) T. S. Eliot, *Selected Essays: 1917~1932* rev. ed.(New York: Harcourt Brace, 1975),
p. 10.

적 상관물'의 개념을 도입하여 시인을 비롯한 모든 작가는 정서를 직접 표현하는 대신 어떤 특별한 정서를 환기할 이미지, 행위, 사건을 보여 줌으로써 간접적으로 독자에게 작가가 느끼는 정서를 전달해야 한다고 지적한다.

이렇게 시를 비롯한 문학 작품을 개성의 표현으로 간주하지 않는다는 것은 곧 낭만주의 전후에 풍미한 신고전주의 미학과 모더니즘 미학을 받아들이는 것을 뜻한다. 최재서는 이렇게 감성을 극도로 배제하고 이성과 합리성에 무게를 싣는 신고전주의 문학을 주지주의라고 불렀다. 그렇다면 적어도 몰개성 이론과 상상력을 둘러싼 낭만주의와 신고전주의에서 최재서는 스승 사토 기요시와 결별을 선언한 셈이다. 비유적으로 말하자면 최재서는 낭만주의의 집을 부수고 그 자리에 신고전주의의 새 집을 세웠다. 이 점과 관련하여 김윤식은 "대학에서 배운 것이 영문학의 낭만주의적 상상력이지만, 이를 넘어선 자리에 주지주의적 고전주의가 놓였음을 염두에 둔다면 최재서는 스승인 사토 교수를 배신한 것이자 스스로 전향한 것이라 할 만하다."[48]라고 주장한다. '배신'이나 '전향'이라는 용어는 조금 지나치지만 낭만주의에 관한 최재서의 태도가 달라진 것만은 의심할 여지가 없다.

여기에서 한 가지 염두에 두어야 할 것은 최재서의 문학관이 지금까지 학자들이나 비평가들이 흔히 주장해 왔듯이 그렇게 일관성 있지 않았다는 점이다. 그는 경성제국대학 예과와 본과 학부와 대학원 시절에는 낭만주의에 매료되었다. 그러나 대학원을 졸업할 무렵부

---

48) 김윤식, 앞의 책, 264쪽.

터 낭만주의에서 젖을 떼고 점차 신고전주의로 이유식을 했다. 다만 최재서는 만년에 이르러서도 낭만주의의 자장에서 완전히 벗어나지는 못했다. 사망할 때까지 그에게 낭만주의는 "영원히 사라진 〔그〕의 소년 시절의 꿈"이었던 해주의 태일원 과수원처럼 그의 가슴속 깊이 아련한 향수로 여전히 남아 있었다. 그가 좋아한 존 골즈워디의 「사과나무」 주인공 애셔스트처럼 최재서는 "사라진 능금꽃들의 꿈"을 영원히 잊지 못했다. 최재서가 새뮤얼 콜리지의 유기적 시관(詩觀)이야말로 "낭만주의적 문학관의 요약인 동시에 시에 대한 최종적인 단언"이라고 잘라 말한 점을 주목해야 한다. '천재적인 비평가' 콜리지가 나무를 비롯한 식물에서 '생명적인 문학관'을 체득했다면, 최재서는 낭만주의라는 식물에서 그의 문학관을 체득했다고 할 수 있다.

그러나 최재서가 만년에 낭만주의에 다시 관심을 기울였다고 해서 주지주의를 완전히 잊은 것은 아니었다. 1950년대와 1960년대에 들어와 질서의 개념을 그토록 소중하게 생각한 것을 보면 그는 여전히 주지주의의 영향권에서 크게 벗어나지 못했음을 알 수 있다. 한마디로 최재서는 해방 후 사망할 때까지 상상력을 중시하는 낭만주의와 질서의 개념에 무게를 싣는 주지주의를 함께 받아들였다. 다시 말해 만년에 이르러 그의 문학관은 낭만주의와 주지주의가 혼재되어 있었다. 이렇게 최재서가 지은 비평의 집은 낭만주의와 주지주의라는 두 기둥이 떠받들고 있다. 그러므로 이 두 기둥 중 어느 한쪽에만 주목하는 것은 자칫 그의 비평의 집을 허물어뜨릴 위험이 있어 바람직하지 않을 것이다.

3

문학 이론가 최재서

일제 강점기에서 광복 후에 이르기까지 한국 문학의 평단에서 가장 괄목할 만한 업적을 쌓은 비평가 중에서 최재서를 빼놓기란 여간 어렵지 않다. 질적 양적으로 그가 한국 비평사에서 이룩한 업적은 결코 작지 않다. 최재서에게는 친일이라는 어두운 그림자가 늘 따라다니지만 한국 근현대 문학사에서 비평 문학의 전통을 굳건히 세웠다는 점에서는 누구도 그의 업적을 부정하기 힘들 것이다.

특히 최재서는 동시대 어떤 비평가보다 비평의 역할을 아주 높게 평가한 것으로도 유명하다. 물론 국민 문학의 세례를 한차례 받고 난 그는 "비평은 문학을 살릴 수도 있지만 죽일 수도 있다."(전: 56)라고 잘라 말했다. 일제 강점기의 전시 상황이라고는 하지만 그의 비유는 신선하다 못해 섬뜩한 느낌마저 든다. 최재서의 이러한 비평관은 흔히 비평을 창작이라는 주인을 섬기는 시녀로 생각해 온 종래의 견해와는 사뭇 다르다. 앞으로 자세히 다루겠지만 그의 비평 이론이 이렇게 급진적이라는 것은 그만큼 쉽게 변질되거나 타락할 가능성이 크다는 것을 뜻한다.

　더구나 최재서는 자신의 의견이나 주장을 간결하고 명확하게 전달하는 능력이 뛰어나다. 이러한 능력은 비평가에게 무척 소중한 덕목이요 자산이다. 최재서를 긍정적으로 보지 않는 김윤식조차도 이 점에 대해서는 찬사를 보낸다. 이 점과 관련해 그는 "최재서는 무슨 사상이나 이론이든지 그의 손을 거치면 꼭 자기가 쓴 글보다 더 명료히 독자에게 전달되는 마력을 갖고 있다. 그가 완벽한 이해력을 갖고 골격만을 추려 나가는 능력을 가진 까닭이다."[1]라고 지적한다.

　경성제국대학의 법문학부와 대학원에서 영문학을 전공한 최재서는 대학 강단에서 강의하며 비평 활동을 하는 이론 비평가로, 또 문단에서 실제 비평에 관심을 기울이는 실천 비평가로 활약했다. 그는 영국과 미국을 비롯한 서양의 외국 문학 이론을 소개하는 한편, 그 이론을 방법론으로 삼아 식민지 조선의 문학 작품을 새롭게 읽어 내는 작업에 주력하여 관심을 받았다. 특히 최재서는 그가 '주지주의'라고 부르는 영미 비평 이론을 도입해 당시 조선 문단을 풍미하던 사회주의에 기반을 둔 경향 문학 비평과 민족주의의 깃발을 내걸던 국민 문학 비평에 맞서 새로운 대안을 제시했다. 한편 그는 역시 이 무렵 다분히 주관적인 인상주의 비평이나 심미주의 비평이 팽배하던 조선 평단에 좀 더 객관적이고 과학적인 비평 방법을 도입하기도 했다. 한마디로 최재서는 문학 비평을 이념적 도그마나 주관적 인상의

---

1) 김윤식, 『한국 근대문예비평사 연구』(서울: 일지사, 1976), 255쪽.

굴레로부터 해방시키는 데 누구보다도 크게 이바지했다. 이러한 의미에서 최재서는 한국 비평사에 우뚝 서 있는 기념비적 인물로 보아 크게 틀리지 않을 것이다.

낭만주의자인가, 신고전주의자인가

최재서가 경성제국대학 법문학부에 재학할 시절 학부와 대학원 과정에서 영어·영문학 주임 교수 사토 기요시로부터 한차례 영국 낭만주의 세례를 강하게 받았다는 것은 앞장에서 자세히 언급했다. 낭만주의가 일본에 본격적으로 뚜렷하게 모습을 나타낸 것은 메이지 21년, 그러니까 1888년이었다. 이해 독일 유학을 마치고 귀국한 모리 오가이(森鷗外)가 낭만주의 전통에 속하는 단편 소설을 발표해 초기 낭만주의의 싹을 틔웠다. 낭만주의가 문예 사조로서의 모습을 갖춘 것은 그로부터 몇 해 뒤인 1893년《분가쿠카이》 동인들이 활동하면서부터였다. 분가쿠카이파를 초기 낭만주의로, 메이지 30년(1897)대에 들어와《묘죠(明星)》를 중심으로 한 요사노 뎃칸(与謝野鉄幹)과 아키코(晶子) 등의 활동, 다카야마 조규(高山樗牛)의 비평 활동을 중기 낭만주의로, 메이지 40년(1907)대에 들어와 나가이 가후(永井荷風)와 다니자키 준이치로(谷崎潤一郎) 등의 활동을 후기 낭만주의로 보는 것이 일본 학계의 정설이다. 이렇게 낭만주의는 일본 문인들에게 창작에 새로운 바람을 불어넣어 주었을 뿐 아니라 대학에서도 일본 문학 학과와 외국 문학 학과를 중심으로 진지한 연구 대상으로 관심을 받았다. 그러한 학풍은 일본의 다른 제국대학들과 마찬가지로 식민지 조선의 경성제국대학에도 큰 영향을 끼쳤음은 두말할 나위가 없다.

최재서는 경성제국대학 예과 시절부터 여러 잡지와 신문에 글을 기고하면서 비평가로서의 첫발을 내딛었다. 그가 맨 처음 발표한 글은 1927년 경성제대 예과에서 발간하던 일본어 잡지《청량》창간호에 기고한 「예이츠 연구」라는 논문이다. 이 잡지의 제호를 '청량'이라고 한 것은 예과가 청량리에 위치해 있었을 뿐 아니라, 이 잡지가 지식에 목말라 하던 식민지 조선의 젊은 지식인들에게 청량제 같은 역할을 할 수 있기를 기대했기 때문이다. 개교 1주년을 기념해 1925년 5월 1호를 낸 이 잡지는 1941년 30호로 종간될 때까지 16년 동안 경성제대 예과에서 담론의 장(場)으로서의 역할을 충실히 맡았다.

최재서가 첫 논문으로 아일랜드 시인 예이츠를 선택했다는 것은 이 무렵 그가 얼마나 낭만주의의 영향권에 놓여 있었는지 말해 준다. 20세기 전반기만 해도 일본에서 영문학 연구는 주로 19세기 이전의 문학에 국한되어 있었다. 이처럼 동시대 작품을 연구하거나 학생들에게 가르치지 않으려고 한 것은 유럽 전통에 따른 것이었다. 이 점을 염두에 두기라도 한 듯이 최재서는 "구라파 대학에서는 작가가 죽은 지 100년이 지나지 않으면 그 사람의 작품을 학생들에게 강의하지 않는 전통이 서 있는 이유도 알 수 있다."(원: 91)라고 말한 적이 있다.

20세기 이후 문학과 동시대 문학을 다루기 시작한 것은 비교적 최근에 들어와서의 일이다. 또한 장르에서도 이 무렵 영문학 연구는 소설이나 희곡보다는 시가 주류를 이루고 있었다. 이러한 영문학 연구 경향은 도쿄제국대학을 모델로 설립한 경성제국대학에도 크게 다르지 않았다. 그런데도 최재서는 이러한 주류 학풍에 걸맞지 않게 아일랜드 시인인 데다 20세기에 들어와 주로 활약한 예이츠에 관심을 두고 첫 데뷔 논문을 발표했다는 것이 조금 이색적이다.

물론 19세기 후반과 20세기 전반기에 걸쳐 활동한 예이츠를 단순히 낭만주의자로 간주하는 데는 문제가 있을지도 모른다. 그러나 퍼시 비시 셸리와 윌리엄 블레이크에게서 큰 영향을 받은 예이츠는 적어도 초기에는 낭만주의에서 문학적 유산을 물려받았다. 그러므로 예이츠를 단순히 모더니즘 시인으로 간주하기보다는 오히려 낭만주의를 완성한 후기 낭만주의자로 보는 쪽이 더 적절할 것이다. 실제로 예이츠가 활약한 시기는 모더니즘의 전성기이고, 앞으로 자세히 언급하겠지만 모더니즘은 낭만주의 전통을 계승해 발전시킨 문학 운동으로 볼 수도 있다.

당시 도쿄제국대학은 말할 것도 없거니와 경성제국대학에서도 낭만주의는 절대적인 힘을 발휘했다. 이러한 상황에서 최재서가 낭만주의의 자장에서 벗어나기란 무척 힘들었을 것이다. 그런데 문제는 최재서가 이 무렵 식민지 종주국 일본과 식민지 조선의 제국대학을 풍미한 낭만주의를 어떻게 수용했는지에 있다. 그는 낭만주의를 설득력 있는 문예 사조나 전통으로 받아들여 앞으로 전개할 문학관의 기초로 삼았는가? 아니면 당시의 제국대학 학풍에 떠밀려 어쩔 수 없이 잠깐 낭만주의를 추종했다가 제국대학의 영향권에서 벗어나자마자 폐기 처분해 버렸는가?

이 질문에 답하려면 무엇보다도 먼저 문예 사조나 전통의 성격을 살펴보아야 한다. 문예 사조나 전통은 마치 시계추의 진자 운동과 같아서 반복에 반복을 거듭하며 발전한다. 물론 그 반복은 단순한 기계적 반복이 아니라 조금씩 내용을 보충하거나 변경하며 반복하는, 수사학에서 말하는 '부가적 반복'에 가깝다. 한 문학 전통이나 사조가 한때 크게 힘을 떨치면 그 뒤에는 반드시 그것에 대한 비판적 반작용으로 새로운 전통이나 사조가 일어나게 마련이다. 가령 18세기에 계몽주의와 그것에 기초를 둔 신고전주의가 전성기를 맞이했고, 18세기 말엽과 19세기 초엽에 걸쳐 신고전주의에 맞서는 낭만주의가 일어났다. 낭만주의가 찬란하게 꽃을 피운 뒤 19세기 중반에는 리얼리즘이 고개를 들었으며, 리얼리즘이 성행한 뒤에는 19세기 말엽과 20세기 초엽에 모더니즘이 일어났다. 예술에서 이러한 진자 운동은 끊임없이 되풀이되게 마련이다. 2차 세계대전 이후 모습을 드러내기 시작한 포스트모더니즘도 엄밀히 따지면 아직은 완전한 비판적 반동은 아니지만 모더니즘에서 다른 '이즘'이나 '주의'로 이행하는 전환기적 개념으로 볼 수 있다. 그러므로 이러한 반복은 '신고전주의 → 낭만주의 → 리얼리즘 → 모더니즘 → 포스트모더니즘'의 도식으로 그릴 수 있다.

이렇듯 문학과 예술과 관련한 사조나 전통은 살아 숨 쉬는 유기체와 같아서 끊임없이 발전하고 변화하게 마련이다. 문예 사조나 전통은 길어도 100년을 넘기기 어렵다. 최재서는 "어떤 문학의 인습이나 전통도 일정한 생명 기간이 있다. 그것은 유기체와 마찬가지로 노쇠하고 사망한다. 한 전통이 생겨나면 그것을 토대로 모든 곡조가 연주된다. 그러나 나중엔 고갈하고 만다."(평: 101)라고 밝힌다. 그런데 모든 문예 사조나 전통을 통틀어 아마 낭만주의만큼 큰 영향력을 행사한 것도 찾아보기 힘들 것이다. T. E. 흄이 일찍이 낭만주의를 '마약'

에 빗댄 것도 바로 그 때문이다. 그러나 낭만주의가 아무리 '마약'과 같은 효과가 있다고 해도 결국에는 다른 인습이나 사조에 자리를 내어줄 수밖에 없었다.

물론 대립 관계에 있는 사조나 전통 중에서 어느 것이 더 낫고 어느 것이 더 못한지 따지는 것은 부질없는 일이다. 이 점과 관련해 최재서는 "문학에 나타나는 낭만적 요소와 고전적 요소는 인간성의 생물학적 대립에서 나오는 필연적 표현이니, 어느 것이 진실하고 어느 것이 허위라고 단정할 수 없다."(평: 77)라고 잘라 말한다. 그것은 시대에 따라 또 세계관에 따라 얼마든지 달라질 수 있기 때문이다. 또한 창작가나 비평가는 천성과 기질에 따라 특정 사조나 전통을 선호한다. 그러므로 문예 사조나 전통에 어떤 우열의 차이를 둘 수는 없다. 심지어 최재서가 그토록 좋아한 주지주의도 예외가 아니어서 그는 T. S. 엘리엇이 즐겨 사용하는 게(蟹)의 이미지를 빌려 겉으로는 아무리 견고해 보여도 약점이 있다고 지적한다. 게는 갑옷처럼 딱딱한 갑각과 날카로운 가위 같은 집게다리 열 개로 단단히 무장하고 있지만 일단 몸이 뒤집히면 배에 치명적인 약점이 있다는 것이다. 최재서는 현대 주지주의도 게처럼 어딘가에 치명적인 약점을 지니고 있을지 모른다고 지적한다.

문예 사조나 전통은 단절의 개념보다는 연속의 개념으로 파악해야 한다. 가령 신고전주의와 낭만주의는 지진 같은 급격한 지질 활동으로 지층이 서로 어긋나는 단층처럼 완전히 단절되지 않는다. 오히려 그것은 마치 공기 중 물방울이 햇빛이 닿아 굴절과 반사를 일으켜 만들어 내는 무지개의 스펙트럼과 같아서 어디에서 끝나서 어디에서 시작하는지 경계가 매우 모호하고 애매하다. 멀리서 보면 색깔의 차이가 비교적 선명히 드러나지만 가까이서 보면 색깔과 색깔을 구분 짓기란 여간 어렵지 않다. 문화권에 따라 무지개 색깔은 적게는 셋에서 많게는 일곱까지 나뉘는 까닭도 바로 여기에 있다.

그동안 최재서의 문학관을 두고 평론가들 사이에서 의견이 첨예하게 엇살려 왔다. 한쪽에서는 그를 낭만주의자로 보는가 하면, 다른 한쪽에는 그를 신고주의자 또는 주지주의자로 본다. 예를 들어 백철과 조연현(趙演鉉) 등은 최재서의 기본적인 문학관을 신고전주의(주지주의)로 파악하면서 낭만주의를 그가 일시적으로 추종했거나 우연적으로 받아들인 현상으로 파악한다. 한편 김윤식은 최재서의 문학관을 기본적으로 낭만주의로 규정하면서 최재서에게 신고전주의는 "한갓 외도에 지나지 않거나, 일시적인 유행을 좇는 형국"으로 평가한다. 그러면서 김윤식은 "그는 주지주의에서 낭만주의에로 전향한 것이 아니다. 그에겐 전향이란 말이 적용되지 않으며, 차라리 원점 회귀라는 말이 알맞다."라고 지적한다. 그런가 하면 최재서를 체계적으로 처음 연구한 김흥규는 백철과 조연현 편에 서서 최재서가 영국 주지주의의 영향을 받았음을 인정하면서도 T. E. 흄, T. S. 엘리엇, I. A. 리처즈보다는 오히려 스티븐 스펜더에게서 더 큰 영향을 받았다고 주장한다.[2]

그렇다면 이렇게 극단적으로 대립되는 백철·조연현의 주장과 김

---

2) 백철, 『신문학사조사』(서울: 신구문화사, 1992), 457~461쪽; 조연현, 『한국현대문학사』(서울: 정음사, 1976), 23~25쪽; 김윤식, 『한국 근대문학사상 연구 1: 도남과 최재서』, 248, 284쪽. 김흥규, 『문학과 역사적 인간』, 286~304쪽.

윤식의 주장 중 어느 쪽이 더 설득력이 있는가? 한마디로 최재서는 낭만주의를 전적으로 수용하지도, 전적으로 거부하지도 않았다. 이 점에서는 신고전주의나 주지주의도 마찬가지여서 그는 그것을 전적으로 받아들이지도, 전적으로 폐기 처분하지도 않았다. 방금 앞서 문학 사조와 전통은 순환적으로 반복한다는 사실을 언급했다. 최재서 개인으로 좁혀 보면, 타의에 따른 것이든 자의에 따른 것이든 그는 처음에는 낭만주의의 세례를 한차례 강하게 받았다. 그러나 경성제국대학 학부와 대학원 과정을 거치면서 그의 문학관에도 조금씩 변화가 일어나기 시작했다. 바로 그 무렵 영국을 중심으로 신고전주의 선풍이 거세게 일어나고 있었고, 외국의 문예 이론에 관심이 많던 그는 이 새로운 경향에 영향을 받지 않을 수 없었다.

한 문학 연구자가 오직 하나의 문학 전통이나 사조에 얽매어 있다는 것이 오히려 이상하다. 특히 최재서처럼 문학적 감수성이 뛰어나고 지적 호기심이 강한 젊은 지식인으로서는 더욱 그러할 것이다. 「현대 주지주의 문학 이론」에서 최재서는 T. E. 흄이 「낭만주의와 고전주의」에서 선언한 "낭만주의의 백년을 지난 뒤에 우리는 다시 고전주의의 부활을 마지한다."(평: 62)라는 유명한 말을 인용한다. 그런데 이 선언은 최재서에게도 마찬가지로 적용할 수 있다. 다만 그에게는 낭만주의에서 고전주의로 이행하는 기간은 100년이 아니라 불과 몇 년으로 충분했을 따름이다.

엄밀히 따지면 낭만주의와 고전주의의 차이는 본질적인 차이라기보다는 정도의 차이며 질적 차이라기보다는 양적 차이다. 최재서가 대표적인 주지주의 문학 이론가로 꼽고 있는 흄을 비롯한 리처즈, 엘리엇, 허버트 리드, 윈덤 루이스 같은 비평가들은 기본적으로 낭만주의에 불만을 품고 고전주의의 가치를 받아들이면서도 마음 한구석에서는 늘 낭만주의에 대한 미련을 완전히 떨구어 내지 못했다. 이와 마찬가지로 최재서도 1930년대 중엽부터 낭만주의에서 점차 멀어지면서 고전주의로 이행했지만 1964년 사망할 때까지 1920년대 젊은 시설에 받은 낭만수의의 영향으로부터 완전히 벗어날 수 없었다.

낭만주의와 신고전주의를 둘러싼 최재서의 이러한 태도는 그가 "오늘의 신문학 정신을 대표하는 시인이고 또 비평가"로 평가하는 엘리엇과 비슷하다. 미국 시민으로 1927년 영국에 귀화한 엘리엇은 "문학에서는 고전주의자, 정치에서는 왕당파, 종교에서는 영국국교도"로 자처했다.[3] 그런데 엘리엇의 진술이 흔히 그러하듯이 이 말도 액면 그대로 받아들이다가는 자칫 오해를 불러오기 쉽다. 여기에서 그는 문학과 정치와 종교를 독립적인 실체로 파악해야 한다는 점을 지적하고 싶었을 뿐이다. 엘리엇은 방금 인용한 진술 바로 다음에 고전주의라는 용어가 너무 애매하여 부질없는 말이 되기 쉽다고 덧붙여 놓은 말을 놓쳐서는 안 된다.

그러나 엘리엇은 그동안 장편 시 『황무지』(1922)를 발표해 좁게는 영문학, 넓게는 유럽 문학에 새로운 획을 그은 모더니즘의 대부로 자리 잡았다. 영미 문학에서 '모더니즘' 하면 제일 먼저 떠오르는 인물이 소설에서는 제임스 조이스, 버지니아 울프, 윌리엄 포크너이고, 시

---

3) T. S Eliot, *For Lancelot Andrewes: Essays on Style and Order*(London: Faber and Gwyer, 1928), p. ix.

에서는 엘리엇, 에즈라 파운드, 윌리엄 칼로스 윌리엄스 등이다. 그만큼 엘리엇은 모더니즘 사조나 전통과는 떼려야 뗄 수 없을 만큼 깊이 연관되어 있다. 그런데도 그는 이제 자신이 고전주의자가 되었다고 천명했다. 이렇듯 파운드나 엘리엇 같은 모더니스트의 대부분은 전통적 가치를 받아들이는 보수주의자들이요 고전주의자들이었다. 모더니즘 계열의 문학 작품을 분석하고 널리 알리는 데 크게 이바지한 미국의 신비평가들도 대부분 전통적 가치를 수호하는 남부의 귀족 출신이었다는 점은 이 점과 관련해 시사하는 바가 크다.

방금 앞에서 언급했듯이 최재서는 상상력을 핵심 개념으로 받아들이는 낭만주의를 경성제국대학 예과와 본과 시절 일시적으로 받아들였다가 영원히 폐기 처분하지 않았다. 그는 대학을 졸업한 뒤부터 낭만주의에서 조금씩 멀어지면서 점차 신고전주의 문학관 쪽으로 다가갔다. 그러면서도 첫사랑을 잊지 못하는 연인처럼 최재서는 끝내 낭만주의를 결코 잊을 수 없었다. 그것은 그가 인문사를 설립하자마자 두 번째로 출간한 『해외서정시집』 서문에서도 뚜렷이 엿볼 수 있다.

영원히 생명 있는 것은 예술이고 그중에서 가장 방순(芳醇)한 것은 시이고 그중에서도 불절(不絶)히 청신(淸新)한 것은 19세기 낭만시이다. 낭만 시인의 어느 한 항(頁)를(을) 들처 보아도 거기엔 생명의 비약이 있고 인간성의 해방이 있고 예술의 향기가 새롭다. 우리는 훤조(喧噪)와 진애(塵埃) 속에서도 어머니와 자연으로 도라가듯이 낭만시로 도라가는 우리 자신을 발견한다.

그뿐만은 아니다. 교양으로서 보드래도 문학이 그 전통적 수단인 이상 19세기 낭만시가 그 관문이 아니 될 수 없다. 학교 교과서에 대표적 낭만시가 무수히 채용되야 있음을 말치 않으래도 다감한일(一)시기를 순미(純美)하고 성결(聖潔)한 시적 교양에서 보낸다는 것은 그 사람 자체를 위하야 더없이 축복된 일이다.[4]

최재서가 이렇게 낭만주의에서 '생명의 비약'과 '인간성의 해방'과 '예술의 향기'를 찾은 것은 1938년(쇼와 13)이었다. 1950년대에 이르러도 낭만주의에 대한 최재서의 사랑은 크게 달라지지 않았다. 한편 낭만주의에 경도되었을 무렵에도 최재서는 신고전주의나 주지주의의 가능성을 늘 열어 두고 있었다. 그의 문학 이론과 비평에서 꼬리표가 되다시피 한 주지주의도 엄밀히 따지면 가장 넓은 의미에서 낭만주의의 한 변형으로 볼 수도 있다. 낭만주의라는 그릇은 너무 크고 넉넉해 심지어 신고전주의나 주지주의까지도 넉넉히 담아낼 수 있기 때문이다.

이렇듯 낭만주의는 신고전주의나 모더니즘 또는 리얼리즘 같은 다른 '주의'나 '이즘'과 비교해 의미의 스펙트럼이 무척 넓다. 그래서 A. O. 러브조이 같은 학자는 낭만주의를 표기할 때는 'Romanticism'이라고 단수형으로 표기하기보다는 오히려 'Romanticisms'라는 복수형으로 표기하는 쪽이 더 적절하다고 주장한다. 낭만주의는 대자연을 사랑하는 좁은 의미의 낭만주의에서 자유주의 사상에 기반을 둔 넓

---

4) 최재서, 「서」, 『해외서정시집』(경성: 인문사, 1938), 쪽수 없음.

은 의미의 낭만주의에 이르기까지 그 폭이 무척 넓다. 신고전주의만 같아도 그 중심 개념을 '이성', '규칙', '질서', '조화', '균형' 등으로 요약할 수 있다. 그러나 낭만주의를 기술하는 중심 개념은 '상상력'을 비롯해 '창조', '천재성', '감정', '정서', '표현', '개성' 등 열 손가락으로 꼽을 수 없을 만큼 아주 많다. 그러므로 어떤 의미에서 낭만주의는 신고전주의와는 달리 어떤 통일된 이론을 찾기란 매우 어렵다.

개성과 성격의 문제와 관련해 최재서는 "낭만적 개성을 고전적인 형식 속에 통제할 때에 완전한 예술품이 얻어진다."라고 지적한다. 그러면서 그는 계속해 "그런 점에서 나는 19세기 문학에서 괴에테를 숭배하고, 20세기 문학에서 지이드를 사랑한다. 개성과 성격의 조화는 문학예술의 고유한 분야이지만, 그것은 또 학문에서도 이루어질 수 있다."라고 밝힌다.(인: 71) 최재서가 괴테와 더불어 앙드레 지드를 언급하는 데는 그럴 만한 까닭이 있다. 최재서는 「비평과 과학」에서 허버트 리드의 정신 분석 이론과 관련하여 고전주의와 낭만주의가 상호 배타적 관계에 있다기보다는 오히려 상호 보완적인 관계에 있다고 지적하는 지드의 글을 인용한다.

고전주의와 낭만주의와의 투쟁은 개인의 정신 가운데도 역시 존재하고 있음을 상기하는 것이 중요한 일이다. 그리고 예술 작품이 생겨나는 것은 바로 이 투쟁으로부터서이다. 고전적 예술 작품은 내면적 낭만주의에 대한 질서와 규준의 승리를 말하는 것이다. 그리고 정복 받을 내부 반란이 맹렬하면 할수록 생겨나는 작품은 아름다운 것이다. 만일에 그것이 애초부터 질서적이었다면 작품은 냉냉

하여 아무 흥미도 없을 것이다.(평: 72)

지드의 말을 좀 더 쉽게 풀어서 설명한다면, 신고전주의 예술은 낭만주의의 무질서와 혼동에 대한 비판적 반작용으로 질서와 규준을 내세우려는 사조요 전통이다. 한편 낭만주의 예술은 그 이전의 계몽주의나 신고전주의 예술의 권위와 경직성에 대한 비판적 반작용이다. 만약 여기에서 지드가 고전주의를 계몽주의 시대의 문학 사조나 전통이라는 의미로 사용한다면 낭만주의에 반발하는 사조나 전통은 '신신고전주의'라고 불러야 마땅할 것이다. 그러므로 얼핏 대적 관계에 있는 것처럼 보이는 이 두 사조는 서로 한계를 극복하고 보완하면서 발전해 왔다고 할 수 있다. 예술은 활시위처럼 팽팽한 긴장과 갈등에서 생겨나는 산물이다. 만약 이러한 긴장과 갈등이 없다면 예술 작품은 지드의 말대로 그야말로 "냉랭하여" 독자들에게 흥미를 주지 못할 것이다.

이렇게 고전주의와 낭만주의의 상호 보완적 관계는 문학 창작에만 그치지 않고 비평 활동에도 마찬가지로 해당한다. 최재서는 「비평과 과학」에서 어니스트 존스가 말하는 외향형과 내향형을 언급하면서 인간 심리의 이 두 유형이 확고부동한 범주가 아니라 얼마든지 서로 융합할 수 있다고 지적한다. 그러면서 최재서는 이 이론이 문학 비평에서 문학적 유형을 결정하는 데도 과학적 근거가 된다고 주장한다.

일례를 들면, 소위 낭만적 예술가는 늘 내향적 태도의 기능을 표현하고, 고전적 예술가는 늘 외향적 태도의 기능을 표현한다. 물론 비평가도 사람인지라, 그의 천성과 기질에 따라 특히 즐겨서 동정을 가지는 문학형(文學型)이 있을 것이다. 그러나 그가 다만 한 향락자가 아니라 비평가이라면 그는 자기의 주관만을 옳다 하여 고집불통한 태도를 취할 것이 아니다. 점잖히 이 상호 배격의 당론을 초월한 입장을 지켜야 할 것이다. 뿐만 아니라 그는 자기의 비평의 근거를 확장함에 늘 유의하지 않아서는 아니 될 것이다.

문학에 나타나는 낭만적 요소와 고전적 요소는 인간성의 생물학적 대립에서 나오는 필연적 표현이니, 어느 것이 진실하고 어느 것이 허위라고 단정할 수는 없다.(평: 77)

최재서는 비평가도 작가 못지않게 대립적인 문학 사조나 전통에서 어느 한쪽만을 고집하지 말고 좀 더 초월적 입장에서 작품을 평가해야 한다고 지적한다. 물론 비평가의 성격이나 기질에 따라 어느 한쪽 사조나 전통에 기울어질 수는 있을 것이다. 그런데도 참다운 비평가라면 '이것이냐 저것이냐'의 배타적이고 택일적 관점보다는 '모두 둘 다'의 포용적 관점에 문학 작품을 평가할 것을 주문한다. 다시 말해서 비평가는 "상호 배격의 당론을 초월한 입장"에서 객관적이고 과학적인 방법론의 의존해야 한다는 것이다. 최재서는 위 인용문에 바로 앞서 지금까지의 문학 비평이 한낱 당파 싸움에 지나지 않았다고 언급한 뒤 "주관 대 객관, 개인 대 사회, 낭만주의 대 고전주의…… 기타 무수한 대립 개념이 과거 2백 년 동안 비평에서 끊임없이 계속되고 있었다."(평: 76)라고 밝힌다. 비평가로서 임무는 바로 이러한 대립 사이에서 균형과 조화를 찾고 그것을 화해시키는 것일지도 모른다.

그런데 위 인용문에서 특별히 눈길을 끄는 것은 최재서가 마지막 구절에 이르러 문학 작품에 나타나는 낭만적 요소와 고전적 요소를 "인간성의 생물학적 대립에서 나오는 필연적 표현"으로 파악한다는 점이다. 지금까지 최재서는 주로 I. A. 리처즈와 허버트 리드의 심리학적 또는 정신 분석적 접근 방법을 소개하면서 좀 더 비평의 과학화를 꾀했다. 그런데 최재서는 조금 의외다 싶게 여기에서 생물학적 개념을 끌어들인다. 이 점과 관련해 그는 "문학의 심리학적 연구는 19세기 이래 많이 실천되어 왔지만 생물학적인 고찰은 아직도 대부분이 개척되지 않은 분야다. (……) 작품의 효과와 문학의 가치 같은 것이 생리학적 고찰에 의해서 비로소 올바르게 이해되매 정확하게 기술될 수 있다 함을 이미 예민한 비평가들은 잘 알고 있다."(인: 34~35)라고 지적한다.

최재서의 문학관은 한마디로 전적으로 낭만주의도 아니고 전적으로 주지주의도 아니다. 이를 달리 말하면 그의 문학관은 낭만주의적이면서 동시에 주지주의적이요, 주지주의적이면서 동시에 낭만주의적이라고 볼 수 있다. 그는 서로 대척점에 있는 이 두 이론에서 어느 한쪽을 택하기보다는 두 가지 모두를 택하거나 둘 사이에서 절충점을 찾으려고 한다.

현대 생활에 있어 사상과 정서의 분열은 더욱 처참하다. 가장 현대적인 사상을 설교하는 주지주의자가 그 정서 생활에 있어서는 아주 봉건적이다. 그들의 사상에는 정서가 수반되지 않기 때문에 청중에게 전인격적 반응을 일으키지 못한다. 이와 반대로 정서의 수

호자로 자처하는 예술가들은 사상을 멸시하고 쎈티멘탈리즘 속에서 예술의 순수성을 몽상한다. 그들의 정서에는 사상의 지지가 결핍되기 때문에 현실성이 없고, 따라서 광범한 일반 대중에게 공감을 일으키지 못한다. 그러나 참된 예술과 문학의 작품이 우리에게 제시하는 체험은 그러한 불구적인 혹은 병적인 체험의 일편(一片)이 아니라, 살아 있는 인간의 전체적인 체험인 것이다. (……) 전일체로서의 인간을 인위적으로 분해해서 그 일부를 절대적·배타적으로 찬미할 때에 그 결과는 인간성의 파산밖에는 될 것이 없다. 과학과 시의 괴리는 무엇보다도 현대 인간성의 파산을 말하는 슬픈 광경이다.(원: 160~161)

위 인용문에서 사상에 무게를 싣는 주지주의는 신고전주의를 말하고, "정서의 수호자"로 자처하는 예술은 낭만주의를 말한다. 그런데 이 둘의 분열과 괴리는 현대에 이르러 '처참한' 상황에 이르렀다. 고전주의에는 사상만 있고 정서가 결여되어 있는 반면, 낭만주의에는 정서만 있고 사상이 없다면 그러한 문학 작품이 제시하는 체험은 '불구적'이거나 '병적'인 것이 될 수밖에 없다. 살아서 숨 쉬는 "전인적 체험"이 되기 위해서는 극단적인 이 두 태도의 중간 어디에서 그 답을 찾아야 한다. 최재서가 지향하는 목표는 바로 사상과 감정, 과학과 시, 고전주의와 낭만주의 사이에서 조화와 균형을 꾀하는 것이다. 그에게 지적 체험과 미적 체험의 차이는 종류의 차이라기보다는 정도의 차이일 뿐이다. 그가 생리학적 심리학에 기반을 둔 리처즈의 비평 이론에 깊은 관심을 두는 것은 바로 그 때문이다.

위 인용문 마지막 문장에서 최재서가 "과학과 시의 괴리는 무엇보다도 현대 인간성의 파산을 말하는 슬픈 광경"이라고 말하는 이유가 과연 어디에 있을까? 그는 매슈 아널드처럼 과학과 시, 사상과 정서 또는 감정의 괴리를 무엇보다도 경계한다. 최재서는 "사상과 감정이 분리되는 상태는 인간 생활에서 가장 불행한 상태이지만 문학에 있어서는 너욱 치명적이나. 삼성과 분리될 때에 사상은 설교가 되며 사상과 분리될 때에 감정은 쎈티멘탈리즘이 된다."(원: 160~161)라고 지적한다. 그러면서 그는 작가에게 감정의 과잉인 센티멘털리즘을 무엇보다도 경계하라고 말한다.

최재서와 낭만주의의 관계는 경성제국대학 예과와 본과를 뛰어넘어 경성제2고등보통학교 시절로 거슬러 올라간다. 앞장에서 잠깐 밝혔듯이 그는 3학년 영어 시간에 윌리엄 워즈워스의 "하늘의 무지개를 볼 때마다"로 시작하는 작품을 처음 만났다. 문학적 감수성이 뛰어난 그는 교사의 해설에 적잖이 불만을 품으면서도 이 작품을 읽으며 깊은 감명을 받았음이 틀림없다. 뒷날 최재서는 경성제대 예과와 본과에 진학하여 워즈워스를 비롯한 낭만주의 작품을 공부했고, 특히 대학원 과정에서 더 체계적으로 워즈워스의 작품을 연구했다.

최재서는 《청량》에 이어 1929년부터 경성제국대학 영어·영문학부 연구실에서 발행하던 잡지 《경성제대 영문학회보》 3호(1930)에도 「셸리의 추억(Shelleyの Reminiscences)」을 발표했다. 잘 알려진 것처럼 셸리는 워즈워스와 새뮤얼 콜리지를 비롯한 낭만주의자들이 프랑스 혁명 이후 보수적인 태도를 취하기 시작하자 반발한 시인이다. 그래서 셸리는 존 키츠와 조지 바이런처럼 영국을 떠나 스위스와 이탈리아 등

유럽 대륙으로 거처를 옮겨 초기 낭만주의에서 볼 수 있던 이상주의를 지키려고 노력했다. 바이런은 그리스 독립을 위해 독립 전쟁에 종군하기까지 했다. 최재서는 예이츠와 셸리에 대한 관심에서 엿볼 수 있듯이 낭만주의의 자유주의 정신과 혁명성에 끌렸다. 특히 식민지 조선의 젊은 지식인에게 영국과 아일랜드의 낭만주의 시인들의 작품은 각별한 의미로 다가왔을 것이다.

최재서가 경성제대 법문학부 영문학과에 제출한 졸업 논문은 역시 낭만주의 문학으로 제목이 「셸리의 시정신의 발전」이었다. 이 논문이 남아 있지 않아 그 내용을 자세히 알 수는 없지만, 제목으로 미루어 보면 아마 셸리의 낭만주의 정신이 어떻게 변모 과정을 거쳤는지 살피는 내용이었을 것이다. 최재서가 대학원 과정에 입학하여 중심 연구 과제로 삼은 주제는 '시 정신의 낭만적 양식'이었다. 여기에서 주목해 볼 것은 학부와 대학원의 주제가 다 같이 '시정신'이라는 점이다. '시정신'을 다루되 학부 과정에서는 셸리에 국한했고, 대학원 과정에서는 그 범위를 낭만주의 일반으로 좀 더 넓혔다.

유럽에서 낭만주의의 횃불을 처음 쳐든 사람은 계몽주의 시대에 흔히 '독일의 루소'로 일컫는 요한 고트프리트 헤르더였다. 헤르더는 무엇보다도 감정과 감성, 민족 역사를 강조했다. 낭만주의자들은 비록 계몽주의들이 부르짖은 이성과 합리, 절대성에 강한 회의를 품었지만, 이성을 전적으로 무시하거나 거부하지는 않았다. 다만 그들은 과거에 절대적이고 보편적인 의미로 받아들였던 이성과 합리를 역사적 흐름에 따라 변화하는 것으로 파악했을 뿐이다. 낭만주의자들은 1차 산업 혁명과 중상주의에 대한 비판적 반동으로 출발했지만 곧

산업 혁명의 실용적인 사상과 물질주의에 휘말렸다. 그래서 조지 바이런이 사망한 1820년 이후 영국의 낭만주의는 급속하게 후퇴하는 결과를 낳았다.

낭만주의를 한두 마디로 정의 내리기란 불가능하지만 낭만주의의 집을 떠받들고 있는 기둥은 크게 두 가지다. 한 기둥은 상상력이고 나른 기둥은 유기체론이다. 낭만주의 이론에서 새뮤얼 콜리지의 『문학 평전』(1817)이 중요하게 취급받는 까닭은 낭만주의의 보편적 기본 개념인 상상력을 이론적으로 체계화한 한편, 문학의 유기체론을 제시했기 때문이다. 동떨어진 사물에서 특별한 이미지를 찾아내는 '공상'과 달리, 신의 창조력에서 유추한 '상상력'은 인간의 무한한 가능성에 무게를 싣는다.

콜리지는 상상력을 더 세분해 '일차적 상상력'과 '이차적 상상력'으로 다시 나눈다. 전자는 인간의 모든 인식을 지배하는 살아 있는 힘이나 일차적인 동인을 가리킨다. 다시 말해 그것은 인식 능력으로 이성적 인간이라면 누구나 소유한 보편적 능력이다. 한편 후자는 시를 비롯한 문학과 예술 작품을 창조하는 동인으로 사물과 사물을 결합하고 하나의 동일체를 만드는 힘이며, 서로 모순되고 상반되는 것을 융합하고 용해하고 확산해 예술적 재창조를 이루어 내는 능력이다. 콜리지에 따르면 시인에게 공상은 겉으로 드러나는 옷과 같은 것이지만, 상상력은 시인의 정신이 활발하게 작용하는 '운동'으로서 곧 시의 생명이요 영혼과 같은 것이다.

한편 낭만주의의 집을 떠받들고 있는 두 번째 기둥인 유기체론에서는 문학과 사회를 하나의 유기체로 보았다. 탄생과 성장, 쇠퇴와

소멸의 과정을 겪는 것은 문학도 사회도 마찬가지다. 콜리지는 상상
력이란 "대립적이고 불협화음을 가져오는 모든 요소를 녹여 하나의
통일체를 만들어 내는 지적 능력"이라고 간주했다. 그는 18세기 말과
19세기 초 산업 혁명과 그에 따른 물질주의적 가치관과 인간성의 와
해, 사회 분열과 이기주의의 만연을 크게 우려했다. 산업 혁명이 낳은
정신의 폐허 위에 인간의 심성에 걸맞은 문학의 집을 세우려는 것이
낭만주의 정신의 본질이었다. 그래서 낭만주의자들은 자아에 확신을
품고 내면의 세계로 눈을 돌리면서 침잠과 관조에 무게를 실었다. 워
즈워스와 콜리지는 자연의 관조 중에 상상력에 따른 우주와의 영적
합일을 노래한 『서정 민요집』(1798)을 출간함으로써 영국 낭만주의에
처음 불을 당겼다.

　　낭만주의에 대한 최재서의 태도는 방금 기술한 이 사조나 전통
의 기본 입장과 크게 다르지 않다. 특히 그는 셸리의 자유주의 정신
과 혁명에 무게를 두었지만 궁극적인 창조력으로서의 상상력과 유기
체론에서 크게 벗어나지 않았다. 이와 관련해 최재서의 「나무」라는
글은 좀 더 찬찬히 살펴볼 필요가 있다.

　　나는 나무를 볼 적마다 가슴속에서 달콤한 감각을 느낀다. 나무는
　　나에게 생기를 주니까 좋을 뿐 아니라, 또 철학과 윤리를 주니까 좋
　　다. 코올릿쥬(콜리지)의 유기적 시관(詩觀)은 낭만주의적 문학관의 요
　　약인 동시에 시에 대한 최종적 단언이다. 나는 그의 시론을 30년
　　내로 믿어 오는 바이지만, 그의 천재적 이론은 식물성이라고 에드워
　　드 영은 말했지만 천재적 비평가인 코올릿쥬는 식물 속에서 생명적

인 문학관을 체득했다. 문학에 나타난 동물성과 식물성의 차이는 내가 흥미를 갖고 추구하는 문제들 중의 하나다.(인: 13~14)

최재서의 「나무」는 작품 소재에서는 이양하의 수필 「나무」에 견줄 수 있지만 주제나 문체에서는 사뭇 다르다. 최재서가 "나무는 인류의 스승"이라고 말하지만 이양하가 나무에서 발견하는 스승의 의미는 전혀 다르다. 이양하가 나무를 인격적 대상으로 인식해 그것에서 안분지족, 고독의 인내, 견인주의적 태도, 다른 피조물과의 유대감 등 온갖 미덕을 찾으려고 한다면, 최재서는 나무에서 낭만주의의 핵심 이론을 찾아낸다. 즉 최재서는 나무에서 콜리지의 유기적 문학관을 찾는다. 그는 콜리지의 유기론적 시론이야말로 "낭만주의적 문학관의 요약인 동시에 시에 대한 최종적 단언"이라고 잘라 말한다. 최재서가 《연세춘추》에 이 글을 발표한 것은 1959년 5월이다. 그렇다면 그가 콜리지의 낭만주의 시론을 처음 만난 지 무려 30여 년의 세월이 흘렀다. 이처럼 최재서에게 낭만주의는 그의 첫사랑이었고, 그는 첫사랑을 좀처럼 잊지 못하는 연인처럼 사망하기 몇 해 전까지 이토록 낭만주의를 잊지 못했다.

낭만주의에서 신고전주의로

최재서가 낭만주의에서 조금씩 멀어지면서 신고전주의로 다가가기 시작한 시점은 줄잡아 경성제국대학 대학원 과정을 이수하고

난 뒤부터였다. 좀 더 정확히 말하면 경성제대 강사직에서 해임된 해인 1934년쯤이었다. 이 점에서 이해 3월 그가 《경성제대 영문학회보》 13호에 「윈덤 루이스론(ウインダム·ルイス論)」을 발표한 것은 자못 상징적 의미가 크다. 영국 작가요 화가인 루이스는 낭만주의에서 고전주의나 모더니즘으로 이행하는 과도기를 보여 주는 전형적인 인물이기 때문이다. 최재서가 '반동 비평가'로 일컫는 루이스는 과거로 복귀해 직관적이고 감정적이며 본능적인 것을 되찾으려는 운동에 맞서 오히려 지적이고 합리적인 것을 추구하려고 노력했다. 루이스가 본능이 이성에 앞선다고 부르짖던 D. H. 로런스를 격렬하게 비판한 것은 바로 그 때문이다. 「비평과 모럴의 관계」에서 최재서도 인용하듯이 루이스는 어니스트 헤밍웨이 작품을 두고 "그의 소설에 나오는 인물들은 완전히 윤리적 의지를 결여하고 있다. 그들 꼭두각씨는 바람에 휘날리는 낙엽과 같은 것이다."(평: 26)라고 신랄하게 비판한다. 루이스는 문학뿐 아니라 회화에서도 전통 회화 방식에 맞서 추상적이고 기하학적 형태를 추구하면서 '보티시즘(소용돌이파)' 운동을 펼치기도 했다. 이 보티시즘 운동에는 에즈라 파운드도 적극 가담했다.

그런데 루이스와 파운드가 비평 이론을 정립하는 데 가장 큰 영향을 받은 사람은 다름 아닌 영국의 예술 비평가요 철학가인 T. E. 흄이었다. 최재서는 흄을 "현대의 철학과 예술에 대하여 퍽 건강하고 치밀한 사상을 가지고 있었다."(평: 84)[5]라고 평한다. 그래서 1934년 최

---

5) 이 논문을 발표한 지 20여 년 뒤 최재서는 그것을 직접 번역해 「낭만주의 초극: 흄의 예술 사상」이라는 제목으로 《사상계》(1956. 6)에 발표했다. 『최재서 평론집』 (1961)에 실린 「네오 클라씨즘」은 이 논문을 김활이 번역한 것이다. 한편 김윤식

재서는 루이스에 이어 니시다 기타로(西田幾多浪)와 미키 기요시(三木清) 같은 당대 쟁쟁한 철학자들이 중심이 되어 일본 교토대학에서 발행하던 권위 있는 철학 잡지 《시소(思想)》에 흄에 관한 논문을 발표했다. 「흄의 비평적 사상(T. E. ヒュ‐‐ムの批評的思想)」이라는 논문은 당시 일본 학계에서도 큰 주목받았다. 이 잡지의 편집자는 후기에 "최재서 씨는 경성제대 문학부 출신. 조선 쪽에서 本 잡시에 집필한 섯은 이번이 처음이다. T. E. 흄에 관해서는 이미 몇 개의 소개가 있는 것 같으나, 간단히 그 학설의 要項을 이끌어 낸 것으로써, 특히 본 잡지에는 처음 소개로서, 뜻이 있다고 믿는다."라고 적었다.

흄은 한편으로는 파운드에 앞서 이미지즘을 주창하여 모더니즘이 다가올 길을 미리 닦아 놓았고, 다른 한편으로는 19세기의 휴머니즘과 낭만주의를 거부하고 고전주의 전통으로 다시 돌아갈 것을 부르짖었다. 흄에 대해 최재서는 "그는 과거의 전통에 대한 시대적 불만을 이론적으로 인식하고 신시대의 막역한 翹望을 의식적으로 추구했다. 그가 타도코자 하는 전통은 인생관에 있어 인간주의이며, 예술이 있어 자연주의이며, 문학에 있어 낭만주의이다."(평: 55)라고 잘라 말한다. 그러면서 최재서는 계속해 이제부터 그가 수립하려는 새로운 전통은 과학적 절대적 태도와 기하학적 예술과 고전주의적 문학이라고 밝힌다. 최재서는 이 새 전통을 '반지성적인 낭만주의', '반낭만적인 주지적 경향' 등의 용어로 부르기도 한다.

은 이 논문을 다시 번역해 『한국 근대 문학사상 연구: 도남과 최재서』에 「해제」와 함께 부록으로 실었다.

실제로 루이스의 이론에서 핵심적인 위치를 차지하는 고전주의와 낭만주의의 대립은 토머스 어니스트 흄의 『휴머니즘과 예술철학에 관한 성찰』(1924)에서 적잖이 영향을 받았다. 그러면 흄이 말하는 낭만주의와 고전주의의 대립에 대해서 좀 더 자세히 살펴보기로 하자.

여기에 낭만주의의 근원이 있다. 즉 개인은 무한한 가능성을 가진 그릇이다. 그래서 만일에 우리의 환경을 개조할 수 있다면 개인의 가능성은 활동할 기회를 얻어 거기에 진보를 볼 것이다.
우리는 고전적 견해를 이와 정반대의 것이라고 정의할 수 있다. 즉 인간이란 지극히 고정되고 제한된 동물이어서, 그 본성은 영구불변하다. 그래서 인간으로부터 다소 가치 있는 그 무엇을 기대하려면 전통과 조직화에 의하여 이를 훈련할 수밖에 없을 것이다.(평: 60)

최재서의 비평문이 흔히 그러하듯이 「현대 주지주의 문학 이론」도 단순히 흄의 이론을 소개하는 것에 그치지 않는다. 그는 한 발 더 나아가 흄의 이론의 빌려 자신의 이론을 전개하고 정립하려고 했다. 김흥규는 최재서가 1935년 이전, 그러니까 「풍자 문학론」에 앞서 발표한 글들은 외국 이론의 간략한 개관에 그친 것으로 "독창성이 별로 없는 소개에 그친 것"이라고 지적한다.[6] 이 점에서는 김윤식도 크게 다르지 않아서 "최재서의 지성이 내발적인 것이 아니고 착용적, 소

6) 김흥규, 앞의 책, 284~285쪽 참고.

개적, 도입적인 것"이라고 신랄하게 비판한다.[7]

  그러나 최재서의 비평문을 좀 더 면밀히 읽어 보면 그는 단순히 외국 이론을 국내에 소개하는 데 그치지 않고 한 발 더 나아가 나름대로 자신의 의견을 제시했다. 이 무렵 최재서의 나이 아직 서른 살도 되지 않던 무렵이라는 점을 염두에 두면 그의 비평적 판단과 안목에 그저 놀랄 뿐이다. 더구나 최새서는 외국 학자나 비평가의 수장이나 이론이라고 하여 무조건 받아들이지 않고 엄격한 비판적 안목에 비추어 필요한 것은 받아들이고 불필요한 것이나 틀린 것은 과감하게 배척했다. 말하자면 그는 외국 이론을 수용하되 어디까지나 비판적으로 수용하려고 애썼다. 어떤 글에서는 만용에 가깝다 싶을 만큼 내로라하는 외국 이론가들이나 학자들의 주장을 반박하거나 깎아내리는 때도 더러 있었다.

  예를 들어 최재서는 오스발트 슈펭글러를 비롯하여 페르디낭 브뤼티에르, 모리스 바레스, 쥘 르메트르, 샤를 페기, 가브리엘레 단눈치오, 러디어드 키플링 같은 일군의 이론가들과 관련해 그들은 "앞서 말한 진정한 학자들에 비하여 세계에 널리 알려지지도 않고 또 그 본질에 있어서 열등함을 아무도 부정할 수 없다."라고 단언한다. 또한

---

7) 김윤식, 『한국 근대문예비평사 연구』, 234쪽. 김윤식의 최재서 비판은 몇 가지 점에서 문제가 있다. 자국의 전통에 얽매이지 않고 세계 정신을 호흡하려는 비평가의 지성이 반드시 '내발적'이어야 할 필요는 없다. 김윤식은 다른 글에서도 최재서의 '수입 지성'의 한계를 지적한다. 한편 김윤식은 위에 인용한 짧은 문장 안에 '내발적', '착용적', '소개적', '도입적' 등 일본어에서 주로 많이 사용하는 접미사 또는 조사 '적'을 무려 네 번에 걸쳐 나열하여 사용한다. 이러한 문장 구사는 '외발적'이라고 볼 수밖에 없다.

"세상에 알려지고 생각되어 온 최상의 것을 알고 그것을 세상에 알리려는 사심 없는 노력"이라는 비평의 정의에 관한 매슈 아널드의 유명한 언급에 대해 최재서는 "실로 많은 문제가 포함되어 있지만……"이라고 유보적인 태도를 보인다. 그런가 하면 리처즈의 심리주의 문학 이론에 대해 최재서는 "행동의 사회적 성격을 무시한 과실은 있으나……"라든지, 리처즈의 모럴과 관련해서도 "그 자신을 구할 수 없는 막다른 골목으로 몰아넣은 것으로 생각된다."라든지 하고 밝힌다. 그런가 하면 엘리엇의 이론에 대해서도 최재서는 "여기서 우리는 엘리엇의 신념의 동요와 비평의 불철저함을 본다."라고 지적하기도 한다.[8]

이렇게 외국의 이론가들의 이론을 거침없이 평가하는 것을 보면 최재서가 얼마나 서구 비평 이론에 깊이 천착하고 있었는지 알 수 있다. 그가 이러한 태도를 취하는 것은 치기 어린 지적 만용보다는 그의 비평적 안목과 치밀성에서 비롯한다. 어떤 의미에서 최재서는 외국 이론 소개를 발판으로 삼아 자신의 이론을 정립하려고 했다. 그러므로 최재서가 식민지 조선의 구체적인 역사적 현실을 외면한 채 서구 이론에 맹종한다느니, 서양의 근대 문학 이론이라는 사이비 보편성에 매몰되어 있었다느니 하는 몇몇 연구자의 주장은 설득력이 없다.

최재서가 낭만주의에서 점차 젖을 떼고 신고전주의에 가까운 주

---

8) 이론가들이나 비평가들에 관한 최재서의 비판이나 부정적 언급은 「현대적 지성에 관하여」, 「현대 비평의 성격」, 「비평과 모럴의 관계」 같은 글에서 쉽게 엿볼 수 있다.

지주의로 이유식을 시작했음을 보여 주는 글은 방금 앞에서 언급한 「현대 주지주의 문학 이론」과 그 속편으로 쓴 「비평과 과학」이다. 첫 번째 글에서 그는 '현대 문학의 혼돈성을 갈파한 명언'으로 일컫는 "병실의 공기가 문학이다. 현대에 있어서 비평은 대부분 진단이다."라는 영국 비평가 G. W. 스토니어의 말을 인용하면서 이 글을 시작한다. 그리면서 최재서는 계속해 "그러나 병실에도 희미하나마 실이 있다. 적어도 광명과 길을 찾는 비교적 건전하고 진지한 비평가가 있는 것만은 사실이다."(평: 54)라고 천명한다.

최재서가 20세기 비평에 '광명과 길'을 밝혀 줄 비평가들로 언급하는 사람들을 찬찬히 눈여겨보아야 한다. I. A. 리처즈, T. S. 엘리엇, 허버트 리드, 윈덤 루이스는 적어도 영국 문단에서 현대 비평을 이끄는 주역들이다. 그동안 영국 문학을 덮고 있던 '병실의 공기'란 바로 낭만주의를 말한다. 일군의 영국 비평가들이 파괴하려는 '19세기 전통'도 두말할 나위 없이 낭만주의 전통을 말한다. 최재서의 말대로 저마다 이론에서 조금씩 편차를 보이면서도 그들에게는 '주지적' 성향이라는 공통분모가 있다. 최재서는 앞으로 이 비평가들의 이론을 주춧돌로 삼아 비평의 집을 세우게 될 것이다.

최재서는 리처즈, 엘리엇, 리드, 루이스의 계보를 거슬러 올라가다 보면 어쩔 수없이 T. E. 흄을 만날 수밖에 없다고 지적했다. 또한 흄의 사상을 더듬다 보면 반드시 그의 '불연속적 실재관'을 만나게 된다고 주장했다. 19세기의 진화론에서는 단절 없는 실재의 연속성을 굳게 믿었지만 흄은 이러한 우주관을 폐기한 채 "실재를 있는 그대로, 즉 자연 속에 존재하는 단절을 엄연한 사실로 보려고"(평: 55~56)

노력했다.

더구나 흄은 실재를 두 동심원에 따라 구분되는 세 평면, 즉 ①수
학과 물리학의 무기적·절대적 세계, ②생물학과 심리학과 역사에서
취급하는 유기적·생명적·상대적 세계, ③윤리적·종교적 가치의 절
대적 세계로 보았다. 평면 ①과 평면 ③은 절대성을 받아들인다는
점에서는 서로 동일하다. 인간의 무한한 가능성을 믿는 평면 ②란 바
로 18세기 말에서 19세기 초에 영국을 비롯한 유럽 대륙에 풍미한 휴
머니즘에 기반을 둔 낭만주의를 가리킨다. 인간의 무한한 가능성과
인류의 무궁한 진보와 발전에 회의를 보이는 흄의 반휴머니즘적 태도
는 곧 고전주의로 이어진다는 것이 최재서의 주장이다. 흄은 이렇게
낭만주의와 고전주의를 첨예한 이분법적 대립 개념으로 파악했다.

> 낭만적 시가 인간의 무한성을 역설하는 데 비하여 고전적 시는 무
> 엇보다도 인간의 유한성을 중요시한다. 고전인은 간혹 비약하는 일
> 이 있어도 결코 진리 이상의 대기 — 인간이 호흡하기엔 너무도 희
> 박한 대기 — 속으로 맹진(盲進)하지는 않는다. 낭만적 시가 신기몽
> 롱(神氣朦朧)을 특징으로 삼는 데 비하여 고전적 시는 고담(枯淡)을
> 특징으로 삼는다. 전자가 무한을 암시하는 박모색(薄暮色)을 기조로
> 함에 비하여 후자는 백목(白目)의 명증을 나타낸다. 전자가 순정하
> 고 감상적임에 비하여 후자는 세속적이고 쾌활하다. 따라서 낭만적
> 비평 태도에게 고전주의 부활은 시의 사멸을 의미한다.(평: 61)

흄에 따르면 낭만주의가 아닌 것이 곧 고전주의이고, 고전주의

가 아닌 것 곧 낭만주의다. 이 두 사조나 전통은 상호 배타적 관계를 맺고 있기 때문이다. 위 인용문에서 특별히 눈여겨볼 대목은 "낭만적 비평 태도에게 고전주의 부활은 시의 사멸을 의미한다."라는 맨 마지막 문장이다. 시가 낭만주의 문학에서 주인공 역할을 한다면, 산문은 고전주의 문학에서 주인공을 맡는다. 최재서는 경성제국대학 재학 시절과 그 직후에는 주로 시에 관심을 두었지만 고전주의를 받아들이면서부터는 점차 산문 작품에 주목했다. 물론 다음 장에서 자세히 다루겠지만 실천 비평가로서 최재서는 김기림의 「기상도」를 비롯한 몇몇 시 작품을 더러 다룬 적도 있지만 주로 단편 소설과 장편 소설 같은 산문 작품을 분석 대상으로 삼았다. 더구나 그는 '국책(國策)', 즉 일본 제국주의의 전시 비상 정책에 적극 협력하면서부터는 직접 단편 소설을 창작하기도 했다.

이렇게 흄을 고전주의자로 소개한 최재서의 관심은 자연스럽게 엘리엇으로 이어진다. 이 무렵 부적 질서의 개념에 관심을 기울이던 최재서로서는 엘리엇에게서 역사의식과 전통의 개념을 발견하고 무척 고무되었을 것이다. 엘리엇이 주창하는 몰개성 이론도 그동안 낭만주의를 천착해 온 최재서에게는 큰 충격이 아닐 수 없었다. 최재서는 「비평과 과학」에서 엘리엇에 이어 허버트 리드와 I. A. 리처즈의 비평 이론을 소개하면서 자신의 이론적 토대를 다졌다. 한편 최재서는 도버 해협 건너 쪽 유럽 대륙 이론가에게서도 이론적 자양분을 받았다. 가령 앙드레 지드는 엘리엇처럼 고전주의로 돌아감으로써 현대 문학의 병폐를 진단하고 해결책을 제시하려고 했다. 지드는 한 친구에게 보낸 편지에서 "고전주의의 중요 비결은 겸허에 있다고 나는 생각한다. 나 자신이야말로 고전주의의 가장 훌륭한 대표자라고 나는 단언할 수 있다."(원: 89)라고 밝힌다. 지드의 이 말은 적어도 1930년대 중엽 이후 최재서에게도 거의 그대로 적용된다.

최재서는 현대가 혼돈을 겪는 것은 의존할 만한 전통과 신념을 상실했기 때문이라고 진단한다. 그런데 잃어버린 전통과 신념을 대신할 만한 새로운 전통과 신념을 탐구하고 모색하기 위해서는 무엇보다 먼저 과학적 방법이 필요하다. 최재서는 "우리가 현대의 비평 이론 가운데서 많은 과학의 원용을 목도함은 당연한 일이라 할 것이다. 나는 그러한 주지적 경향을 선명하게 표시하는 비평가로서 리처즈와 리드 두 사람을 든다."(평: 68)라고 밝힌다. 최재서는 객관적이고 과학적 비평 방법을 전개하는 데 리처즈의 생리학적 심리학과 리드의 심층 심리학에 크게 의존한다.

주지주의와 고전주의

최재서의 문학 비평과 김기림의 시 작품과 비평에는 '주지주의'라는 꼬리표가 거의 언제나 붙어 다니다시피 한다. 일본의 니혼 대학 문학예술과를 거쳐 도호쿠 제국대학 법문학부에서 영문학을 전공한 김기림을 비롯한 몇몇 비평가들은 이 용어의 개념을 그동안 정확히 규정하지 않고 막연히 사용해 적잖이 혼란을 일으켜 왔다. 김윤식은 "주지주의도 그 상위 개념으로 모더니즘을 가진다. 모더니즘이란 구래(舊來)의 문학에 대립하는 새로운 운동을 일으킨 유파 일반으로서 이 속엔 이미지즘, 주지주의 따위가 선명한 것이라 할 수 있다."⁹⁾라고 주장한다. 이렇듯 김윤식은 주지주의를 모더니즘의 하부 유형으로 간주한다.

문학 비평에서 용어는 외과 의사의 수술용 메스와 같아서 녹슨 메스로 환자를 수술할 수 없듯이 엄밀하게 규정하지 않은 막연한 비평 용어로써는 문학 작품을 정확하게 분석하고 평가할 수 없다. 엄밀하고 정확하게 규정하지 않은 채 사용하는 비평 용어는 문학 작품을 이해하고 감상하는 데 도움을 주기는커녕 오히려 이해와 감상을 가로막는 역기능을 한다. 그러므로 비평의 사상누각을 짓지 않기 위해서라도 비평 용어는 엄밀하고 정확하게 규정해 사용해야 한다. 이 점을 깊이 깨닫고 있던 최재서는 고전주의와 낭만주의와 관련해 용어 사용의 혼란을 지적하면서 "한 사람이 한 의미로 쓰면 듣는 사람은 딴 의미로 —— 거지만 각인각설(各人各說)로 —— 해석하는 것이 보통이다. 비평 논쟁의 90퍼센트는 이러한 용어의 불일치로 일어난다고 해도 과언이 아닐 것이다."(평: 97~98)라고 지적한다.

최재서와 김기림만 하여도 제국대학에서 영문학을 전공하고 T. E. 흄이나 T. S. 엘리엇을 비롯한 영미 비평가들의 영향을 받았다는 점에서 서로 비슷하지만 두 사람의 문학적 태도와 취향과 지향점은 사뭇 다르다. 김흥규가 "최재서와 김기림을 '주지주의'로 한데 묶어 처리하는 것은 그다지 유익한 분류하고 할 수 없다."¹⁰⁾라고 지적한 것

9) 김윤식, 『한국 근대문예비평사 연구』, 234쪽.
10) 김흥규, 앞의 책, 333쪽.

은 지극히 옳다. 이 두 비평가를 주지주의라는 이름으로 한데 묶어서 논의하다 보면 불가피하게 개념에서 혼란이 빚어지면서 비평의 미로에 갇힐 수밖에 없다. 그들이 사용하는 주지주의의 의미 사이에는 적잖이 편차가 있기 때문이다.

영국과 미국을 비롯한 서양의 문학계나 문단에서 '주지주의'라는 용어는 그동안 좀처럼 사용해 오지 않았다. 다만 서구 철학과 신학, 심리학 분야가 예외라면 예외라고 할 수 있다. 이 분야에서 영미 문화권에서는 'intellectualism', 독일 문화권에서는 'Intellektualismus', 프랑스 문화권에서는 'intellectualisme'라는 용어를 사용해 왔다. 이러한 서양어는 한국어로 '주지주의'나 '주지설' 또는 '지성주의' 등으로 번역할수 있는 용어다. 최재서는 『문학 원론』의 정서를 다루는 12장에서 번역어와 함께 원어로 '주지주의(Intellectualism)'라고 표기하면서 현대 사회의 중요한 특징으로 파악한다.

정서의 분리는 현대에 있어 좀 더 심각한 양상을 보이고 있다. 그것은 즉 정서와 지성의 분리다. 육체는 우리의 체험이 수행되는 기반이니만큼, 이 기반에서 이탈할 때에 정서는 감각과 분리될 뿐만 아니라, 지성과도 분리될 수밖에 없다. 정서와 분리하여 지성 그 자체를 위해서 지성을 추구할 때에, 그것은 주지주의가 된다. 완전한 주지주의는 완전한 정신주의와 마찬가지로 추상적으로밖에는 가능하지 않다.(원: 275)

최재서가 평소 체험을 조직화하고 감정을 질서화하며 가치를 실현하는 것으로 문학을 규정 지어 왔다는 사실을 여기에서 다시 한번 상기하는 것이 좋을 것 같다. 그런데 이러한 일련의 행위는 물질 기반 인 육체를 떠나서는 존재할 수 없다. 지성이 감각과 정서에서 떨어져 나와 독자적으로 자신의 위치를 확보하려고 할 때 바로 주지주의가 생겨난다. 최재서는 지성이 정서와 분리해 지성 그 자체를 위해 그것 을 추구할 때 주지주의가 비롯된다고 주장한다. 지성은 어느 문학 장 르보다도 비평에서 절대적인 위치를 차지한다. 『문학과 지성』의 「자서 (自序)」에서도 그는 "비평은 무엇보다도 지성의 영위라는 신념만을 갖 이고 오늘까지 온 것입니다."(문: 6)라고 잘라 말한다.

최재서는 이러한 경향이 과학자들에게서 극단적으로 나타나지만 문학가들에게서도 엿볼 수 있다고 지적한다. 또한 그는 "고도로 발달 한 지성과 수치스러울 정도로 조야한 정서가 아무 거리낌도 없이 한 인간 속에 동거하고 있는 것이 현대 지식인의 신세이다."라고 밝힌다. 그러고 난 뒤 그는 계속하여 "지성적인 자아와 정서적인 자아 — 두 개의 자아가 번갈아서 그의 의식을 점령하면서 분열의 줄을 타고 가 는 현대인의 모양은 위험스럽고도 흥미 있는 광경이다."(원: 276)라고 주 장한다.

잘 알려진 바와 같이 플라톤에서 시작하여 이마누엘 칸트를 거 쳐 현대 철학과 심리학에서는 인간의 정신이 흔히 지(知, logos) · 정(情, pathos) · 의(意, ethos)의 세 요소로 이루어져 있다고 주장한다. 그런데 이 중에서 이성 · 지성 · 오성으로 일컫는 '지'의 기능을 나머지 두 기능보 다도 우위에 두는 태도를 흔히 '주지주의'라고 부른다. 그러니까 주지 주의란 인간 감정을 우위에 두는 '주정주의(主情主義)'나 의지를 우위에 두는 '주의주의(主意主義)'와 대립되는 개념이다. 세계의 본원을 이루는 것이 바로 지적인 정신 활동이라고 파악하는 이 세계관에서는 감정보다는 이성, 의지보다는 사변적 태도에 무게를 둔다.

인식론으로 좁혀 보면 주지주의는 이성론 또는 오성론으로 나타난다. 이성론에서는 보편타당한 진리를 인식하는 것은 경험과는 독립된 이성에 의해서만 가능하다고 파악한다. 그래서 선천적(a priori)으로 자명한 근본 원리에서 논리적으로 추출한 것만이 확실한 인식이라고 간주한다. 그래서 플라톤과 아리스토텔레스에서 르네 데카르트와 바뤼흐 스피노자를 거쳐 고트프리트 라이프니츠와 이마누엘 칸트와 헤겔로 이어지는 이성론은 수학을 가장 확실한 인식 모델로 삼고 영원불변의 생득 관념(生得觀念)을 인정해 왔다.

한편 신학에서 주지주의라고 하면 흔히 토마스 아퀴나스의 철학을 가리키는 토마스주의를 의미한다. 신학적 주지주의는 영국의 프란체스코 수도사인 존 던스 스코터스의 철학인 스코터스주의(Scotism)를 의미하는 주의주의와 대립되는 개념이다. 그런가 하면 심리학에서는 독일의 심리학자 요한 프리드리히 헤르바르트가 경험적 개념에 포함된 많은 모순을 제거함으로써 경험의 배후에 있는 변하지 않는 실재(das Reale)에 도달할 수 있다고 하여 심리적인 현상을 지적 요소로 설명하려고 했다. 이러한 태도를 흔히 '심리학적 주지주의'라고 부른다.

그렇다면 식민지 조선에서 문학과 관련해 '주지주의'를 문학 비평 용어로 맨 처음 사용한 사람은 과연 누구일까? 일찍이 1920년대 중엽 도쿄 소재 대학에서 외국 문학을 전공하던 조선인 유학생들이

었다. 그들은 외국 문학을 일본을 거치지 않고 직접 '수입'해 소개할 목적으로 외국문학연구회를 설립하고 기관지《해외문학》을 발간했다. 이 연구회에서 중심 역할을 한 회원들이 1930년대 초에 이미 주지주의 문학을 언급하기 시작했다. 가령 이하윤은 1931년 9월《동아일보》에 「새로운 《시와 시론》, 《시의 연구》를 읽음」이라는 글을 기고해 일본의 주지주의 문학을 처음 소개했다. 그가 읽었다는 이 두 잡지 중《시토시론(詩と詩論)》은 1928년(쇼와 3)에 창간한 시 전문 잡지로 하루야마 유키오(春山行夫)가 편집을 맡았다. 일본에서 이 잡지는 주지주의와 모더니즘 운동을 처음 소개한 것으로 평가받는다. 이하윤에 이어 외국문학연구회에서 활약한 정인섭과 이헌구 등도 주지주의 문학을 소개했다.

한편 방금 앞에서 언급한 김기림도 이 무렵 주지주의 문학에 관심이 많았다. 그가 쓴 졸업 논문이 다름 아닌 I. A. 리처즈에 관한 것이었다는 점은 시사하는 바가 자못 크다. 최재서가 경성제국대학 졸업 논문으로 낭만주의 시인 셸리에 대하여 썼다는 점을 염두에 두면 김기림은 모더니즘 문학에 훨씬 더 가깝게 다가섰다고 할 수 있다. 1931년 1월《조선일보》에 발표한 「피에로의 독백: 포에지에 대한 사색의 단편」에서 김기림은 주지적 관점에서 시 창작이란 자연 발생적 산물이 아니라 의지적이고 과학적인 산물이라고 지적한다. 이러한 태도는 1933년 4월《신동아》에 기고한 「시작(詩作)에 있어서의 주지적 태도」라는 글에서 더 뚜렷이 드러난다. 김기림은 위 글에서 리처즈의 이론을 기반으로 표현주의를 감성적인 것에 치우친 자연 발생적 산물로 비판하면서 존재가 아닌 당위 세계와 연결된 과학적이고 주지적

인 시 창작을 주창했다.[11]

또한 김기림은 1933년에 발표한 「시의 모더니티」에서 모더니즘을 언급했고, 이어 1935년에 발표한 「현대시의 기술」에서는 에즈라 파운드의 이미지즘을 소개했다. 여기서 김기림은 이미지즘의 특징으로 ①감정의 배제, ②영상성, ③조소성, ④회화성 등을 꼽음으로써 주지주의적 경향을 언급했다. 김기림은 이어 「현대시의 육체」와 「현대시의 난해성」 등을 잇달아 발표해 조선 문단에서 주지주의 문학론의 토대를 굳건히 다졌다.

한편 백낙원(白樂園)은 1933년 10월 《매일신보》에 기고한 「심리주의 문학과 주지주의 문학」에서 아예 제목에서 이 '주지주의'라는 용어를 내걸었다. 그만큼 1930년 초엽과 중엽 주지주의는 식민지 조선 문단에서 꽤 큰 관심사였다. 그런데 백낙원이 이 용어의 기원을 일본에서 찾는 것이 흥미롭다.

문학에 있어서 지적(知的)의 것이 방법과 스타일에 관한 것이라는 것은 헉스레[헉슬리]가 먼저 지적하고 있음은 물론이고 아베 씨나 하루야마 유키오 씨 등도 동일한 견해를 갖고 있다. 하루야마 씨는 형태와 내용, 주지와 본능을 구별하면 주지(主知)는 형태에 관한 지식이라고 주장하고 있다. 그리고 그러한 의미에서 주지주의자(主知主義

---

11) 편석촌(김기림), 「피에로의 독백: 포에지에 대한 사색의 단편」, 《조선일보》(1931. 1. 27); 김기림, 「시작에 있어서의 주지적 태도」, 《신동아》 3권 4호(1933. 4). 두 글 중 전자는 김학동·김세환 공편, 『김기림 전집 2: 시론』(서울: 심설상, 1988)에 수록되어 있다.

着) 문학은 일종의 형식주의에 귀착되고 있는 것이다.[12]

　　주지주의가 과연 모더니즘과 관련이 있는지 없는지, 만약 있다면 어떻게 관련이 있는지 하는 문제는 잠시 접어 두기로 하자. 다만 여기에서는 백낙원이 주지주의의 계보를 아베 도모지(阿部知二)와 하루야마 유키오한테서 찾는다는 점을 주목해야 한다. 이 두 일본 비평가는 이하윤이 읽었다는《시와 시학》과 깊이 관련되어 있는 문학가들이기

일본에 주지주의 문학을 본격적으로 소개한 아베 도모지.

12) 백낙원, 「심리주의와 주지주의 문학」,《매일신보》(1933. 10. 24~31).

때문이다. 최재서의 주지주의와 관련해 언급하게 될 영국 작가 올더스 헉슬리도 기억해 두는 것이 좋을 것 같다.

주지주의라는 용어를 언급하거나 그 이론을 소개한 시기로 보면 최재서는 다른 문인들보다 조금 뒤질지 모른다. 그러나 주지주의를 체계적이고 일관되게 소개하고 도입해 문학 비평과 문학 연구에 적용한 것으로 말하자면 최재서를 따를 만한 비평가가 없다. 최재서는 1934년 《조선일보》에 「현대 주지주의 문학 이론의 건설」을 발표한 뒤 곧바로 그 글의 속편인 「비평과 과학」을 발표했다. 이 글에 대해 김윤식은 "서구의 주지주의 문학론을 본격적으로 소개한 최초의 작업"[13]이라고 평가한다.

이 무렵 식민지 조선에서 서구 문예 사조나 전통은 여느 다른 박래품과 마찬가지로 거의 대부분 일본을 통해 들어왔다. 주지주의도 예외가 아니어서 일본의 문학자 아베 도모지가 흄, 리드, 리처즈 같은 이론가들이 주도한 문학 운동을 언급하면서 처음 사용한 용어다. 아베는 최재서의 스승 사토 기요시처럼 도쿄제국대학에서 영문학을 전공했다. 처음에는 문예 이론가로 시작하여 '신흥 예술파'에 속한 소설가로 변신한 아베는 1929년 《시와 시론》에 「주지적 문학론」을 발표한 뒤 이듬해 다른 글과 한데 묶어 『슈치테키분가쿠론(主知的 文學論)』(현대의 예술과 비평 총서 19, 厚生閣)이라는 단행본을 출간했다. 이 논문에서 아베는 "주지적 방법은 우리들의 의식성까지 명료하게 하는 사업에 대하여 가능성이 있다고 믿었다. 예술 형태의 진화의 수직선적

---

13) 김윤식, 『최재서의 《국민문학》과 사토 기요시 교수』, 12쪽.

재단에 의하여 우리들이 획득한 것은 이 가능성을 증명한다. 오직 이것이 한정적 상태로 가능한 것이 될 때 주지적 문학은 공포스럽지 않다. 아니, 그 한정성을 사랑한다."[14]라고 지적한다.

아베는 이 논문을 최재서보다 무려 5년쯤 일찍 발표했다. 1935년 최재서는 일본 영어영문학회에서 주관하는 학회에 참가하려고 일본에 갔을 때 도쿄에서 아베를 식섭 만났고, 이 자리에서 주지주의 문학론에 대하여 의견을 나누었을 것이다. 최재서는 "학회 일로 작년 가을에 도쿄에 갓슬 때 나는 틈을 어더 아베 도모지 씨를 만나 보았다."[15]라고 밝힌 적이 있기 때문이다.

아베 도모지는 「주지적 문학론」의 첫머리에서 18세기 말엽에서 19세기 초엽에 이르는 낭만주의가 20세기를 맞아 파산 상태에 이르렀으며 그것을 대치할 새로운 문학이나 이론으로 '주지적 문학'을 주창한다고 밝혔다. 그가 말하는 주지주의는 ① 문학에서 사상성 중시, ② 감각주의적 문학 추구, ③ 이성과 감각의 결합의 방법을 제시한다. 그러나 기시카와 히데미(岸川秀実)가 지적하듯이 식민지 종주국의 이론가와 피식민지 조선의 비평가 사이에는 어쩔 수 없이 크고 작은 편차가 있을 수밖에 없다.[16] 그러나 한 가지 분명한 것은 적어도 '주지적' 또는 '주지주의'라는 용어에 관한 한 최재서는 영문학의 비평가들과 함께 아베에게서도 영향을 받았다는 점이다. 그가 일본 영어영

---

14) 阿部知二, 『主知的文學論』(東京: 厚生閣書店, 1930), 33쪽.
15) 최재서, 「문단우감(文壇偶感)」, 《조선일보》(1936. 4. 28).
16) 기시카와 히데미, 「'주지주의 문학론'과 '주지적 문학론': 비평가 최재서와 아베 토모지의 비교 문학적 고찰」, 《국제어문》(국제어문학회) 27(2003), 204~227쪽.

문학회의 기관지 《에이분가쿠켄슈》를 비롯하여 《시소》나 《가이조》 같은 일본 유수 잡지에 논문을 기고했다는 사실을 생각하면 그가 《시와 시론》의 존재를 몰랐을 리 만무하다.

최재서는 도대체 왜 1930년대 중엽에 이르러 주지주의 문학 이론을 전개했을까? 두말할 나위 없이 여기에는 당시 조선 문단과 관련이 있었다. 민족주의 문학과 대립하던 계급주의의 프로 문학이 안팎의 사정으로 쇠퇴하면서 조선 문단은 그야말로 비평의 무정부 상태를 맞아 혼돈과 무질서에 빠져 있었다. 최재서가 「현대 주지주의 문학 이론」을 발표한 1934년은 카프 2차 검거가 단행된 해로 당시 문단은 큰 혼란을 겪고 있었다. 최재서는 그러한 문단에 질서를 부여하는 방법으로 과학적 사고방식, 즉 '지성'에 기반을 둔 주지주의 이론을 펼쳤다. 그는 「비평과 과학」에서 "현대가 혼돈하다 함은 바꾸어 말하면 현대가 의거할 만한 전통과 신념을 잃었다는 말이다. 이 잃어진 전통과 신념에 대신할 만한 전통과 신념을 탐구하고 모색하는 정신이 곧 불안과 초조를 특징으로 삼는 현대 정신이다. 그리고 현대인은 이 엄청난 대용물을 과학 가운데에 구하려고 한다."(평: 68)라고 분명히 밝힌다.

또한 최재서는 "위대한 시인이란 현대와 같이 격심한 동요를 받고 있는 혼돈기에 처하여 험악한 부조화를 지양하고 첨예한 분열을 통일한 방향으로 자기 태도를 잡은 사람이기 때문이다."(평: 83)라고 말한다. 최재서는 당시 식민지 조선의 현실을 '험악한 부조화'와 '첨예한 분열'로 규정짓는다. 이러한 부조와 분열을 조화와 화합으로 이끄는 역할을 하는 사람이 다름 아닌 시인이라는 것이다. 물론 여기에서 최재서가 언급하는 시인이란 시인을 비롯한 모든 문학가를 가리키는 제유적 표현이다. 그러나 주지주의는 어느 문학 장르보다 비평에서 가장 큰 힘을 발휘할 수 있다.

그렇다면 최재서가 말하는 주지주의란 과학 정신을 문학에 도입한 것으로 보아 크게 틀리지 않다. 이와 관련해 아베 도모지는 "예술에는 여전히 많은 obscurity가 남아 있다. (심리학자처럼 이것을 잠재의식이라고 불러도 괜찮다.) 낭만 시인들은 이것을 그냥 신비로만 생각했다. 주지적 방법이 이것을 우리의 의식성 수준까지 끌어올리게 만들 가능성을 믿는다."[17]라고 말한다. 낭만주의자들이 '신비'로 생각하던 것을 '의식성 수준'까지 끌어올리는 것이 바로 과학이다. 그리고 그 과학을 문학 이론과 연구에 도입하는 것이 다름 아닌 주지주의인 것이다.

더구나 최재서가 1930년대 중엽 주지주의에 부쩍 관심을 기울인 데는 식민지 조선의 현실이 크게 작용했다. 이 무렵 일본 제국주의는 1931년의 만주 사변 이후 15년에 걸친 중일 전쟁을 본격적으로 준비하기 시작했다. 한반도를 일제의 병참 기지로 만들기 시작하면서 피식민지 주민에 대한 지배와 통제를 점점 강화했다. 식민지 조선의 운명은 만주 사변을 분수령으로 그야말로 숨 가쁘게 돌아갔다. 비록 일본 문화를 좋아하고 정치적으로도 비교적 무감각한 최재서였지만 그의 마음속 깊은 곳에서는 아마 조국과 민족에 대한 염려가 휴화산

---

17) 阿部知二, 『昭和文學全集 13』(東京: 小學館, 1989), 309쪽; 기시카와 히데미, 「'주지주의 문학론'과 '주지적 문학론'」, 217~218쪽에서 재인용. 아베는 「주지위 문학론」에서 허버트 리드의 영문학사 발전 단계를 기반으로 주지주의를 낭만주의와 마르크스주의를 극복할 현대 비평 이론으로 자리매김한다.

처럼 타오르고 있었을 것이다. 앞장에서 언급했듯이 경성제국대학 재학 시절 비록 술에 의지한 행동이라고는 하여도 최재서는 정월 휴가 때 평소 따르던 국어·국문학 주임 교수 다카기 이치노스케를 맥주를 들고 찾아가 "(일본) 선생들이 아무리 겁주어도 우리들 조선인의 혼을 빼앗을 순 없다."라고 말한 사실을 보아도 잘 알 수 있다.

최재서는 일본 영어영문학회의 기관지 《에이분가쿠겐큐》에 기고한 「현대 비평의 성격」에서 I. A. 리처즈의 이론을 소개하면서 "비평가의 본래의 직능은 사회의 정신적 건강을 보호하는 의사의 그것과 다르지 않다. 이와 같이 현대가 위기에 직면하여 판단적 직능을 확보하려 하는 데에 현대 비평의 성격이 그 동기를 가진다고 생각했다."(평: 1)라고 밝힌다. 이 인용문에서 '사회의 정신적 건강'은 '식민지 조선의 현실'로, '현대의 위기'는 '조선의 위기'로 바꾸어 읽어도 크게 무리가 없다. 의사가 환자의 질병을 치유하듯이 최재서는 비평가로서 어떤 식으로든지 조선의 위기에 대처해야 할 필요성을 절박하게 느꼈을 것이고, 주지주의를 그러한 대처 방법의 하나로 선택했을 것이다.

최재서는 「비평과 모럴의 관계」에서도 비평가로서 선택의 기로에 놓여 있음을 암시했다. 허버트 리드의 문학 이론을 소개하면서 그는 "우리는 감상과 비평, 감수성과 도그마, 감성과 지성, 개성과 성격, 낭만주의와 고전주의 사이에 방황하는 현대 비평가의 한 타입을 발견한다."(평: 14)라고 말한다. 여기에서 극단적인 두 문학적 가치 사이에서 방황하는 현대 비평가 중 최재서 자신이 포함되어 있음은 새삼 말할 필요도 없다. 그는 경성제국대학 재학 시절에는 이 두 대립적 가치 중 전자, 즉 감상·감수성·감성·개성 같은 낭만주의적 가치를 좀 더 설득력 있는 것으로 받아들였다. 그러나 대학과 대학원을 졸업한 뒤 일제가 점차 군국주의의 마각을 본격적으로 드러내자 그는 비평·도그마·지성·성격 같은 고전주의적 가치를 중요하게 생각하기 시작했다. 1934년경을 분수령으로 최재서가 발표한 일련의 글은 하나같이 낭만주의의 가치를 평가절하 하고 고전주의의 가치를 평가절상 하는 내용이 대부분이나.

최재서의 문학관의 변화는 T. S. 엘리엇에 대한 태도에서도 엿볼 수 있다. 엘리엇의 문학은 미국인에서 영국인으로 귀화하여 유니테리언에서 성공회로 개종한 1927년을 분수령으로 나뉜다. 시집 『프루프록 및 그 밖의 관찰들』(1917)과 장편 시 『황무지』(1922)를 발표할 무렵만 해도 그는 영국 형이상학파와 프랑스 상징주의에서 문학적 자양분을 얻는 등 모더니즘의 경향을 보였다. 그러나 1927년 이후 엘리엇은 점차 혁신주의자에서 전통주의자로, 모더니스트에서 고전주의자로 이행했다. 물론 「전통과 개인의 재능」 같은 그 이전에 발표한 글에서도 전통과 역사의식을 중시하는 고전주의적 경향을 엿볼 수 있다.

최재서는 영미 비평가들과 함께 엘리엇을 소개하면서 엘리엇의 몰개성 이론에 깊은 관심을 보인다. 엘리엇은 참다운 비평가라면 자유주의자들처럼 '내면의 목소리'에 귀를 기울일 것이 아니라, 오히려 기꺼이 자기희생을 무릅쓰고라도 인류가 그동안 지켜 온 '공동의 유산'과 '공통의 목적'에 복종해야 한다고 지적한다. 최재서는 "비평가가 자기의 존재를 정당화하려면 不絶히 그의 개성을 滅却하여 오로지 인류에 공통한 판단에 도달하도록 노력하지 않으면 안 된다."(평: 15)라고 말한다.

그런데 이 말은 엘리엇의 유명한 몰개성 이론 또는 명제를 최재서의 목소리로 바꾸어 말한 것과 크게 다름없다. 「전통과 개인의 재능」에서 엘리엇은 "예술가의 발전이란 부절한 자기희생, 부절한 개성 멸각이다."라고 잘라 말했다. 최재서는 엘리엇의 이러한 대담한 주장을 '20세기 문학의 혁명적 선언'이라고 지적한다. 최재서가 인용하는 구절은 "시인은 과거의 의식을 진전시키거나 획득해야 하고, 살면서 계속 이 의식을 진전시켜야 한다는 점을 강조해야 한다. 그렇게 함으로써 시인은 지금 이 순간 그러하듯이 좀 더 가치 있는 그 무엇에 계속 굴복한다. 한 예술가의 진보란 끊임없는 자기희생이요, 끊임없는 개성의 사멸이다."[18]의 마지막 문장에 들어 있다.

엘리엇은 몰개성 이론을 주장하면서 화학 작용의 비유를 빌려 설명했다. 몰개성 또는 그가 말하는 '개성의 멸각' 과정과 전통 의식의 관계를 설명하려고 그는 산소(O)와 아황산가스(SO_2)가 들어 있는 용기에 가느다란 백금선 한 가닥을 넣을 때 생기는 화학 반응을 한 예로 든다. 이 세 가지가 혼합하면 황산(H_2SO_4)이 만들어진다. 그런데 이 화합은 오직 백금선을 촉매로 사용할 때만 이루어지고, 이렇게 새로 만들어진 황산에는 백금의 흔적이 조금도 남아 있지 않고 백금 자체에도 아무런 변화가 일어나지 않는다. 엘리엇은 시인의 정신이야말로 가느다란 백금선 가닥과 같다고 지적한다. 시인의 정신은 자신의 경험에 부분적 또는 전적으로 작용하지만 완벽한 시인일수록 경험하는 인간과 창조하는 정신이 더욱 완전하게 자체 안에서 분리되

18) T. S. Eliot, "Tradition and the Individual Talent", *Selected Essays: 1917~1932*, p. 7.

며, 그 정신은 작품의 소재인 정열을 더욱 완전히 소화시켜 변형시킨다. 한편 엘리엇의 이러한 화학적 비유는 예술이 과학으로 접근하는 경향을 보여 주는 더할 나위 없이 좋은 예로 자주 꼽힌다.

최재서가 '혁명적 선언'이라고 말하는 엘리엇의 위 문장을 잘 이해하려면 「전통과 개인의 재능」 후반부의 내용을 면밀히 검토할 필요가 있다. 그렇지 않고는 그의 의도를 잘못 받아들일 위험이 있기 때문이다. 엘리엇은 이 글의 후반부에 이르러 다음과 같이 주장한다.

> 시인이 해야 할 일은 새로운 정서(情緖)를 찾아내는 것이 아니라 일반적인 정서들을 사용하되 그것들을 시로 만드는 과정에서 실제의 정서들에서는 전혀 찾아볼 수 없는 정서를 표현하는 것이다. (……) 그러므로 시를 "정적(靜寂) 속에서 회상하는 감정"이라는 워즈워스의 공식은 부정확하다. 시는 정서도 아니고, 회상도 아니며, 의미 그대로의 정적도 아니다. 시는 집중이다. 실제적이고 활동적인 사람이라면 전혀 경험으로 생각하지도 않을 아주 많은 경험들을 집중하여 만들어 낸 새로운 산물이다. 그렇다고 그것은 의식이나 심사숙고 끝에 얻는 집중은 아니다. 이들 경험은 '회상'되지 않는다. 이들 경험이 결국 '정적'의 분위기 속에서 결합되는 것은 사실이지만, 그것은 단지 사건에 수동적으로 참여한다는 뜻에서만 정적이다. 물론 이것이 전부는 아니다. 시를 쓰는 일은 의식적인 작업이고 심사숙고해야 할 것도 많이 있다. 사실 나쁜 시인은 흔히 의식해야 할 곳에서 무의식적이고 무의식적이어야 할 곳에서 의식적이다. 이 두 가지 과오 때문에 그는 '개성적'이 된다. 시는 정서의 표현이 아니라 정서

로부터의 도피며, 개성의 표현이 아니라 개성으로부터의 도피다.[19]

　위 인용문에서 엘리엇이 말하려고 하는 바는 크게 다섯 가지로 요약할 수 있다. 첫째, 시인의 역할은 새롭고 특수한 정서를 찾아서 표현하는 것이 아니라 어디까지나 이미 존재하는 일반적인 정서를 사용하되 그것을 전혀 새롭게 표현하는 것이다. 이는 낭만주의 시인들이 흔히 말하는 천재성을 거부하는 태도다. 둘째, 시는 워즈워스가 주장하듯이 "강력한 감정의 자발적인 분출로 침잠 가운데 회상한 감정"과는 거리가 멀다. 엘리엇은 시 창작에서 정서의 과잉을 경계한다. 셋째, 시는 집중에서 얻는 산물이다. 이를 달리 말하면 시는 시인의 영감에서 비롯한다기보다는 실제적이고 활동적인 사람이라면 누구나 쉽게 겪게 마련인 경험을 지적 능력을 집중하여 만들어 낸 산물이다. 넷째, 시를 창작하는 일은 의식적인 작업이고 심사숙고해야 할 것이 많다. 이것은 상상력보다는 지성에 무게를 두는 말이다. 다섯째, 시는 정서의 해방이 아니라 정서로부터의 도피요, 개성의 표현이 아니라 개성으로부터의 도피다. 이것이 바로 엘리엇이 낭만주의에 반기를 들고 주지주의의 깃발을 높여 치켜드는 선언문이다. 한마디로 최재서는 고전주의와 낭만주의의 차이는 다름 아닌 '예술의 완성'과 '예술의 미완성'의 차이라고 못 박아 말한다.

　최재서의 서구 이론 소개나 도입에서 무엇보다도 돋보이는 것은 앞에서 잠깐 언급했듯이 서구 이론을 받아들이되 노예처럼 비굴하게

---

19) 위의 글, 10쪽.

액면 그대로 받아들이지 않고 자칫 만용처럼 보일 정도로 비판적으로 받아들인다는 점이다. 가령 엘리엇의 몰개성 또는 개성 사멸(멸각 또는 탈각) 이론만 해도 그렇다. "한 예술가의 진보란 끊임없는 자기희생이요, 끊임없는 개성의 사멸이다."라는 엘리엇의 이론은 애매하고 모호할뿐더러 자기모순임이 드러난다. 어떠한 예술가도 개성 없이는 예술 작품을 창작할 수 없기 때문이다. 물론 여기에서 그가 말하는 개성이란 일반적 의미의 개성이 아니라 낭만주의자들이 말하는 주관적 개성이나 낭만적 요소를 포함하는 개성이다. 최재서는 그것을 '기질적 개성' 또는 '낭만적 개성'으로 부른다.

물론 엘리엇이 궁극적으로 추구하는 몰개성화와 그것을 표현하는 방식인 '객관적 상관물'은 소아(小我)에서 대아(大我)로 나아가는 방법으로 개성의 부정이나 멸각이 아니라 어디까지나 개성의 확대라고 해석하는 이론가들이 없는 것은 아니다. 비록 이 점을 염두에 둔다고 해도 엘리엇의 몰개성 이론에는 여전히 의문이 남는다. 앞에서 언급했듯이 엘리엇은 시인의 개성이 황산을 만들어 내는 백금선처럼 촉매로 작용할 뿐 황산에도 백금에도 아무 변화를 주지 않는다고 지적한다. 아무리 산소와 이산화황이 있어도 백금의 촉매 없이는 황산을 만들어 낼 수 없듯이 시인도 개성 없이는 작품을 창작할 수 없다. 더구나 엘리엇은 문학과 예술이 화학 반응과는 전혀 다른 원리에서 작용한다는 점을 잊고 있었다.

엘리엇은 앨프리드 테니슨이나 로버트 브라우닝 같은 19세기 영국 빅토리아 시대 시인들이 존 던 같은 17세기의 형이상학파의 시인들처럼 "사상을 장미 향기처럼 느끼지 못한다."라고 비판했다. 이 말은 진정한 시인이라면 사상을 감각적인 것으로, 추상적인 것을 구체적인 것으로 느끼고 표현할 수 있어야 한다는 뜻이다. 이렇게 사상과 정서를 통합하여 표현하는 데는 개성이 필수적일 수밖에 없다. 시인에게서 개성을 빼앗는 것은 인간에게서 영혼을 빼앗는 것과 같다. 독일 격언에 빗대어 말하면 마치 갓난아이를 목욕시키고 난 뒤 더러운 물과 함께 아이도 버리는 격이다. 이 점과 관련하여 최재서는 "엘리엇은 전통적 질서에 도달하는 데 방해가 되는 개성을 심하게 비난했지만, 그러나 시의 소재가 될 개성의 존재는 아무래도 인정하지 않을 수 없었다. 여기서 엘리엇은 난처한 디레마에 빠진 셈이다."(평: 46)라고 날카롭게 지적한다.

최재서가 이렇게 엘리엇의 몰개성 이론의 애매성과 자기모순을 지적한 지 50여 년 뒤 미국의 비평가 모드 엘먼도 엘리엇의 몰개성이 '모호한' 개념으로 시인(개성)의 지위를 낮추기보다는 오히려 높이는 결과를 낳았다고 주장한다. 그녀에 따르면 엘리엇이 '자기희생', '비개성화' 또는 '끊임없는 사멸' 같은 용어를 사용하지만 몰개성의 이해를 돕기는커녕 오히려 끝없는 은유의 행렬을 낳을 뿐이다.[20] 그런가 하면 자크 데리다를 중심으로 한 해체주의의 관점에서 보면 엘리엇의 몰개성 이론은 로고스중심주의에 빠져 있다는 비판을 면하기 어렵다. 엘리엇의 이론과 관련해 이정호(李廷鎬)는 "시 쓰기에서 시인이 자

---

20) Maude Ellmann, *The Poetics of Impersonality: T. S. Eliot and Ezra Pound* (Cambridge: Harvard University Press, 1988), pp. 37~39. 모드 엘먼은 저명한 제임스 조이스 연구가 리처드 엘먼의 딸로 그녀 역시 아버지처럼 모더니즘 연구에 전념해 왔다.

신의 개성을 전적으로 소멸시켜야 한다는 그의 이론은 너무 지나치게 現前하는 부재로서의 상징적인 아버지에 의존한 것이라는 인상을 지울 수 없게 한다. 따라서 그의 시의 몰개성 이론은 그 타당성까지도 의심받지 않을 수 없다.”[21]고 결론짓는다.

주지주의: 모더니즘인가, 신고전주의인가

주지주의는 최재서 문학 이론이나 비평을 특징짓는 꼬리표가 되다시피 하지만 정작 그 개념에 대해서는 그동안 진지한 논의가 없었다. 비평가들은 이 개념을 '선험적으로' 당연한 것처럼 받아들여 오기 일쑤였다. 이하윤을 비롯한 외국문학연구회 회원들이나 김기림이나 백낙원 등이 '주지적' 또는 '주지주의'라는 용어를 처음 사용했지만 최재서는 조선인 지식인들보다는 오히려 일본 비평가 아베 도모지에게서 영향을 받았다는 점은 이미 앞에서 밝혔다.

그런데 여기에서 한 가지 눈여겨볼 것은 최재서가 주지주의라는 용어를 아베 도모지를 비롯한 일본 비평가들과는 조금 다른 개념으로 사용한다는 점이다. 일본 비평가들에게 주지주의란 모더니즘과 크게 다르지 않았다. 심지어 그들은 독일에서 시작한 표현주의까지도 주지주의 운동에 포함시켰다. 일본판『브리태니커 국제대백과사

---

21) 이정호,「배제와 억압으로서의 글읽기와 글쓰기: T. S. 엘리엇의 경우」,《영학논집》(서울대학교 인문대학 영어영문학과) 24집(2000), 51쪽.

전(ブリタニカ國際大百科事典)』에는 《시와 시론》에 대해 "하루야마 편집에 의한 모더니즘 문학 운동으로 출발. (……) 프랑스의 포에지 운동, 쉬르레알리슴 운동에서 배운 에스프리 누보(新詩精神)를 주장하고, 이론과 실제 창작 양면에서 후세에 큰 영향을 끼쳤다."[22]라고 적혀 있다. 이렇게 이 시 잡지가 모더니즘 운동을 전파하는 역할을 한다고 보는 것은 『일본대백과전서(日本大百科全書(ニッポニカ)』도 마찬가지여서 《시와 시론》은 파리의 국제 잡지 《트란지시옹(transition)》을 모델로 삼아 산문시, 포멀리즘(형식주의), 시네포엠 등을 시도했다고 기술한다. 그러면서 이 잡지는 에스프리 누보의 깃발을 높이 쳐들고 유럽과 미국의 모더니즘 문학을 적극 소개했다고 언급한다.

주지주의를 모더니즘과 동일하거나 유사한 개념으로 파악하려는 것은 일본 이론가들에 그치지 않고 일제 강점기 식민지 조선의 문인들, 심지어 오늘날의 젊은 세대 학자들도 크게 다르지 않다. 백낙원은 앞에서 언급한 「심리주의 문학과 주지주의 문학」에서 아베 도모지와 하루야마 유키오가 주지주의를 '형태에 관한 지식'으로 파악했다고 밝힌다. 그러면서 그는 "그러한 의미에서 주지주의자 문학은 일종의 형식주의에 귀착되고 있는 것이다."라고 결론을 짓는다. 적어도 주지주의를 이렇게 모더니즘이나 이미지즘 또는 형식주의와 관련시킨다는 점에서 김기림도 백낙원과 크게 다르지 않다. 물론 김기림은

22) https://kotobank.jp/word/%E8%A9%A9%E3%81%A8%E8%A9%A9%E8%AB%96-74480. 하루야마는 주지주의의 특징 중 하나로 '감각주의적 문학 추구'를 들지만 이는 신고전주의보다는 낭만주의에 더 가깝다. 그가 주지주의의 또 다른 특징으로 드는 '이성과 감각의 결합'도 신고전주의보다는 17세기 형이상학파 이론과 비슷하다.

「시작에 있어서의 주지적 태도」에서 표현주의를 '감성적인 것에 치우친 자연발생적 산물'로 비판하면서 모더니즘과는 상충적인 태도를 취했다. 다시 말해서 그는 이론과 비평에서는 다분히 반모더니즘적 태도를 취하는 반면, 실제 시 창작에서는 모더니즘을 창작 방법으로 받아들이는 등 일관성이 없었다.

그러나 주지주의를 모더니즘과 혼농하는 대표적인 학자로는 김윤식을 빼놓을 수 없다. 김윤식의 이러한 태도는 비평가로서 최재서의 데뷔 논문이라고 할 「미숙한 문학」과 관련한 대목에서 엿볼 수 있다. 이 논문에서 최재서는 퍼시 비시 셸리를 비롯한 낭만주의 시인들이 장편 시에서 창작 의도에 따라 상상력을 제대로 발휘하지 못했다는 점을 들어 '미숙한' 작품이라고 평가했다. 그런데 김윤식은 비록 최재서가 낭만주의의 미숙함을 깨닫기는 했지만 그렇다고 곧바로 새로운 문학관을 받아들이지는 않았다고 주장한다.

가장 가치 있다고 생각했던 셸리와 그 낭만주의가 1931년도의 시점에서 미숙성의 표본으로 보이기 시작했다고 해도 그가 그 때문에 금방 신고전주의에로 방향 전환한 것은 아니다. (……) 그럼에도 이 논문을 계기로 그의 내적 분열의 징후를 금방 모더니즘에로 퉁겨〔튕겨〕나가지 않은 것은 낭만주의에 대한 그의 탐구의 추가 상당히 깊이 내려갔을 뿐만 아니라 오래도록 그 분위기에 젖었던 탓이다.[23]

---

23) 김윤식, 「경성대 영문학과와 낭만주의: 낭만주의 세계관의 사상사적 과제」, 『한국 근대문학사상사 연구 1』, 231쪽.

위 인용문에서 김윤식은 서구 문예 사조나 전통 중에서 가장 핵심적이라고 할 낭만주의, 신고전주의, 모더니즘을 언급한다. 그런데 주목해 볼 것은 그가 신고전주의를 모더니즘과 같은 개념으로 파악한다는 점이다. 여기에서 김윤식이 말하는 신고전주의란 최재서가 자주 사용해 온 주지주의를 말한다. 그렇다면 김윤식의 관점에서 보면 주지주의란 곧 모더니즘을 가리키는 것에 지나지 않는다.

더구나 김윤식은 최재서의 윈덤 루이스에 관한 글과 관련해 "이 글은 물론 그의 영문학에 대한 왕성한 독서와 박식함을 유감없이 드러낸 것이지만, 이에 멈추지 않고 낭만주의에서 벗어나, 이른바 모더니즘에로 고개를 돌리기 시작한 실마리에 해당된다. 이를 계기로 그는 연구실에서 벗어나 한국 문단과 일본 영문학회에 진출하게 되거니와, 그가 내건 기치는 이른바 주지주의, 즉 모더니즘이었다."24)라고 지적한다. 또한 김윤식은 "최재서가 마침내 《인문평론》을 주관하면서 일시적으로 외도했던 주지주의의 의상을 벗어 던지고 (즉 모더니즘의 경박성을 버리고) 낭만주의로 환원한 것은 단순한 원점 회귀에 지나지 않는 것일까……."25)라고 주장한다. 여기에서도 김윤식은 '주지주의모더니즘'이라는 등식을 사용해 이 두 문예 사조와 전통을 동일한 개념으로 파악한다.

김윤식은 최재서가 왜 낭만주의를 버리고 "주저 없이 전향하여"

---

24) 앞의 글, 231~232쪽.
25) 앞의 글, 256쪽.

주지주의를 받아들였는지 그 이유를 밝힌다. 김윤식은 "어째서 오늘 날 영국의 지적 분위기가 주지적(회의적이란 말과 동격이다.)이자, 건설적 문학론을 갖지 못하게 되었는지, 그 원인부터 밝히지 않으면 안 되었 는데, 최재서는 그 설명을 T. E. 흄의 불연속적 세계관에서 이끌어 내고 있다."[26]라고 주장한다. 김윤식은 주지주의가 낭만주의의 '정반대 편에 선' 문예 사조나 선동이라고 못 박아 말한다. 최재서가 지적하 듯이 흄의 문학 이론은 낭만주의에 대한 비판과 극복으로 시작했다. 낭만주의가 인간의 무한한 가능성을 믿는 휴머니즘에 기반을 둔다 면, 인간의 한계를 첨예하게 깨닫는 주지주의는 반휴머니즘적 태도를 취했다. 김윤식은 여기에서도 주지주의를 모더니즘과 같은 차원에서 파악한다.

> 불연속적 세계관을 확립함으로써 낭만주의를 극복하는 것이 흄의
> 사상이며, 그것은 달리 신고전주의이며, 시에서는 작고 메마른 것,
> 시각적인 것, 분명한 것을 추구하는 것이며 이를 이미지즘 또는 주
> 지주의라고 불렀다. 우리 문학사에서는 이러한 경향을 모더니즘이
> 라고도 칭했거니와, 최재서는 유독 이를 주지주의라는 명칭으로 일
> 관했음이 특징적이다.[27]

---

26) 앞의 글, 233쪽. 김윤식은 "비유컨대, 영국의 낭만주의가 우리의 경우 카프 문학 사상과 같은 처지였다면, 낭만주의에 대치된 것이 불연속적 세계관으로서의 신고전 주의라고 할 수 있다. 그 이론 분자들이 엘리어트, 리드(초기의), 리챠즈, 헉슬리 등 이었다."(235쪽)라고 말한다. 그러나 영국과 유럽의 낭만주의는 비록 프랑스 혁명을 지지했지만 식민지 조선의 카프 문학과는 본질에서 적잖이 다르다.
27) 앞의 글, 234쪽.

위 인용문에서 첫 부분은 최재서가 그동안 여러 번 되풀이하여 소개한 흄의 이론이다. 다만 그는 각주에서 모더니즘과 이미지즘의 관계는 좀 더 규명할 필요가 있다는 문덕수를 언급할 뿐이다. 그러나 위 인용문에서 특히 주목해 볼 대목은 마지막 문장이다. 김윤식이 그동안 '주지주의'와 '모더니즘'을 혼동해 동의어처럼 사용해 온 까닭이 분명하게 드러나기 때문이다. 즉 그는 한국 문학사의 일반적 견해에 따라 이 두 사조나 전통을 동일한 개념을 사용해 왔다. 김윤식은 여기에서도 '주지주의모더니즘(이미지즘)'의 등식을 여전히 고수한다.

최재서가 「현대 비평에 있어서의 개성의 문제」 첫머리에서 "현대의 문학 정신이 낭만주의에서 고전주의로 전환됨에 따라, 개성이 비평의 중심 문제로서 중요시되어 온 것은 말할 것도 없다."(평: 41)라고 한 말을 다시 한번 떠올리는 것이 좋을 것이다. 최재서는 비록 '고전주의'라는 용어를 사용하지만 그것은 김윤식이 말하는 '신고전주의'와 동일한 개념이다. 다만 그는 고대 그리스 시대와 로마 시대의 고전주의와 구별 짓기 위해 '신'이라는 접두어를 사용할 따름이다.

더구나 김윤식은 "결과적으로 본다면 최재서는 낭만주의를 가장 훌륭한 사상으로 믿었으며, 따라서 그가 한때 열을 올려 소개한 모더니즘 따위는 다분히 피상적이거나 자신의 기질적 측면에 연유된 것에 지나지 않는 것이라 할 것이다."[28]라고 주장한다. '모더니즘 따위'라는 표현에서도 엿볼 수 있듯이 김윤식은 최재서의 문학 이론에

---

28) 앞의 글, 236쪽.

서 모더니즘이 차지하는 비중을 애써 깎아내리려고 한다. 그러면서도 그는 최재서의 모더니즘 경도는 그의 '기질적 측면'에서 비롯한 것이라고 밝힌다. 비평가에게 기질은 곧 그의 문학관이나 문학 이론에 절대적인 영향을 끼치기 때문이다.

> 이러한 결과론에서 보면 최새서가 주지주의에 관심을 가졌던 것은 삶의 외형적 측면에 지나지 않음이 명백하다. 그러므로 그가 30년 대에 모더니즘 이론에 근거하여 평론 활동을 벌인 일은 고의적 실수이거나, 한갓 잡문을 쓴 것이거나, 소개적 중개인에 지나지 못하거나, 아니면 낭만주의 사상에 어떤 균형감을 주기 위한 노력의 일종이었을 것이다.[29]

최재서가 본질에서는 낭만주의자였다는 사실은 그렇다 치더라도 그가 주지주의를 받아들인 것이 한낱 '외형적 측면'에 지나지 않았다는 김윤식의 주장은 받아들이기 어렵다. 또한 최재서처럼 성실하고 진지한 비평가의 비평 활동을 '고의적 실수'이거나 '잡문'을 쓰는 것이거나 '소개적 중개'에 지나지 않는다고 주장하는 것도 올바른 비평적 태도가 아니다. 최재서가 낭만주의를 고수하면서 그것에 균형 감각을 주기 위하여 그것과 대립되는 주지주의를 일시적으로 받

---

29) 앞의 글, 237쪽. 김윤식은 이러한 주장을 펴는 근거로 최재서가 「문학 발견 시대」에서 "비평가가 비평가로서 할 일은 작가와 독자의 중개인 노릇이겠지."(문: 40)라고 한 말을 제시한다. 김윤식은 『한국 근대문예비평사 연구』, 241쪽에서 최재서의 말을 《조선일보》(1934. 11. 21)에 발표한 문장 그대로 인용한다.

아들였다는 견해도 받아들이기 어렵다.

　김윤식의 이러한 비평적 판단은 그가 서구 이론을 제대로 이해하지 못한 데서 비롯한다. 가령 그는 스코틀랜드 계몽주의 철학자인 데이비드 흄(David Hume)과 영국의 심미주의 철학자요 비평가와 시인인 T. E. 흄(Thomas Ernest Hulme)을 혼돈한다. 한글로 표기한 이름은 동일하지만 영어 이름은 서로 다를 뿐 아니라 두 사람이 활동한 시기도 무려 150년 넘게 차이가 난다. 방금 앞에서 인용했듯이 김윤식은 "어째서 오늘날 영국의 지적 분위기가 주지적(회의적이란 말과 동격이다.)이자, 건설적 문학론을 갖지 못하게 되었는지……"라고 말하면서 주지주의를 회의주의와 동의어로 간주한다. 데이비드 흄이 철학적 경험론, 회의주의의 체계를 세웠다는 것은 새삼 언급할 필요도 없다. "철학자가 되어라. 그러나 그대의 모든 철학 가운데서도 여전히 인간으로 남아 있어라."느니 "일반적으로 종교의 오류는 위험하지만 철학의 오류는 웃음거리일 뿐이다."라느니 하는 데이비드 흄의 주장은 철학자들 사이에서 인구에 회자되는 말이다. 낭만주의의 유기체론과 연속적 세계관에 맞서 불연속적 세계관을 주장한 것은 T. E. 흄이지만 회의주의를 주장한 사람은 데이비드 흄이다.

　김윤식의 이러한 주장은 바로 모더니즘과 모더니티를 혼동하는 데서 비롯한다. 모더니즘과 모더니티는 '바로 지금'을 뜻하는 모도(modo)라는 동일한 의미소에서 비롯하지만 그것이 지시하는 개념은 다르다. 5세기경 서양에서는 비기독교 시기와 기독교 시기를 구별 짓기 위하여 '모데르누스(modernus)'라는 라틴어를 사용했다. 그러나 세속적 의미에서 모더니티는 일반적으로 르네상스 이후의 역사 시기를 가리킨다. 흔히 '근대성'으로 번역하는 모더니티는 역사적·사회적·철학적 개념으로 봉건 제도가 자본주의, 산업화, 세속화, 합리화, 국민국가 등으로의 이행을 의미한다. 18세기 계몽주의 시대에 이르러 모더니티는 지적·문화적 활동으로 점차 영역을 넓혀 나갔다.

한편 모더니즘은 문학과 예술에 국한해 사용하는 문예적 개념이다. 앞에서 지적했듯이 모더니즘은 계몽주의와 신고전주의의 후예라고 할 리얼리즘에 대한 비판적 반작용으로 시작되었다. 모더니즘은 기본 개념에서 리얼리즘 이전에 서구를 풍미한 낭만주의에서 예술적 자양분을 얻으며 발전했다. 시기적으로 보더라도 모더니즘은 아무리 일찍 잡아도 19세기 말엽을 넘어서지 못한다. 그러므로 모더니즘은 어떤 의미에서는 모더니티에 대한 반발로 보아도 크게 틀리지 않다.[30] 모더니즘과 모더니티의 관계는 가령 상어와 고래의 관계에 빗델 수 있다. 다 같이 바닷물 속에서 살면서도 상어와 고래는 여러모로 다르다. 상어에는 아가미가 있지만 고래에는 없고, 상어는 물속에서만 살고 고래는 물 밖으로 나와 공기를 들이마시며 숨을 쉰다. 한마디로 분류법에서 고래는 어류에 속하고 고래는 포유류에 속한다.

최재서의 주지주의는 계몽주의 시대에 서구를 풍미한 신고전주의 전통을 이어받은 새로운 신고전주의와 크게 다르지 않다. 그의 주지주의적 태도는 「현대 비평에 있어서의 개성의 문제」에서 뚜렷이 엿

---

30) '모더니티'와 '모더니즘'의 변별적 차이에 대해서는 김욱동, 『모더니즘과 포스트모더니즘』 개정판(서울: 현암사, 2004), 32~36쪽; 김욱동, 『포스트모더니즘: 문학/예술/문화』 개정판(서울: 민음사, 2004), 42~43, 74~75쪽; 김욱동, 『포스트모더니즘』(서울: 연세대학교 출판부, 2008), 189~193쪽 참고.

볼 수 있다. 그는 "현대의 문학 정신이 낭만주의에서 고전주의로 전환됨에 따라, 개성이 비평의 중심 문제로 중요시되어 온 것은 말할 것도 없다."(평: 41)라는 문장으로 이 글을 시작한다. 최재서는 르네상스 시대에 볼 수 있던 보편주의가 17세기 말엽과 18세기에 합리주의와 결합해 마침내 유럽 문학에 고전주의 시대를 열었다고 지적한다. 여기에서 그가 말하는 고전주의란 더 정확히 말하면 '의고전주의'라고 해야 한다고 주장한다.

> 어느 시대나 주류에 대한 아류(亞流)가 있어 시대정신을 상상적으로 이해하지 못하고 형식주의로 타락하고 마는 예가 많지만, 고전주의에도 자연의 모방을 고전의 형식적 모방으로 알고 예술에 나타나는 자연 법칙을 수사학(修辭學)과 작시법(作詩法)의 규칙으로 해석하여 마침내 창조적인 고전 정신을 유리적(唯理的)인 독단론(獨斷論)으로 화석시키고 말았다. 이렇게 타락된 고전주의를 진정한 고전주의와 구별하기 위해서 의고전주의(擬古典主義, Pseudo-Classicism)라 부른다.(원: 66)

여기에서 최재서가 말하는 17~18세기의 고전주의를 '타락한' 고전주의라고 하여 '의고전주의'로 부른다. 물론 그의 지적대로 당시 고전주의는 그리스와 로마 시대의 창조적인 고전 정신을 '합리적인 독단론'으로 화석처럼 굳게 하는 결과를 초래했다. 그러나 최재서의 태도는 입법적 고전주의를 경멸하여 '의고전주의', 즉 진품을 흉내 낸 가짜 고전주의라 부른 유럽 지성인들의 태도와 비슷하다. 최근에는

'의(擬)고전주의'나 '유사(類似)고전주의' 대신 '신고전주의'라고 부르는 것이 보통이다. 그러나 20세기에 새롭게 일어난 신고전주의는 엄밀히 말해서 '신(新)-신고전주의'로 불러야 할 것이다.

용어야 어찌 되었든 최재서의 주지주의는 바로 낭만주의 문학관에서 다시 시계 바퀴를 되돌려 신고전주의를 지향하는 문학관이다. 시간을 역행하지 않고 순차적으로 말한다면 그의 주지주의는 기본 정신에서는 낭만주의에 대한 비판적 반작용으로 일어난 리얼리즘과도 비슷하다. 그러므로 주지주의는 낭만주의를 앞뒤로 각각 에워싸고 있는 신고전주의와 리얼리즘과 기본 태도가 비슷하다. 다만 최재서는 18세기의 신고전주의가 고대 그리스와 로마 시대의 고전주의 창조 정신을 잊어버린 채 내용보다는 형식, 정신보다는 육체에 무게를 둔다는 점에서 '타락된 고전주의'라고 비판적으로 보았을 뿐이다.

낭만주의가 신고전주의나 의고전주의에 대한 비판적 반작용인 만큼 그것과의 차이는 무척 크다. 예를 들어 고전주의 시대에는 '일반 의식(le sens commun)'을 존중하여 공통적인 것, 전형적인 것, 규범적인 것을 추구했다. 한편 '개별 의식(le sens propre)'을 중시하는 낭만주의 시대에 이르러서는 특수적인 것, 독자적인 것, 자발적인 것을 추구하려고 했다. 이와 관련하여 최재서는 "고전주의는 완전한 형식 속에 구현되는 질서를 문학의 극치로 보았고, 낭만주의는 특이한 개성 속에 약동하는 생명의 표현을 문학의 이상으로 생각했다."(원: 69)라고 지적한다. 물론 최재서는 다른 문학 개념에서도 마찬가지이지만 문예 사조나 전통에서도 신고전의와 낭만주의, 낭만주의와 리얼리즘처럼 지나치게 이항 대립적으로 파악하는 것을 경계한다. 그러한 이항 대립적 사고로써는 미묘한 문학의 본질을 제대로 설명할 수 없다고 생각하기 때문이다.

그러나 문학사의 거시적 관점에서 보면 낭만주의에 대한 반작용으로 일어난 것이 리얼리즘이고, 리얼리즘에 대한 비판으로 일어난 것이 모더니즘이다. 물론 이러한 이행은 얼핏 보이는 것과는 달리 아주 미묘하게 이루어진다. 이러한 각각의 문학 사조나 전통을 좀 더 자세히 들여다보면 그 안에는 하부 유형들이 서로 다투고 있음이 드러난다. 최재서가 "어느 시대에나 낭만적인 문학과 고전적인 문학이 있을 수 있었다. 또 한 작가의 생애에서도 낭만적인 시기와 고전적인 시기가 있다."(원: 88)라고 지적하는 이유가 바로 여기에 있다. 세계 문학사를 통틀어 한 작가에게서 두 경향을 가장 잘 엿볼 수 있는 작가는 아마 요한 볼프강 폰 괴테일 것이다. 문학은 바로 이러한 역동성에서 발전한다고 해도 크게 틀리지 않다. 적어도 이 점에서는 낭만주의와 리얼리즘도 예외가 아니다.

> 좌익 작가와 순수 예술파 작가가 다 가티 낭만주의를 주장하얏다고 하야 그들의 계급적 입장이 소멸된 것은 아니다. 다만 그들은 반대할 공통된 대상을 가젓다는 것이 이 일시적 원인이다. 그것은 즉 리아리즘에 대한 반대라기보다는 싫증이다. 물론 리아리즘은 현대인의 심정을 굿게 잡고 잇는 힘이니만큼 리아리즘을 전적으로 부정하고서는 현대 문학의 입각지(立脚地)가 업슬 것이다. 다만 젊은 작가와 비평가에 불만을 주게 된 것은 비속한 리아리즘이다. (……) 나는 이제 새삼스럽게 낭만주의의 부활을 미들 수 업는 동시에 임씨

(林氏)와 가티 문예의 본도가 리아리즘이라는 진리를 부인할 수도 업다. 다만 그들의 주장을 일종의 반작용으로서 —— 즉 저조(低調)한 리아리즘에 대한 권태 내지 혐오의 발로로서 해석하며 또 그러한 의미에서 인정하랴고 한다.[31)

위 인용문에서 '임씨'란 당시 일본에서 사회주의 리일리즘의 기수로 평가받던 하야시 후사오(林房雄)를 말한다. 최재서는 조선 문단에서 낭만주의는 이제 한물 지나갔으며 그 빈자리를 메운 것이 리얼리즘이라고 주장한다. 「문학의 표정」에서 그는 "리얼리즘은 인생과 사회의 진실성을 표현함으로써 생명을 삼는 문학이니, 허위의 표정을 가장한다는 것은 대금물이다. (······) 진실성은 생명이다."[32)라고 지적한다. 그러나 한 가지 주목해 볼 것은 최재서가 리얼리즘을 문학의 핵심 사조나 전통으로 평가하되 그가 "비속한 리아리즘"이라고 부르는 사회주의 리얼리즘에는 경계의 고삐를 늦추지 않는다는 점이다.

주지주의는 모더니즘과 같은 시기에 나타났지만 동일한 개념으로 사용할 수 없다. 주지주의가 곧 모더니즘이라는 등식에 처음 문제를 제기한 평론가는 백철이었다. 그는 모더니즘의 중요한 특성 중 하나가 주지주의라고 지적하면서도 '모더니즘=주지주의' 등식에는 쐐기를 박는다. 그는 "모더니즘 즉 주지주의 문학으로서의 대치는 될 수는 없다."라고 잘라 말한다. 백철은 계속하여 "이미지스트들을 위시

---

31) 최재서, 「낭만주의 부활인가」,《조선일보》(1936. 4. 25).
32) 최재서, 「문학의 표정」,《동아일보》(1939. 2. 19).

한 모더니스트들의 시 운동은 주로 형식적인 면에서 19세기를 반대하고 등장한 모던보이들이요, 직접 20세기적인 현실의 반항아는 아니었으나, 그 대신 주지주의는 무엇보다도 20세기의 병든 현실, 즉 현대의 위기라는 한 개의 현실을 배경하고 생겨난 문학 경향이었다."라고 밝힌다.[33]

모더니즘은 시를 비롯한 문학과 예술에서 일어난 새로운 문학 운동인 반면, 주지주의는 20세기 전반 문예를 포함한 시대정신에 가까운 개념이라고 할 수 있다. 이를 달리 말하면 주지주의는 모더니즘의 상위 개념이고, 모더니즘은 주지주의에 속한 하위 개념이다. 백철도 지적하지만 영문학을 전공한 김기림은 최재서가 그랬듯이 영국 문학을 풍미하던 주지주의의 세례를 강하게 받지 않을 수 없었다. 에즈라 파운드와 T. S. 엘리엇 I. A. 리처즈 같은 문인들의 이론은 그들에게 절대적 영향을 끼치다시피 했다.

최재서도 백철처럼 모더니즘과 주지주의를 구분 지어 사용하려고 했다. 영문학을 전공한 김기림이 그랬듯이 최재서도 영국 문학의 주지주의 전통에서 한차례 강하게 세례를 받았다. 20세기 초엽 서유럽에서 폴 발레리를 비롯한 문인들이 지성을 '인류 최후의 종교'로 간주하면서 주지주의에 힘을 실었지만 이러한 현상은 질서와 절도를 중시하는 영국에서 더더욱 첨예하게 드러났다. 1934년 8월《조선일보》의 '하기 문화 강좌'「현대 주지주의 문학 이론」에서 최재서는 T. E. 흄에 대해 "그가 타도코자 하는 전통은 인생관에 있어서 인본주의

---

33) 백철, 『신문학사조사』, 457쪽.

요 예술에 있어서 자연주의요 문학에 있어서 낭만주의이다. 그가 이제로부터 수립하랴고 하는 신전통(新傳統)은 각각 과학적 절대 태도와 기하등적(幾何等的) 예술과 밑 고전주의적 문학이다."(문: 2)[34]라고 잘라 말한다. 그러므로 최재서의 주지주의는 김윤식의 주장과는 달리 신고전주의보다는 오히려 모더니즘에 가까운 개념이다.

　어기에서 잠깐 사회주의 리얼리즘에 관한 최재서의 태도를 살펴 보는 것이 좋을 것 같다. 「센티멘탈론」에서 그는 좁게는 사회주의 리얼리즘, 더 넓게는 리얼리즘이 센티멘털리즘을 기본 정신으로 받아들 인다는 점에서 낭만주의와 크게 다르지 않다고 지적한다. 미국의 신인문주의자 어빙 배빗이 리얼리즘을 "네 발로 기어다니는 낭만주의" 라고 규정한 말을 인용하면서 최재서는 리얼리즘의 비실재성을 신랄 하게 반박한다. 최재서는 "인생의 추악과 전율을 실재 이상으로 과장 하고 수나 난 듯이 떠들어 대는 리알리즘은 날개로 나는 대신에 네 발로 땅위에 기어다닌다는 외엔 그 비실재성에 있어서 낭만주의와 다를 것이 없다."(평: 183)라고 주장한다. 다시 말해 리얼리즘과 낭만주의는 길짐승이건 날짐승이건 짐승이라는 점에서는 마찬가지라는 논리다. 최재서는 센티멘털리즘의 관점에서 사회주의 리얼리즘이 안고 있는 본질적 한계를 다음과 같이 날카롭게 지적한다.

　사회주의적 리알리즘을 표방하고 나선 작가나 비평가에게서 우리

---

34) 최재서가 '주지주의'의 '주지'를 『문학과 지성』에서는 '주지(主智)'로, 『최재서 평론집』에서는 '주지(主知)'로 표기한 것이 눈에 띈다.

는 그러한〔쎈티멘털리즘〕실례를 보아 왔다. 일생에서 가장 다감한 시기를 지하와 철창에서 보내고 나온 이들이 그의 이데오로기에 대하여 타인이 예상하지 못할 농밀한 쎈티멘트를 가질 것은 쉽사리 긍정된다. 사회주의 리알리즘이 리알리즘으로서 일정한 한계를 가지고 있다는 것과, 현실 정세는 그 열광 시대를 지나서 적어도 비평적 정신을 가지고 본다는 사실을 무시하고 백사만물(百事萬物)에 사회주의적 리알리즘을 들추어 내는 태도는 쎈티멘탈리스트의 태도로밖에 볼 수 없다. 더욱이 역사적 필연성을 파악하여 가지고 현재를 비평하고 미래를 전망한다는 본래의 사명을 떠나 단순한 증오감에서 혹은 사회적 제스츄어로서 그것을 이용하려고 할 때 식자(識者)의 눈엔 그것이 쎈티멘탈하게 보인다. 또 리알리스트가 건강한 정신을 상실하고 다만 재래의 습관대로 사회주의적 리알리즘의 公式에 의거할 때, 그것은 곧 일종의 도피이다.(평: 183~184)

최재서는 사회주의 리얼리즘이 본연의 '건강한 정신'을 상실하고 사회주의의 교조주의적 도식과 공식을 따를 때 한낱 '도피'에 지나지 않는다고 지적한다. 그는 중세기 스콜라 철학의 비평 기준이 성경이나 신학이었고 17세기 비평 기준이 아리스토텔레스의 『시학』이었다면, 20세기 비평의 기준은 다름 아닌 카를 마르크스의 『자본론』(1867)이라고 비판한다. 그러면서 그는 그러한 비평들이 궁극적으로 "문학을 떠난 공소한 논쟁에서 일보도 나가지 못했음은 무슨 까닭인가?"(평: 140)라고 묻는다. 또한 그는 이보다 한 발 더 나아가 사회주의 문학을 높이 평가하는 작업을 아예 '비평'이 아닌 '폭언'이라고 부르기도 했다.

최재서는 또 다른 점에서 사회주의 리얼리즘을 날카롭게 비판한다. 그에게 이론이나 비평으로서 사회주의 리얼리즘은 말하자면 '유령 비평'에 지나지 않는다. 이러한 현상은 식민지 종주국 일본 문단보다는 식민지 조선 문단에서 좀 더 두드러지게 드러난다. 최재서는 "좌익적 문예 비평이라고 하는 것도, 조선에서는 노자 대립(勞·資 對立)이 엄연하게 사회 기구로 확립되기 전에 이론이 먼저 들어와서, 지상(紙上) 논쟁에 정력을 낭비한 경우가 많다."라고 지적한다. 그러면서 그는 계속해 "그 이론의 시비(是非)도 시비지만, 확실한 공격의 대상도 없이 공격적 비평을 전개했기 때문에, 많은 경우 관념적 유희로 끝나 버렸다."(전: 64)는 것이다. 최재서에게 비평이란 결코 관념의 유희가 될 수 없는, 고귀한 지적 활동이요 정신적 행위다.

이 무렵 최재서처럼 1930년대 사회주의 리얼리즘을 신랄하게 비판한 비평가도 찾아보기 어렵다. 그는 일부 리얼리즘과 사회주의 리얼리즘을 '비속한 리얼리즘'일 뿐 아니라 '센티멘털 리얼리즘'이라고 불렀다. 그가 이렇게 사회주의 리얼리즘을 부정적으로 평가하는 이유는 다양하다. 첫째, 카프 문학의 쇠퇴에서도 볼 수 있듯이 사회주의 리얼리즘의 잣대로써 당시 복잡다단한 현실을 묘사하거나 재현하는 것은 시대착오적이다. 둘째, 사회주의 리얼리즘 신봉자들은 모든 문학 작품에 이 잣대를 들이대지만 그러한 잣대로 평가할 수 없는 작품도 얼마든지 있다. 셋째, 사회주의 리얼리즘은 역사적 필연성에 입각해 현재를 비평하고 미래를 전망한다는 본래의 사명에서 벗어나 '단순한 증오감'이나 '사회적 제스처'로 전락했다. 넷째, 사회주의 리얼리즘은 정치적 공식으로 화석처럼 굳어져 버린 나머지 현실을 외면하고 도피하는 결과를 낳았다.

최재서는 이번에는 모럴과 관련하여 사회적 리얼리즘을 비판하기도 한다. 가령 「작가와 모럴의 문제」에서 그는 양심적인 작가는 내면에 '장인적 자아' 또는 '기술적 자아'와 '정치적 자아'가 서로 갈등을 일으키게 마련이라고 지적한다. 장인의 기술을 습득하고 연마하여 자기의 예술을 더욱더 완벽하게 하려는 예술가들이 있는 반면, 장인적 순결성을 포기한 채 정치적 자아 쪽에 경도되는 예술가들이 있다. 최재서는 후자의 태도에 대해 "모럴을 획득하려는 예술적 자각의 발로"로 파악한다. 그에 따르면 그들은 '황망히' 시학을 던져 버리고 정치학으로 달려간다. 정치 쪽으로 달려간 예술가들이 과연 모럴을 획득했는가? 이 물음에 최재서는 단연코 그렇지 않다고 대답하면서 "오늘에 와서 좌익 작가가 가장 엄숙하게 자성할 필요가 있는 문제는 이 점이라고 생각한다."(평: 264)라고 지적한다. 그러면서 그는 "정치가 집단주의와 복응주의(服膺主義)를 기초로 하야 성립된다면 그 기구를 합리화한 정치 학설의 어디서 모럴의 단서를 발견하여얄른지 우리는 모른다."(평: 265)라고 밝힌다.

최재서의 문학관에서 '지성'과 더불어 가장 중요한 개념 중 하나는 '개성'이다. 그는 인간이 모럴을 획득할 수 있는 수단은 바로 개성이라고 보기 때문이다. 또한 작가가 모럴의 원리를 정치에서 찾는 것은 마땅한 일이며 반드시 개성 안에서 그렇게 해야 한다고 지적한다. 최재서는 리얼리즘이 일정한 방법으로 사회 기구를 관찰하고 묘사하는 데 그치고 만다면, 즉 "자기 개성의 인간적 변화와 인간 상호의 인간적 관계"를 제대로 통찰하지 못한다면 그것은 곧 모럴의 세계와는 어긋난다고 역설한다. 그는 여기에서 드러내 놓고 사회주의 리얼리즘을 비판하지는 않지만 그것을 염두에 두고 있는 것만은 틀림없다.

적어도 이 점에서 보면 최재서를 사회주의 리얼리즘과 연관시키려는 몇몇 학자들이나 비평가들의 주장은 설득력이 없다. 가령 김흥규는 "이렇게 마르크시스트 문학 이론의 노식성을 비판하면서노 그가 리얼리즘의 사회적 지향에 주목했고, 사회주의 리얼리즘의 기본 자세에만은 대체로 공감했다는 점이 중요하다."라고 지적한다. 김흥규는 한 발 더 나아가 "최재서는 부분적인 불일치에도 불구하고 사회주의 리얼리즘의 문학관과 동렬(同列)에 섰다. 그 이유는 그의 문학관이 문학을 열려 있는 체계로 승인하면서 현실 인식의 기능을 중시했기 때문이다."라고 주장한다. 그런가 하면 그는 "최재서는 물론 카프 조직이나 이념과 특별할 관계를 가지지 않았으나 카프 맹원 및 동반자들이 대부분 전향한 뒤에도 이른바 잔류파인 임화·김남천 등과 문학 이념이나 실천에 있어 상당한 근접성을 보였다."라고 지적하기도 한다.[35]

최재서를 사회주의 리얼리즘과 관련시키는 점에서는 김윤식도 김흥규와 크게 다르지 않다. 김윤식은 최재서가 "프롤레타리아 문학에도 상당한 호감과 이해를 기울였을 뿐만 아니라 김효식, 이원조 등과 각별한 우정을 나눈 것도 낭만주의의 바탕과 계급주의의 바탕이 각각 그 계급 성향은 달랐지만 함께 계급적이었음과 결코 무관하지

---

35) 김흥규, 앞의 책, 293, 294쪽.

않을 것이다."[36]라고 지적한다. 여기에서 김효식이란 사회주의 리얼리즘의 기수라고 할 김남천을 말한다.

그러나 최재서는 비록 김남천, 이원조, 임화 등과 개인적으로 비교적 친하게 지냈으면서도 문학관에서는 그들과 적잖이 차이가 있다. 작가와 작품을 엄격히 구별해야 하는 것처럼 비평가의 개인적 친분 관계와 비평관도 서로 엄격히 구별 지어야 한다. 최재서가 「빈곤과 문학」에서 "비속성을 실재성으로 알고 그 길로 돌진함은 문학의 자살적 행동이다."(문: 123)라고 못 박아 말한다는 점에 주목해야 한다. 여기에서 그는 사회주의 리얼리즘의 비속성을 두고 언급하는 것으로 볼수 있다. 또한 그는 사회주의 리얼리즘이 이제 한낱 활력을 잃어버린 '무기력한 리얼리즘'에 지나지 않는다고 지적한다.

물론 최재서는 '감동적 지각과 창조적 표현'으로서의 낭만주의와 '현대 문학의 입각지'로서의 리얼리즘 사이에서 선뜻 어느 한쪽을 선택하지 못하고 방황한다. 그가 엘리엇의 몰개성 이론을 비판한 것도 이러한 문학적 방황과 무관하지 않다. "우리는 개성을 통하여서만 모랄을 파악할 수 있고, 또 개성 안에서 정치를 생각하는 것이 작가의 맛당히 할 일이다."(평: 13)라는 말에서는 최재서의 고민이 짙게 묻어난다. 여기에서 '개성'은 낭만주의와 깊이 관련된 개념인 반면, 모랄은 어디까지나 리얼리즘과 관련된 개념이다. 낭만주의와 신고전주의 사이의 딜레마는 「작가와 모랄의 문제」에서도 여실히 엿볼 수 있다.

---

36) 김윤식, 『한국 근대 문학사상 연구 1』, 231쪽.

내면에 자유롭고도 풍부한 창조의 생활을 갖이면서도 사회적으론 어떻게 리아리스틱하게 일관할가 하는 데 현대 작가의 고민이 있고, 이 사상을 사상대로 삼켰다 뱉는 것이 아니라 지성(知性)으로써 파악하고 그것을 자신의 모랄에까지 심화하자는 데 현대 작가의 곤란이 있다. 이것은 성격인(性格人)이 한번 바렷든 개성인(個性人)을 회고하는 과정이고 장차로 통합 조화할 선조(前兆)라고 본다.(문: 271)

최재서가 말하는 "내면에 자유롭고도 풍부한 창조의 생활"은 낭만주의에 속하는 영역이고, 사상을 지성으로 파악하여 "모랄에까지 심화하자는" 것은 리얼리즘에 속한 영역이다. 그는 서로 상충하는 이 두 영역을 어떻게 창조적으로 결합할 수 있는가 하는 데 현대 작가의 고민이 있다고 지적한다. 그러나 이러한 고민은 현대 작가에만 해당하지 않고 누구보다도 최재서 자신에게 있었다고 할 수 있다.

최재서는 그의 문학 정신을 천명하는 선언문이라 할 「현대 주지주의 문학 이론」에서 I. A. 리처즈, T. S. 엘리엇, 허버트 리드, 윈덤 루이스 같은 영국 비평가들을 주지주의 관점에서 비교적 자세하게 다룬다. 그러면서 최재서는 그들이야말로 현대의 혼돈과 무질서의 세계에서 '비교적 건전하고 진지한' 비평가들로 '주지적 경향'을 견지한다는 점에서 일치한다고 진단한다.

그들은 각기 자신의 길을 걷고 있으나 결국은 주지적(主知的) 경향에 있어서 일치한다. 그리고 또 한 가지 일치하는 점은 그들이 서로 약조라도 한 듯이 건설적 문학 이론을 갖지 않는다는 점이다. 이것을 그들이 정력이 19세기적 전통을 파괴하는 데에 집중되었다는 사실로써 설명할 수 있을 것이다. 그러나 더 큰 원인은 현대 사회 자체의 특질 — 과도기적(過渡期的) 혼돈성(渾沌性)이라고 나는 생각한다. 그리고 이 혼돈으로부터 주지주의 문학 이론이 일보일보(一步一步) 건설되어 갈 것을 우리는 믿는다.(평: 54)

최재서의 주지주의를 이해하려면 위 인용문을 찬찬히 살펴볼 필요가 있다. 첫째, 위에 언급한 영국 비평가들은 저마다 다른 문학 노선을 걷지만 '주지적 경향'을 띤다는 점에서 공통점이 있다. 여기에서 주지적 경향이란 19세기 낭만주의를 거부하고 신고전주의를 받아들이는 태도를 말한다. 둘째, 이러한 주지적 비평가들이 약속이라도 한 듯이 '건설적 문학 이론'을 갖지 못한 것은 19세기적 전통인 낭만주의를 파괴하는 일에 집중하고 있어 그럴 만한 시간적 여유가 없기 때문이다. 더구나 매슈 아널드의 말대로 "한 시대는 이미 죽었지만 새 시대는 아직 태어나지 않은" 역사적 과도기에 놓여 있던 그들은 아직 어떤 구체적 대안을 제시할 수 없었다. 셋째, 주지주의 문학은 1차 세계대전 이후 서구 문명의 잿더미에서 헤치고 나온 불사조 같은 문학 이론이다. 혼돈과 무질서야말로 주지주의가 싹트고 자라는 비옥한 토양이다. 넷째, 영국의 비평가들은 주지주의 문학 이론이라는 목표를 향해 한 걸음씩 전진에 전진을 거듭하고 있다.

이 점과 관련해 최재서가 여러 글에서 "고전주의 또는 주지주의", "고전주의 또는 주지적 경향" 등의 구절을 자주 사용한다는 점을 눈여겨보아야 한다. 여기에서 '또는'이라는 등위 접속사는 영어 'or'와 마찬가지로 'A'와 'B' 중에 하나를 선택하는 어휘라기보다는 오히려 'A'와 'B'가 서로 동일하다는 것을 부가적으로 나타내는 어휘. 그러니까 고전주의가 곧 주지적 경향이고 주지주의라는 뜻이다. 주지주의를 흔히 모더니즘의 의미로 사용하는 김기림과 달리 최재서는 주지주의를 거의 언제나 낭만주의나 모더니즘과 대립하는 고전주의이나 리얼리즘의 의미로 사용한다. 만약 이 점을 잊는다면 최재서의 문학관에서 상당 부분을 놓쳐 버리는 결과를 낳을 수밖에 없다.

모더니즘에 대한 최재서의 비판은 어렵지 않게 찾아볼 수 있다. 예를 들어 「작가와 모럴의 문제」에서 1차 세계대전 이후 도덕과 전통이 몰락하고 난 뒤 유럽 문학에 나타난 새로운 현상을 진단한다. 반항할 대상을 상실한 당시 문학 정신은 공허를 둘러싸고 맹렬한 속도로 선회했다. 최재서는 그것을 "절망과 흥분으로써만 잠시 동안 자기 자신을 유지할 수 있는 일종의 정신적 회오리바람"(평: 267)이었다고 지적한다. 그 회오리바람의 구체적인 실례로 미래파, 다다이즘, 초기 초현실주의 등을 든다. 물론 '정신적 회오리바람', '선풍적 문학', '악마주의' 같은 표현에서 볼 수 있듯이 최재서는 에즈라 파운드와 윈덤 루이스의 보티시즘(소용돌이 운동)도 염두에 둔 것 같다.

그런데 최재서가 언급하는 이러한 새로운 예술 사조들은 넓은 의미에서는 모더니즘의 초기 형태거나 적어도 모더니즘의 준비 단계로 볼 수 있다. 어느 쪽으로 보든 그는 이 모든 사조가 1차 세계대전 이후 공허나 예술의 진공 상태에서 비롯한 일종의 무정부 상태로 파악한다. "악마주의로부터 모더니즘에 이르기까지의 현대 문학 가운데서 우리는 모라리티가 없는 모랄을 보았다. 그것은 말하자면 상대 없는 혼자 씨름이엿다. 자아를 복종식힐 만한 원리는커녕, 반항할 대상도 없이, 다만 원리와 지지가 그립다는 마음 — 모랄의 지향뿐만으로 겨우겨우 자기 자신의 붕괴를 부축하야 왓다."(평: 268)라고 지적한다.

물론 모럴은커녕 전혀 모럴의 지향조차 없는 일군의 작가들과 비교해 보면 모더니스트들에게는 나름대로 분명한 존재 이유가 있었다. 최재서의 이러한 진단은 모더니즘에만 국한되지 않고 20세기의 현대 문학 일반에도 마찬가지로 해당한다. 「비평과 모럴의 관계」에서 그는 "현대는 모랄리티가 없이 모랄에의 지향만이 있고, 도덕적 주제가 없이 도덕적 감정만이 충만한 시대이다. 현대 작가의 데카당스와 스켑티시즘 속에서 이 두 개의 요소를 분별하는 일은 현대의 비평가에 부과된 바 하나의 중대한 임무이다."(평: 26)라고 밝힌다.

최재서가 주지주의를 모더니즘의 거부나 비판으로 파악한다는 것은 그의 비평 곳곳에서 어렵지 않게 찾아볼 수 있다. 가령 "악마주의로부터 모더니즘에 이르기까지의 현대 문학 가운데서 우리는 모랄티리가 없는 모랄을 보았다."라는 진술은 이러한 경우를 보여 주는 좋은 예 가운데 하나다. 최재서가 모더니즘을 포함한 현대 문학을 '도덕성이 없는 도덕'으로 본다는 것은 그만큼 모더니즘을 경계한다는 뜻이다. 그가 그동안 전통과 역사의식, 지성과 함께 모럴을 부르짖어 왔다는 것은 잘 알려진 사실이다.

더구나 최재서는 그가 '잡종 문학' 또는 '사이비 문학'이라고 부르는 것과 관련해 모더니즘을 주지주의나 신고전주의와는 다른 사조나 전통으로 간주한다. 어느 문학이 종합적 특성을 버리고 어느 한쪽의 순수성을 추구할 때 잡종 문학이나 사이비 문학이 생겨난다고 지적한다. 그는 프랑스의 파르나시앵(고답파)과 상징주의의 작품, 미국의 이미지즘 작품에서 그 구체적인 실례를 찾는다.

> 이러한 잡종 문학들은 현 세기에 있어 '이즘'을 붙여 부를 수 있는 유일한 새로운 문학들이기 때문에 비평계에 가장 많은 논쟁을 일으키는 화제로 되어 있지만, 우리의 눈을 역사로 돌린다면 그들이 어제 오늘에 시작된 것이 아니라 함을 알 수 있을 것이다. 범박하게 모더니즘(Modernism)이라는 명칭 아래에 통괄할 수 있는 이들 문학 운동은 모든 형식적 차별을 철폐하고 인간 정신의 모든 활동을 단일한 면에서 파악한다는 주창 아래서 실재의 혼동을 일으킨 낭만주의 운동의 한 지류에 지나지 않는 것이다. 그러나 우리의 역사적 고찰을 조금만 더 연장한다면, 낭만주의적 형식 말살이 18세기의 인위적이며 전제적인 장르론에 대한 반동으로서 일어났다는 사실을 발견하게 될 것이다.(원: 192)

여기에서 최재서는 모더니즘이 낭만주의의 수원지에서 흘러나온 한 지류임을 분명히 말한다. 이와 마찬가지로 그는 낭만주의 또한 18세기의 신고전주의 또는 의고전주의에 대한 비판적 반작용이라고 밝힌다. 여기에서 그가 말하는 "인위적이고 전제적인 장르론"이란 문학 장르를 고정불변한 형식으로 간주하는 태도를 말한다. 다시 말해서 신고전주의는 고대 그리스와 로마 시대의 고전주의적 문학관을 되살리려는 과정에서 '화석처럼' 굳어지면서 새로운 부르주아 시대의 요구에 부응할 수 없었다.

이렇게 낭만주의를 거부하고 낭만주의 이전의 사조나 전통인 신고전주의로 돌아간다는 점에서 최재서의 주지주의는 진보적이라기보다는 퇴행적이라고 볼 수도 있다. 그러나 1930년대에 그가 주지주의적 태도를 취하는 데는 그럴 만한 까닭이 있었다. 일본 제국주의가 식민지 지배와 통치의 굴레를 더욱 바짝 조이는 상황에서 낭만주의야말로 오히려 시대착오적이라는 생각이 들었기 때문이다. 낭만주의의 낙관주의에 대해 최재서는 "낭만 시대에 있어 사람들은 인생 찬미 가운데에 실재성을 발견했었다. 그것은 인류의 진보를 신앙했기 때문이다. 인간의 본성은 착하고 또 개성은 무한한 발전의 가능성을 가지고 있다. 따라서 방해가 되는 외부의 모든 제도만 개혁한다면 인간은 드디어 신의 지위에 도달하리라!"(평: 192)라고 전망한다. 그러나 인류 역사에서 유례를 찾아볼 수 없는 1차 세계대전을 겪고 나서 또다시 2차 세계대전을 향해 조금씩 발을 내딛고 있는 상황에서 이러한 낭만주의의 낙관주의는 마치 도시 대로에 갑자기 나타난 공룡처럼 시대착오적일 수밖에 없었을 것이다.

최재서에게 비평가란 단순히 문학 작품을 분석하는 수동적 기능을 벗어나 '사회의 정신적 건강'을 보호하는 임무를 부여받은 사람이다. 1930년대처럼 사회가 위기에 놓여 있을수록 비평가는 '판단적 직능'을 더욱더 요구받을 수밖에 없다. 그러므로 그에게 주지주의는 1930년대의 암울한 식민지 현실을 헤쳐 나가기 위한 몸부림으로 볼 수 있다. 물론 낭만주의도 자유주의 정신과 혁명성을 찾을 수 없는 것은 아니지만 당시 상황으로는 이성과 합리성에 기반을 둔 좀 더 적극적 의미의 실천성이 무엇보다도 절실했다. 바로 이 지점에서 최재서의 주지주의는 김기림의 주지주의와 갈라선다.

좁게는 식민지 조선의 현실, 더 넓게는 1차 세계대전 이후 전 세계에 걸친 무질서와 혼란을 겪던 지식인 최재서에게 주지주의는 선택 사항이 아니라 필수적인 가치요 소중한 덕목이었다. 어떤 의미에서는 궁핍한 식민지 시대의 지식인으로서 그가 취할 수 있는 유일하고도 최선의 문학적 대응 방식이었다고 볼 수 있다. 최재서의 비평 원리요 이상이라고 할 주지주의는 여섯 가지 점에서 당시 조선에서 통용되던 주지주의와는 차이가 난다.

첫째, 최재서의 주지주의는 낭만주의의 감성에 맞서 지성에 절대적 우위를 둔다. 그의 주지주의는 앞서 지적했듯이 인간의 감정을 중시하는 주정주의나 인간의 의지를 중시하는 주의주의에 대한 비판적 반응으로 시작한다. 감정에 바탕을 둔 문학, 특히 감상적 문학을 배척하는 그의 비평에서 '지성'이라는 용어는 핵심 어휘다. 최재서가 '내재적 판단 작용'으로 규정짓는 지성이란 단순히 지적 능력을 뜻하지 않고 문학 작품에 나타난 지적 요소를 비롯하여 동시대의 문제, 과학적 사실과 사상적 내용 등을 파악하려는 좀 더 적극적이고 의식적인 능력을 말한다. 그는 직관적이고 무의식적이며 자연 발생적인 본능과 신비스러운 예술적 영감에서 문학의 뿌리를 찾으려는 비평 방법을 거부하고 좀 더 과학적이고 객관적인 비평 방법을 추구하려고 한다. 그의 이러한 태도는 1938년 자신이 경영하던 출판사 인문사에서 간행한 비평집에 "문학과 지성"이라는 제목을 붙인 데서도 쉽게 엿볼 수 있다.

둘째, 최재서의 주지주의는 무엇보다 전통과 역사의식에 무게를

신는다. 이광수는 일찍이 「문학이란 하(何)오」에서 "조선 문학은 장래
가 유(有)할 뿐이요, 과거는 무(無)하다 함이 합당하니, 종차(從次)로 기
다(幾多)한 천재가 배출하여 인적부도(人跡不到)한 조선의 문학야(文學
野)를 개척할지라."[37]라고 천명했다. 얼핏 보면 이광수는 조선 문학
이 황무지와 같아서 개척해야 할 미래만 있을 뿐 후세 문학가가 물
려받을 과거 유산은 없다고 말하는 것처럼 들린다. 그러나 그는 조선
의 신문학에 대해 언급할 뿐 조선 문학이 전통이 없다고 말하는 것
은 아니다. 적어도 이 점에서는 최재서도 이광수와 크게 다르지 않아
서 "전통이 창조의 인슈피레이슌이 되고 문학 작품의 모태가 되는 대
신에 민족 발전의 길을 가로막는 장애물이 될 때에 그 전통은 저주된
물건이다. 이조 500년의 유교적 전통은 확실히 그러한 전통이었다."
(원: 96)라고 밝힌다. 여기에서 최재서는 유교의 부정적 측면을 언급한
것일 뿐 유교 전통 자체를 부정하지는 않는다. 최재서는 대체로 서구
지향적 태도를 취하지만 조선의 역사와 전통에서도 문학적 자양분을
흡수하려고 노력했다. 일제의 통치를 받는 식민지 상황에서는 더더욱
문화유산에 주목할 수밖에 없었을 것이다.

　셋째, 최재서의 주지주의는 이성적 측면을 강조하면서도 문학의
내용 못지않게 형식을, 주제 못지않게 기교와 스타일을 중시한다. 내
용과 형식, 주제와 기교는 마치 수레의 양쪽 바퀴와 같아서 둘이 함께
움직일 때야 비로소 제대로 작동할 수 있다. 그가 모더니즘과 그 유파,

37) 이광수, 「문학이란 하오」, 권영민 편, 『한국의 문학 비평 1』(서울: 민음사, 1995),
97쪽.

유럽의 세기말 운동과 유미주의나 탐미주의의 문학 사조나 운동을 날카롭게 비판하는 것은 형식이나 스타일보다는 세계관 때문이다. 뒷장에서 자세히 다루겠지만 최재서는 이상의 「종생기」와 「날개」 같은 작품과 김기림의 장편 시 『기상도』를 기교적 측면에서 높이 평가한다.

넷째, 최재서의 주지주의는 계급을 앞세우는 카프 문학처럼 지나치게 도식적이고 기계적인 이념에 경도되어 있는 문학을 경계한다. 그는 사회주의 문학에서 흔히 볼 수 있는 도그마티즘(교조주의)을 배격한다. 물론 이 도그마는 최재서가 여러 글에서 힘주어 말하는 '도그마'와는 전혀 다른 개념이다. 허버트 리드의 영향을 많이 받은 그는 도그마야말로 문학을 지탱하는 힘이고, 비평가의 직능은 문학 작품에서 이러한 도그마를 찾아내어 밝히는 것이라고 밝힌다. 최재서는 리드의 말을 받아 도그마 없이는 어떤 비평도 성립하지 않는다고 잘라 말한다. 최재서는 리드의 이 말을 금과옥조로 받아들인다. 물론 '도그마'란 자칫 부정적 뉘앙스를 풍기지만 그가 말하는 도그마는 더 적극적 의미의 개념이다. 즉 T. E. 흄이 낭만주의자들의 상대적 가치에 맞서 주장하는 절대적 가치를 말한다. 최재서에 따르면 도그마란 "신념의 결정이고 또 그것의 표백"과 크게 다름없다.

다섯째, 최재서의 주지주의는 사회주의 비평을 거부하는 것처럼 인상주의 비평이나 심미주의 비평도 거부한다. 인상주의 비평은 '창조적 비평'이라는 그럴듯한 구실 아래 문학 작품의 가치 판단을 유보한 채 개인적 취향이나 딜레탕티슴에 빠져 있다. 개인의 영역에 머물러 있다는 점에서 심미주의 비평도 인상주의 비평과 크게 다르지 않다. 최재서는 주관적인 이 두 비평 방법을 지양하고 더 객관적이고 과학적으로 문학 작품에 접근할 것을 주문한다.

여섯째, 최재서의 주지주의는 전통적 질서를 회복함으로써 현대 문명의 위기를 극복하려고 한다. 1차 세계대전 이후의 무질서하고 불안한 세계에 살아가는 식민지 조선의 지식인으로 그는 안팎으로 심각한 위기의식을 느끼지 않을 수 없었다. 최재서가 적잖이 영향을 받은 T. E. 흄의 불연속적 세계관은 혼돈과 무질서의 현대 사회에 새로운 질서를 회복하려는 의도에서 출발했다. 흄의 사상적 기반 위에 정립한 엘리엇의 전통과 정통의 개념도 현대 문명의 폐허에서 새로운 가치를 세우려는 시도에 지나지 않는다. 최재서에게 질서야말로 현대의 불안과 혼돈, 무질서를 극복할 수 있는 유일한 대안이다. 이 점에서 그의 마지막 작업인 셰익스피어 연구가 질서를 중심 주제로 삼는다는 것은 전혀 우연한 일이 아니다. 질서는 영국의 대문호가 살던 르네상스 시대뿐 아니라 그로부터 몇 세기 지난 20세기 전반기에도 여전히 유효한 사상적 보루였기 때문이다.

한마디로 최재서가 말하는 주지주의는 신고전주의를 가리키는 개념이지 모더니즘을 가리키는 개념이 아니다. 주지주의적 경향은 영국 문단에서 신고전주의와 거의 비슷한 시기에 꽃을 피운 형이상학파 시에서도 쉽게 찾아볼 수 있다. 이와 관련해 최재서는 "특히 주지주의를 표방하는 Metaphysical Poets들의 작품을 읽는 일은 우리에게 좋은 정신 체조(mental gymnastics)의 기회를 제공해 준다."(원: 175)라고 말한다. 여기에서 '정신 체조'란 지적 능력을 향상시키기 위한 독서 행위를 말한다. 그러면서 그는 이러한 경우를 보여 주는 좋은 실례로 존 던의 작품 중에서 「노래」를 인용한다.

장르 이론의 정립

　　최재서의 비평에서 소재, 주제, 형식, 또는 표현 기법 등에 따라서 문학 작품을 분류하는 장르 이론은 매우 중요한 위치를 차지한다. 1930년대 식민지 조선에서 최재서만큼 문학 장르와 관련한 문제에 관심을 기울이고 깊이 천착한 비평가도 찾아보기 어렵다. 그는 한국 문학사에서 최초로 문학 장르 이론을 전개한 비평가로 보아도 크게 틀리지 않다. 한국 문단에서 문학 장르를 본격적으로 연구하기 시작한 것이 1990년대에 이르러서였다는 점을 생각하면 최재서는 무려 60여 년 앞서 이 분야에서 선구적인 작업을 한 셈이다. 김준오(金埈五)가 『한국 현대 장르 비평론』(문학과지성사)을 출간한 것이 1990년이고, 조동일(趙東一)이 『한국 문학의 갈래 이론』(집문당)을 출간한 것이 1992년이다. 그로부터 6년이 지난 뒤에서야 최유찬(崔洧瓚)이 다시 『한국 문학의 관계론적 이해』(실천문학사)를 출간했다. 서양에서도 장르 문제를 본격적으로 다룬 것은 비교적 최근으로 노스럽 프라이가 1957년 『비평의 해부』를 출간하면서 비로소 시작되었다.

　　물론 최재서의 장르 이론은 방금 앞에서 언급한 경우처럼 단행본 규모의 연구로 다루지 않았을 뿐 아니라 소설을 제외하고는 이 문제를 일관성 있게 체계적으로 다루지도 않았다. 다른 주제를 다루는 여러 글에서 이 장르 문제를 산발적으로 다루었을 뿐이다. 그는 시·소설·희곡 같은 일반적 문학 장르보다는 그러한 장르의 하부 장르에 주목했다. 더구나 최재서는 장르 이론에서 서양 이론가들도 비교적 최근에서야 논의하기 시작한 중요한 장르 문제를 짚고 넘어갔다. 그러므로 그가 한국 문학사에서 장르 비평의 첫 장을 장식했다는 점에서는 조금도 의심의 여지가 없다.

최재서의 시 장르 이론을 다루기에 앞서 그가 시를 어떻게 규정 짓고 있는지 먼저 살피는 것이 좋을 것 같다. 그가 "시는 인습에 대한 영원한 반역"이며 "시와 소설이 같은 길을 걸을 수 없다."라고 지적했 듯이 그는 장르 이론에 관심을 보인다. 그렇다면 인습에 도전하기 위 해 시인은 어떻게 해야 할까? 최재서는 시인은 새로운 인생관이나 철 학을 견지할 필요는 없지만 감각만은 늘 새롭게 유지해야 한다고 이 와 같이 역설한다. "(시인은) 다만 새로운 감각만은 가져야 할 것이다. 보통 시민과 다른 눈으로써 물건을 보고 그 본 바를 정확하게 표현하 는 것이 시인에게 맡겨진 천직이기 때문이다. 만일 보통의 눈을 가지 고 볼 줄밖에 모른다면 시인은 드디어 이 사회에 존재할 아무런 이유 도 발견하지 못할 것이다."(평: 395) 물론 이러한 특징은 모든 문학가에 게 해당하겠지만 특히 언어를 경제적으로 구사해야 하는 시인에게는 더더욱 필요할 것이다.

최재서는 전통적 분류 방식에 따라 시 장르를 크게 인간의 감정 이나 생각을 선명한 이미지로 짧게 표현하는 서정시와 일정한 줄거리 가 시간을 따라 진행하는 장편 서사시의 두 갈래로 나눈다. 그는 정 지용을 비롯해 초기의 임학수, 초기의 모윤숙 등을 전자에 관심을 기 울이는 시인으로, 김기림을 비롯해 후기의 임학수, 후기의 모윤숙, 이 용악(李庸岳) 등을 후자에 관심을 기울이는 시인으로 간주한다. 그러 나 주목할 것은 1930년대 조선 문단에서 시가 서정시에서 서사시로 이행하는 경향을 처음 지적한 비평가가 최재서라는 점이다. 그는 "서사시에로의 전개는 모든 현대 시인이 품고 있는 명백한 희원이다."(평: 421)라고 말한다. 그러면서 그는 허버트 리드의『현대 소설론』을 인용하며 귀스타브 플로베르와 마르셀 프루스트 이후 완성 단계에 이른 소설은 이제 "좀 더 남성적인 힘의 문학 —— 서사시와 서사극과 행동 소설에 대한 동경"(평: 421)을 품게 되었다고 지적한다.

이렇듯 최재서는 서정시에서 서사시로의 이행을 역사적 필연성에 따른 것으로 파악한다. 일제의 식민주의 지배를 받고 있는 1930년대 조선 시인들이 장편 서사시에 관심을 기울인다는 것은 그만큼 식민지 현실에 대응할 필요성을 느꼈기 때문이라는 것이다. 이러한 의미에서 최재서는 서사시의 유행이 조선 문단에 고무적이라고 판단한다. 서정시의 작은 그릇으로써는 강물처럼 도도하게 흐르는 거대한 역사적 현실을 도저히 담아낼 수 없기 마련이다. 이 점과 관련해 최재서는 "서사시의 본질은 단체의 정신을 구체화하여서 어떤 목적 아래 결정하고 또 그 목적이 가지고 있는 인간적 가치에 의하여 설화되는 사건을 시인하는 행동을 게시〔제시〕한다는 데 있다."(평: 421)라는 리드의 말을 인용한다.

방금 인용한 리드의 말에서 핵심적인 어휘는 '단체의 정신', '어떤 목적', '인간의 가치'다. 고대 그리스 시대 서사시는 호메로스의 작품에서도 볼 수 있듯이 한 개인보다는 민족이나 국가의 운명을 다루었다. 굳이 서양에서 예를 구할 필요도 없이 이규보(李奎報)의『동명왕편(東明王篇)』만 보아도 당시 중화 중심(中華中心)의 역사의식에서 벗어나『구삼국사(舊三國史)』에서 소재를 취해 한민족의 우월성을 알리는 한편, 고려가 위대한 고구려를 계승하고 있다는 고려인의 자부심을 다루었다. 물론 호메로스와 이규보의 서사시에서 영웅호걸을 주인 공으로 삼지만 그 주인공은 개인보다는 집단을 대표하는 구성원으로 서의 의미가 훨씬 컸다. 1930년대 말 식민지 조선에서 '단체의 정신' 과 '어떤 목적'이란 내선일체를 말하는 것으로 보아 크게 틀리지 않 다. 또한 '인간의 가치'도 자유와 평등 같은 인류의 보편적 가치보다 는 황국 신민으로서의 복종을 일컫는 말로 들린다. 최재서가《조선일 보》에「시와 도덕과 생활」을 쓴 것은 1937년 9월로 일제가 전시 체제 를 갖추기 시작할 무렵이었다.

최재서가 서사시의 대표로 언급하는 작품은 김기림의『기상도』 (1936)다. 김기림이 "한 시인의 정신과 생리에 다가드는 엄청난 세계사 의 진동을 한 편의 시 속에 놓치지 않고 담아 보고 싶었다."(평: 410)라 고 밝히듯이 이 장편 서사시의 시적 화자는 세계 지도를 따라 여행하 면서 보고 느낀 것을 문명 비판적 시각에서 상세하게 기록한다. 김기 림이 이국에서『기상도』의 소재를 찾았다면 임학수는 조선의 설화에 서『견우』(1937)의 소재를 찾았다. 모윤숙은『렌의 애가』(1937)에서 초 기의 목가적인 서정시에서 벗어나 장편 서사시를 시도했다. 그러나 최 재서는 이 작품이 "애상의 파도와 신비의 안개 속"에 표류하고 말았 다고 지적한다. 한편 이용악의『분수령』(1937)은 고달픈 만주 이민 생 활을 묘사한 장편 서사시로 '이민 문학'의 가능성을 보여 주는 작품으 로 평가한다. 이 작품에 대해 최재서는 "아무 비탄도 절규도 하물며 원망도 반항도 없다. 고대의 서사시와 같은 담담하고 간결한 필촉(筆 觸)에 감정의 파동이 침통하다."(평: 416)라고 평한다.

최재서의 장르 이론은 시보다는 소설에 이르러 훨씬 더 풍부하다. 그는 일반적인 소설 이론에 따라 소설 장르가 고대 서사시에서 배태되어 근대 시민 사회에서 자양분을 받으며 성장해 왔다고 지적한다. 최재서는 "소설은 이 시민 계급이 그들 자신의 운명을 실현키 위하여 만들어 낸 예술이다. 소설이 시민의 서사시라는 말은 단적으로 이 사실을 표명한다."(평: 289~290)라고 주장한다. 그래서 그는 소설을 한마디로 "불쇼아 사회의 서사시"라고 규정짓는다. 물론 여기에서 최재서가 말하는 소설이란 두말할 나위 없이 '장편 소설'을 일컫는다. 소설 장르와 관련한 그의 이론을 엿볼 수 있는 글은 「장편 소설과 단편 소설」, 「중편 소설에 대하여」, 「단편 소설론」, 「단편 소설의 특질」, 「소설과 민중가」, 「소설의 현상 타개의 길」, 「풍자 문학론」 등이다.

일반 분류법에 따라 최재서는 소설 장르를 크게 ① 장편 소설, ② 중편 소설, ③ 단편 소설의 세 유형으로 분류한다. 이 분류 방식은 소설이 문학의 한 갈래라고 말하는 것처럼 전혀 새로울 것이 없다. 그러나 그의 분류 방식에서 새로운 것은 그가 소설을 단순히 양적 개념이 아닌 질적 개념에 따라 분류한다는 점이다. 물론 '장·중·단'의 용어에서 볼 수 있듯이 이 세 소설 장르는 길이에서 차이가 날 수밖에 없다. 그러나 그는 세 소설 유형이 이러한 양적 차이 말고도 인물, 사건, 플롯 등에서 크게 차이가 난다고 지적한다. 이와 관련해 최재서가 '삶의 단면'을 다루는 단편 소설을 이미지에 의존하는 짧은 서정시에 빗대는 것이 무척 흥미롭다.

단편 소설은 시로 말하면 서정적 시이다. 서사시에 대하여 서정시의 특징은 그 단일성에 있다. 단일한 효과를 주는 것이 그 목적이다. 단일한 정서, 기분, 혹은 관념을 주는 것이 그 목적이다. 단편 소설에 있어선 인생의 전면이 아니라 그 일면이, 이야기의 전부가 아니라 그 일부분을 통하여 단일한 관념을 주자는 것이 그 바라는 바이다.(평: 336)

최재서가 단편 소설이 "인생의 전면"이 아니라 "그 일면"만을 다룬다고 말하는 것은 이 장르의 그릇이 작기 때문이다. 단편 소설의 그릇은 삶의 총체적 모습을 다루기에는 너무 작아서 삶의 단편, 즉 '한 조각 삶(une tranche de vie)'만을 다룰 수밖에 없다. 단편 소설 작가는 케이크 한 조각처럼 일상적 삶의 한 조각을 소재로 삼게 마련이다. 그것은 무엇보다도 '단일한 효과'와 '인상의 통일성'을 얻기 위해서다. 그런데 위 인용문에서는 흔히 '단편 소설의 할아버지'로 일컫는 에드거 앨런 포의 그림자가 어른거린다. 단편 소설의 이론과 실제에서 선구적 역할을 한 포는 「작문 철학」에서 이렇게 말했다.

만약 어떤 문학 작품이 너무 길어서 앉은자리에서 한꺼번에 읽을 수 없다면 우리는 인상의 통일에서 오는 매우 중요한 효과를 잃어버리는 것으로 만족해야 한다. 두 번 나누어 읽게 되면 온갖 세상일이 간섭하게 되어 총체성 같은 모든 것이 즉시 파괴되기 때문이다.[38]

---

38) Edgar Allen Poe, "The Philosophy of Composition", *Edgar Allen Poe: Essays and Reviews*(New York: Library of America, 1984), p. 13. 일제 강점기 조선 작가로 포의 단편 소설 이론에 관심을 기울인 사람은 이태준이다. 그는 「단편과 장편(掌篇)」에서 이 문제를 비교적 깊이 있게 다룬다. 상허학회 편, 『이태준 전집 5: 무서록』(서울: 소명출판, 2015), 51~55쪽; 김욱동, 『한국 문학의 영문학 수용』(서울: 서강대학교 출판부, 2023), 287~293쪽.

이렇듯 최재서도 포처럼 단편 소설이 장편 소설보다 뛰어난 이유를 길이가 짧아서 '인상의 통일성'과 그에 따르는 '단일한 효과'를 얻을 수 있다는 데서 찾는다. 장편 소설처럼 길이가 길어서 여러 번 나누어 읽게 되면 그 작품에서 얻는 인상이 분산되면서 단일한 효과를 얻는 데 실패할 수밖에 없다. 최재서는 단편 소설을 짧은 서정시에 빗댔지만 인상의 동일성과 단일한 효과를 얻는 것으로 말하자면 길이가 훨씬 더 짧은 서정시가 단편 소설보다 훨씬 더 클 것이다. 그래서 포는 서정시가 단편 소설보다 더 훌륭한 문학 형태라고 말했다. 어찌 되었든 최재서는 단편 소설을 "극도로 정제한 화약 약품처럼 신속하고 현저한 효과를 나타낼 수 있다."(평: 337)라고 밝히면서 한 알만 먹어도 잘 듣는 스위스제 설사약에 빗댄다.

　　최재서의 지적대로 단편 소설을 서정시에 빗댈 수 있다면 장편 소설은 서사시에 빗댈 수 있다. 서정시가 서사시와 질적으로 다르듯이 단편 소설도 장편 소설과는 질적으로 다르다. 최재서는 "장편 소설이 단편 소설보다 길다는 것은 문학적으로 무엇을 의미하는가?"라는 질문을 던진다. 여기에서 '문학적으로'라는 부사에 무게가 실려 있음을 눈여겨보아야 한다. 최재서는 "그것은 다만 무의미하게 단편 소설보다도 많은 페이지 수를 요하지는 않을 것"이라고 운을 뗀 뒤 "한 스토오리를 중심하여 그에 부수된 모든 사건(물론 원측적인 의미에서이지만)을 취급하고 또 주요한 인물들로 하여금 그 성격을 충분히 전개시키기 위해서 그것은 긴 스페이스를 요구한다."(평: 337)라고 지적한다. 최재서는 계속 "소설이 역사성을 획득하자는 것이니, 역사성을 가지는 데서 장편 소설은 그 본질을 나타낸다."(평: 337)라고 말한다. 이렇듯 장편 소설을 단편 소설과 구별 지을 수 있는 잣대는 바로 역사성이다. '삶의 단면'을 다루는 단편 소설에서는 삶에 대한 통일된 인상을 다룰 수 있을 뿐 역사성을 다루는 데는 한계가 있을 수밖에 없다. 물리적으로 길이가 긴 장편 소설은 역사성뿐 아니라 공간적인 면에서 사회성을 줄 수도 있다.

　적어도 양적 기준에 따르면 단편 소설과 장편 소설 사이에 놓여 있는 것이 중편 소설이다. 그러나 단편 소설과 장편 소설처럼 중편 소설도 이 두 소설과는 변별되는 질적 차이가 있을 수밖에 없다. 최재서는 "중편이 아니고서는 표현할 수 없는 그 재료란 어떠한 것일까?"(평: 337)라고 묻는다. 이 물음에 대하여 그는 "배경이나 환경의 세밀한 제시라든가 또는 분석이라든가, 더욱이 작자의 인생관이나 사회적 주장이라든가는 도저히 단편으로선 포착할 수 없는 요소들이다."(평: 343)라고 밝힌다. 그러니까 이러한 요소들을 다룰 수 있는 소설 장르가 다름 아닌 중편 소설이라는 것이다. 다시 말해 단편 소설의 단점을 보완할 수 있는 장르가 바로 중편 소설이다. 최재서는 단편 소설이 19세기에는 몰라도 삶이 복잡다단한 20세기에는 걸맞은 소설 장르가 될 수 없다고 주장한다. 더구나 그는 장편 소설이 독자의 흥미 요구에 부합하면서 상업성에 매몰되고, 단편 소설이 작가의 주관 세계에 탐닉하는 상황에서 중편 소설이야말로 가장 이상적인 소설 장르로 규정짓는다. 그에 따르면 중편 소설은 장편 소설의 대중성과 단편 소설의 예술성을 잇는 가교 역할을 할 수 있다.

　더구나 최재서는 한 발 더 나아가 장편 소설의 하부 유형을 나누기도 했다. 예를 들어 그는 20세기에 걸맞은 장편 소설 장르로

① 가족사 연대기 소설, ② 관념 소설, ③ 자전적 소설, ⑤ 풍자 소설, ⑥ 보고 소설 등을 꼽는다. 최재서가 이 소설의 하부 장르에 주목하는 것은 이 소설 유형이 19세기 말엽과 20세기 전반기의 삶과 밀접하게 연관되어 있기 때문이다. 시나 희곡 같은 다른 장르와 비교해 소설은 역사적 시간과 사회적 공간의 산물로 구체적인 삶과는 떼려야 뗄 수 없이 깊이 관련을 맺고 있다.

줄여서 '가족사 소설'로도 부르는 가족사 연대기 소설은 몇 대에 걸쳐 한 가문의 흥망성쇠를 다룬 작품이다. 최재서는 이 유형의 소설을 중산층 시민의 가족 관념을 다루는 전통적인 '가정 소설'과는 구분 짓는다. 또한 그는 이상적 가정 안에서 일어나는 갈등이나, 낡은 가족 제도가 새로운 사회 현실과 부딪치면서 빚게 되는 모순을 다루는 '문제 소설'과도 구분 짓는다. 최재서가 말하는 '가족사 연대기 소설'이란 '사(史)'라는 말에서도 엿볼 수 있듯이 "한 크로니클(연대기)로서 어떤 한 가족의 역사를 3세대 내지 4세대에 걸쳐 취급하려는 소설"(평: 235~236)을 말한다. 이 소설 유형에 대해 최재서는 좀 더 구체적으로 "연대기 소설의 작가가 추구하는 것은 동기와 경과를 통하여 본 논리적 인과 관계가 아니라, 세대의 교대를 통하여 본 시간의 흐름, 그리고 그것이 주는 인생의 의미"(평: 240)라고 지적한다.

최재서가 이 소설 유형에 특히 주목하는 것은 "성격의 수원지요 훈련소로서의 가족을 탐구하려는 가족사 소설은 성격 탐구의 새로운 경지를 개척한 문학"이기 때문이다. 그는 이 소설 유형의 가장 대표적인 작품으로 독일 작가 토마스 만의 『부덴브로크가의 사람들』을 꼽는다. '어느 한 가족의 몰락'이라는 부제가 붙은 이 대하 소설에는 작가 자신의 고향인 뤼베크를 무대로 어느 사업가 집안사람들이 걸어온 발자취를 4대에 걸쳐 더듬는다. 만은 자연주의 문학과 아르투어 쇼펜하우어의 철학에 리하르트 바그너의 음악적 기법을 결합해 창작한 걸작으로 평가받았다. 작자의 개인적 체험이 독일 시민 계급과 유럽 사회의 공감을 얻어 베스트셀러가 되었으며, 작가는 1929년 노벨 문학상을 받았다. 이 밖에도 최재서는 영국 작가 존 골즈워디의 『포사이트가의 이야기』(1906~1921), 프랑스 작가 로맹 롤랑의 『장 크리스토프』(1904~1912)와 마르텡 뒤가르의 『티보가의 사람들』(1922~1940) 등을 가족사 연대기 소설의 좋은 예로 든다.

최재서는 조선의 작품 중에서 비교적 이 범주에 속하는 소설로 김남천의 『대하』를 대표작으로 꼽는다. 이 작품은 1부가 출간된 뒤 속편이 발표되지 않았기 때문에 사실상 미완성의 작품이라고 할 수 있다. 어찌 되었든 최재서는 이 작품에서 만의 작품에서 볼 수 있는 가족 연대기 소설의 가능성을 찾는다. 이 밖에도 최재서는 이기영의 『봄』(1942)과 한설야의 『탑』(1942)을 가족사 소설로 간주하기도 한다.

한편 최재서는 장편 소설의 또 다른 하부 장르로 관념 소설을 든다. 그는 관념 소설이야말로 현대 소설 중에서 가장 현대적인 소설 유형으로 간주한다. 그런데 그는 전통적인 가족 소설과 가족사 연대기 소설을 구분 짓는 것처럼 '관념 소설'과 '사상 소설'을 엄밀히 구분 짓는다. 그에 따르면 사상 소설이란 "사상 문제를 취급하는 소설로서, 작자는 어떤 사상을 옹호하고 혹은 어떤 사상을 배격하기 위하여 그 소설을 쓴" 작품을 말한다. 최재서는 이 유형의 소설로 19세기 말엽과 20세기 초엽에 활약한 에밀 졸라, 로맹 롤랑, 레프 톨스토이, 표도

르 도스토옙스키, 영국의 H. G. 웰스 같은 서유럽과 러시아 작가들, 그리고 최근 식민지 조선에 한때 유행한 경향파의 프롤레타리아 소설가들을 그 대표적인 예로 든다.

더구나 최재서는 관념 소설을 "현대에 생동하는 모든 관념을 끌어다가 그 발생과 발전과 충돌과 변모의 모든 相을 전시하면서 현대라는 한 거대한 대상을 그 지적 면에서 재현하려는"(평: 260) 소설로 규정짓는다. '20세기의 독특한 문학적 산물'이라고 할 이 유형의 소설에서 작가는 인물보다는 관념, 생활보다는 사상에 더 관심을 기울이기 때문이다. 최재서는 영국 작가 올더스 헉슬리의 『대위법』(1928)을 관념 소설의 대표작으로 꼽는다. 이 소설에 대해 최재서는 "헉슬리는 관념을 등장인물로 하여 현대인의 정신적 풍속도를 그린" 작품으로 평가한다. 최재서에 따르면 관념을 추상적으로 미화하는 대신 '욕망의 합리화'로 파악하는 지드는 "무수한 관념이 서로 엉클어서 흘러가는 동태를 그대로 묘사하여 현대의 가장 특이한 지적 일면을 표현하려는" 작가다. 또한 최재서는 관념 소설을 프랑스 문학에서도 찾아볼 수 있다고 말하면서 앙드레 지드의 『사주장(私鑄匠, 위폐범들)』(1926)을 관념 소설의 대표작으로 꼽는다.

한편 최재서는 자전적 소설의 대표작으로 아일랜드 작가 제임스 조이스의 두 작품 『젊은 예술가의 초상』(1916)과 『율리시스』(1922)를 꼽는다. 최재서는 1차 세계대전 이후 서유럽을 중심으로 널리 유행한 자전적 소설은 과거의 자서전이나 참회록과 얼핏 비슷해 보일지 모르지만 좀 더 면밀히 살펴보면 의도나 수법에서 많이 다르다고 지적한다. 그는 자전적 소설이 "단순한 고백이 아니라 묘사이며, 단순한 서술

이 아니라 설화이며, 또한 묘사와 설화의 天衣無縫的인 綾織"(평: 232)이
라고 말한다. 더구나 최재서는 조이스의 작품이 소설 형식에서 '내면
독백'과 '의식의 흐름' 기법을 구사하여 현대 소설의 흐름을 바꿔 놓
았다고 주장한다.

　최재서는 헉슬리가 관념 소설뿐 아니라 더 나아가 풍자 소설에
도 깊은 관심을 기울인 점에 주목했다. 실제로 이 두 소설 유형은 서
로 밀접하게 연관되어 있다. 최재서는 헉슬리의 풍자 소설이 조너선
스위프트의 『걸리버 여행기』(1726) 같은 그 이전의 풍자 소설과 적잖
이 다르다고 주장한다. 헉슬리가 그의 풍자 소설에서 묘사하는 인물
은 하나같이 어떤 특정한 사회 계급, 즉 영국의 상층 중류 사회를 대
표하는 사람들이기 때문이다. 이 점과 관련해 최재서는 부르주아 문
화를 대표하는 학자, 예술가, 비평가, 유한마담과 딸, 인텔리 청년들이
그의 소설을 구성하는 작중 인물이라고 지적한다. 헉슬리의 풍자 소
설은 작중 인물뿐 아니라 소재나 대상에서도 전통인 풍자 소설과는
크게 다르다.

　헉슬리의 풍자는 도덕적 판단이라기보다는 오히려 심리적 진단이다.
전통적인 풍자 작가는 개인을 풍자할 경우나 사회를 풍자할 경우나
도덕률 속에 그 판단의 기준을 구한다. 왜냐하면 도덕적 기준에서의
이탈을 그들은 풍자의 척도로 인정했기 때문이다. 그러나 전통적인
도덕이 붕괴하고 기준을 구할 수 없게 된 현대에 있어서 개인의 온
건과 사회의 공정이 풍자의 기준이 되지는 않는 것은 하는 수 없다.
현대의 풍자 작가에 있어서 문제 되는 것은 도덕적 선악보다 심리적

건강과 불건강이다. 그리고 헉슬리만치 현대 개성의 병리를 깊이 이해하고 있는 작가는 없다. 그의 작품은 20년대에 있어서의 사회병리학의 문헌으로서도 금후에 남게 될 것이다.(평: 287~288)

최재서는 20세기 초엽 현대인의 사회병리학적 문제를 다룬 헉슬리의 대표작으로 『대위법』을 비롯하여 『크롬 옐로』(1921), 『병신춤』(1923), 『열매 없는 잎들』(1925), 『대담한 신세계(멋진 신세계)』(1932) 등을 든다. 그러나 최재서는 헉슬리의 풍자 소설이 프롤레타리아 계급을 도외시한 채 오직 자신이 속한 지식인 계급만을 다룬다는 점에서 한계가 있다고 지적하기도 한다.

한편 최재서의 장르 이론은 소설에 그치지 않고 이번에는 비평 분야로 넓어진다. 프랑스의 문예 비평가 알베르 티보데의 『비평의 생리학』(1919~1931)에서 영향을 받은 최재서는 비평을 ① 자연 발생적인 비평, ② 직업적 비평, ③ 예술가의 비평 등 크게 세 유형으로 나눈다. 그런데 최재서는 이 세 유형의 비평이 상호 배타적 관계가 아니라 오히려 상호 보완적 관계를 맺고 있어 비평이 건강하다는 것을 보여 주는 증거라고 지적한다. 또한 이 세 유형은 바위처럼 고정불변한 상태로 머물러 있지도 않는다는 것이다. 이 점과 관련해 최재서는 "비평의 세 가지 형태는 결코 고정되어 움직일 수 없는 세 구획이 아니라, 살아서 움직이는 세 경향"(평: 107)이라고 밝힌다. 비평이 건전한 상태를 유지할 수 있는 것은 이렇게 늘 유동적인 상태로 남아 있기 때문이다.

최재서가 '소박한 사람들의 비평'이라고도 부르는 자연 발생적 비평이란 민중 중에서도 계몽된 부류와 민중을 대변하는 사람들이 하는 비평을 말한다. 지식층 독자나 저널리스트들이 신문이나 잡지에 발표하는 비평도 대체로 여기에 속한다. 이 유형의 비평은 인쇄술이 발달하면서 현대에는 주로 활자 매체에 의존하지만 그 이전에는 살롱 같은 공간에서 만나 문학과 예술을 이야기했기 때문에 구두에 의존했다. 이렇게 '말로 하는 비평'으로 시작한 자연 발생적 비평은 모든 비평의 모체일뿐더러 비평의 이상적 형태라고 할 수 있다. 최재서는 신문 비평과 관련하여 "신선한 형태 밑에서 오늘의 사상을 표현하고, 官學主義의 모든 외관을 피하여 가면서 독자에게 지식을 신속하고 유쾌하게 줄 수 있는 모든 수단을 사용하여 쓴 비평"(평: 110)이라고 규정한다. 그는 소크라테스의 대화를 모은 플라톤의 『파이드로스』를 시작으로 17세기 몽테뉴의 『수상록』을 거쳐 현대의 수기, 서간, 일기 등에서 그 예를 찾는다.

직업적 비평이란 글자 그대로 비평을 직업으로 삼는 교수들이나 하는 강단 비평을 말한다. 학자들이 연구실에 하는 학구적 비평이 이 두 번째 유형에 속한다. 생트 뵈브가 '공중의 서기'로 부른 저널리스들의 비평과는 달리, 학자들의 학구적 비평은 고전적 전통과 깊이 연관되어 있다. 최재서는 "직업적 비평가가 전통 의식을 가지고 문화 유산을 처리하기 시작할 때에 비평(고전 비평)은 시작된다."(평: 115)라고 말한다. 그러므로 직업적 비평가는 어느 정도 역사가나 철학가의 역할을 함께 맡을 수밖에 없다. 최재서는 직업적 비평가의 세 가지 기능으로 분류·판단·설명, 즉 정돈·감정·명령을 꼽는다.

예술가 비평이란 작가가 자신의 작품을 반성하고 고찰하는 비평 유형을 말한다. 여기에서 비평의 주체는 넓은 의미에서 독자가 아니라 작가다. 이 비평을 쓰는 사람은 저널리스트도 아니요 그렇다고 학자도 아니다. 오직 문학 작품을 창작한 작가만이 이 유형의 비평을 쓸 수 있다. 적어도 이 점에서 최재서는 이 유형의 비평을 '창조적'이라고 지적한다.

> 예술의 영원을 위하여서라 할가, 하여튼 예술가가 그의 밟어 온바 창작 과정을 합리적으로 회고하고 반성할 때에 생기는 비평, 그것은 비평이라기보다는 독자에 대한 고백담이고, 더 많이 자기 자신에 대한 독백일 것이다. 그것은 창작 세계의 비밀을 독자에게 알려 줌이요, 그가 무의하게 지내 온 경로를 자기 자신에게 의식(意識)시키는 일이니, 그것은 결국 일종의 창작일 것이다. 작품을 형상(形象)의 창조(創造)라고 하면 이것은 이론의 창조일 것이다. 예술의 창조에 준하여 이것을 비평의 창조라고 해도 무방할 것이다.(평: 118)

최재서는 창조적 성격이 강한 예술가 비평을 '순수 시'에 빗대어 '순수 비평'이라고 부른다. 자연 발생적인 비평이나 직업적 비평과는 달리, 예술가 비평은 실제로 존재하는 문학 또는 예술 작품을 대상으로 하는 대신 어디까지나 본질을 대상으로 하기 때문이다. 최재서는 비평의 관점을 천재 예술가의 내부에 두고 모든 고찰을 본질까지 환원한다는 점에서 이 예술가의 비평을 '비평의 대수학'이라고 부르기도 한다.

한편 최재서는 문예 비평을 크게 '실천적 비평'과 '이론적 비평'

의 두 유형을 나눈다. 전자는 세상에 이미 태어난 문학 작품 자체를 평가하고 판단하고 분석하는 비평이다. 한편 후자는 작품이 태어나기까지의 창작 과정에 무게를 싣는 비평이다. 그는 서양 문단에서 실천 비평의 대표적 인물로는 T. S. 엘리엇을, 이론 비평의 대표적 인물로는 허버트 리드를 꼽는다. 그러면서 최재서는 이 두 비평에서 어느 쪽이 더 낫고 더 못하다고 구별 짓는 것은 '어리석은 일'이라고 지적한다. 그래서 그는 이 두 유형 모두에 관심을 기울이지만 아무래도 이론 비평이 실천 비평보다 큰 비중을 차지한다. 그러나 비록 양은 적어도 최재서의 실천 비평은 그의 이론 비평 못지않게 나름의 중요한 의미를 지닌다.

이렇듯 최재서의 장르 이론에서 무엇보다 가장 돋보이는 부분은 문학 장르를 단순한 형식적 분류를 뛰어넘어 특정한 사회적·역사적 상황에 대한 반응으로 파악한다는 점이다. 최재서가 방금 앞에서 다룬 소설 유형들은 하나같이 19세기 말엽과 20세기 초엽에 서유럽과 미국을 중심으로 생겨난 산물로 당시 사회적·역사적 현실과 깊이 연관되어 있다. 이 점과 관련해 그는 "양식 의식(樣式 意識)이 현대 작가에게 불소(不少)한 도움이 되는 것은 다시 말할 필요가 없지만, 그렇다고 양식을 복종치 않아서는 아니 될 규칙으로서 그에게 강제한다면 그것은 큰 실수이다. 문학의 발전은 양식(樣式)에의 복종이 아니라 양식에의 반역이라고 볼 수 있기 때문에"(평: 117)라고 지적한다.

문학 양식이 고정불변한 상태에 머물러 있지 않고 이렇게 당대 현실에 따라 끊임없이 유형을 변화시킨다는 지적은 서양의 장르 이론에서도 비교적 최근에서야 이루어진 성과다. 예를 들어 에이미 드

비트는 사회적 상황에서 비롯하는 장르가 담론의 상호 텍스트성에 의존할 수밖에 없다고 지적한다. 이와 마찬가지로 캐롤라인 밀러는 문학 장르를 사회적 구성물이나 사회적 행동으로 파악한다.[39] 최재서가 단순히 서구 이론을 받아들여 조선 문단에 소개하는 데 그치지 않고 이보다 한 발 더 나아가 자신의 이론을 창조적으로 구축하려고 했다는 점은 높이 살 만하다.

　　최재서는 문학을 "체험의 조직화이며, 감정의 질서화이며, 가치의 실현"이라고 정의한다. 1950년대 문학을 좀 더 원론적으로 다루고 윌리엄 셰익스피어를 심층적으로 연구하면서 문학에 관한 이러한 관념은 점점 더 확고해졌다. 이러한 문학 개념의 바탕 위에 그는 일찍부터 비평적 태도를 분명히 했다. 그가 허버트 리드의 도그마와 I. A. 리처즈의 모럴 이론에 깊은 관심을 기울인 것은 바로 그 때문이다. 리드는 도그마 없이는 비평은 성립되지 않는다고 잘라 말하면서 도그마의 설정이야말로 비평의 유일한 임무라고 지적했다. 한편 리처즈는 비평이 궁극적으로 작품에 대한 가치 평가라면 비평은 모럴, 즉 가치 의식을 이론화한 가치 체계를 떠나서 생각할 수 없다고 말했다.

　　이렇게 리드와 리처즈의 이론을 받아들이는 최재서는 "가치 의식이 모럴이 되려면 도그마로 합리화되지 않아선 안 된다. 도그마는 신념의 結晶이고 또 그것의 表白이다."(평: 13)라고 밝힌다. 이렇듯 그는 리드와 리처즈의 주장을 그의 비평에서 금과옥조로 삼았다. 문학의

---

39) Amy J. Devitt, "Generalizing About Genre: New Conceptions of an Old Concept", *College Composition and Communication* 44: 4 (1993): 573~586; Carolyn R. Miller, "Genre as Social Action", *Quarterly Journal of Speech* 70 (1984): 151~167.

두 축 중 하나라고 할 쾌락마저 그는 윤리가 뒷받침되지 않으면 안 된다고 주장한다. 최재서는 이러한 이론의 토대 위에 실천 비평의 집을 짓는다. 그에게 비평이란 체험의 기록인 문학 작품을 재료로 삼아 가치를 판정하고 그것을 토대로 모럴을 건설하는 작업과 다름없다.

그런데 안타깝게도 1930년대 중엽부터 일제의 국군주의와 황국화에 적극 협력하면서 최재서의 비평관은 사뭇 달라졌다. 그는 비평의 임무와 역할에 관한 글에서 "현재에 있어서 비평의 임무는 문학의 나아갈 방향을 지시하고, 아울러 창작 지대를 방어함에 있다."[40]라고 말한다. 과연 그는 조선 문학의 나아갈 길을 제시하고 식민지 조선의 문인들을 위해 '창작 지대'를 방어했는가? 발 벗고 나서서 일제의 국책에 협력한 그의 비평 행위를 볼 때 이 말이 자못 공허하게 들린다. 물론 그는 "비평의 기능이라고 하는 것은 시대와 함께 변하는 것으로 결코 고정불변한 것이 아니다."라고 밝힌다. 이렇게 자신의 태도를 합리화하면서 최재서는 지금까지 세계 문학사를 보면 적지 않은 비평가들이 저마다 그들 나름대로 '비평의 기능'을 집필한 것은 이 점을 뒷받침한다고 지적한다.

그렇다면 1930년대 말과 1940년대 초 최재서가 말하는 비평의 기능이란 과연 무엇인가? 한마디로 그는 "새로운 비평의 임무는 국책 협력에 있다."(전: 44)라고 잘라 말한다. 구체적으로 부연하여 그것은 일본인처럼 생각해 일본의 이상을 추구함으로써 일본 정신을 현양해 나가는 것을 의미한다고 설명한다. 그가 말하는 '일본의 이상'이란 두

---

40) 최재서, 「조선 문학과 비평의 임무」,《조선일보》(1935. 1. 1).

말할 나위 없이 동양 신질서의 건설과 대동아 공영권의 확립을 말한다. 이 발언은 이론 비평가로서의 최재서에게 그야말로 비평적 파산 상태를 보여 주는 선언이라고 아니할 수 없을 것이다.

4

실천 비평가 최재서

　문학 이론과 문학 비평을 엄밀히 구별 짓기란 쉽지 않다. 어떤 의미에서 문학 이론과 문학 비평을 구분 짓는 것은 창작과 비평을 구분 짓는 것보다도 더 어렵다. 그러나 구분 짓기는 어려워도 이 두 활동 사이에 어떤 식으로든 차이가 있는 것만은 틀림없다. 다른 비평가들은 몰라도 적어도 최재서는 그렇게 생각했다. 최재서는 『문학 원론』에서 사상을 취급하는 11장에서 "아아놀드는 문학 이론가가 아니라, 문학 비평가"라고 못 박아 말한다. 그러면서 최재서는 아널드가 즐겨 사용하는 '사상', '모럴', '삶의 비평' 같은 용어나 개념이 명확하게 정의되지 않았을 뿐 아니라, 그의 비평적 사고도 T. S. 엘리엇의 표현대로 '단거리 비행'으로 끝나기 일쑤였다고 지적한다.(원: 255) 한마디로 최재서는 아널드가 문학 비평가일망정 문학 이론가는 아니라고 단정 지어 말한다.

　그렇다면 최재서는 문학 이론가인가, 아니면 문학 비평가인가?

그의 제자 김활은 스승의 비평을 '아카데믹 크리티시즘'으로 간주한다.[1] 이 용어를 '강단 비평'의 의미로 받아들인다면 최재서는 문학 작품을 비평하는 실천 비평가보다는 아무래도 문학 이론가로 보아야 할 것 같다. 그러나 문제는 겉으로 보이는 것처럼 간단하지 않다. 최재서는 경성제국대학 학부와 대학원을 졸업할 무렵에는 주로 영미 문학과 관련한 이론 비평 쪽에 관심을 두었지만 시간이 지나면서 점차 실천 비평 쪽으로 관심을 기울였다. 그러다가 해방 후에는 실제 비평에서 다시 강단 비평 또는 학구 비평으로 옮겨 갔다.

문학 비평은 마차의 바퀴와 같아서 이론이라는 바퀴와 실천이라는 바퀴가 함께 굴러갈 때 비로소 제대로 기능을 발휘할 수 있다. 한국 문학사에서 최재서처럼 이론과 실제 모두에서 활약한 비평가를 찾아보기 드물다. 김남천과 임화 그리고 백철 같은 비평가들에게서나 이론과 실천을 겸한 비평 활동의 예를 찾아볼 수 있을 정도다. 물론 이 무렵에 활약한 다른 비평가들과 비교해 최재서의 실천 비평은 양이 많은 편은 아니다. 출판사 인문사를 설립해 인문평론 같은 잡지를 간행하다 보니 비평 활동은 이런저런 이유로 제약을 받을 수밖에 없었다. 1930년대 말부터 일본 제국주의가 내선일체와 조선인 황국신민화 정책을 밀고 나가면서 최재서는 이에 적극 협력했고, 그는 문학 비평가로서의 재능마저도 황국 문학의 제단에 바쳤다.

최재서는 실천 비평가로서 활약하면서도 초기에는 저널리즘 비평에 치중했지만 《인문평론》을 주재하면서 점차 학구적 비평 태도를

---

1) 김활, 「최재서 비평의 인식론적 배경」, 65~88쪽.

견지했다. 이 무렵 활동한 실천 비평가 중에서 그처럼 꼼꼼하게 텍스트를 읽고 분석한 사람을 찾아보기 쉽지 않다. 문학관과 비평관이 여러모로 서로 다른 백철조차도 최재서의 용의주도한 비평에 대해서만은 칭찬을 아끼지 않는다. 뒤에 자세히 다루겠지만 최재서는 박태원의 『천변풍경』과 이상의 「날개」를 면밀히 분석한다. 이 점과 관련해 백철은 "최 씨는 이 작품(「날개」)을 丁寧하게 치밀하게 해석을 설명을 했다. 나는 무었보다도 비평의 소재를 그와 같이 충실하게 치밀하게 이해하려는 그 용의(用意)와 태도에 진심으로 감심(感心)할 것이 있었다."라고 말한다. 그러면서도 백철은 최재서의 이러한 태도가 너무 지나쳐 오히려 비평 행위에 해가 된다고 지적하기도 한다. "하나 나의 기우일는지 모르나 최 씨는 너무 이해하려는 데 신경과민이 되어 있(지)나 않을까? 그 나머지 너무 지나쳐서 이해했기 때문에 도리혀 어느듯 자신이 일종의 소피스트의 궤변에 넘쳐 버리지 않았든가?"[2]라고 우려한다.

그러나 백철의 지적은 그의 말대로 기우에 지나지 않는다. 실천 비평가라면 최재서처럼 신경과민이 될 정도로 문학 작품을 마땅히 면밀하게 읽어야 하기 때문이다. 최재서는 처음부터 비평가란 "작품 이해에 필요한 모든 지식만을 제공한다. 그러면 판단은 그 사회와 시대의 정세에 응하야 자연히 나슬 것이다."[3]라고 주장한다. 물론 가치 평가의 잣대를 좀처럼 들이대지 않으려는 최재서의 태도는 기회주의

2) 백철, 「리얼리즘의 재고: 그 '안티휴먼'의 경향에 대하야」, 《사해공론》(1937. 1), 40~41쪽.
3) 최재서, 「적수공권(赤手空拳) 시대: 단평」, 《조선일보》(1937. 3. 23).

적이라는 비판을 받을 수도 있다. 실제로 박영희는 "굴곡이 없어 평범한 맛이 없지 않다. 겸손해서 권위가 적다. 그러나 통제력은 있다."[4] 라고 평하면서 정곡을 찌른다. 안함광(安含光)도 "관찰의 광범성과 종합성에 있어서는 감미(甘味)를 가지고 있으면서도 생리적인 약점 때문에 핵심적인 부분인 터인 가치 평정(評定)에 있어서 다분히 모호성을 띠고 있다."[5]라고 지적한다.

최재서와 실천 비평

1930년대 전반기 최재서가 실천 비평보다는 이론 비평 쪽에 관심을 기울인 데는 여러 이유가 있었다. 대학과 대학원 과정에서 영문학을 전공한 그는 저널리즘 비평 쪽보다는 학구 비평 쪽에 경도되어 있을 수밖에 없었다. 학구적 비평가는 문학 작품의 가치를 평가하는 일보다는 문학 비평의 이론을 소개하고 정립하는 데 더 많은 시간을 할애하게 마련이다. 어쩌다 문학 작품에 가치 평가를 내릴 때조차도 옳고 그름보다는 그 작품이 왜 그리고 어떤 면에서 가치가 있는지 밝히는 데 주력한다. A. C. 브래들리의 셰익스피어 연구와 그에 맞서 이른바 과학적인 셰익스피어 연구를 부르짖는 학자들과 관련해 최재서는 아무리 학구적 연구라고 해도 문학을 연구하는 학자라면 반드시

---

4) 박영희, 「현역 평론가의 군상」, 《조선일보》(1936. 9. 2).
5) 안함광, 「문학에 있어서의 자유주의적 경향」, 《동아일보》(1937. 10. 30).

4장 실천 비평가 최재서   355

비평을 염두에 두어야 한다고 지적한다. 그러면서 그는 "교육의 근본 성질과 대학의 사명을 생각하는 대학 교수는 문학 연구의 최종 목표를 비평에 두지 않을 수 없다."[6]라고 천명한다.

1930년대 전반기 최재서가 실천 비평 쪽보다 이론 비평 쪽에 관심을 둔 데는 또 다른 이유가 있었다. 앞에서 잠깐 언급했듯이 그는 타고난 성격으로 작가들이 창작한 작품을 함부로 평가하는 일을 무척 꺼려했다. 김남천은 「작가의 정조(貞操)」에서 비평가로서의 최재서 태도를 이렇게 말한다.

> 최재서 군은 제 구미에 당기지 않는 작가나 작품에 대해서는 이야기하기를 극력으로 피한다. 악평을 하여 작가들에게 미움(?)을 살 것을 싫어하기 때문이라면 지나치게 피상(皮相)을 핥는 말이고 결국은 최 군의 취미나 기호로 보는 것이 온당할 것인데, 어쨌든 그는 월평에 손을 대지 않는다. 그리고 픕연(泛然)한 대로 말하자면 최 군은 소설보다도 시에 대하여 이야기하기를 즐긴다.[7]

최재서에 관한 김남천의 지적은 사실에서 크게 벗어나지 않는다. 예외는 있지만 최재서는 주로 작품을 긍정적으로 평가할 때만 비

---

6) 최재서, 『셰익스피어 예술론』(서울: 을유문화사, 1963), 15쪽. 이 점과 관련해 최재서는 "대학의 문학부에서 순연히 아카데믹한 연구에 종사하는 사람에도 많은 미점(米點)이 있다. 그렇지만 그 길이 안전하다고 해서, 비평 대신에 연구를 취한다는 비싼 값을 치러 가면서까지 살 물건은 못 된다."라는 브래들리의 말을 인용한다.
7) 김남천, 「작가의 정조」, 『김남천 평론집 6』(서울: 키메이커, 2015), 9~10쪽.

평문을 썼다. 물론 긍정적으로 평가하면서도 늘 부족한 점을 지적했다. 그러나 최재서는 남의 작품의 단점을 지적하거나 깎아내릴 때는 좀처럼 펜을 들지 않았다. 이러한 특징은 아마 그가 저널리스트 비평가라기보다는 학구적 비평가라는 사실에서 비롯하는 것이기도 하다. 학구적 비평가는 되도록 작품에서 좋은 점을 지적할 뿐 단점을 들추어내는 데는 별 관심이 없다. 한 작가에 내한 문학적 평가는 작품의 질적 평균치로 평가받지 않고 어디까지나 좋은 작품으로만 평가받기 때문이다. 다시 말해서 서툰 작품을 아무리 많이 썼어도 한두 작품이 훌륭하다면 그 작가는 그 작품만으로도 훌륭한 작가로 평가받는다.

한편 조선 문학 작품에 대한 최재서의 평가는 비교적 관대한 반면, 외국 문학 작품에 대한 그의 평가는 무척 인색하다. 어떤 경우에는 상식에서 벗어날 정도로 편파적이다. 가령 유럽의 상징주의와 모더니즘 작가에 내리는 평가는 그의 비평적 안목을 의심할 정도로 부적절할 때가 있다. 최재서는 "보들레르와 헨리 제임스와 다시 내려와서 조이스의 작품 속에서 데카당의 경향을 지적하기는 쉽다. 그러나 거기서 끝난다면 그것은 비평가로서 불충분하다."(평: 25)라고 말한다. 그는 계속해 "그들은 모두 내부에 세련된 치열한 가치 의식을 가지면서도 그것을 적절하게 씸볼라이즈 하는 가치 체계를 외부 환경 속에서 발견할 수 없었기 때문에 그 정치적 태도와 윤리감이 전도(顚倒)되어 버린 불행한 예술가들이다."(평: 25)라고 결론짓는다. 여기에서 "불행한"이라는 말은 '훌륭하지 못한'이라는 뜻으로 받아들여도 틀리지 않을 것 같다.

19세기 말엽과 20세기 초엽의 서유럽 문학을 전공한 사람들이라면 최재서의 이러한 평가에 고개를 갸우뚱할 사람이 적지 않을 것이다. 보들레르는 상징주의를 이끈 대표적인 시인이었고, 제임스는 심리주의 리얼리즘 전통을 세우며 모더니즘이 다가올 길을 미리 닦아 놓은 소설가였으며, 조이스는 모더니즘 소설에 신기원을 마련한 작가였다. 이 세 인물이야말로 내면세계의 '치열한 가치 의식'을 외부 세계에서 적절한 상징을 찾아내 표현하는 데 성공했다. T. S. 엘리엇의 용어를 빌려 말하자면 그들이야말로 내적 감정을 표현할 적절한 '객관적 상관물'을 외부 세계에서 찾아내는 데 놀라운 솜씨를 보였던 작가들이다.

최재서는 조이스의 『젊은 예술가의 초상』에 대해 작가는 소설가가 사용할 수 있는 두 무기, 즉 묘사와 서술을 최대한으로 활용했다고 지적한다. 그러면서 그는 "무수한 내적 독백을 통하여 놀라운 음악적 효과를 내인 것은 물론, 추악한 도시 묘사에 있어선 과거의 자연주의적 수법을, 심령의 위기를 위하여선 도스토옙스키의 수법을, 또 주인공을 예술의 세계로 안내하는 해안의 장면이나 황혼의 장면에선 말라르메적 수법을 원용했다."(평: 234)라고 지적한다. 그러면서 최재서는 이렇게 모든 방법을 자유롭게 구사해 내면세계를 파헤치는 조이스의 심리적 리얼리즘은 과거에는 플로베르에서나 볼 수 있었던 "예술가의 비인간적 정렬의 소산"이라고 말한다. 그렇다면 조이스야말로 '불행한 예술가'가 아니라 오히려 '행복한 예술가'라고 해야 할 것이다.

김남천은 최재서가 월평에 손을 대지 않았다고 지적하지만 그것도 사실에는 조금 어긋난다. 물론 학구적 비평을 지향하는 최재서는 저널리즘 비평에 해당하는 글을 좀처럼 쓰려 하지 않았다. 그러나 그는《조선일보》와《동아일보》같은 일간 신문과 자신이 주재하던《인문평론》과《국민문학》에 '시단 전망', '비평과 월평', '창작 평', '시 단평' 같은 비교적 짧은 비평문이나 서평 등을 많이 기고했다. 더구나 김남천은 최재서가 소설보다는 시에 관한 비평을 더 즐겨 썼다고 지적하지만 이 또한 사실과는 조금 다르다. 양으로 보면 시에 관한 글보나 산문에 관한 비평문이 더 많다.

　한편 1930년대 중엽 이후 최재서가 실천 비평 쪽으로 관심을 기울인 데는 일본 제국주의와 당시의 세계 정세와도 무관하지 않다. 특히 그의 실천 비평은 누구보다도 앞장서 그가 부르짖은 '국민 문학'이나 '황도 문학'과 깊이 관련되어 있었다. 그는 조선 문단에서 비평 정신이 지난 몇 년 동안 상실되었다고 주장하면서 그것을 타개할 길은 오직 '국민적 입장에서' 재검토하는 방법밖에는 없다고 지적한다. 이 점과 관련하여 최재서는 "원리 탐구의 실마리를 우리 주변에서 찾지 않고 추상적인 이념에서 찾고자 하는 데에서 사변적 위험은 생긴다."(전: 30)라고 경고한다. 그러면서 다의적인 영어 어휘를 사용해 "현대에서 경제가 결코 투기(speculation)여서는 안 되는 것과 마찬가지로, 비평도 사변(speculation)이어서는 안 된다."(전: 30)라고 밝힌다. 문학 비평이 사변적이어서는 안 된다는 말은 곧 이론보다는 실천 비평에 주목해야 한다는 말로 받아들일 수 있다.

　심지어 최재서는 일본어로『전환기의 조선 문학』을 출간하던 1943년 봄에 이르러 비로소 자신에게 진정한 문학 비평이 시작되었다고 주장하기에 이르렀다. 이러한 비평 정신은 '연구나 인식'을 통해 얻어지는 것이 아니라 '태도와 신념'에 따라 체득되는 것이라고 주장한다. 물론 국민 문학 시대에 비평의 새로운 임무를 언급하는 말이지만 실천 비평과도 무관하지 않다. 이 무렵 최재서의 말과 글에서는 나치 독일의 비평가들의 그림자가 자주 어른거린다. 실제로 그는 파울 페히터 같은 나치 독일의 이론가들이나 비평가들을 언급하거나 직접 인용하기도 한다.

최재서의 실천 비평을 다룬 글은 양적으로 많지 않지만 질적으로는 어떤 비평가의 글에도 뒤지지 않으며 오히려 그보다 훨씬 더 뛰어나다. '양보다 질'이라는 잣대는 1930년대와 1940년대에 걸쳐 활약한 조선의 어느 비평가들보다도 최재서에게 썩 잘 들어맞는다. 외국 문학을 제외하고 조선 문학과 관련한 그의 실천 비평 중에서 특히 눈여겨볼 글은 다음과 같다.

1. 「조선 문학과 비평의 임무」,《조선일보》(1935. 1)

2. 「고전 부흥의 사회적 필연성」,《조선일보》(1935. 1)

3. 「풍자 문학론」,《조선일보》(1935. 7)

4. 「비평의 형태와 기능」,《조선일보》(1935. 10)

5. 「현대시의 생리와 성격: 장편시 『기상도』에 대한 소고찰」,《조선일보》(1936. 8)

6. 「리얼리즘의 확대와 심화」,《조선일보》(1936. 10~11)

7. 「'단층(斷層)'파의 심리주의적 경향」,《조광》(1937. 1)

8. 「빈곤과 문학」,《조선일보》(1937. 2~3)

9. 「고(故) 이상의 예술」,《조선문학》(1937. 6)

10. 「시와 도덕과 생활」,《조선일보》(1937. 9)

11. 「단편 작가로서의 이태준」,《조광》(1937. 11)

12. 「노천명 시집 『산호집』을 읽고」,《동아일보》(1938. 1)

13. 「시와 휴머니즘: 임화 시집 『현해탄』 서평」,《동아일보》(1938. 3)

14. 「시단 전망」,《조선일보》(1938. 3)

15. 「전망과 성과: 『현대 조선 문학 시가집』」,《조선일보》(1938. 4)

16. 「문학·작가·지성」,《동아일보》(1938. 8)

17. 「시대의 동행자: 『유진오 단편집』 서평」,《조선일보》(1939. 9)

최재서가 일간 신문이나 잡지에 기고한 글 대부분은 뒷날 그의 비평집 『문학과 지성』(1938)과 『최재서 평론집』(1961)에 실려 있지만 아직 수록되지 않은 글도 많다. 발표 연대에서 볼 수 있듯이 그는 1935년을 분수령으로 그 이전에는 주로 이론 비평, 그 이후에는 주로 실천 비평에 관심을 기울였다. 최재서가 주로 관심을 기울인 작가 중 시인으로는 정지용과 김기림, 임화, 소설가로는 이태준, 이상, 박태원 등이 있다. 1930년대 말엽부터 내선일체와 조선인 황국 신민화 정책에 적극 협력하면서 그의 비평은 다시 실천 쪽보다는 이론 쪽으로 기울어졌다.

'언어의 마술사' 정지용

최재서는 「비평과 모럴의 관계」에서 문학이란 '가치 있는 체험의 기록'이고 비평가의 임무는 이러한 기록의 가치를 판정하고 그것을 토대로 모럴을 건설하는 것이라고 역설한다. 그렇다면 그가 판단하기에 식민지 조선에서 이 비평 기준에 가장 잘 맞는 문인은 누구일까? 세계 문학에 당당하게 내놓을 만큼 뛰어난 시인이나 작가가 조선 문단에 과연 있는가? 이 질문에 최재서는 "조선의 시인이나 작가 중에서 외국 문학에 조선적 작가로서 소개할 만한 사람이 있다면 그것은 정지용과 이태준 두 사람일 것이다."(평: 306)라고 단언한다. 그러면서 최재서는 '조선적 정서'와 '조선의 예술화'의 관점에서 보면 조선 문단에서 이 두 사람을 따를 만한 사람이 없다고 덧붙인다. 실제로 최재서는 "시에는 지용, 문장에는 태준"이라고 말할 정도로 이 두 사람을 식민지 조선 문단을 대표하는 문인으로 평가한다.

이렇게 정지용과 이태준의 문학적 성과를 높게 평가하는 점에서는 김동석도 최재서와 크게 다르지 않다. 김동석은 문학관에서는 두 문인을 탐탁지 않게 평가하면서도 문체에서만은 당시 문단에서 그들을 당할 사람이 없다고 말한다. 김동석은 "말을 골라 쓰기로는 芝溶을 딿을 자 없겠지만 그는 시인이라 그것이 당연하다 하겠지만 소설가가 말 한 마듸, 한 줄 글에도 조탁을 게을리하지 않는다는 것은 그리 쉬운 일이 아니다. 그러기에 세상에서 상허(尙虛)의 글을 문장으로 치는 바이요 누구나 그의 글을 아름답다 한다."[8]라고 밝힌다.

---

8) 김동석, 「예술과 생활: 이태준의 문장」, 『예술과 생활』(서울: 박문출판사, 1947), 11쪽. 이 점에서는 김기림도 크게 다르지 않아서 『시론』에서 그는 "최초의 모더니스트 정지용은 거진 천재적 민감으로 말의 주로 음의 가치와 이미지, 청신하고 원시적인 시각적 이미지를 발견했고 문명의 새 아들의 명랑한 감성을 처음으로 우리 시에 이끌어들였다."라고 높이 평가한다. 또한 김기림은 정지용이야말로 한국 시에 '현대의 호흡과 맥박'을 불어넣은 최초의 시인으로 평가하기도 한다. 김기림, 「모더니즘의 역사적 위치」, 김학동·김세환 공편, 『김기림 전집 2: 시론』(서울: 심설당, 1988), 57쪽.

최재서가 조선 시인 중에서 유독 정지용을 꼽은 것은 그의 '시적 조사(措辭)의 매력', 즉 조선어를 구사하는 재능이 뛰어나기 때문이다. 최재서는 정지용의 언어 구사력 중에서도 특히 두 가지 요소를 꼽는다. 첫째, 정지용은 독자들이 잘 모르는 순수한 조선말의 어휘를 많이 알고 있을 뿐 아니라 그러한 어휘의 어원에 대한 지식도 해박하다. 둘째, 조선말이 그의 손에 들어가면 '참으로 놀랄 만한 능력'을 발휘한다. 최재서는 "이 둘째 번 요소는 그의 시의 생명이다시피 되어 있다. 사실 그의 시를 읽은 사람이면 조선말에도 이렇게 풍부한 혹은 미묘한 표현력이 있었는가, 한 번은 의심하고 놀랄 것이다."(평: 307)라고 지적한다. 바로 이 점에서 최재서는 정지용을 '언어의 마술사'라고 부른다.

　　이 언어의 마술은 어디서 오는가? 그는 말의 비밀을 알고 또 그 비밀을 활용할 줄 아는 유일한 조선 시인이다. 그는 남들이 이같이 허비하는 뭇 말을 한 알 두 알씩 주서다가 고물 수집가(古物蒐集家)와 같이 어루만지고 닦고 하여 윤을 낸다. 그래도 그는 그 말을 내놓지 않는다. 그는 비장(祕藏)이 보물의 가치를 배가한다는 이치를 영리하게도 깨닫고 있기 때문이다. 이것을 이면으로 보면 그는 감정을 그 마당에서 그대로 쏟아 놓지는 않는다. 그런 어리석은 일을 그의 영리는 경멸할 것이다. 표현을 강요하는 감정을 눌르고 눌러서 제기력(制機力)이 막 한도를 넘어서려고 하는 마지막 순간에서 탁 풀어놓는다. 이리하여 감정의 맨 꼭다리만 딴 윤나는 말이 총알같이 튀어나온다. 이것이 정지용 씨 시의 마술이다.(평: 307)

최재서는 정지용이 '언어의 마술'을 한껏 발휘하는 작품으로 비교적 초기 시 속하는 「카페 프란스」를 비롯하여 「다시 해협」, 「지도」, 「향수」를 꼽는다. 최재서는 이러한 주장을 펴는 근거로 구체적인 실례를 제시하지는 않지만 우리는 그 예를 쉽게 찾아볼 수 있다. 그의 작품 중에서도 일반 독자들에게도 잘 알려진 「향수」를 예로 들어 보자. 이 작품은 1927년 《조선지광(朝鮮之光)》 3월호에 처음 실린 뒤 첫 시집 『정지용 시집』(1935)에 수록되었다.

넓은 벌 동쪽 끝으로
옛이야기 지줄대는 실개천이 회돌아 나가고,
얼룩백이 황소가
해설피 금빛 게으른 울음을 우는 곳,

— 그곳이 참하 꿈엔들 잊힐리야.

질화로에 재가 식어지면
뷔인 밭에 밤바람 소리 말을 달리고,
엷은 조름에 겨운 늙으신 아버지가
짚벼개를 돋아 고이시는 곳,

— 그곳이 참하 꿈엔들 잊힐리야.[9]

9) 권영민 편, 『정지용 전집 1: 시』(서울: 민음사, 2016), 103쪽. 정지용은 이 작품을

시인이 '언어의 마술사'처럼 온갖 언어를 자유자재로 구사하는 이 작품을 읽고 있노라면 누추할망정 단란한 고향 마을의 정겨운 모습이 손에 잡힐 듯이 눈앞에 선하게 떠오른다. 그만큼 정지용이 언어를 구사하는 솜씨는 무척 뛰어나다. 그는 이 작품을 휘문고등보통학교를 졸업하고 교토 소재 도시샤대학으로 유학을 떠날 무렵에 썼다가 유학 중 고향을 그리워하며 다시 고쳐 쓴 것으로 알려져 있다.

토착 한국어는 구체적이고 감각적이어서 이미지를 선명하게 해 줄 뿐 아니라 커피 같은 음료에서는 맛볼 수 없는 숭늉처럼 구수한 맛을 느끼게 해 준다. 위에 인용한 첫 두 연을 보더라도 정지용이 얼마나 순수한 토박이말을 한껏 살려 구사하는지 알 수 있다. 최재서의 말대로 정지용은 고물수집가처럼 그동안 잊힌 조선의 토착어를 찾아내 "어루만지고 닦고 하여" 반짝반짝 윤을 냈다. 가령 "옛이야기 지줄대는 실개천이 회돌아 나가고"에서 "지줄대는"은 '지절대는' 또는 '지절거리는'을 가리키는 충청북도 옥천 지방의 사투리다. 시냇물이 속살거리듯이 나지막한 소리를 내며 흘러가는 것을 계집아이들이 수다스럽게 지껄이는 것에 빗대어 이르는 의인법이기도 하다.

또한 "회돌아 나가고"는 역시 '휘돌아 나가고'나 '감아돌아 나가고'라는 뜻일 것이다. 한자어 '회(回)'가 자연스럽게 연상되어 실개천이 굽이굽이 돌아가는 모습이 눈앞에 떠오른다. 폭이 매우 좁고 작은 개

쓰면서 미국 시인 트럼불 스티크니의 시 「므네모시네」에서 영향을 받았다. 정지용은 소재와 몇몇 시어에서는 스티크니에게서 영향을 받았지만, 그의 놀라운 시적 변용을 통해 모방이나 표절이 아닌 전혀 새로운 작품으로 만들었다. 이 점에 대해서는 김욱동, 『부조리의 포도주와 무관심의 빵』(서울: 소명출판, 2013), 9~64쪽; 김욱동, 『한국 문학의 영문학 수용』(서울: 서강대학교 출판부, 2023), 140~162쪽 참고.

천을 뜻하는 "실개천"도 실처럼 길고 가느다란 뉘앙스를 풍기면서 독특한 분위기를 자아낸다. 지방에 따라서는 '새끼천'이라는 어휘를 사용하기도 한다. 만약 정지용이 "실개천" 대신 '소천(小川)'이나 '소류(小流)'라는 한자어를 사용했다면 함축적 의미는 아마 절반으로 줄어들었을 것이다.

정지용이 첫 연에서 구사하는 토착어 중에서도 좀 더 찬찬히 살펴볼 어휘는 "얼룩백이 황소가/ 해설피 금빛 게으른 울음을 우는 곳"에서 "해설피"다. '해가 설핏하게 지는', 즉 해가 저물어 점차 어둑해지는 모습으로 해석하는 비평가들이 있는가 하면, '해가 설피게', 즉 햇살이 거칠고 성긴 모양으로 지는 모습으로 해석하는 비평가들이 있다. 그런가 하면 '헤피'와 '슬피'의 결합어로 '헤프고 슬프게'로 보는 비평가도 있고, 심지어 입을 어설프게 또는 헤벌쭉하게 벌리고 있는 모양으로 해석하거나, '어설피'의 다른 형태로 꼭 짜이지 못하여 조밀하지 않다는 뜻으로 해석하는 비평가들마저 있다. 또한 "금빛 게으른 울음을 우는 곳"이라는 구절도 생각해 볼수록 예사롭지 않다. 시각 이미지인 '금빛'을 청각 이미지인 '울음'과 결합하여 독특한 공감각을 만들어 내는 솜씨도 뛰어나지만 황소의 울음소리를 정태(情態) 형용사 "게으른"으로 표현하는 것도 놀랍다. 민요 「새타령」의 "저 쑥국새가 울음 운다/ 저 쑥국새가 울음 운다."처럼 정지용도 동족 목적어를 사용하여 '울음을 운다'고 말하는 것도 독특한 언어 구사법으로 운을 맞추려는 것 이상으로 독특한 효과를 자아낸다.

더구나 정지용은 서로 다른 감각을 결합하여 독특한 효과를 자아내는 공감각을 구사하기도 한다. 가령 "옛이야기 지줄대는 실개천이 회돌아 나가고"에서는 시각적 이미지를 청각적 이미지와 결합한다. 시골 마을에 실개천이 구불구불 흘러가는 모습은 한 편의 수채화처럼 시각을 자극하지만 옛날이야기를 들려주듯이 나지막한 소리로 소곤거리면서 흘러가는 모습은 청각을 자극하기도 한다. 이렇게 마치 구수한 옛날이야기를 들려주듯이 정겹게 구불구불 흘러가는 실개천의 모습은 이번에는 역동적 이미지로 발전한다.

청각적 이미지와 시각적 이미지가 결합해 독특한 공감각을 만들어 내는 것은 방금 앞에서 언급한 "얼룩백이 황소가/ 해설피 금빛 게으른 울음을 우는 곳"에서도 엿볼 수 있다. '얼룩백이 황소'가 서양에서 들여온 젖소인지 토종 칡소인지는 중요하지 않다. 중요한 것은 다른 황소와는 달리 이 황소의 몸에 얼룩박이 점이 박혀 있어 시각적으로 눈길을 끈다는 점이다. 누런색의 '황소', '해 질 녘'의 황혼, '황금빛'이 한데 어우러져 온통 황금빛의 시각 이미지를 만들어 낸다. 그런데 이렇게 시각 이미지로 눈을 끄는 황소가 이번에는 게으르고 느릿하게 울면서 귀를 자극하기도 한다. "해설피 금빛 게으른 울음"에서처럼 시각 이미지와 청각 이미지 사이에 "게으른"이라는 정태 형용사가 들어오면서 공감각은 그야말로 찬란한 빛을 내뿜는다.

그런데 여기에서 한 가지 주목해 보아야 할 것은 정지용이 최재서가 말하는 '언어의 마술사'로서 모국어를 잘 살려 구사하면서도 외래어나 외국어를 효과적으로 구사하기도 한다는 점이다. 「향수」에서 구수하고 순수한 토착어를 효과적으로 구사한다면, 「카페 프란스」에서는 외래어나 외국어를 한껏 구사하여 독특한 효과를 자아낸다. 「카페 프란스」는 정지용이 교토 지역 조선인 유학생들의 친목 단체인

'경도학우회'에서 발행한 잡지《학조(學潮)》창간호(1926. 6)에 처음 발표한 작품이다. 이 작품에 대해 최재서는 "너무도 才氣煥發한 시가 아닌가."(평: 308)라고 묻는다.

옴겨다 심은 종려(棕櫚)나무 밑에
빗두루 슨 장명등,
카페 · 프란스에 가쟈.

이놈은 루바쉬카
또 한놈은 보헤미안 넥타이
뺏쩍 마른 놈이 압장을 섰다

밤비는 뱀눈처럼 가는데
페이브멘트에 흐늙이는 불빛
카페 · 프란스에 가쟈.[10]

작품 제목부터가 '카페 프란스'일 정도로 정지용은 이 작품에서 외래어나 외국어를 유난히 많이 사용한다. "넥타이"나 "커틴(커튼)" 또는 "테이블"은 이제 일상생활에서도 자주 사용하는 외래어로 그에 해당하는 마땅한 한국어 어휘를 찾을 수 없을 정도다. '매듭'이나 '휘장' 또는 '식탁'으로 대신할 수 있을지 모르지만 정확한 상당 어구는

10) 권영민 편, 『정지용 전집 1』, 122쪽.

아니다. '루바쉬카'는 러시아 남자들이 입는 블라우스풍의 웃옷으로 1920~1930년대 젊은 대학생 사이에서 유행했다. "보헤미안 넥타이"는 사회 관습에 구애받지 않고 방랑 생활을 하는 보헤미안에서도 알 수 있듯이 자유분방한 예술가들이 즐겨 착용했다. 당시 서양에서 들어온 여느 다른 박래품처럼 보헤미안 넥타이도 일본을 거쳐 식민지 조선에 소개되었나. 일본에서는 남미주의 삭가 나가이 가후(永井荷風)가 메이지 말년에 미국과 프랑스에서 귀국한 뒤 보헤미안 넥타이를 매고 긴자 거리를 활보하고 나서 일본 예술가들 사이에서 유행한 것으로 알려져 있다. "루바쉬카"에서는 젊은 지식층을 중심으로 힘을 얻고 있던 사회주의 냄새가, "보헤미안 넥타이"에서는 개인의 절대적 자유를 추구하던 아나키즘이나 사회주의적 낭만주의의 냄새가 짙게 풍긴다.

더구나 셋째 연 "페이브멘트에 흐늙이는 불빛/ 카페·프란스에 가쟈."에서는 외래어가 전체 어휘의 절반을 차지한다. 포장도로를 뜻하는 '페이브멘트'는 김광균(金光均)의 '와사등'처럼 고층 빌딩과 함께 현대 도회를 상징하는 더할 나위 없이 좋은 어휘다. 포장도로가 깔린 도시는 "흙에서 자란 내 마음/ 파아란 하늘빛이 그립어/ 함부로 쏜 활살을 찾으려/ 풀섶 이슬에 함추름 휘적시든 곳"과는 뚜렷하게 대조되는 공간이다. 위에서는 인용하지 않았지만 정지용은 「카페 프란스」에서 "패롤(앵무새)", "꾿 이브닝" 등 영어 표현을 사용하기도 한다. 한편 정지용이 《학조》에 처음 발표할 때는 "추립브(튤립)"와 "사라사"를 사용했다가 시집에 수록할 때는 "울금향"과 "갱사"라는 한자어를 사용한 것이 오히려 이상할 정도다.

그러나 최재서는 정지용을 '언어를 마술사'로 칭찬을 아끼지 않으면서도 그의 작품에서 '재기의 유희'를 만끽할 수 있을 뿐 어떤 지적 만족도 느끼지 못한다고 불만을 털어놓는다. 이 점과 관련하여 최재서는 "재기가 아무 통제 없이 유희를 위하여 낭비되었다는 것과 그의 시 가운데 현대성은 그림자도 겻들이지 않았다는 것은 결국 그의 시에 知性이 결핍되었다는 것을 말하게 된다."(평: 308)라고 지적한다. 그렇다면 그가 말하는 '지적 만족'이나 '지성'이란 과연 무엇인가? 최재서에게 예술가의 지성이란 예술가가 언어와 이미지로써 자기 내부의 가치 의식을 실현하는 태도를 말한다. 그에 따르면 지성은 곧 예술가가 활동하는 당대의 역사적 시간과 사회적 공간이 만나 엮어 내는 가치관이나 세계관이요 서구적 의미에서의 '교양'을 뜻한다. 최재서는 정지용이 마치 조각가가 대리석을 조탁하듯이 조선어를 조탁하는 능력은 무척 뛰어나지만 그 능력으로써 식민지 조선의 시대적 상황을 담아내는 데까지는 이르지 못했다고 평가한다. 최재서는 소설 장르에서는 이태준의 작품에서 이러한 경향이 나타난다고 지적한다.

　　최재서는 이러한 '지성의 빈곤'이야말로 비단 정지용과 이태준에 그치지 않고 조선 문인의 일반적 특성이라고 주장한다. 최재서는 '지성의 빈곤'을 들어 이 두 문인을 아무 유보 없이 세계 문학에 소개하는 데는 주저하지 않을 수 없다고 밝힌다. 그는 '조선적인 시인'으로 정지용을, '조선적인 작가'로 이태준을 누구보다도 높이 평가하는 만큼 그들의 작품에 나타나는 '지성의 빈곤'을 무척 안타깝게 생각했다. 최재서가 주지주의의 잣대로 문학 작품을 평가한다는 점을 염두에 두면 그가 정지용과 이태준에 대해 왜 그러한 평가를 내렸는지 쉽게 이해가 간다.

'건강한 시인' 김기림

최재서가 정지용과 함께 가장 대표적인 조선 시인 중 한 사람으로 꼽는 사람이 있다면 아마 김기림일 것이다. 최재서는 정지용처럼 드러내 놓고 김기림을 칭찬하지는 않지만 그래도 그를 '건강한 시인'으로 높이 평가한다. 최재서는 "이 시인은 무엇보다도 건강한 시인이다. 이 세계를 정력적으로 탐색하고 그것에 대하여 건전하게 판단을 내린다."(평: 391)라고 평가한다. 그러면서 최재서는 계속 "그는 현대 세계를 폭로도 하고 비평도 하고 그리고 더 많이 풍자한다. 그러나 그는 그 반면에 있어 미소롭게 우울하고 비참한 단면도 그저 지내지(지나치지) 않는다. 더구나 현대 지식인이 가지고 있는 모든 相貌를 우리에게 여실히 보여 준다."(평: 391)라고 지적한다. 최재서가 김기림의 장편 시 『기상도』를 정밀히 분석하는 것을 보면 이 시인에 관심이 적지 않았다는 사실을 알 수 있다. 길이가 꽤 긴 「현대시의 생리와 성격」은 오직 『기상도』 한 작품을 집중적으로 다루는 본격적인 비평문이다.

좀 더 개인적 문제로 말하자면 김기림은 최재서처럼 영문학을 전공한 데다 조선 문단에 '주지주의' 문학을 소개하고 실천하는 데 앞장섰다. 김기림은 이양하나 최재서와 함께 I. A. 리처즈를 소개하는 데도 게을리하지 않았다. 말하자면 최재서와 김기림은 '주지주의'의 개념 설정에서는 조금 차이가 있지만 기본적인 문학관에서는 서로 비슷하다. 별로 사교적이지 않은 최재서가 종로의 영보그릴에서 열린 『기상도』의 출판기념회 때 참석한 것만 보아도 김기림과의 관계를 알 수 있다. 이때 최재서는 김기림을 비롯해 정지용, 이상, 김광섭, 이헌구, 최정희, 오희병 등을 만나 문학을 화제로 담화를 나누면서 친교를 맺었다.

김기림의 첫 시집 『기상도』는 그가 스물여덟 살 때 발표한 초기 작품으로 7부 420여 행의 장편 시다. 최재서는 『기상도』가 무엇보다도 기존의 작품들과 비교해 시간과 공간에서 스케일이 무척 크다는 점에 주목한다. 이 작품은 현대인이 당면한 문제를 소재로 삼는다. 비록 현대라고는 하지만 2차 이탈리아-에티오피아 전쟁(1935~1936)과 남아메리카의 국제 분쟁 같은 동시대에 일어난 굵직한 역사적 사건, 즉 "우리가 오늘 듣고 보고 살고 있는 현대"가 이 작품의 중심 소재다. 더구나 이 작품은 식민지 조선을 훌쩍 뛰어넘어 전 세계를 배경으로 삼고 있다시피 하다. 이렇게 광활한 지역을 차지하는 배경과 관련해 최재서는 "이 시인의 시야는 근동 지방으로부터 유롭, 남미, 아푸리카, 중국 대륙 등으로 전개된다."(평: 391)라고 지적한다.

최재서는 『기상도』의 집을 탐색하는 데 형식과 기교의 문을 통해 주제나 내용의 집안으로 들어가는 비평 방법을 택한다. 그가 김기림의 장편 시의 형식과 기교와 관련해 무엇보다 먼저 주목하는 것은 ① 이미지(심상)의 잡다성, ② 논리적 연락(連絡)의 결여, ③ 수약적(收約的) 효과의 세 요소다. 최재서는 형식과 기교의 이 세 가지 특징이야말로 김기림의 장편 시를 이해하는 필수 요소라고 지적한다. 그러고 보니 작품의 형식과 내용이 마치 시암의 쌍둥이처럼 서로 떼어서 생각할 수 없다고 생각한다는 점에서 최재서는 형식주의 접근 방식을 받아들이는 비평가로 보아도 크게 틀리지 않다.

첫째, 최재서는 이미지의 잡다성과 관련해 김기림이 여러 분야에서 이미지를 빌려 온다고 지적한다. 예를 들어 제목에서도 명시적으로 엿볼 수 있듯이 기상학을 비롯하여 천문학, 시문학(地文學), 성지사, 역사, 고전 등 그가 취해 오지 않는 분야가 거의 없다시피 하다. "시재(詩材)의 확대는 현대시의 가장 중대한 특징의 하나"라고 말하는 최재서는 이렇게 다양한 분야에서 이미지를 취해 오는 김기림의 능력이야말로 시인의 풍부한 지식은 말할 것도 없거니와 더 나아가 그의 넓고 탄력적인 시적 정신을 보여 주는 좋은 예라고 밝힌다. 물론 최재서에 따르면 시인이 이렇게 잡다한 이미지를 구사하다 보니 "필경 양복 입는 법을 배워 낸 송미령(宋美齡) 여사"(「시민 행렬」)니 "화란 선장의 붉은 수염이 아무래도 싫다는 따곱쟁이"(「태풍의 기상 시간」)니 하는 구절처럼 산만하게 사용한 경우도 없지 않다.

둘째, 최재서는 『기상도』가 형식에서 논리적 연관성이 없다고 지적한다. 기존의 장편 시들과는 달리 이 작품은 인과 관계에 따른 논리적 연관성이 느슨하고 산만하게 구성되어 있다. 이 점에 대해 최재서는 "김 씨의 시를 읽으면 한 이미지나 다음 이미지, 한 줄과 다음 줄, 한 절과 다음 절 사이에 아무런 논리적 연락(論理的 連絡)도 없다."(평: 393)라고 밝힌다. 김기림의 작품이 난해하여 독자들이 제대로 이해하지 못하고 어리둥절할 수밖에 없는 것은 바로 그 때문이라는 것이다. 그러나 최재서는 오히려 이러한 경향을 비판하기는커녕 현대시의 한 특징으로 파악한다.

> 시는 설명이 아니라, 직관의 말이다. 사물 그 자체로 하여금 독자에
> 게 말하게 하는 것이 시의 왕도(王道)이다. 따라서 시인은 대상과 독
> 자 사이에 시인 자신의 주관의 베일을 될 수 있는 대로 걷어 버리려고
> 한다. '그래서'라든지 '그러니까'라든지 '그리고'라는 등속(等屬)의 접속
> 사를 생략함은 물론, 한 심리 상태에서 다른 심리 상태로 이동하여
> 가는 경로에 대한 설명까지도 생략해 버린다. 이것은 현대파 시인들
> 이 즐겨 사용하는 수법이어서 가장 유명한 실례는 영국의 엘리엇이
> 다.(평: 393)

위 인용문에서 최재서가 '현대 시인들'이라고 말하지 않고 굳이
"현대파 시인들"이라고 말하는 이유가 있다. "현대파 시인들"이란 20세
기에 활약하는 시인을 모두 일컫는 말이 아니라 특정한 문학 사조나
전통에 따라 작품을 쓴 일군의 시인을 가리킨다. 더 구체적으로 말해
서 모더니즘 전통에 서 있는 시인들을 이르는 표현이다. 이러한 현대
시의 특징을 즐겨 구사하는 시인으로 최재서가 T. S. 엘리엇을 언급
한다는 점을 주목할 필요가 있다.

전대미문의 1차 세계대전을 겪고 난 20세기 초엽에 들어와 장
프랑수아 리오타르의 용어를 빌려 말하자면 이제 인간과 세계를 설
명할 수 있는 어떤 메타내러티브(거대 담론)도 찾아보기 어려워졌다. 엘
리엇의 말대로 모든 것은 이제 한낱 '부스러진 이미지' 또는 '깨어진
우상'으로 남아 있기 때문이다. 현대 시인들은 엘리엇처럼 부서진 세

계를 '부서진 이미지'로 표현할 수 있을 따름이다. 최재서가 『기상도』의 두 번째 특징인 '논리적 연락의 결여'와 관련해 엘리엇을 언급하는 것은 아주 적절하다. 김기림은 엘리엇이 『황무지』에서 그러하듯이 아무런 논리적 연락이 없는 이미지나 문장으로 『기상도』를 썼다.

셋째, 최재서는 『기상도』의 형식에서 또 다른 특징으로 '수약적 효과'를 든다. 그가 '수약적'이라는 낯선 용어를 사용하고 있어 어떤 의미인지 헤아리기 어렵지만 문맥으로 미루어 보면 언어를 '간략하게 줄여서' 사용한다는 뜻인 것 같다. 최재서는 현대파 시인들이 난해하다는 비판을 받으면서도 이렇게 '수약적'인 방법으로 작품을 쓰는 이유로 크게 두 가지를 든다. 첫째, 복잡다단한 현대 사회 묘사가 엄청나게 방대해지는 것을 막을 수 있다. 특히 『기상도』처럼 시공간이 넓은 작품에는 더더욱 그러할 것이다. 둘째, 이 기교는 언어를 경제적으로 구사함으로써 현대 독자들의 취향에 맞는 스피드 감을 줄 수 있다.

어떤 면에서 다분히 형식주의적 비평 방법을 받아들이는 최재서는 시인이 낯선 형식과 기교를 사용할지라도 작품 전체에 일관성이나 통일성이 있어야 한다고 지적한다. 그에 따르면 훌륭한 작품에는 반드시 '내면적 통일'이 존재하고, 이러한 내적 통일성은 유사하거나 대조되는 이미지들이 만들어 내는 국면이나 상황, 특히 그러한 국면이나 상황에서 자연스럽게 우러나오는 '감성의 통일'에서 비롯한다.

그런데 최재서는 김기림이 『기상도』의 일부에서는 내적 통일이나 감성의 일관성을 성취했지만 다른 부분에서는 그러하지 못했다고 주장한다. 최재서가 가장 성공한 부분으로 꼽는 것은 4부 「자취」와 5부 「병든 풍경」 두 장뿐이다. 그는 "전자에 있어선 현대를 풍자하는

진지하고 신랄한 정신 밑에 표면상은 아무 연락도 없는 心象들이 다
금다금 배치됨으로써 각기 적절한 역할을 연출하고 있다. 후자에 있
어서도 각 장면은 서로 아무런 연락도 없으면서도 그들이 빚어내는
시츄에이슌과 그 시츄에이슌에서 울어나는 센트멘트 — 현대인의 피
곤하고 색막한(삭막한) 심리 상태를 서로서로 도와가며 의장화(意匠化)
했다."(평: 394)라고 지적한다. 그러나 최재서는 특히 2부 「시민 행렬」과
3부 「태풍의 기침 시간」은 이 점에서 실패했다고 밝힌다.

　　최재서가 『기상도』에서 가장 주목하는 것은 김기림이 지적인 것을
감성적인 것으로 표현했다는 점이다. 최재서에게 무엇보다 중요한 것은
지성과 감성의 창조적 결합이다. 그는 "시는 인습에 대한 영원한 반역"이
라고 잘라 말한다. 이렇게 낡은 인습이나 전통을 거부하기 위해서는 감
성이 그의 표현을 빌리면 "면도날처럼 예리해야" 한다. 인류 역사에서 사
상적 혁명이라는 것도 엄밀히 따지고 보면 한낱 감성의 혁명에 지나지
않는다고 지적한다. 중세의 어둠을 몰아내고 르네상스의 아침을 맞아들
인 것은 프란체스코 페트라르카의 감성의 혁명이었다. 최재서는 김기림
이 『기상도』 첫머리에서부터 감성과 지성의 결합을 꾀한다고 역설한다.

　　비눌

　　돗인

　　해협(海峽)은

　　배암의 잔등

　　처럼 살아낫고

　　아롱진 '아라비아'의 의상(衣裳)을 둘른 젊은 산맥들.

바람은 바다ㅅ가에 '사라센'의 비단폭(幅)처럼 미끄러웁고

방만(傲慢)한 풍경(風景)은 바로 오전 7시의 절정에 가로누엇다.

— 「세계의아츰」[11]

『기상도』 첫머리 구절에 대해 최재서는 "우리는 시시한 일상생활의 세계를 띠나 하여튼 미지의 세게로 들어가는 듯한 신신한 인상을 받는다."(평: 396)라고 밝힌다. 그는 이번에는 "일류의 신선하고 발랄한 감각의 향연"을 보여 주는 실례로 4부 「자최」에서 한 구절을 인용한다.

꽃은커녕 별도 없는 '뻰취'에서는

꿈들이 바람에 흔들려 소스라처깨었습니다.

'하이칼라'한 '샌드윗취의' 꿈.

빈욕(貪慾)한 '삐 — 프스테잌'의 꿈

건방진 '햄·살라드'의 꿈.

비겁한 강낭죽의 꿈.

— 「자최」

중국의 한 룸펜이 상하이 공원 벤치 위에 앉아 있다가 잠든 사이 꾼 꿈을 묘사하는 위 구절에 대해 최재서는 "이 얼마나 적절하고

---

11) 박상태 주해, 『원본 김기림 시 전집』(서울: 깊은샘, 2014), 25쪽. 앞으로 『기상도』에서의 인용은 본문 안에 시 제목만 밝히기로 한다.

참신하냐?"(평: 396)라고 묻는다. 그러면서 그는 계속해 "나는 여기서 마치 청밀(淸蜜)같이 달고도 날카로운 감수성을 느낀다. 이 시인의 감각은 다만 스마 — 트할 뿐만 아니다. 또한 예리한 칼날같이 표피를 뚫고 우리의 골수로 달려드는 절실성이 있다."(평: 397)라고 평한다.

최재서는 김기림이 『기상도』에서 방금 인용한 '아라비아'의 의상을 둘른 젊은 산맥들", "'사라센'의 비단 폭처럼 미끄러웁고" 등의 구절처럼 되도록 대상을 설명하지 않고 감각 속에 지적 요소를 함축시키는 시적 재능을 높이 평가한다. 그러면서 그는 김기림의 기법을 17세기 영국 형이상학파 시인들의 기법과 비슷하다고 밝힌다.

> 김 씨의 시적 감각은 우리에게 메타피지칼파(派) 시인의 작품을 연상시킨다. 사실상 씨의 시는 현대 유롭 주지파(主知派) 시인들의 감화를 많이 받은 듯싶다. 그러나 메타피지칼 시의 본질을 "사상(思想)의 정열적 파악(情熱的 把握)"이라고 정의한다면 씨의 시가 엄밀한 의미의 메타피지칼 시가 되기엔 배후에 사상적 요소가 희박한 듯싶다.(평: 401)

여기에서 최재서가 김기림을 존 던을 형이상학파 시인들과 연관시키는 것이 무척 흥미롭다. 위 인용문에서는 엘리엇이 말하는 '감성의 통일' 또는 '감성의 분리'의 개념이 금방 떠오른다. 엘리엇은 형이상학파 시인들이 감성과 지성을 분리된 상태가 아니라 혼연 일체가 된 상태로 파악하는 데 뛰어난 능력을 보였다고 지적했다. 사상을 정열적으로 파악한 영국의 형이상학파 시인들은 "사상을 장미

향기처럼 즉시 느낄 수 있는" 풍부한 감수성을 갖추고 있었다는 것이다.[12]

　실제로 『기상도』를 읽다 보면 엘리엇이 형이상학파 시인들이 즐겨 사용한 감성과 지성의 유기적 결합과 기상(奇想)을 보여 준다. 김기림의 작품에서도 형이상학파 시인들의 작품처럼 이미지나 낱말이 얼핏 보면 아무런 유사성이 없는 것 같지만 좀 더 꼼꼼히 따져 보면 놀라운 유사성이 있다는 사실이 밝혀진다. 다만 최재서는 김기림이 대상을 지적으로 파악하려고 노력하면서도 고의인지 무의식적인지는 몰라도 막상 사상을 기피하려는 경향이 있는 것이 아쉽다고 지적한다. 그러면서 최재서는 만약 김기림이 『기상도』에서 사상 파악에 좀 더 고심하고 철저했더라면 아마 이 작품은 '현대의 서사시'가 되었을지도 모른다고 주장한다. 김기림이 이 점에서 실패했기 때문에 아쉽게도 이 장편 시는 '풍자적 상징적 서정시' 수준에 머물고 말았다는 것이다.

　그러나 최재서가 김기림의 『기상도』를 사상이 부족하다는 이유를 들어 현대 서사시가 되지 못하고 다만 풍자적이고 상징적인 서정시로 전락했다고 판단하는 것은 받아들이기 어렵다. 이 작품이 풍자적이고 상징적이라는 그의 지적은 맞다. 현대 문명을 해학적으로 비판한다는 점에서는 풍자적이고, 자칫 추상적이라고 할 개념이나 대상을 구체적인 사물로 나타낸다는 점에서는 다분히 상징적이다. 그러

---

12) T. S. Eliot, "The Metaphysical Poets", *Selected Essays*, 3rd ed.(London: Faber & Faber, 1951), p. 287.

나 『기상도』를 서정시로 간주하는 것은 옳지 않다. 어느 작품이 현대 서사시인지 아닌지 가늠하는 잣대는 사상성보다는 오히려 고대 서사시처럼 모험담을 따라 이야기가 진행되느냐 그렇지 않느냐 하는 여부와 형식의 혁신적 측면에서 찾아야 하기 때문이다.

적어도 기법의 관점에서 보면 『기상도』는 풍자적이고 상징적인 서정시보다는 오히려 현대 서사시로서의 측면이 더 강하다. 400행이 넘는 장편 시를 시인의 주관적인 정서나 감동을 이미지로 표현하는 서정시로 보는 데는 무리가 따른다. 물론 『기상도』는 김동환(金東煥)이 그보다 10여 년 전에 발표한 『국경의 밤』(1925)과 비교해 보면 서사적 특징이 부족한 것은 사실이다. 3부 72장 980여 행으로 이루어진 김동환의 작품은 일제 강점기 함경북도 두만강 주변의 S 촌을 배경으로 젊은이들의 사랑의 삼각관계에 따른 갈등과 비애, 그리고 국경 지방의 소외 계층의 삶의 애환을 다루고 있어 흔히 한국 문학사에서 최초의 근대 서사시로 평가받는다.

그러나 『기상도』에서도 좀 더 찬찬히 읽어 보면 사상을 전혀 찾을 수 없는 것은 아니다. 이 장편 시는 엘리엇의 『황무지』처럼 현대 문명에 대한 날카로운 비판을 담고 있다. 이 점에서 제목 '기상도'는 시사하는 바 자못 크다. 1차 세계대전이 끝나고 2차 세계대전을 향해 조금씩 다가가고 있던 1930년대 중엽 현대 사회가 부딪쳐 있는 암울한 시대의 기상도요 20세기 문명의 기상도다. 엘리엇이 서구 문명을 황무지에 빗대는 것처럼 김기림은 동아시아에 밀려오는 서구 현대 문명을 태풍에 빗댄다. 엘리엇의 『황무지』에서 작열하는 태양과 가뭄이 작품 전체를 관류하는 이미지나 모티프 역할을 한다면 『기상도』

에서는 태풍이 그러한 역할을 한다.

> 공원(公園)은 수상(首相) '막도날드' 씨가 세계(世界)에 자랑하는
>
> 여전(如前)히 실업자를 위한 국가적 건설(國家的施設)이 되엇습니다.
>
> 교도(敎徒)들은 언제던지 치일 수 잇도록
>
> 가장 간편(簡便)한 곳에 성경(聖經)을 언서두엇습니다.
>
> ──「시민행렬」

1차 세계대전 후 패전국에 부과된 과중한 배상금과 1920년 유럽 전역을 휩쓴 인플레이션으로 서구 세계는 엄청난 경제적 시련을 겪었다. 대서양 건너 쪽 미국은 비교적 경제적 호황을 누렸지만 1929년에 증권 시장이 몰락하면서 10년에 걸친 경제 대공황의 긴 터널을 지나가야 했다. 이러한 상황에서 노동자들은 일자리를 잃고 시적 화자가 자조적으로 '실업자를 위한 국가적 시설'이라고 부르는 공원에서 빈둥거리면서 지내기 일쑤였다. 전쟁에서 부상을 입은 용사들은 길거리에서 만나는 귀부인들에게 적선을 호소하며 "'내 얼굴이 요로케 이즈러진 것도/ 내 팔이 이렇게 부러진 것도 마님과의 말이지 내 어머니의 죄는 아니랍니다'."라고 말한다. 기독교인들이 치우기 쉬운 곳에 성경을 얹어 두었다는 것은 바로 뒤에 나오는 구절 "기도는 죄를 지을 수 있는 구실이 되었습니다."처럼 종교가 전쟁에 누리던 힘을 잃었기 때문이다.

이러한 서구 세계의 몰락과 비극의 태풍은 '경련하는 아세아의 머리'를 비켜 갈 수는 없었다. 『기상도』의 시적 화자는 두 번째 폭풍

경보를 보내며 "맹렬한 태풍이/ 남태평양 상에서/ 일어나/ 바야흐로/ 북진 중이다./ 풍우는 강할 것이다./ 아세아의 연안을 경계한다."라고 말한다. 그동안 유교의 종주국으로 유구한 역사를 자랑해 오던 중국 대륙에는 공산주의의 태풍이 정신이 아찔할 정도로 한바탕 휩쓸고 지나간다. 한쪽에서는 중화민국의 번영을 위하여 축배를 들지만, 다른 쪽에는 중화민국이 두 쪽으로 분열하는 소리가 휘장을 찢는 소리처럼 요란하게 들린다.

'大中華民國의 繁榮을 위하야 —'
숲으게 떨리는 유리'컵'의 쇠ㅅ소리
거룩한 '테 — 블' 보재기우에
펴놓는 歡談의 불구비속에서
늙은王國의 운명은 흔들리운다.

　　　　(……)

'대중화민국(大中華民國)의 분열(分裂)을 위하야 —'

찢어지는 휘장의 저편에서
갑짝이 유리 창(窓)이 투덜거린다…….

　　　　　　　　　　　　　—「자최」

'늙은 왕국' 중국은 20세기 격변기를 맞아 서구에서 몰아치는 태풍을 막을 수 없었다. 1911년 시작한 신해혁명 이후 중국은 진시황(秦始皇) 이래 2천 년 넘게 유지해 오던 천자의 군주제가 종말을 고하고 마침내 중국 역사에서 최초로 근대적 공화국을 세웠다. 중화민국은 1912년부터 1949년까지 중국 대륙에 존재하던 동아시아의 근대 민주 국민 정부 국가였다. 김기림이 『기상도』를 쓸 1930년대 중엽까지만 해도 쑨원(孫文)의 중국 국민당 지도부가 이끄는 중화민국은 여전히 중국 대륙에 있었다. 그러나 1949년 중국 공산당이 중국 대륙에 중화인민공화국을 건국하자 장세스(蔣介石)가 중국 국민당 지도부와 함께 현재의 타이완으로 퇴각하면서 국공 내전과 함께 중화민국의 대륙 본토 시대는 사실상 막을 내렸다. "필경 양복 입는 법을 배운 쑹메이링 여사"라는 구절에서는 쑨원과 장제스의 인척 관계가 자연스럽게 떠오른다. 쑹메이링은 바로 쑨원과 결혼한 쑹칭링(宋慶齡)의 동생으로 쑨원의 처제이기 때문이다. 중화민국의 이러한 몰락은 위 인용문에서 "슬프게 떨리는 유리컵의 쳇소리"라는 구절에서도 충분히 예견할 수 있다. 축배를 들며 "대중화민국의 번영을 위하야 —— "를 외치는 사람들은 아마 장제스 일파의 공화주의자들일 것이고, 이와는 반대로 "대중화민국의 분열을 위하야 —— "를 외치는 사람들은 마오쩌둥(毛澤東)을 비롯한 공산주의 혁명가들일 것이다.

그러고 보니 "지붕을 베끼운 골목 우에서/ 쫓겨난 공자 님이 잉잉 울고 섰다."는 구절도 그 의미가 새롭게 다가온다. 여기에서 '지붕'이란 그동안 중국과 그 인접 국가를 떠받들고 있던 유교와 그 가치관을 말한다. 몇천 년 동안 중국을 지배하던 유교의 가치관은 이제 정치 이념의 거센 태풍에 휩쓸려 송두리째 허물어져 버렸다. 쫓겨난 공자가 골목에 서서 "잉잉 울고" 있는 모습은 유교의 몰락을 보여 주는 더할 나위 없이 좋은 이미지, 즉 엘리엇의 용어를 빌려 말하자면 아주 적절한 '객관적 상관물'이다.

　더구나 김기림은 중국에 이어 식민지 조선의 현실에서도 눈을 돌리지 않는다. 20세기 전반기 중국에서 공화주의와 공산주의가 서로 첨예하게 대립했다면, 한반도에서는 일본 제국주의의 태풍이 휘몰아치면서 조선인들은 일제의 식민지 통치와 지배 아래에서 신음했다. 미국에서 시작한 경제 대공황은 어김없이 동아시아에도 몰아닥쳤다. 식민지 종주국 일본은 1923년 발생한 간토 대지진의 여파로 미국의 경제 대공황이 일어나기 전에 이미 심각한 금융 위기를 겪고 있었다. 이러한 경제적 어려움은 식민지 조선에서는 일본보다도 훨씬 더 심각할 수밖에 없었다.

　　옆집의 수만이는 석달만에야
　　아침부터 지배인(支配人)영감의 자동차(自動車)를 불으는
　　지리한 직업(職業)에 취직(就職)하엿고
　　독재자(獨裁者)는 책상(册床)을 따리며 오직
　　'단연(斷然)히— 단연(斷然)히' 한개의 부사(副詞)만 발음(發音)하면 그
　　만입니다.
　　동양(東洋)의안해들은 사철을 불만(不滿)이니까
　　배추장사가 그들의 군소리를 담어가더오기를 어떻게 기다리는지몰
　　릅니다.
　　　　　　　　　　　　　　　　　　　　　　　　　—「시민행렬」

　옆집에 사는 수만이는 그동안 실직 상태에 있다가 세 달 만에 가

까스로 회사에 취직했다. 그러나 번듯한 일자리가 아니라 회사 지배인을 위해 자동차를 불러 주는 그야말로 "지리한" 사환 자리를 겨우 얻었을 뿐이다. 수만이 아침부터 자동차를 불러 주는 지배인은 아마 조선을 수탈하는 데 앞장서는 일본인이거나 그 하수인일 것이다. 또한 책상을 내리치며 "단연히 ── 단연히!"라는 말만 외치는 "독재자"는 일본 제국주의의 수상이거나 식민지 조선을 통치하는 총독일 것이다. 부사 '단연히'는 '단연'이나 '단연코'와 같은 의미로 흔히 결연한 태도를 보일 때 쓰인다. 독재자가 누구를 가리키든 그가 책상을 치며 단호하게 내뱉는 명령은 곧 법과 다름없었다.

여기에서 "수만"은 특정한 개인이라기보다는 이 무렵 열악하게 살아가는 식민지 조선의 젊은이들을 가리키는 제유적 표현이다. 모든 것이 부족한 열악한 환경에서 가정주부들은 가정주부대로 늘 불만을 느끼면서 배추 장수들이 늘어놓는 잡담에서 겨우 스트레스를 풀 뿐이다. 최재서는 『기상도』의 소재나 인물 또는 배경과 관련해 "조선 도회의 어느 뒷골목도 아마 그 시야의 한구석을 점령했을 것이다." (평: 391)라고 밝힌다. 배추를 사는 아낙네들은 도회의 뒷골목과 관련 있을 터지만 수만과 관련한 구절은 회사 사무실이 있는 도회 한복판과 관련 있을 것이다.

이렇듯 『기상도』에는 겉으로 잘 드러나 있지 않을 뿐 면밀히 살펴보면 정치·경제·사회·문화 등의 여러 분야에 걸쳐 이념과 사상이 전기 스파크처럼 불꽃을 튀긴다. 이 작품에서 김기림은 파시즘·공화주의·공산주의 같은 정치 체제에서 수상·국무경(國務卿)·공사(公使)·데모스테네스·조지 워싱턴 같은 정치가들이나 외교관들, 신·성경·십자가·교회 같은 종교, 공자·소크라테스·헤겔 같은 철학자들이나 사상가들, 그리고 브람스·괴테·타고르 같은 예술가들에 이르기까지 온갖 문화와 지성인들을 언급한다. 다만 김기림은 이러한 사상을 질서 정연하게 논리적으로 보여 주는 대신 모더니즘 기법에 걸맞게 '부서진 이미지의 무더기'로 다룰 뿐이다. 「올빼미의 주문(呪文)」의 한 구절 "도시 19세기처럼 흥분할 수 없는 너/ 어둠이 잠긴 지평선 너머는 다른 하늘이 보이지 않는다"처럼 20세기 현대는 혼돈과 무질서의 시대로 조화와 균형을 찾기란 어렵다.

그러나 현대 문명에 절망하는 시적 화자 '나'에게도 비록 어렴풋하게나마 미래에 대한 희망이 살아 숨 쉰다. 『기상도』에서는 뒤로 가면 갈수록 그러한 희망을 엿볼 수 있다. 말하자면 7부에 이르면 마침내 태풍은 지나가고 새날이 밝아 올 것을 기대한다.

허나
이윽고
颱風이 짓밟고간 깨여진 '메트로폴리스'에
어린 太陽이 병아리처럼
홰를치며 잃어날게다.
하로밤 그 꿈을 건너단이든
수없는 놀램과 소름을 떨어버리고
이슬에 젖은날개를 한울로 펼게다.

　　　　　　　　　　　　　　　　　—「쇠바퀴의 노래」

시적 화자는 악몽 같은 긴 잠에서 깨어나 새날을 맞이한다는 기대에 잔뜩 부풀어 있다. 현대 문명의 '놀램과 소름'을 떨쳐 버리고 그는 하늘을 향하여 이슬에 젖은 날개를 활짝 펴고 날게 될 것이다. 이러한 희망의 메시지는 『황무지』의 5부 「천둥이 전해 준 말」에서 먹구름이 저 멀리 히말라야 산봉 너머에 모이면서 뇌우를 뿌린다. 그리고 친둥이 전해 **주**는 메시지는 "다다(주라). 다야드밤(공감하라). 담야다(사제하라)./ 샨티 샨티 샨티"다. 한마디로 김기림의 『기상도』는 서정시가 아니라 엘리엇의 『황무지』처럼 현대 문명을 비판하는 장편 시로 분류하는 것이 가장 적절할 것이다. 최재서가 김기림이 이 작품에서 "이세계를 정력적으로 탐색하고 그것에 대하여 건전한 판단을 내린다."라고 평가하는 까닭도 바로 여기에 있다.[13]

　　그렇다면 김기림은 『기상도』에서 무엇을 말하고 싶었을까? 다시 말해서 이 작품을 주제는 과연 무엇인가? 최재서는 "현대 세계에 한 말로써 불을 수 있는 통일적 주제가 없는 것과 마찬가지로 이 시에도 단일한 주제는 없다."(평: 391)라고 잘라 말한다. 물론 호메로스의 서사시처럼 작품 전체를 관류하는 주제는 없을지 모르지만 이 장편 시에도 주제가 전혀 없는 것은 아니다. 한 작품에 주제가 선명하게 드러나 있지 않다고 말하는 것과 주제가 없다고 말하는 것은 전혀 다르다. 역설적으로 말하면 통일적인 주제가 없다는 것이 곧 이 작품의 주제

---

13) 김기림이 T. S. 엘리엇에게서 받은 영향이나 상호 텍스트적 관계에 대해서는 김욱동, 『한국 문학의 영문학 수용』, 197~226쪽 참고. 엘리엇 외에 김기림은 스티븐 스펜더와 W. H. 오든 같은 '오든 세대' 시인들의 작품과도 상호 텍스트적 관계를 맺는다.

일 수도 있다. 그러나 이 작품의 주제는 방금 『황무지』를 언급했듯이 좁게는 일제 식민주의에 대한 비판, 좀 더 넓게는 현대 문명의 붕괴다. 그러나 여기에서 중요한 것은 단순히 비판하고 붕괴를 보여 주는 것에 그치지 않고 한 발 더 나아가 식민주의의 종식에 대한 열망과 현대 문명의 붕괴와 그 폐허 위에 새로운 세계를 건설하려는 간절한 소망이다. 이 작품의 주제와 마지막 몇 구절은 시사하는 바 크다.

> 시민(市民)은
> 우울과 질투와 분노와
> 끝없는 탄식과
> 원한의 장마에 곰팽이낀
> 추근한 우비(雨備)일랑벗어버리고
> 날개와같이 가벼운
> 태양(太陽)의 옷을 갈아입어도 좋을게다.
>
> ──「쇠바퀴의 노래」

『기상도』 전편을 면면히 흐르는 라이트모티프(주동기)는 태양과 날개다. 태풍과 장마로 축축한 우비에 핀 '곰팽이'는 1차 세계대전 이후 서구 세계에 만연한 정신적 불모를, 일제 식민지 통치를 받으며 피폐할 대로 피폐해진 조선의 현실이다. 그러나 시적 화자와 김기림은 영혼의 '곰팽이'를 햇볕에 말리고 우중충하고 무거운 육체의 '우비'를 벗어 버리고 이상의 「날개」에 등장하는 주인공처럼 어깻죽지에 날개를 달고 하늘을 향해 비상할 날을 기다린다. 얼핏 보면 파편적인 이미지를 인과 관계 없이 산만하게 나열해 놓은 것 같지만 꼼꼼히 뜯어 보면 『기상도』는 불협화음일망정 나름대로 '현대의 교향악'을 만들어 내는 데 성공을 거두었다.

물론 모든 비평가들이 최재서처럼 김기림의 『기상도』를 긍정적으로 평가한 것은 아니다. 예를 들어 김동석은 이 작품을 혹평한 대표적인 비평가 중 한 사람이다. 그는 「금단의 과실」에서 "『기상도』가 제국주의의 비판인 것은 사실이지만 레닌의 『제국주의론』 같은 본격적인 비판이 아니오, 신문기사를 가지고 몇 번 재주를 넘은 유희적 비판이다."[14]라고 평가한다. 1917년에 발간한 이 작은 책에서 레닌은 '제국주의, 자본주의의 최고 단계'라는 원래 제목에 걸맞게 당시 시대적 상황을 배경으로 자본주의와 제국주의의 불가분의 관계, 자본주의의 모순 그리고 사회주의 혁명의 필연성을 마르크스주의 철학과 정치경제학의 관점에서 밝힌다. 민족주의 계열의 우파 비평가들은 그동안 식민지 조선의 좌파 지식인들이 일본에 나온 팸플릿을 읽고 마르크스주의를 피상적으로 이해하고 있다고 비판의 화살을 퍼부었다. 그런데 지금 김동석은 그 화살을 1930년대의 김기림 같은 우파 지식인들을 향해 되돌린다는 것이 흥미롭다.

그러나 김동석이 문학 작품을 블라디미르 레닌의 정치경제학 저

---

14) 김동석, 「금단의 과실」, 『예술과 생활』(경성: 박문출판사, 1948), 43쪽. 한편 서정주는 『미당 서정주 전집 13 시론: 한국의 현대시』(서울: 은행나무, 2017), 29쪽에서 『기상도』를 두고 "T. S. 엘리엇의 영향을 주로 많이 받은 것을 스스로 나타낸 김기림 자신이 주지주의 그것을 완전히 소화했던 것이라고는 생각하지 않는다."라고 말한다. 이러한 주장을 펴는 서정주가 '주지주의'를 신고전주의로 이해하는지, 아니면 모더니즘으로 이해하는지 알 수 없다.

서와 견주는 것부터 옳지 않다. 잘 알려진 것처럼 『제국주의론』은 레닌이 1916년에 집필해 그 이듬해 출간한 마르크스주의 정치경제학 저서다. 이 소책자에서 레닌은 당시 시대적 상황을 배경으로 마르크스주의 철학과 경제학의 관점에서 자본주의와 제국주의의 불가분의 관계, 자본주의의 모순 그리고 사회주의 혁명의 필연성 등을 주창한다. 그러므로 상상력이 빚어낸 찬란한 우주라고 할 문학 작품을 정치경제학 저서와 같은 차원에 놓고 평가한다는 것부터가 잘못이다. 문학 작품이 정치나 경제 또는 사회와 관련한 문제를 도외시해야 한다는 것은 물론 아니다. 문학은 여느 다른 유기체와 같아서 구체적인 역사적 시간과 사회적 공간을 떠나서는 존재할 수 없기 때문이다.[15]

이렇게 『기상도』를 높이 평가하지 않는다는 점에서는 임화도 김동석과 크게 다르지 않다. 임화는 박용철(朴龍喆)과 벌인 기교주의 논쟁에서 김기림을 적잖이 비판했다. 임화는 이 장편 시가 실패한 이유로 이국 취향과 지나친 기교, 현란한 관념어 등으로 치장되어 현실 문제를 도외시한 데서 찾았다. 이 비판에 대해 김기림은 이 작품이 세부 묘사나 기법에 치우친 나머지 총체성을 결여하고 있다는 점을 인정한다. 그러면서도 그는 문학이 지나치게 현실 문제를 다루어야 한다는 점에 대해서는 임화와 이견을 보인다. 『기상도』는 제목에 걸맞게 '태풍의 내습과 강타'라는 상황을 알레고리 기법을 빌려 일본 제국주의의 침략을 비유적으로 비판할 뿐 드러내 놓고 폭로하지 않는

---

15) 마르크스주의에 입각한 김동석의 비평에 대해서는 김욱동, 『비평의 변증법: 김환태·김동석·김기림』(파주: 이숲출판, 2022), 99~192쪽 참고.

다. 조선 총독부의 엄격한 검열 제도의 벽을 뚫고 활자의 세계로 진입하려면 이렇게 온갖 '부서진 이미지의 무더기'를 통해 은유적으로 표현할 수밖에 없다는 한계가 있었다. 그러므로 임화의 비판도 김동석의 비판처럼 설득력이 있어 보이지 않는다.

임학수, 이용악, 모윤숙

최재서는 김기림의 『기상도』에 이어 이번에는 이 무렵 활약한 다른 시인들을 논의 대상으로 삼았다. 「시와 도덕과 생활」에서 그가 다루는 시인들은 임학수, 이용악, 모윤숙 등 다양한 시인들이다. 최재서가 이처럼 여러 시인들에 관심을 기울였다는 점을 고려할 때 그의 실천 비평이 소설 쪽보다는 시 쪽에 기울어져 있다는 김남천의 지적은 맞지 않다. 최재서는 특정한 장르를 선호하지 않고 희곡을 제외한 시·소설·비평 등 거의 모든 장르에 걸쳐 관심을 기울였다. 최재서가 이 글에서 특히 주목하는 시 장르는 서정시가 아니라 서사시다. 더구나 그가 이 논문에서 세 시인이 하나같이 '도덕과 생활'을 노래하는 서정시를 썼다가 서사시나 서사시에 가까운 작품을 썼다는 데 주목한다. 최재서는 "서사시에로의 전개는 모든 현대 시인이 품고 있는 명백한 희원이다."(평: 421)라고 밝힌다. 베르톨트 브레히트는 일찍이 "나의 시에 운을 맞춘다면 그것은/ 내게 거의 오만처럼 생각된다."라고 말하면서 아돌프 히틀러가 통치하던 살던 시대를 두고 '서정시를 쓰기 힘든 시대'라고 명명했다. 그러나 최재서가 현대를 두고 '서사시를 쓰는 시대'라고 판단한 것은 브레히트보다는 허버트 리드의 영향을 받았기 때문이다.

경성제일고등보통학교를 졸업한 뒤 경성제국대학 법문학부에 입학해 영문학을 전공한 임학수는 중등학교 교사를 하면서 부지런히 시를 썼다. 그는 1930년대 경향파 문학이나 모더니즘 문학과도 일정한 거리를 둔 채 자신만의 문학 세계를 구축한 시인이었다. 1931년 《동아일보》에 시 「우울」과 「여름의 일순(一瞬)」을 발표하면서 등단한 임학수는 1937년 첫 시집 『석류』를 출간해 관심을 모았다. 최재서는 「시와 도덕과 생활」에서 "임학수는 그 단시에 있어서 평범무이(平凡無異)한 자연을 즐겨 명상하고 또 그 뒤에 영원과 신비를 상상하기를 잊지 않는다. 그는 적은 美 가운데서 우주의 신비를 찾으려는 탐미주의자다."(평: 411)라고 못 박아 말한다. 최재서의 지적대로 임학수 작품은 탐미적 성향이 짙게 풍긴다. 최재서는 이러한 경향이 지나치면 자칫 센티멘털리즘과 '돈키호테적 제스처'가 된다고 경계의 고삐를 늦추지 않는다. 최재서는 일찍이 센티멘털리즘에 대해 "그 양적 면에서 있어 정서 과다이고, 질적 면에 있어 불순한 선정이고, 그 양태에 있어선 그릇된 반응이다."(평: 176)라고 지적했다. 그는 임학수가 센티멘털리즘을 보여 주는 구체적인 실례로 임학수의 「적은 생명」을 든다.

오 이 성(聖)스러운 자연(自然)의 한 조각을! 한 개의 비눌 한 올의 쪽지에도 모든 조화(造化)의 극치(極致)가 감초인 이 귀여운 생명(生命)을!

내 이제 창파(蒼波)를 향하여 소스라쳐 던지노니 너 그리운 고장으
로 한 숨에 도라갈 지어다.(평: 411~412)

"한 개의 비눌 한 올의 쭉지", "창파를 향하여"라는 구절에서도
엿볼 수 있듯이 임학수는 "간사한 미끼와 조고마한 재조"로 바다에서
고기를 낚는 낚시꾼의 모습을 다룬다. 물론 임학수는 시적 화자의 입
을 빌려 자연에 도전하는 인간을 꾸짖는다. 최재서가 그의 작품을 한
시(漢詩)와 연관시키는 것은 아마 낚시에서 삶의 의미를 찾기 때문일
것이다. 낚시는 예로부터 동양의 고전 문학에서 은거의 상징이었다.

그러나 최재서가 임학수의 작품에서 주목하는 것은 서정시보다
는 서사시다. 그는 김기림의 『기상도』와는 달리 임학수가 「견우(牽牛)」
에서 조선 문단에 서사시의 전통을 세웠다고 높이 평가한다. 최재서
의 지적대로 임학수가 이렇게 서사시를 쓸 수 있었던 것은 대학에서
영문학을 전공할 무렵 주로 낭만주의 시대의 서사시에 관심을 기울
였기 때문이다. 그의 졸업 논문이 다름 아닌 퍼시 비시 셸리의 장편
서사시 『사슬에서 풀린 프로메테우스』(1820)에 관한 글이었다는 사실
은 시사하는 바 자못 크다. 이 점과 관련해 최재서는 "작자가 구라파
서사시의 정신과 수법을 가지고 동양의 전설을 요리했을 것은 쉽사
리 짐작되는 일이다."(평: 412)라고 지적한다. 그가 여기에서 '동양의 전
설'이라고 말하는 것은 「견우」가 한국과 중국 등에서 전래되어 온 견
우와 직녀에 관한 설화에 바탕을 두기 때문이다.

이 시는 견우직녀(牽牛織女)의 전설을 취급한 것이나 고래(古來)의 전

설은 다만 이야기의 기틀을 주었음에 불과하고 시의 본체는 대부분 작자의 창작에 속한다. 또 인물들 중에서도 직녀는 동양적 쎈티멘트와 조선적 모습을 가진 비교적 전설에 충실한 인물이지만, 견우는 구라파적(작자는 세계적이라고 할 것이다.) 문학 정신을 다분히 가진 목자(牧者)이다. 븨 ─ 너스에 이르러선 완전히 서양적 산물이다. 또 작명(작품) 전체로 보면 구라파 서서시의 정신과 수법이 지배적이며, 조심하여 보면 이 시 가운데서 셸리의 『프로미시우스 안 바운드』, 키츠의 『엔디미용』, 기타 스윈번의 영향을 도처에서 발견할 것이다. 작자는 『탄호이젤』의 전설도 참작했는지 모르겠다.(평: 412∼413)

최재서는 「견우」가 서사시로서 성공을 거둘 수 있었던 것은 동양의 전설이나 설화를 바탕으로 삼으면서도 서양의 문학 전통에서도 자양분을 얻었기 때문이라고 밝힌다. 실제로 최재서가 위 인용문에서 언급하는 영국 낭만주의 시인들의 서사시도 거의 대부분 그리스 신화에서 인물과 소재를 빌려 온 것이다. 한마디로 최재서는 「견우」를 "순수한 조선말과 조선적 이메지로써 표현되어" 있는 본격적인 서사시로 "비평가의 필봉을 감당해 내기에 충분한 역량을 가진 작품"으로 간주한다. 특히 문학 작품에서 모럴이나 도그마를 중시하는 최재서로서는 임학수가 이 작품에서 "고독과 유혹, 죄악과 회한을 취급하려고 한 도덕적 의도"를 높이 평가한다.

임학수의 작품이 어딘지 모르게 학구적인 먹물 냄새를 풍긴다면 "소박하고 침통한 생활의 노래"라고 할 이용악의 작품은 흙 냄새와 땀 냄새가 물씬 풍긴다. 최재서가 주목하는 작품은 『분수령』(1937)에 수록된 시들이다. 이 시집에 실린 작품들은 일제 강점기 식민지 조선에서 살지 못하고 간도로 떠난 유이민(流移民)들이 겪었던 비참한 생활이다.

> 북쪽은 고향
> 그 북쪽은 여인이 팔려 간 나라
> 머언 산맥에 바람이 얼어붙을 때
> 다시 풀릴 때
> 시름만은〔많은〕 북쪽 하늘에
> 마음은 눈을 감을 줄 모른다.(평: 414)

이렇듯 이용악에게 만주는 새로운 삶의 터전일뿐더러 문학적 영감을 주는 소중한 공간이었다. 최재서는 조선 문학가들이 이용악처럼 만주를 소재와 배경으로 작품을 많이 창작하지 않은 점을 안타깝게 생각한다. 그는 이용악이 조선 문단에 '이민 문학'의 이정표를 세웠다는 점을 높이 평가한다. 그러나 더 엄밀히 말하자면 이러한 유형의 문학은 '이민 문학'보다는 '디아스포라 문학'으로 범주화하는 쪽이 더 적절할지 모른다. 일본 제국주의의 식민지 통치가 점차 강화하면서 가난한 조선인들은 고향을 버리고 만주로 이주해 삶의 터전을 마련했다. 이렇게 낯선 북쪽 지방으로 반강제적으로 이주한 조선인들은 경계인이요 이방인의 신분으로 살아갈 수밖에 없었다. 이용악이 첫 시집의 제목을 "분수령"으로 지은 것도 고국에서도 만주에서도 안주할 수 없는 어정쩡한 모습을 보여 주기 위한 것이었다.

이용악의 『분수령』에 실린 여러 작품에서 구체적인 대지의 삶에 굳건히 뿌리를 박고 있는 시적 화자는 「견우」의 화자와는 달리 좀처럼 눈을 들어 하늘을 바라보며 몽상의 세계를 그리워하지 않는다. 최재서는 이용악을 '생활의 시인', 좀 더 구체적으로 "생활을 생활대로 생활에서 울어나는 말로 노래한다는 의미에서의 인생파 시인"이라고 부른다. 그래서인지 최재서는 이용악의 작품에서는 임학수의 작품에 가끔 보이는 센티멘털리즘을 좀처럼 찾아볼 수 없고 대신 강인한 정신을 표현하는 스토이시즘을 볼 수 있을 뿐이라고 주장한다. 최재서에 따르면 「제비 같은 소녀야」는 이러한 특징을 잘 보여 주는 작품이다.

어디서 호개 짓는 소리
서리 찬 갈밭처럼 어수성타
깊어가는 대륙의 밤 —

손톱을 물어뜯다가도 살그머니 눈을 감는 제비 같은 소녀야
소녀야
눈감은 양 볼에 울ㅅ정이 돋친다.
그럴 때마다 네 머리에 떠돌
비극의 군상을 알고 싶다.(평: 416~417)

만주 유이민들은 온갖 악조건을 견디며 열악한 환경에서 삶을

일구어 나가면서도 삶을 원망하거나 저주하지 않는다. 이러한 금욕주의적 태도는 그들이 식민지 고국에 돌아와 소외와 궁핍 속에 살면서도 크게 달라지지 않는다. 이렇듯 이용악처럼 절박한 시대적 상황에 쉽게 절망하지 않고 꿋꿋하게 견뎌 내는 인물을 그리는 시인도 드물다. 이 점과 관련해 최재서는 이용악의 『분수령』에는 "아무 비탄도 절규도 하물며 원망도 반항도 없다."(생: 416)라고 잘라 말한다. 그러면서 그는 "고대의 서사시와 같은 담담하고 간결한 필촉(筆觸)의 감정의 파동이 침통하다. 또 부질없이 감정을 과장하거나 떠들어대지도 않고 오로지 그리려는 대상 위에 모든 생활감을 부조(浮彫)하려는 격이 높은 예술가의 솜씨"(평: 416)라고 찬사를 아끼지 않는다.

최재서는 비사교적이었지만 그나마 비교적 친하게 사귄 문인 중에는 여성 시인 모윤숙과 노천명이 있다. 키가 크고 몸이 마른 데다 늘 우울한 표정을 짓고 있는 그에게 '우울한 명태'라는 별명을 붙여 준 사람은 다름 아닌 모윤숙이었다. 세 살이나 연상이고 비평가로 맹활약하던 최재서에게 그녀가 그러한 별명을 붙여 줄 수 있다는 것 자체가 허물없는 사이였다는 증거다. 최재서는 "이제 이 별명을 기억하는 사람이 몇 명이나 될는지? 확실히 알고 있었던 한 사람은 죽었고……."(인: 69)라고 말한다. 여기에서 사망한 사람이란 바로 1957년 뇌빈혈과 백혈병으로 요절한 노천명이다. 병원에 입원 중이던 노천명은 친구 모윤숙을 통해 최재서를 보고 싶다고 전했고, 이 소식을 전해들은 그는 병원으로 그녀를 문병했을 정도로 두 사람도 친분이 두터웠다. 황해도 장연 출신인 노천명은 같은 황해도 출신인 최재서와 가깝게 지냈다.

이러한 개인적 친분에도 최재서는 모윤숙의 초기 시에 호의적인 평가를 내리지 않았다. 막연한 고독과 모호한 미래 세계에 대한 동경을 노래한 그녀의 초기 작품은 언제나 '애달픈 처녀의 시'에 지나지 않기 때문이다. 그러나 산문시집 『렌의 애가』(1937)에 이르러 모윤숙이 목가적 서정시를 탈피하면서 서사시의 세계로 조금씩 옮겨 왔다. 고독의 원인을 좀 더 구체적으로 밝히고 미래에 대한 동경도 좀 더 구체적인 모습을 갖추면서 그녀가 시인으로 성장했다는 것이 최재서의 평가다. 이 작품에서 그 고독은 "동정하여 줄 벗도 지도하여 줄 선배도 없어 '생명의 존재조차 신앙할 수 없는 미로에 선' 조선 여성으로서의 고독"임이 밝혀진다. 또한 미래의 동경도 "그에게 종교와 예술과 철학을 설명하여 주고 인생의 길과 진리와 평화에 대한 높은 대화를 들려 준 시몬"임이 드러난다.

『렌의 애가』에서 최재서가 무엇보다 주목한 것은 장르적 특징이다. 방금 앞에서 산문시집이라고 불렀지만 이 책은 서간문으로 볼 수도 있고, 일기로 볼 수도 있으며, 한 개인의 내면 성찰을 기록한 영적 자서전으로 볼 수도 있다. 그것도 아니라면 제목 그대로 '애가', 즉 서술 화자의 슬픈 심정을 읊은 노래나 사람의 죽음을 슬퍼하는 노래, 또는 바빌로니아의 침략으로 황폐해진 예루살렘을 애통히 여기어 읊은 구약 성경의 「예레미야 애가」처럼 잃어버린 조국을 읊은 노래로 볼 수도 있다. 개인의 죽음이든 한 사회나 국가의 몰락이든 그것은 애절한 노래임이 틀림없다. 이렇듯 장르의 관점에서 이 작품은 애매하다. 그러나 최재서는 엄밀한 의미에서 이 작품을 시로 볼 수 없을지 모르지만 그 형식을 떠나 정신으로 본다면 시로 볼 수 있다고 지적한다. 더구나 그는 이 작품에서 '서사시적인 욕구'를 다분히 느낀다고 밝힌다.

  그렇다면 최재서가 아내와 아이가 있는 중년 남성인 '시몬'에게 떠우는 격정적 청춘 고백서라고 할 『렌의 애가』에서 '서사시적 욕구'를 느낀다고 말하는 까닭이 어디 있을까? 그의 말대로 모윤숙이 아마 이 작품에서 '인생 문제'를 다루기 때문일 것이다. 이 인생 문제는 이 작품이 일제 강점기 식민지 시대 출간되었다는 점을 염두에 두면 조선의 비극적 현실로 읽을 수도 있다. 한용운이 『님의 침묵』(1926)에서 노래하는 '님'이 일제에 빼앗긴 조국을 가리키듯이 모윤숙이 노래하는 '시몬'도 조국을 가리킬 수 있다. 물론 '님'이나 '시몬'은 넓은 의미장(意味場)에서 작은 한 귀퉁이에 지나지 않는다. 이 작품에 대해 모윤숙은 "『렌의 애가』는 나의 애정 백서였다. 아무런 부끄럼도 없이 용케도 나는 내 젊음의 전부를 불태우는 듯한 마음으로 그 길고 긴 시를 썼다. '렌'이라는 숲속에서 목이 타도록 우는 새를 나는 주인공이라 정해 놓고 현실에서 이룰 수 없는 한 사람의 대상을 향해 편지를 썼다."라고 밝힌다. 그러면서 그녀는 시몬에 대해 "그가 누구였든 나는 『렌의 애가』 속에서 목을 놓아 인생을 부르고 사랑을 찾았다. 젊음의 통곡, 슬픔의 찬가를 기록해 보고 싶었다."라고 말한다.[16]

---

16) 장석향, 『물레를 돌리는 여인: 모윤숙 평전』(서울: 명문당, 1993), 113쪽. 이와 더불어 모윤숙은 "내가 사는 정다운 땅과 해와 별이 온통 그의 존재를 위해 빛나고 변화하고 있음을 증언하고 싶었다. 나는 땅 위에 존재하는 인간의 애정이란 것이 그렇게 모멸적일 수가 없고 그렇게 비굴할 수가 없음을 써 보고 싶었다. 끝까지 좇아가서라도 한없이 높은 가지에 걸린 생명의 불꽃에 나를 태워 보고 싶은 욕망에서였다. 아마도 이 시절이 나에게 있어선 남성에 대한 환멸의 정점이 아닐까 생각된다."라고 말

그러나 『렌의 애가』에서 모윤숙이 다루는 '인생 문제'는 좀 더 좁혀 보면 이 세계에서는 좀처럼 이룰 수 없는 이성에 대한 애틋한 마음과 깊이 관련되어 있음을 알 수 있다. 마음 놓고 사랑할 수도, 결혼할 수도 없는, 손이 닿지 않는 절대적 거리 밖에 존재하는 중년 남성 시몬과 여성 서술 화자 또는 시적 자아 사이의 거리는 한반도와 렌이라는 새가 산다는 저 아프리카 대륙 사이만큼이나 멀리 떨어져 있다. 『렌의 애가』가 처음 출간되었을 때 현민 유진오가 이 작품을 "한국판 『좁은 문』"이니, 여성 쪽에서 쓴 "『젊은 베르터의 슬픔』"이니 하고 말한 사실은 이 점을 뒷받침한다.

한편 시몬에 대해 춘원 이광수로 보기도 하고 룽징(龍井) 제창병원 원장 김영(金營)으로 보기도 하지만 그것은 중요한 문제가 아니다. 여기에서 중요한 것은 시몬은 렌이 그토록 사모하면서도 쉽게 접근할 수 없는 지고지순의 대상이라는 점이다. 렌은 "시몬! 당신의 애무를 원하기보다도 당신의 랭담을 동경하여야 할 저입니다."(평: 409)라고 고백한다. 그러면서 그녀는 "죄에 갓가히 가는 이 형체의 고뇌를 피하도록 멀리 북국으로 떠나 불사의 환영을 따라 남겨진 인생을 旅愁로 끗마치려 합니다."(평: 409)라고 고백한다. 마침내 렌은 "시몬! 우리가 범죄함이 없이 청춘의 면류관을 버섰으니 재앙의 잔이 우리 앞에 오지 않으리라."(평: 410)라고 끝을 맺는다. 렌의 이러한 결심과 그 결심을 고

한다. 한편 김동석은 모윤숙과 『렌의 애가』에 대해 "추문 때문에 얼굴을 붉히고 말문이 맥혀야 할 여사가 시(詩)로서 분장하고 플라톤의 사도인 양 행세하는 조선 문단이다."라고 혹평한다. 김동석, 「신연애론」, 『예술과 생활』(서울: 박문출판사, 1947), 135~136쪽.

백하는 언어에는 누가 보더라도 기독교적 신앙의 그림자가 어른거린다. 그러나 최재서는 모윤숙이 기독교 신앙을 뛰어넘어 '알몸으로써' 인생과 맞부딪치기를 바란다.

이태준의 난편 소설

최재서가 정지용을 탁월한 조선 시인으로 꼽는다면 세계 문단에 내놓을 조선 소설가로는 이태준을 꼽았다는 것은 앞에서 이미 언급했다. 최재서는 "나는 조선적인 시인과 조선적인 작가로서 정지용 씨와 이태준 씨를 누구보다도 경애한다."(평: 310)라고 못 박아 말한다. 정지용은 『지용 문장독본』(1948)의 서문에서 "남들이 시인, 시인 하는 말이 너는 못난이, 못난이 하는 소리 같아 좋지 않았다. 나도 산문을 쓰면 쓴다, 태준만치 쓰면 쓴다는 변명으로 산문 쓰기 연습으로 시험한 것이 책으로 한 권은 된다."[17]라고 밝힌다. 이렇게 정지용이 자기 방어적 태도를 취하는 것을 보면 그만큼 이태준의 산문을 의식하고 경쟁심을 느끼고 있었다는 반증이다. 최재서는 "단편 작가로서의 이태준은 벌서 일가(一家)를 이루었다는 것이 움즉이지 안는 세평(世評)이다."(문: 175)라고 말할 정도로 그를 높이 평가했다. 흔히 '조선의 모파상'으로 일컬을 만큼 이태준은 1930년대 조선 문단에서 단편 소

---

17) 정지용, 『지용 문학독본』, 권영민 편, 『정지용 전집 2: 산문』(서울: 민음사, 2016), 17쪽.

설 작가로 명성을 얻었다. 그러나 최재서는 이태준도 정지용처럼 문학적 능력과 지적 소질을 지니고 있으면서도 아쉽게도 지적 능력을 충분하게 발휘하지 못한다고 평가한다.

> 그의 인물 관찰의 주밀성(周密性)이라든가 스토오리 구성(構成)의 조리성(條理性)이라든가 예술적 효과에 대한 눈치 빠른 계획이라든가 더욱 언어 선택의 적확(的確)한 수법이라든가, 모두 다 그의 의복장신(衣服裝身)과 언어 행동에서 우리가 받는 것과 똑같은 대단히 지적(知的)인 인상을 받는다. 그러나 그의 예술 전체는 지성(知性)과는 차라리 배치되는 길을 향하고 있다. 그리고 이러한 경향은 초기 작품으로부터 근래의 작품에 이르는 데 따라 더욱 현저하여지는 것 같다.(문: 309)

최재서는 이태준의 작품 중에서도 단편 소설 작가로서의 재능을 한껏 발휘하는 작품으로 「가마귀」, 「복덕방」, 「손거부(孫巨富)」, 「우암노인(愚菴老人)」, 「삼월」 등을 꼽는다. 최재서가 이태준의 작품에서 높이 평가하는 것은 작중인물들의 성격 창조다. 그의 단편 작품을 한번 읽고 난 독자들은 작중 인물들이 뇌리에서 좀처럼 사라지지 않는 '야릇한 매력'을 지닌다는 것이다. 최재서는 이태준이 그리는 인물들은 "낙백(落魄)한 유자(儒者), 누항(陋巷)에 침면(沈湎)하는 퇴기(退妓), 불우한 소학 교원이나 혹은 유랑하는 농민, 어리석은 신문 배달부, 생에 희망을 잃은 노인 등 말하자면 인생의 그늘 속에 움즉이는 희미한 존재들이 이태준의 예술 세계에선 선명한 인간상(人間像)으로서 나타나 있다."(문: 175)라고 지적한다. 이러한 인간상을 이태준만큼 작가적 수완을 발휘하여 '부절(不絕)한 흥미와 동정'을 느끼면서 적확하게 묘사하는 작가는 드물다고 주장한다.

> 인간상(人間像)을 묘출(描出)하는 데 이태준만큼 명확한 수완을 갖인 삭가노 느물 께다. ㄴ는 인붏을 그리되 수다스럽지 않고 또 구태여 그 인물의 내면생활로 드르가 무슨 비밀을 끄러내랴고도 하지 안는다. 스케취적 필치로 그 인물의 말이나 행동을 점점(點點)히 탓치하야 가는 동안에 어언간 선명한 인간상이 낱아난다. 만일 이씨의 인물 묘사의 비밀이 있다면 그것은 그들에 대한 부절(不絕)한 흥미와 동정 그것뿐일 것이다.
> 이씨의 작중 인물은 다만 선명할 뿐만은 아니다. 보드랍고 따뜻한 것이 또 그 매력의 일면이다. 그것을 그들에 유 — 모아와 페이소스가 있기 때문이다. 하잘것없는 인물들의 평평범범(平平凡凡)한 생활 가운데 흐르고 있는 유 — 모아와 페이소스, 그것을 포착하야 놓는 작자의 명확한 수법 — 이것이 이태준의 단편의 매력이었다.(문: 176)

위 인용문의 마지막 문장에서 최재서가 '단편의 매력이다'라고 현재형으로 말하지 않고 '단편의 매력이었다'라고 과거형으로 말하는 점에 주목해야 한다. 이태준의 창작 방법에 변화가 일어났음을 시사하는 말이기 때문이다. 실제로 최재서는 이태준이 두 번째 창작집 『가마귀』(1937)에서는 첫 창작집 『달밤』(1934)에서 보여 준 것과는 조금 다른 세계관을 보여 준다고 지적한다. 최재서는 이태준이 두 번째 창작집에서 『달밤』에서 보여 준 작가적 역량을 한 단계 끌어올렸다고 주장한다. 한편으로는 앞 작품들의 경향을 계승하고, 다른 한편에서는 "원숙한 과실과 같은 향기를 발산하는" 작품들을 썼다. 최재서는 『가마귀』에 수록한 작품들이 "현실 세계로부터 미끄러져 나가 시대에 뒤떨어진 사람의 고독과 애수를 동정과 유 — 모아로써 보고 그리랴는 그의 창작 정신은 여전히 견지하면서도 그러한 주제를 좀 더 의식적으로 인생과 사회에 관련시켜 보랴는 의도가 명백하다."(문: 176~177)라고 지적한다. 최재서는 이러한 의도가 죽음에 대한 사색과 인생에 대한 아이러니컬한 관찰로 나타난다고 주장한다. 그러면서 「가마귀」와 「우암노인」은 전자를 대표하는 작품이고, 「삼월」과 「복덕방」은 후자를 대표하는 작품으로 평가한다.

이태준의 작품 중에서도 최재서가 특히 주목하는 작품은 그가 "죽어 가는 사람의 고독한 심리를 그린 작품"으로 평하는 「가마귀」다. 작품이 난해하여 독자들에게 별로 인기 없는 젊은 작가가 친구의 시골 별장 바깥채를 빌려 지내던 중 폐병을 치료하려 이웃에 정양하러 온 여성을 만나는 플롯 설정은 참신하다. 작가는 병적으로 유난히 까마귀를 싫어하는 그 여성에게 까마귀가 죽음의 사자가 아님을 입증하려고 활을 만들어 잡지만 그 내장을 보여 주기도 전에 그녀는 사망하고 만다. 어찌 보면 폐결핵을 앓는 여성은 작가의 분신이요 또 다른 자아로 보아도 크게 틀리지 않다.

최재서가 이 작품의 주제를 인간의 원초적 고독과 죽음의 필연성에서 찾는 것을 보면 그의 비평적 안목이 뛰어나다는 사실을 다시 한번 확인할 수 있다. 김기림이나 이상의 작품 분석이나 비평에서도

볼 수 있듯이 그의 비평안은 여간 날카롭지 않다. 도시에서 살다가 시골로 내려오는 작가의 고독, 우수가 안개처럼 짙게 깔려 있는 시골 마을, 그곳에서 폐결핵으로 죽어 가는 한 여성의 가녀린 애상이 을씨년스러운 까마귀의 울음과 맞물리면서 소설 전체의 분위기는 그야말로 음울하기 그지없다. 무엇 한 가지 고독과 죽음과 깊이 연관되어 있지 않은 것이 기의 없다. 이 작품에서는 일본의 내표적인 하이쿠 시인 마쓰오 바쇼의 "마른 가지에/ 까마귀 앉아 있다/ 가을 저물녘(枯朶に烏のとまりけり秋の暮)"이라는 시 한 편이 떠오른다.

최재서가 「가마귀」를 비롯한 그의 작품에서 인간의 절대 고독과 원초적 죽음의 주제와 함께 삶의 아이러니라는 또 다른 주제를 찾는 것도 좀 더 찬찬히 눈여겨보아야 한다. 이태준이 「복덕방」에서 극적 아이러니를 사용한다면, 「가마귀」에서는 상황의 아이러니를 사용한다. 「가마귀」에서 주인공인 작가 '그'는 이 젊은 여성에게 삶의 희망을 불어넣으려고 그녀의 애인이 되리라고 다짐한다. 그러나 그녀에게는 이미 결혼을 약속한 애인이 있다. 그 애인은 그녀를 사랑하는 표시로 그녀가 토해 놓은 피를 마시기까지 한다. 물론 그 여성은 늘 머릿속에 자신의 시체를 나를 상여와 무덤을 생각하는 반면, 애인은 날마다 도서관에 나가 학위 받을 연구를 한다. 어찌 되었든 작가 '그'가 여성을 죽음에서 건져 낼 수 있는 것은 오직 사랑뿐일 것이라고 판단하고 구원의 천사 역할을 하려 하지만, 이미 그녀에게는 사랑하는 다른 남성이 있다는 것은 삶의 아이러니가 아닐 수 없다.

어떤 의미에서 「가마귀」는 1920년대 말엽부터 1930년대 초엽을 풍미한 '사(死)의 찬미' 담론과 맞닿아 있다. 식민지 시대에 나온 작품 중에서 이 단편 소설처럼 죽음을 삶의 일부로 받아들이는 작품도 찾아보기 어렵다. 적어도 이 점에서 이 작품은 좁게는 탐미주의, 더 넓게는 낭만주의적인 냄새를 짙게 풍긴다. 죽음에 대한 찬미는 이미 1920년대 초엽 박종화(朴鍾和)·오상순(吳相淳)·황석우(黃錫禹) 등《폐허》동인들에게서 쉽게 찾아볼 수 있다. 그들의 작품에는 죽음과 함께 감상·허무·우울·절망적인 색채가 짙게 배어 있었다. 최재서는 이태준이 그 누구도 대신해 줄 수 없는 인간의 근원적인 절대 고독과 죽음의 문제를 다룬다고 지적하면서도 이 작품에서 탐미주의적인 요소를 놓치고 있다는 점이 조금 의외라면 의외다.

흥미롭게도 최재서는 이 작품과 관련해 "「가마귀」는 포의 『대아(大鴉)』에 힌트를 받은 형적이 역력하다."(문: 178)라고 지적한다. 그러면서도 그는 "그러나 사(死)와 고독(孤獨)에 대한 사색은 작자 자신의 것이다. 死의 恐怖라는 것도 결국 현실 생활에서 미끄러져 가는 사람의 고독의 유령이다."(문: 178)라고 말한다. 실제로 작품에는 주인공 '그'가 폐결핵을 앓는 여성을 만난 뒤 그녀의 임박한 죽음을 예감하면서 포와 그의 시 「갈까마귀」 그리고 그 작품에 언급하는 '레노어(Lenore)'라는 인물을 언급한다. 이태준은 1936년 초 잠시 도쿄에 들러 긴자의 한 서점에서 히나쓰 고노스케가 번역한 포의 시집 『대아』 한 권을 산 것으로 알려져 있다.[18]

물론 문학 장르의 관점에서 보면 포의 작품은 서정시인 반면, 이

---

18) 이태준의 「가마귀」와 에드거 앨런 포의 「갈까마귀」에서 받은 영향과 상호 텍스트적 관계에 대해서는 김욱동, 『한국 문학의 영문학 수용』, 246~293쪽 참고.

태준의 작품은 단편 소설이다. 그런데도 제목을 비롯하여 작중 인물(시적 화자), 이미지, 분위기, 어법, 주제 등에서 두 작품이 적잖이 닮았다. 한 편의 산문시를 떠올리게 하는 「가마귀」를 읽다 보면 작품 곳곳에서 포의 그림자가 자주 어른거린다. 그러나 최재서는 '사와 고독에 대한 사색'은 어디까지나 이태준의 독자적인 산물이라고 평가한다. 그는 "사의 공포라는 것도 결국 현실 생활에서 미끄러서 가는 사람의 고독의 유령이다. 그래서 고독의 유령을 이곳 죽엄의 신비로운 세계까지 추구한 작자는 또다시 눈을 돌려 그 유령을 백일하의 세계서 본다."(문: 178)라고 주장한다.

최재서는 이태준이 두 번째 단편집 『가마귀』에서 첫 번째 단편집 『달밤』에서 보여 준 한계를 극복하려 노력했지만 여전히 아쉬움이 남는다고 지적한다. 이태준이 작가로서의 한계를 의식하면서도 그것을 극복하는 단계에는 아직 이르지 못했다고 밝힌다. 이 점과 관련해 최재서는 "그 작품들 가운데엔 현대인이 즐겨하는 사상적 고민도 없고 생활적 의욕이 없고 사회적 관심도 없고 그 외에도 없는 것은 만타."(문: 180)라고 말한다. 최재서는 그 이유를 이상이나 정지용의 작품에서처럼 '지성의 빈곤'에서 찾는다. 이태준의 작품에는 유머, 페이소스, 아이러니, 시니시즘 등이 있을 뿐 '예술가로서 사회적 자각'이 없다고 주장한다. 다시 말해 현대인의 '사상적 고민'도 없고, '생활적 의욕'도 없으며, '사회적 관심'도 없다는 것이다.

조선 문단을 대표하는 정지용과 마찬가지로 이태준에게는 안타깝게도 '지성의 빈곤', 즉 식민지 조선의 시대적 상황을 담아내는 능력이 결여되어 있다고 최재서는 지적한다. 그가 이태준에게 느끼던 이러한 생각은 「탄식하는 동방 취미」를 읽고 나서 확신에 이른다. 이 글에서 이태준은 "술이 있고 달이 있고 유수(流水)같이 지나감이 있을 뿐 머물 수도 없거니와 머물러 애착할 아무것도 없음을 단념한 지 오랜 심경"을 동양의 전통으로 파악했다. 최재서는 이태준의 이러한 태도를 '청정위종(淸靜爲宗)하는 선(禪) 취미'라고 부른다. 그러면서 최재서는 선불교를 떠올리게 하는 이러한 청정위종의 동방 취미가 "우리의 지적 진보라는 전체적 설계도 안에서" 보면 어디까지나 '겸손한 일우(一隅)'에 머물러 있어야 할 것이라고 말한다. 이태준의 태도는 미래 지향적인 '지적 진보'에 이바지하기는커녕 오히려 퇴행적 효과를 낳을지도 모르기 때문이다.

최재서는 이태준이 이처럼 외국의 산문 정신을 버리고 동양의 체관(諦觀)이나 동방의 정취에 탐닉한다고 평가한다. 그러면서 그는 "조선 고전 문학에 과연 지성이 있었든가?"라고 물은 뒤 "지성이 우리의 문학적 유산으로서 일개의 엄연한 전통이 되어 있지 않다는 것은 단언하여도 과히 틀림이 없을 줄로 안다."(문: 310)라고 말한다. 그러나 조선의 고전 문학에 지성이 없다거나 조선 문학이 후대에 물려줄 유산으로 '엄연한 전통'이 없다고 주장하는 것은 어불성설이다. 신라 시대의 향가로부터 고려 시대의 속요를 거쳐 조선 시대의 가사와 시조만 보더라도 조선 문학이 얼마나 감성적 못지않게 지성적일 뿐 아니라 소중한 문학적 유산을 후대에 물려주었는지 쉽게 알 수 있다. 여기에 한자를 빌려 표현한 한문 문학까지 넣는다면 조선 문학은 이보다 훨씬 더 풍부해진다.

최재서의 이 말은 자칫 사대주의자라는 낙인이 찍힐지도 모르는 발언이다. 그러지 않아도 그는 때로 지나치게 서구 지향적이라는 비난을 받아 왔다. 다만 최재서가 의도하는 바는 이태준이 조선의 과거 전통으로 회귀하는 데 지적 노력을 낭비하는 대신 식민지 조선이 당면한 문제와 앞으로 다가올 미래 문제에 더 적극적으로 관심을 기울이기를 촉구하려는 것으로 이해할 수 있다. 이 점과 관련해 최재서는 "두 분(성시용과 이태순)이 비상한 지력을 가시고노 느니어 그 문학에서 지성을 획득치 못한 것은 일면으로 보면 너무도 조선적 전통에 충실했든 때문이고, 타면으로 보면 지적 노력이 부족했다는 것으로 될 것이다."(문: 311)라고 말한다. 그러면서 최재서는 계속 "정지용 씨가 그 시에서 좀 더 현대 의식을 가지고, 이태준 씨가 그 소설에 있어서 좀 더 현대적인 문제를 취급한다는 것은 결국 노력의 문제가 아닐가?"라는 질문을 던진 뒤 다시 "이런 점에서 있어서 지적 노력 — 서구적 의미에 있어서의 교양은 우리 작가들의 당면한 가장 중요한 문제가 아니될 수 없다."(문: 311)라고 결론짓는다. 여기에서 최재서가 말하는 "현대 의식"과 "현대적인 문제"는 일제 강점기라는 당대의 현실을 고려하면 새삼 언급할 필요도 없을 것이다. 그것은 곧 그가 이태준의 말을 인용하여 언급하는 "살덩어리와 피의 비린내가 찬 활간속류(闊間俗類)"의 구체적인 일상 세계다.

박태원의 『천변풍경』

최재서의 실천 비평 중에서도 「『천변풍경』과 「날개」에 관하여」

는 가장 널리 알려진 글이다. "리얼리즘의 심화와 확대"라는 부제를 붙인 이 글에서 그는 박태원의 장편 소설 『천변풍경』과 이상의 단편 소설 「날개」를 분석해 관심을 끌었다. 1936년 《조광》에 실린 이 두 작품은 모더니즘 계열 소설로 서구 이론으로 무장한 최재서가 아니면 접근하기 힘든 난해한 작품이었다.

> 이 두 작품은 그 취재에 있어 판이하다. 『천변풍경』은 도회(都會)의 일각에 움직이고 있는 세태 인정을 그렸고, 「날개」는 고도로 지식화한 소피스트의 주관 세계를 그렸다. 그러나 관찰의 태도와 및 묘사의 수법에 있어서 이 두 작품은 공통되는 특색을 가지고 있다. 즉 그들은 될 수 있는 대로 주관(主觀)을 떠나서 대상을 보려고 했다. 그 결과로 박 씨는 주관적 태도로써 객관을 보았고, 이 씨는 객관적 태도로써 주관을 보았다. 이것은 현대 세계 문학의 두 경향 — 리아리즘의 확대와 리아리즘의 심화를 어느 정도까지 대표하는 것이니 우리에게 대단히 흥미 있는 문제를 제공한다.(평: 312)

최재서는 이 두 작품이 소재와 작중 인물에서는 많이 다르지만 그 소재를 다루는 소설 기법에서는 서로 공통점이 적지 않다고 지적한다. 박태원의 작품은 1930년대 청계천변 주민 30여 명의 평범한 일상을 다루는, 넓은 의미에서 리얼리즘 계열의 작품이다. 한편 조선 문학 최초의 모더니즘 계열의 심리 소설로 흔히 일컫는 이상의 작품은 '박제'가 되어 살아가는 한 남성의 주인공의 무기력한 삶을 다룬다. 그런데도 최재서는 이렇게 소재나 인물이 사뭇 다른데도 기법에서 두 작품은 놀랍게도 서로 비슷하다는 점에 주목한다. 위 인용문에서 "박 씨는 객관적 태도로써 객관을 보았고, 이 씨는 객관적 태도로써 주관을 보았다."라는 문장을 눈여겨보아야 한다. 박태원이나 이상이나 객관적 태도로 사물을 바라본다는 점에서는 일치한다. 다만 전자는 객관적 대상을 객관적으로 바라보는 반면, 후자는 객관적으로 바라보되 어디끼지니 주관적 대상을 바라본다는 것이다. 그러면서 최재서는 이러한 수법이야말로 현대 세계 문학의 두 경향, 즉 '리얼리즘의 확대'와 '리얼리즘의 심화'를 보여 주는 것이라고 지적한다. 그는 "『천변풍경』이 우리 문학의 리아리즘을 일보 확대한 데 비하여, 「날개」는 그것을 일보 심화했다."(평: 322)라고 밝힌다.

최재서가 『천변풍경』을 리얼리즘의 확대로 해석하는 것은 그야말로 탁견이다. 얼핏 보면 이 작품은 전통적인 리얼리즘 수법에서 크게 벗어나지 않은 것 같다. 가령 작가는 청계천 빨래터에 모여 시끄럽게 떠들며 빨래를 하는 아낙네들을 묘사하는 것으로 시작해 점차 이발소를 비롯한 다른 장소로 이동한다. 이발소 집 소년인 재봉이는 바깥 풍경을 바라보며 전혀 심심함을 느끼지 않는다. 민 주사는 이발소 거울에 비친 늙어 가는 자신의 얼굴을 바라보며 한숨을 지으면서도 사회적 지위와 돈을 가지고 있다는 생각에 흐뭇해한다. 그 밖에도 여급 하나코의 일상, 한약국에 사는 젊은 부부의 외출, 한약국 사환인 창수의 어제와 오늘의 일상, 약국 안에서 행랑살이하는 만돌 어멈에 대한 안방마님의 꾸지람, 이쁜이의 결혼과 그 결혼을 속수무책으로 바라볼 수밖에 없는 점룡이, 신전집의 몰락, 민 주사의 노름과 정치적 야망, 민 주사의 첩의 외도, 포목점 주인의 매부 출세시키기, 이쁜

이의 시집살이, 민 주사의 선거 패배, 창수의 장래 희망, 금순이와 동생 순동의 만남, 재봉이와 젊은 이발사 김 서방의 말다툼 등 소설 화자는 경성 도회에서 숨 가쁘게 돌아가는 평범한 일상을 객관적으로 묘사한다. 그러므로『천변풍경』은 얼핏 이상의 작품보다는 현진건(玄鎭健)과 염상섭, 채만식(蔡萬植)의 작품과 비슷해 보인다.

그런데 박태원은 '천변풍경'이라는 제목에 걸맞게 도회의 일상을 개별 에피소드(삽화) 형식으로 구성한다. 그래서 이 작품에는 일정한 줄거리가 없이 산만한 것이 특징이다. 전통적 리얼리즘 소설에서 흔히 볼 수 있는 잘 짜인 플롯을 좀처럼 찾아볼 수 없다. 소설에서 줄거리가 없다는 것은 시에서 이미지가 없고 희곡에서 갈등이 없다는 것과 같다. 그러나 좀 더 찬찬히 뜯어보면『천변풍경』에도 그 나름대로 줄거리가 있음이 드러난다. 이 소설은 마치 모자이크처럼 얼핏 보면 아무런 연관 관계가 없는 듯이 보이지만 좀 더 찬찬히 들여다보면 개별적 삽화들이 모여 한 편의 그림을 만들어 낸다. 이렇게 언뜻 무질서하고 산만해 보이는 사물이나 사건을 한 편의 그림으로 만들어 내는 것은 작가의 뛰어난 역량이다. 최재서는 "예술의 리아리티는 외부 세계 혹은 내부 세계에만 한해 있는 것이 아니다. 그 어느(어느) 것이나 객관적 태도로써 관찰하는 데서 리아리티는 생겨난다."(평: 314)라고 지적한다.

그런데 여기에서 한 가지 눈여겨볼 것은 최재서가 박태원의『천변풍경』을 분석하면서 '카메라의 눈(camera eye)' 기법을 언급한다는 점이다. 실제로 19세기에 제인 오스틴이나 귀스타브 플로베르를 시작으로 20세기에 들어와 제임스 조이스나 윌리엄 포크너 같은 작가들이 이 기법을 구사해 시간 예술로서의 소설의 한계를 극복하려 시도했다. 지금까지 적지 않은 소설가들이 '카메라의 눈' 기법으로 작가의 주관적 개입을 최소로 줄여 카메라로 피사체를 촬영하듯이 삶의 모습을 객관적으로 묘사하려고 해 왔다. 최재서가 박태원이 객관적 태도로 객관을 보았다고 지적하는 까닭이 바로 여기에 있다. 이를 달리 말하면 박태원은 이 작품에서 음악성에서 회화성으로, 시간 예술에서 공간 예술로 방향 전환을 꾀했다는 것이 된다.

최재서는 카메라의 존재가 문학 기법의 발전에 큰 도움을 줄 수 있다고 지적한다. 그는 좁게는 소설, 더 넓게는 문학을 둘러싼 문제란 궁극적으로 작품의 소재에 있는 것이 아니라 오히려 그 소재를 어떻게 다루느냐 하는 데 있다고 지적한다. 특히 그는 작가가 대상을 바라보는 관점을 매우 중요하게 생각한다.

> 문제는 재료에 있는 것이 아니라 보는 눈에 있다. 주관(主觀)의 막을 가린 눈을 가지고 보느냐, 아무 막도 없는 맑은 눈을 가지고 보느냐 하는 데서 예술의 성격은 규정된다. '막을 가리지 않은 맑은 눈'이란 말에 논쟁은 집중될 것이다. 키네마에 있어서의 캐메라〔카메라〕의 존재는 이 문제에 대하여 우리에게 적지 않은 서광을 던져 준다고 나는 생각한다. 사람의 눈이 캐메라와 마찬가지의 기능을 발휘치 못함은 말할 것도 없다. 그러나 예술가가 될 수 있는 대로 캐메라적 존재가 되려고 하는 노력과 및 그 노력이 어느 정도까지 성공한 실례를 우리는 현대 문학에서 얼마든지 구할 수 있다.(평: 314)

위 인용문에서 "주관의 막을 가린 눈"이란 일반적인 작가의 관점을 가리키는 반면, "아무 막도 없는 맑은 눈"이란 '카메라의 눈'처럼 오직 객관적으로 대상을 바라보는 관점을 말한다. 소설가는 사물을 관찰하는 기능에서는 비록 카메라를 따르지 못할망정 카메라를 조정할 수 있는 감독자의 기능을 수행할 수 있다. 최재서는 유능한 소설가란 이러한 '감독자의 기능'에 관심을 기울여야 한다고 지적한다. 그는 '카메라의 눈' 기법을 효과적으로 소설 작품에 사용한 현대 작가로 서구에서는 제임스 조이스나 윌리엄 포크너, 식민지 조선에서는 박태원을 염두에 두고 있는 듯하다.

실제로 박태원은 마치 영화감독이 카메라를 사용하듯이 문학적 카메라, 즉 '소설가의 눈'을 효과적으로 사용한다. 여기에서 카메라를 '효과적으로' 사용한다는 것은 영화를 보면서 관객이 카메라의 존재를 전혀 의식하지 않듯이 소설을 읽는 독자들도 소설가를 전혀 의식하지 않는다는 뜻이다. 이 점과 관련해 최재서는 "박 씨는 그의 눈 렌즈 위에 주관(主觀)의 먼지가 앉지 않도록 항상 조심했다. 그 결과는 우리 문단에서 드물게 보는 선명하고 다각적인 도회 묘사(都會 描寫)로서 우리 앞에 나타나 있다."(평: 316)라고 밝힌다. 더구나 박태원은 다분히 리얼리즘적인 작품에 모더니즘 소설에서 흔히 볼 수 있는 '의식의 흐름' 기법을 도입함으로써 언뜻 산만해 보이는 작품에 일관성과 짜임새를 부여해 준다. 최재서가 박태원이 리얼리즘을 포기한 것이 아니라 오히려 확대했다고 주장하는 이유가 바로 여기에 있다.

물론 1930년대 최재서가 맨 처음 '카메라의 눈' 기법을 언급하거나 문학 작품에 적용한 것은 아니다. 그에 앞서 이미 김기림이 시론에서 이 기법에 관심을 보여 주었다. 그는 일찍이 시인이란 "항상 즉물주의자(卽物主義者)가 아니면 아니 된다."[19]라고 주장했다. 여기에서 '즉물주의'란 주관적 요소를 배제하고 최대한으로 대상 그 자체를 객관적으로 기록하려는 태도를 말한다. 예술 사조나 운동으로 보면 즉물주의는 리얼리즘과 크게 다르지 않다. 서구 예술 이론을 적극적으로 수용하는 한편 일간 신문의 사회부 기자로 문필 활동을 시작한 김기림이 모너니스트로서 '카메라의 눈'을 비롯한 영화에 관심을 기울인 것은 어찌 보면 당연하다. 한편 이 무렵 계급주의 문학을 내세우던 카프 계열의 이론가들이나 작가들도 선전 선동 효과를 극대화하려는 한 방법으로 카메라와 영화에 주목했다.

그러나 최재서는 박태원의 소설 기법에 불만을 품는다. 카메라의 렌즈를 소설가의 눈으로 사용한 것은 놀랍지만, 카메라를 사용하는 '감독적 기능'에서는 서툴다고 지적한다. 영화감독에게 영화 기술 이상의 그 무엇이 요구되는 것처럼 소설가에게도 소설 기법 이상의 그 무엇이 요구되기 때문이라는 것이다. 최재서가 말하는 기술 이상의 그 무엇이란 "결국 묘사의 모든 디테일(細部)을 뚫고 나가는 통일적 의식(統一的 意識) —— 그것은 사회에 대한 경제적 비판일런지도 모르고 또 인생에 대한 윤리관일런지도 모른다."(평: 316)라고 밝힌다. 최재서의 이러한 비판은 비단 『천변풍경』 한 작품에만 그치지 않고 이 무렵 식민지 조선에서 나온 거의 모든 소설에 마찬가지로 해당한다.

더구나 최재서는 비교 문학적 능력과 안목을 발휘해 박태원을 영

---

19) 김기림, 「시의 모더니티」,《신동아》(1933. 7); 김학동·김세환 공편, 『김기림 전집 2: 시론』(서울: 심설당, 1988), 80쪽.

국의 두 소설가 찰스 디킨스와 존 골즈워디에 견준다. 『천변풍경』 2회 연재분에서 다루는 삽화 중 '경사(慶事)'에 감명을 받은 최재서는 디킨스의 작품을 떠올리게 한다고 말한다. 한편 최재서는 청계천 주변의 세계와 경성의 외부 세계가 이렇다 할 유기적 연관성이 없이 '독립한 세계'나 '밀봉된' 세계로 단절되어 있다는 점에 불만을 품는다. 여기에서 그는 골즈워디를 언급하며 이 영국 작가처럼 "전체적 구성에 있어 이 좁다란 세계를 눌르고 또 끌고 나가는 커다란 사회의 힘"(평: 318)이 부족하다고 지적한다.

이상의 「날개」

이상은 최재서가 정지용과 함께 대표적인 조선 시인 중 한 사람으로 꼽는 시인이다. 최재서는 박태원이 『천변풍경』에서 리얼리즘을 '확대'했다면 이와는 달리 이상이 「날개」에서 리얼리즘을 '심화'했다고 주장한다. 리얼리즘을 확대한다는 것은 그 폭을 넓힌다는 뜻이고, 리얼리즘을 심화한다는 것은 그 깊이를 더욱 깊게 한다는 뜻이다. 수평적으로 넓히든 수직적으로 깊게 하든 어느 쪽이든 리얼리즘을 강화하고 보강한다는 점에서는 바람직한 작업이다. 최재서에 따르면 이상은 주관적 대상, 즉 주인공의 자의식적인 내면세계를 객관적으로 바라봄으로써 리얼리즘을 더욱 깊게 한다. 최재서는 "박 씨가 혼란한 도회의 일각을 저만큼 선명하게 묘사한 데 대해서도 존경하지만 더욱이 이 씨가 분쇄된 개성의 파편을 저만큼 질서 있게 캐메라 안에 잡아넣었다는 데 대하여선 경복하지 않을 수 없다."(평: 315)라고 지적한다.

　「날개」는 '분쇄된 개성의 파편'이라는 구절에서도 엿볼 수 있듯이 서술 화자요 주인공인 '나'는 심각한 자아 분열을 겪고 있다. '나'는 암울한 식민지 시대를 살아가는 무기력한 지식인의 모습을 적나라하게 보여 준다. 동양의 가부장제적 가치에서 크게 벗어나는 '나'는 아내에게 얹혀 살아가는 '기생 식물적 존재'요 '생활 무기력자'다. 그러나 '나'의 신경과 감수성은 그야말로 '면도같이' 예리하다. 그런데 '나'의 이러한 특징은 한 무기력한 지식인에 그치지 않고 식민지 조선으로 넓혀 본다면 일본 제국주의의 온갖 억압 밑에서 신음하는 한민족의 을씨년스러운 내면 풍경이다. 좀 더 시야를 넓혀 본다면 서술 화자 '나'는 시간과 공간을 초월하여 20세기 현대인이 앓고 있는 불안한 정신 질환을 보여 주는 우울한 자화상이기도 하다. 이처럼 「날개」는 한국 문학사에서 리얼리즘이 풍미하던 1930년대 조선 문단에서 최초의 심리 소설 전통을 세운 획기적인 작품이다.

　최재서는 「날개」와 관련해 "그의 소설은 보통의 소설이 끝나는 곳 — 즉 생활과 행동이 끝나는 곳에서 시작된다. 그의 예술의 세계는 생활과 행동 이후에 오는 순의식(純意識)의 세계이다."(평: 329)라고 지적한다. 여기에서 "보통의 소설"이란 두말할 나위 없이 "생활과 행동"을 객관적으로 재현하는 데 주력하는 고전적 리얼리즘이나 그 전통에 서 있는 소설을 말한다. 한편 "순의식의 세계"란 심리학이나 현상학의 전문 용어라기보다는 가시적인 현상 세계 뒤에 있는 모든 의식 세계를 일컫는 말이다. 최재서는 이상이 전통적인 작가들과는 달리 이러한 의식 세계에 주목한다는 점을 높이 평가한다. 그는 '의식의 흐름' 기법을 자주 사용한 제임스 조이스나 버지니아 울프 또는 윌리엄 포크너 같은 서양의 모더니즘 작가들을 염두에 두고 있음에 틀림없다.

박태원이 주로 가시적 외부 세계를 향해 카메라를 들이댄다면 이상은 불가시적인 내면세계를 향해 카메라를 들이댄다. 그러나 이상은 박태원 못지않게 현실을 사실적으로 표현하는 데 성공을 거둔다고 지적한다. 전자가 1930년대의 경성 도회의 온갖 세태를 객관적으로 묘사한다면, 후자 또한 이 무렵 지식인의 첨예하게 발달한 자의식과 자아 분열을 객관적으로 묘사한다. 특히 이상은 현실 세계에게 당한 주인공 '나'의 패배와 그에 따른 분노, 그리고 모든 상식과 안일을 풍자·위트·기소(譏笑)·야유·과장·역설·자조 등 모든 수단을 동원하여 가차 없이 표현한다.

최재서는 박태원의 『천변풍경』의 한계를 지적하듯이 이상의 「날개」의 한계도 지적한다. 최재서는 이상의 작품에서 '높은 예술적 기품'이라고 할지 무엇인가 중요한 요소가 빠져 있는 느낌이 든다고 말한다. 그러면서 그는 『천변풍경』과 마찬가지로 이 작품에도 모럴이 결여되어 있다고 결론짓는다. 이상이 이 세상을 조롱하고 모독하고 독설을 퍼붓는 방법은 잘 알고 있지만 현실 세계에서 그 대안을 제시하는 데는 실패했다고 주장한다. 그러면서 "모럴의 획득은 이 작자의 장래를 좌우할 중대 문제일 것"이라고 진단한다.

또한 최재서는 「날개」의 구성도 문제 삼는다. 그는 이 작품에서 삽화 하나하나가 현실에 바탕을 두고 유기적으로 구성되지 않고 '수수께끼 모양으로' 인위적으로 연결되어 있다고 지적한다. 이 작품에

'예술적 기품과 박진성'을 찾아보기 힘든 것은 바로 그 때문이라는 것이다. 그러나 최재서는 이 작품에서 박진성이 없거나 유기적 구성이나 논리적 연관성이 희박한 것 자체가 이상이 노리는 효과라는 사실을 자칫 잊고 있다. 말하자면 이상은 모더니즘 작가들이 흔히 추구하는 '무형식의 형식'을 구사한다. 매춘부의 기둥서방으로 살아가는 한 지식인 닁싱의 자폐적이고 무기력한 일상은 만약 유기적이고 논리적으로 구성했다면 오히려 현실성을 잃어버릴 것이다.

더구나 「날개」에 관한 최재서 비평의 문제점은 이 작품의 장르적 특징을 판단하는 데서도 찾아볼 수 있다. 이 단편 소설을 과연 리얼리즘을 심화한 작품으로 볼 것인가, 아니면 모더니즘이나 초현실주의 작품으로 볼 것인가? 이 질문에 최재서는 선뜻 답하지 못한다. 답하지 못하는 것이 아니라 그릇되게 답한다고 말하는 쪽이 맞을 것이다.

> 우리는 일전에 김기림(金起林)의 『기상도』에서 알 수 없는 시(詩)를 보았고 이번 이상(李箱)의 「날개」에서 알 수 없는 소설(小說)을 만났다. 이것이 무엇을 의미하던지 간에 우리 문단에 주지적 경향(主知的 傾向)이 결실을 보이기 시작했다는 증거는 될 줄 믿는다. 그리고 이 경향은 독자가 당황함에도 불구하고 단연코 환영하여야 할 경향이다. "육신이 흐느적 흐느적 하도록 피로했을 때만 정신(精神)이 은화(銀貨)처럼 맑소." 이것이 두서(頭書)에서 작자(作者) 자신이 한 말이다. 여기서 우리는 육체와 정신, 생활과 의식, 상식과 예지(叡智), 다리와 날개가 상극하고 투쟁하는 현대인의 한 타잎을 본다. 정신이 육

체를 초화(焦火)하고 의식이 생활을 압도하고 예지가 상식을 극복하고 날개가 다리를 휩쓸고 나갈 때에 이상(李箱)의 예술은 탄생되었다.(평: 319)[20]

첫 번째 단락에서 최재서가 김기림의 장편 시 『기상도』와 이상의 「날개」를 같은 차원에서 보려는 것은 맞다. 두 작품 모두 시 형식이나 소설 형식에서 기존의 작품들과는 판이하게 다르기 때문이다. 최재서가 그들을 '알 수 없는' 작품이라고 말하는 것은 바로 그 때문이다. 그런데 그는 이 두 작품의 낯설고 이질적인 특징을 마침내 조선 문단에서도 결실을 보기 시작한 '주지적 경향'에서 찾는다. 그러면서 그는 독자들이 이러한 경향에 당황할지 모르지만 "단연코 환영하여야 할 경향"이라고 밝힌다.

그런데 문제는 최재서가 '주지적'이라는 용어를 어떤 의미로 사용하느냐에 있다. 앞장에서 이미 지적했듯이 최재서는 대체로 이 용어를 낭만주의에 대한 비판적 반작용인 신고전주의의 의미로 사용한다. 그가 대표적인 서양의 주지주의 비평가로 꼽는 I. A. 리처즈를 비롯해 T. S. 엘리엇, 허버트 리드, 윈덤 루이스 등은 하나같이 19세기 낭만주의 유산을 거부하고 새로운 형태의 고전주의를 주창하

---

20) 센다이 소재 도호쿠대학에서 유학하던 김기림은 이상이 도쿄에 왔다는 소식을 받고 그를 찾아가 만났다. 이 자리에서 이상은 김기림에게 최재서의 비평을 읽었다고 털어놓았다. 김기림에 따르면 이상은 "재서의 모더니티를 찬양하고 또 氏의 「날개」 평(評)은 대체로 승인하나 작자로서 다소 이의(異議)가 있다고도 말했다."라는 것이다. 김기림, 「고(故) 이상의 추억」, 김학동·김세환 공편, 『김기림 전집 5: 소설·희곡·수필』(서울: 심설당, 1988), 417쪽.

는 사람들이다. 그러므로 김기림의 『기상도』와 이상의 「날개」를 신고전주의로 간주하거나, 아니면 신고전주의에서 자양분을 받아 낭만주의 전통에 대한 반작용을 출발한 리얼리즘 작품으로 간주하려는 최재서의 태도에 의아해하지 않을 수 없다. 이 두 작품을 모더니즘 작품으로 볼지언정 신고전주의나 리얼리즘 전통에 서 있는 작품으로 보는 데는 적잖이 무리가 따르기 때문이다. 만약 이 두 작품이 전통적인 작품이라면 독자들이 당황해할 필요가 전혀 없을 것이고, 최재서가 이 새로운 결실을 "단연코 환영하여야 할" 이유도 없을 것이다.

이 '주지적 경향'의 의미는 두 번째 단락에 이르러 좀 더 뚜렷이 드러난다. 최재서가 인용하는 「날개」의 처음 문장 "육신이 흐느적 흐느적 하도록 피로했을 때만 정신이 은화처럼 맑소."만 보아도 그러하다. 엄밀히 말하면 이 인용문은 "박제가 되어 버린 천재를 아시오? 나는 유쾌하오. 이런 때 연애까지가 유쾌하오."라는 문장 바로 다음에 나온다. 그런데 이 첫 문장은 스토리를 도입하는 문장으로서는 리얼리즘 소설에 걸맞지 않아 보인다. 리얼리즘 작품에서는 구체적인 역사적 시간과 사회적 공간에서 일어나는 사건이나 인물 묘사로 스토리를 전개해 나가는 것이 보통이다.

그러나 「날개」의 도입부는 한낱 자의식이 강한 한 서술 화자의 독백으로 시작한다. 더구나 이 첫 문장에는 육신과 정신, 피로와 원기, 유연함과 견고함이 활시위처럼 팽팽하게 맞선다. 최재서의 말대로 이렇게 육체와 정신, 일상생활과 의식, 상식과 예지, 다리와 날개가 서로 대립하고 투쟁하는 것이야말로 자아 분열을 겪는 현대인의 전형적인 모습이다. 더 나아가 최재서는 정신이 육체를 불태우고 의식이 일상생활을 압도하고 예지가 상식을 지배하고 날개가 다리 역할을 대신할 때 비로소 이상의 예술은 탄생한다고 말하지 않았던가. 여기에서 이상이 탄생한 예술은 고전주의나 리얼리즘 문학보다는 오히려 모더니즘이나 초현주의주의 문학에 가깝다. 모든 소설을 가장 넓은 의미에서 리얼리즘 작품으로 보지 않는 한, 최재서가 「날개」의 특징으로 파악하는 '주지적 경향'은 차라리 '모더니즘적 경향'으로 표기해야 더 옳을 것이다.

최재서가 이상의 「날개」를 리얼리즘을 심화시킨 작품으로 보고 박태원의 『천변풍경』을 리얼리즘을 확장한 작품으로 본다면, 임화는 이 두 주류의 작품을 '내성(內省)의 소설'과 '세태 묘사의 소설'로 이름 짓는다. 이 두 작품은 "말할랴는 것과 그릴랴는 것과의 분열"에 기반을 둔다. 그러면서 임화는 조선 문단의 이러한 두 현상을 "우리가 처한 현실과 품은 이상이 너무나 큰 거리로 떨어져 있는 현실 자체의 분열상"에서 비롯한다고 주장한다. 그런데 임화는 두 작품의 분열이 이상과 박태원에게서뿐 아니라 카프 계열의 작가들한테서도 볼 수 있다고 지적한다. 김남천은 이상처럼 내성으로 나아간 반면, 채만식은 박태원처럼 세태 묘사로 나아갔다는 것이다.

이렇게 임화는 최재서처럼 유사하거나 동일한 장르적 측면에서도 다루면서도 작가 이상을 바라보는 편차는 조금 다르다. 임화는 "어떤 이는 이상을 뽀오드렐(보들레르)과 같이, 자기 분열의 향락이라든가 자기 무능의 실현이라 생각하나, 그것은 표면의 이유다. 그들도 역시 제 무력, 제 상극을 이길 어떤 길을 찾을려고 수색하고 고통한 사람들이다."[21]라고 말한다. 임화와 마찬가지로 김기림도 이상을 '악덕의 시인, 데카당의 작가'라고 평가하는 데 적잖이 불만을 품는다. 그것은 어디까지나 겉에 드러난 표피적인 현상일 뿐 그의 작품이 지니는 모럴의 핵심은 "추한 현실과 데카당의 진흙탕을 넘어 애정과 인간성의 절대의 경지를 추구해 마지않는 어찌 보면 청교도적인 면에 있는 듯하나."[22]라고 밝힌다.

한편 김문집은 「날개」를 꽤 부정적으로 평가한다. 이 단편 소설을 새로운 작품으로 평가하기는커녕 오히려 흔하디흔한 작품으로 평한다. 김문집은 "이 정도의 작품은 지금으로부터 7, 8년 전 신심리주의의 문학이 극성한 도쿄 문단의 신인 작단에 있어서는 여름의 맥고모자와 같이 흔했다."[23]라고 지적한다. 김문집이 '7, 8년 전의 신심리주의의 문학'을 언급하는 것을 보면 기쿠지 간(菊池寬)의 제자로 가와바타 야스나리(川端康成)와 함께 다이쇼 시대와 쇼와 시대의 신감각파 운동을 일으킨 요코미쓰 리이치(橫光利一)를 염두에 둔 것 같다. 이상은 「날개」에서 요코미쓰 같은 일본의 신심리주의 작가들보다 실험적 기교를 한 발 더 밀고 나간다.

이른바 '채점 비평'을 시도한 김문집은 이상의 작품에 '59점'이라는 낙제 점수를 준 것으로 악명 높다. 그러자 이상은 단편 소설 「김유정(金裕貞)」에서 그를 '족보 없는 비평가'로 반격했다. 이상은 "족보에 없는

---

21) 임화, 「사실주의의 재인식」, 『문학의 논리』(경성: 학예사, 1938), 68~95쪽.

22) 김기림, 「이상의 문학의 한 모」, 김학동·김세환 공편, 『김기림 전집 3: 문학론』(서울: 심설당, 1988), 181쪽.

23) 김문집, 「「날개」의 시학적 재판단」, 『비평 문학』(경성: 청색지사, 1938), 40쪽.

비평가 김문집 선생이 내 소설에 59점이라는 좀 참담한 채점을 해 놓으셨다. 59점이면 낙제다. 한끝만 더 했더면 그러니까 서울말로 '낙째 첫째다.'"[24]라고 밝힌다. 이상이 김문집을 '족보 없는 비평가'로 매도하는 것은 그가 늘 식민지 조선보다는 일본에 편향되어 있었기 때문이다.

　더구나 김문집은 이상의 문학을 '문학청년성'으로 평가절하하기도 한다. '문학청년'이라는 표현에는 의욕은 있지만 아직 치기 어리고 미숙하다는 의미가 강하게 함축되어 있다. 음식에 빗대어 말하자면 이상의 문학은 아직 숙성이 덜 된 술이나 발효가 덜 된 포도주와 같다는 것이다. 또한 김문집은 이상의 작품을 높이 평가하는 최재서에 대해서도 "예술과 담을 쌓은 서재의 전람"이라고 혹평했다.[25] 1937년 김문집은 《동아일보》에 발표한 「비평 예술론」에서 "가치의 창조가 작가의 생명이라면 가치의 재창조는 비평의 혈혼(血魂)이다."[26]라고 잘라 말한다. 이러한 비평적 태도는 최재서의 태도와는 적잖이 다르다. 최재서는 비평을 문학의 일부로 간주하면서도 엘리엇처럼 비평의 자기목적성을 좀처럼 인정하려고 하지 않는다.

　이상의 「날개」와 관련하여 최재서의 리얼리즘 이론을 누구보다도 신랄하게 비판한 비평가는 한효(韓曉)다. 카프 1차 검거 사건 이후 계급 문예 운동에 가담하여 카프 중앙위원을 지내면서 프로 문예 비평에 주력한 한효는 최재서를 아예 "일본 제국주의에 매수된 공개적인

---

24) 이상, 「김유정」, 권영민 편, 『이상 전집 2: 단편 소설』(서울: 태학사, 2009), 178쪽.
25) 김문집, 「서재 비평과 조선 문단: 최재서를 주제해서」, 《사해공론》 3권 5호(1937. 5), 39쪽.
26) 김문집, 「비평 예술론」, 《동아일보》(12. 7~12. 12).

주구(走狗)인 평론가"로 못 박는다. 그러면서 그는 "최재서는 1936년에 리상의 「날개」를 평하면서 이 작품을 '레알리즘의 심화요 확대'라고 말했다."라고 지적한다.

> 뿐만 아니라 그는 '당래할 조선 문학'을 론하는 자기의 론문에서 "사회주의 레알리즘은 사회주의라는 계급석 주관이 머리에 붙어 있기 때문에 정당한 레알리즘이 될 수 없다."(1937년 1월 《조선일보》)고 지껄였으며, 작가의 눈을 카메라에 견주어 "레알리즘의 본도는 사진기적이어야 한다."고 수선을 떨었다. 그들이 말하는 '정당하고 완전한' 레알리즘이란 바로 '날개'적 '레알리즘'이며 사진기적 '레알리즘'인 것이다.[27]

"지껄였"다, "수선을 떨었다" 하는 표현에서도 볼 수 있듯이 최재서에 대한 한효 비판은 정당한 비평보다는 인신공격에 가깝다. 한효가 이렇게 격양된 목소리로 최재서를 비판하는 것은 자신이 그토록 소중하게 여기는 사회주의 리얼리즘을 부정하기 때문이다. 한효의 '고상한 리얼리즘'의 관점에서 보면 사회주의 리얼리즘이 '정당한 리얼리즘'이 될 수 없다는 최재서의 주장은 받아들이기 어려울 것이다. 그러나 최재서가 사회주의 리얼리즘이 현실을 있는 그대로 묘사하거나 재현한다는 리얼리즘의 기본 원리에서 크게 벗어난다고 비판하는 것도 무리는 아니다.

---

27) 한효, 「사회주의 리얼리즘 재검토」, 『한효 평론집』(서울: 지만지, 2015), 105쪽.

위 인용문에서 "그들이 말하는 '정당하고 완전한' 레알리즘"이라는 마지막 구절도 찬찬히 눈여겨볼 필요가 있다. '그들'이라는 3인칭 복수 대명사에서 볼 수 있듯이 한효는 최재서 한 사람만을 비판의 대상으로 삼는 것이 아니라 그를 포함한 일군의 작가들과 비평가들을 싸잡아 비판한다. 한효는 반리얼리즘 작가로 김동인, 유치진(柳致眞), 이효석을, 반리얼리즘 비평가로는 최재서를 비롯해 김기진, 박영희, 김용제, 임화, 백철, 김남천 등을 꼽는다. 적어도 한효의 관점에서 보면 그들이 주장하는 리얼리즘은 하나같이 '고상한 리얼리즘'과는 적잖이 거리가 멀기 때문이다.

여기에서 한효가 반리얼리즘 비평가 중 한 사람으로 지목하는 백철의 최재서 비판을 잠깐 짚고 넘어가는 것이 좋을 것 같다. 백철은 최재서가 『천변풍경』과 「날개」에 관한 글에서 당시 "리얼리즘의 본궤도에서 탈선하여 그것을 분화 오용하고 있는 현상"에 앞장섰다고 포문을 연다. 그는 최재서가 말하는 리얼리즘은 그것의 확대와 심화가 아니라 오히려 '타락'이라고 잘라 말한다. 휴머니즘의 세계관과 문학관을 받아들이는 백철은 작가의 개성이란 궁극적으로 "만인(萬人)의 공통되는 비존"이 되어야 한다고 주장한다. 그러면서 그는 이상이 이러한 비전을 실현하기는커녕 오히려 그 반대 방향으로 나아가고 있다고 비판한다.

이상(李箱)의 작품은 너무 개인뿐에만 속하는 부분이 그의 세계며 개성이다. 작가 자신은 어떤 절실한 세계며 독특한 개성으로 파악했는지 모르나. 만인(萬人)에게는 이해도 공감도 할 수 없는 헛소리로 들닌다. 어떻게 보면 독자가 이상의 시와 소설은 알 수 없다는 평을 역용

(逆用)하야 작자는 더욱 그것을 과장하며 될 수 있는 수단을 전부 사용하야 어떻게든지 독자가 알지 못하도록 과장하는 경향이 있다.[28]

백철은 최재서가 지나칠 정도로 치밀하게 텍스트를 읽는다고 비판했지만, 우리는 백철이 이와는 반대로 자신의 세계관의 틀에 맞추어 텍스트를 지나치게 피상적으로 읽는다고 비판할 수 있다. 「날개」를 비롯한 이상의 작품을 한낱 '헛소리'로 읽는다는 것은 백철이 얼마나 오독하는지 여실히 보여 주는 명백한 증거다. 백철은 「날개」에는 비평가가 이해해야 할 부분이 "극히 소부분이고 단편적"이고 나머지 대부분은 "배제해 버릴 부분"이라고 지적한다. 또한 백철은 최재서가 이상의 작품을 리얼리즘의 심화로 평가하는 것은 리얼리즘을 시대와 현실의 변천을 염두에 두지 않고 내린 '독단'이라고 지적한다.

그렇다면 백철이 말하는 시대와 현실의 변천이란 과연 무엇인가? 그것은 바로 그가 말하는 '신흥 계급'의 부상을 뜻한다. 즉 자본주의가 발전하면서 부르주아 계급에 맞서는 프롤레타리아 계급이 사회 계층으로 부상했고, 리얼리즘은 이제 이러한 사회 현실을 재현하고 표현하는 데 관심을 두어야 한다는 것이 그의 판단이다. 그러고 보니 백철의 글에서는 사회주의 리얼리즘 이론가 죄르지 루카치의 그림자가 자주 어른거린다. 루카치는 제임스 조이스와 윌리엄 포크너 같은 모더니스트들의 작품을 '정신병적 발작'으로 신랄하게 매도했다.

한편 백철은 이상의 작품뿐 아니라 박태원의 『천변풍경』에 대

---

28) 백철, 「리얼리즘의 재고: 그 '안티휴먼'의 경향에 대하야」, 42쪽.

해서도 비판의 고삐를 늦추지 않는다. 최재서가 리얼리즘의 확대로 평가하는 박태원의 작품에 관해 백철은 "리얼리즘의 본도(本道)로 보면 한 굴복이요 타락의 현상이라고밖에 볼 수 없는 것"이라고 주장한다. 그는 『천변풍경』과 대조되는 작품으로 흔히 프로 문학의 정점으로 평가받는 이기영의 『고향』을 꼽는다. 백철이 이 작품을 높이 평가하는 이유는 역시 이기영의 세계관 때문이다. 이 점과 관련해 그는 "이기영의 『고향』은 주로 외부 현실을 추구한 외공적(外攻的) 리얼리즘의 작품이었다. 하나 그것은 박태원의 『천변풍경』과 같이 재료에 대하야 일절의 주관적 선택을 피하고 객관을 순객관으로 관찰키 위한 캐메라의 이동이 아니오, 현대의 명확한 세계관을 배경에 두고 그 세계관의 일정한 감독에 의하야 현실과 일상 세계에서 재료를 취사선택했으면 그 선택된 자료에 한하야 사진의 캐메라를 이동시켜 간 것이었다."[29]라고 지적한다. 여기에서 그가 말하는 세계관이란 두말할 나위 없이 사회주의 리얼리즘을 말한다.

최재서가 이상의 작품을 높이 평가한다는 것은 「날개」 말고도 마지막 작품 「종생기」와 유작 「권태」의 분석에서도 엿볼 수 있다. 최재서는 앞으로 다룰 '단층파' 작가 중 한 사람인 유항림(俞恒林)의 「마권(馬券)」과 함께 이상의 두 작품을 조선 문단에서 최초의 자의식적 작품으로 높이 평가한다. 최재서는 특히 「종생기」를 "자기분열과 자의식의 피 묻은 기록"으로 자리매김한다. 그가 이처럼 이상의 작품을 높이 평가하는 것은 조선 문단에 새로운 활력을 불어넣어 주기 때문이다.

---

29) 앞의 글, 45쪽.

단층파 작가들

　최재서는 이상에 이어 이번에는 단층파 작가들에 주목한다. '단층파'란 1937년 평양 출신 문인들이 주축이 되어 발행한 문예지《단층》의 동인들이나 그들이 추구하던 문학 유파를 가리킨다. 방금 언급한 유항림을 비롯해 김이석(金利錫), 구연묵(具然默), 김화청(金化淸), 김조규(金朝奎), 김환민(金煥民) 등이 이 그룹의 중심이었다. 동인 11명 중 소설가가 8명이나 되었다는 점을 보면 종합 문예지보다는 소설 중심의 문예지 성격이 짙다. 이 잡지에 '단층'이라는 조금 이색적인 제호를 붙인 것은 기존 잡지나 문학 유파와 차별을 지으려는 의도에서 비롯한다. 동인 중 한 사람인 김이석은 "새로운 문학으로서 문단과 층계를 지어 보겠다는 기개"의 표현이었다고 설명한다. 동인들은 제목 '단층'과 함께 'La Dislocation'라는 프랑스어를 병기해 프랑스 문학에 대한 선망을 드러내기도 한다. 그들이 활동한 기간은 중일 전쟁 기간과 겹친 암울한 시대였지만 문학에 대한 열정만은 그 어느 때보다 뜨거웠다. 제호 그대로 '단층파'는 정지용과 김기림을 비롯한 문인들의 '경성 모더니즘'에 대한 비판 의식으로 출발했다. 일제강점기 식민지 조선의 평양은 경성에 늘 문화적 열등감을 느끼고 있었다.

　최재서가 관심을 기울이는 단층파 작가들과 작품들은 주로《단층》 2호에 실린 것에 국한되어 있다. 「《단층》파의 심리주의적 경향」은 이 잡지 2호에 대한 비평에 지나지 않기 때문이다. 최재서는 "《단층》 제2호가 스마트한 풍채를 가지고 나왔다."라는 문장으로 이 글을 시작한다. 그런데 "스마트한 풍채"라고 말한 것은 화가 김병기가 제호부터 삽화까지 모든 디자인 작업을 맡았기 때문이다.

최재서가 다루는 작품은 구연묵의 「유령」, 김화청의 「스텐·카라진의 노래」, 최정익의 「자극의 전말」, 유항림의 「구구(區區)」 등 네 작품이다. 최재서는 이 네 작품에 관류하는 특징으로 심리주의와 의식의 과잉을 꼽는다. 그는 최정익의 작품에서 D. H. 로런스에게서 흔히 볼 수 있는 지적 사변을 엿볼 수 있다고 지적한다. 적어도 이 점에서 지식인 계층을 소재로 삼는 단층파 작가들의 작품은 앞에서 다룬 이상의 작품과 비슷하다. 그러나 최재서는 "사회적 양심과 이론은 가지면서도 그것을 신념에까지 윤리화시킬 수 없는 인테리의 회의와 고민을 심리 분석적으로 그리려는 것이 (그들의) 공통된 경향이다."(평: 334)라고 지적한다. 그러면서 그는 그들이 시도하는 실험적 시도에는 '허다한 억지와 미숙'이 드러난다고 결론짓는다. 최재서는 '평양의 모더니즘'을 지향하는 단층파 작가들이 '경성 모더니즘'에 맞서기에는 아직 여러모로 부족하다는 점을 내비친다.

더구나 실천 비평가로서 최재서는 1930년대 주목받을 만한 시와 단편 소설을 심도 있게 다룬다. 물론 신간을 중심으로 서평 형식으로 쓴 글이지만 작품을 해석하고 분석하는 솜씨가 뛰어나다. 그런데 여기에서 한 가지 눈에 띄는 것은 그가 문학 이론에서는 주지주의를 전면에 내세우면서도 막상 실천 비평에서 그가 주목한 것은 모더니즘에 속한 작품들이거나 그 계열로 분류할 수 있는 작품들이 대부분이라는 점이다.

　　최재서의 실천 비평은 황도 문학에 앞장서면서부터 점차 변질되고 퇴보의 길을 걷기 시작한다. "모든 길은 로마로 통한다."라는 서양 격언도 있듯이 1930년대 말엽부터 그에게는 문학에 이르는 다양한 길은 모두 막히고 오직 황도로 향하는 길만이 남아 있있다. 이 무렵 최재서의 문학관은 "전 세계의 운명이 걸려 있는 이런 시기에, 개인적 심리나 예술적 완성이란 것이 과연 무엇을 의미하겠는가?"(전: 23)라는 수사적 물음에 요약되어 있다. 그래서 그는 '국민 문학'을 문학의 최고 가치로 받아들이면서 그동안 주장해 온 모든 이론을 부정하다시피 한다. 지금껏 그가 받아들인 이론은 그가 지금 추구하는 황도 문학의 길에 걸림돌이 되면 되었지 조금도 도움이 되지 않기 때문이다.

　　최재서는 무엇보다 먼저 경성제국대학 시절부터 지금까지 연구하고 온힘을 기울여 학문적 자산으로 축적해 온 서구 이론을 배척한다. 이러한 서구 이론은 대학의 학부와 대학원 과정에서 영문학을 전공하면서 직접 수입한 것이 대부분이지만 일본을 통해 간접 수입한 것도 더러 있다. 좁게는 일본 문학, 좀 더 넓게는 국민 문학과 관련해 최재서는 "오랜 동안 서양의 문학을 받아들여 근대 문학의 꽃을 피운 것은 좋았다."(전: 112)라고 인정한다. 그의 말대로 일본을 중심으로 한 동아시아 국가에서 근대 문학은 서양 문학을 받아들이면서 싹을 틔워 마침내 찬란한 꽃을 피우기에 이르렀다. 중국계 미국 학자 리디어 류가 중국을 비롯한 동아시아 근대를 '번역한 근대'라고 부르는 것은 바로 그 때문이다. 특히 일본은 서구 문학 작품을 번역함으로써 일본

문학의 저변을 확대하고 심화했고, 이러한 현상은 일본을 매개로 다시 조선과 중국으로 이어져 '중역한 근대'를 이룩했다.[30]

이렇게 최재서는 일본과 동양의 근대 문학이 서양 문학의 영향을 받으며 발전해 왔다는 사실을 인정하면서도 이제는 그 영향을 거부하는 단계에 이르렀다. 그가 사용한 비유를 빌려 말하자면 동양의 근대 문학에서 핀 아름다운 꽃을 바라보는 것으로 만족할 뿐 그 꽃이 떨어져 마침내 견실한 열매를 맺는 것은 바라지 않는다. 최재서가 이 무렵 일본어로 창작한 단편 소설 중에 「제때 피지 못한 꽃(非時の花)」이라는 작품이 있다. 일본 근대 문학의 꽃도 열매를 맺지 못한다는 점에서 한낱 '제때 피지 못한 꽃'에 지나지 않는다.

최재서는 국민 문학 시대에 서구 문학의 영향을 몹시 경계한다. 독일과 이탈리아를 제외한 미국과 서유럽 나라들은 모두 적대국이거나 적성 국가들이기 때문이다. 미국과 서유럽의 문학을 받아들이다가는 자칫 국민 문학의 기반, 더 나아가 국체(國體), 즉 당시 일본 제국의 천황을 중심으로 한 국가 체제의 근간을 무너뜨릴지도 모른다. 최재서는 "(서구 문학의 영향)이 지나쳐서 반국가적인 문학이 만들어지거나, 어느 나라 작가인지 알 수도 없을 것 같은 코스모폴리탄적인 작품이 만들어지거나 해서, 이 방면에서도 국체 관념이 어두워질 염려가 생겼다."(전: 113)라고 우려한다. 그가 추구하는 국민 문학은 일본이 "건국의 대이상을 현양(顯揚)하여 동아에 신질서를 세우고, 드디어 세계 신질

---

30) '번역한 근대'와 '중역한 근대'의 개념에 관해서는 김욱동, 『번역과 한국의 근대』(서울: 소명출판, 2010), 54~66쪽 참고.

서의 연원(淵源)이 되려" 하는 데 궁극적 목표가 있다.

　그러나 최재서가 추구하는 이상은 마치 무지개를 잡으려는 것처럼 부질없는 일이었다. 그는 일본 문학이 중심이 되는 국민 문학이 내용이나 형식에서도 세계 문단에 내놓아 부끄럽지 않은 문학이 되어야 한다고 역설한다. 그러나 일제 국군주의의 편협한 국체 관념에 얽매어 있는 문학이 어떻게 세계 문학의 대열에 합류할 수 있을시 의문이다. 진정한 세계 문학이라면 특수성과 보편성, 구체성과 일반성 사이에서 절묘하게 조화와 균형을 꾀하는 문학일 것이기 때문이다.

　최재서가 이렇게 이론에서 궤도를 수정하다 보니 실천 비평에서도 당연히 영향을 받을 수밖에 없다. 그의 말대로 국체 관념을 토대로 국민 문학을 주창하게 되면 문학 창작은 말할 것도 없고 비평에서도 여러모로 가치 전환이 일어날 수밖에 없다. 그는 "종래의 개인주의 문학에서와 같이 단순히 인간성을 깊이 파고들었다든가, 혹은 심리 묘사가 심각하다는 것만으로는 아무 가치도 없다."(전: 85)라고 잘라 말한다. 그렇다면 그가 이상의 「날개」를 리얼리즘의 심화로 파악하고, 유항림의 「마권」과 이상의 「종생기」를 조선 문단에서 최초로 자아 분열을 다룬 작품으로 높이 평가한 것은 어떻게 되는가? 이 두 작가에 대한 최재서의 평가는 "사회적인 폭풍에 의해서 중추가 부서져 버리고 행동 능력을 거세당한 지성인의 내면 묘사나 자기 폭로는 독자의 흥미를 끌 만한 생기가 너무나 없다."(전: 113)라는 말과는 크게 어긋난다. 또 그가 박태원의 『천변풍경』을 리얼리즘의 확대로 해석한 것은 어떻게 되는가? 단순히 최재서의 문학관이나 비평관이 달라졌다고 치부하기에는 석연치 않은 점이 한두 가지가 아니다.

1937년 10월 최재서는《조선일보》에 기고한 「메가로포리타니즘」
이라는 글에서는 런던이나 파리 같은 서유럽의 대도시에서 서구 젊
은이를 만나 자유롭게 '정신적 교우'를 맺고 싶다고 밝힌다. 이렇듯
최재서의 눈은 이 무렵만 해도 여전히 세계를 향해 활짝 열려 있었
다. 그러면서 최재서는 '메가로폴리니즘 문학'의 주인공들이 "어느 도
회에 살더라도 런던이나 파리, 모스크바의 청년들과 악수할 수 있다
는 것을 더할 나위 없는 긍지로 여긴다."(전: 85)라고 부러워한다. 그러
나 태평양 전쟁이 시작된 1942년이 되면 최재서는 언제 그랬느냐는
듯이 이러한 태도를 완전히 바꾼다. 그는 토지라는 기반을 잃고 도시
에 운집한 수백만 명의 사람이 온갖 사회 문제에 부딪치는 현상을 의
구심의 시선으로 바라본다. 이렇게 뿌리 뽑힌 사람들을 다루는 불건
전한 문학을 최재서는 '대도회주의 문학'이나 독일에서 사용하는 용
어를 빌려 '아스팔트 문학'으로 매도한다. 그는 이러한 병적인 문학을
대도시의 화려한 쇼윈도에는 세계 유명 상품이 전시되어 있지만 아
스팔트 길바닥에는 '불결한 쓰레기'만이 넘쳐 나는 현상에 빗댄다.

국민 문학을 전후로 최재서의 비평이 얼마나 달라졌는지 좀 더
구체적인 실례를 들어 보자. 그의 국민 문학적 비평관을 가장 잘 엿
볼 수 있는 것은 1942년에 발표한 「국민 문학의 작가들」이라는 글이
다. "국민 문학은 어떻게 생각되었는가"라는 부제가 붙은 이 글에서
그는 국민 문학 작가들을 국민 문학의 건설에 참여한 작가들로 규정
짓는다. 최재서가 여기에서 다루는 작가는 이석훈(李石薰), 정인택(鄭人
澤), 이무영, 한설야, 유진오, 이태준 등이다. 이 밖에도 최재서는 국민
문학에서 장래가 유망한 작가로, 조용만, 정비석(鄭飛石), 함세덕(咸世

德), 오영진(吳泳鎭) 등을 꼽는다.

이 중에서 두세 작가를 실례로 드는 것으로 충분할 것이다. 최재서는 이석훈의 단편 삼부작 「고요한 폭풍(靜かな嵐)」을 "혁신 사라 브렛드", 즉 경기용 우량종 말처럼 뛰어난 작품으로 평가한다. 그러면서도 그는 조선 문화인의 혁신이라는 주제를 다루는 데 실패했다고 지적한다. 최재서는 "오늘 우리들에게 요청되는 것은 어떤 하나의 주의에서 다른 주의에로의 전환이 아니라, 그것은 진정한 국민적 자각이며 귀일인 것이다. 더구나 그것은 전쟁 목적의 수행이라고 하는 엄격한 요구 밑에서 행해지고 있다는 것을 잊어서는 안 된다."(전: 155)라고 주장한다. 한마디로 당시 최재서에게 일본 정신에 귀일하지 않는 문학은 국민 문학으로서는 자격 미달이다.

최재서는 유진오의 「남곡선생(南谷先生)」과 이태준의 「석교(石橋)」를 비평한다. 두 작가 모두 이미 작가로서 중견에 속하고 조선 전통에서 작품의 소재를 찾는다는 점에서 서로 비슷하다. 국민 문학은 한편으로는 미래 지향적이고 다른 한편으로는 전통에 대한 반성에 관심을 두기 때문에 소재나 주재에서 두 작품은 충분히 의미가 있다. 그러나 유진오는 동양적 성격 탐구로 도피하려고 한다는 점에서, 이태준은 전통을 지나치게 존중하는 나머지 자칫 현실에 무관심할 수 있다는 점에서 결함이 있다고 비판한다.

한설야의 「혈(血)」에 대한 최재서의 비평은 여러모로 흥미롭다. 이 작품은 유진오도 신선함을 느꼈다고 고백할 만큼 비평가들에게서 찬사를 받았다. 최재서는 '견실할 리얼리스트'로 널리 알려져 있는 작가가 '흔하디흔한 로맨스'를 썼다는 사실에 사뭇 고무되어 있다. 제목에서도 엿볼 수 있듯이 한설야는 이 작품에서 젊은이의 애정을 다룬다. 식민지 조선의 젊은 지식인이 도쿄에 머무는 동안 일본인 여성을 짝사랑하지만 끝내 결혼에는 이르지 못한다. 그런데 최재서는 두 내지의 여성과 조선의 남성이 원만한 결혼까지 끌고 가지 못했다는 점에 적잖이 불만을 토로한다. 진정한 국민 문학이 되려면 작가는 온갖 장애에도 두 남녀를 결혼에 이르도록 만들어야 한다고 지적한다. 그렇게 함으로써 자칫 추상적으로 비칠 수 있는 내선일체를 좀 더 구체적으로 형상화할 수 있기 때문이다. 그러고 보니 해방을 맞이하기 몇 달 전 최재서가 일본어로 쓴 「민족의 결혼」이 새삼 새로운 의미로 다가온다. 이 작품에서 그는 신라의 삼국통일 역사에 빗대어 대동아 공영권 건설이라는 이상을 고취하려고 시도한다.

물론 최재서는 내선일체는 내지인 여성과의 사랑과 결혼으로만 성취되는 것은 아니라고 밝힌다. 내지인과의 결혼은 내선일체를 보여 주는 구체적인 한 예에 지나지 않고 그것을 실현할 방법은 얼마든지 있다고 말한다.

국민 문학이 되고부터 작가가 우선 생각할 문제는 내선일체이다. 어떤 것은 값싼 내선 결혼에 달라붙고, 어떤 것은 그 이념이 아직도 소화되지 않은 채 갈피를 못 잡고 있다. 그것을 내지인 여자에 대한 아름다운 사랑의 감정에서부터 출발했다는 것 역시 이 작가다운 데가 있다. 문학은 그렇게 한숨에 날아가려 하지 않아도 좋다. 어딘가 한 군데 일본에 대한 사랑이 싹트고 있다면, 그것을 쑥쑥 키워 나가면 된다. 즉 여성이 아니고, 『만요슈(萬葉集)』이라도, 후지산(富士

山)이라도 좋다. 혹은 존경하는 선생이나 친구라도 좋다. 그 하나를 통하여 일본과 확실히 연결되어 있다면, 그것은 귀중한 것으로써 키워 나가지 않으면 안 된다.(전: 164)

최재서는 내선일체의 구현이나 일본 정신의 체득이 생각처럼 쉽지는 않지만 작가가 평범한 소재라도 신념을 가지고 밀고 나가면 성취할 수 있다고 주장한다. 몸소 시범을 보여 주기라도 하듯 1943년부터 그는 직접 단편 소설을 발표하기 시작했다. 「민족의 결혼」, 「보도 연습반」, 「부싯돌(燧石)」, 「제때 피지 못한 꽃」, 「쓰기시로 군의 종군(月城君の從軍)」 등이 바로 그것이다.

국민 문학을 주창한 이후 최재서의 비평에는 그 이전의 주장과 상충하면서 모순이 일어날 수밖에 없다. 무엇보다도 그는 그동안 주창해 온 주지주의 문학을 완전히 거부하기에 이른다. 주지주의의 집을 굳건히 떠받들고 있는 사상은 합리주의였다. 그런데 1942년에 이르러 그는 합리주의가 "영·미국의 세계 제패를 변호하는 사상적 무기"로 변질되었다고 주장하면서 배척한다. 지금 동아시아에서 일어나고 있는 신질서를 제대로 이해하지 못하는 것은 그동안 합리주의에 눈이 멀었기 때문이라는 것이다.

요컨대 실천 비평가로서의 최재서가 보여 준 활약과 업적은 이론 비평가로서 그가 보여 준 활약과 업적 못지않았다. 사망하기 3년 전 그동안 20여 년에 걸쳐 썼던 글을 간추려 『최재서 평론집』을 출간하면서 그는 서문에서 벌은 꿀을 만들고 누에는 비단실을 낳고 시인은 시를 창작하는 것이 직분이라는 T. S. 엘리엇의 말을 인용한다. 그러면서 비평가로서의 그의 직분은 논문을 쓰는 것이었다고 밝힌다. 물론 여기에서 논문이란 넓은 의미에서 학구적 논문을 포함한 비평문을 일컫는다. 암울한 일제 강점기 그는 벌꿀이나 누에처럼 문학 비평가로서 한눈을 팔지 않고 부지런히 앞만 보며 나아갔다. 누에 분비물 같은 친일의 불명예와 오점에도 최재서가 한국 문학 비평사에 새로운 이정표를 세웠다는 점은 누구도 부정하기 힘들 것이다.

5

영문학자 최재서

일간 신문이나 문예지에서는 '현장 비평'이나 '실천 비평'의 반대 개념으로 '강단 비평'이라는 말을 자주 사용한다. 강단 비평이란 대학에서 학문적으로 문학을 연구하는 관점에서 이루어지는 학구적인 문학 비평을 흔히 일컫는 말이다. 특히 프랑스 문학에서는 20세기 중반 신비평이 새로운 비평 방법으로 등장하기 이전 실증주의에 기반을 둔 학구적 비평을 일컫는 말로 '강단 비평'이라는 용어를 널리 사용했다. 2차 세계대전 이후 미국에서도 신비평이 대학을 중심으로 문학 작품을 분석하는 방법론으로 크게 유행했다. 한국에서도 대학 강단에서 문학을 강의하면서 하는 비평 활동을 흔히 '강단 비평'이라고 부른다. 이 경우 문학 비평과 문학 연구를 서로 엄밀히 구분 짓기란 여간 어렵지 않다.

최재서는 한국 문학사에서 최초의 강단 비평가로 일컬을 만하다. 그러나 적어도 일제 강점기 그의 활동을 보면 이는 사실과는 적잖이 다르다. 물론 1931년 경성제국대학을 졸업할 무렵 그는 이 대학 졸업생을 중심으로 간행한 잡지 《신흥》에 「미숙한 문학」을 발표하면서 비평가로서 첫발을 내딛은 뒤 대학원 재학을 전후해 일간 신문과 잡지에 잇달아 비평을 기고해 주목을 받았다. 그러나 최재서는 1933년부터 1934년까지 경성제대 법문학부 강사로 지냈고 그 뒤 경성법학전문학교와 보성전문학교에서 1년 반 남짓 강사를 지냈을 뿐 대학과는 이렇다 할 관련이 없었다. 그가 본격적으로 대학 강단에 선 것은 해방 후다.

해방 전 최재서는 학자보다는 비평가와 출판사 경영인이나 잡지 편집인으로 활약했다고 보는 쪽이 옳을지도 모른다. 1937년 12월 최재서는 유한 회사 인문사를 설립해 대표로 취임했다. 1939년 10월부터 《인문평론》을 발간했고, 1941년 11월부터는 조선 총독부의 어용 잡지 《국민문학》의 발행인 겸 편집인을 맡았다. 그러므로 엄밀한 의미에서 적어도 해방 전의 그를 강단 비평가로 보는 데도 조금 무리가 따른다.

그러나 최재서는 식민지 조선이 일본 제국주의의 굴레에서 벗어난 뒤부터는 문학 이론가나 실천 비평가로서의 활동을 모두 접다시피 한 채 오직 영문학자로서 학문 활동에만 전념했다. 물론 이 무렵에도 그가 문학 이론이나 실천 비평 쪽에 관심을 두지 않았다는 것은 아니다. 문학 이론가나 실천 비평가로서의 최재서와 문학 연구가로서의 최재서를 엄밀히 구분 짓기란 쉽지 않다. 무엇보다 이 두 영역 사이의 경계선이 애매하고 모호하기 때문이다. 어떤 의미에서는 영문학 연구가는 모두 문학 비평가라고 해도 크게 틀리지 않다. 다만 전자는 영문학 분야에만 초점을 맞추는 반면, 후자는 영문학을 포함해 모든 문학, 특히 자국 문학에 좀 더 관심을 기울일 뿐이다. 해방 후 최재서는 영문학 전공자로서 강단 비평 문학 쪽에 훨씬 더 깊은 관심을 기울였다.

문학 원리를 찾아서

문학 연구와 문학 비평을 구분 짓기란 마치 무지개의 스펙트럼을 구분 짓는 것과 비슷하다. 한 색깔이 과연 어디에서 끝나고 인접한 색깔이 과연 어디에서 시작하는지 알 수 없기 때문이다. 그러나 이 장에서는 앞 장에서 다룬 내용을 제외한 최재서의 문학 활동에 초점을 맞추기로 한다. 시기적으로 보면 해방 후 문필 활동을 모두 접다시피 한 채 대학 교수로 재직하면서 보여 준 그의 활동이 여기에 해당한다. 이 무렵 최재서가 보여 준 학문 활동은 주로 개별적인 논문보다는 단행본 위주로 이루어졌다. 다음은 영문학자와 문학 연구가로서 그가 출간한 주요 저작이다.

1. 『문학 원론』, 춘조사, 1957; 『증보 문학 원론』, 춘조사, 1964
2. 『영문학사 1: 고대·중세』, 동아출판사, 1959
3. 『영문학사 2: 르네상스』, 동아출판사, 1959
4. 『영문학사 3: 셰익스피어』, 동아출판사, 1960
5. 『셰익스피어 예술론』, 을유문화사, 1963

6. 『영시개설』, 한일문화사, 1963

7. 영문 저서 *Shakespeare's Art as Order of Life*, New York: Vantage Press, 1965

8. 주석본 *The Golden Treasury*, 한일출판사, 1963; 글벗사, 1985

최재서가 출간한 이 저서들은 하나같이 그가 대학에서 강의를 하면서 만든 강의록에 기초를 두고 있다. 오늘날과는 달라서 이 무렵에는 변변한 대학 교재가 없었기 때문에 교수는 주로 자신이 직접 만든 강의록을 읽고 학생들은 교수의 말을 받아쓰는 방식으로 교육이 이루어졌다. 또한 최재서는 영문학을 연구하는 틈틈이 시간을 내어 번역에도 손을 댔다.

해방 후 영문학자로서 최재서가 보여 준 괄목할 만한 활동은 무엇보다도 『문학 원론』을 집필한 데서 찾아볼 수 있다. 이 책은 해방 이후 그가 영문학 연구에 전념한 뒤 첫 번째 맺은 결실이다. 경성제국대학 예과 시절부터 연세대학교에서 재직할 무렵까지 문학 서적을 두루 읽으면서 생각해 온 문학관을 집대성한 것으로 볼 수 있다. 흥미롭게도 최재서는 이 책의 서문에서 자신이 그동안 해 온 작업을 여러 자투리 천 조각을 모아 만든 조각보에 빗댄다.

나는 일반 독자들보다는 문학론을 많이 읽었다고 자처했다. 그러나 그 논문들이 과거에 나의 머릿속에서 정연하게 체계화되어 있다고는 말할 수 없었다. 서로 반대되는 문학의 유파들과 서로 모순되는 문학의 이론들이 머릿속에서 동거하면서 때로는 혼란을 일으키는 형편이었다. 그러나 문학은 인간이 잡다한 현실 속에서 질서를 형성해 가는 길이라 함을 깨달은 순간부터 나는 머릿속에서 잡거(雜居)하는 문학 이론들의 짝을 짓고 귀를 맞추어, 넓지는 못하나마 한 깃의 다양한 보를 모을 수 있었다. 그 보를 가지고 문학 전체를 쌀 수는 없다 할지라도 기억될 만한 중요한 작품들의 대부분을 포용할 수 있다는 확신에 도달했다.(원. 1)[1]

위 인용문에서 가장 핵심적인 어휘는 '질서'다. 최재서는 해방 이후 '자유의 단맛'과 함께 '질서의 귀중함'을 깨달았다고 밝힌다. 그의 말대로 문학이라는 제도가 인간의 삶에 질서를 부여해 주는 것이라면 『문학 원론』은 그동안 그가 다소 산만하게 연구해 온 문학론에 질서를 부여해 주는 작업으로 볼 수 있다. 최재서는 "문학은 체험의 조직화이며 감정의 질서화이며 가치의 실현이라는 이론이 추호의 틀림도 없는 진리임을 깨달았다."(원: 1)라고 잘라 말한다. 이 말에는 그가 30여 년 동안 추구해 온 문학의 개념이 캡슐 속의 약처럼 응축되어 있다. 한마디로 그에게 문학은 체험과 감정과 가치를 떠나서는 존재 이유가 없다.

위 인용문의 마지막 문장에서 최재서는 『문학 원론』이라는 조각보 안에 문학 전체를 싸서 담을 수 없을지는 몰라도 적어도 중요한

---

1) 저자는 『문학 원론』을 교정해 준 두 학생 이근섭(李勲燮)과 송석중(宋錫重)에게 고마움을 표한다. 이근섭은 이화여자대학교 영문학과 교수로 재직한 뒤 사망했고, 미국에서 유학하여 언어학을 전공한 송석중은 미시간주립대학교 언어학과 교수로 재직했다.

작품의 대부분을 포함할 수 있다고 말한다. 그러나 이렇게 확신에 차 있으면서도 그는 "30년의 문학 생활을 한 권 책 속에서 요약해 보자는 것은 좀 지나친 욕심이 아니었던가 하는 불안감이 항상 머리를 떠나지 않는다."(원: 2~3)라고 솔직하게 고백하기도 한다.

　　최재서는 『문학 원론』을 집필한 계기에 대해 대학에서 문학 개론 과목을 맡게 되었기 때문이라고 밝힌다. 1947년부터 연세대학교에서 강의하기 시작한 그는 환도 후 1954년부터 새로 개설된 문학 개론을 맡기 시작했다. 이 과목과 관련해 그는 "문학 개론이란 문인들에게서는 멸시되고 학생들에게서는 기피되고 교수들에게서는 경원되는 강의다. 학생 시대에 하드슨, 베닛, 기타 일본 학자들의 '문학 개론'을 읽어 허무를 느낀 이래, 나 자신이 문학 개론을 강의할 의사는 없었다."(원: 2)라고 솔직히 털어놓는다. 그러나 아무리 귀찮고 싫어도 문학을 본격적으로 전공하려면 무엇보다도 먼저 문학 일반에 관한 지식을 쌓아야 한다. 그래서 예나 지금이나 문학 개론 강의는 문학 교육에서 매우 중요한 기초적 입문 과목이다.

　　여기에서 최재서가 말하는 '하드슨'이란 일찍이 『문학 연구 입문』을 쓴 윌리엄 허드슨을 말한다. 1910년 초판본이 나온 이 책은 1913년 확대 개편되어 2판이 나온 뒤 1963년까지 영국과 미국 대학에서 문학 개론서로 널리 읽혔다. 허드슨은 서문에서 "문학을 체계적으로 연구하는 데 고려해야 할 몇몇 문제와 염두에 두어야 할 원칙을 될수록 가장 단순한 방법으로 설명하는 것이 이 책의 목적이다."[2]라

---

2) William Henry Hudson, *An Introduction to the Study of Literature*(London: George

고 밝힌다. 경성제국대학에서는 개교 때부터 허드슨의『문학 연구 입문』을 교재로 삼아 학생들에게 문학 개론을 강의했다. 그러나 '베닛'이 누구인지는 지금으로서는 확인할 수 없지만 허드슨처럼 문학 개론서를 집필한 학자인 것 같다. 일본 학자들이 쓴 문학 개론은 아마 오오타 요시오(太田善男)의『문학 개론』(博文館, 1906)과 나쓰메 소세키의『문학론』(大倉書店, 1907), 그리고 시마무라 호게즈(島村抱月)의 강의 초고인『문학 개론』(1908)일 가능성이 크다.[3]

한국에서 이 분야의 책이 처음 단행본으로 출간되기 시작한 것은 1940년대 중엽 이후였다. 김기림이『문학 개론』(신문화연구소, 1946)을 처음 출간한 것을 시작으로 백철이『문학 개론』(동방문화사, 1949), 김동리가『문학 개론』(정음사, 1952), 조연현이『문학 개론』(고려출판사, 1953)을 각각 출간했다. 한편 G. E. 윗드베리의『문학 개론』(창인사, 1951)을 조연현과 김윤성(金潤成)이 공동으로 번역해 출간하기도 했다. 최재서가 자신의 책에 굳이 '문학 원론'이라는 제목을 붙인 것은 다른 '문학 개론'과 구별 짓기 위해서일 것이다. 이 책은 이렇게 제목만 다를 뿐 아니라 이제껏 나온 이 분야 책 중에서 가장 내용이 알차고 완성도가 높다.

최재서는 문학 개론 강의를 맡고 그 강의를 토대로『문학 원론』을 집필하면서 특히 세 가지 사항을 염두에 두었다. 첫째, 그가 집필하는 책은 '재래의 교과서식' 문학 개론과는 전혀 다르다. 구체적인

G. Harrap, 1910), p. 5.
3) 이재선은 이광수가 전개한 일련의 문학론, 특히 그의 지정의(知情意) 이론과 관련해 시마무라 호게츠에게서 영향을 받았을 가능성을 제기한다. 이재선,『이광수 문학의 지적 편력』(서울: 서강대 출판부, 2010), 26쪽.

문학 체험을 떠나서 추상적으로 문학의 형식을 다루거나 문학의 여러 요소를 분석하는 것에 그치는 책은 쓰지 않으려고 했다. 둘째, 그의 책은 문학을 예찬하는 문학 개론은 아니다. 기존의 문학 개론이 개성·천재·상상·직관·영감·창조 같은 개념을 나열하면서도 실증적으로 설명하지 않기 때문에 논의 전체가 '관념적인 문학 예찬'으로 끝나기 일쑤였다. 그러나 그의 책은 생활 환경에서 유리되어 "신비의 구름 속에 자취를 잃어버리게" 되는 자기 도취적인 문학 개론을 지양한다. 셋째, 최재서의 책은 구체적인 문학 체험을 전달하는 반면, 문학 연구에 좀 더 과학적이고 객관적인 방법을 도입한다. 그가『문학 원론』에 철학, 심리학, 언어학 등 인접 학문 분야에서 많은 이론을 빌려 오는 것은 그 때문이다.

최재서가『문학 원론』을 집필하는 데는 연세대학교에서의 강의록이 기초가 되었지만 이 강의록을 토대로《사상계》와《새벽》에 잇달아 발표한 글이 직접적이고 중요한 자료가 되었다. 그는 이 두 잡지의 독자들로부터 피드백을 받은 뒤 다시 고쳐 쓴 원고로『문학 원론』을 출간했다. 총론에 해당하는 이 책에 이어 그는 '각론'을 출간하고 원론의 부수적인 작업으로 영문 저서 *Theories of Literature*를 집필해 출간할 계획이었지만 안타깝게 일찍 사망하는 바람에 끝내 그 계획을 실천에 옮길 수 없었다.

최재서의 지적대로 그의『문학 원론』은 이 부류의 다른 책들과는 여러모로 크게 다르다. 여느 다른 책들처럼 이 책도 문학의 개념을 비롯해 문학의 목적·기능·효용에 이어 문학의 속성, 언어 예술로서의 문학 등을 기술하는 것으로 시작한다. 그런데 이러한 문제를 다루면서 최재서는 플라톤, 아리스토텔레스, 호라티우스, 이마누엘 칸트, 새뮤얼 콜리지 등 서구 이론가들을 폭넓게 소개하고 원용한다. 다만 동양 이론가들을 언급하지 않는 것이 조금 아쉽다. 그동안 동양 이론들도 서양 이론가들 못지않게 나름대로 설득력 있는 문학관을 피력해 왔기 때문이다.

그런데 여기에서 한 가지 주목해 볼 것은 최재서가 문학의 목적·기능·효용과 관련해 지금까지 많은 이론가가 말해 온 '교훈 대 쾌락'의 이분법을 부정한다는 점이다. 한쪽의 이론가들은 교훈(공리성) 쪽에 손을 들어 주는 반면, 다른 쪽의 이론가들은 쾌락(심미성) 쪽에 손을 들어 준다. 첨예하게 대적 관계에 있는 이 이론은 그동안 문학사에서 교차 반복을 거듭해 왔다. 그러나 최재서는 "목적관에서 교훈과 쾌락이 고대 이래로 대립해 왔기 때문에 문학의 개념이 명백해지기는커녕 도리어 혼란만 일으키는 실정이었다."(원: 4)라고 지적한다. 그러면서 그는 실제 작품에서 얻은 결론에 따르면 교훈과 쾌락의 논쟁은 문학의 목적과는 별개의 문제라고 주장한다.

최재서는 자신의 이론을 뒷받침하기 위해 영국의 문필가 토머스 드퀸시의 이론을 끌어들인다. 잘 알려진 것처럼 드퀸시는 '지식의 문학'과 '쾌락의 문학'이라는 종래의 이분법을 부정하면서 '지식'의 반대 개념은 '쾌락'이 아니라 오히려 '힘'이라고 밝혔다. 그러면서 그는 문학의 힘이란 곧 "진리에 대한 깊은 공감"이라고 지적했다. 드퀸시에 따르면 힘의 문학은 궁극적으로 좀 더 높은 차원의 오성 또는 이성과 관련 있으면서도 쾌락과 공감을 떠나서는 존재할 수 없다.

이와 같은 맥락에서 최재서는 문학과 예술에서 진리와 미를 엄격히 구별 짓는 것도 받아들이지 않는다. 그는 문학 이론에서 이러한 구별처럼 혼란을 일으키는 구별도 없다고 못 박아 말한다. 그는 이번에는 문학과 과학에 관한 월터 페이터의 이론을 빌려 온다. 페이터는 미란 궁극적으로 '진리의 정련(精鍊)'에 지나지 않는다고 주장했다. 한때 최재서가 관심을 기울인 낭만주의 시인 퍼시 비시 셸리도 "미는 곧 진리, 진리는 곧 미"라고 노래했다. 다만 최재서는 문학과 과학이 다른 것은 방법론에서라고 지적한다.

> 이들(문학과 과학)은 모두 다 표현이라고 하는 정신 작용의 특징이다. 문학은 사상과 감정을 과학처럼 추상적(抽象的)으로 취급하지 않고 구상적(具象的) 종합적(綜合的)으로 취급한다. 사상과 감정은 우리의 내부에서 따로따로 활동하지는 않는다. 하나는 원인으로서 또 하나는 결과로서 언제나 전일적 유기적(全一的 有機的)으로 활동하는 생명 과정이다. 그러한 생명 과정을 우리는 체험이라 부른다. 그래서 나는 문학을 "인간적 체험의 기록"이라고 정의한다.(원: 10)

이 인용문에서도 최재서의 문학관을 여실히 읽을 수 있다. 앞에서 밝혔듯이 그는 기회 있을 때마다 문학이란 "체험의 조직화이며 감정의 질서화이며 가치의 실현"이라고 밝힌다. 그런데 그는 체험이란 "환경과 유기체의 상호 작용으로써 이루어지는 생명 과정"으로 파악한다. 한마디로 최재서에게 문학은 체험을 떠나서는 존재할 수 없다. 그가 문학에서 교훈과 쾌락, 사상과 감정, 공리성과 심미성을 굳이 구분 짓지 않으려고 하는 까닭도 바로 여기에 있다. 이러한 문학관에 따라 최재서는 그동안 비문학서로 간주되어 온 파스칼의 『팡세』(1670) 나 에드워드 기번의 『로마제국 쇠망사』(1776~1788) 또는 에드먼드 버크의 정치 논설 등을 문학의 범주에 넣는다.

여기에서 잠깐 최재서가 심미성이나 쾌락을 문학의 유일한 목적으로 간주하는 심미주의(유미주의) 비평이나 그것에 기초한 인상주의 비평을 못마땅하게 생각했나는 점을 싶고 넘어가는 것이 좋을 것 같다. 1930년대 그는 정치 이념을 전면에 내세우는 사회주의 리얼리즘을 비판했지만 그것과 대척점에 있는 심미주의 비평이나 인상주의 비평도 날카롭게 비판했다. 전자는 지나치게 사상에 무게를 두지만 후자는 지나치게 아름다움에 가치를 둔다. 그러나 최재서는 사상이든 아름다움이든 어느 한쪽의 가치만 강조하는 것은 사시안처럼 문학을 그릇되게 바라볼 위험성이 크다고 보았다.

특히 최재서는 지나치게 아름다움을 문학의 기준을 삼으려는 태도를 못마땅하게 생각한다. 미국의 문학 비평가 조엘 스핑간은 아름다움을 문학의 기준으로 삼은 대표적인 사람 중 하나다. 스핑간은 "시가 도덕적이니 비도덕적이니 하는 것은 정삼각형이 도덕적이며 이등변삼각형이 비도덕적이라 말하는 일이나, 또는 어떤 화음이나 꼬식 건축의 어떤 아아취가 비도덕적이라 말하는 일과 마찬가지로 무의미한 일이다."(원: 14)라고 주장한다. 그러나 최재서는 "미를 유일한 기준으로 삼아 문학을 보려는 언어 예술론에는 가담하지 않을 것"(원: 13) 임을 분명히 한다. 그가 여러 문학 전통 중에서도 낭만주의를 좋아한 이유도 여기에 있다. 최재서는 낭만주의 문학이 '도덕적 공감'으로서의 상상력을 강조했다는 점에서 '불멸의 공적'이 있다고 지적한다. 그러면서 그는 셸리를 낭만주의를 대표하는 모럴리스트로 간주한다.

이렇게 최재서는 두 극단적 태도에서 균형과 조화를 찾으려 하면서도 그의 문학관의 시계추는 미와 쾌락 쪽보다는 사상과 도덕 쪽에 좀 더 기울어져 있다. 최재서는 공리성이나 사상성을 강조하는 문학 이론이 고대 로마 시대에 시작되어 18세기에 이르러 합리주의와 결합하여 신고전주의 문학을 낳았다고 지적한다. 그의 주지주의 문학의 토대가 신고전주의라는 점을 염두에 둘 때 그가 왜 공리주의나 사상성에 손을 들어 주는지 이해할 수 있다. 적어도 이 점에서 그의 문학관은 문학을 '삶의 비평'으로 보는 매슈 아널드의 문학관과 비슷하다.

최재서는 이렇게 문학의 본질이나 성격과 관련한 문제를 다룬 뒤 이번에는 좀 더 문학의 원론적인 문제를 취급한다. 가령 그는 ① 의미의 예술, ② 문학의 생리와 심리, ③ 시적 체험, ④ 비극적 체험, ⑤ 사상, ⑥ 정서, ⑦ 상상 등을 다룬다. 그런데 여기에서 무엇보다도 눈에 띄는 것은 그가 문학 외의 분야에서 비교적 최근에 나온 이론을 토대로 삼는다는 점이다. 이마누엘 칸트와 요한 볼프강 폰 괴테, 샤를 오귀스탱 생트뵈브, 지그문트 프로이트는 그렇다고 하더라도 윌리엄 제임스, 존 듀이, I. A. 리처즈, 허버트 리드 등의 이론은 이러한 경우를 보여 주는 좋은 예로 꼽을 만하다.

더구나 최재서의 『문학 원론』이 비슷한 부류에 속하는 다른 책들과 크게 다른 점은 굳건한 영문학의 토대 위에서 논의를 전개한다는 점이다. 그가 그동안 관심을 기울이고 대학에서 강의한 분야 중 하나가 영문학 비평사였다. 그런데 그의 『문학 원론』을 읽다 보면 마치 영문학 비평사를 읽는 듯한 느낌이 들 정도로 영국의 비평 이론을 많이 언급한다. 예를 들어 앞에서 언급한 토머스 드퀸시를 비롯해 새뮤얼 존슨, 필립 시드니, 매슈 아널드, 콜리지, T. S. 엘리엇 등이 바로 그들이다.

그런가 하면 최재서는 시·소설·희곡 같은 대표적인 문학 장르를 다루면서 추상적 이론을 세시하기보다는 구체적인 작품에서 실례를 들어 설명한다. 가령 시에서는 윌리엄 워즈워스의 「외로운 추수꾼」을, 비극에서는 윌리엄 셰익스피어의 『맥베스』를 자세히 분석하면서 각각 장르의 특성을 밝히는 데 주력한다. 문학에서 사상 문제를 다룰 때 최재서는 올더스 헉슬리의 『대위법』(1928)을, 상상 문제를 다룰 때는 워즈워스의 「틴턴 수도원」과 존 키츠의 「나이팅게일에 부치는 노래」를 구체적인 실례로 들어 설명한다.

'호적 없는' 외국 문학 연구

최재서는 식민지 조선의 비평계가 일간 신문의 학예란과 밀접한 관련을 맺으며 발전해 왔다고 지적한다. 굳이 먼 데서 예를 찾을 필요도 없이 최재서 자신이 《조선일보》 학예부 기자 이원조와 친교를 맺으며 주로 그 신문의 학예란을 통해 비평 활동을 전개했음은 잘 알려진 사실이다. 어찌 되었든 최재서는 그동안 조선 문단에서 비평이 두 축을 중심으로 이루어져 왔다고 지적한다. 그중 하나는 "교과서의 직역적 평론"이고, 다른 하나는 "개인 간의 논쟁적 평론"이라고 밝힌다. 그러면서 그는 "전자는 대체로 외국 문학을 전공하고 돌아온 분들이 그들의 지식이나 의견을 일반에게 보급시키기 위하여, 말하자면 계몽적 입장에서 한 평론이었고, 후자는 주로 급진파 이론가들이 그들의 이론과 주장을 선전하기 위하여 한 평론이었다."라고 지적한다.(평: 124, 125) 누가 보더라도 "교과서의 직역적 평론"은 외국문학연구회 회원들의 활동을 염두에 둔 것임을 알 수 있다.

최재서가 경성제국대학에서 영문학을 전공할 무렵 1920년대 중엽 도쿄 소재 여러 대학에서 외국 문학을 전공하던 조선인 유학생들은 외국문학연구회를 조직해 활동했다. 지금까지 흔히 '해외문학파'라는 이름으로 잘못 알려진 연구회 회원들은 와세다대학, 호세이대학, 도쿄제국대학, 도쿄외국어대학, 도쿄고등사범학교, 아오야마학원 같은 다양한 대학에서 수학하고 있었다. 기미년 독립만세운동과 간토 대지진을 겪으며 일본 제국주의의 만행을 경험한 조선의 젊은 지식인들은 민족 운동에 더 적극적으로 참여하기 시작했다. 그래서 1925~1926년 와세다대학에서 정치경제학을 전공하던 우촌(牛村) 전진한(錢鎭漢)을 중심으로 비밀 결사 조직 '한빛회'를 만들고, 그 하부 조직으로 만든 단체가 바로 외국문학연구회였다.

외국문학연구회의 회원 중에는 최재서처럼 영문학을 전공한 학생들이 가장 많았지만 불문학, 독문학, 러시아 문학, 일본 문학 등을 전공하는 학생들도 있었다. 비록 정식 회원은 아니더라도 연구회의 취지에 동감하는 '동반자 회원'까지 합하면 외국문학연구회 회원은 무려 30여 명에 이르렀다. 흥미롭게 최재서의 1년 후배 조용만처럼 경성제국대학에 재학 중이거나 정내동(丁來東)처럼 중국 베이징의 민귀(民國)대학에서 영문학과 중국 문학을 전공하던 유학생들도 동반자 회원 자격으로 이 연구회에 참여했다.

외국문학연구회 회원처럼 일본 제국의 심장부에서 외국 문학을 전공하던 사람들과 최재서처럼 식민지 조선에서 외국 문학을 전공하는 사람들 사이에는 어떤 식으로든지 외국 문학 연구에서 차이가 있었나. 앞장에서 이미 밝혔지만 경성제국대학은 일본 제국대학의 메카라고 할 도쿄제국대학을 모델로 삼아 그것을 식민지 조선에 옮겨 놓은 관립 교육 기관이었다. 그러다 보니 일본 제국주의의 자장에서 크게 벗어나지 않았다. 다시 말해 경성제국대학은 어쩔 수 없이 '일본형 식민지 대학'으로서의 한계를 가질 수밖에 없었다. 한편 외국문학연구회 회원들의 대부분은 일본의 사립 대학에서 공부했다. 관학과 비교해 사학에서는 학문의 자유를 좀 더 보장 받을 수 있었다.

그러나 외국문학연구회 회원들과 최재서는 외국 문학 연구를 자국 문학과 유기적으로 관련시키려고 애썼다는 점에서 서로 비슷하다. 외국문학연구회 회원들은 처음부터 외국 문학을 전공하는 목적이 외국 문학 그 자체에 있지 않고 어디까지나 조선 문학을 풍요롭게 하기 위한 것임을 분명히 했다. 그들은 그들이 연구회의 기관지로 발행하던 《해외문학》 창간호 권두사에서 이렇게 밝힌다.

무릇 신문학의 창설은 외국 문학 수입으로 그 기록을 비롯한다. 우리가 외국 문학을 연구하는 것은 결코 외국 문학 연구 그것만이 목적이 아니오, 첫재에 우리 문학의 건설, 둘재로 세계 문학의 호상(互相) 범위를 넓히는 데 잇다.

즉 우리는 가장 경건한 태도로 먼저 위대한 외국의 작가를 대하며 작품을 연구하여써 우리 문학을 위대히 충실히 세워 노며 그 광채를 독거 보자는 것이다. 이에 우리는 우리 신문학 건설에 압셔 우리 황무한 문단에 외국 문학을 밧어 드리는 바이다.

여긔에 배태될 우리 문학이 힘이 잇고 빗이 나는 것이 된다면 우리가 이르킨 이 시대의 필연적 사업은 그 목적을 달하게 된다. 동시에 세계적 견지에셔 보는 문학 그것으로도 한 성공이다. 그만치 우리의 책임은 중대하다.

이런 의미에서 이 잡지는 세상에 흔이 보는 엇더한 문학적 주의 하에 모힌 그것과 다르다. 제한된 일부인의 발표를 위주로 하는 문예잡지, 동인지 그것도 아니다. 이 잡지는 엇던 시대를 획(劃)하야 우리 문단에 큰 파동을 일으키는 뜻잇는 운동 전체의 기관이다. 동시에 주의나 파분을 초월한 광범한 그것이 아니면 안 된다.[4]

외국문학연구회 회원들은 무엇보다도 먼저 조선의 신문학의 창설이 외국 문학의 '수입'에서 출발한다고 천명한다. 실제로 조선의 근대 문학은 일본 문학을 받아들임으로써 태동했고, 일본의 근대 문학은 서양 문학을 받아들임으로써 출발했다. 그렇다면 조선 근대 문학은 일본 문학을 통한 서양 문학의 간접 수입이라고 해도 크게 틀리지않다. 그런데 중요한 것은 연구회 회원들이 외국 문학 연구의 목적이

---

4) 「창간 권두사」, 《해외문학》 창간호(1929. 1), 1쪽; 김욱동, 『외국문학연구회와 《해외문학》』(소명출판, 2020), 122~135쪽.

'결코' 외국 문학 연구 그 자체에 있지 않다고 분명히 밝힌다는 점이다. 첫 번째 목표가 조선 문학을 건설하는 것이고, 두 번째 목표가 조선 문학과 세계 문학의 상호 범위를 넓히는 데 있다는 생각은 경성제대 법문학부 영어영문학 전공 주임 교수 사토 기요시나 그의 수제자 최재서의 생각과 크게 다르지 않다.

창간 권두사의 두 번째 항목의 "우리는 가장 경건한 태도로 먼저 위대한 외국의 작가를 대하며 작품을 연구하여써"라는 구절은 자칫 외국 문학을 지나치게 높이 평가하는 사대주의적 발상으로 비판을 받을 수도 있다. 조선 문단을 "황무"하다고 말하는 것을 보면 더욱 그러한 생각이 든다. 그러나 이 구절은 그동안 외국 문학 작품이나 작가들을 소홀이 대해 왔다는 뜻으로 받아들여야 한다. 다시 말해서 외국 문학에 '경건한' 태도를 취하는 것은 어디까지나 "우리 문학을 위대히 충실히 세워 노며 그 광채를 독거 보자는" 데 있었다. 이 구절은 외국 문학이라면 무조건 배척하려는 몇몇 문인들에 대한 경고이기도 했다.

창간 권두사의 세 번째와 네 번째 항목에서 외국문학연구회 회원들은 자국 문학과의 유기적 관련성에서 외국 문학을 연구함으로써 조선 문학의 수준을 한 단계 끌어올릴 수 있다는 자신감에 차 있었다. 물론 '배태'라는 어휘에서도 엿볼 수 있듯이 연구회의 작업은 한낱 시작에 지나지 않을지도 모른다. 그 성과 여부는 회원들의 노력 여하에 달려 있을 것이다. 더구나 연구회 회원들은 조선 문학과 세계 문학이 유기적으로 연관을 맺고 있으므로 전자의 발전은 곧 후자의 발전으로 이어질 수 있다고 굳게 믿었다. 바로 이러한 의미에서 연구회가 발간하는《해외문학》잡지는 단순히 문인들이 특정한 깃발 아래

모인 단체의 기관지나 동인지와는 달랐다. 연구회의 활동에 대해 회원들이 어떤 "주의나 파분을 초월한 광범한" 작업이라고 언급한다는 점도 눈여겨보아야 한다. 1920년대 중엽부터 한국 문단에서 첨예하게 대립하던 문학 파벌을 염두에 둔 발언이기 때문이다.

외국문학연구회의 목적은 최재서와는 서로 같거나 비슷했지만 그 활동과 역할에서는 사뭇 달랐다. 연구회 회원들은 재학 중에는 주로 번역과 비평 쪽에 관심을 기울였지만 학업을 마치고 귀국한 뒤에는 학문을 비롯해 창작과 문예 활동 쪽에 좀 더 관심을 기울였다. 정인섭, 이하윤, 이헌구 같은 회원들은 대학에 외국 문학 교수로 재직하면서 문학 평론을 발표했다. 영문학을 전공한 김광섭은 시인으로 활약했고, 독문학자 김진섭은 수필가로 활약해 이양하와 피천득과 함께 한국 수필 문학의 세 봉우리 중 하나를 이루었다. 이 밖에도 불문학을 전공한 손우성(孫宇聲)과 러시아 문학을 전공한 함대훈과 김온(金鎬) 등은 번역가로서 명성을 떨쳤다. 특히 정인섭은 영문학자 외에 문학 평론가, 번역가, 언어학자, 한글학자, 연극 운동가, 민속학자 등으로 종횡무진으로 활약했다. 정인섭에게서 볼 수 있듯이 외국문학연구회 회원들 대부분은 재능을 한곳에 집중하지 못하고 여러 분야에 분산하기 일쑤였다. 한편 최재서는 오직 문학 비평 분야라는 한 우물만 파다 보니 폭은 넓지 않았지만 다른 외국 문학 전공자들보다 한 분야를 깊이 천착할 수 있었다.[5]

---

5) 이 점에 대해서는 김욱동, 『눈솔 정인섭 평전』(서울: 이숲출판, 2020). 298~299쪽 참고.

여기에서 한 가지 눈여겨볼 것은 식민지 시대에 다 같이 외국 문학을 전공하면서도 최재서와 외국문학연구회 회원들 사이에는 이렇다 할 교섭이 없었다는 점이다. 앞에서 관학과 사학을 잠깐 비교했지만 최재서를 비롯한 경성제국대학 출신들은 조선인 일본 유학생들을 탐탁하게 생각하지 않은 것 같다. 조용만에 따르면, 일본에 있는 제국대학 출신에는 미치지 못해도 경성제국대학 졸업생들의 자긍심은 일본 사립 대학에 다닌 유학생들 못지않거나 오히려 그들보다 더 컸다. 최재서는 정인섭을 비롯한 연구회 회원들을 좀처럼 언급하지 않았고, 이 점에서는 연구회 회원들도 마찬가지였다. 최재서와 정인섭은 《국민문학》이 개최한 좌담회에서 공식적으로 한두 번 만났을 뿐이다. 물론 최재서는 『해외서정시집』을 편집해 자신이 운영하던 출판사 인문사에서 출간하면서 이하윤, 김진섭, 손우성, 함대훈, 서항석 같은 몇몇 연구회 회원들에게 번역을 의뢰했다. 이렇게 대부분의 번역을 외국문학연구회 회원들을 참여시킨 것은 그들 말고는 번역을 맡길 사람이 마땅히 없었기 때문일 것이다.

　　그렇다면 최재서는 외국문학연구회의 활동을 어떻게 생각하고 있었을까? 한마디로 외국문학연구회 회원들의 활동을 높이 평가하지 않았다. 그것은 아마 외국 문학을 연구하는 태도나 접근 방법이 서로 달랐기 때문일 것이다. 어찌 되었든 최재서는 외국문학연구회의 활동을 "호적 없는 외국 문학 연구" 또는 "영혼이 없는 외국 문학 연구"라고 비판했다. 그는 「문학·작가·지성」에서 "지성이란 자(自)와 타(他)를 구별하는 데서 시작되고 자와 타를 비교 분석하여 판단하고 비평하는 데서 표현된다."(평: 310)라고 말한다. 최재서의 말은 외국문학연구회 회원들이 '자'(조선 문학)를 소홀히 한 채 '타'(외국 문학)에만 관심을 기울였다고 말하는 것처럼 들린다. 그러나 그가 좀 더 드러내 놓고 외국문학연구회를 비판하는 것은 《조선일보》에 기고한 「문단우감(文壇偶感)」에서다.

이 사회에 있어서 외국 문학 연구가는 호적이 없다. 그럼에도 불구하고 외국 문학 연구가는 문단에 있어서 너무도 우세하다. 그 결과는 외국 문학의 소화 불량증이다. 외국 문학이 소개만 되었지 하나도 소화되지는 않는다. 시국과 노력과 종이와 잉크의 낭비를 부르짖게 되는 소이(所以)이다. (……) 외국 문학 연구가는 문단을 비익(裨益)할 것을 생각하기 전에 자기 자신의 호적을 가져야 할 것이다. 이것은 실제에 잇서선 자기 자신의 문학 체계를 가질 것을 의미한다. 체계가 업시 백의 작가와 천의 작품을 소개한다 할지라도 그것은 역

최재서가 '호적 없는 외국 문학 연구'라고 비판한 외국문학연구회 회원 사진.

시 외국 문단의 소식을 전함에 불과하지 문단에 기여는 될 수 업다. 외국 문학은 통일된 체계를 가지고서만 문단에 기여할 수 잇다.[6]

물론 최재서는 위 인용문에서도 외국문학연구회를 직접 언급하지는 않는다. 그런데도 행간을 읽어 보면 이 연구회를 염두에 두고 있다는 사실을 쉽게 알 수 있다. 가령 외국 문학 연구가가 조선 문단에서 너무도 우세하다고 말하는 것만 보아도 그러하다. 최재서가 이 글을 기고한 것이 1936년이고, 이 무렵 외국문학연구회 회원들은 모두 귀국해 대학 강단과 대학 도서관, 잡지사와 신문사와 방송국 등에서 큰 영향력을 행사하고 있었다. 최재서가 그들에게 품는 불만은 조선인으로서의 분명한 사명감을 가지지 않고 외국 문학 작품과 작가를 소개하는 데 급급하다고 판단했기 때문이다. 이렇게 무분별하게 소개하는 데만 관심을 기울이다 보니 그것을 받아들이는 독자들과 문인들은 "외국 문학의 소화 불량증"에 걸릴 수밖에 없다는 것이다.

최재서가 외국 문학 연구가들이 "호적이 없다"느니 "영혼이 없는 외국 문학 연구"라느니 하고 비판하는 것은 그들에게 뚜렷한 국가나 민족의 정체성이 희박한 것처럼 보였기 때문이다. 그래서 그는 당시 외국 문학 연구가들에게 자신만의 일관된 '문학 체계'를 견지할 것을 요구한다. 최재서는 1930년대 말엽 일본 제국주의의 황국 문학에 전향한 사실을 제외한다면 비교적 일관되게 자신의 문학관을 지켜 왔

---

6) 최재서, 「문단우감(文壇偶感) 3: 호적 없는 외국문학 연구가」, 《조선일보》(1936. 4. 26).

다고 할 수 있다.

그러나 최재서가 외국문학연구회 활동을 "호적 없는 외국 문학 연구"니 "영혼이 없는 외국 문학 연구"니 하고 매도하는 것은 조금 지나친 평가다. 물론 최재서처럼 한 사람이 아니라 몇십 명이 활동하다 보니 외국 문학 소개나 비평에서 통일된 체계나 방법을 지키기란 쉽지 않았을 것이다. 그런데도 연구회 회원들은 나름대로 확고한 문학관과 신념으로 외국 문학 작품과 작가들을 연구하고 조선 문단에 소개하려고 노력했다. 최재서의 주장에 반론이라도 펴듯이 이헌구는 연구가의 주관적 견해를 떠나서는 어떤 외국 문학 작품도 소개하거나 번역할 수 없다고 분명히 밝힌다.

그러한 객관적 소개 또는 번역이 전연 가능할 수 있을까? 만일 무입장(無立場)(즉 공허한 심흉을 가지고)에서, 즉 백지(白紙)로써 외국 문학을 소개한다는 것은 일종의 언어의 유희에 불과할 것이다. 무입장적 입장은 곧 현실 도피적 또는 현실 타협적 추종 그것일 것이다. 그러므로 연구 소개하는 그 자신이 그 어떤 입장에서 한 가지 문학현상 또는 그 경향을 소개 논평할 것이다.[7]

이헌구는 문학 연구가가 가치 중립적인 관점에서 객관성을 유지한다는 것은 한낱 말장난에 지나지 않는다고 역설한다. 인간이 아무

---

7) 이헌구, 「해외 문학과 조선에 잇서서 해외 문학인의 임무와 장래」, 『이헌구 선집』(현대 문학사, 2011), 47쪽.

리 주관성에서 벗어나려 해도 그것은 본질적으로 불가능한 일이다. 문학을 포함한 인간의 모든 활동은 백지 상태에서는 이루어질 수 없고 오직 구체적인 역사적 시간과 사회적 공간에서 이루어지기 때문이다.

한편 김흥규는 최재서가 두 가지 점에서 외국문학연구회를 비판한다고 지적한다. 첫째, 외국문학연구회는 "이념적 징향이나 추구의 의식을 결한 채 딜레탕티슴에 빠져 있다."라는 것이다. 둘째, 최재서는 외국문학연구회가 "은연중에 내포한 심미적 편향과 상대주의에 근접하는 태도에도 동감할 수 없었다."라는 것이다.[8] 외국문학연구회 회원들이 미국과 서유럽의 다양한 외국 문학을 전공한 만큼 김흥규가 지적하는 첫 번째 이유 중 전반부 내용은 대체로 타당하다. 여러 회원이 궁극적으로 세계 문학을 지향하며 여러 국적의 문학을 연구하다 보니 '호적'이 모호할 수밖에 없었을 것이다. 그러나 연구회 회원들이 딜레탕티슴에 빠져 있다는 주장은 사실과는 다르다. 연구회를 조직할 때부터 그들은 단순히 딜레탕트적으로 외국 문학을 좋아하는 동호인 모임이 아니라는 점을 분명히 했다.

더구나 김흥규의 두 번째 지적은 더더욱 받아들이기 어렵다. 물론 기관지《해외문학》을 1, 2호를 발간할 무렵만 해도 19세기 유럽 문학에 경도되어 있었음은 부정할 수 없는 사실이다. 예를 들어 정인섭의 에드거 앨런 포와 김진섭의 표현주의 문학 이론 등이 그러하다. 또한 연구회 회원들이 번역해 소개하는 작품들도 낭만주의나 그

---

8) 김흥규, 『문학과 역사적 인간』, 331~332쪽.

계열로 볼 수 있는 작품들이 유난히 많다. 이 점에서는 최재서도 예외가 아니었다. 연구회 회원들이 학업을 마치고 귀국해 보여 준 활동은 '심미적 편향과 상대주의' 태도로 볼 수만은 없다. 그들은 여러 분야에 걸쳐 식민지 조선 문학의 수준을 향상시키는 한편 세계 문학을 향하여 매진했다.

외국문학연구회는 민족주의 문학과 계급주의 사이의 첨예한 대립을 지양하고 제3의 문학관을 부르짖었다는 점에서도 주목할 만하다. 연구회는 한편으로는 외국 문학을 제대로 소개하고 번역하자는 깃발을 내걸었지만, 다른 한편으로는 이 무렵 조선 문단을 이끌던 두 집단, 즉 좌파의 카프 문학 진영과 우파의 민족주의 문학 진영 양쪽에 불만을 품고 있었다. 그래서 연구회 회원들은 변증법적 관점에서 이 두 집단 사이에서 절충을 모색하면서 제3의 노선을 찾으려 했다. 그래서 그들 중 몇 사람은 자신들의 문학을 '신흥 문학'이라고 부르기도 했다. 가령 정인섭은 당시 조선 문단에서 제3의 노선을 주창한 대표적인 한 사람으로 꼽을 만하다.

그 당시 한국 문학은 이광수, 김동인, 염상섭 등을 중심한 민족 문학의 주류에 의하여 좌우되고 있었던 것이나, 그들이 외국 문학의 수준에 비하면 아직도 거리가 멀고 또 일면으로 좁은 보수적 또는 국수적인 테두리에 머뭇거리고 있었기 때문에 구미(歐美) 문학 사조에 대해서 옹졸함에 만족할 수 없었던 이들 외국 문학 전공학도들은 타면(他面)으로는 1925년에 결성된 카프(한국프롤레타리아문학동맹)의 문학 이론과 사조가 너무 형식적이요, 공식적인 마르크스의 계

급 의식에 급급함에 불만을 느꼈다.[9]

정인섭은 양비론적 입장에서 보수적이고 국수주의적인 민족주의를 표방하는 문학이나 형식적이고 공식적인 마르크스주의 노선에 입각한 프로 문학이나 한계가 있다는 점에서는 다르지 않다고 지적한다. 《조선일보》에 기고한 「조선 현문난에 소(訴)함」에서도 정인섭은 민족주의 문학 진영이나 카프 문학 진영이나 격변하는 국제 정세에 무관심하다고 비판한다. 그렇다면 외국문학연구회가 '심미적 편향과 상대주의' 경향을 보인다는 주장은 잘 들어맞지 않는다.

최재서의 외국문학연구회를 비롯한 외국 문학 연구에 대한 비판은 그로부터 20여 년이 지난 1950년대 중반에 이르러서도 크게 달라지 않는다. 『문학 원론』 3장 '문학의 효용·목적·기능'에서 외국 문학 전공자들이 외국 문학을 비판적 안목 없이 무분별하게 받아들이는 태도를 날카롭게 비판한다.

> 셰익스피어와 밀톤을 두 웅봉(雄蜂)으로 연면(連綿) 천여 년의 문학 전통을 가지는 영국에서도 워어즈워스는 거의 절망을 느끼었다. 그러한 전통도 없이 외국 문학을 무비판하게 받아들이는 우리 사회에 있어 수치스러운 미음 문학(媚淫文學)의 탁류가 아무 거리낌도 없이 도도히 흐르고 있는 형편이다. 우리나라 현대 문학의 장래에 대해서 암담한 생각을 물리칠 수 없는 것은 비단 저자만은 아닐 것이다.(원: 59)

---

9) 정인섭, 「나의 유학 시절」, 『못다한 이야기』(서울: 신원출판사, 1980), 58쪽.

물론 여기에서 최재서는 외국문학연구회만을 염두에 두고 있지는 않다. 1950년대에 이르면 연구회는 색동회, '극예술연구회'를 비롯해《시문학》을 비롯한 문예지, 국제펜클럽 등 여러 분야로 활동 범위가 광범위하게 확산되면서 초기의 정체성을 찾기 어려운 단계에 이르렀다. 그러나 최재서가 자국 문학 전통에 대한 이해도 없이 외국 문학을 무비판적으로 받아들인다고 비판하는 연구자들 중에는 아마 외국문학연구회에 참여했던 연구자들이 적잖이 포함되어 있었을 것이다. 연구회의 활동을 "호적이 없는 외국 문학 연구"라고 비판한 것처럼 이러한 비판도 외국 문학 연구 일반에는 맞지만 외국문학연구회에는 잘 들어맞지 않는다. 연구회 회원들은《해외문학》창간호 권두사에서 밝힌 선언을 비교적 충실히 실천하려고 노력했기 때문이다. 그들은 누구보다도 조선 문학의 발전을 염두에 두고 외국 문학을 연구하고 소개하려 했다는 점에서 의심의 여지가 없다.[10]

한편 최재서는 외국문학연구회 회원들보다 좀 더 적극적이고 주체적으로 외국 문학을 받아들이자고 주창한다. 그에게는 외국 문학을 단순히 이해하고 이입하는 것만으로는 충분하지 않다. 그는 자국 문학의 관점에서 외국 문학을 비평하는 단계까지 이르러야 하고, 그러기 위해서는 외국 문학의 역사를 기술해야 한다고 주장한다. 1942년 최재서는 "외국 문학을 재평가하여, 가능한 한 우리의 입장에서 쓴 세계 문학사 한 권 정도는 갖고 싶다. 이것은 종래와 같은 단순한 외국 문학의 수입이나 소개가 목적이 아니다."(전: 65)라고 지적한다. 외국 문

---

10) 이 점에 대해서는 김욱동,『외국문학연구회와《해외문학》』, 122~135쪽 참고.

학 작품을 아무리 올바르게 번역하고 소개한다고 해도 자국 문학의 관점에서 외국 문학사를 쓸 수 없다면 제대로 된 외국 문학 이입이라고 할 수 없다는 논리다. 최재서가 이렇게 세계 문학사 집필에 관심을 기울이는 것은 자국의 비평적 입장을 좀 더 분명히 하기 위해서였다. 비평적 체계가 가장 명료하게 나타나는 곳은 다름 아닌 문학사이기 때문이다. 불본 국민 문학에 심취해 있던 무렵 그는 '일본적 비평 체계'를 수립하는 데 관심이 있었다. 그가 『영문학사』세 권을 출간한 것은 식민지 조선이 일제의 굴레에서 벗어나고 무려 15년이 지난 뒤였다.

최재서와 영문학사

최재서는 해방 후 문단 활동에서 완전히 손을 뗀 뒤 연세대학교를 비롯한 몇몇 대학에서 강의하면서 오로지 영문학 연구에만 전념했다. 이 무렵 최재서가 『문학 원론』 집필에 이어 관심을 기울인 분야가 영문학사다. 영어를 모국어로 사용하지 않는 외국 학자가 영문학사를 집필한다는 것은 무모한 시도처럼 보인다. 문학 일반에 대한 폭넓은 이해와 영문학에 대한 깊은 독서에 바탕을 두고 역사의식이 뒷받침되어야 하기 때문에 자국의 학자들도 문학사 집필을 여간 꺼려하지 않는다. 물론 최재서는 이 점을 잘 알고 있었다. 『영문학사』 1권 서문을 대신하여 쓴 「외국 문학 연구의 목적」에서 그는 굳이 영문학사를 집필한 이유를 분명히 밝힌다.

남의 나라의 문학을 그렇게까지 세밀하게 공부할 필요가 있는가 하는 질문을 종종 받는다. 그런 질문을 하는 사람들은 대개 외국 문학의 지식을 국제적 생활에 필요한 상식의 한 항목으로서밖에는 인정하지 않으려는 사람들이다. 그들은 외국 문학사의 개요만으로써 충분하다 생각하며, 그 이상 들어가서 개개의 작가에 대해서 생애와 재능을 조사한다든가, 또는 구체적인 작품을 감상 비평하는 일은 남의 나라의 문화에 대한 지나친 수고(受苦)라 생각한다. 또 그런 등사(等事)에 있어 본국 사람들과 경쟁한대짜 경쟁이 될 수 없다고 단념한다. 그렇지만 우리가 외국 문학을 연구하는 것은 남의 나라를 위해서가 아니라, 우리 자신을 위해서다.[11]

최재서가 굳이 세 권에 걸쳐 영문학사를 집필한 까닭은 위 인용문 마지막 문장에서 뚜렷이 엿볼 수 있다. 그는 "우리가 외국 문학을 연구하는 것은 남의 나라를 위해서가 아니라, 우리 자신을 위해서다."라고 잘라 말한다. 사토 기요시 교수와 관련한 2장에서도 지적했듯이 최재서는 영문학을 전공할 무렵부터 외국 문학 연구는 궁극적으로는 조선 문학을 위한 것임을 분명히 했다. 외국 문학을 위한 외국 문학 연구는 그에게는 의미가 없고, 이 두 문학은 마치 시암의 쌍둥이처럼

11) 최재서, 「외국 문학 연구의 목적」, 『영문학사 1: 고대·중세』(동아출판사, 1959), ii쪽. 앞으로 이 책에서의 인용은 본문 안에 '영1'이라는 약자와 함께 쪽수를 직접 적기로 한다. 광산업자요 영화 제작자인 김남주(金男周)가 설립하고 임화와 김태준이 깊이 관여한 학예사(學藝社)에서 ① 영국 문학사(정인섭), ② 불란서 문학사(이원조), ③ 독일 문학사(김자화), ④ 지나 문학사(정래동)를 출간하려고 기획한 적이 있었지만 실행하지 못한 채 무산되고 말았다.

서로 불가분의 관계를 맺고 있었다.

최재서가 이렇게 자국 문학과 외국 문학 사이에 유기적 관련성을 인정하는 것은 문학이란 어느 한 민족에게만 고유한 것이라기보다는 오히려 인류 전체가 공유하는 '공동 문화재'이기 때문이다. 그는 문학의 특수성과 보편성 사이에서 균형과 조화를 꾀하려고 무척 애썼다.

> 문학이 인류의 공동 문화재라고 해서 어느 나라의 문학이나 동일하다는 것은 아니다. 모든 예술이 그러하지만, 문학도 특수적인 면과 보편적인 면을 갖는다. 어느 민족이나 공동으로 참여할 수도 있고 공명(共鳴)할 수 있는 문학만이 인류의 공동 문화재로서 남지만, 그러한 보편상(普遍相)은 특수상(特殊相)을 통해서만 나타나기 때문에 서로 분리할 수 없다. 영문학도 마찬가지다. 우선 영어를 모르고 영문학을 이해할 도리가 없는데, 영어는 우리에게 대해서 특수한 외국어일 뿐만 아니라, 외국어들 중에서도 가장 역사적이며 따라서 가장 특수적인 언어다. (……) 우리가 영문학을 공부하는 것은 이러한 보편적인 미(美)와 가치(價値) 때문이다.(영1: ii)

최재서는 영문학 속에 구현되어 있는 보편성도 인류의 공동 문화재이므로 우리는 그것을 제대로 섭취하여 우리의 문화재로 만들어야 한다고 주장한다. 여기에서도 그는 평소 즐겨 사용하는 영양과 섭취의 비유를 구사한다. 다만 최재서는 그러한 목적을 이루기 위해서는 몇 가지 전제 조건이 필요하다고 지적한다.

첫째, 영문학 작품에 대한 '인상과 비평'을 영어 원문이 아닌 '우리의 말'로 표현해야 한다. 그러지 않고는 구체적인 우리의 문화재로 전환되지 못한 채 추상적인 인류의 문화재로 남아 있을 수밖에 없다. 최재서의 말대로 『영문학사』는 한국에서 이루어지는 최초의 시도로서 앞으로 영문학사를 집필하는 후학들에게 '고임돌'의 역할을 할 것이다. 둘째, 영문학사를 기술하는 저자는 사실이나 작품의 나열이 아니라 문학의 정신과 이념에 초점을 맞추어야 한다. 즉 한국 문학이 영문학에서 배울 것은 바로 그러한 정신과 이념이다. 셋째, 한국어와 언어 구조가 전혀 다른 영문학을 '기계적으로' 이식하려는 것은 부질없는 일이다. 영문학을 받아들이되 자국 문학을 반성하는 계기로 삼는다. 넷째, 노르만 정복을 제외하고는 좀처럼 외세의 침략을 받지 않고 발전해 온 영문학이야말로 민족 문학의 발전 과정을 충실하게 더듬어 볼 수 있는 좋은 예가 된다. 다섯째, 영문학을 연구할 때 비평적 안목으로, 즉 일정한 역사관을 가지고 연구해야 한다. 한마디로 최재서는 "우리는 영문학사를 연구함으로써 현대에 이 땅에 살고 있는 우리들 자신의 의욕을 표현할 수 있기 때문에 그것은 매력이 있다."(영1: iv)라고 지적한다.

최재서는 처음에는 영문학사를 ① 고대·중세, ② 르네상스, ③ 17세기, ④ 18세기, ⑤ 19세기 등 모두 5권으로 출간할 계획이었다. 이렇게 5권으로 나누어 출간한 뒤 합본으로 출간하려고 했다. 그러나 처음 계획과는 달리 ① 고대·중세, ② 르네상스, ③ 셰익스피어 3편으로 그치고 말았다. 어찌 되었든 최재서가 출간한 영문학사 세 권만으로도 여간 놀라운 일이 아니다. 특히 그가 참고한 서적들을 보면 폭넓은 독서량에 고개가 절로 숙여진다.

최재서의 『영문학사』 1권에서 무엇보다도 눈에 띄는 대목은 유럽에서 과거에 흔히 사용하던 시대 구분을 따르지 않는다는 점이다. 가령 기원후 500년을 분수령으로 고대와 중세를 구분 짓는 것이 유럽 학계의 일반적인 관행이었다. 그러나 최재서는 11세기 이전을 고대로, 그 이후를 중세로 간주한다. 그가 이렇게 11세기 이전을 고대로 간주하는 깃은 앵글로색슨이 고영어(古英語)인 데다 이 시기를 대표하는 작품이 서사시 『베어울프』기 때문이다. 또한 최재서는 한국의 독자 대부분이 영문학의 대표적인 작품을 별로 읽지 않았다는 전제 아래 될수록 영문학 작품의 내용을 소개하는 데 많은 지면을 할애했다는 점도 눈에 띈다. 그는 활자 크기를 작게 해 작품 내용을 피하고 싶은 독자들이 해당 부분을 건너뛰고 읽을 수 있도록 배려했다.

　　르네상스를 중점적으로 다루는 『영문학사』 2권에서 눈에 띄는 것은 최재서가 유럽 대륙의 르네상스와 영국의 르네상스에서 변별적 차이를 찾아낸다는 점이다. 르네상스는 잘 알려진 것처럼 14세기 이탈리아에서 시작해 프랑스와 스페인을 거쳐 네덜란드와 독일 북유럽으로 퍼져 나갔다. 그런데 최재서는 영국이 섬나라인 탓에 유럽 대륙보다 2세기 뒤늦게 르네상스를 맞이했다고 지적한다. 다시 말해서 영국에는 유럽에서 르네상스의 꽃이 질 무렵에야 비로소 르네상의 꽃이 피기 시작했다. 최재서는 이러한 문화적 지체 현상 때문에 성숙기를 충분히 갖지 못한 영국 르네상스가 다음 네 가지 점에서 유럽과는 다른 특징이 있다고 주장한다.

　　첫째, 영국의 휴머니스트들은 종교적인 관념에서 완전히 벗어나지 못했다. 고대 그리스와 로마의 학문 연구에서는 대륙의 학자들과는 비교할 수 없을 만큼 저조한 반면, 고대 학문 연구에서 습득한 비평 정신을 무기로 삼아 교회를 비판함으로써 종교 개혁 운동에 실질적으로 이바지했다. 둘째, 휴머니즘은 청교주의와 충돌하여 17세기 존 밀턴에 이르러 정점에 이르렀다. 이러한 긴장과 갈등이 영국에서 근대 정신이 탄생되는 더할 나위 없이 좋은 토양이 되었다. 셋째, 학문과 예술이 함께 발전한 유럽과는 달리 영국에서는 예술 운동은 전혀 빛을 보지 못했다. 그래서 영국에서는 회화 한 점, 조각 한 점 없는 '쓸쓸한 르네상스'를 맞이했다. 넷째, 영국의 르네상스는 처음에는 국제적 운동을 시작했지만 시간이 지나면서 점차 민족주의적인 방향으로 나아갔다. 이를 달리 말하면 영국 르네상스는 정치적 고려가 강하게 작용했다는 말이 된다.

최재서의 셰익스피어 연구

최재서가 영문학사보다도 더욱 심혈을 기울인 분야는 셰익스피어 연구였다. 『영문학사』 3권은 아예 셰익스피어에 관한 책이다. 이 점과 관련해 그는 "셰익스피어가 영문학에서 차지하는바 지위에 비추어 보아, 그에게 완전히 한 권을 제공하는 것이 결코 부당한 처사라고는 생각하지 않는다."[12]라고 밝힌다. 그러면서 그는 계속 "그와 동시

---

12) 최재서, 「머리말」, 『영문학사 3: 셰익스피어』(동아출판사, 1960), 쪽수 없음. 앞으로 이 책에서의 인용은 본문 안에 '영3'라는 약자와 함께 쪽수를 직접 적기로 한다.

에 셰익스피어에 관한 참고서가 아직 한 권도 없는 우리나라에서 이 책이 셰익스피어 연구의 안내서로 사용될 것도 고려했다."(영3: 쪽수 없음)라고 말한다. 이 책에서는 셰익스피어의 생애를 다룬 뒤 40여 편에 이르는 셰익스피어의 시와 희곡의 내용과 주제를 분석하는 데 초점을 맞춘다. 이와 함께 그는 극예술의 발달 과정을 추적하고 온갖 형식의 본질과 이념을 밝히는 데도 주력한다.

엄밀히 말하면 셰익스피어는 최재서의 전공 분야로 보기는 조금 어렵다. 앞 장에서 여러 번 언급했듯이 그의 전공은 영국 낭만주의 문학이었다. 식민지 시대 조선인으로 셰익스피어를 전공한 사람으로는 최재서에 앞서 연희전문학교에서 근무하던 정인섭과 오화섭이 있다. 정인섭은 셰익스피어 연구의 중심지라고 할 와세다대학 영문과에서 유학했다. 일본 근대 문학의 창시자며 셰익스피어 연구의 선각자인 쓰보우치 쇼요(坪內逍遙)는 이미 은퇴했지만 정인섭은 요코야마 유사쿠(橫山有策) 같은 셰익스피어 학자에게서 배웠다. 정인섭이 졸업할 때 제출한 논문은 「햄릿의 광기」였다. 최재서보다 나이가 어리지만 오화섭도 와세다대학 영문과와 대학원에서 셰익스피어를 전공했다. 물론 학부 시절의 전공으로 한 학자의 연구 분야를 한정짓는 것은 바람직하지 않으며, 특히 영문학 연구를 문학 일반에 관한 연구로 간주해 온 최재서의 경우에는 더더욱 그러하다.

최재서의 말대로 『영문학사』 3권이 셰익스피어라는 산봉우리에 이르는 안내서라면 『셰익스피어 예술론』은 안내서에 따라 도달한 산봉우리라고 할 수 있다. 『영문학사』 세 권을 출간하고 나서 3년 뒤에 출간한 『셰익스피어 예술론』의 머리말에서 그는 몇 해 전 『문학 원

동국대학교 대학원에 제출한 박사 학위 논문을
단행본으로 출간한 최재서의 셰익스피어 연구서.

론』 서문에서 언급한 말을 조금 바꾸어 되풀이한다.

나는 6·25동란 직전에 무슨 예감에선지 학생들 앞에서 다음처럼
말했다. ─ "우리들에게 어떤 불행한 사태가 일어나 우리들이 모두
피난하게 된다면, 나는 『콘사이스 옥스퍼드 딕쇼나리』와 『셰익스피
어 전집』만 가지고 떠나겠다."고. 그해 크리스마스 아침에, 예언대로
서울을 떠날 때에, 나의 보따리에는 또 한 권의 책 아난의 『글로싸
리』가 들어 있었다. 피난지 대구에서 나는 다시 셰익스피어를 읽기

시작했다. 간편한 소사전(小辭典)과 글로싸리만을 의지해서 읽으니까, 자연히 정밀하게 읽고 골돌하게 생각할 수밖에 없었다. 그렇게 해서 셰익스피어의 각본들과 씨름하는 가운데 나는 이전에 경험할 수 없었던 기쁨과 위안을 발견했고, 그리하여 궁핍과 혼란의 피난 생활을 속에서도 산 보람을 느낄 수 있었다.[13]

『문학 원론』서문에서는 『셰익스피어 전집』과 사전만 언급했지만 여기에서는 "아난의 『글로싸리』"한 권을 더 추가한다. 그런데 셰익스피어 학자 중에 "아난"이라는 사람이 없다. 아무래도 영국의 문법학자요 사전 편찬자인 C. T. 어니언스를 가리키는 것 같다. 1911년에 그는 『셰익스피어 용어 사전(A Shakespeare Glossary)』을 처음 출간했다가 1919년 개정판을 냈다.[14] 최재서의 실수인지 이 책을 출간한 을유문화사의 실수인지는 알 수 없지만 착오인 것만은 틀림없다. 어찌 되었든 "아무 주석도 없이 적은〔작은〕영어 사전만을 의지로 읽으니까 자연 골돌하게 생각할 수밖에 없었다."(원: 1)라는 『문학 원론』의 진술과는 조금 차이가 난다. 어찌 되었든 최재서에게 대구 피난 시절은 셰익스피어를 정독할 수 있는 좋은 기회였다. 그는 "문학이 체험의 조직화이며, 감정의 질서화이며, 가치의 실현"이라는 진리를 다시금 확인했다. 그때

---

13) 최재서, 『셰익스피어 예술론』(서울: 을유문화사, 1963), 1쪽. 앞으로 이 책에서의 인용은 본문 안에 '셰'라는 약자와 함께 쪽수를 직접 적기로 한다.
14) C. T. 어니언스의 책은 최근 로버트 이글슨이 내용을 보충하여 다시 출간했다. 외국인은 말할 것도 없고 원어민에게도 이 책은 그만큼 셰익스피어 작품을 이해하는 데 필수적이다. C. T. Onions and Robert D. Eagleson, *A Shakespeare Glossary* (Oxford: Clarendon Press, 1986).

부터 셰익스피어와 베에토오벤은 나의 생활의 일부가 되었다."(셰: 1)라고 천명한다.[15)

　　최재서의 셰익스피어 연구는 2년 동안의 대구 피난 생활을 마치고 서울로 돌아오면서 본격적으로 시작되었다. 그동안 질서 개념에 그의 표현을 빌리면 '날카로운 흥미'를 느끼고 있던 그는 이 개념을 셰익스피어 연구에 적용했다. 이 점과 관련하여 최재서는 "나의 모든 문학 지식과 생활 체험을 질서의 이념 밑에 통일해 보자는 것이 항상 나의 머리를 떠나지 않는 소원이었다."(셰: 1)라고 밝힌다. 또한 그는 "질서적 문학관은 내가 30여 년의 문학 공부와 생활 체험을 거쳐 도달한 바 마지막 결실이다."(셰: 2)라고 잘라 말한다. 이러한 소원은 『문학 원론』에서 어느 정도 결실을 맺었지만 셰익스피어 작품을 집중적으로 분석하는 『영문학사』 3권에서는 미처 결실을 맺지 못했다. 그러다가 1961년 박사 학위 논문을 준비하면서 그는 질서의 개념으로 셰익스피어 작품을 '재해석하기로' 결심했다. 실제로 『셰익스피어 예술론』은 동국대학교에 제출한 박사 학위 논문을 토대로 한 책이다. 학위 논문의 초록은 미국 오하이오주 켄트주립대학교에서 발행하던 《셰익스피어 뉴스레터》에 소개되었다.

　　그렇다면 최재서가 30여 년의 연구를 통해 도달한 문학관은 과연 어떠한 것인가? 다시 말해 그가 셰익스피어 연구의 주춧돌로 삼는 문학론이란 무엇인가? 그는 한마디로 '질서'라고 규정짓는다.

---

15) 최재서가 평소 고전 음악을 좋아했다는 사실은 그의 딸 최양희를 비롯한 식구들의 말을 통해 잘 알려진 사실이다.

나는 문학을 '질서 있는 체험의 기록'이라 정의하며, 쾌락을 그 고유한 기능으로 간주한다. 이 정의는 문학을 "사상과 감정의 표현"이라고 규정하는 재래의 정의와는 근본적으로 다른 심리학을 기초로 삼는다. 문학에 대한 재래의 설명은 인간의 감정과 지능과 감정과 의지를 따로따로 취급하는 능력 심리학(能力心理學)을 기초로 삼고 있었다. 나의 문학 정의는 자극에서 시작해서 행동으로 끝나는 일체의 심적 사상을 한 줄기의 체험(one stream of experience)으로 보는 제임스·듀이·리챠즈(William James, John Dewey, I. A. Richards)의 실험적·생물학적·생리적 심리학을 기초로 삼는다.(세: 33~34)

위 인용문 첫 문장에서 최재서는 최근에 대두된 심리학을 바탕으로 문학의 고유한 기능을 쾌락에서 찾는다. 그는 교훈이나 도덕·윤리 등에 무게를 두는 공리적 기능보다는 쾌락이나 아름다움 같은 심미적 기능에 손을 들어 준다. 그러나 겨우 10여 년 전, 그러니까 '국민 문학'에 헌신하던 일제 강점기 말엽만 해도 그는 이와는 전혀 다른 태도를 취했다. 이 점과 관련해 최재서는 "국민화에 의해서 문학이 새로운 기능을 획득한다기보다는 오히려 옛 기능이 부활될 것이다. 본래의 윤리적·교육적 기능이 부활될 것이다."(전: 57)라고 천명한다. 그러면서 자유주의와 개인주의를 추구하던 근대 문학이 "최악의 경우 쾌락의 婢僕이며, 최선의 경우 개성의 탐구와 그 둔화"(전: 58)였다고 지적한다. 최재서는 문학이 개성의 표현이라는 관념을 버리고 윤리적·교육적 기능에 주목해야 한다고 주장한다. 그렇다면 당시 최재서는 일제 군국주의의 비복으로 전락한 셈이다.

어찌 되었든 최재서가 위 인용문에서 일련의 심리학자들을 언급하는 것을 보면 그가 '관학적 심리학'이라고 부르는 전통적인 심리학에서 벗어나 점차 20세기에 새롭게 대두된 심리학의 기초 위에 그의 문학관을 세웠음을 알 수 있다. 그는 최근의 심리학자들과 마찬가지로 인간의 체험을 자극에서 출발해 행동으로 끝나는 연속적 현상의 결과로 파악한다. 그것을 도표로 그려 본다면 '자극 → 감각 → 사고 → 정서 → 의지(판단 및 태도) → 행동'이 된다. 바로 이 점에서 최재서의 문학관은 동시대에 활약한 다른 문학 연구가들이나 문학 비평가들과는 사뭇 다르다. 그는 동시대에 활약한 김기림처럼 되도록 과학적인 체계적 문학 이론을 수립하려고 애썼음을 알 수 있다.

　물론 셰익스피어 작품에서 질서의 개념을 파악한 것은 최재서가 처음이 아니었다. 그에 앞서 미국 철학자 아서 러브조이가 『존재의 대연쇄』(1936)에서 관념사의 관점에서 질서의 개념을 처음 제기했고, 그 뒤를 이어 폴란드 출신의 학자 얀 코트가 『우리의 동시대인 셰익스피어』(1961)에서 이 문제를 다루었다. 셰익스피어 연구가들은 특히 희극 작품을 분석하면서 '화해', '삶의 균형', '삶의 질서' 등의 개념을 사용해 왔다. 그러나 질서의 개념을 셰익스피어의 모든 작품에 관류하는 주제로 다룬 것은 최재서의 업적이었다. 더구나 그는 최근에 나온 심리학 이론을 폭넓게 원용하여 셰익스피어의 희곡에 나타난 질서를 ① 정치적 질서, ② 사회적 질서, ③ 도덕적 질서, ④ 초월적 질서, ⑤ 자연적 질서 등 모두 5가지로 나누어 다루었다.

　최재서는 『셰익스피어 예술론』을 국내에서 출간하고 나서 곧바로 미국에서 출간할 생각으로 영어로 번역하기 시작했다. 앞 장에서 언급했듯이 영문학을 전공한 서강대학교 예수회 신부들이 영어 문장을 다듬어 주었다. 미국에서 출판 교섭을 한 사람은 그의 큰아들 최창이었다. 그리하여 1965년 마침내 『삶의 질서로서의 셰익스피어(*Shakespeare's Art as Order of Life*)』가 미국에서 출간되었으나 안타깝게도 최재서가 1964년 사망하는 바람에 사후에야 비로소 햇빛을 보게 되었다. 이 책을 출간한 출판사 밴티지 프레스는 자비 출판 전문 회사로 유명한 출판사는 아니었고 뒷날 소송에 휘말리면서 마침내 문을 닫고 말았다.

최재서의 교양론

셰익스피어 연구에 전념할 무렵 최재서는 교양론에도 깊은 관심을 기울였다. 물론 그가 교양에 관심을 둔 것은 1960년대 초엽이 아니라 일찍이 인문사를 설립해 《인문평론》을 간행한 1930년대 말부터였다. 그는 이 잡지에 '교양론 특집'을 마련했고 그 뒤에도 기회 있을 때마다 교양에 관한 글을 청탁해 실었다. 최재서는 이렇게 교양에 관심을 기울인 것은 민족성을 향상시키기 위한 일환이었다고 밝힌다. 그러나 그는 일본 제국주의가 태평양 전쟁을 향해 치닫던 시대적 상황에서 드러내 놓고 교양을 말할 수 없었다.

해방의 기쁨도 잠시 다시 한국 전쟁을 겪은 뒤 사회가 조금씩 안정을 되찾자 최재서는 좀 더 자유로운 분위기에서 교양을 다룰 수 있었다. 그래서 그는 교양과 관련한 외국 학자들의 대표적인 글을 한데 모아 『교양론』이라는 단행본을 출간했다. 이 책의 머리말에서 그는 외국에서도 찾아보기 힘든 교양에 관한 선집을 마련했다고 밝힌다.

우리가 교양의 문제를 근본적으로 생각해 보려고 할 때에, 뜻밖에도 많은 의문과 난관에 부닥치는 것을 발견한다. 교양의 역사는 그렇게도 오래고, 그 이념이 다른 부면의 정신 활동들과 갖는 관계는 그렇게도 복잡다기(複雜多岐)하기 때문에, 우리는 이 문제에 역사적 비교적인 방법으로 접근할 필요가 있다. (······) 그것은 교양의 문제에 관한 여러 학자들과 비평가들의 대표적인 논문들을 모아, 체계적으로 배열했다. 이런 종류의 '앤솔러지'는 외국에도 그 유례가 없기 때문에 편찬에 퍽 고심했다.[16]

위 인용문에서 최재서는 교양과 관련하여 두 가지를 역설한다. 첫째, 교양의 개념은 흔히 생각보다 훨씬 복잡하게 얽혀 있다. 그래서 통시적이고도 비교적인 방법으로 접근할 수밖에 없었다. 둘째, 이 책에 실린 글은 모두 서양 학자들이나 문학가들이 쓴 글을 번역한 것이다. 그런데 번역에 참여한 역자는 최재서의 둘째 아들 최낙과 셋째 아들 최달이었다. 물론 최재서 자신도 '교양으로서의 문학'이라는 항목에 실린 글을 번역했고, 해설을 겸한 서문인 「교양에 대하여」라는 장문의 글을 썼다. 『교양론』은 말하자면 최재서 가족 구성원이 중심

---

16) 최재서 편, 『교양론』(서울: 박영사, 1963), 3쪽. 앞으로 이 책에서의 인용은 본문 안에 '교'라는 약자와 함께 쪽수를 직접 적기로 한다.

이 되어 계획하고 출간한 책이라는 점에서 이채를 띤다.

그런데 최재서가 이러한 유형의 '앤솔러지'가 국내는 물론 외국에서조차 그 유례를 찾기 힘들다고 말한 데는 그럴 만한 까닭이 있다. 그가 이 책을 편집하면서 고심한 흔적이 책 곳곳에서 느껴진다. 1938년 『해외서정시집』을 편집할 때 편집자로서 그가 터득한 요령을 유감없이 발휘한 이 책의 내용을 간추려 보면 다음과 같다.

1. 교양의 이념: 매슈 아널드
2. 교양과 문화: T. S. 엘리엇, F. R. 코웰
3. 교양과 종교: 크리스토퍼 도슨
4. 교양과 대학: 헨리 뉴먼
5. 교양으로서의 문학: 윌리엄 해즐릿, 퍼시 비시 셸리, 존 러스킨
6. 교양으로서의 과학: A. N. 화이트헤드

최재서는 교양과 관련한 주제를 이렇게 여섯 항목으로 나눈 뒤 해당 항목에서 가장 대표적이라고 할 글을 선별해 번역했다. 글을 쓴 집필자들도 시인과 문학 비평가에서 철학자와 영국 국교 성공회의 추기경에 이르기까지 다양하다. 그렇다면 최재서가 셰익스피어 연구에 전념하던 시기에 교양 문제를 들고 나온 까닭이 어디에 있을까? 그는 매슈 아널드가 "정치적-사회적 비평에 관한 에세이"라는 부제를 붙인 『교양과 무질서』(1869)에서 현대적 의미에서의 교양을 처음 주장한 것과 같은 이유에서 이 문제를 거론했다.

이 책의 제목을 '교양'이라고 옮겼지만 원래 제목은 'culture'로

최재서는 '교양'과 '문화'를 동의어로 사용했다. 이 점과 관련해 최재서는 동양에서는 '교양'과 '문화'라는 두 용어를 사용하지만 서양에서는 'culture/Kultur'라는 용어 하나밖에는 사용하지 않는다고 지적한다. 그러면서 그는 서양의 용어와 관련해 "사람이 노력해서 정신과 취미와 行習을 개선하고 세련하는 과정, 즉 교양을 의미하는 동시에, 세련의 결과로 창조된 도덕과 학술과 예술, 즉 문화도 의미한다."(교: 21)라고 밝힌다. 최재서는 개인의 노력에 무게를 두는 아널드의 이론과 집단적 문화에 무게를 싣는 T. S. 엘리엇의 이론 사이에서 절충점을 찾는다.

최재서가 『문학 원론』과 『영문학사』와 셰익스피어 연구로 바쁜 와중에 『교양론』을 편집해 간행한 것은 당시 교양 문제가 그 만큼 절실하다고 판단했기 때문이다. 현대 문명이 인류의 삶을 개선하기는커녕 오히려 인류를 비참하게 만들고 있다는 생각을 떨쳐 버릴 수 없었다. 그는 "현대의 문명은 그 찬란한 외관에도 불구하고 역사상 최대의 무질서와 혼란을 내포하여 인류의 불행은 날이 갈수록 심하다."(교: 15)라고 지적한다. 『교양론』에서 최재서는 한국의 상황도 한 세기 전 아널드가 교양과 문화를 부르짖은 상황과 비슷하다고 판단했던 것이다.

최재서의 학문적 외도

최재서의 저술이나 번역 활동에는 학구적이라고는 할 수 없는 작업도 가끔 눈에 띈다. 가령 그는 『매카더 선풍』을 집필해 출간했는가 하면, 이듬해에는 『영웅 매카더 장군전』(일성당서점, 1952)을 번역해 출간하기도 했다. 앞의 책은 최재서가 이 무렵 선풍적인 인기를 끌던 맥아더의 전기에 해당한다. 이 책의 서문에서 그는 "지하실에서 이불을 뒤집어쓰고 도쿄방송에 나오는 '매카더 콤뮤니케'를 듯던 작년 칠월 이래 매카더 장군은 나의 생활의 일부였다."[17])라고 고백한다. 한국 선생이 일어나사마사 북한군에 제소뇌었다가 풀려난 최재서는 남산 집을 떠나 누상동에서 살던 누이의 집으로 피신하고 있었다. 누상동 집에서 최재서는 식구들과 함께 인천 상륙 작전으로 밤낮을 가리지 않고 폭격하는 미군 비행기의 소음에 시달리며 숨어 지내야 했다. 중공군이 한국 전쟁에 개입하자 유엔군과 국군은 다시 후퇴했고, 이때 최재서 가족들은 남쪽으로 피난을 떠났다. 『영웅 매카더 장군전』은 제목 그대로 특파원 자격으로 도쿄 사령부에서 맥아더를 가까이 관찰한 프랭크 캐리와 코닐리어스 라이언의 전기를 번역한 책이다.[18]) 두 신문기자는 맥아더가 해임되기 직전까지 걸어온 영웅적인 모습을 다룬다.

그런데 더글러스 맥아더 장군과 관련한 최재서의 두 작업은 자칫 친일 행위의 옷을 벗어 버리고 친미 행위의 옷으로 갈아입었다는 비판을 받을 수 있다. 실제로 정종현은 이 일련의 작업이 최재서가 "일본 제국에서 미국 제국으로 자신의 패러다임을 변화시키게 된 계기를 보여 주는 자료이다."라고 주장한다. 그러면서 정종현은 "'질서'

---

17) 최재서, 『매카더 선풍』(서울: 향학사, 1951), 1쪽.
18) 이 전기의 원래 제목은 *MacArthur ― Man of Action: An Intimate Biography*로 저자는 Frank Kelley와 Cornelius Ryan이며 1951년 Lion Books에서 출간되었다. 개정판에서는 부제가 "The Warm, Intimate Biography of a Great General"로 바뀌었다.

속에서 세계를 이해하는 최재서에게 이러한 변신이 가능하기 위해서는 가치의 '질서'를 재구성하는 과정이 필요했으며 그 과정이 바로 맥아더를 매개로 한 글쓰기를 통해서 이루어지고 있다."라고 지적한다.[19] 정종현은 냉전과 반공 이데올로그로 거듭 태어나려 한 최재서의 이러한 변신이 한국 전쟁에 끝나고 한국 사회가 안정을 되찾으면서도 계속되었고 말한다.

> 최재서는 피난하지 못한 인민군 점령의 지하에서 은신하며 동경에서 들려오는 푸른 눈의 쇼군(將軍) 맥아더의 '옥음'을 유일한 희망으로 붙잡고 있다. 한국 전쟁을 거치며 친일의 과오를 반공으로 씻어 내고, 그는 자유 민주주의 진영의 정치적 주체로 갱생할 수 있었다. 두 편의 맥아더 전기는 이를 위한 일종의 글쓰기의 제의였다. 이후 그는 1950년대 《사상계》와 《새벽》의 중요 필진으로 활약했으며, 4·19 혁명 당시에는 학생들의 희생을 기리는 에세이를 통해 냉전 자유 진영에서 민주주의의 옹호자로 거듭나게 된다. 최재서의 사례에서 보듯이, 한국 전쟁은 많은 친일 인사들이 일본이라는 과거를 지우고 미국/서구라는 새로운 진영에 완전히 안착하게 된 중요한 계기이기도 했다. 그렇지만 이 새로운 시민은 냉전과 반공으로 제약된 반쪽짜리 세계시민이었다.[20]

---

19) 정종현, 「최재서의 맥아더: 맥아더 표상을 통해 본 한 친일 엘리트의 해방 전후」, 《동악어문학》 59집(2012. 8), 189, 203쪽.
20) 정종현, 「폐허가 남긴 역설적 기회 속에 반쪽 세계시민으로」, 《한겨레》(2015. 5. 28).

정종현의 주장은 대체로 맞지만 조금 과장해 말한다는 혐의를 지울 수 없다. 예를 들어 1950년대 지식인에게 인기를 끈 두 잡지《사상계》와《새벽》만 해도 그러하다. 장준하(張俊河)는「편집 후기」에서 "사상계란 (······) 동서고금 사상을 밝히고 바른 세계관·인생관을 수립해 보려고 기도한다."라고 분명히 밝힘으로써 적어도 발행 초기에는 될수록 정치성을 배제하려고 노력했다. "縱으로 5000년의 역사를 밝혀 우리의 전통을 바로잡고, 橫으로 만방의 지적 소산을 매개하고 공기로서 자유·평등·평화·번영의 민주사회 건설"에 이바지하려는 것이《사상계》의 목표였다. 이 점에서는《새벽》도《사상계》와 크게 다르지 않았다. 1954년《동광》을 복간해 제목을 바꾼 이 잡지는 주요한이 편집인과 발행인을 맡아 도산 안창호의 무실역행(務實力行) 정신을 이어받아 평론·교양·학술·문화 등 다방면의 작품을 게재했다. 최재서가 이 두 잡지에 글을 기고했다는 것만으로 냉전과 반공 이데올로기에 복무했다고 보는 데는 무리가 따른다.

어찌 되었든 한국 전쟁 중 지식인들이 피난지에서 헌책방을 운영한 것과 마찬가지로 최재서도 피난 생활 중 생계 수단의 일환으로 맥아더에 관찬 책을 집필하고 번역했다. 그는 대구에서 피난하는 동안 그가 평소 좋아하던 셰익스피어에만 탐닉할 수만은 없었다. 서울에 살 때도 생활 형편이 넉넉하지 못했는데 대구와 부산에서의 피난생활은 더더욱 말이 아니었기 때문이다. 그래서 가족의 생계를 책임맡은 최재서는 학문이나 문학과는 별 관계가 없는데도 돈벌이가 되는 일에 손을 대지 않을 수 없었다.

최재서가 영어학 전공자나 영문법 학자가 쓸 법한『표준 영문법』

(한일문화사, 1960)을 집필해 출간한 것도 이와 같은 맥락에서 이해할 수 있다. 그런가 하면 그는 『최신 콘사이스 영한 사전』(계몽사, 1953) 편찬에도 참여해 경북대학교 교수 이규동(李揆東)과 함께 감수를 맡았다. '콘사이스(concise)'는 형용사로 어휘를 간결하고 명료하게 풀이해 놓는다는 뜻이다. 그런데도 '콘사이스'를 영어 사전을 가리키는 말로 잘못 사용하기 시작한 데는 바로 이 사전의 역할이 적지 않았다. 이 사전은 '영어 아닌 영어'를 만들어 내는 불명예를 안았다. 이렇듯 이 무렵 최재서는 생활에 도움이 되는 것이라면 무슨 일이든 마다하지 않았다.

최재서의 학문적 오류

최재서의 영문학 연구에서 무엇보다 문제가 되는 것은 자국의 문학 전통을 경시하는 한편 서양의 문학 전통을 지나치게 높이 평가한다는 점이다. 영문학 전공자로서 영문학을 비롯한 외국 문학에 애정을 보이는 것은 당연하다. 그런데 문제는 그 정도가 일반 외국 문학 전공가의 상식을 넘어선다는 데 있다. 최재서는 중학교 시절부터 남달리 일본과 일본 문화에 심취되어 있었다. 또한 그는 일본이 근대화를 이룩하면서 모방하고 배운 서양 문물에도 깊은 관심을 기울였다. 이러한 태도는 일본 제국주의가 군국주의로 나아가던 1930년대 중반 이후 더욱 뚜렷해졌다.

한 일간 신문에 기고한 글에서 최재서는 "조선의 문화유산은 과연 현대 조선의 영혼의 양식이 되어 잇슬가?"라고 질문을 던진다. 그러고 나서 그는 "현대 문화 영역에 잇서서 우리들의 사고를 지배하고 있는 것은 아모리 보아도 조선 전래의 것이 아니라 서양 문화에서 온 것이다. 이것은 금후도 계속될 것이며, 또 계속시켜야 할 것이다."라고 답한다.[21] '폭탄선언'이라 할 충격적 진술이다. 최재서의 진술을 뒤집어 보면 그를 포함한 지식인들은 그동안 '영혼의 양식'이 없이 정신적 기아에 시날리거나 빈사 상태에 놓여 있었다는 말이 된다. 물론 서양의 문화유산과 비교해 조선의 문화유산이 초라하고 빈약하게 보일지도 모른다. 지금까지 많은 학자가 지적해 왔듯이 조선 시대의 유교는 ① 성차별, ② 나이 차별, ③ 권위주의, ④ 집단주의, ⑤ 직업의 귀천, ⑤ 남아 선호 사상, ⑥ 가부장 질서 존중 등 여러 문제점을 안고 있다. 유가의 집을 떠받들고 있는 삼강오륜은 본래 유가의 윤리에서 벗어나 정치적으로는 봉건적 왕도주의, 사회적으로는 권위주의의 이데올로기로 굳어지고 말았다. 일본 근대기에 탈아입구(脫亞入歐)를 부르짖은 후쿠자와 유키치(福澤諭吉)가 유교 전통이 동양의 근대화에 걸림돌이 된다고 주장한 까닭도 여기에 있다.

그러나 달리 생각해 보면 동양의 정신 유산은 여러 문제점 못지 않게 장점도 적지 않다. 아니, 오히려 단점을 덮고도 남는다. 그런데도 최재서가 좁게는 유교, 넓게는 조선의 문화유산이 조선인에게 '영혼의 양식'이 되지 못했다고 주장하는 것은 조선의 전통적 가치를 폄훼한다는 비판을 면하기 어렵다. 최근 재러드 다이아몬드를 비롯하여 유발 하라리, 마이클 샌들, 리처드 도킨 같은 내로라하는 서구 학

---

21) 최재서, 「문화 기여자로서」, 《조선일보》(1937. 6. 9).

자들이 한국의 저력을 높이 평가한다는 점은 한국의 정신 유산이 위대하다는 사실을 뒷받침한다.

더구나 최재서가 현대 문화 영역에서 조선인의 사고를 지배하고 있는 것이 조선의 전통 사상이 아니라 서양 문화에서 온 사상이라고 주장하는 데는 더더욱 문제가 있다. 최재서는 이러한 현상이 앞으로도 계속될 것이고, 또 계속시켜야 한다고 주장한다. 물론 19세기 중반에 동양이 서양의 기술 문명을 받아들여 근대화를 이룩한 것은 부정할 수 없는 사실이지만 그에 따른 부작용이나 병폐도 적지 않다.

이러한 사대주의적 태도보다는 동양의 도덕, 윤리, 지배 질서 중좋은 점은 그대로 유지한 채 서양의 발달한 기술 문명을 받아들여 부국강병을 이룩하자는 중국의 동도서기(東道西器)나 일본의 화혼양재(和魂洋才) 사상이 더 바람직할지 모른다. 물론 최재서는 여기에서 '현대'라는 어휘에 무게를 싣는다. '우리들의 사고'란 신문화 이후 지식인들의 사고를 가리키는 것을 말할 뿐 조선의 문화유산을 모두 배척하거나 부정하는 것은 아닐지도 모른다. 그럼에도 그의 태도가 지나치게 서구 지향적이라는 혐의를 면하기는 어렵다.

최재서의 이러한 태도는 당시 다른 외국 문학 연구가들의 태도와는 사뭇 다르다. 가령 외국문학연구회와 관련해 이하윤은 외국 문학을 연구하되 늘 조선 문학을 염두에 두어야 한다고 주장한다. 그는 "우리의 경험과 세울 바 표준이라는 것은 아무래도 외국 문학의 영향을 받음이 많았다고 하지만 오직 외국만에 그친다 할 수는 전연 없는 일이다. 시작되는 우리들의 한계는 우리가 생겨나고 우리가 자라나고 끊임없이 우리가 언어를 사용하고 있는 조선이 중심이 되어야 하는 것을 그 사상이나 그 행동에 있어서 긍정하는 데 조금도 주저하지 않으려고 하는 자이다."[22]라고 밝힌다. 그러므로 이하윤의 관점에서 보면 자국의 문화유산을 망각한 채 남의 문화유산에 탐닉하는 것이야말로 '영혼이 없는' 문학 연구가 아닐 수 없다.

최재서는 외국문학연구회 회원들을 "호적 없는 외국 문학 연구가들"이라고 폄훼하지만, 이 표현은 엄밀히 따지고 보면 연구회 회원들 못지않게 최재서 자신에게도 들어맞는다. 최재서가 그동안 여러 학자들이나 비평가들에게서 서양 숭배자라는 비판을 받아 온 것은 바로 그 때문이다. 예를 들어 김흥규는 앞에서 이미 지적했듯이 이러한 태도를 '문화적 허무주의'로 몰아세운다. 그러면서 그는 최재서가 말하는 서양 문화는 어디에도 존재하지 않는 '관념상의 실체'에 지나지 않는다고 주장한다. 또한 정종현은 비록 최재서가 냉전과 반공으로 서구 문명을 추종하지만 그것은 결국 "냉전과 반공으로 제약된 반쪽짜리 세계 시민"에 지나지 않는다고 비판한다.

최재서는 이러한 본질적인 한계를 넘어 좀 더 국부적인 문제에서도 한계가 있다. 『문학 원론』과 그의 다른 저서는 문학에 대한 폭넓은 이해에도 불구하고 몇 가지 문제점을 안고 있다. 그의 글을 읽다 보면 그가 무척 해박하다는 사실에 탄복하게 된다. 그가 이렇게 해박한 것은 젊은 시절부터 광범위하게 독서에 탐닉했기 때문이다. 그렇게 길다고 할 수 없는 생애에 어떻게 그토록 방대한 양의 책을 읽

---

22) 이하윤, 서울대학교 사범대학 국어과·동문회 편, 『이하윤 선집 2: 평론·수필』 (서울: 한샘, 1982), 100쪽.

을 수 있었는지 감탄하지 않을 수 없다. 그래서인지 최재서는 때로 인명이나 작품을 혼동하고 개념이나 용어에서도 혼란을 일으킨다. 최재서는 무엇보다도 먼저 모더니즘에 대한 이해가 부족하다. 『문학 원론』의 6장 '의미의 예술'에서 그는 모더니즘을 '사이비 문학'으로 매도한다.

> 언어 음악을 분석해서 도달한 결론은 언어 회화를 분석해서 도달한 결론과 동일하다. 즉 언어는 이중적인 표상이기 때문에 문학은 회화성에 있어서나 음악성에 있어서나 순수할 수 없다는 것이다. 문학에 고유한 의미를 말살하고 어느 일면의 순수성을 추구할 때에 사이비 문학이 될 수밖에 없다.
> 모더니스트들이 의미를 멸시하는 동기는 알 수 있다. 시대에 맞지 않는 도덕, 진부한 사상, 전제적인 논리성과 명석성 — 이런 것들이 문학의 의미와 동일시되었기 때문에 그들의 반항은 있었던 것이다. 그러나 실재적이면서도 청신한 사상과 모랄을 문학에서 찾는 일과 문학의 본질을 버리고 미술이나 음악의 뒤를 따르는 일과는 전연 다른 일이다. 문학은 이들 자매 예술의 방법을 이용하면서 의미를 완전히 표현하여 내용과 형식의 일치라는 페이터의 이상에 도달함으로써 그 고유한 기능을 발휘할 수 있을 것이다.(원: 113)

위 인용문에서 '언어 음악'이란 유미주의 이론가 월터 페이터가 처음 사용한 용어다. 잘 알려진 것처럼 그는 "모든 예술은 음악을 지향한다."라고 주장했다. 한편 '언어 회화'란 계몽주의 시대 독일의 비평가요 극작가인 고트홀트 레싱이 처음 사용한 용어다. 첫 단락의 "어느 일면의 순수성"이란 바로 음악이나 회화가 지향하는 순수성을 가리킨다. 최재서는 19세기 말에서 20세기 초에 이르러 서유럽 작가들이 음악이나 회화에 경도되어 문학의 고유한 의미를 '말살'하기 시작했다고 지적한다. 그가 말하는 문학의 고유한 의미란 언어 예술로서 문학이 추구하는 사상과 삼성 같은 요소를 말한다. 최재서는 문학이 고유한 의미를 말살한 채 음악이나 회화 같은 자매 예술의 순수성을 추구하면 '사이비 문학'이 될 수밖에 없다고 경고한다.

모더니즘 계열 문학가들이 왜 문학에서 의미를 멸시하거나 심지어 말살하는지에 대한 최재서의 설명은 타당하다. 그의 지적대로 모더니스트들은 인류 역사에서 유례를 찾을 수 없는 1차 세계대전을 겪고 난 뒤 모든 현상을 새로운 눈으로 바라보기 시작했다. 비유적으로나 축어적으로나 그들은 잿더미가 된 폐허에서 다시 새로운 문학을 건설해야 했다. 그들에게 당대의 도덕과 윤리는 이제 해묵은 달력처럼 '시대에 맞지 않는' 것이 되었고, 사상과 철학도 김빠진 맥주처럼 '진부한' 것이 되었다. 그런가 하면 지금까지의 인간을 해방하는 기재로 사용되던 논리성과 명석성은 오히려 인간을 억압하는 '전제적인' 도구가 되어 버리다시피 했다. 최재서는 모더니스트들이 종래 문학가들이 추구하던 문학의 의미에 의혹의 눈초리를 보내는 것은 바로 그 때문이라고 설득력 있게 설명한다.

그러나 문제는 최재서가 모더니즘의 본질이나 성격을 잘못 이해하고 있는 데 있다. 모더니스트들은 문학의 본질을 저버리고 인접 예술 분야인 음악이나 미술의 뒤를 좇지 않았다. 그들은 나름대로 문학가로서의 소임을 다했다. 다만 최재서가 지적하듯이 문학은 소리와 관련 있다는 점에서는 음악, 형상을 만들어 낼 수 있다는 점에서는 회화와 공통점이 있다. 그는 이러한 종합적 성격 때문에 문학이 다른 예술보다 유리하다고 밝히면서 종합적이니만큼 순수하지도 못하다고 지적한다. 모더니스트들 중에는 음악성이나 회화성을 추구한 작가들이 적지 않다. 그러나 소리나 물감에 의존하지 않고 언어를 매체로 삼아 작품을 쓰는 이상 모더니스트들은 여전히 문학에서 "실재적이면서도 청신한 사상과 모랄"을 추구했다. 미하일 바흐친이 일찍이 지적했듯이 언어는 마치 뭇 사람의 손을 거쳐 우리의 손에 들어오는 화폐와 같아서 구체적인 역사적 시간과 사회적 공간에서 통용되는 과정에서 여러 이데올로기로 '오염'될 수밖에 없다. 놀랍게도 최재서도 "언어는 화폐와 같이 유통한다. 일정한 범위 내에선 아무런 장해가 없이 사람이[의] 입에서 입으로 전전(轉轉)한다. 그것은 화폐에 액면 금액이 있는 거와 마찬가지로 언어에 인습적 의미가 있기 때문이다."(문: 261)[23]라고 말한다.

최재서는 『문학 원론』에서 문학의 기능이나 역할과 관련해 '목적 없는 목적성' 또는 '무목적의 합목적성'이라는 칸트의 미학 이론을 언급한다. 최재서가 문제 삼는 모더니즘의 사상성도 칸트의 이론으로 설명할 수 있다. 얼핏 보면 모더니스트들에게는 이렇다 할 사상이 없는 것 같지만 찬찬히 살펴보면 그 나름대로 사상을 내포하고 있

---

23) 또한 그는 「언어의 유통과 진실성」에서도 "언어의 인습화로 말미암아 용무처변 (用務處辨)의 간편화를 향락하는 반면에 우리는 우리의 진실을 전할 도리가 없고 남의 진실을 알아볼 길이 없다. 그것은 화폐만을 갖이고 교섭되는 사회에 아무런 진실성이 없는 거와 일반이다."(문: 278)라고 말한다.

음이 드러난다. T. S. 엘리엇의『황무지』에서도 엿볼 수 있듯이 "한 무더기의 부스러진 이미지" 또는 "한 무더기의 깨어진 우상"으로 구성된 그의 작품은 언뜻 혼란스럽고 무질서해서 별 메시지도 없는 것처럼 보인다. 그러나 부조리하고 무질서하며 혼란스럽다는 것 자체가 곧 이 작품이 추구하는 메시지요 사상이다. 1차 세계대전을 겪은 시인들과 작가들에게 그동안 이 서구 세계를 지배하던 전봉석 가치나 도덕은 허물어져 이제 황무지처럼 되어 버렸다.

최재서는 사상을 다루는『문학 원론』의 11장에서 올더스 헉슬리의 관념 소설과 엘리엇의 모더니즘 시 작품을 언급한다. 그는 "헉슬리의 소설이나 엘리엇의 시는 사상의 전통을 잃고도 사상적 관심을 버리지 못하고, 지적 흥미를 가지면서도 사상에 신념을 가질 수 없어 관념의 물결 속에서 방황하는 현대 지식인의 감정과 태도를 상징적으로 표현하는 점에서 20세기 전반기를 대표한다."(문: 251)라고 지적한다. 칸트의 용어 '목적 없는 목적성'이라는 용어에 빗대어 말하자면 '사상 없는 사상성'이 바로 모더니즘이 추구하는 사상이라고 할 수 있다. 그러므로 최재서의 이러한 주장은 모더니스트들이 문학의 본질을 망각하고 사상에 무관심하다는 주장에 적잖이 어긋난다.

그런데도 최재서는 모더니즘 문학이 사상과 모럴을 충분히 표현하지 않았다는 이유로 '타락한 문학'이고 '잡종 문학'이고 '사이비 문학'이라고 매도한다. 그러면서 그는 자신의 주장을 뒷받침하려고 존 미들턴 머리의 주장을 끌어온다. 머리는 모더니즘이 음악이나 회화를 추종하려고 했다는 점에서 '문학의 사도(邪道)'라고 폄훼했다. 최재서가 주석에서 인용하듯이 머리는『스타일의 문제점』(1922)에서 자매 예술에 관심을 두는 작가들을 이솝 우화의 욕심쟁이 개에 빗댔다. 고기를 입에 물고 다리를 건너던 개가 다리 밑에 다른 한 마리 개가 입에 고기를 물고 있는 모습을 보고 그것을 뺏으려고 짖으면서 자기 입에 물고 있던 고기마저 잃게 되듯이, 모더니스트들도 음악이나 회화 같은 자매 예술에 지나치게 관심을 기울임으로써 문학마저 잃게 되었다는 것이다.

한편 최재서는 시대정신을 충분히 표현해 내지 못했다는 점을 들어 모더니즘을 비판한다. 그는 위대한 문학은 개인적 천재와 시대정신이 만날 때 비로소 탄생할 수 있다고 지적한다. 그러면서 그는 이 두 가지가 합치되지 못할 때는 '도피'와 '투쟁'의 두 가지 결과가 나타난다고 말한다. 첫 번째 결과는 윌리엄 버틀러 예이츠에게서 볼 수 있듯이 도피다. 두 번째 결과는 제임스 조이스에게서 볼 수 있듯이 투쟁이다. 최재서는 모더니즘의 대표적인 시인과 소설가라고 할 두 문인이 아널드가 말하는 '고도로 엄숙한 문학'을 창조할 수 없었다고 주장한다. 최재서는 "그들의 문학은 진정한 고전만이 가질 수 있는 조화와 완성미는 결핍할지 모르나, 인류의 가슴속에 실수함이 없이 공명과 감동을 일으킬 수 있는 그들의 성실성으로 말미암아 위대하지는 못할망정 힘 있는 문학이 될 수 있다."(문: 265)라고 평가한다.[24]

최재서는 사상성이 결여되어 있다는 점에서는 정도의 차이는 있지만 영국 낭만주의도 모더니즘과 다르지 않다고 지적한다. 그는 윌

---

24) 최재서는 유럽의 낭만주의 시인 중에서 조지 바이런과 하인리히 하이네를 성실성을 근거로 "위대하지는 못할망정 힘 있는 문학"을 창작한 문인으로 평가한다.

리엄 워즈워스를 제외한 나머지 낭만주의 시인들이 단편적인 이미지나 "실재하지도 않는 그 무엇에 대한 영탄 속에 섬광처럼 빛날 뿐"이었고 주장한다. 최재서는 영국 낭만주의 시인들을 괴테와 비교하면서 18세기 말엽과 19세기 초엽 괴테라는 태양 주위에는 독일 철학계와 비평계의 위성들이 운행하고 있었다고 말한다. 한편 이 무렵 영국에는 시인들의 창조력에 활기와 사상분을 주는 "정신하고도 씩씩한 사상의 조류"가 없었다고 밝힌다. 이를 달리 말하면 독일과는 달리 영국에서는 시인과 사회 사이에 괴리가 무척 컸다는 것이 된다. 이점과 관련해 모더니즘은 낭만주의의 유산을 상당 부분 물려받으면서 등장했다는 사실을 다시 한번 상기하는 것이 좋을 듯하다.

예외도 있지만 모더니즘 문학은 대체로 성공을 거두었다. 모더니즘 계열의 문학가들은 음악과 회화, 심지어 조각 같은 자매 예술의 방법을 이용해 내용과 형식, 주제와 기교를 유기적으로 결합하려고 부단히 노력했다. 소설 분야에서는 제임스 조이스, 버지니아 울프, 윌리엄 포크너 같은 작가들이, 시 분야에서는 에즈라 파운드, 엘리엇, 윌리엄 칼로스 윌리엄스, 월러스 스티븐스 같은 시인들이 서구 문학사에서 한 장(章)을 화려하게 장식했다. 한국 문학으로 좁혀 보더라도 이상과 김기림 등이 모더니즘에 기반을 둔 작품을 창작해 어느 정도 성공을 거두었다. 그러므로 모더니스트들은 최재서의 주장과는 달리 언어 예술이나 의미의 예술로서의 문학에 주목함으로써 페이터가 말하는 이상에 어느 정도 도달했다고 볼 수 있다.

최재서의 오류는 이번에는 수사학과 관련한 대목에서 찾아볼 수 있다. 『문학 원론』 12장 정서를 다루는 글에서 그는 호메로스에 관한 존 러스킨의 비평을 소개하면서 러스킨이 호메로스의 직유 또는 명유 구사를 '감상적 허위'로 비판했다고 지적한다. 그런데 최재서는 여기에서 직유와 은유에 관한 비유 개념을 혼동한다.

> [러스킨]은 정열을 단적으로 표현하는 비유에 있어서도 실재와 상상을 혼동하는 명유(明喩)보다는 양자를 어디까지나 구별하여 비교의 접속사로 연결하는 은유(隱喩)를 낮게 보았다. 또 명유를 쓰는 경우에도 그 허위성을 압도할 만큼 정열이 강하면 시적 쾌락을 느낄 수 있지만, 그렇지 않고 시인이 냉정한 정신 상태에서 한 수사적인 방편으로 쓰는 것은 가장 저열한 일이라고 해서 러스킨은 미워했다.(원: 298)

최재서가 말하는 '명유'란 오늘날 '직유(直喩)'라는 용어로 널리 사용하는 비유법이다. 당시 일본에서는 '직유'와 함께 '명유'라는 용어가 널리 쓰이고 있어 그렇게 사용한 것 같다. 직유를 '명유'로 부른다면 은유는 '암유(暗喩)'로 부르는 것이 좋을 것이다. 실제로 일본에서는 'simile'를 명유 또는 직유로, 'metaphor'를 암유 또는 은유로 사용한다.

그러나 위 인용문에서 문제가 되는 것을 용어 사용에 있지 않고 최재서가 이 두 비유법의 개념을 잘못 이해하는 데 있다. "비교의 접속사로 연결하는" 비유법은 은유가 아니라 직유 또는 명유다. 가령 조지훈의 「승무(僧舞)」의 첫 구절 "얇은 사(紗) 하이얀 고깔은/ 고이 접어서 나빌레라."에서 "나빌레라(나비로구나)"는 은유 또는 암유다. 그러나 만약 시인이 "고이 접어서 나비와 같구나."라고 했다면 명유 또는 직유가 된다. 이번에는 4·19 학생 혁명을 목도하고 난 뒤 최재서가 지은 「분노의 세대」라는 시에서 실례를 들어 보자.

회리바람처럼 밀려드는 학도대(學徒隊) 또 학도대
사악은 먼지처럼 날아가고
불의는 가랑닢처럼 타 버렸다.(인: 127~129)

최재서는 세 행 첫머리에서 직유 또는 명유를 구사한다. "회리바람처럼"이니, "먼지처럼"이니, "가랑닢처럼"이니 하는 구절이 바로 그러하다. "회리바람"이란 회오리바람의 강원도 사투리로 어쩌면 황해도에서도 그렇게 사용하는지도 모른다. 학생들이 경무대를 향해 힘차게 돌진하는 모습을 회오리바람에 빗대는 표현이다. 나머지 두 행에서도 최재서는 학생들의 시위에 자유당 정권의 부정부패와 불의가 사라지는 것을 자취도 없이 날아가는 티끌과 불에 타 없어지는 가랑잎에 빗댄다. 한편 은유나 암유는 「분노의 세대」의 첫 연 첫 구절에서 쉽게 찾아볼 수 있다.

성난 어린 사자 4천
울타리를 뛰어 넘어
아현(阿峴)마루까지 단숨이었다.

여기에서 최재서는 은유 또는 암유를 구사해 젊은 학생들을 "성난 어린 사자"에 빗댄다. 시위에 참여한 젊은 대학생들은 맹수의 왕이로되 혈기 왕성한 어린 사자라는 뜻이다. 은유는 유사성에 기반을 둔 비유법으로 '~처럼'이나 '~같이' 또는 '~인 양'처럼 두 대상을 비교하는 보조 어구를 사용하지 않고 암묵적으로 비교한다. 또한 "아현마루까지 단숨이었다"에서도 "단숨이었다"는 시위 학생들이 연세대학교 캠퍼스가 있는 연희동에서 아현동 고개까지 단거리 선수처럼 단숨에 재빨리 달려갔다는 것을 가리키는 은유로 볼 수 있다.[25]

그런가 하면 최재서는 서양 이론가들의 이름을 혼동할 때도 있다. 특히 이름이 비슷한 경우에는 더더욱 그러하다. 예를 들어 그는 1934년 《조선일보》에 기고한 「현대 주지주의 문학 이론의 건설」에서 다음과 같이 말한다.

하여튼 문학 전통 ── 즉 객관적 규준에 의하야 개개의 작품을 통제하고 판단하려는 이 주지적 기도는 외부적 권위를 극력 배척하고 오로지 '내부의 음성'에만 복종하려는 낭만파로부터 당연히 공격을 받을 것이다. 과연 비평이 노대가(老大家)인 미들튼 마리는 「비평의

---

25) 이 점에 대해서는 김욱동, 『은유와 환유』(민음사, 1999), 161~185쪽; 김욱동, 『수사학이란 무엇인가』(서울: 민음사, 2002), 92~115쪽 참고. 최재서는 "비유란 구체적인 사물을 가지고 추상적 이념을 말하는 수사법이다. 이념과 심상은 하나로 결합할 수도 있고, like나 as로 연결될 수도 있다. 전자를 암유라 하고 후자를 명유라 한다는 것은 이미 말한 바이다. 암유에 있어서나 명유에 있어서나 의미의 전환(이것이 metaphor의 어원적 의미다.)이 있다."(원: 326)라고 말한다. 방금 앞에서 인용한 단락과는 달리 여기에서 최재서는 은유와 직유의 개념을 제대로 이해하고 있다. 다만 "이념과 심상은 하나로 결합할 수도 있고"라는 구절이 조금 애매하다. 하나로 결합하는 것이 아니라 'like'나 'as' 같은 보조 수단을 사용하지 않은 채 원관념과 보조 관념을 동일시하는 수사법이다.

기능」에서 내부의 음성을 입장으로 삼고 엘리엇을 논박했다. 엘리 옷은 「비평의 직능」이란 논문에서 이를 다시 반박했다.[26]

위 인용문을 읽다 보면 "노대가인 미들튼 마리는"이라는 구절에 서 고개를 갸우뚱하게 된다. 최재서는 도대체 왜 존 미들턴 머리(John Middleton Murry)를 '노대가'라고 부르는 것일까? 머리는 1889년에 태어 났고, T. S. 엘리엇은 그 이듬해에 태어났으므로 머리는 엘리엇보다 겨우 한 살 연상이다. 머리가 「비평의 기능」이라는 논문을 쓰고 그의 논지를 반박하려고 엘리엇이 동일한 제목으로 글을 썼다는 것은 이 미 잘 알려진 사실이다. 다만 최재서는 'function'을 엘리엇의 글 제목 에서는 '기능' 대신 '직능'으로 살짝 바꾸어 놓아 두 논문을 구별 지을 뿐이다. 이 '노대가'라는 표현과 관련해 김용권(金容權)은 "전통을 따르 는 것은 보통 노년층이고 젊은 층은 쇄신을 찾지 않는가. 혹 최재서는 미들턴 마리를 길버트 머리(Gilbert Murray, 1866~1957)와 혼돈하지 않았 을까."[27]라고 지적한다. 김용권의 지적대로 최재서는 실제로 존 미들 턴 머리를 고대 그리스 문학 연구가 길버트 머리와 혼동하고 있었다.

최재서는『문학 원론』7장 문학의 생리와 심리에 관한 글에서 길 버트 머리를 인용했다. 삶과 예술의 유기적 관계와 관련해 최재서는 현대인이 고대 그리스 시인들을 부러워하는 까닭은 그들이 예술적 천재였다는 사실보다도 그들이 유용한 시민으로서 사회에 실질적으

---

26) 최재서, 「현대 주지주의 문학 이론의 건설」,《조선일보》(1934. 8. 7~20).
27) 김용권,『신뢰의 배반: 파본과 정오』(서강대 출판부, 2017), 214쪽.

로 봉사했다는 사실에 있다고 지적한다. 그러면서 그는 "희랍 시의 발달을 '인류의 진보를 향해서 걸어 나가는 힘의 구체화'라 보는 길버어트 머리 교수는 고대 사회에 있어서의 시인의 사회적 신분과 현대의 그것과를 비교하면서 다음과 같이 말했다."(원: 147)라고 밝힌다. 이 문장을 보더라도 최재서가 말하는 '노대가 머리'는 존 미들턴 머리가 아니라 그리스 문학 연구가 길버트 머리임을 알 수 있다.

더구나 최재서는 다 같이 영국 낭만주의 전통에 속하는 퍼시 비시 셸리와 새뮤얼 콜리지를 서로 혼동하기도 한다. 「시와 조사(措辭)의 문제」에서 최재서는 "쉘리는 시를 정의하야 '최적한 장소에 최선한 말'이라고 햇다. 시의 본질과는 얼토당토않은 말 같기도 하나 시의 비밀을 적절히 표현한 말이다. 웨 그러냐 하면 시의 모든 문제는 결국 조사의 문제로 돌릴 수 있으니까."(문: 260)라고 지적한다. 그런데 이 말은 셸리가 한 말이 아니라 콜리지가 한 말이다.

1827년 7월 어느 날 밤 콜리지는 월터 스콧 경, 존 드라이든, 앨저넌 시드니, 에드먼드 버크 같은 유명한 작가들에 대해 친구들과 대화를 나누었다. 콜리지는 버트의 「숭고와 아름다움의 관념의 기원에 대한 철학적 탐구」가 심오하지도 정확하지도 않다고 지적하면서 "우리의 영리한 시인들이 산문과 시에 관한 나의 소박한 정의를 기억해 주었으면 좋겠다."라고 먼저 운을 떼었다. 그리고 나서 그는 곧바로 "산문은 가장 훌륭한 순서로 배열해 놓은 말, 시는 가장 훌륭한 순서로 배열된 가장 훌륭한 말"이라고 밝혔다.[28]

---

28) 이양하는 콜리지의 이 말을 "시는 최선의 질서를 가진 최선의 말이다."라고 오

콜리지의 조카요 사위인 헨리 넬슨 콜리지가 이 말을 기록해 두었다가 뒷날 그의 숙부요 장인이 사망하자 『고(故) 새뮤얼 테일러 콜리지의 테이블토크 견본』(1935)이라는 단행본으로 출간하면서 이 말이 널리 알려졌다. 헨리는 1822년부터 1834년까지 새뮤얼 콜리지가 가족이나 친구들과의 모임에서 한 말을 전기적 목적을 위해 노트에 섞어 두곤 했다. 지금껏 어느 분인도 콜리지처럼 산문과 시의 차이를 이렇게 간단명료하게 정의를 내린 적이 없었다.

그렇다면 셸리는 이와 비슷한 말을 한 적이 없는가? 그는 「시의 옹호」에서 "시란 가장 행복하고 가장 선한 마음의 가장 선하고 가장 행복한 순간을 기록한 것이다."라고 말했다. '가장'이라는 최상급을 사용하여 시를 정의한다는 점을 제외하고는 콜리지의 말과 셸리의 말은 사뭇 다르다. 무슨 이유에서인지는 몰라도 최재서는 콜리지가 한 말을 셸리가 한 말로 착각했음이 틀림없다.

자칫 잊기 쉽지만 이러한 몇몇 실수에도 최재서는 20세기 전반에 활약한 탁월한 영문학자 중 한 사람이다. 그는 일제 강점기에는 비평 이론과 실천 비평 분야에서 주로 활약했지만 해방 후에는 영문학자로 괄목할 만한 업적을 남겼다. 한국인 학자로 최초로 미국에서 셰익스피어 연구서를 출간했다는 사실만으로도 그의 업적은 결코 작지 않다. 아직 '세계화'나 '세계 문학'이라는 용어가 널리 쓰이기 전인 20세기 중엽 최재서는 누구보다도 앞장서서 학문의 국제화를 꾀했

역했다. 이양하, 「한국 현대시의 연구」, 『이양하 미수록 수필선』(중앙일보사, 1978), 163쪽; 김욱동, 『이양하: 그의 삶과 문학』(삼인출판, 2022), 194~195쪽.

다. 오늘날 후학들이 영문학 분야에서 이룩한 업적은 그에게서 직간
접 영향 받은 바 적지 않을 것이다.

6

번역가 최재서

최재서는 영문학 연구와 더불어 번역에도 관심을 기울였다. 그는 외국 문학 연구가가 해당 문학을 연구하는 것에 그치지 않고 한 발 더 나아가 해당 문학 작품을 번역해 자국 독자들에게 소개하는 것도 그의 중요한 임무요 역할이라고 생각했다. 그는 외국 문학 작품을 번역하는 작업이 우리가 생각하는 것 이상으로 큰 역할을 한다고 늘 생각했다. 그래서 최재서는 비평가로서 활동하고 영문학자로 강단에서 강의하는 틈틈이 외국 문학 작품 번역도 게을리하지 않았다. 물론 그의 비평 작업이나 학문 활동과 비교하면 번역 활동은 일관성 있거나 체계적이지 않고 양도 많지 않다.

1920년대 말엽부터 산발적으로 번역하던 최재서가 번역에 좀 더 관심을 기울인 것은 한국 전쟁 중 대구에서 피난 생활을 할 때였다. 이 무렵 그는 19세기 미국 낭만주의 작가 너새니얼 호손의 『주홍 글자』(1850)와 20세기 미국의 대표적인 자연주의 작가 시어도어 드라이저의 『아메리카의 비극』(1925) 같은 미국 문학 작품이나 더글러스 맥아더 같은 유명 인사의 전기를 번역했다. 당시 번역 작업은 그에게 피난 시절 생계 수단의 일환이었다. 이 무렵 최재서가 전공과 직접 관련이 없는 영한사전 편찬에 관여하고 영어 문법 저서를 발간한 것과도 궤를 같이한다.

번역과 관련해 또 한 가지 흥미로운 사실은 최재서가 한국 문학 작품이나 영어 저서를 일본어로 번역하고 한국 저서를 영어로 번역했다는 점이다. 가령 그는 박화성의 작품 「한귀」와 이태준의 「꽃나무는 심어 놓고」를 일본어로 번역해 일본 유수 잡지 《가이조》에 발표했다. 또한 최재서는 뉴휴머니즘 이론가 어빙 배빗의 『루소와 낭만주의』(1919)를 일본어로 번역해 역시 가이조샤에서 출간했다. 한편 최재서는 동국대학교에 제출한 박사 학위 논문 「셰익스피어 예술론」(1961)을 영어로 번역해 미국에서 출간하기도 했다. 그렇다면 그는 번역 연구나 번역 이론에서 말하는 '내향적 번역(inbound translation)'과 '외향적 번역(outbound translation)' 두 가지를 모두 시도한 셈이다. 비록 체계적이지는 않지만 번역은 최재서의 문학 연구에서 빼놓을 수 없는 중요한 한 부분을 차지한다.

최재서의 번역관

최재서는 1938년 화가 구본웅(具本雄)이 주간하여 창간한 《청색지(靑色紙)》의 청탁을 받고 「번역 문학 관견」이라는 글을 발표했다. 최재서가 번역에 관해 쓴 것으로는 『문학과 지성』에 '단평집'이라는 소제목 아래 수록한 「번역 문학」이라는 글과 함께 이 글이 유일하다. 지금까지 학자들이나 비평가들에게서 크게 주목 받지 못했지만 이 글은 그의 번역 이론이나 번역관을 이해하는 데 중요하다. 최재서보다 앞서 김억을 비롯한 번역가들, 그리고 정인섭, 김진섭, 이하윤 같은 외국문학연구회 회원들이 번역에 관한 글을 잇달아 발표해 관심을 끌었다. 최재서의 글에는 그들의 주장과 비슷하거나 같은 점도 있고 다른 점도 있다.

최재서는 「번역 문학」에서 한국인들이 국내 영화보다는 외국 영화를 압도적으로 좋아하면서도 왜 외국 문학 작품은 그렇게 읽지 않는지 모르겠다고 불만을 털어놓으며 글을 시작한다. 그러면서 그는 "그들이 싫어하는 것은 외국 문학이 아니라 외국 문학의 번역이다."(문: 280)라고 지적한다. 최재서는 계속하여 외국 영화와 관객 사이에는 그 둘을 이어 주는 제3의 중재자가 없지만 외국 문학에는 반드시 번역자라는 중재자가 필요하다고 주장한다. 최재서는 "이 제3자로서의 번역자는 아즉까지 불충분하야 독자를 도와주기는커녕 도리혀 방해하는 경우가 많었었다. 따라서 결론은 —— 일반 독자가 번역 문학을 싫여하는 것이 아니라, 번역이 불충분 내지 졸악(拙惡)한 것이다."(문: 280)라고 결론짓는다. 이 글에서 주목해 볼 것은 최재서가 일본의 번역계를 높이 평가한다는 점이다. 식민지 조선에서도 번역자들과 번역 작품을 다루는 저널리스트들이 일본인들처럼 노력을 기울인다면 얼마든지 번역의 수준을 높일 수 있다고 주장한다.

한편 최재서는 「번역 문학 관견」에서 1930년대 말에 이르러 외

국 문학에 대한 일반 독자의 관심이 새로운 단계로 접어들었다고 진
단한다. 물론 그는 이러한 진단이 문단 현실에 따른 것이라기보다는
어디까지나 시대의 흐름에 따른 것이라는 점을 분명히 한다.

> 계몽적 수단으로서의 외국 문학의 수입(輸入)이라는 것은 발서 유행
> 에 뒤떠러진 일이라고 일반은 생각하고 있다. 우리가 외국 문학을
> 빌려오지 안트래도 자립해 나갈 만큼 충분한 교양을 싸흔 것도 아
> 니요, 또 외국 문학의 교양적 가치가 갑자기 없서진 것도 아니런만
> 여하튼 일반은 그렇게 생각하는 모양이다. 이 역(亦) 시세(時勢)의 힘
> 이라 할까?[1]

위 인용문에서 '수입'이라는 어휘가 무엇보다도 먼저 눈길을 끈
다. 다른 나라로부터 물품을 사들이는 것만이 수입은 아니다. 문학
같은 문화 상품도 얼마든지 수입하고 수출할 수가 있다. 신문학을 건
설할 무렵 '수입'이라는 어휘를 약방의 감초처럼 자주 만나게 되는 것
은 그 때문이다. 가령 1930년 이하윤은 "외국 문학의 수입이 우리 급
선무의 하나인 것은 다시 말할 필요도 없다. 아무 지반이 없는 우리
로서 그들에게 배움이 또한 없지 못할 것이며, 한 걸음 나아가서는 현
대에 살고 있는 세계인으로서만으로라도, 그리고 적어도 우리가 건
설하는 국민 문학이 세계 문학의 일부를 형성하는 이상 외국 문학을

---

1) 최재서, 「번역 문학 관견」, 《청색지》 3호(1938. 12), 80쪽.

옮겨 놓는 의무는 확실히 우리에게 부여된 한 중대한 과제다."[2]라고 지적했다. 물론 20세기 초엽 조선 문단에는 서양에서 직접 들여오는 직수입 방식의 번역도 더러 있었지만 주로 일본이나 중국을 통한 간접 수입 방식의 번역이 대세를 이루고 있었다.

한편 최재서가 이 글을 발표하기 10여 년 앞서 1927년 외국문학 연구회 회원들은 기관지 《해외문학》을 발간하면서 이니 창간 권두사에서 "무릇 신문학의 창설은 외국 문학 수입으로 그 기록을 비롯한다."라고 천명했다. 식민지 조선의 수도 경성에서 영문학을 전공한 최재서와는 달리 연구회 회원들은 식민지 종주국의 심장부 도쿄에서 외국 문학을 전공했다. 그만큼 서구 문물을 수입하되 경성보다는 좀 더 빨리 그리고 직접 받아들일 수 있다는 이점이 있었다.

그런데 여기에서 최재서가 계몽적 수단이나 교양적 가치로 외국 문학 작품을 수입하던 시기는 이제 지났다고 지적하는 점을 주목해 보아야 한다. 육당 최남선이 1908년 《소년》을, 1914년 《청춘》 잡지를 각각 창간하여 외국 문학 작품을 중역과 축역의 형태로나마 소개한 것을 두고 일컫는 것 같다. 그 뒤 김억이 비록 중역의 형태로나마 서양 시를 번역하여 소개한 것을 말하는지도 모른다. 일반 사람들이 계몽적 수단이나 교양 목적으로서의 번역 시대가 끝났다고 생각할 정도라면 문단이나 학계에 종사하는 사람들은 두말할 나위가 없을 것

---

2) 이하윤, 「경오 역단 일별(庚午譯壇一瞥)」, 『이하윤 선집 2: 평론·수필』, 37쪽. 번역 문제와 관련하여 경오년(1930)에 이하윤이 '국민 문학'의 대립 개념으로 '세계 문학'을 내세우는 것이 무척 흥미롭다. 식민지 조선에서 세계 문학을 처음 본격적으로 언급한 것은 1927년으로 이하윤이 주도적인 역할을 한 외국문학연구회였다. 이 점에 대해서는 김욱동, 『세계 문학이란 무엇인가』(서울: 소명출판, 2020), 254~275쪽 참고.

이다.

최재서는 일반 사람들의 그러한 판단이 옳든 그르든 외국 문학 연구자나 번역가라면 마땅히 일반 독자들의 요구에 부응해야 한다고 주장한다. 그는 "時流에 따라서 연구의 태도와 소개의 방법을 적절하게 順依식힐 만한 아량"은 베풀어야 하고, "외국 문학의 원론만 갖이고 독자를 질타하는 태도"를 취하는 것은 바람직하지 않다고 지적한다. 번역 행위란 번역가의 자기만족이나 지적 허영을 위한 것이 아니라 자국의 문학과 문화를 발전하기 위한 수단이기 때문이다.

최재서는 《청색지》 편집자가 청탁한 글의 제목이 '외국 문학'이 아니라 '번역 문학'이라는 점에 주목한다. 그는 이러한 변화가 단순히 용어의 변화가 아니라 정신과 태도의 변화를 보여 준다고 판단한다. 이제 조선 문단에도 외국 문학 작품의 번역을 '문학'의 범주에 넣으려는 태도를 엿볼 수 있다는 것이다. 이러한 태도는 최재서가 비평을 '비평 문학'이라는 용어를 사용해 '문학'의 범주에 넣는 것과 같다. 이와 관련해 최재서는 "우리는 같은 외국 문학을 취급하야도 그것을 외국 문학으로서가 아니라 우리의 번역 문학으로서, 즉 우리말로 이식된 문학으로서 — 취급하려는 것이다."[3]라고 밝힌다. 이처럼 그가 외국 문학 작품을 한국어로 번역한 작품도 한국의 '이식 문학'으로 간주하려 한다는 점이 놀랍다.

최재서가 방금 앞에서 인용한 단락에서는 '수입'이라는 어휘를 사용하다가 여기에서는 '이식'이라는 어휘를 사용한다는 점을 눈여

---

3) 최재서, 「번역 문학 관견」, 80~81쪽.

겨보아야 한다. 전자는 단순히 자국에 없는 물건을 외국에서 들여오는 것을 뜻하지만 후자는 외국 물건을 들여와 자국에 토착화하는 것을 말한다. 자국의 문학이나 문화와 관련해 '이식'은 '수입'보다 훨씬 더 긍정적이고 적극적인 개념이다. 가령 다른 나라에서 들여와 이식한 외래 식물은 시간이 지나면 토착화되게 마련이다. 그런데 외국 문학을 자국의 것으로 토착화하려면 자국의 관점에서 좀 더 객관적으로 외국 문학 작품을 평가하는 작업이 필요하다.

> 우리는 다만 외국 작가에 대한 숭배심이나 외국 작품에 대한 감사만을 갖이고 이야기하는 것이 아니라 우리말로 번역된 외국 문학 작품과 또 그들 작품에 대한 우리 독백의 비평을 갖이고 이야기하랴는 것이다. 장래에는 외국 작품을 잘 아는 동시에 그것을 우리말로 잘 번역할 줄 알고 외국 문학을 잘 이해하는 동시에 그것을 우리의 감성과 우리의 지성으로써 비평할 수 있는 사람만이 남어질 것이다. 이것은 실로 외국 문학 소개의 기술화(技術化)라고 하여도 좋다.[4]

최재서가 말하는 '외국 문학 소개의 기술화'가 바로 두 번째 단계의 번역 작업이다. 첫 번째 단계가 주로 일반 독자들의 계몽과 교양에 초점을 맞춘다면, 두 번째 단계에서는 좀 더 원문에 충실하게 번역할 뿐 아니라 주체적으로, 즉 "우리의 감성과 우리의 지성으로써" 번역한 작품을 평가해야 한다. 최재서는 오직 이러한 번역과 비평만

---

4) 앞의 글, 81쪽.

이 생명력을 유지할 수 있을 것이라고 내다본다. 그는 식민지 조선에서 번역의 새로운 단계로 접어든 지금 번역가들에게 이 점을 잊지 말 것을 당부한다.

더구나 최재서는 번역의 의의와 중요성을 자국어의 발전에서 찾는다. 그는 조선어가 이제까지 문학어로서 효과적으로 사용된 적이 한 번도 없다고 지적한다. 예를 들어 조선어의 가능성을 발휘했다는 시조조차도 전반적 형식에서는 "간간히 한 단어나 성구에서 조선말 독자의 섬광을 엿볼 뿐"이었고 한문이 우세했다고 주장한다. 소설도 이와 크게 다르지 않아서 가령 『춘향전』의 경우 "전아하고 고상한 묘서경(描敍景)엔 전부 한시체를 차용하고 잡(雜)되고 상(常)스러운 서사(敍事)나 대화에만 조선말이 사용된 것"을 볼 수 있다고 지적한다. 그러면서 최재서는 "우리는 과거에 있어서 우리의 말을 한 번도 문학적으로 세련한 적이 없다고 하여도 답할 말이 있는가?"라고 묻는다.[5] 물론 여기에서 그는 그 물음에 긍정적으로 답할 수 없다고 힘주어 말하려고 수사적 의문법을 구사한다. 물론 그의 주장에는 상당 부분 일리가 있다.

그러나 최재서의 말대로 시조나 고전 소설에서 조선어가 과연 한문의 위력에 눌려 문학어로서 제대로 기능을 발휘하지 못했는가?

---

5) 앞의 글, 같은 곳. 이 현상은 『춘향전』 같은 한국 고전 작품에 그치지 않고 서양 문학을 대표하는 윌리엄 셰익스피어의 희곡에서도 엿볼 수 있다. 김동석은 일찍이 셰익스피어가 왕후장상에게는 운문을 사용하게 하는 반면 신분이 낮은 사람들에게는 산문을 사용하게 한 점에 주목했다. 셰익스피어의 전체 희곡에서 운문은 74퍼센트를 차지하고 산문은 나머지 26퍼센트를 차지한다. 김동석, 「시극과 산문: 쉐익스피어의 산문」과 「뿌르조아의 인간상: 폴스타프론」, 『뿌르조아의 인간상』(서울: 탐구당, 1949), 119~147, 148~192쪽 참고.

이 물음에는 선뜻 그렇다고 대답하기 어렵다. 최재서는 박연 폭포와 서경덕(徐敬德)과 함께 '송도삼절'로 일컫던 황진이(黃眞伊)가 평시조에서, 윤선도(尹善道)가 연시조 「어부사시사(漁父四時詞)」에서, 정철(鄭澈)이 시조와 「사미인곡(思美人曲)」을 비롯한 여러 가사에서, 박인로(朴仁老)가 「노계가사」에서 감칠맛 나는 조선어를 한껏 구사한다는 점을 놓치고 있거나 애써 무시하고 있다. 어찌 되었든 최재서가 외국 문학 작품을 번역함으로써 자국어를 풍부하고 세련되게 발전시킬 수 있다고 주장하는 것은 참으로 옳다.

> 신문학 정신이 드러오자 우리는 좀 극단(極端)하리 만큼 한글 편중주의(偏重主義)로 쏠렸다. 그러나 이 주의(主義)와 보조를 같이할 수 없는 고통과 우울을 우리는 우리의 어휘 부족에서 숨길 수 없었다. 순수한 조선말만 갖이고는 현대 정신의 세련을 받지 않은 전대(前代) 문인의 감성조차 충분 적절히 표현할 수는 없었다. (그들의 한문 애용을 보면 짐작할 일이다.) 하물며 복잡하고 섬세한 현대적 감수성과 지성을 표현함에 있어 조선말의 빈곤을 느낀다는 것은 너무도 당연한 일이다.[6]

최재서의 주장대로 만약 자국어로써 현대의 감성과 지성을 담아낼 수 없다면 우리는 과연 어떻게 해야 할까? 최재서는 "이런 결함을 보충하기 위하야 고어(古語)의 탐색과 사어(死語)의 부활과 심지어 대

---

6) 앞의 글, 같은 곳.

담한 신조어(新造語)까지가 수없이 시험되었다."[7]라고 지적한다. 그는 이러한 언어의 창조성이 조선어에서 발휘될 가능성이 무척 크다고 주장한다. 조선어는 다른 외국어에 비교해 어휘가 풍부해 창조성의 잠재력이 그만큼 크기 때문이다. 최재서는 지금까지는 주로 언어학자들이 이 역할을 해 왔지만 이제는 번역가들이 이 일을 맡아야 한다고 역설한다. 언어학자는 언어를 연구하는 학자일 뿐 작가처럼 언어를 폭넓게 구사하는 사람은 아니기 때문이다. 특히 모국어의 결핍과 부족과 미숙을 누구보다도 피부로 절실하게 느끼는 사람은 다름 아닌 번역가일 것이다. 메이지 유신 초기 일본어와 1920년대 중엽의 일본어를 비교해 보면 번역을 통해 일본어의 어휘가 얼마나 다양하고 풍부해졌는지 쉽게 알 수 있다. 최재서에 앞서 일찍이 정인섭과 이하윤 같은 외국문학연구회 회원들이 이 점을 줄기차게 주장해 왔다.

최재서가 "호적이 없는 외국 문학 연구"라고 매도한 외국문학연구회 회원들은 그보다 10여 년 전 앞서 번역을 통해 자국어의 어휘를 풍부하게 해야 한다고 역설해 관심을 끌었다. 뒷날 영문학 못지않게 한글 운동에서도 크게 이바지한 정인섭은 《해외문학》 창간호에 기고한 논문 「포오를 논하야 외국 문학 연구의 필요에 급(及)하고 《해외문학》의 창간을 축함」에서 이 문제점을 날카롭게 지적한다.

이제 해외 문학을 소개할 째에 제일 먼저 고통을 늣게 되는 것은 우리말이 외국어에 비하야 빈약하고 부정돈(不整頓)된 점이다. 우리

---

7) 앞의 글, 같은 곳.

들 자신의 소양이 부족한 싸닭도 잇겟지만 원문의 세밀한 맛을 전할 만한 적당한 역어(譯語)가 부족한 것은 사실이다. 일인(日人)이 외국 작품을 역(譯)할 째도 이와 갓흔 감(感)을 가젓다는 것은 다카야마 죠규(高山樗牛) 쏘는 우에다 빈(上田敏) 갓흔 문호들이 옛날에 공언한 바이며 현재에도 역본 서언에는 그와 동일한 의미를 표시한 十설이 만타.[8]

정인섭은 조선어를 목표어로 사용하는 번역자가 느끼는 어려운 점이라면 무엇보다도 먼저 한글 어휘가 빈약하다는 데 있다고 지적한다. '빈약할' 뿐 아니라 아직 제대로 '정돈'되어 있지 않다고도 말한다. 위 인용문에서 "우리들 자신의 소양이 부족한 싸닭도 잇겟지만"이라는 구절을 좀 더 눈여겨볼 필요가 있다. 그는 여기에서 번역가의 모국어에 대한 이해가 부족하다는 말을 에둘러 말한다.

정인섭과 함께 외국문학연구회에서 주도적 역할을 한 이하윤은 좀 더 분명하게 "번역가는 첫째 원어에 능통할 것을 물론 또 우리말에 대하여 구사를 자유로히 해야 하겠고"[9]라고 밝힌다. 영국의 번역가요 비평가인 존 드라이든은 일찍이 번역가란 원천어(외국어)와 목표어(모국어) 둘 다 잘 알고 있어야 하지만 어쩔 수 없이 이중 한쪽을 희생해야 한다면 차라리 외국어를 희생하는 쪽이 낫다고 말한 적이 있

---

8) 정인섭, 「포오를 논하야 외국 문학 연구의 필요에 급(及)하고 《해외문학》의 창간을 축함」, 《해외문학》 창간호(1927. 1), 25쪽; 김욱동, 『외국문학연구회와 《해외문학》』, 223~262쪽 참고.
9) 이하윤, 「세계 문학과 조선의 번역 문학」, 『이하윤 선집 2』, 81쪽.

다.[10] 번역자는 모국어를 완벽하게 알고 있는 것 같지만 그것은 착시 현상에 지나지 않는다. 좀 더 깊이 들어가 보면 자국어에 대해 모르는 경우가 참으로 많다는 데 새삼 놀라게 된다.

더구나 이하윤은 "이 황무한 조선 문단에는 태서(泰西) 고전의 명작을 아직도 수입해 들이지 아니하면 안 되겠으며, 이 수입함으로 말미암아 언어도 문학의 발달에 따라서 그 효(効)를 아뢸 수 있으리라 믿는다."[11]라고 밝힌다. "아직도"라는 부사에서도 엿볼 수 있듯이 이하윤은 최재서처럼 계몽적 수단이나 교양적 가치로 외국 문학 작품을 수입하던 시기가 이미 지났다고는 생각하지 않는 것 같다. 다만 이하윤은 언어 발달에 번역의 역할이 무척 크다는 사실을 언급할 뿐이다.

최재서는 번역을 단순히 어휘 생성 문제를 뛰어넘어 자국 문학의 발전이라는 좀 더 넓은 관점에서 파악하기도 한다. 외국 문학 작품을 해당 문학의 독자나 비평가의 안목으로 바라보는 대신 자국의 독자나 비평가의 안목으로 바라볼 것을 제안한다.

나는 이와 반대로 외국 문학을 모어(母語)로써 사고하는 푸로쎄스를 말하고자 한다. 물론, 외국 문학을 정확하게 이해하랴면 우리는 원어(原語)에서 읽고 또 원어를 갖이고 사고하는 외에 도리가 없을 것이다. 그러나 이와 반대로 일단 흡수하고 이해한 외국 문학을 모어

---

10) John Dryden, "On Translation", *Theories of Translation: An Anthology of Essays from Dryden to Derrida*, eds. Rainter Schulte and John Biguenet(Chicago: University of Chicago Press, 1992), pp. 23~24, 30.
11) 이하윤, 「외국 문학 연구 서설」, 『이하윤 문학 선집 2』, 96쪽.

로써 생각하여 본다는 것은 모어 문학의 세련과 풍부화를 위하야 적지 않은 도움이 될 것이다. 언어는 항상 한정된 수로를 왕복할 줄 박겐 모른다. 이리해서만 우리는 일상생활에 있어 정신적 교통을 보장할 수 있다. 그러나 언어가 이렇게 인습 안에 고정화될 때 그 발달은 정지하고 만다. 이 고정된 말을 한 번 대담하게 인습으로부터 이탈시켜 갖이고 전연 새로운 스타일 안에서 새로운 의장(意匠) 하에 사용할 때 그 말은 참으로 기적이라고 하여도 가(可)할 만한 능력을 발휘하는 수가 있다.[12]

위 인용문에서 마지막 문장의 "전연 새로운 스타일 안에서 새로운 의장 하에"라는 구절을 보면 최재서는 단순히 어휘 차원을 뛰어넘어 문장 구조와 스타일까지도 염두에 둔다. 자국어와 외국어는 문장 구조에서도 판이하게 다를 수밖에 없다. 가령 한국어와 인도유럽어 계통의 영어는 특히 그러하다. 최재서에 따르면 모국어의 문장 구조라는 인습에서 과감하게 탈피해 번역을 통해 외국어의 문장 구조를 받아들일 때 기적 같은 일이 일어날 수 있다.

예를 들어 요즈음 젊은 세대 사이에서 '~하는 자신을 발견한다'라는 문장을 자주 듣게 된다. 이 표현은 두말할 나위 없이 'find myself ~ing'라는 영어 구문을 그대로 직역해서 사용하는 것이다. 물론 이 영어 표현도 본디 앵글로색슨어에 있던 영어의 고유 표현이 아니라 노르만 정복 이후 프랑스인들이 사용하던 'se trouver~'라는 표

---

12) 최재서, 「번역 문학 관견」, 82쪽.

현이 영어에 흘러 들어온 것이다. 실제로 최재서는 정지용의 「향수」를 언급하면서 "우리는 거츨고 색막한 현대시에서 '질화로에 재가 식어지면 (……) 그곳이 참아 꿈엔들 잊힐리야'로 돌아가는 우리 자신을 가끔 발견한다."(문: 308)라는 문장을 사용한다. 또한 최재서는 「교양에 대하여」에서도 "우리는 그들(작중 인물)로부터 초연하여, 일정한 거리에서 그들의 열정을 정관하고 향락하는 우리 자신을 발견한다."(교: 58)라는 문장을 사용하기도 한다. 그러나 외국어를 축역해 사용하는 이러한 표현을 과연 '기적 같은 일'이라고 할 수 있는지 의구심이 들지만 한국어 구문의 새로운 시도인 것만은 틀림없다.

번역가의 역할과 공헌과 관련해 이하윤은 「외국 문학 연구 서론」에서 "피아(彼我)의 고전으로 우리의 토대를 삼아 새 시대에 처한 우리의 문학을 탄생시킬 것이어늘 어찌 번역의 가치와 번역가의 공헌을 좋은 창작품이나 건실한 작가의 그것보다 적게 평가해 버릴 것이랴."라고 영탄조로 말한다. 그러면서 그는 계속 자국의 문학이 번역 문학에서 얻을 것은 무척 많다고 지적한다.

이제 다시 우리 문학, 문체, 언어 등에 미친 외국 문학의 영향 — 그것은 그러나 결코 우리를 분실하고 외국화(外國化)하는 것이 아니요, 우리를 확대함에 새로운 소득을 의미하는 것이 아니면 아니 된다 — 의 사적 논구(史的 論究)를 피하거니와 외국의 영향 밑에서 우리 문학이 얼마나 자랐으며, 또 그 문체, 그 언어가 얼마나 발달되면서 있는가 하는 것을 잠시도 잊어서는 아니 된다. 그리하여 이것은 일부의 경이적 대상이 되어 있는 동안에 당당한 우리의 문학 조류

속에, 우리가 쓰고 있는 문장 속에 그리고 우리의 일상 용어에 벌써 침식해 버리는 것이다.[13]

여기에서 이하윤은 외국 문학 작품의 번역이 언어에서 시작해 문체를 거쳐 마침내 문학 전체에도 아주 폭넓게 큰 영향을 끼친다고 지적한다. 이러한 상황에서 자국의 문학가는 의식적 부의식적으로 외국 문학 작품의 영향권에서 좀처럼 벗어날 수 없다. 그래서 조선 작가 중에는 자신이 사용하는 문체가 외국의 문체인 줄도 모르고 사용하는 경우도 있다고 지적한다. 이하윤은 최재서처럼 외국 문학의 번역을 '직수입적으로' 받아들이는 태도를 지양하고 조선인의 눈으로 좀 더 주체적으로 받아들여야 한다고 주장한다.

그런데 번역을 통해 모국어가 발전한다는 이론은 이미 발터 베냐민을 비롯한 서구의 많은 번역 이론가들이 끊임없이 주장해 왔다. 그들은 번역이 자국어의 어휘 생성과 문장 구조 등에 큰 역할을 한다고 지적한다. 1923년 베냐민은 「번역가의 과제」에서 "번역 속에 순수 언어의 씨앗을 심는다."라고 선뜻 이해하기 어려운 은유를 구사하여 말한다. 이 아리송한 말에는 번역가의 임무 중 하나는 원천 텍스트 속에 갇혀 있는 언어를 해방하는 것이라고 풀이할 수도 있다. 즉 번역가에게는 원천 텍스트 속에 지금껏 숨어 있던 언어를 보이게 하고 깊이 잠들

---

13) 이하윤, 「외국 문학 연구서론」, 『이하윤 선집 2』, 101쪽. 정인섭은 이하윤보다 한 발 더 나아가 "참다운 좋은 譯은 시시한 창작의 몇 배 이상의 가치를 가졌다는 것을 알아야 한다."라고 말한다. 정인섭, 「한국 현문단에 호소함」, 『한국 문단 논고』(서울: 신흥출판사, 1959), 98쪽.

고 있던 언어를 일깨우는 임무가 있다.[14] 이러한 과정에서 번역가는 원천어뿐 아니라 목표어에도 깊은 관심을 기울일 수밖에 없을 것이다.

최재서의 번역 이론에서 또 한 가지도 주목해야 할 것은 중역과 관련한 문제다. 외국문학연구회 회원들처럼 그도 원천 텍스트에서 직접 번역하지 않고 다른 언어로 번역해 놓은 것을 다시 번역하는 중역 방식을 경계한다. 앞에서 번역을 통한 외국 문학 작품의 이입을 '수입'에 빗댔지만 그는 간접 수입 방식이 아닌 직수입 방식을 선호한다. 이 점과 관련해 최재서는 "외국 문학을 기계적으로 모방하려는 일보다도 무모하고 유해한 일은 없다."라고 전제한 뒤 "번역조차도 결코 기계적인 일이 아니다."(영1: iii)라고 지적한다. 그러면서 그는 "원작품을 직접으로 이해하지도 않고 다른 나라 사람, 이를테면 일본인의 번역을 통해서 중역한다는 것은 ─ 만약 문화 왕국에 정의가 실시된다면 ─ 그 죄는 마땅이 교수형에 해당한다."(영1: iii)라고 주장한다.

서양 번역사에서 원천 텍스트의 의미를 충실하게 옮기지 않았다고 하여 실제로 화형을 당한 수치스러운 예가 있다. 16세기 프랑스 인문학자인 에티엔 돌레는 플라톤의 『대화편』 중 인간의 죽음 다음에 무엇이 존재하는지에 관한 대목을 번역하면서 원천 텍스트에 없는 "아무것도 없다.(rien du tout)"라는 구절을 덧붙여 놓았다. 인간은 사망하면 그뿐 그 뒤에는 아무것도 없다는 말을 부연 설명해 놓은 것이다. 그런데 이 구절을 근거로 1546년 소르본대학의 신학 교수들은 돌

---

14) Walter Benjamin, "The Tasks of the Translator", Marcus Bullock and Michael W. Jennings eds., *Walter Benjamin: Selected Writings, 1913~1926*(Cambridge: Harvard University Press, 1996), pp. 253~263.

레가 영생을 믿지 않으며 이것은 곧 신성 모독과 다름없다고 몰아세웠다. 결국 이단의 혐의를 받고 돌레는 장작더미 위에서 불에 타 연기로 사라지고 말았다. 그러나 최재서처럼 중역을 했다고 교수형에 처해야 한다고 주장한 예는 눈을 씻고 번역사를 찾아보아도 찾아볼 수 없다. 그만큼 그는 중역 방식을 끔찍이 싫어했던 것이다.

최재서의 번역서

최재서가 번역한 작품 중에는 문학 비평문도 있고 창작 작품도 있다. 창작 중에서도 시 같은 운문을 번역하기도 했고, 단편 소설이나 장편 소설 같은 산문 작품과 희곡 작품을 번역하기도 했다. 또한 앞에서 잠깐 언급했듯이 그가 번역한 책 중에서는 한국어를 목표어로 삼은 경우도 있고 일본어를 목표어로 삼은 경우도 있다. 다른 활동과 비교해 단행본 규모의 번역은 비교적 뒤늦게 이루어졌다. 개별적 논문을 번역한 것은 1933년으로 《동아일보》와 《조선일보》에 머튼 올드맨의 「미국 현대 소설의 동향」을 비롯해 폴 엘머의 「현대성의 파산」, 휴 월폴의 「영국 현대 소설의 동향」 등을 잇달아 번역했다. 그러나 단행본 규모로 번역하기 시작한 것은 1939년에 들어와서의 일이다. 최재서가 한국어나 일본어로 번역해 출간한 단행본은 모두 7권이다.

1. 최재서 편역, 『해외서정시집』, 경성: 인문사, 1938
2. アーヴィング・バビット, 『ルーソーと浪漫主義』(일본어), 東京: 改造文庫 상

하권, 1939~1940

3. 케리·라이안,『매카더 선풍』, 서울: 향학사, 1951

4. 나타니알 호오손,『주홍 글씨』, 서울: 을유문화사, 1953

5. 시아돌 드라이저,『아메리카의 비극』, 서울: 박영사, 1953

6. 윌리엄 셰익스피어.『햄릿』, 서울, 연희춘추사, 1954; 정음사,
1958; 한일문화사, 1958

7. A. E. 포우,『포우 단편집』, 서울: 한일문화사, 1961

위 목록에서 볼 수 있듯이 최재서가 번역한 외국 작품의 스펙트럼이 무척 크다.『해외서정시집』은 엄밀한 의미에서 최재서의 번역서로 볼 수 없다. 그가 직접 편집을 맡고 퍼시 비시 셸리와 에드거 앨런 포의 작품을 몇 편씩 번역했을 뿐 다른 번역가 10명이 참여했다. 그러나 이 시집은 지금까지 산만하게 소개되었던 외국의 서정시를 체계적으로 번역해 정리했다는 점에서 의의가 무척 크다. 이 역시집에 대해이하윤은 "이 편자가 가장 芳香 있는 19세기 歐美 낭만 시의 일대집성을 기획한 것은 우리 문단에 커다란 재보를 하나 더 추가한 것"[15]이라고 평가한다.

여기에서 한 가지 주목해 볼 것은『해외서정시집』의 번역자로 참여한 사람 중에는 외국문학연구회에서 활약한 회원들이 압도적으로 많다는 점이다. 이헌구, 김진섭, 손우성, 함대훈, 서항석, 김상용 등 무려 6명이 참여했다. 외국문학연구회와 직접 관련이 없는 번역자는 편

---

15) 이하윤, 「번역 시가의 사적 고찰」,『이하윤 선집 2』, 75쪽.

역자 최재서를 비롯해 정지용, 이양하, 임학수, 이원조 등 다섯 사람뿐이다.

물론 김억이 외국의 시 85편을 번역해 출간한 『오뇌의 무도』(1921)는 한국 최초의 번역시집으로 평가받는다. 1924년 김기진이 『세계 명작 시선』과 『연애모사(戀愛慕思)』 같은 해외 시집을 편역해 출간했지만 전문 번역가의 수준에는 크게 미지지 못했다. 그 뒤 1933년 이하윤은 『실향의 화원』을 출간해 세간의 관심을 끌었다. 이 시집에는 영국 시인 32명의 작품을 비롯해 프랑스 시인 14명의 작품, 아일랜드 시인 11명의 작품, 미국 시인 3명의 작품, 인도 시인 1명의 작품, 벨기에 시인 2명의 작품 등 모두 63명의 시인에 110편의 작품이 번역되어 있다.

최재서가 일본어로 번역해 일본에서 출간한 어빙 배빗의 『루소와 고전주의』는 무척 흥미롭다. 한국어도 아니고 일본어로 이 책을 번역한 것은 이 무렵 그가 일본어만을 유일한 '국어'로 판단했기 때문이다. 잘 알려진 것처럼 배빗은 뉴휴머니즘(신인문주의)의 기수였다. 그는 낭만주의에 맞서 신고전주의를 옹호하며 현대 문학의 가치를 평가하는 데 고전을 척도로 삼을 것을 주창했다. 최재서가 어빙의 책을 번역했다는 것은 1930년대 말엽에도 여전히 낭만주의를 비판하고 주지주의 문학관을 견지하면서 일제의 군국주의에 협조했음을 보여 주는 증거이기도 하다. 경성제국대학 법문학부 외국어문학 연구실에서 발행한 잡지 《경성제대 영문학회보》에 기고한 여러 글에서도 엿볼 수 있듯이 최재서가 배빗에게서 받은 영향은 대학 학부와 대학원 시절로 거슬러 올라갈 만큼 꽤 오래다. 최재서는 아마 T. S. 엘리엇을 거쳐 배빗을 만났을 것이다. 「전통과 개인의 재능」을 비롯한 엘리엇의 여러 글에는 배빗과 그의 뉴휴머니즘의 그림자가 자주 어른거린다.

같은 시대 활약한 비평가들이나 번역가들과 비교해 보면 최재서의 번역 수준이 뛰어나다는 사실을 알 수 있다. 가령 최재서와 나이가 비슷한 데다 도시샤대학 예과와 규슈대학에서 영문학을 전공한 김환태와 비교해 보면 잘 알 수 있다. 김환태는 1935년 8월 《시원(詩苑)》에 발표한 「표현과 기술」에서 T. S. 엘리엇의 논문 「전통과 개인의 재능」의 유명한 문장 "Poetry is not a turning loose of emotion, but an escape from emotion."을 번역해 인용한다. 그런데 그는 "시는 감정의 방종한 전회(轉回)가 아니라 감정에서의 도피(逃避)다."[16]라고 번역했다. "방종한 전회"란 도대체 무슨 뜻인가? 김환태는 부사 'loose'를 '방종한'으로, 동사 'turn'을 '전회'로 번역했다. 한마디로 묶여 있던 것을 풀어 주거나 해방하는 것을 뜻하는 영어 관용어 'turn loose'를 제대로 이해하지 못하여 생긴 어처구니없는 오역이다.

한편 최재서는 "시는 정서의 해방이 아니라 정서로부터의 도피이다."(평: 44, 46, 65)라고 올바로 번역했다. 'emotion'을 김환태처럼 '감정'으로 옮기지 않고 '정서'로 옮긴 점도 눈에 띈다. 감정과 정서에 대해 그는 "정서는 어떤 사물에 대해서 발생하는 일시적인 감정이다."라고 구별 짓는다. 또한 엘리엇이 시인과 시를 엄격히 구분 짓는 것과 관련해 최재서는 "시의 감정과 그 소재가 된 시인의 정서와를 구별해서, 시를 판단하는 마당에 있어서 시인의 화려한 생애에 현혹되는 것

---

16) 김환태, 『김환태 전집』(서울: 현대문학사, 1972), 24쪽.

을 극도로 경계한다."(원: 284)라고 밝힌다. 더 나아가 최재서는 '정서'를 '감정(feeling)', '정조(sentiment)', '열정(passion)', '열의(gusto)' 등과도 구분 짓는다. 이렇듯 최재서의 꼼꼼한 성격과 성실한 태도는 문학 텍스트를 읽을 때뿐 아니라 그것을 번역할 때도 나타난다.

최재서는 여러 글에서 '합리화'라는 어휘를 자주 사용한다. 예를 들어 올더스 헉슬리와 관련한 대목에서 그는 "헉슬리는 '욕망의 합리화'를 가지고 현대의 여러 현상을 설명하고 있다."(원: 239)라고 말한다. 여기에서 '욕망의 합리화'는 자칫 욕망을 정당화하거나 그것에 핑계를 댄다는 뜻으로 받아들일 위험이 크다. 본뜻에 가깝게 번역하려면 '욕망의 합리적 설명' 또는 '욕망의 합리적 해석'으로 옮겨야 한다.

최재서의 용어 번역에서 이보다 더욱 문제가 되는 것은 존 러스킨이 만든 'pathetic fallacy'라는 용어를 글자 그대로 '감상적 허위'로 옮긴 것이다. '감상적 허위'는 언뜻 '지적 허위'에 대립되는 용어처럼 보인다. 실제로는 이 용어는 시인이 생명이 없는 대상이나 자연에 지나치게 인간의 감정을 부여하는 경향을 일컫는다. 다시 말해서 과도한 감상주의를 경계하는 용어다. 그러므로 '감상적 허위'보다는 '감상에 따른 오류'로 옮기는 것이 좀 더 정확하다. 미국의 신비평가들은 문학 작품에서 작가의 의도를 캐는 것에 주력하는 행위를 '의도의 오류(intentional fallacy)'라고 부른다. 셰익스피어 연구가 윌슨 나이트가 예술가의 창작 의도에 따라 작품을 비평해야 한다는 주장을 '의도 오류(intention-fallacy)'라고 불렀다. 최재서는 『셰익스피어 예술론』에서 나이트의 용어를 '의도의 허위'로 옮긴다. 'intentional fallacy'나 'intention-fallacy'는 자칫 오해를 불러일으킬 수 있는 '의도적 허위'나

'의도의 허위'로 옮기는 것보다는 '의도에 따른 오류'로 옮기는 쪽이
더 적절할 것이다.

최재서의 시 번역

　최재서의 번역 수준은 대체로 높지만 방대한 양의 책을 읽다 보
니 실수를 범하는 때도 더러 있다. 좀 더 토착적인 한국어 어휘나 표
현을 찾으려 애쓰는 대신 손쉽게 일본에서 사용하는 어휘나 표현을
가져다 쓰는 경우도 있다. 그런가 하면 원문의 뜻을 잘못 이해해 오역
하거나 서툴게 졸역하는 경우도 없지 않다. 그러면 시 번역에서 문장
이나 단락 단위에 앞서 어휘나 구과 관련한 졸역이나 오역 문제를 먼
저 살펴보기로 하자. 예를 들어 최재서는 존 키츠의 유명한 시 「Ode
to a Nightingale」을 번역하면서 제목을 '야앵부(夜鶯賦)'로 옮긴다.
'ode'를 '부'로 옮기는 것은 접어 두고라도 '야앵'이라는 한자어가 거슬
린다. 두말할 나위 없이 밤에 우는 꾀꼬리라는 뜻으로 일본에서 만들
어 사용하는 어휘다. 유럽 중남부의 관목으로 우거진 숲에 사는 이
새는 동아시아 지방에는 좀처럼 서식하지 않기 때문에 신조어를 만
들어 사용할 수밖에 없다. 'night+gale(sing)'의 게르만 조어(祖語) 어원
에 따라 옮긴다면 차라리 '밤에 우는 새', 한자로 '야명조(夜鳴鳥)' 정
도가 좀 더 적절할지 모른다. 일본 바쿠후(幕府) 시대 때 적의 침입을
막으려고 걸음을 걸을 때마다 삐걱거리도록 만든 마룻바닥을 '우구
이수바리(鶯張り), 즉 '나이팅게일 바닥'이라고 부른다. 그러므로 이 새

이름은 굳이 번역하지 말고 그냥 '나이팅게일'로 표기하는 것이 좋다. 제목도 '나이팅게일에게 부치는 노래'로 풀어서 번역했더라면 독자들이 훨씬 쉽게 이해할 수 있을 것이다.

최재서는 『해외서정시집』에 그가 "영국 낭만 시인 중에서도 낭만적인" 시인으로 평가하는 퍼시 비시 셸리의 작품을 6편 번역했다. 최재서가 셸리에 깊은 관심을 기울인 것은 경성세국대학에 제출한 졸업 논문이 바로 이 낭만주의 시인에 관한 것이었다는 사실에서도 여실히 드러난다. 「종달새에게」의 첫 두 연을 원문과 함께 살펴보기로 하자.

> 너 잘 왔다 환희의 정혼(精魂)이여
>   천상에서 또는 그 근방에서
> 가득 찬 흉중의 감흥을
>   천래(天來)의 묘음(妙音)으로 노래하는
> 너는 정령코 이 따의 즘생은 아니고나
>
> 높다랗게 까마아득히
>   화기(火氣)와 같이 너는
> 따에서 소사올라
>   창궁(蒼穹)을 활개치도다
>   노래하며 달리고 달리며 노래하야.[17]

---

17) 최재서 편, 『해외서정시집』, 48~49쪽.

Hail to thee, blithe Spirit!
　Bird thou never wert,
That from Heaven, or near it,
　Pourest thy full heart
In profuse strains of unpremeditated art.

Higher still and higher
　From the earth thou springest
Like a cloud of fire;
　The blue deep thou wingest,
And singing still dost soar, and soaring ever singest.

　　첫 행의 "Hail to thee"를 "너 잘 왔다"로 옮긴 것은 요즈음 독자에게는 조금 낯설게 느껴질지 모르지만 반갑게 환영하는 인사이므로 그다지 문제가 되지 않는다. 다만 '오라'나 '반갑구나'로 옮기면 좀 더 친근감이 들 것이다. "환희의 정혼이여"보다는 '그대 활기찬 영혼이여!'나 '그대 쾌활한 정령이여!'로 옮겼더라면 더 좋았을지 모른다. "가득 찬 흉중의 감흥을"도 '가슴에 가득 찬 감흥을'이 좀 더 이해가 쉬울 것이다. 첫 연의 마지막 두 행 "천래의 묘음으로 노래하는/ 너는 정령코 이 따의 즘생은 아니고나"는 문제가 조금 심각하다. 물론 후반부는 원문 "Bird thou never wert"를 옮긴 것이다. 문제는 전반부로 "Pourest thy full heart/ In profuse strains of unpremeditated art"를 충실히 번역했다고 보기 어렵다. 이 구절의 핵심은 "unpremeditated art"로 새뮤얼 콜리지와 윌리엄 워즈워스가 『서정민요시집』(1798)에서 말한 "강렬한 감정의 자발적인 분출"과 맞닿아 있다. "Pourest thy full heart"도 가슴에 있는 모든 것을 남김없이 털어놓는다는 뜻이다. 그러므로 "천래의 묘음으로 노래하는"이라는 번역에는 키츠가 말하려는 의미가 상당 부분 희석되어 있다.

　분제가 있기는 둘째 연노 마찬가시여서 원문 "Like a cloud of fire"는 "화기와 같이"로 옮겨서는 그 뜻을 제대로 헤아리기 어렵다. '화기'라고 하면 불기운, 즉 불에서 느껴지는 뜨거운 기운으로 받아들일 독자가 적지 않을 것이기 때문이다. 불꽃이 마치 구름처럼 피어오르는 모습을 묘사하는 직유법이다. 마지막 행도 "노래하며 달리고 달리며 노래하야"로 끝맺는 것보다는 "노래하면서 계속 올라가고, 또 올라가면서 계속 노래하는구나." 정도로 옮기는 것이 좋을 것이다.

최재서의 소설 번역

　최재서는 시 번역에 이어 19세기 미국 작가 너새니얼 호손의 『주홍 글자』와 에드거 앨런 포의 단편 소설, 시어도어 드라이저의 『아메리카의 비극』 등을 번역했다. 엄밀히 말해 그는 미국 문학 전공자가 아니지만 앞에서 언급했듯이 대구에서 피난하던 시절 생계 수단의 일환으로 번역에 몰두했고, 이 두 번역은 그러한 노력의 결과였다. 그러나 최재서가 이 작품을 번역한 것을 단순히 생계 수단으로 돌릴 수만도 없다. 평소 그는 호손의 이 작품을 무척 좋아하고 높이 평가했

1950년대 최재서가 번역한 문학 작품 중
하나인 호손의 대표작.

기 때문이다. 이 번역서의 머리말에서 그는 "나타니알 호오손은 아메
리카에서 일등 가는 소설가다. 『주홍 글씨』는 호오손의 작품 중에서
일등 가는 소설이다. 따라서 『주홍 글씨』는 아메리카 문학에서 일등
가는 소설이다."라고 밝힌다. 그러면서 그는 "그러기에 『주홍 글씨』의
번역을 담당하게 된 것은 나의 최대의 영광으로 생각한다."[18]라고 덧
붙인다.

　"담당하게 된 것"이라는 말에서 드러나듯이 최재서는 『주홍 글
자』를 자신이 번역하기로 결정한 것이 아니라 다른 사람의 부탁을 받

---

18) 최재서, 「머리말」, 『주홍 글씨』(서울: 을유문화사, 1953), 1쪽.

고 번역했다. 아니나 다를까 "미스터 뿌르노오"라는 사람이 대구에 찾아와 번역할 적당한 작품이 없겠느냐고 물었다. 그러자 최재서는 첫마디로 "『스카아렛트 레터어』!"라고 대답했다. "미스터 뿌르노오"란 이 무렵 주한 미국 대사관 문정관이었던 브루노를 말한다. 당시 그는 미국의 작품을 한국어로 번역해 보급하는 일을 맡고 있었다.[19]

브루노가 대구로 최재서를 찾아온 것은 1950년내 조업 '사유아시아위원회(CFA)'의 활동과 관련이 있다. 당시 위원회는 한국인들의 반공 체험을 담은 수기와 희곡 작품 등을 선별해 영어와 일본어로 번역해 아시아 각국과 미국의 독자들에게 읽힘으로써 한국의 반공 경험을 전파하는 '원고 프로그램'을 수행했다. 미국이 이 활동에 재정적 뒷받침을 했고, 브루노가 그 실무를 맡았다. 한국 측 사무소 실무자는 《매일신보》 기자, 《문장》 편집장, 해방 후에는 새로 설립된 을유문화사 편집부장 등을 맡은 조풍연(趙豊衍)이었다. 최재서가 번역한 『주홍 글씨』가 을유문화사에서 출간된 것도 그 때문이다. 이 번역 작품은 1960년 5쇄까지 발간될 정도로 한국 독자들에게 인기가 많았다.

경성제국대학 영어영문학 전공 주임 교수인 사토 기요시도 호손의 이 소설을 일본어로 번역한 적이 있다. 그는 『히몬지(緋文字)』라는

---

19) 브루노는 단순히 미국 문학 작품을 한국어로 번역하는 작업을 지원해 주는 외에 잡지 출간도 지원했다. 《사상계》의 발행인 장준하는 "외우(畏友) 곽소진(郭少晉) 형을 통하여 당시 미국대사관 문정관으로 있던 브루노 씨가 나를 꼭 한번 만나 보고 싶다고 한다는 말을 전해 들었다. 며칠 후 곽소진 형의 안내로 브루노 씨를 그의 사무실에서 만났다."라고 말한다. 그랬더니 브루노는 《사상계》에 필요한 용지 6개월분을 기증해 주었다는 것이다. 장준하 선생 10주기 추모문집간행위원회 편, 『장준하 문집 3: 사상계지 수난사』(서울: 사상, 1985), 86쪽.

제목으로 번역해 1917년 일본기독교신흥문협회에서 출간한 것을 시작으로 1929년, 1940년, 1955년에 걸쳐 이와나미(岩坡)문고에서 여러 차례 개역을 거듭하며 출간했다. 최재서가 이 작품을 번역한 것은 브루노 못지않게 어쩌면 스승 사토 교수도 제안했거나 그의 영향을 받았기 때문인지도 모른다. 영어 'scarlet'은 짙은 적색이나 자줏빛을 뜻하기 때문에 일본어 '히'로 번역하든, 한국어 '주홍'으로 번역하든 문제가 되지 않는다. 다만 문제가 되는 것은 사토가 본뜻에 맞게 '문자'로 번역한 반면 최재서는 '글씨'로 번역했다는 점이다.

최재서가 『에드거 앨런 포 단편 선집』을 번역한 것은 대학에서 강의 교재로 사용했기 때문이다. 특히 소설을 강의하다 보면 자연스럽게 번역으로 이어지는 경우가 많다. 최재서는 단편 소설 장르에 관한 일련의 글을 쓰면서 자연스럽게 포를 만나게 되었다. 그러나 한 가지 아쉬운 것은 70여 편에 이르는 포의 단편 소설 작품 중에서 겨우 3편만 번역했다는 점이다. 물론 이 세 편은 「금딱정이」(황금벌레), 「검정괭이」(검은 고양이), 「몰그로의 살인 사건」(모르그가의 살인)으로 단편 소설 작가로서의 포의 역량을 유감없이 발휘한 작품이다.

최재서는 호손이나 포의 작품처럼 미국 문학에서 고전의 반열에 올라 있는 작품도 번역했지만, 시어도어 드라이저의 『아메리카의 비극』처럼 출간된 지 얼마 되지 않은 동시대 작품도 번역했다. 드라이저의 작품은 분량이 많아서인지는 몰라도 3부작 전편을 번역하지 않고 조지 메이버리가 축약한 텍스트를 저본으로 삼아 번역했다. 메이버리는 주인공 클라이드의 소년 시절을 다루는 전반부 내용을 거의 모두 줄이다시피 하여 원본의 절반 정도로 축약해 놓았다. 최재서는 "압축판

이라고 해서 독자는 조금도 섭섭히 생각할 필요는 없다."20)라고 밝힌
다. 그러나 번역 이론이나 연구에서 축약이나 축약본의 번역은 어떤
이유에서도 올바른 번역 방식으로 보지 않는다. 『아메리카의 비극』의
경우도 클라이드의 소년 시절을 알지 못하고는 그의 범행 동기를 제
대로 파악할 수 없다. 최재서는 『주홍 글자』 못지않게 『아메리카의 비
극』을 높이 평가했다. 드라이저를 오노레 드 발자크나 레프 톨스토이
에 견주는 최재서는 "『아메리카의 비극』은 아메리카가 세계에 자랑할
수 있는 대작품인 동시에 현대 리아리즘 문학의 큰 수확이다."21)라고
높이 평가한다.

　　최재서가 『주홍 글자』를 어떻게 번역했는지 알아보자. 그는 호
손의 대표작 *The Scarlet Letter*를 번역하면서 그 제목을 '주홍 글씨'로
옮겼다. 그러나 여기에서 'letter'는 글씨(writing)가 아니라 '글자', 좀 더
정확히 말하면 알파벳 '문자'를 말한다. 계율이 엄격한 청교도 사회에
서 간음을 범한 주인공 헤스터 프린은 평생 가슴에 주홍색 바탕천에
간음(Adultery)을 뜻하는 'A' 자를 수놓아 달고 다녀야 하는 처벌을 받
는다.

　　비단 제목만이 아니고 작중 인물의 이름을 비롯한 다른 점에서
도 문제가 되기는 마찬가지다. 6장은 헤스터와 딤스데일 목사 사이에

---

20) 최재서, 「해설」, 『아메리카의 비극』(서울: 박영사, 1953), 7쪽. 이 번역서는 '박영
문고 2~8'로 출간되었다. 분류 번호 '1'은 철학·종교·정치 등 일반 교양을, '2'는 주
로 세계 문학을 수록했다. 책 끝에 붙어 있는 '박영문고 안내'에는 최재서의 또 다른
저서 『교양론』(1~8)과 『휴매니즘』(1~13)이 근간으로 소개되어 있다. 전자는 출간되
었지만 후자는 무슨 사정이 있었는지 출간되지 않았다.
21) 앞의 글, 11쪽.

서 낳은 여자아이를 다룬다.

나는 그 어린이에 대해서는 아직도 이야기한 일이 별로 없다. 그 어린애는 이루 측량할 수 없는 하느님의 섭리로 말미암아 죄악의 정욕이 잡풀처럼 우거진 속에서 가련하고도 불멸한 한 떨기의 꽃으로 이 세상에 태어났던 것이다. 어린애가 매일처럼 자라는 것을 보고, 매일처럼 광채가 높아 가는 미모를 보고, 하루하루 총기가 나타나서 그 작은 얼굴 위에다 떨리는 햇빛을 던져 주는 것을 볼 때에, 그 슬픈 어머니에게 대해서는 그것이 얼마나 신기한 일처럼 생각되었을고! 진주 — 라고 어머니는 애 이름을 부르고 있었다.[22]

We have as yet hardly spoken of the infant that little creature, whose innocent life had sprung, by the inscrutable decree of Providence, a lovely and immortal flower, out of the rank luxuriance of a guilty passion. How strange it seemed to the sad woman, as she watched the growth, and the beauty that became every day more brilliant, and the intelligence that threw its quivering sunshine over the tiny features of this child! Her Pearl — for so had Hester called her.

---

22) 나타니엘(너새니얼) 호손, 최재서 옮김, 『주홍 글씨』(을유문화사, 1953), 58~59쪽. 앞으로 이 번역본에서의 인용은 본문 안에 '주'라는 약자와 함께 쪽수를 직접 적기로 한다.

엄밀히 말해 같은 1인칭 대명사라고 해도 단수형 '나'와 복수형 '우리'는 다르다. 특히 소설의 관점에서 보면 큰 차이가 나게 마련이다. 여러 작품에서 볼 수 있듯이 1인칭 복수형 '우리'는 흔히 한 개별적 자아가 아니라 공동 사회나 그 사회 구성원을 집단적으로 일컫는다. 가령 윌리엄 포크너의 유명한 단편 소설 「에밀리에게 장미를」의 첫 문장 "미스 에밀리 그리어슨이 세상을 떠났을 때 우리 읍내 사람들은 모두 그녀의 장례식에 참석했다."에서 '우리'는 주인공 에밀리를 동정심과 함께 비판적 안목으로 바라보는 미시시피주 요크너퍼토퍼군 제퍼슨읍 주민을 가리킨다. 포크너에게 큰 영향을 끼친 호손도 『주홍 글자』에서 '나' 대신 '우리'라는 1인칭 대명사 복수형을 서술 화자로 삼는다. 여기에서도 '우리'는 청교도의 율법을 범한 헤스터에게 가혹하다 싶을 벌을 내리는 청교도 사회나 그 주민을 가리킨다. 그러므로 "나는 그 어린이에 대해서는"이라고 옮기는 것은 적절하지 않다.

더구나 헤스터와 딤스데일 목사 사이에서 생겨난 '죄악의 열매'인 사생아 'Pearl'을 그 뜻을 살려 '진주'라고 번역하는 것도 옳지 않다. 고유 명사를 번역할 때는 의미를 옮기려 하지 말고 소리 나는 대로 원음에 가깝게 그대로 옮겨야 한다. 만약 'Pearl'을 '진주'로 번역한다면 'Dimmesdale'은 '어두운 골짜기'로 옮겨야 할 것이고, 헤스터의 남편 'Chillingworth'도 '소름끼치는 노인'으로 옮겨야 할 것이다. 그것은 'New York'을 '새로운 요크'로, 'Los Angeles'를 '천사의 도시'로, 'Ecuador'를 '적도의 나라'로, 'Firenze/Florence'를 '꽃의 도시'로 옮길 수 없는 것과 같은 이치다.

한편 『주홍 글자』를 번역하면서 최재서는 작중 인물의 대화체를 부자연스럽게 옮기기도 한다. 헤스터와 펄의 대화는 이러한 경우를 보여 주는 더할 나위 없이 좋은 예로 꼽을 만하다. 의사를 가장하여 딤스데일 목사를 무자비하게 복수하는 남편 칠링워스의 간계를 알아차린 헤스터는 마침내 목사를 만나 이 사실을 귀띔해 주려고 숲속에서 기다린다. 다음은 헤스터와 펄이 숲속에서 목사를 기다리며 대화다.

"어무니, 그 글씨는 무슨 의미입니까? 그리고 왜 그걸 달고 다니세요? 또 목사님은 무엇 때문에 항상 가슴 위에다 손을 얹으시나요?"
'뭐라고 대답할가?' 헤스터는 혼자 생각으로 해 보는 것이었다. '안 된다! 만약 이것이 저 어린애 동정심의 대가라고 한다면 나는 그 대가를 치를 수는 없다.'
그래서 헤스터는 언성을 높여서 말했다.
"망할 년 같으니라구! 그 따위 질문이 어디 있니? 이 세상에는 어린애들이 물어서는 안 될 질문이 많아. 목사님 가슴을 내가 알게 뭐니? 내 주홍 글씨야 금실이 하도 고와서 차지."(주: 185~186)

"What does the letter mean, mother? — and why dost thou wear it? — and why does the minister keep his hand over his heart?"
"What shall I say?" thought Hester to herself. — "No! If this be the price of the child's sympathy, I cannot pay it!"
Then she spoke aloud. The she spoke aloud.
"Silly Pearl," said she, "what questions are these? There are many

things in this world that a child must not ask about. What know I of the minister's heart? And as for the scarlet letter, I wear it for the sake of its gold thread!

아무리 편모슬하에서 엄격하게 자라고 조숙했다고 해도 펄의 말은 겨우 일곱 살밖에 되지 않는 어린아이의 말이라고는 좀처럼 믿어지지 않는다. 어린 딸이 어머니에게 하는 말이 아니라 오히려 학생이 교사에게 하는 말처럼 들린다. 최재서도 "저 어린애"라고 말하지 않는가? 또한 "만약 이것이 저 어린애 동정심의 대가라고 한다면 나는 그 대가를 치를 수는 없다."라는 문장도 선뜻 뜻을 헤아리기 쉽지 않다. "어린애 동정심의 대가"가 도대체 무슨 뜻일까? 여기에서 'If'는 조건을 이끄는 가정법이 아니라 양보를 이끄는 가정법이다. 즉 주홍 글자의 진정한 의미를 아이에게 가르쳐 주어 설령 그 애의 모성애나 관심을 얻는다고 하더라도 차마 그렇게 할 수는 없다는 뜻이다.

위 번역에서 더욱 심각한 문제는 "Silly Pearl"이라는 구절을 "망할 년 같으니라구!"라는 욕설로 번역한다는 점이다. "이 바보 같은 아이라고!"나 "펄, 참 멍청이 같구나!"로 옮겨도 될 것을 굳이 상스러운 욕설로 번역하는 것이 이해가 가지 않는다. 위 인용문 바로 다음에 펄이 다시 어머니에게 딤스데일 목사가 가슴 위에 자주 손을 얹는 이유를 묻는다. 그러자 헤스터는 "Hold thy tongue, naughty child!"라고 대꾸한다. 여기에서도 최재서는 "아가리를 닥쳐라, 못된 년 같으니라구!"로 번역한다. 엄격한 청교도 사회에서 아무리 온갖 수모를 겪으며 혼자서 사생아를 키우는 편모라고 해도 이렇게 어린 딸에게 욕설을 퍼붙지는 않을 것이다. 딸에게 가볍게 나무라는 말을 굳이 심한 욕설로 옮기는 것은 좋은 번역이라고 할 수 없다. '아가리'는 '대가리'처럼 짐승이나 물고기에게는 사용하여도 사람에게는 사용할 수 없는 말이다.

최재서의 『주홍 글자』 번역에서 이번에는 문장 구조와 어휘 사용과 관련한 문제를 살펴보기로 하자. 방금 앞서 인용한 헤스터와 펄의 대화가 있기 조금 앞서 두 사람이 딤스데일 목사를 오기를 기다리는 장면에서 작가는 의인법을 한껏 구사하여 이렇게 숲을 묘사한다.

잠시도 쉬지 않는 그 재잘거림으로써 시냇물의 근원이 되는 태고연한 숲 가슴 속의 이야기들을 속삭이지나 않을가, 또는 그 비밀을 빤빤한 호수 위에다 비추어 놓지나 않을가 두려워해서, 시냇물은 흘러가면서 쉴 새 없이 재잘거렸다. 쓸쓸한 사람들과 침울한 사건들 속에서 아무 재미도 없이 어린 시절을 보내는 어린애의 목소리처럼 다정스럽고 고요하고 위안적이나, 그러나 우울한 재잘거림.(주: 180)

(F)earing perhaps, that, with its never-ceasing loquacity, it should whisper tales out of the heart of the old forest whence it flowed, or mirror its revelations on the smooth surface of a pool. Continually, indeed, as it stole onward, the streamlet kept up a babble — kind, quiet, soothing, but melancholy — like the voice of a young child that was spending its infancy without playfulness, and knew not how to be merry among sad acquaintance and events of somber hue.

위 번역문은 원문의 비교적 긴 앞 두 문장이 어지럽게 뒤얽혀 있어 그 의미를 헤아리기란 무척 어렵다. 문장 구조는 접어 두고라도 "태고연한 숲 가슴 속의 이야기들을 속삭이지나 않을가."라는 구절을 살펴보자. 아주 오래된 숲의 한가운데나 심장부를 번역한 '태고연한 숲 가슴'은 좀처럼 피부에 와닿지 않는다. 더구나 "숲 가슴 속의 이야기들을 속삭이는" 것이 아니라 숲 한가운데로부터 이야기가 속삭이듯 들려오는 것이다. 또한 "비밀을 반들한 호수 위에다"라는 구절에서도 '호수'는 'pond'를 잘못 옮긴 것이다. 이 숲속에는 호수는 없고 오직 시냇물이 졸졸 흐르다가 고인 웅덩이가 있을 뿐이다.

이러한 졸역이나 오역은 위 인용문의 후반부에 이르러서도 찾아볼 수 있다. "a young child (……) knew not how to be merry"는 "아무 재미도 없이 어린 시절을 보내는 어린애"가 아니라 "어떻게 하면 재미있는지 알지 못하는 어린아이"를 말한다. 원문의 "spending its infancy without playfulness"는 번역도 하지 않고 슬그머니 넘어가 버렸다. 아니면 "아무도 재미도 없이 어린 시절을 보내는"이라는 구절로 처리한 듯하다. 그렇다면 그 대신 원문 "knew not how to be merry"를 생략한 셈이다. 마지막 구절 "그러나 우울한 재잘거림"은 그야말로 길을 잃은 어린아이처럼 문장과 유기적으로 연결되어 있지 않다.

최재서의 초서와 셰익스피어 번역

최재서는 낭만주의 시대의 시와 소설 그리고 20세기 소설에 이어 중세와 르네상스 시대의 영문학 작품도 번역했다. 중세 작품은 전편을 번역한 것이 아니라 일부를 옮겼을 뿐이지만 그의 번역 수준을 가늠해 볼 수 있는 좋은 단서가 된다. 『문학 원론』의 12장 '정서'를 다루는 항목에서 그는 제프리 초서가 『캔터베리 이야기』에서 어떻게 다양한 인물 유형을 창조해 냈는지 설명한다. 그런데 최재서가 작중 인물의 직업을 번역한 것이 그렇게 썩 잘 맞아떨어지지 않는다.

> 인간 동포에 대하여 지극한 애정을 갖지 않는 사람이었다면 도저히 이러한 작품을 쓰지는 못했을 것이다. 물론 30명의 인물이 모두 다 쵸오서의 개인적 취미에 맞는 인물들은 아니었다. 무식한 뱃사공, 야비한 밀가루 장수, 도덕적으로 비난받을 만한 온천장의 아낙네 — 이러한 인물들이 교양 있는 쵸오서와 의기 상통하는 인물들이었다고 상상할 수는 없다.(원: 279~280)

무엇보다도 먼저 "쵸오서의 개인적 취미에 맞는 인물들"에서 '취미'는 '취향'으로 번역하는 것이 좋다. 초서는 이 작품에 중세를 대표하는 여러 분야의 인물을 망라하고 있어 마치 중세 영국 사회를 축소해 놓은 것 같다는 평가를 받는다. 위 인용문에서 최재서가 언급하는 인물 중 "무식한 뱃사공"은 그런대로 문제가 되지 않는다.

그러나 "야비한 밀가루 장수, 도덕적으로 비난받을 만한 온천장의 아낙네"에 이르면 문제가 심각하다. 'Miller'는 "밀가루 장수"가 아니라 '방앗간 주인'이다. 물론 방앗간 주인이 밀가루를 판매할 수는 있겠지만 그의 직업은 일차적으로 곡식을 찧는 방앗간 주인이다. 허풍쟁이에 음담패설가로, 건장한 체격과 큼직한 골격을 지닌 근육질의 남자인 그는 씨름 대회에 출전해 상금을 탄 적도 있다. 방앗간에 맡긴 곡식을 몰래 훔치거나 삯에 바가지를 씌우는 데 능란한 인물로 흰 옷에 파란 모자를 즐겨 쓴다.

이보다 훨씬 더 심각한 것은 "Wife of Bath"를 번역한 "온천장의 아낙네"다. 흔히 이 구절은 바스라는 성을 가진 남성의 아내로 오해하거나 목욕탕 주인 여자로 잘못 받아들이기도 한다. 바스는 다름 아닌 에이번 강변에 위치한 마을 이름이다. 영국 관광 안내서를 보면 잉글랜드에서 런던을 제외하고 다른 곳 하나만 찾아야 한다면 바스를 방문하라고 권할 정도로 유명한 곳이다. '바스'라는 지명이 붙은 것은 고대 로마 시대 목욕탕으로 유명하기 때문이다. 바스는 로마의 목욕탕 유적이 가장 온전한 형태로 남아 있는 곳으로 유네스코 세계 문화유산에 등재되어 있다. 그러나 "Wife of Bath"를 목욕탕이나 온천장과 관련시키는 것은 잘못이다. 그녀의 실제 직업은 바느질이다. 그러므로 '바스에서 온 여인' 또는 '바스 출신 아낙네'로 옮겨야 한다. 최재서가 그녀를 "도덕적으로 비난받을 만한" 여성으로 묘사하는 것은 아마 결혼 전에 뭇 남성과 연애를 했으며 지금까지 무려 다섯 번이나 결혼했기 때문일 것이다.

이번에는 해방 후 최재서가 깊은 관심을 기울인 셰익스피어 작품에서 졸역이나 오역의 구체적인 실례를 찾아보기로 하자. 다음 인용문은 그가 『문학 원론』에서 희곡 장르를 설명하면서 예로 드는 『맥베스』의 한 장면이다. 왕의 시해에 망설이는 맥베스에게 그의 아내가 부추기며 하는 말이다. 원문과 최재서의 번역을 비교해 보면 그의 번역의 수준을 알 수 있다.

> 그러나 나는 당신의 성품이 염려 되요. 가장 빠른 길을 취하기에는 당신의 성질이 너무도 인간미의 밀크가 가득 차 있단 말이요. 당신은 위인이 되고 싶고, 또 야심도 없지 않지만 야망을 이루어 놓고야 말 惡心이 없단 말이오.(원: 207)

> Yet do I fear thy nature;
> It is too full o' the milk of human kindness
> To catch the nearest way; thou wouldst be great;
> Art not without ambition, but without
> The illness should attend it.(1막 5장)

"당신의 성질이 너무도 인간미의 밀크가 가득 차 있단 말이요."에서 "인간미의 밀크"가 여간 어색하게 읽히지 않는다. "milk of human kindness"란 다른 사람들에 대한 배려나 인정 또는 동정심을 뜻하는 영어 관용어 표현이기 때문이다. 물론 이 표현은 셰익스피어가 『맥베스』에서 처음 사용했고, 그 뒤 영어의 관용어로 굳어져 지금도 일상어에서 자주 사용되고 있다. '우유'를 '밀크'로 그대로 표기하는 것도 그러하지만 인간미를 우유에 빗대는 은유적 의미를 제대로 살려 내지도 못했다. 위 인용문을 다시 번역하면 이렇게 될 것이다.

하지만 근심이 되는 것은 당신의 성품입니다. 가장 빠른 지름길을 택

538

하기에는 당신은 너무 나약하고 인정에 넘치는 분입니다. 당신은 위대한 인물이 되기를 바라고 있고, 또 야심이 없는 것도 아니지만, 그 뜻을 달성하는 데 필요한 흉악한 성품을 가지고 계시지 못합니다.

젖과 관련한 은유는 위 인용문 바로 다음에서도 엿볼 수 있다. 맥베스 부인은 남편에게 시역(弑逆)을 부추길 뿐 아니라 자신에게도 담력을 갖게 해 달라고 악령에게 기원한다.

살인 사상을 방조하는 귀신들아, 나의 여자 된 성(性)을 이 자리에서 빼앗아 가고, 머리 위에서 발가락 끝까지 잔인무도한 마음으로 가득 차고도 넘쳐흐르게 해 다오. (……) 내 여자의 가슴으로 와서 젖을 없이 하고 그 대신 열을 부어라."(원: 208)

Come, you spirits

That tend on mortal thoughts, unsex me here,

And fill me from the crown to the toe top — full

Of direst cruelty. Make thick my blood,

Stop up th'access and passage to remorse,

That no compunctious visitings of nature

Shake my fell purpose, nor keep peace between

The effect and it! Come to my woman's breasts,

And take my milk for gall, you murd'ring ministers.(1막 5장)

위의 인용에서 강조한 "살인 사상"이라는 현대적 표현은 르네상스 시대에는 걸맞지 않는다. 왕을 살해하는 행위이므로 '시역'이라는 용어가 훨씬 더 어울릴 것이다. "귀신들"도 뒤에 언급하는 "murd'ring ministers"가 같은 의미이므로 '악령'으로 옮기는 쪽이 좋다. 원문 "unsex me"를 번역한 "나의 여자 된 성을 이 자리에서 빼앗아 가고"라는 구절도 한 번 읽어서는 선뜻 이해가 가지 않는다. 한마디로 친절과 인정, 배려 같은 여성의 특성을 없게 해 달라는 부탁이다.

마지막 문장에서 여성의 가슴과 젖은 여성성뿐 아니라 양육의 상징이다. "열"도 "gall"의 번역어로는 적절하지 않다. 이 어휘는 고대 그리스 의사 히포크라테스가 주장한 4체액설 또는 4액체 병리학 이론과 관련이 있다. 그는 ① 혈액, ② 담즙, ③ 점액, ④ 흑담즙의 네 가지 체액이 사람의 몸을 구성한다고 생각하여 이 네 체액이 서로 균형을 이루지 못할 때 질병이 생긴다고 주장했다. 그런데 두 번째 체액인 담즙은 흔히 "gall"이라고도 부른다. 이 담즙이 많은 사람은 흔히 매정함, 증오, 악의, 원한 같은 성격이 강한 편이다. 그러므로 "gall"을 단순히 "열"로 번역할 수 없다. 위 인용문을 다시 번역한다면 다음과 같이 될 것이다.

자, 시역의 음모를 거들어 주는 악령들아, 나에게서 여자로서의 천성을 빼앗아 가고, 머리 꼭대기에서 발끝까지 잔인하기 짝이 없는 마음으로 가득 채워 넘치게 하라! (……) 한 사람의 여자인 나의 이 가슴에 들어와서 달콤한 젖을 빨아 마시고, 대신 쓰디쓴 담즙으로 가득 채워라!

이번에는 셰익스피어의 4대 비극 중 하나인 『오셀로』에서 실례를 들어 보기로 하자. 이아고가 데스데모나의 손수건을 훔쳐 오셀로의 부관 카시오의 숙소에 떨어뜨리게 하려고 계획을 꾸미는 장면이다. 이아고는 손수건을 두고 "공기같이 가벼운 물건도 질투심에 불타는 놈에게는 성서만큼이나 효력이 있는 증거가 될 수 있어."라고 중얼거리면서 흐뭇해하는 장면이다.

저 무어인은 내 독약에 이미 변화를 일으키고 있다.
위험스런 공상들은 그 성질이 독약과 같다.
처음엔 맵지도 짜지도 않지만,
그놈이 피 속에 들어가서 조금만 작용하는 날이면,
지뢰(地雷)의 유황처럼 타 오른다.(원: 283)
The Moor already changes with my poison:
Dangerous conceits are, in their natures, poisons,
Which at the first scarce found to distastes,
But with a little act upon the blood,
Burn like the mine's sulphur.(3막 3장)

"맵지도 짜지도 않지만"이라는 구절은 한국 음식에는 몰라도 독약의 속성을 표현하는 말로는 적절하지 않다. "at the first scarce found to distastes"라는 표현은 맛이 그렇게 나쁘지 않다는 말이다. 처음에는 맛이 나쁘지 않지만 일단 핏속에 들어가면 큰 위력을 발휘한다는 뜻이다. 맛으로 표현하려면 차라리 '쓰다'고 말하는 것이 훨썬 더 적절할 것이다. "지뢰의 유황처럼"도 무슨 뜻인지 쉽게 이해되지 않는다. 땅에 파묻어 외부의 압력을 받으면 뇌관을 작동하여 폭발시키는 지뢰는 유황과는 아무 관련이 없고 유황을 채굴하는 광산을 말한다. 화산 분화구 안에 자리한 유황 광산은 유독 가스를 함유한 연기와 함께 용암을 뿜어낸다. 위 인용문은 다음과 같이 번역할 수 있을 것이다.

> 무어인은 벌써부터 내가 뿜은 독약에 마음이 변하고 있어. 위험한 억측은 그 자체가 독약이거든. 처음에는 쓴맛이 나지 않지만 조금이라도 혈액 속에 용해되면 온몸이 유황 광산처럼 불타오르게 돼 있거든.

셰익스피어 번역 중 번역가로서의 최재서의 능력이 가장 돋보이는 작품은 『햄릿』이다. 이 작품은 셰익스피어 희곡 중 그가 완역한 유일한 작품이다. 방금 앞에 언급한 셰익스피어 번역들은 최재서가 문학 원론을 전개하면서 구체적인 실례로 들려고 부분적으로 옮긴 것이다. 식민지 조선에서 『햄릿』을 최초로 번역한 사람은 현철(玄哲)이다. 그는 일찍이 1904년 일본에 유학해 메이지 대학에서 법학을 전공하다가 진로를 바꾸어 시마무라 호게쓰(島村抱月)의 게이주쓰좌(藝術座) 부속 연극 학교에서 연극을 공부했다. 귀국 후 신파극에 정통 근대극으로 넘어오는 데 징검다리 역할을 한 현철은 1921~1922년 『햄릿』을 "하므레트"라는 제목으로 번역해 《개벽》에 연재한 뒤 이듬해 박문서관에 단행본으로 출간했다. 그는 일본 번역에서 직간접으로 영향을 받았다.

현철에 이어 해방 후 『햄릿』을 두 번째로 번역한 사람은 설정식 (薛貞植)이다. 연희전문학교를 졸업한 뒤 그는 당시로서는 보기 드물게 미국에 유학해 학부와 대학원 과정을 밟았다. 그는 쓰보우치 쇼요를 비롯한 일본의 여러 셰익스피어 번역가들에게서 크고 작은 영향을 받았다.

최재서의 『햄릿』 번역은 설정식의 번역에 이어 해방 후 두 번째로 이루어진 것이다. 앞의 두 번역과 비교해 최재서의 번역에서 무엇보다도 눈에 띄는 것은 번역 연구나 번역학에서 말하는 '자국화' 번역 전략을 채택했다는 점이다. 예를 들어 12세기 덴마크 궁정에서 일어난 일을 마치 조선 시대 궁궐에서 일어난 일처럼 옮긴다. 특히 조선 시대 궁중에서 사용하던 용어를 거의 그대로 사용한다. 햄릿이 클로디어스 왕에게 하는 "Not so, my lord; I am too much i' the sun." 이라는 대사를 최재서는 "상감마마, 천만의 말씀이외다. 저는 태자라, 태양의 성덕을 너무도 많이 받고 있습니다."라고 번역한다. 이 밖에도 햄릿 왕자를 '동궁'이나 '전하', 클로디어스 왕을 '상감'이나 '상감마마', 폴로니우스를 '영감'으로 옮긴다.

『햄릿』을 번역하면서 최재서는 직역 방식보다는 의역 방식을 선택했다는 점도 주목해 볼 만하다. 그는 원문을 글자 그대로 축어적으로 옮기는 대신 원문의 의미 전달에 무게를 실었다. 이 작품에서 가장 널리 알려진 햄릿의 세 번째 독백에서 한 예로 들어 보자. 이 작품을 미처 읽지 않은 독자들도 기억할 만큼 이 독백은 아주 유명하다. 32행에 걸친 이 독백은 문학 작품에서는 말할 것도 없고 일상어에도 깊이 스며들어 있어 '~하느냐 ~하지 마느냐, 그것이 문제로다'라는 구절을 자주 입에 올린다.

> 살아 부지할 것인가, 죽어 없어질 것인가,
>
> 그것이 문제다.
>
> 가혹한 운명의 돌팔매와 화살을 받고,
>
> 참는 것이 장한 정신이냐?
>
> 아니면 조수(潮水)처럼 밀려드는 환난(患難)을 두 손을 막아,
>
> 그를 없이 함이 장한 정신이냐?
>
> 죽은 일은 자는 일. 다만 그뿐이다.[23)]
>
> To be, or not to be, that is the question:
>
> Whether 'tis nobler in the mind to suffer
>
> The slings and arrows of outrageous fortune,
>
> Or to take arms against a sea of troubles
>
> And by opposing end them. To die — to sleep,
>
> No more.(3막 1장)

첫 행 "살아 부지할 것인가, 죽어 없어질 것인가"가 먼저 눈길을 끈다. 현철은 "죽음인가 삶인가, 이것이 의문이다."로 번역했고, 설정식

---

23) 윌리엄 셰익스피어, 최재서 옮김, 『햄릿』(서울: 올재클래식스, 2014), 118쪽. 이 책은 본디 1967년에 문원사에서 출간했다. 이 독백의 다양한 국내 번역에 대해서는 김욱동, 『번역가의 길』(연암서가, 2023), 243~277쪽; 김욱동, 『한국 문학의 영문학 수용』(서강대 출판부, 2023), 417~424쪽 참고.

은 "죽느냐 사느냐, 그것이 문제로구나."로 번역했다. 그러나 최재서는 이 독백의 자구에 얽매이지 않고 오히려 의미를 살려 번역하려고 애썼다. '살아 부지하다'라는 말이 조금 어색하지만 '살아서 목숨을 부지(扶持)하다'는 말로 받아들일 수 있다. '살아 (목숨을) 부지하다', '죽어 없어지다'는 어구는 동어 반복의 표현이다. 그러나 르네상스 시대 영문학 작품을 한국 녹자들에게 소개하는 만큼 최재서는 의미를 보강해 번역하려 노력한 것 같다. 다만 4행의 "참는 것이 장한 정신이냐?"와 6행의 "그를 없이 함이"라는 구절이 조금 걸린다. "장한 정신"보다는 '고귀한 정신'이 더 적절할 것이다. 또 "by opposing end them"도 '그를 없이 하다'라는 밋밋한 표현보다는 차라리 '맞서 싸워 끝장내다'라고 옮기는 쪽이 원문에 훨씬 더 충실할뿐더러 시각적 이미지가 선명하다.

최재서의 비평 번역

그가 서양의 유명 비평가들의 글을 한국어로 번역하고 어빙 배빗의 저서 『루소와 낭만주의』를 일본어로 번역했다는 것은 이미 앞장에서 언급했다. 단행본 저서에 이어 최재서는 서양 이론가들의 비평문을 번역해 일간 신문에 싣거나 자신의 글에 직접 인용했다. 가령 그는 큰 영향을 받은 T. E. 흄의 『휴머니즘과 예술철학에 관한 성찰』(1924)을 언급하면서 낭만주의와 고전주의의 대립과 관련한 대목을 이렇게 번역한다.

여기에 낭만주의의 근원이 있다. ── 즉 개인은 무한한 가능성을 가진 그릇이다. 그래서 만일에 우리의 환경을 개조할 수 있다면 개인의 가능성은 활동할 기회를 얻어 거기에 진보를 볼 것이다.

우리는 고전적 견해를 이와 정반대의 것이라고 정의할 수 있다. 즉 인간이란 지극히 고정되고 제한된 동물이어서, 그 본성은 영구불변하다. 그래서 인간으로부터 다소 가치 있는 그 무엇을 기대하려면 전통과 조직화에 의하여 이를 훈련할 수밖에 없을 것이다.(평: 60)

Here is the root of all romanticism: that man, the individual, is an infinite reservoir of possibilities; and if you can so rearrange society by the destruction of oppressive order then these possibilities will have a chance and you will get Progress. One can define the classical quite clearly as the exact opposite to this. Man is an extraordinarily fixed and limited animal whose nature is absolutely constant. It is only by tradition and organization that anything decent can be got out of him.[24]

먼저 눈에 띄는 것은 한 단락으로 되어 있는 원문을 최재서는 두 단락으로 나누어 번역한다는 점이다. 낭만주의와 고전주의를 뚜렷이 대조해 보여 주기 위한 번역 방법으로 크게 문제 되지는 않는다.

---

24) T. E. Hulme, *Selected Writings*, ed. Patrick McGuinness(Mew York: Routledge, 2004), p. 68.

다만 낭만주의에 관한 첫 단락 두 번째 문장에서 "reservoir"의 번역어로 "그릇"은 크기가 작다는 느낌이 든다. '저수지'나 '보고(寶庫)'로 옮겼더라면 더 좋았을 것이다.

그러나 이보다 훨씬 더 심각한 문제는 "만일에 우리의 환경을 개조할 수 있다면"이라는 구절이다. 원문의 "억압적 질서를 파괴함으로써(by the destruction of oppressive order)"라는 구절을 누락하고 "만일에 우리의 환경을 개조할 수 있다면"으로 대체해 놓았다. 일본 식민지 지배를 받는 상황에서 조선 총독부의 검열을 미리 의식하고 이렇게 에둘러 번역한 것인지, 아니면 최재서 자신의 오역인지는 지금으로서는 알수 없다. 다만 "훈련"이라는 어휘가 어딘지 모르게 귀에 거슬린다.

둘째 단락의 첫 문장에서도 최재서는 "the classic"을 "고전적 견해"로 옮겼지만 흄이 지금 낭만주의와 고전주의를 차이를 언급하므로 그냥 '고전주의'로 번역하는 쪽이 좋았을 것이다. 마지막 문장에서 "전통과 조직화에 의하여 이를 훈련할 수밖에 없을 것이다."로 옮긴 것도 조금 적절하지 않다. 왜 원문에도 없는 "훈련할 수밖에 없다."라는 구절을 굳이 사족으로 달아 놓았을까? '오직 전통과 조직화에 의해서만 가치 있는 그 무엇을 얻을 수 있다.'로 번역했더라면 독자들은 원문의 의미를 훨씬 더 쉽게 이해할 수 있을 것이다. 한마디로 첫 단락이 축소 번역에 가깝다면, 두 번째 단락은 과잉 번역에 가깝다.

최재서의 졸역이나 오역은 허버트 리드의 『이성과 낭만주의』(1926)에서 한 대목을 번역할 때 더욱 분명히 드러난다. 리드는 도그마와 관련해 비평가가 도그마를 두려할 필요가 없다고 지적한다.

도그마의 단정이야말로 비평의 유일한 임무라고 생각한다. 도그마 야말로 감상과 무정형한 감수성의 끊임없고 한정 없는 파도 속에 세 워진 유일한 실체이다. 도그마는 우리들의 자유를 침범할 수 우려 가 있지만 우리는 잠시도 그것에 주저하여서는 안 된다. 왜 그러냐 하면 비평의 궁극의 목적은 도그마의 비평이며, 또 문학의 필요성(必 要性)이나 의사(意思) 이상의 가치를 표현하는 도그마만이 능히 비평 적 정신의 습격을 감당해 낼 수 있기 때문이다.(평: 14)

Dogmas are the only solidities among **successive and inconstant** waves of appreciation and amorphous sensibility. The fear that dogmas infringe liberty should not deter us for a moment, for the final object of criticism is the criticism of dogma, and only those dogmas which express values above and beyond **liberty need or will** survive the assaults of the critical sprit."[25]

위 인용문에서 강조한 부분인 "끊임없고 한정 없는"은 원문 "successive and inconstant"의 번역으로는 조금 부족하다. 파도의 속 성이 늘 그러하듯이 "연속적이고 변함없는"이라고 옮기는 쪽이 더 적 절하다. 엄밀히 말하면 파도도 실체이므로 "solidities"를 "실체"로 번역 하는 것도 정확하지 않다. 일정한 형체가 없이 유동적인 파도에 대립

---

25) Herbert Read, "The Attributes of Criticism", *Reason and Romanticism: Essays in Literary Criticism*(London: Faber and Gwyer, 1926), p. 5.

되는 말로 '고형성' 또는 '견실한 것' 정도로 옮기는 것이 좋을 듯하다.

그러나 이보다 훨씬 더 심각한 문제는 두 번째 밑줄 친 부분이다. 여기에서 최재서는 졸역의 수준을 넘어 오역의 범한다. 그는 "liberty need or will"에서 'liberty'를 '자유'가 아닌 '문학'으로 번역했다. 꼼꼼한 독서가로 정평이 나 있는 그가 어떻게 해서 'liberty'를 'literature'로 잘못 읽었는지 알 수 없다. 그것은 시각적 오류로 접어 두고라도 최재서는 'need'와 'will'을 명사형으로 파악하여 "liberty need or will"로 "문학의(자유의) 필요성이나 의사"로 번역했다. 그러나 'need or will'은 명사형이 아니라 동사 'survive'를 도와주는 조동사다. 다시 말해서 'liberty'에 붙은 어휘가 아니라 'survive'에 붙는 어휘다. 그러므로 마지막 문장은 '오직 자유를 넘어서는 가치를 표현하는 도그마만이 비판 정신의 화살을 피해 갈 필요가 있거나 그럴 수 있을 것이다.'로 옮겨야 한다.

최재서가 "liberty need or will"을 잘못 이해했다는 것은 허버트 리드에 관한 리처드 블랙머의 글을 보아도 잘 알 수 있다. 「허버트 리드 비평에 관한 노트」에서 블랙머는 "The belief that there are dogmas 'which express values above and beyond liberty' is an imaginative identity between them."[26]이라고 분명히 인용한다. 최재서가 착각한 것은 조동사 'need'가 긍정문에는 좀처럼 사용되지 않고 의문문이나 부정문에서 자주 쓰이기 때문일지도 모른다. 이 무렵 영어를 배운 사

---

26) Richard P. Blackmur, *Outsider at the Heart of Things: Essays*, ed. James T. Jones(Urbana: University of Illinois Press, 1989), p. 14.

람들은 아마 규범 문법에 충실히 따르도록 교육받았을 것이다. 그러나 전후 문맥으로 보면 조동사가 아닌 명사로 해석할 가능성은 희박하다.

최재서는 비평가로서 서구 이론을 소개하면서 비평문이나 비평서를 번역했거나, 한국 전쟁 중 대구 피난 시절에는 가족의 생계를 돕기 위해 몇몇 문학 작품을 번역했다. 어느 모로 보나 그는 직업적인 '번역가'가 아니라 필요에 따라 번역에 손을 댄 '번역자'였다. 몇몇 졸역이나 오역에도 그의 번역은 당시 번역 수준에 비추어 보면 꽤 훌륭한 편이다. 그는 어느 전문 번역가나 번역 이론가 못지않게 번역의 중요성을 깨닫고 있었다. 한마디로 최재서는 문학 이론가, 실천 비평가, 영문학자에 이어 번역자로서도 재능을 과시했던 것이다.

7

최재서와 친일

일본 제국주의가 중일 전쟁을 일으킨 직후부터 식민지 종주국과 식민지 조선의 정국은 그야말로 숨 가쁘게 돌아가기 시작했다. 전쟁 직후 일본에서는 1937년 8월 '국민정신총동원' 요강을 결정했고, 이듬해 4월에는 '국가총동원법'을 공포했다. 1938년 11월에는 고노에 후미마로(近衛文麿) 내각이 일본·만주·중국의 3국에 따른 '동아 신질서' 건설을 선언했다. 이듬해 1939년 9월 2차 세계대전이 일어나자 일본은 '일만지(日滿支) 3국'에 동남아시아를 합해 1940년 7월 마침내 '대동아 공영권'을 확립하기에 이르렀다. 같은 해 9월에는 일본·독일·이탈리아 3국이 군사 동맹 조약을 체결했다. 그 뒤 1941년 12월 일본군이 말레이반도에 상륙하고, 하와이 진주만을 공격하면서 마침내 태평양 전쟁에 불을 당겼다.

이렇게 숨 가쁘게 돌아가던 전시 상황에서 일본 제국주의는 조선의 식민지 통치를 위한 고삐를 더욱 바짝 조였다. 일제가 이러한 고삐를 조이기 위해 내건 것이 바로 '내선일체'와 '황국 신민화' 정책이 었다. 그들은 그 정책의 일환으로 천황에게 충성 맹세를 강요하고 신사 참배를 의무화했고, 조선어 교육 전면 금지와 조선어학회 사건을 통해 조선어를 말살했으며, 창씨개명을 실시해 조선의 얼을 빼앗았다. 이 밖에도 일제는 징병제와 징용제를 통해 조선인 청년들을 전쟁터와 군수 공장으로 내몰기도 했다.

이렇게 급변하는 상황에서 그동안 방관적이거나 미온적인 태도를 취해 오던 조선의 지식인들이 하나둘씩 일제에 협력하기 시작했다. 요즈음 들어 친일 문제가 부쩍 관심의 대상이 되고 있지만 친일 행위와 친일파의 기준, 범위나 대상 설정 등에 대해서는 적잖이 논란이 있어 온 것도 사실이다. 자발적으로 친일 행위에 가담했는가, 아니면 타의로 어쩔 수 없이 친일 행위에 가담할 수밖에 없었는가? 드러내 놓고 일제에 협력한 명시적 친일 행위인가, 아니면 간접적으로 일제에 협력한 묵시적 친일 행위인가? 드러내 놓고 배일이나 반일을 하지 못한 미온적 행위는 어떻게 보아야 되나? 이 모든 문제를 찬찬히 따져 보지 않고서는 '친일'이나 '반일'의 잣대를 섣불리 들이댈 수 없을 것이다.

마찬가지로 친일을 둘러싼 용어에도 문제가 있다. 황국 문학에 협력하라는 일제의 강요에 정지용은 "친일도 배일도 못한 나는 山水에 숨지 못하고 호미도 잡지 못했다. 그래도 버릴 수 없어 시를 이어 온 것인데……."[1]라고 당시의 착잡한 심정을 토로했다. 그의 말대로

---

1) 김학동, 『정지용 연구』(서울: 민음사, 1987), 149쪽에서 인용.

친일과 배일은 어떠한 관계인가? 친일은 부일(附日)과 같은 개념인가, 아니면 다른 개념인가? 만약 다르다면 과연 어떻게 다른가? 친일은 부일로 넘어가는 앞 단계로 볼 수 있는가? 그렇다면 부일과 항일은 어떻게 다른가? 친일을 둘러싼 문제는 매우 복잡하고 미묘하다.

최재서는 1949년 9월 반민족행위처벌법에 따라 구속 수감되었지만 공소시효 만료로 기소유예 처분을 받았다. 그의 친일 활동은 '일제 강점하 반민족행위 진상규명에 관한 특별법' 제2조 제11·13·17호에 해당하는 친일반민족행위로 규정되어 『친일반민족행위 진상규명 보고서』 IV-18: 친일반민족행위자 결정 이유서에 친일 관련 행적이 상세하게 기록되었다. 2002년 8월 '민족문학작가회의', '민족문제연구소', 계간《실천문학》, '나라와 문화를 생각하는 국회의원 모임', '민족정기를 세우는 국회의원 모임'은 공동으로 문학 분야 친일 인물 42명에 관한 명단을 발표했다. 선정위원회는 작품에서 식민주의와 파시즘을 옹호했는지 여부를 가장 중요한 선정 기준으로 삼았다. 일본어로 작품을 집필한 사실이나 친일 단체 참여 여부, 또는 창씨개명 여부 등은 선정 과정에서 참고로 사용했을 뿐 크게 문제 삼지는 않았다.

최재서의 친일 행위는 2009년 11월 민족문화연구소가 우여곡절 끝에 펴낸 『친일인명사전』에도 2002년에 발표한 명단과 거의 비슷하게 기록되어 있다. 고려대학교 교내 단체인 일제잔재청산위원회의 '고려대 100년 속의 일제잔재 1차 인물 10인 명단'에도 들어 있으며, 친일반민족행위 진상규명위원회가 발표한 '친일반민족행위 705인 명단'에도 포함되었다. 친일 문인으로 좁혀 보면 문학 평론 분야의 명단에 오른 11명 중에서 최재서가 작품 26편을 발표하여 단연 첫손가락에

꼽힌다. 그만큼 그는 어느 문인보다도 친일에 앞장선 문인이라는 불명예를 안았다. 이렇듯 1930년 말부터 최재서는 서구적 지성론자에서 천황 숭배론자로 변신했던 것이다.

최재서의 일본 취향

최재서가 보인 친일 행위는 일제 강점기 지식인들이나 문인들의 행위와 거의 궤를 같이한다. 더러 예외는 있으나 일제 식민지 초기에 그들은 반일이나 배일은 아니더라도 명시적으로 친일 행위에 참여하지는 않았다. 그러다가 식민지 중기를 거치면서 점차 일제에 동조하는 사람들이 늘어났고, 식민지 말기에 이르러서는 문인 거의 대부분이 이런저런 방식으로 일제에 협력하다시피 했다. 1940년에 이르면 친일 문인의 대부분은 노골적으로 드러내 놓고 일제를 찬양하는 발언을 서슴지 않았다.

이광수의 행적은 아마 이러한 변모 과정을 보여 주는 더할 나위 없이 좋은 지표가 된다. 1919년 2·8 독립 선언문을 기초하고 그해 4월 상하이 대한민국 임시 정부의 설립에 참여했으며, 임정 공보국장으로 임정의 기관지인 《독립신문》 사장과 신한청년당 기관지 《신한청년》의 주필로 활동할 때만 해도 이광수는 독립 운동가로서 조금도 손색이 없었다. 그러나 일제의 식민지 통치에 저항하던 그는 점차 일제에 협력하기 시작하더니 마침내 태평양 전쟁 무렵에는 내선일체와 황국 신민화를 찬양할 뿐 아니라 일본 제국주의의 침략 전쟁을 정당화하고

전시 동원을 독려하며 문학을 통한 보국 등을 선전하는 데 적극 협력했다. 이광수는 "나는 지금에 와서는 이러한 신념을 가진다. 즉 조선인은 전연 조선인인 것을 잊어야 한다고. 아주 피와 살과 뼈가 일본인이 되어 버려야 한다."[2]라고 발언하기에 이르렀다.

최재서도 이광수처럼 식민지 지식인으로서 이상과 현실 사이에서 무척 고민했다. 이광수가 소설가로서 진일의 선봉에 섰다면 최재서는 비평가로서 친일의 선두에 섰다. 여기에 시인 서정주를 넣는다면 시·소설·평론 세 장르에 걸쳐 조선 문단의 대표 문인이 세 사람이 친일 행위에서 견인차 역할을 했다. 그러나 이광수와 서정주가 그러하듯이 최재서도 처음부터 친일에 참여하지는 않았다. 경성제국대학에 입학할 때 법학부를 택하지 않고 문학부를 택한 것만 보아도 잘 알 수 있다. 문학부 중에서도 그는 일문학을 전공으로 택할 수도 있을 터인데도 굳이 영문학을 전공으로 택했다. 식민지 상황에서 최재서가 출세할 수 있는 길은 문학부보다는 법학부였을 것이고, 문학부라고 해도 영문학 전공보다는 국문학, 즉 일본 문학 전공이었을 것이다.

식민지 조선의 젊은 지식인에게 영국과 미국의 문학과 문화를 전공한다는 것은 곧 일본을 거치지 않고 메이지 유신 이후 일본이 모방하고 배우려고 노력해 온 서유럽의 핵심에 직접 접근한다는 것을 뜻한다. 비유적으로 말하자면 주인집의 연장을 빌려 주인집을 부수기보다는 주인집보다 힘이 센 남의 집 연장을 빌려 주인집을 부수려고 했다.

---

2) 이광수, 「심적 신체제와 조선 문화의 진로」, 《매일신보》(1940. 9. 4~12).

최재서가 '이시다 고조(石田耕造)'라는 일본식 이름으로 창씨개명을 한 것은 어찌 보면 그리 문제가 되지 않을지도 모른다. 방금 앞에서 언급했듯이 2002년 친일 인사 명단을 작성할 때도 선정위원회에서는 창씨개명 행위를 심각한 친일 행위로는 간주하지 않고 참고 자료로만 사용했다. 일제는 1939년부터 창씨개명을 준비해 1940년 2월부터 여섯 달에 걸쳐 강행했다. 이 무렵 '조선의 히틀러'로 악명 높던 관동군 사령관 출신 조선 총독 미나미 지로(南次郎)의 지시에 따른 것으로 "조선인의 몸도 마음도 황국 신민이 되게 하여 전원 전쟁에 동원하는 것"이 창씨개명을 실시한 주요 목적이었다.

창씨개명으로 말하자면 최재서는 이광수를 비롯한 다른 문인들과 비교해 그렇게 탓할 것이 못 된다. 최재서는 조선 총독부의 어용 문학잡지 《국민문학》의 발행인과 편집인을 맡으면서도 여전히 '최재서'라는 이름으로 활동했다. 그가 '이시다 고조'로 창씨개명을 한 것은 조국 해방을 거의 눈앞에 둔 1944년경이었다. 이광수는 일제가 1940년 2월 식민지 조선 전역에 '창씨개명령'을 공포하자마자 창씨개명에 앞장섰다. 그러나 최근 그는 일제가 창씨개명을 공식적으로 실시하기 2년 앞서 이미 창씨를 개명한 것으로 드러나 더욱 충격을 주었다. 1938년(쇼와 13)에 박문서관이 출간한 그의 소설 『사랑』 초판본의 판권 난에 이미 '가야마 미쓰로(香山光郎)'라는 일본식 이름을 사용한 것으로 나와 있기 때문이다.

최재서는 이광수가 창씨개명을 한 지 4년 뒤인 1944년 3월 《국민문학》의 발행인 겸 편집인 이름에 '최재서' 대신 '石田耕造'라는 이름을 처음 사용했다. 권두언에서 그는 "나는 작년경 여러 가지 자기 자신에 대해 어떻게 처신할지 깊이 결의하여 元旦을 기해 그 첫 번째 순서로 창씨를 했다. 그 이튿날 아침 그 사실을 보고하기 위해 조선신궁에 참배했다. 대전(大殿)에 깊이깊이 머리를 드리우는 순간 나는 맑디맑은 대기를 숨 쉬면서 모든 의문에서 벗어난 느낌이 들었다."[3]라고 밝힌다. "깊이깊이 머리를 드리우는 순간"은 무슨 말이며, "맑디맑은 대기를 숨 쉬면서"는 또 무슨 말인가? 최재서가 창씨개명을 했다는 사실 그 자체보다는 오히려 그 뒤에 한 그의 행동이 더욱더 문제가 된다.

그러나 최재서가 보여 준 친일의 역사는 그의 중학교 시절로 거슬러 올라간다. 적어도 '친일'이라는 용어를 일본이나 일본적인 것을 남달리 좋아한다는 넓은 의미로 해석하면 그러하다. 경성제2고등보통학교 시절부터 그는 한국인 학생들보다는 일본인 학생들과 어울리며 친하게 지냈다. 그래서 조선인 학생들한테서 '친일파'라는 오해를 받기 일쑤였다. 최재서의 여동생 최보경은 오빠를 회고하는 글에서 "존 골즈워디의 소설 『사과나무』에 "Character is fate"라는 구절이 있는데, 나는 재서 오빠를 추억할 때 늘 이 구절이 머리에 떠오르곤 한다. 오빠의 성격과 그가 걸어온 기구한 운명"[4]이라고 말한다. '성격이곧 운명'이라는 말은 골즈워디가 처음 한 말이 아니라 본디 고대 그리스 철학자 헤라클레이토스가 한 "Ethos anthropos daimon"라는 구절에서 비롯한다. 그 뒤 영국의 자연주의 소설가 토머스 하디가 『캐스

3) 최재서, '권두언',《국민문학》(1944. 3), 5~6쪽.
4) 최보경, 고순자 편, 『나는 이렇게 살았습니다』, 194쪽.

터브리지의 시장』(1886)에서 이 말을 사용했다. 골즈워디는 최재서가 감명을 받은 「사과나무」 첫머리에서 여주인공 스텔라 애셔스트와 관련해 "그녀의 성격에는 한 가닥 감정이 들어 있다."라고 언급할 뿐 이다.

"성격이 곧 운명"이라는 말을 누가 처음 했는지는 여기에서 중요 하지 않다. 다만 최보경이 어떤 맥락에서 어떤 의미로 이 말을 했는 지가 중요하다. 최재서는 어떠한 성격 때문에 '기구한 운명'을 걷게 되 었는가? 최보경이 같은 글에서 하는 다음 말은 이 질문에 단서를 제 공해 준다.

> 그는 체질적으로 일본 문학, 일본 문화를 진심으로 좋아했다. 미국 인이 일본에 왔다가 그 나라의 문화에 심취되어 귀화하기도 하고, 또 한국에 프랑스 사람이 왔다가 주저앉아 사는 사람도 있지 않은 가? 그것은 그의 그 개인의 자유이다. 그 시대 총독부(정무총감)의 억압에 응하게 된 것은 그의 성격 때문이라고 생각된다. 그의 성격 과 체질이 그의 운명을 결정했다고 본다. 그는 순수한 문학자였고, 독실하고 깨끗한 학자였다. 나는 현 시국의 정치인들의 작태를 한 심스러워 하면서, 이런 맥락에서 오빠에 관한 깊은 생각에 잠기곤 한다.5)

최보경은 최재서가 일본 문학과 일본 문화를 좋아하는 것은 그

5) 앞의 책, 195쪽.

의 '체질'에 따른 것이라고 밝힌다. 그가 '체질적으로' 일본적인 것을 좋아했다는 것은 방금 앞서 언급했듯이 경성제2고보 시절 일본인 학생들하고만 사귀었다는 점에서도 알 수 있다. 최보경은 최재서가 이렇게 일본적인 것을 좋아한 것은 어디까지나 '개인의 자유'에 속하는 문제라고 말한다. 물론 최재서가 일본적인 것을 좋아하느냐, 싫어하느냐 하는 문제는 개인의 자유일뿐더러 그의 개인적 취향이기도 하여 탓할 바가 못 된다. 그러나 가혹한 식민지 상황에서 일본 제국주의에 협력했느냐, 협력하지 않았느냐 하는 것은 개인적 기호나 취향과는 완전히 다른 차원의 문제다.

　더구나 최보경은 최재서가 1930년대 말엽 조선 총독부 정무총감의 '억압'에 응하게 된 것도 그의 타고난 체질과 성격 때문이라고 지적한다. 당시 정무총감은 조선 총독의 아래에서 군사통수권을 제외한 행정과 사법 등 모든 분야를 통괄하던 중요한 직책으로 오늘날의 총리에 해당했다. 조선 총독부가 최재서가 주재하던《인문평론》과 이태준이 주재하던《문장》을 통합해《국민문학》을 창간하는 데 주도적인 역할을 한 사람이 바로 9대 정무총감 오노 로쿠이치로(大野綠一郎)였다. 당시 일제는 전시 물자가 부족한 데다 사상 동원 정책의 일환으로 신문과 잡지를 폐간하거나 통합하는 조치를 취했다. 최재서는《국민문학》창간호에서 '국민 문학'을 "오늘 고도 국방 국가 체제의 필요에 따라 일어난 혁신의 문학"으로 자리매김을 한 뒤 그 사명으로 "유럽의 전통에 뿌리를 둔 소위 근대 문학의 한 연장으로서가 아니라, 일본 정신에 의거한 통일된 동서 문화의 종합을 지반으로 새롭게 비약하려는 일본 국민의 이상을 노래한 대표적인 문학으로 향후 동

양을 지도해야 한다."라고 천명한다. 그러면서 최재서는 작가들에게
"국민이라는 자각에 철저하고, 국가의 이상을 顯現하는 데 매진해야"
한다고 지적한다.[6]

　　최보경의 회고가 아니더라도 최재서는 직접 자신의 입으로 어린
시절부터 일본의 문학과 문화를 좋아했다고 말한 적이 있다. 그는 식
민지 조선의 토착적 전통보다는 현해탄을 건너 불어온 서구 근대와
그 박래품에 매력을 느꼈다. 그래서 일본과 관련된 것이라면 거의 모
든 것이 그의 마음에 들었던 것 같다.

　　나는 어린 시절부터 일본말과, 그 예의 바름과, 언제나 생기 있는
　　학문적 호기심과, 특히 메이지 문학이 좋았었다. 그리고 내가 알게
　　된 몇몇 내지인과는 아무런 거리낌도 없이 사귈 수 있었다. 이렇게
　　해서 나는 일본을 호흡하고 일본 안에서 성장해 왔다. 그러나 그러
　　한 것을 하나하나 일본 국가와 연결시켜 생각하려 하지는 않았다.
　　말하자면 그것은 취미의 문제이며 교양의 문제 같은 것이기 때문이
　　다.(전: 6)

　　일본 제국주의가 대한제국을 강제로 합병하기 3년 전에 태어났
으니 최재서의 삶은 일본 식민지의 역사와 거의 같이한다. 위 인용문

6) 최재서, 「국민 문학의 요건(國民文學の要件)」, 《국민문학》(1941. 11), 35, 36쪽. 최
재서가 자의가 아니라 조선 총독부의 '지시'에 따라 이 잡지를 책임 맡았다는 것은
《국민문학》의 편집 분부를 받고부터……"라고 말하는 데서도 단적으로 엿볼 수 있
다. 최재서, 『轉換期の朝鮮文學』(인문사, 1943); 최재서, 노상래 옮김, 『전환기의 조선
문학』, 112쪽.

에는 해주 고향에서 보통학교에 다닐 때부터 경성에 올라와 중학교 과정을 밟을 때까지 그의 일본 애호가 짙게 묻어난다. 어렸을 때부터 "일본을 호흡하고 일본 안에서 성장해 왔다.라"는 한마디 문장에서 그가 얼마나 일본을 좋아했는지 쉽게 짐작할 수 있다. 최재서도 여동생 최보경처럼 마지막 구절에서 그가 일본을 좋아하는 것은 "취미의 문제이며 교양의 문제"일 뿐 제국주의 국가나 식민지 종주국으로서의 일본과는 아무 관련이 없다고 잘라 말한다.

　최재서의 일본 애호는 경성제국대학 예과와 본과에 입학해서도 크게 달라지지 않았다. 어쩌면 전보다 더하면 더했지 그보다 덜하지는 않았다. 이 무렵 경성제대야말로 일본 제국주의가 이룩한 문화적 결정체라 할 수 있었다.

　　성적이 우수한 최재서는 선생과 자주 접촉하고 특히 후지이(藤井) 교수로부터 영어 잘한다고 총애를 받던 처지다. 동창생들은 성적이 우수한 그가 여당적 성품이라 일본어만 말하고 우리말을 잘 쓰지 않은 것은 사실이지만 (……) 조선 학생들은 기회 있을 때마다 그에게 그러지 말라고 듣기 싫은 말로 타일렀다. 최재서는 일본 학생과 친할 것뿐 아니라 현영남(玄永男)과 노는 외에는 조선 학생과 가까이 하지 않았다.[7]

　위 인용문에서 "여당적 성품"이란 식민지 조선보다는 일본을 좋

7) 이충우, 『경성제국대학』(서울: 다락원, 1980), 122쪽.

아하는 성향이라는 뜻이다. 그래서 그는 모국어보다는 식민지 종주국의 언어인 일본어만 사용했다. 후지이 교수는 앞장에서 언급했듯이 경성제국대학 설립 준비위원 중 한 사람으로 활약한 영문학자 후지이 아키오를 말한다. 영국인 레지널드 블라이스를 경성제대 영어·영문학 전공 교실의 외국인 강사로 초빙해 온 장본인으로 경성제대 예과에서 교수로 근무했다. 최재서가 영어를 잘하고 영문학 실력이 뛰어나다고 칭찬한 일본인 교수는 후지이에 그치지 않고 블라이스 교수도 마찬가지였다. 최재서가 조선 학생 중에서 유독 어울렸다는 현영남은 본명이 현영섭으로 경성제1고보에 재학 중 이효석과 같은 반이었지만 예과에는 1년 늦게 들어와 최재서와 동급생이 되었다. 현영섭은 영시에 대한 이해가 뛰어나 블라이스에게서 '천재'라고 칭찬을 들을 정도였다. 그는 졸업 후 무정부주의자가 되어 중국과 일본에서 남화한인청년연맹(南華韓人靑年聯盟) 조직원으로 활동했다.

일본 문화를 좋아하는 최재서의 이러한 태도는 단순한 취향의 문제가 아니라 그의 인생관이요 세계관에서 비롯하는 것으로 보아야 한다. 「교양의 정신」이라는 글에서 그는 문화적 국수주의를 지양하고 외국 문화를 좀 더 포용적으로 수용할 것을 주장한다. 이 문제는 그가 말하는 '교양'과 깊이 관련되어 있다.

교양은 일반적인 동시에 또한 포용적이다. 어떤 성질의 문화에 대해서나 또는 문화의 어떤 부문에 대해서나 교양은 배타적이 아니다. 무엇이나 자기 개성의 양식이 될 만한 것이면 섭취하고 또 이질적인 것일지라도 일단은 받아들이는 것이 교양의 정신이다. 따라서 어렸을 때부터 너무도 배타적인 태도로서 외래문화에 대하도록 훈련되는 사회는 결코 행복한 사회는 아니다.(평: 170)

최재서는 어렸을 때부터 부모에게서 일본 문화를 포용적으로 받아들이도록 교육 받은 것 같다. 그의 부모가 아들도 아니고 세 딸을 모두 일본에 유학 보냈나는 사실은 이를 뒷받침한다. 물론 그는 서유럽 문화를 비롯한 이질적인 외래문화를 무분별하게 섭취한 나머지 오히려 개성을 잃고 자아분열을 일으킨 경우도 없지 않다고 지적한다. 그런데도 교양의 정신이 관용의 정신이라는 원칙에는 변함이 없다고 말한다.

최재서가 유난히 일본을 좋아하는 태도는 경성제국대학 본과에 들어가서도 마찬가지였다. 재학 중 그는 주로 일본인 학생들과 어울려 음악과 스포츠, 웅변 같은 교외 활동을 열심히 했다. 최재서의 경성제대 1년 후배 조용만은 "이것이 나중에 전쟁 말기에 그가 좋지 않은 친일 협력자가 된 소지였을는지 모른다."[8]라고 밝혔다. 1930년대 말엽 최재서의 행위를 보면 조용만의 추측은 타당성이 있다.

최재서의 친일 행위는 그를 연구하는 사람이라면 반드시 넘어야 할 높은 산이다. 이 산을 넘지 않고는 그의 삶과 문학을 제대로 평가할 수 없다. 그래서 그동안 적지 않은 학자들과 비평가들이 최재서의 친일 행위를 다루어 왔다. 예를 들어 김흥규는 최재서의 친일을 "지

---

8) 조용만, 「30년대의 문화계: 경성제대 영문과」, 《중앙일보》(1984. 7. 27).

적·도덕적 파산"으로 간주한다.[9] 최재서의 친일을 '사상적 전향'이라고 해도 될 터인데 굳이 '파산'으로 자리매김하는 까닭이 어디 있을까? 이 물음에 대한 답 중 하나는 최재서가 좁게는 한국 비평사, 더 넓게는 한국 문학사에서 그동안 차지해 온 위상에서 찾아야 한다. 그는 누가 뭐래도 한국 문단에 이론적이고 과학적 비평 방법을 도입한 최초의 비평가였다. 이렇게 그의 위상이 높은 만큼 그에 대한 반작용도 클 수밖에 없을 것이다.

최재서의 친일 유형

최재서의 본격적인 친일 행위는 1930년대 말부터 태평양 전쟁이 끝나고 식민지 조선이 해방을 맞이한 1945년까지 10년 가까이 이어졌다. 이 기간 동안 그가 보인 친일 행위는 크게 ① 문필을 통한 친일 활동, ② 강연과 좌담회를 통한 친일 활동, ③ 단체나 기관을 통한 친일 활동 등 크게 세 유형으로 나뉜다. 이 중 어느 하나에만 속해도 친일 혐의에서 벗어날 수 없는데 최재서는 이 세 유형 모두에 해당한다는 점에서 친일의 순도가 아주 높다.

최재서가 친일 문학지 《국민문학》을 비롯한 일간 신문과 잡지를 통해 발표한 글 중 줄잡아 26편이 친일적 성격으로 판명되었다. 그중에서도 창작을 제외하고 잡지와 일간 신문에 기고한 글을 예로 들면

---

9) 김흥규, 『문학과 역사적 인간』, 356~362쪽.

다음과 같다.

1. 「전쟁 문학」, 《인문평론》(1940. 6)

2. 「사변 당초와 나」, 《인문평론》(1940. 7)

3. 「문화 이론의 재편성」, 《매일신보》(1941. 1. 14)

4. 「문학 신체제화의 복표」, 《녹기》(1941. 2)

5. 「전형기의 평론계」, 《매일신보》(1941. 11. 11~12)

6. 「문학 정신의 전환」, 《인문평론》(1941. 4)

7. 「신체제 하의 문예 비평」, 《국민문학》(1941. 11)

8. 「징병제 실시의 문화적 의의」, 《국민문학》(1942. 5·6)

9. 「징병제 실시와 지식 계급」, 『전환기의 조선 문학』(1943. 4)

11. 「새로운 비평을 위하여」, 《국민문학》(1942. 7)

12. 「조선 문학의 현단계」, 《국민문학》(1942. 8)

13. 「징병 검사와 우리의 각오」, 《매일신보》(1942. 8)

14. 「문학자와 세계관의 문제」, 《국민문학》(1942. 10)

15. 「사상전의 첨병」, 《국민문학》(1943. 6)

16. 「대동아 의식에 눈뜨며」, 《국민문학》(1943. 9)

17. 「받들어 모시는 문학」, 《국민문학》(1944. 4)

최재서의 사상적 변모에 중요한 역할을 하는 것이 1931년의 만주 사변과 1937년의 중일 전쟁이었다. 그가 '제1차 대지진'과 '제2차 대지진'으로 일컫는 이 두 사건은 최재서가 비교적 중립적 태도나 소극적 친일에서 벗어나 적극적 친일로 나아가는 데 결정적인 계기가 되었다. 그 이전까지만 해도 그는 불안한 세계 정세를 오히려 우려하면서 그것에서 비롯한 문화적 위기를 지성적 관점에서 극복하려고 애쓰는 모습을 보였다. 그러다가 1937년 12월 출판사 인문사를 설립해 대표로 취임하고 《인문평론》을 창간한 1939년 10월부터 최재서는 좀 더 본격적으로 친일 성향을 드러내기 시작했다.

최재서가 집필한 것임에 틀림없는 《인문평론》 창간호 권두언 「건설과 문학」에서는 "동양 신질서의 건설"을 들고 나온다. 그는 "세계의 정세는 시시각각으로 변하고 독파(獨波) 간에는 벌써 무력 충돌이 발생하여 歐洲의 위기를 고하고 있다. 그러나 동양에는 동양으로서의 사태가 있고 동양 민족에게는 동양 민족으로서의 사명이 있다. 그것은 동양 신질서의 건설이다. 지나(支那)를 구라파적 질곡으로부터 해방하여 동양에 새로운 자주적인 국가를 건설함이다."[10]라고 밝힌다. 여기에서 독파란 두말할 나위 없이 독일과 폴란드를 가리킨다. 일본의 중국 침략을 서유럽으로부터 중국을 보호하는 행위라는 '동양 신질서'라는 주장은 실제 사실과 명백히 다르다. 더 나아가 그것은 일본 제국주의를 중심으로 하는 신체제와 대동아 공영권을 건설하자는 친일적인 발언이다. 이러한 친일적 발언은 1939년 10월 조선 총독부가 만든 친일 문학 단체인 조선문인협회의 조직에 그가 적극적으로 참여한 것과 거의 때를 같이했다.

그러나 문서를 통한 최재서의 친일 행위는 「문학 정신의 전환」에서 그가 말하는 '문화의 국민화'를 부르짖는 데서 좀 더 뚜렷이 엿볼

---

10) 최재서, 「권두언」, 《인문평론》 창간호(1939. 10).

수 있다. 1940년 6월 독일군의 파리 함락을 목격하면서 그에게 친일이란 이제는 선택 사항이 아니라 필수 사항이 되었다. 최재서에게 파리의 함락은 여러모로 상징적 의미가 있었다. 르네상스 이후의 서구 근대가 허물어지고 대신 새로운 질서가 탄생하는 것, 즉 이제 독일 전체주의를 중심으로 하는 새로운 세계 질서로 재편되는 것을 의미했다. 서구 근대에 관심이 많던 그에게 서구 근대의 몰락은 엄청난 충격이었다.

> 불파리(佛巴里)의 함락은 우리에게 많은 교훈과 동시에 많은 문제를 던져 주었다. (……) 불란서는 1790년의 혁명 이래 스스로 그 요람이 되었던 문화의 고스모포리타니즘 때문에 문화의 국가성을 등한시하지 않았던가? 자율적으로 발달하여 가는 문화의 순수성 때문에 국민적 문화는 중대한 결함을 가지게 되지 않았던가? (……) 이리하여 문화의 옹호와 국가의 옹호가 결코 별다른 두 가지 것이 아니라 불즉불리(不卽不離)의 한 가지 것이라는 것을 우리는 불란서의 비극에서 배웠다. (……) 국가의 기반(羈絆)을 벗어나서만 문화는 순수하게 발달할 수 있다는 문화주의적 사고 형식은 19세기적 환상과 더불어, 대포 소리에 깨어지고 말았다. (……) 현대 문화가 취할 바 전환의 목표란 거지반 자명(自明)에 속한 일이 되고 만다. 문화의 국민화 —— 이 이외에 길은 없을 것이다.(전: 21)

흔히 '국민의 문화화'라는 말은 사용해도 "문화의 국민화"라는 용어는 좀처럼 사용하지 않는다. 이 용어는 그만큼 어떤 목적을 위해 인위적으로 만들어 낸 용어다. 최재서가 말하는 "문화의 국민화"란 한 민족이나 국가의 문화를 단일한 정치 체제에 예속시키는 것을 말한다. 더 구체적으로 말하면 식민지 조선의 고유한 문화를 일제의 군국주의에 포섭시키는 태도를 이른다. 그러나 문화란 마치 흐르는 물과 같아서 억지로 수로를 바꾸거나 막으면 불가피하게 왜곡이 일어나고 변질되게 마련이다. 이렇게 인위적으로 강압한다는 점에서 "문화의 국민화"는 '문화의 파시즘화'로 불러도 크게 틀리지 않을 것 같다.

최재서는 영문학자나 문학 비평가로 활동할 초창기, 즉 경성제국대학 졸업 후 1930년대 초엽 스승 사토 기요시처럼 문학이나 문화의 자기 목적성을 주창했다. 그런데 불과 10여 년 사이에 최재서의 문학관이나 문화관은 이렇게 상당히 변질되었다. 국가의 굴레에서 벗어난 문화는 발달할 수 없다는 주장은 문화의 순수성이나 독자성을 완전히 부정하는 행위로밖에는 볼 수 없다. 최재서는 이러한 문화의 순수성과 독립성은 독일군의 파리 함락이 보여 주듯이 이제 시대착오적인 것이 되고 말았다고 주장한다. 문화의 순수성을 강조하는 문화주의적 사고가 "대포 소리에 깨어지고 말았다."라는 것은 세계대전 이후 이론적 근거를 상실했다는 것을 뜻한다. 파리 함락을 목도하면서 최재서는 문화란 궁극적으로 국가라는 강력한 정치적 힘이 뒷받침되지 않고서는 결코 유지될 수 없다는 국가주의나 국수주의적 방향으로 성큼 다가섰다. 그렇다면 "문화의 국민화"란 앞으로 그가 전개할 황국 문화론의 구호로 보아도 크게 틀리지 않다.

최재서는 불과 4년 전만 해도 '문화인'과 '국민'을 서로 엄격히 구분 지었다. 「문화 기여자로서」라는 글에서 그는 지리적 지도와 문화적 지도가 서로 다르다고 주장한다.

> 세계에는 정치적·지리적 지도 외에 문화적·정신적 지도가 있다. 이것은 문화 왕국(文化王國)의 정신적 분포를 표시한 지도이다. 그러나 20세기 문화 지도에서 우리는 우리의 땅을 발견할 수 업나는 섭섭한 사실을 시인치 안흘 수 업다. (……) 내 것을 가지고 일단위(一單位)로서 세계 문화 왕국을 등정하는 데에 나는 영광과 희열을 예상한다. 우리는 국민인 외에 또한 문화인이라는 자각을 가질 때에, 즉 세계 문화 왕국에 충성할 때에 비로서 우리의 문화를 개발할 수 잇고 또 문화 기여자도 될 수 잇다고 생각한다.[11]

최재서가 이렇게 정치적·지리적 지도와 문화적·정신적 지도를 구분 짓는다는 것은 정치 못지않게 문화를 중요하게 생각한다는 증거다. 그는 식민지 상황에서 문화 지도에서 조선이라는 추상적 영역을 갖지 못하는 것이 아쉽지만 언젠가는 조선 문화를 발전시켜 세계 문화 왕국에서 한자리를 차지할 날을 기대해 마지않았다. 그러기 위해서 최재서는 우리는 '국민'이라는 신분에 만족하지 말고 더 나아가 '문화인'이라는 사실을 깨닫는 것이 무엇보다 중요하다고 역설했다. 그는 「메가로포리타니즘」이라는 글에서는 런던이나 파리 같은 서유럽의 대도시에서 서구 젊은이를 만나 자유롭게 '정신적 교우'를 맺고

---

11) 최재서, 「문화 기여자로서」, 《조선일보》(1937. 6. 9).

싶다고 말하기도 했다. 이렇듯 최재서의 마음은 이 당시만 해도 세계를 향해 활짝 열려 있었다.

이 무렵 최재서가 겪은 사상적 변모는 '전환'을 비롯하여 '전형(轉形)', '재검토', '재편성'이라는 용어를 부쩍 자주 사용한다는 데서도 엿볼 수 있다. 2차 세계대전과 태평양 전쟁을 겪고 있던 당시 일본과 동아시아는 그 어느 때보다 새롭게 방향 전환을 모색해야만 하는 단계에 이르렀다. 최재서는 「전환기의 문화 이론」에서 문화는 지금까지의 향유해 오던 문화와는 전혀 다른 것이 되어야 한다고 역설한다.

> 국민적인 분열과 항쟁의 의식을 고취하는 문화는 다만 그것만의 이유로서 국가적 입장에선 거부될 것이다. 계급적 분열을 고취하는 좌익 문학은 말할 것도 없고 개인 의식의 분열을 유일의 주제로 삼는 심리주의 소설이나 가족 간, 특히 부자 간의 분열 항쟁을 폭로하는 가정 비극 소설이 오늘 백안시되는 것은 여상의 이유로써라도 해석된다. 여하튼 국민 문화는 국민 전체에 통일을 주고 국민적 단결을 더욱 공고케 하게 만드는 문화가 아니어서는 아니 될 것이다.(전: 13)

여기에서 최재서는 문화가 오직 국가주의를 위한 문화로 통일되고 수렴되어야 한다고 주장한다. 그에게 국가주의를 떠난 문화는 이제 아무런 쓸모가 없다. 최재서는 문화 영역에서의 전환에 이어 이번에는 문학 정신에서의 전환을 주창하기도 한다. 「문학 정신의 전환」에서 그는 이번 전쟁으로 식민지 조선의 주민들은 문학 정신을 즉각적으로 전환해야 할뿐더러 그 전환의 목표도 분명하게 인식해야 한다고 지적한다. 그러면서 그는 "전환에 대한 경고란, 즉 위기에 선 현대 문화가 부패한 맹장으로서 절단되느냐, 또는 신문화 창조의 배아로서 조장되느냐 하는 실로 결정적인 판단에 대응할 것을 의미한다. (······) 따라서 문학 정신의 전환도 이 전체적인 전환과 방향을 같이하게 된다."(전: 21)라고 역설한다. 최재서는 식민시 조선이 이러한 임연한 현실에 맞추어 새로운 세계관을 확립해야 한다고 강변한다. 이로써 그는 앞으로 주창할 국민 문학의 집을 세울 굳건한 토대를 마련한 셈이다.

최재서의 친일적 문필 활동은 1940년 6월 《인문평론》에 기고한 「전쟁 문학」에서도 엿볼 수 있다. 이 글은 흔히 그가 친일적 글쓰기로 본격적으로 전환했음을 알리는 신호탄이었다.

> 최후로 전선의 병사들이 총후(銃後)의 우리를, 그중에서도 더욱이 다음 세대에 대하여 얼마나 많이 기대를 걸고 있는가. 그들의 전장의 신념이란 결국 조국의 다음 세대가 그들의 희생으로 말미암아 행복스러워지라 하는 신뢰심에서 생겨난다는 것을 우리는 깊이 명심하지 않아서는 아니 되리라고 생각한다. (······) 전쟁이라는 우리의 일상생활을 초월한 생활 세계에 있어선 모든 체험이 비범하달 뿐만 아니라 또한 인간 능력을 최대한도로 발휘시키고 인간성을 그 최고의 경지에까지 고양시킨다는 의미에 있어서 우선 그것은 보고될 가치가 있다.[12]

12) 최재서, 「전쟁문학」, 《인문평론》(1940. 6).

최재서가 여기에서 말하는 '전쟁'은 중일 전쟁을 가리킨다. 그는 중일 전쟁을 옹호하기 위해 이 글을 썼다. 전쟁터에서 목숨을 걸고 싸운다는 '엄숙한 체험'에 대해 그는 참다운 작가라면 "인위적인 혹은 예술적인 가공을 하기 전에 우선 그것을 소재 그대로 받아들이는 겸허한 태도"가 필요하다고 지적한다. 오직 그러한 태도를 취하는 것만이 "전쟁에 희생된 용사들에 대한 총후 국민으로서의 의미"일 뿐 아니라 나아가 "장래의 진실하고 위대한 전쟁 문학을 창조하는" 데도 밑거름이 된다고 역설한다. 최재서가 이렇게 전쟁 문학의 가치를 목청을 한껏 높여 강조하는 것은 뒷날 그가 조선의 젊은이들을 전쟁터로 내모는 행위로 발전하게 된다.

최재서는《인문평론》1940년 7월호에 '일지사변(日支事變) 3주년 기념' 기획 특집으로 「사변 당초의 나」라는 글을 발표한다. 특집 제목 그대로 중일 전쟁 3주년을 맞아 회고하는 가벼운 수필이지만 최재서의 친일을 엿볼 수 있는 글이다. 전쟁 소식을 듣고 그 감회를 솔직하게 기록한 이 글의 끝에서 그는 "이튿날 눈을 뜨자마자 일장기의 범람이었다. 특별 열차가 물론 정차도 할 리 없는 촌락 소역에도 일장기는 나부끼고 숲속의 농가에도 일장기가 벽에 붙어 있었다."라고 밝힌다. 그러고 난 뒤 그는 계속해 "더욱이 논도랑에서 어린애를 안은 젊은 여인이 질주하는 열차를 향하여 기를 내휘두르며 만세를 부르는 정경은 참으로 눈물겨웠다. 이리하여 나는 전쟁 속의 한 사람이 되었다."[13]라고 말한다. 최재서는 젊은 여인이 일장기를 휘두르는 장면이 "참으로

13) 최재서, 「사변 당초의 나」,《인문평론》(1940. 7).

눈물겨웠다."라고 밝히지만, 그 여인의 모습 못지않게 친일의 붓으로 일제를 찬양하는 글을 쓰는 최재서의 모습도 참으로 눈물겹다.

최재서는《국민문학》1942년 5~6월 합병호에「징병제 실시의 문화적 의의」라는 또 다른 글을 발표한다. 이 글에서 그는 "이번에 조선에서 징병제가 공포된 근본적인 의의는 황공스럽게도 천황 폐하께서 반도 2천 4백만을 '고굉(股肱)처럼 신뢰'한다는 점에 있다."(전: 142) 라고 말한다. 이렇게 그는 징병제가 천황의 시혜라는 점을 강조하면서 조선 젊은이들에게 국민에게는 '최대의 영광'인 징병에 적극적으로 참여하기를 촉구한다. 지금까지의 내선일체가 다분히 관념적이었다면 이제 징병제가 실시됨으로써 반도인은 확실하게 '조국 관념'을 가지게 되었다는 것이다. 또한 최재서는 징병제 도입과 더불어 반도인의 자질이 급격히 향상될 것이라고 전망하는가 하면, 반도인의 지위도 비약적으로 향상될 것이라고 확신한다. 그는 그동안 식민지 조선인이 의용맹공(義勇猛攻) 정신이 부족하고 책임 관념이 희박하며 단결심이 부족했는데 이번 징병제 실시로 이러한 3대 결점을 한꺼번에 고칠 수 있는 절호의 기회를 얻었다고 역설한다.

최재서의 징병제 예찬은「징병제 실시와 지식 계급」으로 이어진다. 이 글에서도 그는 식민지 조선의 지식인들에게 지금까지의 방관자적, 비판적, 회의적 태도를 버리고 엄연한 전쟁 시국을 인식해야 한다고 지적한다. 이렇게 절박한 시기에 지식인들은 황국 신민으로서의 '자기 연성(鍊成)'에 매진해야 한다고 주장한다. 최재서는 "징병제 실시 발표는 이중의 허무성에 혼미해 있던 반도의 지식인에게 명쾌하고도 주저함 없는 신념의 기반과 지도 원리를 부여한 것이다."(전: 148)라고 밝힌다. 이 무렵 최재서는 '신념'이라는 용어를 눈에 띄게 자주 사용한다. 어떤 추상적 원리나 이념에 앞서는 것이 개인 신념이고, 그러한 신념은 머리로 얻어질 수 있는 것이 아니라 오직 몸으로 체득할 수밖에 없다고 말한다.

징병제 실시를 비롯한 국민 문학 전반에 관한 최재서의 주장은 1943년 그가 일본어로 출간한 평론집 『전환기의 조선 문학』에 거의 모두 수록되어 있다. 제목에서도 엿볼 수 있듯이 이 책은 세계사의 전환과 대동아 공영권 건설을 위해 전쟁을 벌이는 당시의 조선 문학의 임무와 역할을 부르짖는 선언문과 같다. 이 책의 서문에서 최재서는 "이 가난한 평론집은 나 개인의 쪽에서 말한다면 나 자신이 문예의 세계에서 일본 국가의 모습을 발견하는 데 이르기까지의 혼의 기록"(전: 149)이라고 천명한다.

당시 최재서가 이 책으로 1944년 2월 조선 총독부로부터 '국어 문학 총독상'을 받은 사실도 눈여겨보아야 한다. 이 책에는 그가 그동안 주장해 오던 국민 문학의 성격을 한눈에 파악할 수 있는 글이 무려 14편이나 실려 있다. 그렇다면 이 총독상은 그가 문학을 통해 그동안 일본 제국주의에 협력한 노고에 대한 보상이다. 그가 받은 총독상은 병사가 전쟁터에서 혁혁한 공을 세우고 받는 무공훈장과 같은 의미가 있다. 다만 차이가 있다면 병사들은 총과 칼로 싸웠지만 최재서는 붓과 펜으로 싸웠을 뿐이다.

한편 최재서는 문학 평론이나 논설뿐 아니라 시나 소설 같은 창작 작품을 통해서도 일본 제국주의를 찬양하고 군국주의와 전쟁을 적극 지지했다. 가령 그는 일본어로 《국민문학》에 발표한 「보도 연습반」(1943. 7), 「부싯돌〔燧石〕」(1944. 1), 「제때 피지 못한 꽃〔非時の花〕」(1944. 5~8), 「민족의 결혼」(1945. 2) 같은 작품을 썼다. 《녹기(綠旗)》에는 「쓰기시로 군의 종군(月城君の從軍)」(1944. 2)을 발표했다. 이중 앞의 두 작품은 '최재서'의 이름으로 발표했지만 《녹기》에 발표한 작품은 '石耕'으로, 나머지 두 작품은 '石田耕人'으로 발표했다. 그러니까 이 이름은 그가 얼마 전 개명한 창씨 '이시다 고소(石田耕造)'를 소급 변형해 사용한 깃이다.

최재서는 이렇게 문학 평론 대신 소설을 집필한 이유에 대해 "나는 평론을 그만두고 소설에 전적(轉籍)한 것은 아니다. 나는 동포의 사람들과 함께 생각하고 싶은 다양한 주제를 가지고 있다. 그것을 평론에서는 표현할 길이 없다. 지나치게 생각하지 않고 말한다면, 나는 더욱 많은 독자를 갖고 싶다."[14)라고 밝힌다. 다시 말해 그가 잠시 평론을 접어 두고 소설을 쓰는 것은 더 많을 독자층을 확보하기 위한 전략이라는 것이다. 그렇다면 그는 왜 이렇게 독자층을 더 많이 확보하고 싶어 했을까? 두말할 나위 없이 그가 전하려는 메시지가 절박하기 때문일 것이다. 실제로 최재서의 일본어 창작은 『전환기의 조선 문학』에 수록한 문학 비평에 단편 소설의 옷을 입힌 것에 지나지 않는다.

최재서가 쓴 단편 소설 중에서 「보도 연습반」은 특히 주목할 만하다. 이 작품에서 그는 제목 그대로 중국의 전쟁을 취재할 언론계 종사원들을 미리 연습시키려고 그쪽과 지형이 비슷한 평양 부근의 훈련소에서 연습하는 주인공 송영수의 이야기를 다룬다. 자전적 색채가

---

14) 崔載瑞, 『新半島文學選集: 國民文學 作品 第2輯』(人文社, 1944), 34쪽.

짙은 이 작품은 최재서가 겪은 경험을 토대로 쓴 것이다. 예를 들어 주인공의 나이가 36세라든지, 영문학을 전공했다든지, 출판사를 경영하고 있다든지 하는 점에서 주인공은 작가 자신과 여러모로 닮았다.

이 작품에서 친일적 발언은 보도 연습반 훈련에 참가한 인물들이 부르는 군가에서 먼저 확인할 수 있다. "하늘을 대신해 불의를 쳐부수자/ 층맹무적의 우리 병사는/ 철조망도 두렵지 않다/ 세워라 영광의 일장기." 이 작품은 이 훈련소에 나온 조선인 지원병들과 만나는 장면에서 클라이맥스에 이른다. 이 장면에서 한 지원병이 자신이 고향에 다녀온 이야기를 하면서 마을 친구 중 한 사람이 징병으로 끌려가기보다는 차라리 지원병이 되는 쪽이 낫다고 말하는 것을 듣고 그것을 한심한 짓이라고 생각하면서 자신의 의견을 밝힌다. 이 병사는 "뱃속까지 완전히 황국 신민이 되지 않은 자는 군대에 들어가서도 비참할 것이라고 생각합니다."라고 말한다. 물론 작중 인물의 말과 작가의 말을 구분 지어야 할 터지만 이 병사의 말은 작가 최재서의 말로 받아들여도 크게 무리가 되지 않을 듯하다.

최재서는 「보도 연습반」에 이어 그 이듬해 《국민문학》에 발표한 「부싯돌」도 학병 동원에 적극적으로 응할 것을 선동하는 작품이다. 일본 정부로부터 학도 출진 명령이 내려지자 소설의 화자 '나'는 급조된 학도 선배단(學徒先輩團)의 일원으로 경상북도 지방으로 선전·선동을 하려고 파견되었다. 열차에서 만난 기골이 장대한 79세의 노인은 전시 체제에서 물자 부족으로 다시 필요하게 된 부싯돌에 대해 언급한다. 또한 포수였던 노인은 젊을 시절 일본 수비대가 처음 들어왔을 때 그 모습을 보고 몹시 부러워했다고 회고한다. 그러다 보니 노인의 화제는 사냥에서 자연스럽게 징병 문제로 옮아온다.

"내는 지금 딸네 집에 갔다 오는 중임니더. 딸은 한포(汗浦)에 살고 있지예. 남편이 제법 크게 어업을 하고 있는데, 내는 마, 사치라고 생각하지만, 아들을 경성의 전문학교에 보내고 그랍니더. 그란데 얼마 선 애국반장님이 와서, '이번 조선의 선문내학교 학생들에게도 내지인(內地人)과 똑같이 육군에 특별 지원할 수 있는 길이 열렸다. 이번에 나가는 학생들은 황군(皇軍)의 간부가 될 수 있는 자격이 주

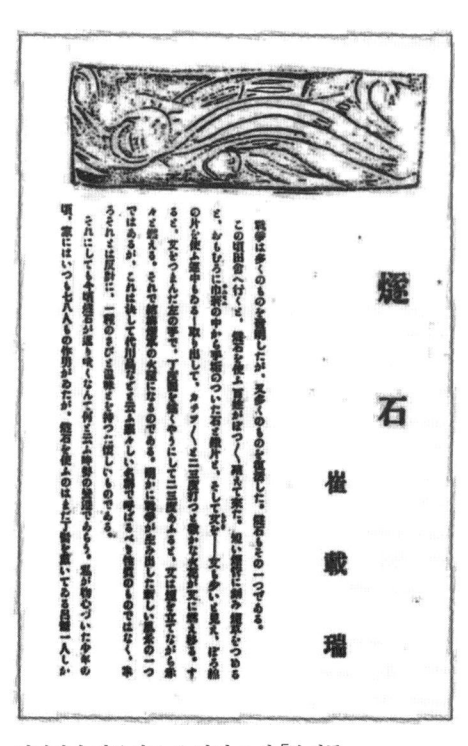

최재서가 일본어로 쓴 단편 소설 「부싯돌」.

어질 테니 절호의 기회다. 조선인 학생 모두가 나가지 않는다면 잘 못이다' 카고 말하는 거 아입니꺼. 내는 퍼뜩 생각이 나서 우리 손자놈은 어떻게 하고 있느냐고 물었더니, 글쎄 그기 확실치는 않지만, 아무래도 고향에 돌아온 모양인데, 왜 내한테는 아무런 상의도 없냐 이 말임니더.[15)]

이 작품의 화자는 노인의 입을 빌려 황군을 '국토의 신'이라고 부른다. 일본 천황이 신이라면 그를 받드는 군대는 국토를 지키는 신이라는 것이다. 노인은 지금 딸 집에 가서 외손자를 설득하고 돌아오는 길이다. 그러면서 그는 "내 손자도 이렇게 전쟁에 나가 서양놈들의 그 높은 콧대를 꺾어 놓을 가라 생각하믄, 지는 이제야 조상님들 뵐 낯이 서는 거 같은 기분이 든다 아입니까."[16)]라고 자랑스럽게 말한다. 여기에서 "서양놈들"을 '코쟁이놈들'로 번역하는 사람도 있다. '코쟁이 놈들의 높은 콧대를 꺾어 놓다.'라는 표현에서는 '코'와 '콧대'를 살린 말장난이 독특한 효과를 자아낸다.

---

15) 최재서, 「부싯돌」, 이혜진 편역, 『최재서 일본어 소설집』(서울: 소명출판, 2012), 67쪽. 이 작품도 자전적 요소가 많다. 가령 제목으로 삼은 부싯돌은 최재서가 태어나 자란 해주의 '태일원' 과수원과 맞닿아 있다. 그는 "오늘날 이러한 부싯돌이 되살아나 꽃 피는 것이란 그 얼마나 세월의 변천을 말하는 것이야. 내가 철날 소년 시절, 집안에서는 언제나 7, 8명의 머슴들이 있어 부싯돌을 쓰는 자는 그중 사투를 튼 여(呂) 노인 한 사람뿐이었다."(67쪽)라고 말한다. 한편 《국민문학》 1943년 8월호에는 신인 추천제에서 뽑힌 시 「燧石」이 실려 있다. 이와모토 기헤이(岩本喜平)의 이 작품은 장르는 다르지만 적어도 주제에서 보면 최재서의 「부싯돌」과 맞닿아 있다. 더구나 최재서는 이 작품에서 제목을 빌려 온 듯하다.
16) 최재서, 「부싯돌」, 69쪽.

최재서와 《국민문학》

　　최재서는 친일 문학지 《국민문학》의 창간과 더불어 발행인 겸 편집인의 역할을 맡으면서 본격적으로 친일적인 '국민 문학' 이론을 정립하고 그 실천에 나섰다. 물론 그가 이렇게 변신하기까지는 고뇌가 적지 않았을 것이나. 그러한 고뇌의 난면을 『전환기의 조선 문학』의 「머리말」에서 읽을 수 있다. 최재서는 "지난 4, 5년 동안, 나는 조선 문단의 격심한 전환을 몸소 체험하지 않을 수 없었다. 특히 잡지 《국민문학》이 발간되면서부터 나는 작은 지렛대가 되지 않으면 안 되었다."(전: 6)라고 고백한다. 그가 '작은 지렛대'가 되기로 결심한 데는 아마 그 자신의 의도 못지않게 외부의 압력도 작용했을 것이다. 최재서는 계속해 "그 전환은, 의식적으로는 1940년 가을의 신체제 운동과 함께 시작되어, 이듬해인 41년 봄에 단행된 문예 잡지 통합과, 뒤이어 《국민문학》 발간에 의해 운동의 기초가 다져졌다. 41년 12월 8일 황공스럽게도 선전(宣戰)의 소서(詔書)를 삼가 받들어 세계관을 깊이 자각하고, 마지막으로 42년 5월 징병제 실시가 발표됨으로써, 드디어 자신의 성격을 최종적으로 결정한 것이다."(전: 6)라고 밝힌다.

　　최재서가 언급하듯이 일본 제국주의와 조선 총독부는 종이 공급 문제를 구실로 1940년 8월 《동아일보》와 《조선일보》를 폐간시킨 뒤 여세를 몰아 이 기회에 잡지를 통폐합함으로써 조선 문단의 혁신을 한꺼번에 꾀하려 했다. 《국민문학》은 바로 이 통폐합 과정에서 빚어진 산물이었다. 비유적으로 말하자면 이 어용 잡지는 《인문평론》과 《문장》이라는 어미를 잡아먹고 나왔다는 점에서 살모사와 같다. 이 잡지는 살모사처럼 식민지 조국의 문학과 문화의 명줄을 끊은 채 일본의 국군주의에 충실히 복무하는 역할을 맡았다. 발행인과 편집인으로서 최재서는 조선 총독부와 여러 차례 상의하고 절충해 다음과 같은 편집 요강을 발표했다.

1. 국체 관념의 명징: 국체에 반하는 민족주의적·사회주의적 경향을 배격하는 것은 물론, 국체 관념을 명징하지 않게 하는 개인주의적·자유주의적 경향을 절대 배격함.

2. 국민 의식의 양양: 조선 문화인 전체가 항상 국민 의식을 가지고 어떤 일을 생각하고 쓰도록 유도함. 특히 점점 더해 가는 국민적 정열을 주제에 끌어들이도록 유의함.

3. 국민 사기의 진흥: 신체제의 국민 생활에 상응하지 않는 비애, 회의, 반항, 음탕 등의 퇴폐적인 기분을 일소할 것.

4. 국책에의 협력: 종래의 불철저한 태도를 일체 내던지고 적극적으로 난국 극복에 온몸으로 앞장섬. 특히 당국이 수립한 문화 정책에는 전면적으로 지지 협력하여, 그것이 각각의 작품에 구체화될 수 있도록 노력함.

5. 지도적 문화 이론의 수립: 변혁기를 맞이한 문화계에 지도적 원리가 되어야 할 문화 이론을 하루 빨리 수립할 것.

6. 내선 문화의 종합: 내선일체의 실질적 내용이 될 내선 문화의 종합과 신문화의 창조를 위해 모든 지능을 동원함.

7. 국민 문화의 건설: 대체로 웅혼, 명랑, 활달한 국민 문화 건설을 최후의 목표로 함.(전: 69)

이렇듯《국민문학》은 말하자면 문학 작품을 통해 내선일체와 황국 신민화의 자식을 낳는 친일 문학의 산실이었다. 방금 앞에서 이 잡지를 살모사에 빗댔지만 이 조선 총독부의 어용 잡지는 최재서 개인적 삶과도 깊이 연관되어 있다. 1941년 11월 세 살 난 넷째 아들 강(剛)이 폐렴으로 사망했다. "죽은 아이 강에 보낸다"라는 부제를 붙인 「아가야 평안하거라」에서 최재서는 어린 자식을 일찍 떠나보낸 비통한 심정을 털어놓는다. 그런데 강이 세상을 떠난 날은《국민문학》이 산고 끝에 마침내 세상에 나와 신문에 신간 광고가 실린 바로 그날이다.

생각해 보면, 이 잡지와 너와는 얕지 않은 인연이 있을 정도다. 창간호 준비로 뛰어다니는 한가운데 너는 병들었다. 너의 병이 진행됨에 따라 잡지도 갖가지 고장을 일으켜 난산에 난산을 거듭했다. 둘 다 몸에 너무 무거운 짐이 되어 나는 자신의 무력함을 징징 탄식했다. 그리하여 잡지가 드디어 나와 신간 광고가 신문에 발표된 날에 너는 세상을 떠났다.

그러나 나는 너라고 여기고《국민문학》을 키울 작정이다. 너의 상념과 함께《국민문학》은 뻗어 나가리라.

── 아가야, 평안히 신의 가슴에서 잠자거라.[17]

---

17) 최재서, 「아가야 평안하거라」; 김윤식, 『최재서의《국민문학》과 사토 기요시 교수』, 149쪽에서 재인용.

최재서는 죽은 아들이 《국민문학》을 통해 다시 태어났다고 말한다. 그러면서 그는 "너의 의식이 아직 분명히 있는 사이에 잡지를 네 머리맡에 꾸며 준 것만이 그나마 위안이었다."라고 말한다. 죽어 가는 아들의 머리맡에 그와는 아무 관련이 없는 잡지를 놓아둔다는 것이 일반 상식으로는 이해되지 않는다. 그러나 이 잡지를 자신의 분신으로 생각하던 최재서에게는 그리 이상한 일이 아닐 것이다. 그렇다면 이 잡지는 최재서에게는 곧 자식과 같은 애틋한 의미가 있었던 것이다.

더구나 1943년 4월 최재서는 『전환기의 조선 문학』을 출간하면서 맨 앞에서 폐렴으로 세 살 때 사망한 넷째 아들 죽음을 다시 언급했다. 그는 "먼저 가 버린 아들 강의 영전에 이 책을 바친다."라면서 "네가 죽었을 때, 나는 막 태어난 《국민문학》을 너의 추억과 함께 키워 나가기로 결심했다. 나는 오늘, 조그마한 만족을 갖고 이 보잘것없는 수확을 세상에 내보낸다."(전: 9)라고 밝힌다. 최재서가 이 잡지를 얼마나 자식처럼 생각하면서 조선 문학의 '국민 문학'화를 위해 공을 들였는지 알 수 있다.

최재서는 《국민문학》 창간호에 발표한 「국민 문화의 요건」에서 국민 문학의 개념을 분명하게 밝힌다. 이 글에서 그는 국민 문학이란 기존의 문학과는 크게 다르다고 지적한다.

단적으로 말하면 유럽의 전통에 근거한 이른바 근대 문학의 한 연장은 아니다. 일본 정신에 의해 통일된 동서의 문화의 종합을 지반으로 하여, 새롭게 비약하려는 일본 국민의 이상을 강조한 대표적인 문학으로서, 이후의 동양을 지도해야 할 사명을 띠고 있다. 그러므로 이 방면에서 보면 국민 문학은 충분히 특수적이라고 할 수 있다.(전: 49)

현란한 수사의 거품을 걷어 내고 이 문장의 뼈대를 간추리면 다음과 같다. 첫째, 국민 문학은 서구의 근대 문학의 연장선으로 파악해서는 안 된다. 그것은 곧 최재서가 그동안 전공해 온 영문학을 비롯한 서유럽의 모든 근대 문학을 부정하는 것과 같다. 둘째, 국민 문학은 일본 정신에 입각해 동양과 서양의 문학을 통일해 세계 문학을 지향할 것이다. 그러나 이 세계 문학은 어디까지나 일본이 주체가 되어 선도해야 한다는 점에서 절름발이와 같다. 셋째, 국민 문학은 앞으로 동양을 이끌고 나갈 사명이 있다. 여기에서 동양이란 두말할 것 없이 일본이 지배하려는 대동아 공영권을 일컫는다.

여기에서 한 가지 짚고 넘어가야 할 것은 최재서가 말하는 '국민 문학'이 '민족 문학'과는 전혀 다르다는 점이다. 다 같이 영어로 'national literature'로 옮길 수 있을지는 몰라도 이 두 용어는 전혀 다른 개념이다. '국민 문학'이란 국민 국가를 건설하는 과정에서 국민의 정서를 표현하는 문학을 말한다. 한편 민족 문학은 통일된 민족 국가의 시민 계급이 창조한 근대적인 의미의 문학이거나, 전통 문학을 새롭게 재해석한 문학을 일컫는다. 일본으로 좁혀 보면 신화·전설·가요를 집대성한 『고지키(古事記)』, 일본 역사서 『니혼쇼키(日本書紀)』, 전통적인 정형시 와카(和歌)를 모아 엮은 『만요슈(萬葉集)』 등이 일본의 민족 문학이 될 것이다. 좀 더 뒤로 오면 헤이안(平安) 시대 중기에 무라사키 시키부(紫式部)가 지은 소설 『겐지 이야기(源氏物語)』, 마쓰오 바쇼의 하이쿠, 메이지 시대로 좀 더 내려오면 나쓰메 소세키의 여러 작품이 민족 문학으로 대접받는다.

한편 최재서가 말하는 '국민 문학'이란 국민 국가의 보편적 가치를 드높이는 문학이라기보다는 특정 집단의 정치적 목적에 복무하는 문학을 말한다. 그는 국민 문학이 일본 정신을 담는 문학이라고 밝히지만 그가 말하는 정신이란 일본의 국군주의와 전체주의의 정신, 즉 아돌프 히틀러의 나치주의나 베니토 무솔리니의 파시즘과 같은 차원의 이데올로기를 말한다. 또한 국민 문학이라고 하지만 여기에서 방점은 '국민'에 찍혀 있고, 그 국민은 일본 천황을 받들어 모시는 황국 신민으로서의 국민이다. 그러므로 국민 문학에서는 서구 근대의 개인주의와 자유주의를 바탕으로 삼는 문학과는 근본적으로 다를 수밖에 없다. 이 점에서 국민 문학은 제국주의적이고 폭력적이라고 불러도 크게 틀리지 않다. 국민 문학은 민족 문학과 개념적 혼란을 피하기 위해 차라리 '친일 국민 문학' 또는 '일본 제국주의 국민 문학'으로 부르는 쪽이 더 정확할지 모른다.

그런가 하면 국민 문학은 최재서가 그토록 비판해 마지않던 사회주의 리얼리즘과도 비슷하다. 국민 문학은 국체에 반하는 민족주의적·사회주의적 경향을 단호히 배격한다고 하지만 실제로는 사회주의 리얼리즘과 여러모로 닮았다. 가령 국민 문학이 항상 국민 의식을 염두에 두고 작품을 쓰도록 유도한다는 것은 곧 사회주의 리얼리즘에서 말하는 인민성이나 계급성과 무관하지 않다. 국민 문학이 당국이 수립한 문화 정책에 적극 지지하고 협력해야 한다는 것은 당파성과 비슷하다. 그런가 하면 신체제의 국민 생활에 맞지 않는 퇴폐적 기분을 일소한다는 국민 문학은 사회주의 리얼리즘의 혁명적 낭만주의와 맞닿아 있다.

이렇게 국민 문학을 부르짖으면서도 최재서는 식민지 조선의 지식으로서 조선 문학을 완전히 폐기할 수는 없었다. 그에 따르면 비록 국민 문학에 포섭된다고 해도 조선 문학의 독자성은 없어지지 않는다. 그래서 그가 찾아낸 돌파구가 '지방 문학으로서의 조선 문학'이다. 일본 제국주의가 내선일체와 황국 신민화 정책의 일환으로 조선어 사용을 금지했다는 점은 앞에서 이미 언급했다. 조선어로 작품을 쓰지 못하게 한다는 것은 곧 조선 문학에서 혼을 빼앗는 것과 다름없다. 그러나 최재서는 조선 문학이 종말을 고한 것이 아니라 오히려 2천만 조선인만을 대상으로 하던 것을 이제는 범위를 넓혀 일본어를 사용하는 1억의 전 국민을 대상으로 할 수 있게 되었다고 억지 주장을 편다. 더구나 최재서는 이러한 과정에서 조선 문학이 국민 문학에서 지방 문학으로서의 위치를 차지한다고 지적한다.

그러나 문제는 일본어를 해독하는 조선인이 많지 않다는 데 있었다. 당시 일본어를 할 수 있는 조선인은 1939년 말 기준으로 총인구 2210여만 중에서 306만 9000여 명으로 겨우 13.98퍼센트에 지나지 않았다. 문학 작품을 제대로 해독할 줄 아는 문해력을 기준으로 삼는다면 그 비율은 이보다 훨씬 더 떨어진다. 이 점과 관련해 재일 학자 윤수안은 "조선의 생활과 문제를 대변해야 할 '조선 문학'이 일본어로 쓰이는 한 86퍼센트의 조선인을 배제하고, 약간의 조선 지식인과 일본인의 생활과 문제를 반영하는 것으로 전락하게 된다."[18]라

---

18) 윤수안, 『'제국 일본'과 영어·영문학』, 243쪽.

고 지적한다. 최재서는 한편으로는 조선인들에게 대승적 차원에서 조선 문학을 국민 문학의 일부로 간주할 것을 부탁하고, 다른 한편으로는 내지의 일본인들에게 반도의 조선 문학을 좀 더 너그럽게 포용해 줄 것을 주문한다. 그는 "반도의 문화인이 시대에 눈을 잘 떠서 대승적 문화 의식을 확고히 가질 필요가 있다. 그와 동시에 내지 동포가 큰 도량을 갖고 신참 조선 문학을 포용함으로써 너그럽게 키워가는 이해와 열의를 갖는 것이 필요하다."(전: 72)라고 주장한다.

최재서의 친일 문학론은 《국민문학》 1944년 4월호에 발표한 「받들어 모시는 문학」에 이르러 최고조에 이른다. 그의 친일 문학은 이 글에서 완성된다고 해도 크게 틀리지 않을 듯하다. 그는 먼저 "받들어 모시는 문학은 천황에게 봉사하는 문학"이라고 운을 뗀다. 그러고 나서 그는 일본 천황을 입에 침에 마르도록 찬양하면서 식민지 조선의 동포에게 천황을 받들어 모시는 것에서 행복을 찾기를 간곡히 바라 마지않는다.

> 태어날 때부터 만세일계(万世一系)의 천황을 모시고 있는 우리들의 행복은 새삼스럽게 어느 누구에 비길 수도 없이 대견하고 고마운 일이다. 구석구석까지 오직 천황의 거룩하신 마음을 자기 마음으로, 오로지 대명을 떠받들고 모시면서 그 거룩하신 품에 안겨서 알차게 즐겁게 이 세상을 지낼 수가 있는 것이다.[19]

19) 최재서, 「받들어 모시는 문학(きつるふ文學)」, 《국민문학》(1944. 4). 최재서가 이 글의 일본어 제목으로 사용한 'まつろふ'는 흔히 '복종하는' 또는 '받드는'이라고 번역해 왔지만 좀 더 본뜻에 가깝게 옮긴다면 '받들어 모시는'이 될 것이다. 이 용어만 보

위 인용문에서 '만세일계'란 일본 황실의 혈통이 단 한 번도 단절된 적이 없다고 주장하는 이데올로기다. 이 이데올로기는 메이지 유신 이후 천황을 절대적 존재로 부각시키는 과정에서 더욱더 주목을 받았고, 일본 제국 헌법의 제1조 1항에도 이 용어를 기술해 법적 근거를 마련했다. 그러나 '만세일계'라는 이념은 한국의 단군 신화와 비슷한 것으로 보아도 크게 틀리지 않다.

일본 제국주의가 1943년 8월 1일부터 조선에서 징병제를 실시하자 최재서는 이 제도를 적극 지지하며 조선 젊은이들을 전쟁터로 내모는 일에 앞장섰다. 그는 이보다 조금 앞서 《조선》에 「징병제 실시와 지식 계급」을 기고하여 징병제를 적극 두둔하고 나섰다.

반도인이 일본에 대하여 조국 관념을 가질 유일한 길은 제국 군인이 되어 직접 국토 방위의 임무를 맡는 것 외에는 없다고 생각한다. 그 일이 이루어지기까지 정신적 준비로써 여러 가지 애국 운동이 행해졌다. 그런 애국 운동이 효과를 봐서 이번에 영예로운 은전을 받을 수 있었던 것이다. 그러나 사상운동만으로 조국 관념이 생길 수 있을까? 만일의 경우에 자기의 피를 흘려, 아니 사랑하는 자식의 목숨까지도 바치는 데서 비로소 진정한 조국 관념이 생긴다고 생각한다. 자기와 국가 피로써 연결된다. 이것을 내지 동포와 관련지어 말하면 어디까지라도 운명을 함께한다는 것이다. 이로써 만

아도 최재서가 이 무렵 얼마나 철저하게 황국 신민으로 변모했는지 쉽게 가늠할 수 있다.

대에 걸친 조국 관념은 확연하게 수립되는 것이다. 당연히 이것은 내지인의 조국 관념이라는 것과는 다소 행동 방식을 달리하는지도 모른다. 그러나 3천 년 이래의 황국 진통을 이어받은 내지인과, 이제부터라도 반도인 사이에서는 어느 정도 완급의 순서가 있어도 좋을 것이다. 여하튼 이렇게 해서 징병제의 실시는 반도인에게 확실한 조국적 신념의 기반을 부여한 것이다.(전: 142~143)

최재서가 주재하던 《국민문학》 1943년 8월호에 「징병서원행: 감격의 8월 1일을 맞이하며」를 기고했다. 이 글에서 그는 "하늘처럼 어버이처럼 받들어 모시고 있는 천황 폐하 스스로가 '부탁한다'고 말씀하신" 징병제이므로 "감격이라 할까, 감분(感奮)이라 할까, 아무튼 우리는 신명을 바쳐 이 대어심(大御心)에 보답해야 한다고 마음속 깊이 맹세하는 것"이라고 밝힌다. 그러면서 최재서는 고구려의 승려 혜자(慧子)를 예로 든다. "1300년 전, 혜자는 이국인이지만 대화(大和)의 성태자(聖太子)의 총우(寵遇)에 감격하여 스스로 목숨을 끊지 않았던가? 이 고대인의 의기는 도한 오늘 우리의 의기가 되어야 한다."라고 말한다. 그러고 난 뒤 그는 계속 "하늘처럼 어버이처럼 받들어 모시고 있는 천황 폐하 스스로 '부탁한다'고 말씀하시는 것이다. 감격이라 할까, 감분이라고 할까. 아무튼 우리는 신명을 바쳐 대어심에 보답해야 한다고 마음속 깊이 맹서하는 것이다."라고 밝힌다.

최재서는 그로부터 며칠 뒤 《매일신보》(1943. 8. 4)에 기고한 「징병 감사와 우리의 각오」에서도 "황군은 천지의 정의와 인류의 공도(公道)를 지키는 유일한 실력"이라든지, "황군의 일원이 되어 세계의 사악을 걷어치워 버리고 도의적 세계질서를 건설하는 성전(聖戰)에 직접 참여하게 되었다는 것은 우리 반도 청년으로서 다할 수 없는 영광"이라든지, "목숨을 반도에 받은 자 모름지기 신명을 던져 이 대어심에 봉답(奉答)치 않아서는 아니 되리라."라든지 하고 말한다. 조선에 시행된 징병제를 열렬히 환영하며 선동하고 있는 이 글은 이렇게 끝난다.

> 이때를 당하여 황군(皇軍)의 일원으로서 중심적인 지도 세력이 된다는 것은 거듭 말하거니와 반도가 일찍이 갖지 못했던 영광이다. 그중에서도 직접 군인이 되어 역사의 활무대(活舞臺)에 등장하는 청년은 참으로 세기의 선사(選士)라 할 수 있다. 이 감격과 이 영광을 가슴 깊이 새겨 넣고 감히 그 지닌 바 사명을 유감없이 발휘하기를 조선의 부형(父兄)은 커다란 사랑과 동시에 깊은 정성으로써 기원한다.

그런데 문제는 최재서가 국민 문학과 조선 문학의 관계를 어떻게 설정했는가 하는 데 있다. 그는 《국민문학》의 독자 폭을 무척 넓게 잡아 조선 반도의 2천만 명뿐 아니라 내지 일본인 1억 명, 여기에 대동아 공영권의 십억 인구로 삼았다. 그러나 최재서는 독자 폭은 이렇게 넓어도 조선 문학은 풍토와 기질, 사고 방식에서 일본 문학과는 다를 수밖에 없다고 지적한다. 그는 두말할 나위 없이 이폴리트 텐이 말하는 문학을 규정짓는 세 요소, 즉 인종, 환경, 시대를 염두에 두고 있다. 최재서는 국민 문학과 조선 문학의 관계를 영문학과 스코틀랜드 문학의 관계에 빗댄다. 스코틀랜드 문학은 넓은 의미에서는 영문학의 일부이지만 영문학과는 구별되는 스코틀랜드 특유의 성격을 지니게 마련이다.

한편 최재서는 국민 문학의 일부로서 조선 문학이 일본 문학에 어떤 종류의 질적 변화를 가져다줄 수도 있다고 지적한다. 「조선 문학의 현대 단계」라는 글에서 최재서는 "오늘날 일본 문학은 한편으로는 순수화의 도를 점점 높여 감과 동시에, 다른 한편으로는 확대의 범위를 점점 넓혀 갈 것이다. 전자는 전통의 유지와 국체 명징과 관련된 것이며, 후자는 이민족의 포용과 세계 신질서의 건설과 관련된 일이다."(전: 76)라고 밝힌다. 그러나 최재서의 주장은 설득력이 없다. 내지의 일본 문학은 조선 문학을 받아들임으로써 순수화의 정도가 높아지기는커녕 오히려 잡종화 현상이 일어나면서 순도가 떨어질 것이기 때문이다. 차라리 모든 잡종화가 흔히 그러하듯이 이러한 잡종화 현상으로 일본 문학은 전보다 훨씬 더 건강해지고 풍요롭게 된다고 말하는 쪽이 더 옳을지 모른다.

좌담회를 통한 친일 활동

최재서는 잡지나 일간 신문에 기고한 글을 통해 일본 제국주의의 나팔수 역할을 했지만 다른 한편으로는 좌담회 형식을 빌려 그 역할을 맡기도 했다. 그가 좌담회 형식에 의존한 것은 크게 두 가지 이유에서 비롯한다. 첫째, 그는 친일 행위의 책임을 혼자 지지 않고 좌담회에 참석한 사람들과 함께 나누어 질 수 있었다. 둘째, 문어체에 의존하는 글보다는 구어를 사용하는 좌담회가 독자들에게 좀 더 친근하게 다가갈 수 있었다. 그래서 최재서는 일제에 적극 협조하던 1930년대 말부터 해방 무렵까지 비평문 못지않게 좌담을 선호했다. 최재서는 지금까지 주로 펜과 붓으로 말하는 것을 이제는 입으로 일제의 전시 체제에 적극 동조하고 협력할 것을 부르짖었다. 그의 친일 좌담회 중에서 다음은 주목해 볼 만하다.

1. 「신체제하의 반도 문화를 말한다」,《녹기》(1941. 1)

2. 「조선 문단의 재출발을 말한다」,《국민문학》(1941. 11)

3. 「일미(日米) 개전과 동양의 장래」,《국민문학》(1942. 1)

4. 「문예 동원을 말한다」,《국민문학》(1942. 1)

5. 「대동아 문화권의 구상」,《국민문학》(1942. 2)

6. 「반도 기독교의 개혁을 말한다」,《국민문학》(1942. 3)

7. 「반도 학생의 제문제를 말한다」,《국민문학》(1942. 5·6)

8. 「국민 문학 1년을 말한다」,《국민문학》(1942. 7)

9. 「북방권 문화를 말한다」,《국민문학》(1942. 10)

10. 「시단의 근본 문제를 충격한다」,《국민문학》(1943. 2)

11. 「반도 문학에의 요망」,《국민문학》(1943. 3)

12. 「전쟁과 문학」,《국민문학》(1943. 6)

13. 「농촌 문화를 위해」,《국민문학》(1943. 5)

14. 「국민 문화의 방향」,《국민문학》(1943. 8)

15. 「사상전의 현 단계」,《국민문학》(1945. 2)

위 목록에서도 볼 수 있듯이 좌담회의 제목에 '말한다'라는 어회가 유난히 많이 눈에 띈다. 전시 상황인 만큼 화급한 시사적인 문제를 화제로 삼아 전문가의 의견을 소개한다는 뜻이다. 좌담회의 제목만 보아도 무슨 이야기를 하려는지 대충 짐작할 수 있다. 하나같이 일본 제국주의가 전쟁에서 이기려면 종래의 태도를 버리고 새로운 방향으로 나아가야 한다는 점을 역설한다.

친일 단체를 통한 친일 활동

최재서의 친일 활동은 글과 좌담회에 이어 친일 문단 단체에서 활약한 데서도 드러난다. 이러한 문단 활동은 비평가로서의 문학 활동 못지않게 그의 친일 행위에서 중요한 비중을 차지한다. 특히 그의 친일 단체 활동은 주로 징용제와 징병제와 관련 있다. 오노 로쿠이치로의 뒤를 이어 10대 정무총감이 된 다나카 다케오(田中武雄)는 징병제와 지원병제, 징용 등을 실시한 일제 암흑기 태평양 전쟁의 연출가로 악명이 높았다. 그렇다면 위에 인용한 최보경의 말대로 최재서의 친일이 단순히 정무총감의 '억압'에 따른 수동적인 행위였을까? 물론 최재서는 온갖 회유와 억압을 받았을 것이다. 그러나 그의 친일 행적은 수동적이라기보다는 능동적이요, 소극적이라기보다는 적극적이었다고 보는 쪽이 합리적 추론이다.

최재서의 친일 단체 활동은 1939년 4월 조선의 문인들이 중지(中支) 전선에 참여한 '황국위문 조선작가 사절단'에서 시작한다. 이 사절단은 김동인이 '문단의 희생양'을 자처하면서 직접 조선 총독부를 찾아가 제안한 뒤 인문사의 최재서, 학예사의 임화, 문장사의 이태준이 주도적인 역할을 하면서 성사되었다. 이 행사는 그해 10월 '조선문인협회'가 태어나는 데 산파 역할을 했다. 최보경은 최재서를 "순수한 문학자였고, 독실하고 깨끗한 학자"로 평가한다. 그러나 이러한 평가는 그가 적극적으로 친일 행위에 참가하기 전까지는 대체로 맞는 말이다. 실제로 식민지 지식인 가운데 최재서처럼 전공 분야인 영문학과 문학 비평 분야를 그렇게 성실하게 천착한 학자나 문인이 거의 없다시피 하기 때문이다. 최보경이 신앙인에게 주로 사용하는 '독실하다'는 형용사를 최재서의 학문 활동에 사용하는 것만 보아도 잘 알 수 있다. 그러나 그녀는 "현 시국의 정치인들의 작태를 한심스러워 하면서" 오빠 최재서에 관하여 다시 한번 깊이 생각한다고 말한다. 요즈음 정치인들의 행위에 견주어 보면 최재서의 행위는 오히려 그렇게 탓할 것이 못 된다는 말로 읽힌다.

1939년 2월 최재서는 임화와 이태준 등과 함께 '황군위문 작가단'을 발의했고, 3월에는 황군위문 문단사절 위문사 후보 선거일에 실행위원으로 활동했으며, 4월에는 황군위문 작가단 장행회에서 경과 보고를 했다. 최재서는 이해 10월 조선문인협회를 설립할 때 발기인과 기초위원을 맡았다. 1940년 9월 만주국 민생부가 주최한 만주문화건설공작 강연회에서 순회강연을 했고, 11월 30일부터 12월 10일까지 조선문인협회가 주최한 총후 사상운동을 위한 문예 순회강연에 연사로 참여하기도 했다. 이때 그는 평양·신의주·선천·진남포·해주·개성 등지에서 문예보국강연회 강사로 활동했다.

또한 1941년 9월 최재서는 조선임전보국단의 발기인으로 참여했으며, 1943년 4월 조선문인보국회 상임이사, 6월 평론·수필 분야 회장으로 선임되었다. 1943년 11월 1일부터 이듬해 1월까지 그는 조선문인보국회 주관 결전(決戰) 소설 및 희곡 현상 모집에서 심사 위원으로 활동했다. 이해 9월 국민동원총진회의 발기인과 상임이사를 맡아 일제에 협력하는 강연을 활발하게 전개했다. 이 단체는 국민총력조선연맹의 별동체로 6개월 동안 전의(戰意) 양양과 전시 근로 동원 등을 전개했다.

　더구나 최재서는 1941년 8월 조선문인협회 간사로 선임되었고, 이듬해 9월에는 조선임전보국회의 발기인으로 참여해 상임간사를 맡았다. 최재서는 같은 해 인문사 창립 기념 사업으로 실시한 징병제 실시 기념 논문 현상 모집에서 심사 위원을 맡았다. 같은 해 6월 조선문인협회 주최로 경성 부민관에서 열린 '일본 군인이 되는 마음가짐'을 듣는 좌담회에 참석했다. 9월에는 조선문인협회 문학부 평론부회 회원을 지냈다. 최재서는 1943년에 조선문인보국회의 이사로 활약했다. 이해 4월 조선 총독부는 이전의 친일 문학 단체였던 조선문인협회를 재조직해 조선문인보국회라는 좀 더 적극적인 친일 단체를 설립했다. 이 단체는 "조선에 세계 최고의 황도 문학을 수립하고자" 하는 의도로 총독부와 친일 문학인들이 만들었다. 최재서 역시 이 단체의 이사로 참가할 정도로 적극적이었고 평론·수필부 회장을 맡았다.

　최재서는 이 무렵부터 친일 활동에 더욱 적극적이어서 1943년 4월 일본 남방 종군 작가와의 교환회(交驩會)에 참석했다. 5월에는 일본 작가 가토 다케오(加藤武雄) 등을 중심으로 한 조선문인보국회 주최 내선작가교환회에 참석했다. 7월에는 국민총력조선연맹이 일본 저명 잡지사 편집장으로 구성한 조선 시찰단과의 간담회에 참석했다. 같은 달 일본 문인 고바야시 히데오(小林秀雄)와 하야시 후사오(林房雄) 등을 중심으로 한 조선문인보국회 주최 내선작가교환회에도 참석했다. 1943년 4월 최재서는 일본 남방 종군 작가와의 교환회에 참석했는가 하면, 일본 문학보국회의 초대 사무국장인 소설가 구메 마사오(久米正雄)의 제안으로 설립한 대동아문학자대회에 조선 대표로 참가했다. 1943년 8월 도쿄에서 열린 2차 대회에서 최재서는 「대동아 의식의 눈 뜸」이라는 제목의 연설을 했다. 그는 "벌써 조선 문학은 2천7백만의 조선 인민만의 문학이 아닙니다. 1억 국민, 아니 대동아 민족 10억을 위한 문학입니다. 이 사실을 분명히 약속하는 바입니다."[20]라고 연설을 끝맺는다. 그가 말하는 국민 문학은 이제 단순히 조선 문학을 포함하는 일본 문학이 아니라 대동아 문학을 가리키는 것으로 확대되었다.

최재서는 1943년 10월 조선군이 주도하는 2차 보도 연습에 참가하기 위해 호남에 내려갔다. 앞에서 언급했듯이 단편 소설 「보도 연습반」은 바로 이때 경험을 살려 쓴 작품이다. 11월 5일부터 14일까지 그는 '출진학도격려대회'의 개최를 주도하는 한편, 직접 강연을 통해 조선 젊은이들을 전쟁터로 내몰기도 했다. 그런가 하면 11월부터 이듬해 1월까지 그는 조선문인보국회 주관 결전 소설 및 희곡 현상 모집에서 심사 위원으로 활동했다.

1944년 8월 최재서는 조선문인보국회가 주최한 적국항복 문인

---

20) 최재서, 「대동아 의식의 눈뜸」,《국민문학》(1943. 10), 137쪽. 2차 대회에는 조선 대표로 최재서를 포함해 유진오, 녹기연맹의 쓰다 스요시(津田剛), 김용제(일본명 金村龍濟), 유치진 등이 참가했다.

대강연회에서 '신문학의 구상'이라는 제목으로 연설했다. 같은 해 9월 말부터 이듬해 2월경까지 그는 국민동원총진회의 연사로 활발한 활동을 펼쳤다. 1944년 10월 노무 동원 협력과 민중의 전의 양양을 위해 평양에 갔으며, 같은 달 성전 찬양 및 학병 참가를 독려하기 위해 개최된 국민동원 대강연회에 참가했다. 1944년 12월에는 응징사(膺懲士) 가족위안대회에 참가했으며, 이듬해 2월에는 지방순회근로간담회에 파견되었다. 이 모임은 모두 국민동원총진회가 주최한 행사들이었다. 1944년 12월 1일부터 3일까지 최재서는 만주예문협회 주최 전국결전예문회의에 조선문인보국회 대표로 참가했다.

이렇듯 최재서의 친일 행위는 일제가 항복한 1945년까지 계속 이어졌다. 1945년 1월 그는 대화동맹(大和同盟)의 처우감사총궐기전선대회에서 참가해 "철(撤)하라 내선일체"라는 제목으로 연설했다. 같은 해 2월경 일본 신태양사가 주관한 6회 조선예술상 문학 부문 심사 위원과 조선연극문화협회가 주최한 국어극 각본 현상 모집 심사 위원으로 활동했다. 6월 8일 그는 조선언론보국회의 발기인으로 참여해 선언문을 낭독했고, 이 단체의 상무이사로 선임되었다. 그런가 하면 최재서는 같은 달 조선인 전사자 기요하라(靑原) 오장의 유족을 방문했다. 7월 7일 조선언론보국회가 주최한 본토결전부민대회에서 선언 결의문을 낭독했으며, 국민총력조선연맹을 대체해 결성한 전국 규모의 조직인 조선국민의용대의 총사령부에 '참여(參與)' 자격으로 참가했다. 같은 달 18일 대일본흥아회 조선지부 연구조사위원을 맡았으며, 19일에는 조선언론보국회가 주최하는 '본토결전과 국민의용대 대강연회' 연사로 평안남도에 파견되었다. 7월에는 국민동지회의 발기인과 역원, 8월에는 조선문인보국회의 평의원에 선임되었다. 이렇듯 최재서의 친일 활동은 하나하나 열거할 수 없을 정도로 무척 많을뿐더러 그 유형도 매우 다양하다.

최재서가 경성제국대학에서 영어영문학을 전공할 무렵만 해도 저울추는 친일 쪽보다는 반일 쪽에 조금 더 기울어져 있었다. '반일'이라는 어휘가 조금 지나치다면 적어도 중립적인 입장을 견지했다. 사토 기요시 교수의 영향을 받은 그가 영국 낭만주의 문학과 사상에 심취했음은 앞장에서 이미 자세히 밝혔다. 그의 데뷔 비평이라고 할 「미숙한 문학」에서 최재서는 퍼시 비시 셸리를 시인일 뿐만 아니라 혁명가로 간주하면서 『해방된 프로메테우스』야말로 "자유와 전제의 투쟁이 그 중심 항목이요, 자유의 최후 승리가 그 결과"라고 평가했다. 또한 최재서는 "우리들이 셸리의 『해방된 프로메테우스』를 읽고 자유와(의) 귀중함을 정말 통감하고, 자유를 사회적으로 확충하기 위해 일찍이 없는 흥분을 느끼는" 것이야말로 바로 문학을 보존하는 유일한 길이라고 주장하기도 했다.[21]

낭만주의자 셸리가 그토록 찬양하고 최재서가 자유와 해방이 메시지를 읽은 프로메테우스는 그리스 신화에서 제우스의 분노를 사 코카서스산 바위에 쇠사슬로 묶여 독수리에게 간을 쪼아 먹히는 장본인이다. 그런데 셸리도 최재서도 프로메테우스에게서 투쟁과 해방과 자유의 이미지를 발견한다. 이 점에서는 고대 그리스 비극 작가 아

---

21) 최재서, 「미숙한 문학」, 《신흥》 5호(1931), 98쪽; 최재서 「영문단의 현상」, 《조선일보》(1933. 4. 29); 최재서, 「문학의 보존(文學の保存)」, 《京城帝大 英文學會會報》 11호(1933), 20쪽.

이스킬로스도, 20세기에 들어와 알베르 카뮈도 마찬가지였다. 몇몇 신학자가 프로메테우스를 구약 성서의 율법에서 인류를 해방시키고 영원한 생명과 구원에 대한 복음을 전해 준 예수 그리스도에 빗대는 것도 이와 같은 맥락에서 이해할 수 있다. 그러나 전쟁이라는 현실 앞에서 문학의 무력함을 느낀 최재서는 낭만주의와 주지주의를 버리고 전시체제의 배로 갈아탔던 것이다.

최재서와 여동생 최보경

최재서의 친일 행동과 관련해 앞에서 잠깐 언급한 그의 여동생 최보경의 행적을 짚고 넘어가는 것이 좋을 것 같다. 최보경은 일본 도쿄 소재 쓰다에이가쿠주쿠에서 오빠와 마찬가지로 영문학을 전공했지만 영문학자보다는 기독교여자청년회와 기독교세계봉사회 등에서 사회 사업가로서의 길을 걸었다. 그런데 오누이이면서도 이 두 사람이 일본 제국주의와 식민지 조선을 바라보는 관점이나 태도는 사뭇 달랐다. 최재서가 친일에 앞장섰다면 최보경은 간접적이나마 반일과 항일에 앞장섰다. 최보경은 대학 2학년 때 아사노 준이치(淺野純一) 교수의 성서 강의를 들은 것을 계기로 기독교 신자가 되었다. 그녀는 대학을 졸업한 뒤 식민지 조선에 돌아가 교사가 되어 일본에서 배운 기독교 정신과 서구의 자유주의 사상을 가르치고 싶었지만, 황국 신민으로서 일본 정신을 가르쳐야 한다는 냉혹한 현실의 벽에 부딪칠 수밖에 없었다.

최재서의 누이동생 최보경에 큰 영향을 끼친
일본의 학자 야나이하라 다다오.

　이렇게 졸업을 앞두고 조선인 교육자로서의 모순적 역할에 고민
하던 최보경은 1937년 3월 졸업 예배에서 초청 강연자의 설교를 듣고
큰 충격을 받았다. 강연자는 당시 경제학자로 일본의 식민지 정책과
군국주의를 날카롭게 비판하던 일본의 양심적 지식인인 도쿄제국대
학 경제학부 교수 야나이하라 다다오(矢內原忠雄)였다. 그는 기독교 지
도자로도 일본은 물론 식민지 조선에도 꽤 널리 알려진 인물이었다.
1937년의 중일 전쟁을 비판했다고 하여 도쿄제국대학 교수를 사직
했다가 전쟁이 끝난 후에 도쿄제국대학에 복직해 총장을 역임했다.

야나이하라 교수는 쓰다에이가쿠주쿠 졸업 예배에서 "한 사람의 힘과 다수의 힘"이라는 제목으로 설교했다. 그의 설교를 듣고 감명 받은 최보경은 그에게 단독 면담을 신청했고, 두 사람은 학교 근처 잡목이 우거진 오솔길에서 만났다. 그녀는 야나이하라에게 "선생님, 한 사람의 몸으로 나라를 건질 수 있습니까? 저는 제 나라에 돌아가서 어떤 마음으로 지내야 할까요?"라고 묻는다. 그러자 야나이하라 교수는 이렇게 대답한다.

당신이 당신의 민족을 구하기 위해 일하려고 하는 것은 너무도 당연한 일입니다. 그러나 그것은 무엇보다 먼저, 일본을 원망하고 미워하는 마음에서 출발해서는 안 됩니다. (……) 어떤 사람은 자기 하나만의 이익 때문에 지배가의 권력에 복종하거나 아부하는 자도 있겠지요. 또 어떤 자는 지배를 벗어나기 위해 반항 운동을 하려고 생각하겠지요. 그중에도 폭동적 운동에 나서려고 생각하는 사람과, 조선인의 현상에 비추어 우선 실력을 기른 후에 지배를 벗으려는 생각도 있겠지요. 점차로 이 맨 끝의 생각이 조선인들 사이에 많아지기는 했지만 특히 만주 사변 이후로는 실력으로 반항하는 일마저 불가능하다고 느끼는 사람들이 많아지는 것이 아닌지요.[22]

웬만한 일본인 지식인 같았으면 아마 최보경에게 식민지 종주국

---

22) 矢內原忠雄, 『矢內原忠雄全集 23』(岩波書店, 1963), 343쪽; 최보경, 고순자 편, 『나는 이렇게 살았습니다』, 169쪽에서 재인용. 박선미, 『근대 여성, 제국을 거쳐 조선으로 회유하다: 식민지 문화 지배와 일본 유학』(서울: 창비, 2007), 111~112쪽 참고.

일본의 수도에 와서 대학 교육까지 받았으니 이제 황국 신민으로서 일본 제국주의에 충성을 다하라고 충고했을 것이다. 그러나 야나이하라는 그녀가 일본 제국주의에 빼앗긴 조국의 민족을 구하려고 일하려는 것은 "너무도 당연한 일"이라고 말한다. 비록 무교회주의자이기는 하지만 기독교 지도자이기도 한 야나이하라는 이번에는 기독교의 교리로 조신의 싱횡을 설명하고, 이 무렵 기독교를 믿기 시작한 최보경은 그의 말을 듣고 충격을 받는다.

> 야나이하라: 조선이 오늘과 같은 상태에 빠진 것은 하나님의 뜻에서 나온 것임을 믿고, 조선 민족 자신의 죄를 회개하고, 하나님의 밝히심에 복종한다는 태도에서 시작하는 것이 필요합니다.
> 최보경: 그러나 선생님, 저는 조선 민족의 죄라는 것을 모르겠습니다.
> 야나이하라: 그러나 지금까지 조선 민족은 참된 신을 믿고 그리스도를 믿은 일이 있습니까? 또 조선이 다른 나라를 노략하여 침략한 일은 없다고 해도, 조선 국내에서, 같은 조선인을 노략해 왔지요. 그것이 조선 민족의 죄입니다.[23]

최보경은 1937년 3월 졸업식 이튿날 자택으로 야나이하라 교수를 방문했다. 이때 야나이하라는 그의 저서 『민족과 평화』(1936)에 "너희는 세상의 빛이 되라"라는 성경 구절을 쓰고 자필로 서명해 그녀에게 선물로 주었다. 그러면서 그는 조선에 돌아가면 김교신(金教臣)

---

23) 최보경, 『나는 이렇게 살았습니다』, 170쪽.

과 함석헌(咸錫憲)을 만나 보라고 소개장을 써 주었다. 야나이하라가 최보경에게 이 두 조선인에게 소개장을 써 준 것은 그들이 당시 대표적인 조선의 무교회주의자들이었기 때문이다. 김교신과 함석헌은 일본의 무교회주의자들과 마찬가지로 기독교 믿음과 신학의 근거가 눈에 보이는 교회와 전통에 있지 않고 오직 성서라는 복음주의에 있다고 굳게 믿었다. 김교신과 함석헌은 우치무라 간조(內村鑑三)의 제자였지만 우치무라의 제자인 야나이하라에 대해서도 잘 알고 있었다.

최보경은 야나이하라의 조언대로 귀국하자마자 김교신을 찾아갔다. 당시 기독교 사상가이자 교육자인 김교신은 이 무렵 월간 잡지 《성서조선》을 통해 무교회주의 운동을 전개하고 있었다. 그러나 조선총독부는 무교회주의 운동에 항일 정신이 숨어 있다고 판단해 이 잡지를 강제로 폐간시켰다. 김교신은 야나이하라의 《통신》에서 최보경과 관련한 글을 읽고 감동해 일기에 "이 C 양이 야나이하라 교수의 소개를 가지고 귀경하는 길에 내게 곁에 들렸을 때에도 우리는 반신반의함을 마지못했다. 현대 조선 젊은 여성 중에도 이처럼 크나큰 문제를 염두에 두고 있는 사람이 정말로 있는 것일까 하고 여자 단신으로도 민족 구제의 業이 성취된다고 야나이하라 교수는 확언한다. 한양의 딸들은 奮起할진저!"[24]라고 적었다.

여기에서 "C 양"은 최보경을 가리킨다. 그녀는 어린이 대상의 주일 학교인 북한학원(北漢學園)에서 전임 교사로 근무했다. 이 학원은

---

24) 김교신, 노평구 편, 『김교신 전집 6: 일기 2』(부키, 2002), 229쪽. 여기에서 김교신은 야나이하라의 《통신》 43호에 실린 「어떤 조선인 여학생과의 합화(合話)」를 언급한다.

최재서의 누이동생 보경이 영향을 받은 김교신과
그가 주재한 잡지《성서조선》.

허가를 받지 않은 학원으로 어린아이부터 한국 사람을 만들어야겠
다는 각오로 김교신이 설립했다. 김교신은《성서조선》에「북한학원
두 교사」라는 일기 형식의 글을 실었다.

10월 31일(월) 晴
등교하야 처음에 한구함락(漢口陷落) 축하식을 거행했다.
귀도(歸途)에 명륜정(明倫町)에서 최보경(崔寶卿)·김금순(金順錦) 두 자
매와 회담. 정릉리에 창립되는 북한학원 선생으로 부임하기로 승낙
을 받다. 이 중대한 책임을 감당하려는 결심에 지(至)하기까지의 심

적(자아) · 외적(골육친지) 고투의 상보(詳報)를 듣고 감격을 금치 못하다. 이로써 여(余)는 1개월 남은 동안 지고 있던 책임의 증하(重荷)를 벗은 것이오, 정릉리 이민(里民)은 최저급의 학원에 최고급의 교사 두 분을 모시게 되었다. 저녁에는 교풍회(矯風會) 간사회를 소집하고 승낙 얻은 보고를 하는 동시에 학원 경영에 대한 확고한 결심을 가다듬게 하다.[25]

일본 유학을 다녀온 최보경이 무허가 주일 학교에서 교사로 근무한다는 것은 여간 큰 결심이 아니고서는 할 수 없는 일이다. 그녀 자신이 겪은 내적 갈등 못지않게 심각한 것이 가족의 반대였다. 특히 아버지가 사망한 상황에서 오빠 최재서가 가장으로서의 책임을 맡아 여동생들의 일에 관여하던 무렵이었다. 이 무렵 친일 행위에 조금씩 발을 들여놓던 최재서로서는 누이동생의 이러한 행동이 부담스러웠을 것이다. 어찌 되었든 김교신의 말대로 정릉 마을 사람들은 "최저급의 학원"에 그야말로 "최고급의 교사" 두 사람을 가지게 되었다. 이 학원은 심훈(沈熏)이 『상록수』(1935)의 주인공으로 삼은 최용신(崔容信)의 천곡학원과 여러모로 닮았다. 실제로 농학자요 사회 운동가로 식민지 조선에 '동양의 덴마크' 건설을 꿈꾸던 유달영(柳達永)은 양정고등보통학교의 스승인 김교신의 권유로 이 소설의 주인공 채영신의 실제 모델인 최용신의 전기 『최용신 소전』(1939)을 집필해 출간했다. 최보경은 김교신의

---

25) 김교신, 「북한학원 두 교사」, 《성서조선》 119호(1938. 10. 31). '한구함락 축하식'이란 일본군이 중국 한커우를 점령한 것을 축하하는 행사를 말한다.

소개로 개성의 호수돈여자고등학교에서 교편을 잡고 있던 유달영을 만났고, 유달영의 소개로 그 학교에서 1년 동안 영어 교사로 근무했다.

한편 최보경의 애국심에 감탄한 사람은 김교신뿐 아니고 함석헌도 마찬가지였다. 함석헌은 1968년 《여성동아》에 기고한 글에서 최보경의 투철한 민족의식에 찬사를 보낸다. 그는 방금 앞에서 언급한 최보경과 야나이하라의 면담 내용을 그대로 전한 뒤 이렇게 말한다.

> 그래서 그 처녀는 나라에 돌아오자마자 그때 정릉리에 살던 김 선생을 찾았고 그의 지도로 평소에 자기의 친한 친구요 홀어머니 밑에 가난한 살림이기도 하고 폐가 약해서 늘 돌봐주던 자기 연배의 처녀인 또 한 사람과 둘이서 정릉 골짜기에 조그마한 소학교를 시작했습니다.
>
> 그의 이야기를 하자는 것은 아닙니다. "여자 한 사람의 몸으로도 나라를 건질 수 있습니까?" 했던 그 한마디가 오늘날까지 내 가슴속에 못같이 박혀 있기 때문에 하는 말입니다. 그는 그 후에 결혼을 했고 지금은 대학교수의 부인으로 자녀를 길러 내고 아직도 사회 활동을 하고 있습니다.[26]

위 인용문에서 "정릉리에 살던 김 선생"이란 김교신을 말한다. 최보경의 "친한 친구"요 폐가 약하다는 "연배의 처녀"는 김순금이다.

---

26) 함석헌, 「여자 한 사람의 몸으로도 나라를 건질 있습니까: 어렵고 어려운 문답」 《여성동아》(1968. 12), 114~117쪽. 『함석헌 저작집 30』(서울: 한길사, 2009), 285쪽.

또한 "정릉 골짜기에 조그마한 소학교"란 북한산 자락에 있는 북한학원을 말한다. 함석헌의 말대로 최보경은 그 뒤 연세대학교 신학과와 영문학과 교수로 재직한 고병려와 결혼했고, YWCA 등 기독교와 관련한 단체에서 사회 활동을 했다. 함석헌은 "한국의 여성들, 당신들 기도로 이 아시아의 길가의 늙은 갈보 계집은 밝은 아침 꽃동산의 여왕이 되어 오는 세계의 그리스도를 낳을 수 있습니다."[27]라고 글을 끝맺는다.

그런데 여기에서 한 가지 흥미로운 것은 1940년 9월 야나이하라 다다오가 경성을 방문했을 때 최재서가 여동생 보경에게 부탁해 그를 만났다는 점이다. 이때 야나이하라는 일주일 예정으로 「로마서」를 강의하기 위해 경성을 방문했다. 최보경의 주선으로 세 사람은 조선호텔 커피숍에서 만났다. 야나이하라는 두 조선인에게 불국사에 다녀온 소감을 말하면서 "종교가 있는 한 그 나라는 망하지 않는다."라고 말했다. 이 말에 대해 뒷날 최보경은 "그때 저는 움칫했습니다. 빼앗긴 조국의 비전을 저에게 주셨기 때문입니다. 지금 당장은 나라가 없지만, 종교가 있는 한 조국이 또다시 주어지는 날이 온다고 생각했습니다. 저는 그때 선생님의 말씀에 점화된, 저의 조국에 대한 비전을 오늘까지 놓치지 않고 있습니다."[28]라고 회고한다. 그렇다면 최재서는 도대체 왜 이 무교회주의자를 만나고 싶어했을까? 또 종교를 믿는 한 조국은 망하지 않는다는 말을 듣고 그는 무슨 생각을 했을까?

---

27) 앞의 책, 285쪽.
28) 최보경, 『나는 이렇게 살았습니다』, 183쪽.

최재서의 친일과 사토 기요시의 친일

　최재서의 변절과 친일 행위는 경성제국대학의 스승 사토 기요시의 행위와 비슷하다. 최재서가 사토 교수에게서 큰 영향을 받았다는 것은 이미 앞장에서 자세히 밝혔다. 사토의 수제자나 애제자라고 할 최재서는 학문과 문학 분야에서 스승에게서 여러모로 크고 작은 영향을 받았을 뿐 아니라 정치적 신념에서도 적잖이 영향을 받았다. 사토가 일본 제국주의 식민주의 비판에서 점차 군국주의 동조와 지지로 돌아선 것처럼, 최재서도 일본이 국체 노선을 택하자 점차 노골적으로 친일 행위에 앞장섰다. 앞장에서 이미 언급했듯이 사토는 1926년 경성에 처음 도착했을 때는 식민지 조선과 조선인에 남다른 애정과 동류의식을 느끼는 한편, 적어도 심정적으로는 일본 제국주의의 식민지 정책에 적잖이 반감을 품었다. 그러나 1930년대 말부터 일본이 국군주의로 치닫기 시작하면서 그는 점차 내선일체와 조선인의 황국 신민화 정책에 동조했다. 특히 《국민문학》에 기고한 글들을 보면 이 무렵 그가 얼마나 철저하게 일본 정신으로 무장되어 있었는지 알 수 있다.

　그런데 여기에서 한 가지 주목해 볼 것은 사토 기요시가 자신의 행위에도 불구하고 최재서의 친일 행위를 아주 못마땅하게 생각했다는 점이다. 경성제국대학 법문학부에 2회로 입학해 영어·영문학을 전공한 이효석이 1942년 5월 36세의 젊은 나이로 요절했다. 그래서 조용만은 그의 1주기를 맞아 추도회를 열기로 하고 영문학과 주임 교수인 사토를 광화문 적선동 골목 하숙집으로 찾아가 추도사를 부탁했다. 사토는 조용만이 예상한 것과는 달리 쉽게 추도사를 써 주겠다고 응했다. 그런데 사토 교수는 갑자기 화제를 바꾸어 경성제대 졸업생들의 친일 행위를 언급하기 시작했다.

"우리 졸업생 중에 최모·현모 같은 것이 있다는 것은 영문과의 큰 불명예다. 그런 부끄럼을 모르는 것들이 있담."

선생은 몹시 불쾌한 기색으로 이렇게 말했다. 선생은 조선 학생들의 친일적인, 아첨하는 행동을 크게 미워했다. 그때 한 사람은 석전경조(石田耕造)라고 창씨개명하고 총독부 고관과 조선군 장성을 끼고 엉거주춤하고 있는 조선 사람 지식층을 향해서 전쟁에 협력하지 않는다고 야단치고 있었다. 장덕수(張德秀)와 유진오(俞鎭午)가 사상검사 이등헌랑(伊藤憲郎) 앞에서 이런 욕을 당한 것은 유명한 이야기다.

또 한 사람은 천야도부(天野道夫)라고 창씨개명하고 녹기연맹이라는 총독부 어용 단체에 들어가 조선 사람에게 황국 신민이 되라고 가진 협박을 다하고 돌아다녔다.[29]

여기에서 조용만이 언급하는 '이시다 고조'란 두말할 나위 없이 최재서를 말하고, '아마노 미치오'란 바로 현영섭(현영남)을 말한다. 최재서의 친일 행위는 지금까지 언급했거니와, 친일 행위로 말하자면 현영섭도 그 못지않았다. 1935년 11월 일본에서 활동하다가 치안

---

29) 조용만, 「경성제대 영문과와 한국 학생들」, 『30년대의 문화예술인들』(서울: 범양사 출판부, 1988), 25쪽.

유지법 위반으로 체포된 현영섭은 이듬해 5월 석방되면서 전향했다. 1936년에 《조선급만주(朝鮮及滿洲)》 9월호에 기고한 「정치론의 한 토막」이라는 글에서 조선어를 폐지해야 한다든지, 조선인의 생활을 일본식으로 바꾸어야 한다든지, 조선인과 일본인이 결혼해야 한다든지 하는 터무니없는 주장을 했다. 현영섭은 그 뒤로도 여러 글과 강연에서 내선일체와 조선인의 신민 황국화를 일관되게 부르짖었다. 1937년 1월에는 대표적 친일 단체인 '녹기연맹(綠旗聯盟)'에 가입해 편집국 서기 겸 녹기연구소 연구원이 되었고, 8월에는 녹기연맹의 이사를 맡았다.

2년 뒤 현영섭은 『북지 사변과 조선(北支事變と朝鮮)』을 발간하여 일본의 중국 침략이 정당하다고 주장하는 한편, 중일 전쟁 이후 내선일체의 중요성을 강조했다. 이 책은 조선 총독부가 구입해 수만 부 배포할 정도로 일제의 선전 도구에 이용되었다. 1938년에는 내선일체에 대한 이론을 체계화하고 조선인의 나아갈 방향을 구체적으로 제시한 『조선인의 나아갈 길(朝鮮人の進むべき道)』을, 그 이듬해에는 『신생 조선의 출발(新生朝鮮の出發)』을 출간해 친일 행위에 더욱 매진했다.

현영섭은 1940년 내선일체실천사의 이사를 맡아 그 기관지인 《내선일체》에 여러 편의 친일 논문을 발표했고 같은 해 이광수와 김동환 등과 함께 황도학회를 결성하고 이사가 되었으며, 1941년에는 황도 사상을 좀 더 조직적으로 보급하려고 조직한 정학회(正學會)에도 참여했다. 1943년 9월 현영섭은 최재서와 마찬가지로 국민총력조선연맹 연성부 촉탁에 임명되어 활동하기도 했다. 해방 직후 일본으로 도피해 주일 미국 대사관에서 근무했으며, 1949년 8월 반민특위에

의해 반민족행위자로 불구속 송치되었다.[30]

사토 기요시 교수가 어떻게 알게 되었는지는 몰라도 최재서와 현영섭의 친일 행위를 이미 잘 알고 있었고, 그들의 그러한 행위에 몹시 분개했다. 사토는 좁게는 문학 연구, 더 넓게는 학문이란 단순히 문학 작품을 심미적으로 이해하는 차원을 뛰어넘어 실천적 삶과 유기적인 관계를 맺어야 한다고 주장해 왔다. 적어도 이 점에서 그가 영국 낭만주의 연구에 전념했다는 사실은 시사하는 바가 자못 크다. 문학을 비롯한 학문 연구를 식민지 조국을 배반하고 식민지 종주국에 복무하는 일에 사용한다면 그로서는 아마 '용서받지 못할 죄'에 해당할 것이다.

이렇게 사토 기요시 교수가 최재서와 현영섭에 크게 실망한 것은 두 가지 이유 때문일 것이다. 첫째, 최재서와 현영섭은 사토가 누구보다도 아끼는 제자였다. 특히 사토와 최재서의 친밀한 관계는 다카키 이치노스케 같은 국어·국문학 전공 전임 교수도 언급할 정도였다. 이 점과 관련해 조용만은 "양심적인 선생은 분개해 마지않았고 더욱이 학생 때에 두 사람을 귀애했던 만큼 실망이 커서 이런 말을 한 것이었다."[31]라고 회고한다. 둘째, 사토가 최재서와 현영섭에 실망한 것은 그들이 경성제국대학에 입학할 당시 품었던 꿈과 야망을 저버

---

30) 설정식은 장편 소설 『청춘』에서 조선 총독부 경무국 파견 촉탁으로 친일 행위에 앞장선 '현영섭'이라는 인물으로 작중 인물로 등장시킨다. 여러 언행으로 미루어 보아 이 인물은 최재서와 함께 경성제국대학 법문학부 영어·영문학 전공 3회로 입학한 현영섭(본명 玄永男)임이 틀림없다. 이 점에 대해서는 김욱동, 『설정식: 분노의 문학』(서울: 삼인출판, 2023), 316~317쪽.
31) 앞의 글, 25쪽.

렸기 때문일 것이다. 1959년 사토는 겐큐샤에서 발행하던《에이고세이넨(英語靑年)》에 발표한 글에서 식민지 조선의 수재들이 제국대학에서 외국 문학을 공부하면서 민족 해방과 자유를 찾으려고 했다는 사실을 깨닫고 충격을 받았다고 고백한 적이 있다.

> 문학부에 오는 학생은 소수였지만 영문과에 모이는 학생은 가장 많은 편이며, 수재도 적지 않았다. 특히 우수한 조선인 학생이 모인 것은 제국대학의 이름을 동경했다기보다는 외국 문학에 대한 그들의 갈증을 풀어 주는 것이 제국대학에 있었기 때문이며, 20년 동안 조선인 학생들과 친하게 교제하면서 얼마나 그들이 민족의 해방과 자유를 외국 문학 연구에서 찾아내려 했는지를 알고 충격을 받지 않을 수 없었다.[32]

조선인 학생들이 굳이 경성제대 법문학부에 진학해 영어·영문학을 전공한 데는 여러 이유가 있을 것이다. 가령 그들은 근대 서양 문명의 전초지라 할 영국의 문화를 직접 접해 조국의 근대화를 이룩하려는 것도 그러한 이유 중 하나였다. 그렇게 함으로써 일본 식민지 지배에서 벗어날 길을 찾을 수 있을 것이다. 그런가 하면 사토 기요시의 지적대로 조선인 학생들에게 외국 문학은 일종의 민족 해방과 자유를 쟁취하기 위한 수단이었을지도 모른다.

---

32) 佐藤淸,「京城帝大文科の傳統と學風」,『佐藤淸全集 3』, 258~259쪽; 윤수안,『'제국 일본'과 영어·영문학』, 197쪽에서 재인용.

특히 최재서를 비롯한 조선인 학생들이 영문학 분야 중에서도 사회 변혁을 꿈꾸던 낭만주의 문학과 영국 식민지 아일랜드의 문학에 깊은 관심을 기울인 것을 보면 더더욱 그러한 생각이 든다. 그렇다면 사토의 관점에서 보면 최재서와 현영섭은 '민족의 해방과 자유'를 찾던 다른 조선인 학생들과는 정반대의 길을 갔다. 사토는 조용만에게 "나는 그 두 녀석의 요새 하는 짓을 보고 크게 실망했어. 그런 것들을 가르쳤다니 내가 부끄러워서 동료들한테 얼굴을 못 들 지경이야!"[33]라고 분개했다. 그러면서 사토는 어떻게 알았는지 두 사람의 '지각 없는 친일 행동'을 낱낱이 들어 말했다. 그러자 조용만은 그만 '얼굴이 뜨거서' 차마 그 자리에 앉아 있기가 민망했다고 회고한다.

그렇다면 사토 기요시의 이러한 이중적 태도를 어떻게 받아들여야 할까? 그는 일본 제국의 신민으로서 그가 조국에 충성하는 것과 최재서가 조국을 배반하고 일본에 충성하는 것은 차원이 다르다고 생각한 듯하다. 같은 친일이라도 식민지 종주국의 주민이 하는 친일과 피식민지 주민이 하는 친일은 엄연히 다르다는 논리다. 전자는 애국하는 일이지만 후자는 조국의 배신하는 일이기 때문이다. 그렇게 생각하지 않고서야 사토가 자신의 친일을 망각한 채 최재서와 현영남의 친일 행위만 나무라며 분개할 리 없을 것이다.

---

33) 조용만, 「경성제대 영문과와 한국 학생들」, 『30년대의 문화예술인들』, 25쪽. 여기서 사토 기요시가 말하는 '동료 교수들'에는 누구보다 다카키 이치노스케 교수가 들어갈 것이다.

인문평론사에서 최재서를 도와 친일 행동을 한 시인 서정주.

최재서와 서정주

언뜻 보면 최재서와 서정주 사이에는 친일과 관련해 아무 관련이 없는 것처럼 보인다. 그러나 좀 더 찬찬히 따져 보면 두 사람의 친일은 무관하지 않음이 밝혀진다. 서정주의 작품 「종천순일파(從天順日派)」는 서정주와 최재서를 잇는 연결 고리 역할을 한다. 이 작품에서 서정주는 최재서와 처음 인연을 맺게 된 사연을 이렇게 노래한다.

1943년 가을부터 약 반 해쯤

나는 선배 문인 최재서 씨의 요청으로

그의 출판사인 인문사에 들어가

일본말 시 잡지《국민시가》의 편집 일을 맡았으나,

근년에 민중 문학가 일부에서 나를 지탄하고 있는 것 같은

그런 비양심이나 무지조를 내가 느끼면서 그랬던 건 아니고

이게 내게도 불가피한 길이라고 판단되어서 그랬을 뿐이다.[34]

　　서정주는 출판사 인문사에서 잡지 편집 일을 맡은 것은 어디까
지나 출판사 사장 최재서의 부탁 때문이었다고 말한다. 여기에서 서
정주는《국민시가》만을 언급하지만《국민문학》의 편집 일도 함께 맡
았다. 그가 친일 어용 잡지라고는 하지만 출판사 편집부 직원으로 편
집에 관여한 것은 크게 문제가 되지 않을 수도 있다. 몇몇 민중 문학
가가 지탄하듯이 그는 '비양심이나 무지조' 때문에 최재서가 주관하
던 잡지에 관여한 것은 아니라 '불가피한 길'이었을 뿐이라고 말한다.
'불가피한 길'이란 다름 아닌 생활 수단, 즉 호구지책을 말한다. 그는
"처자를 거느리고 또 자손의 살아남을 길도 내다보아야 하는/ 나 같
은 사람의 인문사 입사는/ 그저 당연한 것으로만 이때엔 판단되었을
뿐이다./ 또 달리 호구 연명할 길도 아무것도 없었다./ 그러나 이 무
렵의 나를/ 친일파라고 부르는 데에는 이의가 있다."라고 항변한다.

　　더구나 서정주가 이렇게 친일을 하게 된 데는 일본이 이렇게 일
찍 패망할 줄은 꿈에도 몰랐기 때문이다. 그는 일제가 적어도 100년,

34) 서정주,『미당 서정주 전집 4: 시』(서울: 은행나무, 2015), 233쪽.

200년은 더 갈 것으로 판단했다. 이 무렵 일본 제국주의는 그야말로 파죽지세로 아시아를 집어삼키고 있었다.

일본은 이미 벌써 만주를 송두리째 그들의 손아귀에 넣어

만주 제국이라는 그들의 괴뢰 정권을 세운 지 오래였고,

중국의 중화민국 정부노 넌 서쪽 변방으로 쫓아내고,

왕조명(汪兆銘)이를 시켜 남경(南京)에 더 큰 괴뢰 정부를 세웠으며,

싱가포르를 함락하고,

필리핀을 입수하고,

동남아 전체를 먹어 들어가며

대동아 공영권을 세우자고 우리 겨레에게도

강요하고 있어

그들의 이 무렵의 그 욱일승천지세(旭日昇天之勢) 밑에서

나는 그 가까운 1945년 8월의 그들의 패망은

상상도 못 했고

다만 그들의 100년 200년의 장기 지배만이

우리가 오래 두고 당할 운명이라고만 생각했던 것이다.[35]

'다츠시로 시즈오(達城靜雄)'로 창씨를 개명한 서정주의 이러한 태

---

35) 앞의 책, 208쪽. 서정주는 1992년에 《신동아》에 기고한 「일정 말기와 나의 친일 시」에서도 일본이 쉽게 패망하리라고는 전혀 예상하지 못했고, 자신의 행위가 강요에 의한 것이었음을 밝혔다. 한편 최재서도 1942년 11월에 쓴 「시인으로서의 사토 기요시 선생」에서 "전쟁이 언제 끝날지 모르고 또 반도에는 바야흐로 징병제가 실시되려고 하는 지금……"(전: 190)이라고 말한 적이 있다.

도는 최재서가 독일군의 파리 함락을 목격하고 본격적인 친일 행위를 시작한 것과 궤를 같이한다. 이 작품의 시적 화자의 말대로 욱일 승천기가 대동아 하늘을 뒤덮고 있는 상황에서 그는 1945년 8월 그렇게 일찍 일제가 패망하리라고는 미처 상상할 수 없었을 것이다. 특히 서정주는 《국민문학》과 《국민시가》의 편집 일을 맡으면서 본격적으로 친일 작품을 쓰기 시작했다. 그가 쓴 친일 작품은 시에 그치지 않고 문학 평론, 수필, 단편 소설, 르포 등 여러 장르에 걸쳐 있다. 서정주는 그의 고용인 최재서와 마찬가지로 태평양 전쟁을 '성전(聖戰)'으로 미화하면서 조선인의 학병 지원을 권유하거나 징병제를 정당화함으로써 일제의 군국주의 파시즘 정책에 적극 동조했다.

그런데 문제는 서정주나 최재서나 친일 행위를 솔직히 인정하고 사과하지 않았다는 데 있다. 친일에 대해 서정주는 "'이것은 하늘이 이 겨레에게 주는 팔자다' 하는 것을/ 어떻게 해서라도 익히며 살아가려 했던 것이니/ 여기 적당한 말이려면/ 종천순일파(從天順日派) 같은 것이 괜찮을 듯하다."라고 노래한다. 여기에서 이 작품의 제목으로 삼은 '종천순일파'라는 말을 좀 더 눈여겨볼 필요가 있다. 이 말은 민중 문학가 일부에서 그를 두고 '친일파'니 '부일파'니 하고 부르는 것에 대한 서정주의 반응이다. 그는 자신은 '친일파'도 아니요 '부일파'도 아니라 어디까지나 '종천순일파', 즉 오직 하늘의 뜻을 좇아 일본에 순응한 사람일 뿐이라고 변명한다.

한낱 구차한 변명에 지나지 않지만 서정주가 자신을 '종천순일파'라고 부르는 것이 조금은 이해가 간다. 그를 비롯한 식민지 조선의 주민이 태어났을 때 비록 한반도에서 바라보는 하늘은 이미 조선의 하늘이 아니라 일본의 하늘이었기 때문이다. 어쩌면 그들이 숨 쉬는 공기조차 조선의 공기가 아니라 일본의 공기였을지도 모른다. 그들이 하루하루 꾸려 나가는 삶의 터전은 하나같이 일본인들의 손아귀에 놓여 있다시피 했다. 정치는 말할 것도 없고 경제도 사회도 문화도 모두 일본이 만들어 주는 것이었다. 한 순간도 일본 제국주의의 통제를 벗어날 수 없는 식민지 구조였다. 서정주가 "날리 호구 연명할 길도 아무것도 없었기에" 호구지책으로 관계를 맺게 된《국민문학》과《국민시가》도 천황이나 조선 총독부가 식민지 지식인들에게 내려준 선물과 다름없었다.

그러나 서정주가 말하는 '종천순일'은 한마디로 친일 행위를 합리화하기 말장난에 지나지 않는다. 물론 그는 「종천순일파」를 쓰기 20여 년 전 1960년대에 「창피한 이야기들」에서 자신의 잘못된 행보를 인식하고 "전쟁 세계에 대한 내 무지와 부족한 인식이 빚어낸 이것, 해방되어 돌이켜보니 참 너무나 미안하게 되었다."[36]라고 공식적으로 고백했다. 또한 1992년에 월간《시와 시학》과의 인터뷰에서도 "친일 문제는 분명히 잘못된 일이며 깨끗하게 청산되어야 마땅하다는 것을 밝혀두고 싶다."라고 말했다.[37]

그렇다면 친일 행위에 대한 최재서의 태도는 어떠한가? 해방 후 그는 문단과의 관계를 모두 끊고 오직 대학교수로서 문학 연구에만 전념했다. 그러나 강단에 서고 연구에 집중한 이러한 행위는 자발적인 것일 수도 있고, 친일 경력 때문에 어쩔 수 없는 선택일 수도 있다. 저간

---

36) 앞의 책, 208쪽.
37) 김재홍·서정주, 「시와 시인을 찾아서」,《시와 시학》(1992. 3).

의 사정에 대해서는 그는 아무런 언급을 하지 않았다. 평소 자존심이 강한 그로서는 상아탑에 칩거하며 침묵을 지키는 것이 친일 행위에 대한 무언의 반성을 보여 주는 몸짓이었을지도 모른다. 그러나 그는 친일 행위에 대하여 좀 더 분명하고 공개적으로 고백하고 사죄해야 했다.

1950년대 말 최재서는 「성직자의 변(辯)」이라는 글에서 한 친구와 시국에 대해 나눈 이야기를 적는다. 그 친구는 최재서에게 "崔兄, 이제는 좀 상아탑에서 나와서 현실 세계에 관심을 가질 때가 됐지!"라고 말한다. 그러자 최재서는 진리(학문)와 권력(정치)은 서로 화해하기란 무척 어렵지만, 특히 아직도 정치의 틀이 제대로 잡히지 않은 한국 사회에서는 거의 절망적이라고 밝힌다. 그러면서 그는 "일정(日政), 과정(過政), 인민군정(人民軍政), 이 정권 — 이렇게 20여 년이 흘러가는 도중에 문인과 교수들이 정치에 참여했다가 무절제한 정치가들에게 이용당하고 신세를 망치는 실례를 나는 너무도 많이 보았다. 나는 아직도 이 나라의 정치가를 믿고 싶은 심정이 없다."라고 잘라 말한다.(인: 142, 145) 여기에서 '이 정권'은 두말할 나위 없이 이승만의 자유당 정권을 말한다. 그런데 최재서의 말 속에는 자신이 '무절제한 정치가들'에게 이용만 당하고 장래를 망쳤다는 원망이 담겨 있다. 또한 친일파로 자리매김한 정권에 대한 섭섭한 마음이 도사리고 있다. 이 나라의 정치가를 믿고 싶지 않다는 말은 자칫 다른 나라의 정치가들은 믿고 싶다는 말로 들릴지도 모른다.

그러나 최재서는 자유당 정권에 사뭇 비판적 태도를 취하면서도 막상 일제 강점기 자신의 친일 행위에 대해서는 한마디 언급도 하지 않고 사과도 하지 않는다. 적어도 친일 행위와 관련해 최재서는 놀랍게도 언행이 좀처럼 일치하지 않는다.

체험 통일에 채용되는 억압과 타협을 정치 생활에 나타나는 그것과 비교해 보면 더 잘 알 수 있을 것이다. 억압을 기본 방침으로 삼는 정치를 전제주의라고 한다면, 타협을 기본 방침으로 삼는 정치는 민주주의다. 진자에 있어서는 이질적인 분사를 제외하고 국민 각자의 개성을 탄압함으로써만 고독한 정권이 유지된다. 그러나 그러한 정치 속에서는 아무러한 가치도 생산되지는 않는다. 그와 반대로 후자에 있어서는 이질적인 분자까지도 넓게 포섭하고 국민 각자의 능력에 최대한도의 활동 여지를 줌으로써 광범한 협조 위에 정치 생활이 운영된다. 그러한 유기적 조직 속에서는 인간적으로 가치 있는 모든 것이 생산될 수 있다.(원: 232)

일본 제국주의는 타협보다는 억압을 기본 방침으로 삼는다는 점에서 전제주의 정치 체제로 "고독한 정권"이었다. 이러한 정치 체제에서 "이질적인 분자"와 다름없던 최재서를 비롯한 친일 인사를 제외하고는 조선인들은 하나같이 개성을 탄압받았다. 그의 말대로 이러한 정치 체제에서 개인은 거대한 국가 기구의 나사못이나 톱니바퀴로 작용할 뿐 문학과 예술 같은 가치를 창출해 낼 수 없다. 심지어 국가의 정책에 맞서는 "이질적인 분자"까지도 폭넓게 받아들이고 그들의 능력을 최대한 발휘할 수 있도록 해 주는 국가에서만 비로소 "인간적으로 가치 있는 모든 것", 즉 진정한 문학과 예술을 창조할 수 있다. 이러한 관점에서 본다면 최재서가 《국민문학》에서 부르짖은 국민

문학은 참다운 의미에서 문학으로 볼 수 없을 것이다.

위 인용문에서 최재서는 '민주주의'의 대립 개념으로 "전제주의"라는 용어를 사용하지만 '전체주의'도 전제주의 못지않게 민주주의에 어긋난다. 철자나 발음은 비슷하여도 전체주의와 전제주의는 사뭇 다르다. 그 차이는 한자 '전제(專制)'와 '전체(全體)'를 비교해 보면 쉽게 알 수 있다. 전제주의는 국가의 통치를 담당하는 통치 권력을 신이나 국민이 어떤 왕이나 군주 같은 특정인이나 일부 집단에게 위탁하는 이념이다. 철저하게 지배나 통치를 주관하는 사람에 초점이 맞추어져 있는 정치 체제인 셈이다. 반면 전체주의에서는 신이나 국민에 의한 위탁이나 위임이라는 취약한 기반을 정당화하기 위해 국가나 민족이라는 새로운 개념을 도입한다. 다시 말해서 개개인의 나약함이나 민족의 열악함은 국가나 민족이라는 이름으로 단합된 힘을 보여야 국가나 민족이 강성해진다는 이념이다. 그렇다면 일본 제국주의는 과연 어떠했는가? 천황을 받들어 모신다는 점에서는 전제주의 체제라고 할 수 있는 반면, 태평양 전쟁으로 치닫던 무렵 국가와 민족에 최고의 가치를 둔다는 점에서는 전체주의의 얼굴을 하고 있었다.

이 점과 관련해 최재서는 도조 히데키(東條英機) 내각에서 정보국 차장을 지낸 핵심 관료 오쿠무라 기와오(奧村喜和男)가 《신초(新潮)》에 기고한, 「대동아 전쟁과 문학자의 사명」을 소개한다. 그중에서도 최재서는 "지금 진행되고 있는 제2차 세계대전은 자유주의·개인주의와 전체주의적 세계관의 일대 결전이며, 우리들이 주축이 된 대동아 전쟁은 미·영적 세계관과 일본적 세계관의 일대 결전이다."(전: 80)라는 견해에 주목한다.

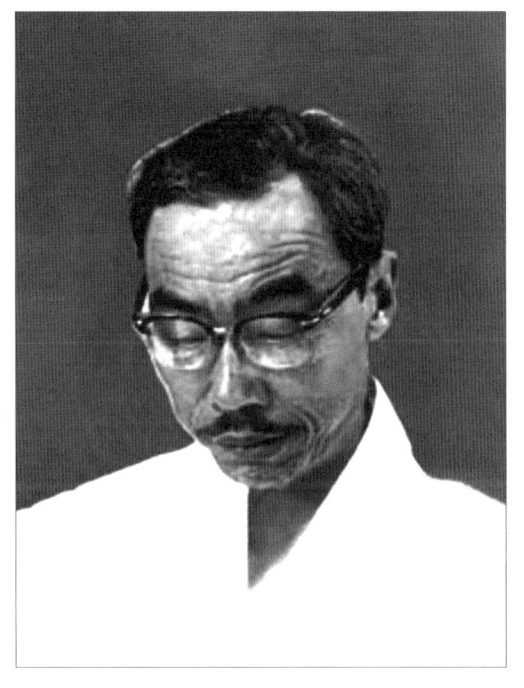
1964년 사망하기 전 최재서의 모습.

두말할 나위 없이 최재서는 오쿠무라처럼 일본의 전체주의 세계
관에 손을 들어 준다. 그는 에밀 뒤르켐을 인용하면서 서유럽을 풍미
한 개인주의적이고 자유주의적이 세계관이 민족 공동체에 부단한 위
협이 된다고 지적하고 마침내 세계 신질서의 원칙으로 새롭게 등장한
전체주의를 받아들이기에 이른다. 그렇다면 그는 경성제국대학 학부
와 대학원 시절 심취해 있던 퍼시 비시 셸리와 조지 바이런 같은 영
국 낭만주의 시인들을 비롯하여 알프레드 드 뮈세, 빅토르 위고, 프
리드리히 횔덜린, 그리고 그들의 전통을 이어받은 코즈모폴리터니즘
시인들을 "전체로부터 절연된 개성의 말로를 상징적으로 보여 주는

것 같다."(전: 84)라며 인정하지 않는다.

만약 최재서가 솔직하게 친일 행위를 인정하고 공개적으로 사과하며 용서를 구했더라면 아마 그가 그동안 쌓아 온 업적은 지금보다 훨씬 더 찬란하게 빛을 내뿜었을지 모른다. 「빈곤의 철학」에서 그는 "가난해지면 추해지는 사람이 있고, 그와 반대로 인격이 더욱 빛나는 사람이 있다. 그것은 교양의 차이다.(인: 15)"라고 말했다. 이렇게 인격이 빛을 내뿜거나 그러지 못하는 것은 비단 가난만이 아니다. 친일을 둘러싼 실수나 과오를 솔직히 인정하고 용서를 구하는 사람도 추해지는 법은 없고 언제나 인격이 더욱더 찬란한 빛을 내뿜는다. 그리고 그것이 바로 최재서가 그토록 힘주어 말하던 참다운 의미에서의 교양이고 지성일 것이다.

프리드리히 횔덜린은 「빵과 포도주」에서 "이 궁핍한 시대에 시인은 무엇을 위해 사는 것일까?/ 시인들은 성스러운 한밤에 이 나라에서 저 나라로 나아가는 바쿠스의 성스러운 사제와 같다고 그대는 말하는구나."라고 노래한다. 최재서는 일제 강점기라는 '궁핍한 시대'에 무엇을 위하여 살았을까? 횔덜린이 그리스 신들이 남긴 빵과 포도주에서 희망의 메시지를 발견했다면, 최재서는 한 치 앞도 내다볼 수 없는 암울한 비극적 상황에서 그 무엇에서 희망의 메시지를 찾았을까? 그리고 국가와 국가 사이에 모든 장벽이 허물어졌다는 21세기의 세계화 시대, 정보와 지식을 빛의 속도로 교환한다는 디지털 시대에 우리는 최재서가 남긴 빵과 포도주에서 무슨 메시지를 찾아야 할까? 이 물음에 대한 답에서 우리는 그동안 한국 문학이 지나온 길을 반성하고 앞으로 나아가야 할 새로운 방향을 모색할 수 있을 것이다.

1 최재서 저서 및 논문 목록

저서

『문학과 지성』, 경성: 인문사, 1938.

『문학 원론』, 서울: 춘조사, 1957.

『증보 문학 원론』, 서울: 춘조사, 1964.

『증보 문학 원론』, 서울: 신원도서, 1976.

『매카더 선풍』, 서울: 향학사, 1951.

『영문학사 1: 고대·중세』, 서울: 동아출판사, 1959.

『영문학사 2: 르네상스』, 서울: 동아출판사, 1959.

『영문학사 3: 셰익스피어』, 서울: 동아출판사, 1960.

『최재서 평론집』, 서울: 청운출판사, 1961.

『교양론』, 서울: 박영사, 1963.

『영시 개설』, 서울: 한일문화사, 1963.

『셰익스피어 예술론』, 서울: 을유문화사, 1963.

『인상과 사색』, 서울: 연세대학교 출판부, 1977.

『轉換期の朝鮮文學』, 京城: 人文社, 1943.

노상래 옮김. 『전환기의 조선 문학』, 경산: 영남대학교 출판부, 2006.

번역 및 편저

『ルーソーと浪漫主義』, 上下卷. 東京: 改造社, 1939~1940.

『해외서정시집』, 경성: 인문사, 1938.

『조선작품 연감』, 경성: 인문사, 1940.

『아메리카의 비극』(시어도어 드라이저). 축약 번역본. 서울: 백영사, 1952.

『영웅 매카-더 장군전』(프랭크 캘리·코넬리우스 라이언 공저). 서울: 일성당서점,
    1952.

『종합 영문법』, 서울: 연학사, 1954.

『주홍 글씨』(너새니얼 호손). 서울: 을유문화사, 1954.

『포우 단편집』(에드거 앨런 포). 서울: 한일문화사, 1954.

『햄릿』(윌리엄 셰익스피어). 서울: 연희춘추사, 1954.

『햄릿』, 서울: 정음사, 1958.

『햄릿』, 서울: 한일문화사, 1958.

『기초영문법』, 서울: 연학사, 1957.

『고등영문법』, 서울: 연학사, 1957.

『영시 개론』, 서울: 한일문화사, 1963.

『新半島文學選集: 國民文學 作品 第1輯』, 京城: 人文社, 1944.

『新半島文學選集: 國民文學 作品 第2輯』, 京城: 人文社, 1944.

Contemporary American Essays, 서울: 백영사, 1952.

Edgar Allan Poe: Prose Tales, 서울: 한일문화사 1955.

The Golden Treasury, 서울: 한일문화사, 1963.

일본어 단편 소설

「報道練習班(보도 연습반)」,《국민문학》(1943. 7)

「燧石(부싯돌)」,《국민문학》(1944. 1)

「月城君の從軍(쓰키시로 군의 종군)」,《녹기》(1944. 2)

「非時の花(때 이른 꽃)」,《국민문학》(1944. 5·6)

「民族の結婚(민족의 결혼)」,《국민문학》(1945. 2)

『최재서 일본어 소설집』(이혜진 옮김), 서울: 소명출판, 2012.

논문

「미숙한 문학」,《신흥》(1931. 7)

「최근 장서(長逝)한 3문호」,《조선일보》(1933. 4. 28~5. 1)

「영국 현대 소설의 동향」,《동아일보》(1933. 12. 8~15)

「굶주린 죤슨 박사」,《문학》(1934. 4)

「현대 주지주의 문학 이론의 건설」,《조선일보》(1934. 8. 7~12)

「비평과 과학」,《조선일보》(1934. 8. 31~9. 5)

「문학 발견 시대」,《조선일보》(1934. 11. 21~29)

「John Dennis의 시 이론」,《시소(思想)》(1934. 12)

「조선 문학과 비평의 임무」,《조선일보》(1935. 1. 1)

「올다스 학쓰레 이론」,《조선일보》(1935. 1. 24~30)

「고전 문학과 문학의 역사성」,《조선일보》(1935. 1. 30~31)

「D. H. 로렌스: 그의 생애와 예술」,《조선일보》(1935. 4. 7~12)

「자유주의 문학 비판」,《조선일보》(1935. 5. 15~20)

「신문학 수립에 대한 제가의 고견」,《조선일보》(1935. 7. 6)

「풍자문학론」,《조선일보》(1935. 7. 14~29)

「시대적 통제와 예지」,《조선일보》(1935. 8. 25)

「비평의 형태와 기능」,《조선일보》(1935. 10. 12~20)

「영국 평단의 동향(英國評壇の動向)」,《가이조(改造)》(1936. 3)

「영국의 전통과 자유」,《조선일보》(1936. 1. 4~5)

「현대 비평에 있어서의 개성의 문제(現代批評に於ける個性の問題)」,《에이분가쿠

　　켄큐(英文學研究)》(1936. 4)

「낭만주의 부활인가」,《조선일보》(1936. 4. 25)

「무단우감(文壇偶感)」,《조선일보》(1936. 4. 24~29)

「해감일언(解感一言)」,《조선일보》(1936. 6. 30)

「현대시의 생애와 성격」,《조선일보》(1936. 8. 21~27)

「해혹의 일언」,《조선일보》(1936. 10. 3)

「리알리즘의 확대와 심화」,《조선일보》(1936. 10. 31~11. 7)

「중편 소설에 대하여」,《조선일보》(1937. 1. 29~2. 3)

「학슬리의 풍자 소설(ハクスリ_の諷刺小說)」《가이조(改造)》(1937. 2)

「빈곤과 문학」,《조선일보》(1937. 2. 27~3. 3)

「적수공권(赤手空拳) 시대: 단평」,《조선일보》(1937. 3. 23)

「현대적 지성에 관하여」,《조선일보》(1937. 5. 15~20)

「고(故) 이상(李箱)의 예술」,《조선문학》(1937. 6)

「문화 기여자로서」,《조선일보》(1937. 6. 9)

「무사시노(武藏野) 통신」,《조선일보》(1937. 7. 3~8)

「문학 작가 지성의 본질과 그 효용성」,《동아일보》(1937. 7. 21~24)

「도쿄(東京) 통신」,《조선일보》(1937. 8. 3~6)

「문학 작가 지성」,《동아일보》(1937. 8. 20~23)

「'멋'의 연구」,《조선일보》(1937. 8. 31)

「시와 도덕과 생활」,《동아일보》(1937. 9. 15~19)

「센티멘탈론」,《조선일보》(1937. 10. 3~8)

「최근 문단의 동향」,《조광》(1937. 11)

「작가와 모럴의 문제」,《삼천리 문학》(1938. 1)

「노천명 시집 『산호림』을 읽고」,《동아일보》(1938. 1. 7)

「취미와 이론의 승리」,《조선일보》(1938. 1. 8~13)

「여성, 문학, 가정」,《여성》(1938. 2)

「인테리 작가 '헉스레이': 작중 인물을 통해서 본 작자의 지성」,《동아일보》(1938. 2. 4)

「이상적 인간에 대한 규정」,《조선일보》(1938. 2. 23~27)

「시단 활기를 띠우다」,《조선일보》(1938. 3. 10)

「시에 있어서의 두뇌와 심장」,《조선일보》(1938. 3. 10~13)

「현대시와 노스탈자」,《조선일보》(1938. 3. 11)

「시와 소사의 문제」,《조선일보》(1938. 3. 15)

「시와 휴머니즘」,《동아일보, 1938. 3. 25)

「문학을 지망하는 동생에게」,《삼천리 문학》(1938. 4)

「발전과 성과」,《조선일보》(1938. 4. 8)

「비평과 월평」,《조선일보》(1938. 4. 12)

「비평의 형태와 내용」,《동아일보》(1938. 4. 12~15)

「비평과 월평」,《조선일보》(1938. 4. 13)

「비평과 월평」,《조선일보》(1938. 4. 15)

「세계 문학의 동향」,《조선일보》(1938. 4. 22~24)

「현대와 비평 정신」,《사해공론》(1938. 6)

「고발 문학의 정체」,《조선일보》(1938. 6. 2)

「조선 문학의 성격」,《동아일보》(1938. 6. 7)

「고전 연구의 역사성」(조선일보》(1938. 6. 10)

「현대와 비평 정신」,《사해공론》(1938. 7)

「사실의 세기와 지식인」,《조선일보》(1938. 7. 2)

「비평과 모럴의 관계(批評とモラルの關係)」,《가이조(改造)》(1938. 8)

「서구 정신과 동방 정취」,《조선일보》(1938. 8. 6~7)

「문학 작가 지성」,《동아일보》(1938. 8. 20~23)

「출판 일년생의 변」,《비판》(1938. 9)

「일기일절」,《동아일보》(1938. 9. 10)

「감상론」,《조광》(1938. 10)

「문예수감」,《비판》(1938. 11)

「현대 비평의 성격」,《조선일보》(1938. 11. 2~5)

「번역 문학 관견」,《청색지》(1938. 12)

「토마스 만의 가족사 소설」,《동아일보》(1938. 12. 1)

「서정시에 있어서의 지성」,《조선일보》(1938. 12. 24~28)

「시단 전망」,《비판》(1939. 1)

「연재소설에 대하여」,《조선문학》(1939. 1)

「오는 1년간의 평론계 중심 과제」,《조선일보》(1939. 1. 3)

「문학의 수필화」,《동아일보》(1939. 2. 3)

「예이츠의 생애와 예술」,《동아일보》(1939. 2. 5~08)

「문학의 표정」,《동아일보》(1939. 2. 19~21)

「시의 장래」,《시학》(1939. 3)

「지성, 모랄, 가치」,《비판》(1939. 3)

「장편 소설과 단편 소설, 특히 그 가능성과 한계성에 관하여」,《동아일보》(1939.
    3. 9~10)

「현대 비평의 성격(現代批評の性格)」,《英文學研究》(1939. 4)

「문학적 성격」,《동아일보》(1939. 5. 7)

「시 감상법 강좌」,《조선일보》(1939. 5. 12~17)

「구라파 현대 소설의 이념」,《비판》(1939. 6)

「구라파 문예사의 전망」,《조선일보》(1939. 6 .8~13)

「구라파 현대 소설의 이념」,《비판》(1939. 7)

「현대 소설과 주제」,《문장》(1939. 7)

「신세대론」,《조선일보》(1939. 7. 6~9)

「니시무라 신타로(西村眞太郎) 씨 번역 『보리와 병정』 독후감」,《매일신보》(1939.
    7. 22~24)

「시단의 신세대」,《조선일보》(1939. 8. 18~26)

「시대의 동행자」,《조선일보》(1939. 9. 18)

「성격에의 의욕」,《인문평론》(1939. 10)

「『근대 일본 문학의 전개』가라키 준조(唐木順三) 저 해설」,《인문평론》(1939. 10)

「정신분석학과 현대 문학」,《인문평론》(1939. 11)

「교양의 정신」,《인문평론》(1939. 11)

「여행의 낭만」,《매일신보》(1939. 11. 5)

「소설과 민중」,《동아일보》(1939. 11. 7)

「평론계의 제 문제」,《인문평론》(1939.12)

「현대 소설 연구」,《인문평론》(1940. 1)

「신춘문예선 후감」,《조선일보》(1940. 1. 9)

「시단의 신춘을 말한다」,《조선일보》(1940. 1. 9~10)

「가족사 소설의 이념」,《인문평론》(1940. 2)

「지성 없는 문학은 오산」,《매일신보》(1940. 2. 26)

「작가의 다양성」,《조선일보》(1940. 2. 29.~3. 2)

「성격의 생성과 분열」,《인문평론》(1940. 3)

「소설의 현상 타개의 길」,《조선일보》(1940. 5. 8~10)

「전쟁 문학」,《인문평론》(1940. 6)

「현대 소설 연구」,《인문평론》(1940. 7)

「사변 당초의 나」,《인문평론》(1940. 7)

「서사시, 로만스, 소설」,《인문평론》(1940. 8)

「시단 3세대」,《조선일보》(1940. 8. 5)

「문학 정신」,《조선일보》(1940. 8. 9)

「신체제하의 문학」,《경성일보》(1940. 11. 9.~11. 15)

「전형기의 평론계: 반성과 모색」,《매일신보》(1940. 11. 11~14)

「반성과 모색」,《매일신보》(1940. 11. 13~14)

「알바이트화의 경향」,《조광》(1940. 12)

「전형기의 평론계」,《인문평론》(1941. 1)

「신세대론 그 후」,《신세기》(1941. 1)

「문화 이론의 재편성」,《매일신보》(1941. 1. 11)

「전형기의 문화 이론」,《인문평론》(1941. 2)

「신체제와 반도 사상계: 문학 신체제화의 목표」,《녹기》(1941. 2)

「문학 정신의 전환」,《인문평론》(1941. 4)

「문화의 귀농 운동」,《반도의 빛》(1941. 4)

「국민 문학의 요건」,《국민문학》, 1941.11)

「일미(日米) 개전과 동양의 장래」,《국민문학》(1942. 1)

「문예 동원을 말한다」,《국민문학》(1942. 1)

「대동아 문화권의 구상」,《국민문학》(1942. 2)

「명일의 조선 영화」,《국민문학》(1942. 12)

「아들아, 편안히: 망아(亡兒) 강(剛)에게 준다」,《국민문학》(1942. 1)

「금일의 문화 문제: 문인 기질」,《동양지광》(1942. 1)

「추천 못하는 이유」,《매일신보》(1942. 1. 10)

「나의 페이지(私の頁)」,《국민문학》(1942. 3·4)

「조국 관념의 자각」,《경성일보》(1942. 5. 26)

「새로운 비평을 위하여」,《국민문학》(1942. 7)

「국민 문학의 현단계」,《국민문학》(1942. 8)

「문학자와 세계관의 문제」,《국민문학》(1942. 10)

「새로운 결의」,《국민문학》(1942.1 2)

「문화와 선전」,《국민문학》(1943. 1)

「서신에서부터 북선으로」,《국민문학》(1943. 1)

「틀이 잡힌 국민문학론」,《매일신보》(1943. 1. 9)

「군인 정신에 대하여」,《국민문학》(1943. 2)

「시단의 근본 문제」,《국민문학》(1943. 2)

「신반도 문학에의 요망」,《국민문학》(1943. 3)

「황민 의식을 불타게 하라」,《녹기》(1943. 3)

「선전의 효과」,《조선》(1943. 4)

「현대의 동의: 지식 동원과 계몽」,《춘추, 1943. 5)

「근로와 문학」,《국민문학》(1943. 5)

「바다에 가면」,《경성일보》(1943. 5. 14.~15)

「결전 문학의 확립: 전의 첨병」,《국민문학》(1943. 6)

「사상전의 첨병」,《국민문학》(1943. 6)

「농촌 문화를 위하여: 이동 극단·이동 영사대의 활동을 중심으로」,《국민문학》
　　　(1943. 6)

「영화 「젊은 모습」을 말하다」,《국민문학》(1943. 7)

「국민 문화의 방향」,《국민문학》(1943. 8)

「징병서원행: 감격의 8월 1일을 맞이하여」,《국민문학》(1943. 8)

「신명을 다한다」,《경성일보》(1943. 9)

「결전하의 급전환」,《문학보국》(1943. 9)

「결전하의 내지」,《국민총력》(1943. 10)

「대동아 의식의 자각」,《국민문학》(1943. 10)

「결전하 문단의 1년」,《국민문학》(1943. 12)

「학도 출진에 대하여」,《국민문학》(1943. 12)

「금일의 신인군」,《국민문학》(1943. 12)

「아세아의 해방」,《매일신보》(1944. 1. 11)

「계속 투입되는 보도진: 국민 총궐기를 위한 정신대 결성」,《국민총력》(1944. 2)

「전투 배치의 생활」,《경성일보》(1944. 3. 24)

「조선의 국어 문학」,《흥아문화》(1944. 5)

「징병과 문학」,《국민문학》(1944. 8)

「금년 신인군」,《국민문학》(1944. 12)

「고테이(古丁) 씨에게: 만주국 결전 예문회의에서 돌아와서」,《국민문학》(1945. 1)

「철(鐵)하라 내선일체」,《매일신보》(1945. 1. 18)

「문학의 속성」,《새벽》(1955. 7)

「예술적 체험」,《새벽》(1955. 9)

「문학과 한계」,《사상계》(1955. 10)

「시적 체험」,《새벽》(1955. 11)

「표현과 전달」,《새벽》(1956. 1)

「문학과 사상」,《사상계》(1956. 2·3)

「현대 비평에 있어서의 개성의 문제」,《사상계》(1956. 4)

「문학의 목적·기능·효용」,《사상계》(1956. 5)

「낭만주의의 초극」,《사상계》(1956. 6)

「비극적 체험」,《새벽》(1956. 9~1957. 2)

「문학의 내용과 형식」,《사상계》(1957. 12)

「문학의 내용과 형식·속」,《사상계》(1958. 1)

「셰익스피어 비극의 개념」,《사상계》(1959. 1)

「영시 개설」,《사상계》(1959. 4~5)

「역사·질서·문학」,《사상계》(1959. 6~7)

「희극에서 비극으로」,《사상계》(1960. 5)

「문학 연구 방법론 서설」,《현대문학》(1961. 4~5)

「셰익스피어 연구의 방법」,《현대문학》(1961. 7~8)

「셰익스피어의 예술」,《현대문학》(1962. 1~10)

「교양의 의미와 이념」,《자유문학》(1963. 3~6)

「셰익스피어의 휴머니즘」,《사상계》(1964. 3)

「세계 문학 사상의 셰익스피어」,《현대문학》(1964. 4)

「슬픔의 문학과 기쁨의 문학」,《문학춘추》(1964. 6)

「극작가로서의 셰익스피어」,《현대문학》(1964. 7)

「문학의 역사적 연구」,《현대문학》(1964. 9)

좌담회 및 라디오 강연

「문예 좌담회」,《신인문학》(1936. 10)

「신체제하의 반도 문화를 말한다」,《녹기》(1941. 1)

「조선문인협회 지방순강(巡講) 문인의 보고 좌담회」,《국민총력》(1941. 2)

「국민 문학의 공작정담회」,《매일신보》(1941. 11. 1.~11. 6)

「조선 문단의 재출발을 말한다」,《국민문학》(1941. 11)

「반도 기독교의 개혁을 말한다」,《국민문학》(1942. 3)

「군인과 작가 징병의 감격을 말한다」,《국민문학》(1942. 7)

「북방권 문화를 말한다」,《국민문학》(1942. 10)

「국민문학의 1년을 말한다」,《국민문학》(1942. 11).

「현지 좌담회: 신반도 문학에의 요망」,《국민문학》(1943. 3)

「내선 문학의 교류」(라디오 강연 강좌, 1939. 7. 25)

「평양의 문화를 말한다」,《국민문학》(1943. 1)

2 최재서에 관한 논문

권영민, 「풍자 문학론의 실상과 그 허상」,《소설문학》(1983. 4).

──────, 「최재서의 소설론 비판」,《동양학》(단국대학교 동양학연구원, 1986. 10).

권일경, 「1930년대 모더니즘 소설의 실재관과 '재현' 개념에 관한 고찰: 최재서
의 리얼리즘론과 '내성(內省) 소설'을 중심으로」,《관악어문연구》(서울대학
교 관악어문학회, 1996. 12).

기시카와 히데미(岸川秀實), 「'주지주의 문학론'과 '주지적 문학론': 비평가 최
재서와 아베 토모지의 비교 문학적 연구」,《국제어문》27집(국제어문학회,
2003).

김남천, 「비평 정신은 건재: '최재서 평론집' 독후감」,《조선일보》(1938. 7. 12).

김동길, 「인물 에세이 100년의 사람들 5: 양주동」,《조선일보》(2017. 12. 16).

김동식, 「1930년대 후반 지성론(知性論)에 대한 고찰: 근대성과의 관련을 중심
으로」,《작가 연구》(1997. 10).

──────, 「1930년대 비평과 주체의 수사학」,《한국현대문학연구》24집(2008).

김미영, 「1930년대 후반기 리얼리즘론에 미친 루카치 문예이론의 영향 연구」, 《관악어문연구》(1997. 12).

김선학, 「양주동과 최재서」, 《뿌리깊은나무》(1979. 1).

김예림, 「'동아'라는 시뮬라크르 혹은 그 접속자들의 문화 이념: 1930년대 후반 최재서·백철의 문화론을 중심으로」, 《상허학보》 23집(한국상허학회, 2008).

김우철, 「최재서론」, 《풍림》(1937. 5).

김윤식, 「최재서론」, 《현대문학》(1984. 8~10).

──────, 「비평의 자립적 근거에 대하여: 한국 문학사와 비평의 관련 양상」, 《한국학보》(1999. 6).

김진석, 「심리소설론의 전개 양상」, 《인문과학연구》(서원대학교 인문과학연구소 (1998. 2).

김춘식, 「최재서 비평 연구」, 《동악어문논집》(1993. 12).

김활, 「최재서 비평의 인식론적 배경」, 《동서문화》(계명대동서문화연구소)(1992. 12).

김흥규, 「최재서의 문학 이론」, 《문학과지성》(1976년 봄).

남송우·정해룡, 「1930년대 한국 문학에 나타난 T. S. 엘리어트의 영향: 최재서 와 김기림을 중심으로」, 《부산대 국어국문학》(1998. 12).

박정호, 「절충적 이식론의 시험과 실패: 최재서의 1930년대 비평 연구」, 《한국외 대 한국어문학연구》(2000. 10).

백낙원, 「심리주의와 주지주의문학」, 《매일신보》(1933. 10. 24~31).

백철, 「리얼리즘의 재고: 그 '안티휴먼'의 경향에 대하야」, 《사해공론》(1937. 1).

사노 마사토(佐野正人), 「경성제대 영문과 네트워크에 대하여」, 《한국현대문학연 구》 26집(2008).

서승희, 「1930년대 최재서의 문화 기획 연구」, 《한국 문학이론과 비평》 47집(2010).

서은주, 「파시즘기 외국 문학의 존재 방식과 교양: 《인문평론》을 중심으로」, 《한 국문학연구》 42집(동국대학교 한국문학연구소, 2012).

소영현, 「최재서 문학 비평 연구: '객관적 태도'의 이중성 탐구」, 《문학과의식》 (1996년 여름).

신재기, 「최재서의 모랄론에 대하여」, 《문학과언어》(대구 문학과언어학회, 1987. 5).

윤대석, 「1940년대 '국민 문학' 연구」, 서울대학교 박사 논문(2006).

이병헌, 「최재서의 문학 비평 연구: 비평의 유형과 문체를 중심으로」, 《대진논
　　　총》(대진대학교, 1995. 12).

이성혁, 「식민지 말기 최재서의 '탈근대 문학론' 비판」, 《한국어문학연구》(한국외
　　　국어대학교)(1999. 12).

이양숙, 「최재서 문학 비평 연구」, 서울대학교 박사 학위 논문(2003).

이은애, 「최재서 문학론 연구」, 서울대 박사 학위 논문(1995).

──────, 「친일 문학에 대한 일고찰: 최재서를 중심으로」, 《덕성여대 논문집》
　　　(1996. 8).

이정호, 「배제와 억압으로서의 글읽기와 글쓰기: T. S. 엘리엇의 경우」, 《영학논
　　　집》 24집(서울대학교 인문대학 영어영문학과, 2000).

이해년, 「말기의 행동주의 문학론 연구: 순수 문학자의 절충적 평가」, 《부산대
　　　학교 어문교육논집》(1996. 9).

이혜진, 「신체제 시기 최재서의 '국민 문학론'」, 《정신문화연구》 120호(한국정신문
　　　화연구원, 2010).

임환모, 「1930년대 '지성'의 실체와 의미: 최재서의 지성론을 중심으로」, 《한국
　　　언어문학》(1994. 5).

장문석, 「식민지 출판과 양반: 1930년대 신조선사의 고문헌 출판 활동과 전통
　　　지식의 식민지 공공성」, 《민족문학사연구》 55권(2014).

──────, 「출판 기획자 최재서와 인문사의 탄생」, 《근대서지》 11호(201).

진정석, 「최재서의 리얼리즘론 연구」, 《한국학보》(1997. 3).

정비석, 「신구 세대의 공동 과제」, 《매일신보》(1940. 2. 26).

정종현, 「최재서의 맥아더: 맥아더 표상을 통해 본 한 친일 엘리트의 해방 전
　　　후」, 《동악어문학》 59집(동악어문학회, 2012. 8).

조계숙, 「현대 문학 비평에 나타난 소설의 묘사론」, 《어문논집》(1998. 2).

조연현, 「고 최재서의 인간과 문학」, 《현대문학》(1965. 1).

조용만, 「희(噫)! 최재서 형」,《동아일보》(1964. 11. 17).

차승기, 「1930년대 후반 전통론 연구: 시간-공간 의식을 중심으로」, 연세대학교 박사 논문(2002).

채진홍, 「최재서의 친일 문학론 연구」,《한남어문학》(한남대학교 어문학회, 1992. 9).

최양희, 「나의 아버지 최재서」,《대산문화》, 51호(1914).

최현희, 「'이상(李箱)'의 이데올로기적 기원: 김기림과 최재서의 이상론」,《한국 현대문학연구》32집(2010).

홍성암, 「최재서 연구」,《한국학논집》(한양대학교 동아시아문화연구소, 1989. 12).

홍효민, 「문단 측면사」,《현대문학》통권 50호(1959. 2).

岡本濱吉, 「城大教授評判記」,《朝鮮及満州》(1937. 3)

佐野正人, 「佐藤淸.植民地的な主體として植民地.京城帝大.英文學」, 『'飜譯'の 圏域文化.植民地.アイデンテイテイ』(筑波大學文化批評研究會, 2004).

Devitt, Amy J. "Generalizing About Genre: New Conceptions of an Old Concept", *College Composition and Communication* 44: 4(1993).

Miller, Carolyn R. "Genre as Social Action", *Quarterly Journal of Speech* 70(1984).

Suh, Serk-bae, "The Location of "Korean" Culture: Ch'oe Chaeso and Korean Literature in a Time of Transition", *The Journal of Asian Studies* 70: 1(2011).

3 최재서 관련 국내 저서

권영민 편, 『한국의 문학 비평 1』, 서울: 민음사, 1995.

────, 『이상 전집 2: 단편 소설』, 서울: 민음사, 2009.

────, 『정지용 전집 1: 시』, 서울: 민음사, 2016.

────, 『정지용 전집 2: 산문』, 서울: 민음사, 2016.

김동석,『예술과 생활』, 서울: 박문출판사, 1947.

──── ,『뿌르조아의 인간상』, 서울: 탐구당, 1949.

김문집,『비평 문학』, 경성: 청색지사, 1938.

김용권,『신뢰의 배반: 파본과 정오』, 서울: 서강대학교 출판부, 2017.

김욱동,『수사학이란 무엇인가』, 서울: 민음사, 2002.

──── ,『모더니즘과 포스트모더니즘』개정판., 서울: 현암사, 2004.

──── ,『포스트모더니즘』개정판, 서울: 민음사, 2004.

──── ,『번역의 미로』,서울: 글항아리, 2011.

──── ,『번역과 한국의 근대』, 서울: 소명출판, 2011.

──── ,『부조리의 포도주와 무관심의 빵』, 서울: 소명출판, 2013.

──── ,『눈솔 정인섭 평전』, 서울: 이숲, 2020.

──── ,『아메리카로 떠난 조선의 지식인들』, 서울: 이숲, 2020.

──── ,『외국문학연구회와《해외문학》』, 서울: 소명출판, 2020.

──── ,『세계 문학이란 무엇인가』, 서울: 소명출판, 2020.

──── ,『눈솔 정인섭 평전』, 파주: 이숲출판, 2020.

──── ,『비평의 변증법: 김환태·김동석·김기림의 문학 비평』, 파주: 이숲, 2022.

──── ,『이양하: 그의 삶과 문학』, 서울: 삼인출판, 2022.

──── ,『궁핍한 시대의 한국 문학: 세계 문학을 향한 열망』, 서울: 연암서가, 2022.

──── ,『영문학의 한국문학 수용』, 서울: 서강대학교 출판부, 2023.

──── ,『설정식: 분노의 문학』, 서울: 삼인출판, 2023.

김윤식,『한국 근대 문예비평사 연구』, 일지사, 1974.

──── ,『한국 근대문학사상사 연구 1: 도남과 최재서』, 서울: 일지사: 1984.

──── ,『최재서의《국민문학》과 사토 기요시 교수』, 서울: 역락, 2009.

김준오,『현대시와 장르 비평』, 서울: 문학과지성사, 2009.

김준현 편,『이헌구 선집』, 서울: 현대문학사, 2011.

김학동, 『정지용 연구』, 서울: 민음사, 1987.

김학동·김세환 공편, 『김기림 전집 2: 시론』, 서울: 심설당, 1988.

──, 『김기림 전집 3: 문학론』, 서울: 심설당, 1988.

──, 『김기림 전집 5: 소설·희곡·수필』, 서울: 심설당, 1988.

김환태, 『김환태 전집』, 서울: 현대문학사, 1972.

김활, 『모더니즘 문학론과 질서』, 서울: 한신문화사, 1993.

김흥규, 『문학과 역사적 인간』.서울: 창작과비평사, 1980.

문경연 외, 『좌담회로 읽는《국민문학》』, 서울: 소명출판, 2012.

민족문학연구소 편, 『탈식민주의를 넘어서』.서울: 소명출판,

박상준, 『1930년대 한국 모더니즘과 이상·최재서』, 서울: 소명출판, 2018.

박상태 주해, 『원본 김기림 시 전집』, 서울: 깊은샘, 2014.

방민호, 『일제 말기 한국 문학의 담론과 텍스트』, 서울: 예옥, 2011.

백 철, 『조선신문학사조사』, 서울: 수선사, 1948.

──, 『한국 신문학발달사』, 서울: 박영사, 1975.

──, 『신문학사조사』, 개정판. 서울: 신구문화사, 2003.

상허학회 편, 『이태준 전집 5: 무서록』, 서울: 소명출판, 2015.

신익희, 『나의 자서전』, 서울: 출판사 미상, 1953.

연세대학교 백년사 편찬위원회 편, 『연세대학교 백년사: 1885~1985』, 서울: 연
    세대학교 출판부, 1985.

연세대학교 영어영문학과 동창회 편, 『우리들의 60년: 1946~2006』, 서울: 연세
    대학교 영어영문학과 동창회, 2007.

유진오, 『구름 위의 만상』, 서울: 일조각, 1966.

──, 『젊은 날의 자화상』, 서울: 박영사, 1976.

──, 『젊음이 깃칠 때』, 서울: 휘문출판사, 1978.

윤대석, 『식민지 국민 문학론』, 서울: 역락, 2006.

윤병로, 『한국 근현대문학사』. 서울: 명문당, 1992.

이양하, 『이양하 미수록 수필선』, 서울: 중앙일보사, 1978.

이재선, 『이광수 문학의 지적 편력』, 서울: 서강대학교 출판부, 2010.

이종호, 「출판 신체제의 성립과 조선 문단의 사정」, 《사이間SAI》 6집 국제한국문학문화학회, 2009.

이충우, 『경성제국대학』, 서울: 다락원, 1980.

이하윤, 『이하윤 문학 선집 2: 평론·수필』, 서울: 한샘출판사, 1982.

이헌구, 『이헌구 선집』, 김준현 편. 서울: 현대문학사, 2011.

이효석, 『이효석 전집』, 서울: 창미사, 1983.

이훈상, 『조선 후기의 향리』, 서울: 일조각, 1990.

임종국, 『친일문학론』, 서울: 평화출판사, 1966.

임화, 『임화문학예술전집 3: 문학의 논리』, 서울: 소명출판, 2009.

―――, 『임화문학예술전집 5: 평론 2』, 서울: 소명출판, 2009.

장석향, 『물레를 돌리는 여인: 모윤숙 평전』, 서울: 명문당, 1993.

장준하 선생 10주기 추모문집간행위원회 편, 『장준하 문집 3: 사상계지 수난사』, 서울: 사상, 1985.

장호철, 『부역자들, 친일 문인의 민낯: 그들은 왜 민족과 역사 앞에 친일을 하였는가』, 서울: 인문서원, 2019.

정근식 외, 『식민 권력과 근대 지식: 경성제국대학 연구』, 서울: 서울대학교 출판문화원. 2011.

정인섭, 『세계문학산고』, 서울: 동국문화사, 1960.

―――, 『한국문단논고』, 서울: 신흥출판사, 1959.

―――, 『세계문학산고』, 서울: 동국출판사, 1960.

―――, 『버릴 수 없는 꽃다발』, 서울: 이화문화사, 1968.

―――, 『이렇게 살다가』, 서울: 가리온출판사, 1982.

정종현, 『동양론과 식민지 조선 문학: 제국적 주체를 향한 욕망과 분열』, 서울: 창작과비평사, 2011.

조용만, 『30년대의 문화예술인들: 격동기의 문화계 비화』, 서울: 범양사 출판부, 1988.

최보경, 고순자 편, 『나는 이렇게 살았습니다: 한 여자가 걸은 현대사의 뒤안
　길』, 서울: 현대문화출판, 2011.

한효, 『한효 평론집』, 서울: 지만지, 2015.

홍봉진, 『양촌일지(陽村日誌)』, 서울: 일심사, 1986.

4 최재서 관련 국외 저서

Babbitt, Irving, *Rousseau and Romanticism*, Boston: Houghton Mifflin, 1919.

Bassnett, Susan, *Comparative Literature: A Critical Introduction*, Oxford:
　Blackwell Publishers, 1993.

Bell, Morag, Robin Butlin, and Michael Heffernan, eds, *Geography and
　Imperialism, 1820~1940*. Manchester: Manchester University Press, 1995.

Benjamin, Walter, *Selected Writings: Vol. 4, 1938~1940*, Trans. Edmund
　Jephcott. Ed. Howard Eiland and Michael W. Jennings, Cambridge:
　Belknap Press of Harvard University Press, 2003.

Caprio, Mark E, *Japanese Assimilation Policies in Colonial Korea, 1910~1945*,
　Seattle: University of Washington Press, 2009.

Donne, John, *Selected Poems of John Donne*, London: Penguin, 2006.

Eliot, T. S, *Selected Prose of T. S. Eliot*, ed. Frank Kermode, New York: Harcourt
　Brace Jovanovich, 1975.

Eagleton, Terry, *Literary Theory: An Introduction*, 2nd ed. Minneapolis:
　University of Minnesota Press, 1996.

Foucault, Michel, *Essential Works of Foucault*, Ed. James D. Faubion, New York:
　New Press, 1979.

Giddens, Anthony, *The Consequences of Modernity*, Stanford: Stanford University
　Press, 1986.

Hamm, Bernd, and Russell Charles Smandych, *Cultural Imperialism: Essays on the Political Economy of Cultural Domination*, Toronto: University of Toronto Press, 2005.

Hudson, William Henry, *An Introduction to the Study of Literature*, London: George G. Harrap, 1910.

Kang, Hildi, *Under the Black Umbrella: Voices from Colonial Korea, 1910~1945*, Ithaca: Cornell University Press, 2001.

Kim, Wook-Dong, *Translations in Korea: Theory and Practice*, London: Palgrave Macmillan, 2019.

———, *Global Perspectives on Korean Literature*, London: Palgrave Macmillan, 2019.

Liu, Lydia H, *Translingual Practice: Literature, National Culture, and Translated Modernity — China, 1900~1937*, Stanford University Press, 1995.

———, *The Clash of Empires: The Invention of China in Modern World Making*, Cambridge: Harvard University Press, 2004.

Read, Herbert, *Reason and Romanticism: Essays in Literary Criticism*, London: Faber and Gwyer, 1926.

Robinson, Michael E., *Cultural Nationalism in Colonial Korea, 1920~1925*, Seattle: University of Washington, Press, 1988.

Robinson, Michael E., Ramon H. Myers and Mark R. Peattie, eds., *The Japanese Colonial Empire, 1895~1945*, Princeton University Press, 1987.

Ryang, Sonia, ed. *Koreans in Japan: Critical Voices from the Margin*, London: Taylor & Francis, 2000.

Said, Edward, *Orientalism*, New York: Pantheon Books, 1978.

———, *The World, the Text, and the Critic*, Cambridge: Harvard University Press, 1983.

Schulte, Rainter, and John Biguenet, ed., *Theories of Translation: An Anthology of*

Essays from Dryden to Derrida, Chicago: University of Chicago Press, 1992.

Suh, Serk-Bae, *Treacherous Translation: Culture, Nationalism, and Colonialism in Korea and Japan from the 1910s to the 1960s*, Berkeley: University of California Press, 2013.

Wellek. Rene, *Concepts of Criticism*, New Haven: Yale University Press, 1964.

찾아보기

김욱동

미국 뉴욕주립대학교에서 박사 학위를 받았으며 현재 서강대학교 인문대학 명예교수로 재직 중이다. 환경문학, 번역학, 수사학, 문학비평 등 다양한 분야에서 꾸준히 연구해 온 인문학자다. 주요 저서 『《우라키》와 한국 근대문학』, 『한국문학의 영문학 수용: 1925~1954』, 『번역가의 길』, 『궁핍한 시대의 한국문학: 세계문학을 향한 열망』, 『비평의 변증법: 김환태·김동석·김기림의 문학비평』, 『이양하: 그의 삶과 문학』, 『환경인문학과 인류의 미래』, 『세계문학이란 무엇인가』, 『외국문학연구회와 《해외문학》』, 『아메리카로 떠난 조선의 지식인들』, 『눈솔 정인섭 평전』, 『하퍼 리의 삶과 문학』, 『미국의 단편소설 작가들』 외 다수가 있다.

천재와 반역: 최재서 연구

1판 1쇄 찍음   2024년 6월 10일
1판 1쇄 펴냄   2024년 6월 20일

지은이   김욱동
발행인   박근섭·박상준
펴낸곳   (주)민음사

출판등록   1966. 5. 19. 제16-490호
주소   서울시 강남구 도산대로1길 62(신사동)
           강남출판문화센터 5층 (우편번호 06027)
대표전화   02-515-2000 | 팩시밀리   02-515-2007
홈페이지   www.minumsa.com

ⓒ 김욱동, 2024. Printed in Seoul, Korea

ISBN   978-89-374-5668-8 (93810)

민음사의 책들

한국 현대문학사(전 2권)
권영민

정지용 전집(전 3권)
권영민 엮음

이상 시 전집
권영민 엮음

김수영 전집(전 2권)
이영준 엮음

윤동주 자필 시고 전집
왕신영 외 엮음

포스트모더니즘
김욱동